Joseph Breitbach
Das blaue Bidet
Mainzer Reihe
Neue Folge, Band 12

Joseph Breitbach
Werke in Einzelausgaben
Mainzer Reihe
Neue Folge, Band 12
Herausgegeben von der
Akademie der Wissenschaften
und der Literatur · Mainz
Klasse der Literatur

Joseph Breitbach

Das blaue Bidet oder Das eigentliche Leben

Roman

Herausgegeben von
Alexandra Plettenberg-Serban
und Wolfgang Mettmann

WALLSTEIN VERLAG

Für Herbert Heckmann

Sag mir,
wenn du ein Löwe wärst,
wie würdest du dich gehaben.
MARTIAL

Der Eigensinn
vertritt den Charakter ungefähr so,
wie das Temperament
die Liebe vertritt.
CHAMFORT

Charakter ist nur Eigensinn,
es lebe die Zigeunerin.
PAUL SCHEERBART

Man leidet ja,
wie ich mir einbilde,
vornehmlich an der Gleichartigkeit,
und wir Menschen
begehen vielleicht die größte Sünde dadurch,
daß wir zu wenig verschieden sind.
ROBERT WALSER

Kapitel 1

Barbe macht sich zum Geburtstag ein großes Geschenk.

Das Ende des Kapitalismus naht. Bald wird man den Gewinn mit den Arbeitnehmern restlos teilen müssen. Soll ich mich bis dahin weiter sozialisieren lassen und der fortschreitenden Schrumpfung meiner Besitzerrechte und meines Einkommens wie ein schon Enteigneter zusehen, indes eine immer schamlosere Bürokratie mich selbst im Privaten mit ständig neuen Fesseln versklavt? Morgen werde ich sechzig. Für wen strenge ich mich an, bei einem Leben, das die Karikatur meines Ideals ist! Für die Neffen? Was wird der Staat ihnen denn lassen, wenn sie mich beerben! Fort mit meiner Fabrik, fort aus allen Verpflichtungen, fort, fort! Wie groß mein Schaden auch scheine, wie wahnsinnig ich selber, finden lassen muß sich der Leichtfuß, der die Zukunft nicht spürt und mein Unternehmen kaufen will, nur weil ihm dort kein Aktionär hineinreden kann. Wieviel Firmen gibt es überhaupt noch, die im Besitz eines einzigen sind? Und wer hat die meine erst dahingebracht? Als Barbe, als nichts als Barbe firmiere ich seit zwanzig Jahren, seitdem ich die Familien Bouvard und Pécuchet ausgezahlt habe. Meine Umsätze! Meine fabelhaften Umsätze ... ach, deren Reiz schwindet unter den Belastungen, die man ohne Unterlaß erfindet. Was blcibt vom Gewinn! Knapp vier Prozent! Und die Bevormundung durch firmenfremde Funktionäre der Gewerkschaften, die mitbestimmen, wie ich produzieren soll und wie ich planen darf, aber Verluste nicht mittragen, wenn sie an denen mitschuldig sind. Die mich unter Druck setzen, wenn ich Arbeiter, die unehrlich oder unfähig sind, entlassen will und, stellt man sie, nicht zugeben wollen, daß die Lohnempfänger so gut wie unkündbar, also keine Lohnempfänger, sondern Inhaber eines Platzes sind, über den die Gewerkschaften bestimmen und nicht ich. Als ob das Schutznetz, das für meine Arbeiter unter die Kasse der Firma gespannt ist, nicht dasselbe sei, in dem ich ersticken soll. Sie bestreiten es. Ich will nicht länger Gefangener der Gewerkschaften sein, die Breite eines Fingers, mehr nicht, trennt mich von der völligen Enteignung. Schluß, ich bin kein Masochist. Noch heute zum Notar! Freiheit, nichts Besseres kann ich mir zum Geburtstag schenken.

Kapitel 2

Barbe setzt seinen Notar in basses Erstaunen.

Seit je hat mir davon geträumt, einmal ganz frei zu sein. Ich träume es immer häufiger, nachtnächtlich, ja am hellen Tag, mitten in der Arbeit. Ich bin entschlossen zu verkaufen, und Sie, Herr Notar, finden den Käufer. Bei den Bilanzen, die ich vorlege, sollte dies nicht schwer sein. Meine Knöpfe, meine Litzen und Agraffen sind Konsumgüter ersten Ranges; mein Nachfolger kann auch anderes herstellen. Sicherheitsnadeln zum Beispiel, oder Bändel und Borten für Kleider, ein glänzendes Geschäft, nie versagende Artikel. Nur schnell, sofort soll er kaufen. Ein Prozent für Sie, aber zwei, wenn er die gesamte Summe bei der Unterschrift bezahlt. Doch, ich habe meinen Entschluß wohl überlegt, zu lange sogar, zu ängstlich bedacht. Atmen, das ist es, was ich will, endlich atmen, frei sein, keine Lieferanten, keine Kunden, keinen Betriebsrat mehr sehen und den täglichen Rundgang durch die Werkräume einmal als letzten erleben. Verkaufen Sie auch mein Wohnhaus, dann bin ich den Ärger mit der Bedienung los. Als Witwer lebt es sich gleich gut im Hotel, ja besser, man hat mehr Abwechslung mit den Gesichtern und nicht mehr den Widerwillen vor den Zahlen im Rechnungsbuch der unehrlichen Köchin. Und was auch zwänge mich, ständig im selben Hotel zu leben? Reisen werde ich können, endlich und so viel und wohin ich will, nicht mehr nur in Geschäften. Endlich unter Palmen wandeln oder in Alaska einen Seehund fangen! Vom Leben, davon will ich endlich einmal etwas haben, wie die anderen, die Schmarotzer, die von meinem Schuften und von meinen Steuern leben.

Die Möbel, das Silber, die Wäsche und die Teppiche, nein, nichts davon zum Spediteur aufs Lager! Verkaufen Sie alles, Herr Notar, auch die Kleider. Nach der letzten Unterschrift, wenn der Käufer die Fabrik bezahlt hat, will ich mit nichts anderem belastet aus Ihrem Büro treten als mit dem Scheckheft und dem Anzug, den ich trage. Nein, zum letzten Mal, es ist kein Einfall der Panik, kein Kurzschluß, keine Laune! Ich will endlich einmal zu mir selbst kommen! *Eigentlich,* Herr Notar, das ist es, was ich werden will. Das Eigentliche, danach dürstet mich. Das uneigentliche Dasein, mein bisheriges, lohnt sich nicht mehr, seitdem Produktivität Schinderei der Arbeitnehmer, Besitz Diebstahl, kurz: seitdem der Inhalt meiner Existenz, nach einem bereits allgemein geteilten Urteil, Ausbeutung des Menschen durch den Menschen ist.

Nein, Herr Notar, mein Zwist mit dem Betriebsrat und der giftige Artikel, letzten Monat, in dem Blatt der Gewerkschaft, da den Grund meines Entschlusses zu suchen, wäre gefehlt, den äußeren Anlaß gaben sie, aber nur den, nicht jedoch den Grund, verwechseln Sie das nicht. Moment! Rache ist ein Gericht, das kalt am besten schmeckt. Wissen Sie, was für einen Denkzettel ich den Roten zum Abschied gebe? Ein Geschenk an meine Belegschaft: Jedem, der mehr als fünf Jahre bei mir gearbeitet hat, eine Summe, die dem Lohn entspricht, den er in den letzten fünf, den anderen das, was sie in ein und einem halben Jahr verdient haben. Aber für jeden einzelnen knüpfen Sie an die Auszahlung des Geldes die Bedingung, daß er das Blatt der Gewerkschaft und die »Rote Sichel« zwinge, seinen Namen und die Höhe des Betrags, den er bekommen hat, zu veröffentlichen … auf der ersten Seite, in Fettdruck und vor allem ohne den üblichen Kommentar über das schlechte Gewissen der Arbeitgeber. Erreicht der so von mir Bedachte dies nicht bei diesen Blättern – dann keine Gratifikation! Die Zähne werden knirschen auf den roten Redaktionen. Denn der Arbeitgeber soll immer ein Bluthund sein, sonst entspricht er nicht dem Bild, das sie ihren Leuten vorlügen. Aber die Belegschaft durch hämische Kommentare und marxistische Argumente um den Genuß der Schenkung zu bringen, das können sie sich nicht leisten. Wem ist bares Geld in der Hand nicht lieber als die Aussicht auf die Revolution und das versprochene rote Paradies.

Nein, auch diesen Entschluß werde ich nicht bereuen. Im Gegenteil! Die Summe, die mich die Sache kostet, soll der Preis sein für meinen Ausbruch aus dem Uneigentlichen.

Kapitel 3

Noch ist Barbe sein eigener Gefangener.

Zunächst war Barbe gezwungen, das uneigentliche Leben fortzusetzen. Er kündete aber seinen Verwandten und auch sonst überall an, daß er verkaufe, weil er endlich das Leben haben wolle, das ihm gefalle, das Leben ohne Zwang, ohne Gepäck. Aber selbst im Club und am Stammtisch nahm niemand seine Sehnsucht und seine Absicht ernst.

Wie aus schierer Tücke stiegen, seit dem Besuch beim Notar, die Umsätze des Unternehmens sprunghaft. Unverhoffte Aufträge strömten ein, darunter ein besonders schmeichelhafter: zum dritten Mal innerhalb des Jahrzehnts die Lieferung der Knöpfe für die Uniform der Zoll-, Post- und Eisenbahnbeamten eines Landes, das eine Schokolade produziert, der er vor jeder anderen den Vorzug gab und die nie auf seinem Nachttisch fehlte. In den Werkräumen feierte keine Hand. Dennoch nahm Barbe an manchem Abend, wenn er allein war, die Wonnen seines künftigen Lebens in langen Träumereien am Kamin vorweg und vergaß sogar die verlockenden Zahlen der letzten Quartalsbilanz, die der Buchhalter auf Band gesprochen hatte, aus Verzweiflung auf Band, weil sein Chef zwar mit den Augen und der Brille Kenntnis vom Florieren der Geschäfte nahm, doch nicht die Konsequenzen ziehen und die Fabrik behalten wollte. Barbe träumte lieber. Fröhlich wie die Fröhlichen, die er neidvoll beobachtete – meistens am Hafen –, so sah er sich, froh wie die Zeitungsjungen, die Gepäckträger und wie die Docker. Die Fischer nicht zu vergessen, die auch – waren sie nicht glücklich? – immer auf dem Wasser; und so gesund der Beruf, zwischen Salz und Jod, die mußten keine Zeitungen lesen, zitterten nicht vor

Flauten oder zu jähem Blühen der Wirtschaft, sie waren wirklich frei. Alles Leute, die arm waren und dennoch immer frohgemut, weil bedürfnislos; die keinen Besitz hatten, selten ein eigenes Haus, die Fischer vielleicht einen Kutter zu zwölft! Aber er, er würde ja nicht einmal arm sein und müßte auch nie in schmutziger Kleidung herumlaufen! Das schöne Konto auf der Bank, das immer bereite Scheckbuch! Was sollte ihn hindern, alle Tage ein neues Hemd zu kaufen und das getragene wegzuwerfen oder zu verschenken? Was kostete schon ein Hemd, was Strümpfe, selbst multipliziert mit 365! Sparte er obendrein noch das, was der Haushalt mit seinen hohen Nebenkosten verschlang, zu schweigen von der Steuer auf den Grundbesitz in einem teueren Villenviertel.

Nicht nur die Fabrik verkaufen, ausbrechen auch im Privaten, im Gesellschaftlichen, das war es, was er wollte. Sich befreien von diesem Netz, in dem er zappelte zwischen dem Zwang der festen Essensstunden, der Verabredungen, Einladungen und Begräbnisse, zwischen den Rücksichten auf die tausend Belange seiner Umwelt, der Verpflichtung, Rennen und Fußballspielen beizuwohnen, zu schweigen von dem Tribut an Kulturelles, diesen Abonnements auf Konzerte und Vorträge! Das alles mußte absolviert werden, wie schnell wird abgehängt, wer nicht dabei, wer nicht auf dem Laufenden ist. Löste, wenn er abends müde das Büro verließ, nicht eine Fron die andere ab, und war es nur ein Essen mit Bekannten oder die Premiere eines dieser modernen Dramen, wo ein Nichts behandelt wurde, das dann nicht einmal auftrat? Und waren, selbst wenn er endlich allein war, die Möbel, die Bibliothek, der ganze Komfort seines Hauses mit den vielen Apparaten, die nur Spezialisten reparieren konnten, war all das Eigentum, das ihn umzingelte, nicht ein Käfig geworden, in dem er gefangen war, wie in den Ansprüchen, die er an Essen und Trinken stellte? All sein Persönliches hatte sich so ausgedehnt und kompliziert, daß es Verwaltung verlangte. Und der Zwang zur Verwaltung, was war er anderes als Schwund der Freiheit! Das Gesellschaftliche mit seinen Verpflichtungen war das Schlimmste. Die Verabredungen, die nicht einmal den Geschäften zugute kamen, wenigstens nicht unmittelbar. Ketten, nichts als Ketten. Überfiel ihn nicht oft die Angst, daß er das Leben nicht mehr packe, daß er nicht bewältige, was man von ihm erwartete, verschrieb er zwischen Weihnachten und Silvester nicht ganze Nächte! Diese Karten zum Jahreswechsel, die mit der eigenen Unterschrift geschickt werden mußten! Nein, er wünschte ein Ende, er wollte hinaus, hinaus aus dem Kerker! …

Kapitel 4

Barbe tut den ersten Schritt ins Eigentliche.

Als dann endlich der Käufer gefunden und der Augenblick gekommen war, da beim Notar die letzten Unterschriften trockneten, sagte Barbe, sobald der Käufer gegangen war: »Auch meine Post will ich nicht mehr erhalten; sie bringt nur Eingriffe. Erledigen Sie alles für mich, ich gebe Ihnen restlose Vollmacht. Sie sind der einzige Mensch meiner Vergangenheit, den ich noch kennen will.«

»Meine Honorare für die Verwaltung Ihrer Person und Ihrer Interessen erhebe ich vierteljährlich von Ihrem Konto. Sie können, wenn Sie es nicht gar zu üppig treiben, von den Zinsen Ihres Kapitals leben, auch nach dem Aderlaß, den Sie sich zu Gunsten Ihrer Belegschaft geleistet haben …«

»Belegschaft?«, unterbrach ihn Barbe, »einstiger!«

Barbe war so glücklich, daß er dem Notar beide Hände drückte, bevor er die Tür zur Straße öffnete und den Weg in das Leben antrat, das nun endlich eigentlich werden sollte.

Kapitel 5

Barbe macht Ernst und steigt in einen Fernbus.

Es war ein Frühlingsmorgen, wie es sich gehört. Trotz des Brausens der Busse und Autos vernahm man das klassische Gezwitscher aus den Bäumen, und es war Barbe eine wahre Lust, die Benzindünste einzuatmen, sog er sie doch in eine Brust, die sich endlich frei fühlte. Er nahm auf der Terrasse eines Cafés das Frühstück. Gleich die erste Mahlzeit seines neuen Lebens sollte im Freien stattfinden, und nicht im Zimmer des Hotels. Wohnte er nicht schon zu lange dort? Wieviel Wochen seit der Auflösung seines Haushalts schlief er zwar in einem fremden, aber doch immer demselben Bett. Warum hatte er nie das Hotel gewechselt? Öfter, täglich hätte er es tun sollen.

Der Tee des Cafés war nicht so gut zubereitet wie der des Hotels und wie der, den seine Köchin ihm zwanzig Jahre lang gebracht hatte. Er schickte die Kanne ein paar Mal zurück, es kam aber immer wieder eine nach Heu schmeckende Brühe. Da wechselte er das Café, und siehe, dort war der Tee sogar besser als der des Hotels, und auch dem der Köchin überlegen. Er rannte zum Telefon. Zwanzig Jahre lang hätte sie ihm jeden Morgen einen besseren Tee bringen können, einen wie den soeben gekosteten, und hatte ihn nicht gebracht! Das wollte er der Köchin sagen. Aber vor der Telefonzelle fiel ihm ein, daß er ja kein Haus und keine Köchin mehr hatte. Der Gedanke erfreute ihn auf der Stelle, aber daß er der Köchin nicht sagen konnte, wie tief er, noch hinterher, ihren Tee einstufte, das ärgerte ihn doch ein wenig.

Aber sein Hotel konnte er anrufen. Zuerst verlangte er den Direktor, dann den Chef vom Empfang, zuletzt den Portier und sagte jedem, er habe in einem gewöhnlichen Terrassencafé einen Tee bekommen, besser als der des Hotels; er betrete dieses also nie wieder, auch nicht, um seine Sachen zu packen, er verzichte auf alles, was sich in den Schränken und Kommoden befinde!

»Selbst auf die Toilettensachen?«, fragte der Portier.

Er lasse sich in Zukunft beim Friseur rasieren, antwortete er und gab ihm die Adresse des Notars; der begleiche die Rechnung.

Wie schnell mir, sagte er sich, jetzt, da ich frei bin, die folgenreichsten Entschlüsse von der Zunge gehen. Noch gestern wäre es mir unausdenkbar erschienen, meine Haut zum Barbier zu tragen; und er freute sich darauf, in Zukunft jeden Morgen unter den Händen des Rasierers in einem Sessel zu faulenzen. Er nahm wieder Platz auf der Terrasse, und nun erst begann er, den ganzen Umfang seiner Freiheit zu ermessen. Von diesem Tisch, sagte er sich, kann ich meine Schritte lenken, wohin ich will. Irgendwohin mußte er ja, desselben Tages noch! Hatte er nicht allen seinen spottlustigen Freunden im Club die Herrlichkeit des bedürfnislosen, des unbepackten Nomadenlebens geschildert, dem er sich ergeben würde. Niemand sollte ihn mehr in der Stadt sehen. Aber wohin und vor allem, wie? Mit dem Flugzeug, mit der Eisenbahn war er zu oft in Geschäften gereist, ein Auto zu mieten, daran durfte er nicht denken, er besaß keinen Führerschein, er war zu kurzsichtig. Einen Wagen zu heuern, bei dem der Chauffeur mitgeliefert wird, diese Lösung hatte den Nachteil, daß er Rücksicht auf die Freizeit des Mannes nehmen müßte, der obendrein ein unangenehmer Begleiter sein konnte. Und ein Zeuge all dessen, was er unternehmen würde, aus und mit Lust, je nach seinen Launen.

Schließlich fiel ihm ein, daß es die großen Autobuslinien gab, mit deren komfortablen Aussichtswagen man in jeden Teil Europas reisen kann. Auf der Stelle ließ er ein Taxi kommen und sich zum Hafen bringen, an den Platz, wo die Busse abfuhren.

Nun mußte er sich für die Richtung der Reise entscheiden. Weil gerade eine Abfahrt dorthin ausgerufen wurde, wählte er eine der Linien, die in den Süden, ans Mittelmeer, führten.

Kapitel 6

Wohin das tückische Versagen eines Schuhbändels führen kann.

Als er den Fuß auf das Trittbrett setzte, um einzusteigen, riß der Bändel seines rechten Schuhs.

Solange der Bus noch durch die ihm vertrauten Straßen fuhr, nahm er mit Schadenfreude Abschied von der Stadt, wo er ein so wenig eigentliches Leben verbracht hatte. Dennoch unterschlich ihn dabei der Gedanke an den zerrissenen Schuhbändel, und er beklagte es mit Unbehagen, gerade diesen Bus genommen zu haben, der so voll war, daß niemand allein saß. Jede Bank war für zwei Personen eingerichtet. Er bückte sich ein paar Mal und versuchte, ohne den Fuß aus dem Schuh zu nehmen, das größere, noch in den Ösen steckende Reststück des Bändels herauszuziehen. Er hätte gern geprüft, ob es noch reiche, um wenigstens behelfsmäßig ein Schnüren des Schuhs zu erlauben. Aber seine Nachbarin, die nach ihm eingestiegen war, eine so üppig bebuste wie kurz berockte Person, zeigte, wenn er sich bewegte und sie dabei, ob ihrer überquellenden Körperfülle, anstieß, einen von Mal zu Mal wachsenden Unmut. Schließlich – sie fuhren schon längst auf der Autobahn – erklärte er ihr, warum er so unruhig sei.

»Ich höre immer Bändel«, erwiderte sie scharf, »korrekt gesprochen heißen diese Dinger Senkel, Schnürsenkel. Und wer reist, hat Ersatzsenkel bei sich«, schloß sie, noch schärfer.

Barbe entnahm dem feindseligen Ton, daß man ihn für einen Satyr hielt, der sich nur mit Hintergedanken, aber nicht wegen des Schuhs, so oft gebückt hatte. Er beeilte sich, diesen auszuziehen und der Ungnädigen zu zeigen. Sie zog die Reste des Bändels aus den Ösen und rieb sie prüfend zwischen den

Fingern. »Das ist ja eine ganz mindere Sorte, kein Wunder, daß so etwas reißt.« Dabei warf sie die Stücke aus dem Fenster. Sie hatte recht laut gesprochen, denn eine Gesellschaft von Skandinaviern erfüllte den Bus mit lärmigem Geschwätz und immer wieder loskrachenden Lachsalven.

Sie sei wohl die Gattin eines Fabrikanten der Branche, sagte er und fügte, da er erst jetzt entdeckte, daß sie keinen Trauring trug, wenig verbindlich hinzu, sie könne ja auch sonstwie einem Hersteller von Schuhbändeln nahestehen und habe wohl aus niedrigem Konkurrenzneid etwas weggeworfen, das ihr nicht gehöre, für ihn aber im Augenblick unersetzlich sei. »Wer reist, hat Ersatzsenkel bei sich, so sagten Sie doch«, schloß er energisch, »also öffnen Sie Ihre Tasche und geben Sie mir den Bändel, den Sie, nach den Prinzipien, die Sie verkünden, für solche Fälle gewiß allein schon deshalb bei sich haben, weil Sie für die Firma Ihres Freundes – oder Ihres Mannes – Reklame machen müssen.«

Die Dame versetzte darauf mit gedämpfter Stimme, nur ein abartig veranlagter Mann könne annehmen, daß Damen Schnürschuhe trügen. »Als Sie noch zur Schule gingen, damals schon, trugen die Damen nichts mehr, das geschnallt oder geschnürt wurde.«

Er sei sechzig Jahre alt, sagte Barbe.

Er könne dennoch abartig sein oder mit einem Geburtsfehler behaftet, der ihm die Frauen gleichgültig mache. Daß er nie auf deren Füße geachtet habe, stehe für sie fest. Andere als diese beiden Erklärungen gebe es nicht für seine Unkenntnis.

»Ich bin Witwer, seit langem«, entgegnete Barbe.

Kein Wunder, daß seine Frau früh dahingesiecht sei, erklärte sie, sie habe nichts, gar nichts gegen das Abartige, nur sollten solche Männer nicht heiraten, sie sollten es schon vermeiden, neben Frauen überhaupt Platz zu nehmen, besonders auf Reisen, wo geweckte und hingehaltene Hoffnungen eine nicht einzuholende Zeitvergeudung für beide Teile bedeuteten. Und warum er sie für die »Gattin« eines Schnürsenkelfabrikanten halte? Sie sei nicht etwas Derartiges und eine Gattin schon gar nicht.

Da sie wirklich sehr aufgebracht zu sein schien, fragte er sich, ob sie nicht enttäuscht sei, ob sie vielleicht von Anfang an gar nicht gefürchtet, sondern gewünscht habe, an ihm einen Satyr als Nachbarn zu haben. »Unsere Reise ist lang, wir sitzen nebeneinander und müssen miteinander auskommen«, sagte er.

»Das ist es ja«, versetzte sie, nun schon giftig. »Wo haben Sie überhaupt Ihr Gepäck, ich sah nichts, als ich hinter Ihnen einstieg.«

Barbe, der gehofft hatte, sie mit einer Schilderung seiner neuen Lebensumstände zu fesseln, konnte bald die Falte am Ansatz ihrer Nase nicht mehr übersehen. Dieses Zeichen des Unmuts, anfangs erschienen und verschwunden, einmal stärker, einmal schwächer, verschwand überhaupt nicht mehr von ihrer Stirn und wurde immer schärfer, als er ihr schließlich erklärte, weshalb er ohne jedes Gepäck reise und wie er sich darauf freue, bald am südlichen Meer bedürfnislos und fröhlich wie ein Fischer zu leben.

»Alles gut und schön.« Mit diesen Worten unterbrach sie ihn plötzlich, zog einen kleinen Block aus der Handtasche und ließ ihn wenige Augenblicke später lesen, was sie darauf geschrieben hatte.

Barbe fühlte, daß er errötet war. Nicht aus Scham! Was für Tücken, sagte er sich. Kenne ich, der ich so viel gereist bin, denn die Welt so wenig? Er nahm den hingehaltenen Bleistift nicht und bewegte ablehnend den Kopf, ohne ein Wort zu sagen.

»Also nein«, sagte sie, riß den Zettel vom Block und warf ihn, wie zuvor die Stücke des Bändels, aus dem Fenster. Sie könne es sich nicht leisten, für nichts und wieder nichts neben ihm die Zeit zu versitzen, er möge ihr den Gefallen tun und seinen Platz mit dem Herrn wechseln, der hinten in der letzten Bankreihe als einziger Mann zwischen alten Touristinnen sitze. Wenn er den Tausch mache, gäbe sie ihm einen schönen, neuen Senkel. Sie öffnete ihre Handtasche und zeigte ihm zwei schwarze, ladenneue Schnürsenkel, hübsch von einem Papierchen zusammengehalten, auf dem der Name einer Firma stand.

Barbe mußte lachen. Diese Firma hatte einst, ohne Erfolg, versucht, ihn mit Knöpfen zu konkurrieren. Ob er den Bändel nicht kaufen könne, fragte er.

»Kauf ausgeschlossen«, versetzte sie. »Nur wenn Sie den Platz tauschen, bekommen Sie die Dinger.«

Er werde, sagte er, unterwegs soviel Schuhbändel finden wie er wolle, er weigere sich, ihr den Herrn herbeizulotsen. »Übrigens unter welchem Vorwand? Wie haben Sie sich das gedacht?«, schloß er.

Den Vorwand zu finden, das überlasse sie ihm, entgegnete sie spitz. Er, nicht sie, brauche dringend einen Schnürsenkel, und den unterwegs aufzutreiben, wie er sich das denke? »Sie fahren mit einer Fernlinie, wir bleiben ununterbrochen auf der Autobahn und kommen durch keinen Ort. Deswegen haben diese Busse ein WC. Und wir halten erst in drei Stunden an einem kleinen Rasthaus, wo Sie nicht einmal Aspirin bekommen. Ich kenne jedes auf dieser Strecke wie meine Handtasche!« Damit hielt sie ihm diese unter die Nase und steckte die Bändel wieder hinein. Was er denke, warum eigentlich sie die Dinger bei sich führe?

In ihrer Tasche, sagte er, stecke gewiß noch manches, was Männer in den Situationen, die sie so energisch herbeiführen wolle, brauchten.

»Einen zerrissenen Schnürsenkel«, kam es kühl zurück, »das erträgt kein Mann länger als eine Stunde; wie wenig erst einen Schuh, der überhaupt nicht geschnürt ist.«

Er sitze ja; viele Stunden, ohne gehen zu müssen, habe sie es nicht selber gesagt?

In einer Stunde werde er es nicht mehr aushalten und sie um den Senkel anflehen, sagte sie, und das sei ihr letztes Wort. Platztausch, sofort! Oder keinen Senkel, sie habe Zeit.

Kapitel 7

Wie Barbe ausgesetzt wird.

Barbe sah auf die Uhr. Seine Nachbarin tat sofort dasselbe, hatte dann aber nur noch Augen für die Landschaft. Ihn wunderte das, besonders, wenn sie zuweilen sogar den Kopf zurückwandte, um einem alleinstehenden Baum nachzublicken, der ein Baum wie andere Bäume war. So wie ihresgleichen sich wohl nach einsamen Spaziergängern umdrehen, dachte er und sagte sich: Man muß nur ohne festes Ziel auf Reisen gehen, schon lernt man etwas Überraschendes. Daß es einen Bus-Strich gibt, der während der Fahrtpausen in den Motels für eine Viertelstunde Zimmer mieten kann, wie sie es auf dem Zettel geschrieben hatte, wer hätte das gedacht! Aber ein solches Späßchen mitten in der Reise durfte er sich nicht erlauben. Hinterher überfiel ihn manchmal – manchmal, nicht immer – der tiefste Schlaf. Zu gefährlich in Gesellschaft einer unbekannten Schnepfe, die, wie diese, offenbar an alles dachte, mithin auch vermutete, daß es sich lohnen müsse, seine Taschen zu durchsuchen. Sie wußte ja aus seinem Munde, warum er gepäcklos reiste. Daß sie Bändel für Männerschuhe bei sich hatte, war es nicht der Gipfel einer ausgekochten Vorsorge! Die wußte ganz genau, wie es dem Mann zumute ist, in jeder Situation, auch der harmlos lächerlichsten. Es stimmte ja, was sie ihm vorausgesagt hatte: Nichts Unbehaglicheres als dieser klaffende, nicht geschnürte Schuh.

Er ließ seinen Fuß darin spielen, aber das war es ja, nicht aus Behagen, aus Unruhe tat er es; er wollte sich nichts weismachen: Die Sache drückte auf seine Stimmung. Beim Halt am Rasthaus würde er sich aber einen Bändel verschaffen, auch wenn er jemanden bitten müßte, den eigenen Schuh zu entschnüren und ihm einen Bändel zu verkaufen. Du hast dich, warf er sich vor, während der Abende am Kamin zu sehr daran gewöhnt, dir Zukünftiges genau auszumalen; nur deshalb siehst und spürst du im voraus die Blicke, die sich auf dich richten werden, wenn du in ein oder zwei Stunden mit einem ungeschnürten, schlappernden Schuh unter Menschen treten mußt.

Es entging ihm nicht, daß die Person häufig auf die Uhr sah. Als sie es wieder einmal tat, sagte er ihr, es sei nicht gerade menschenfreundlich, mit soviel Ungeduld darauf zu warten, daß er in die Knie gehe und sie um den Schuhbändel anflehe.

»Mein Herr«, schrie sie, »jetzt ist das Maß aber voll!« Sie erhob sich, zwängte sich an ihm vorbei und ging zur letzten Sitzreihe.

Barbe sah, daß sie dort auf den Herrn einsprach, den er für sie hatte herbeiholen sollen. Die inländischen Fahrgäste, die sich neugierig an der ausgelassenen Heiterkeit der Skandinavier mitfreuten, achteten so wenig wie diese darauf, daß der Herr ihr seinen Platz überließ, zum Chauffeur ging und über dessen Schulter gebeugt etwas sagte. Der Chauffeur hörte nur zu, nickte ein paar Mal mit dem Kopf, dann setzte der Herr sich neben Barbe auf den Platz, den die Person verlassen hatte.

Der ist ungefähr in meinem Alter, sagte sich Barbe, und sprach ihn, mit dem Finger nach dem hinteren Teil des Wagens weisend, an: »Bei der brodelt es unter dem Hütchen ...«

»Gespräch nicht erwünscht«, kam es ohne einen Blick auf ihn zurück.

Wenige Augenblicke später sah Barbe mit Erleichterung, daß der Bus langsamer fuhr und von der Fahrbahn auf einen Rastplatz ausscherte, obwohl es einer war, an dem kein Gasthaus lag. Dort wollte er den Chauffeur bitten, ihn durch einen Tausch in einer anderen Reihe unterzubringen.

Als der Wagen hielt, sah der Chauffeur sich nach ihm um, Barbe lächelte ihm zu und fragte, ob er ihn draußen kurz sprechen könne. »Bitte«, sagte der Mann, kurbelte das Fenster der Tür herunter, öffnete sie und ließ ihm den Vortritt. Doch kaum hatte Barbe die Füße auf dem Boden, da wurde das Trittbrett eingezogen, die Tür des Wagens knallte zu. »Sittenstrolch, Vagabund«, rief der Chauffeur, und schon fuhr der Wagen weiter.

Kapitel 8

Barbe bringt gute Menschen in Verlegenheit.

Auf dem Rastplatz hielten nicht wenig Fahrzeuge. Eine Menge Leute hatten gesehen und gehört, wie Barbe behandelt worden war. Aus den Fragen einiger Männer und aus den Blicken, die sie auf seinen ungeschnürten Schuh richteten, ging hervor, daß sie annahmen, er sei aus dem Bus hinausgesetzt worden, entweder weil er sich während der Fahrt etwas Sittenwidriges habe zuschulden kommen lassen oder weil er als Schwarzfahrer erwischt worden sei. Jemand fragte ihn sogar ohne Umschweife und mit unüberhörbarer Schadenfreude, wie er denn ohne das geringste Gepäck in einen Fernbus habe steigen können, der nur Fahrgäste zulasse, die bis ans Mittelmeer reisten.

»Herrschaften«, rief er, »ich kann Euch doch nicht die Geschichte meines Lebens hier erzählen. Sie täten besser, mich bis zum nächsten Rasthaus mitzunehmen, wo ich telefonieren kann.«

Niemand erbot sich, ihn aufzunehmen. Bald leerte sich der Rastplatz, ein Wagen nach dem anderen kehrte auf die Fahrbahn zurück. Die Insassen derjenigen, worin ein freier Sitz war, blickten weg, als sie an ihm vorbeifuhren, und die der vollbesetzten Wagen musterten ihn frech. Einige zeigten sogar auf seinen ungeschnürten Schuh.

Draußen auf der Autobahn, vom Rastplatz nur durch einen Vorhang von Sträuchern getrennt, surrte oder brauste Wagen auf Wagen vorbei. In vielen waren freie Plätze. Aber er trat nicht einmal an den Rand der Fahrbahn, er wußte, daß man auf Schnellstraßen nicht halten darf, es also zwecklos war, zu winken.

Seine letzte Hoffnung, daß sich in dem Toilettenhäuschen des Platzes ein Telefon befinde, um die Polizei anrufen zu können, wurde enttäuscht, doch als er um das Häuschen herumging, sah er, daß hinter dem kleinen Bau ein Fahrweg in den Wald führte, und entdeckte ein Schild, das zum Besuch einer nur zehn Kilometer entfernten »romantischen« Waldwirtschaft aufforderte, die ihre frischen Bachforellen und ihre Rehpastete rühmte.

Zehn Kilometer zu Fuß, für eine Bachforelle aus einem Zuchtteich und eine Rehpastete aus der Dose und das mit einem ungeschnürten Schuh, sagte er sich verzagt und zog es vor, mit Geduld darauf zu warten, daß ein Wagen mit freundlichen Menschen auf den Rastplatz käme.

Kapitel 9

Barbe überlistet zwei Räuber, um sein Leben zu retten, und hintergeht die Polizei, um sich Unannehmlichkeiten zu ersparen.

Es kam einer, ein hellgelber Wagen, aber die zwei jungen Männer, die ihm entstiegen, waren nicht so freundlich wie die gefällige Farbe des hübschen Wagens. Nach einem kurzen Blick zu dem an den Rastplatz grenzenden Gehölz stürzten sie sich auf ihn und fuchtelten, jeder mit einem Revolver, vor seinem Gesicht: wo seine Karre stehe?

Da sie dabei nervös zu der Einfahrt des Rastplatzes zurückschauten, begriff Barbe sogleich, daß es nur Verbrecher sein konnten, die sich von der Polizei verfolgt wußten und diese durch den Tausch des Wagens auf eine falsche Fährte locken wollten.

Er lächelte sie an. Ob sie nicht sähen, daß kein Wagen auf dem Rastplatz stehe und auch nicht dort, wohin sie geschaut hätten, unter den Bäumen, sagte er in seiner tausend Mal bewährten Gewohnheit, unwillkommene Fragesteller durch eine ruhig vorgebrachte Gegenfrage zu verwirren. Er sei von einer nahen, für ihre Forellen so berühmten Waldwirtschaft zur Autobahn spaziert, fügte er hinzu und erklärte ihnen, mit nun noch feiner gespielter Ruhe, hinter dem Toilettenhäuschen beginne der vom Rastplatz her nicht zu sehende Fahrweg zu jener Wirtschaft und zu dem Luftkurort, wo er Ferien mache …

Schon waren sie wieder in ihrem Wagen; der bog mit quietschenden Rädern um das Häuschen in den Spazierweg ein und raste in mörderischem Tempo in den Wald.

Mit Genugtuung horchte er dem Geräusch des sich entfernenden Wagens nach und freute sich, wenn ihm auch noch die

Knie zitterten, bei dem Gedanken, daß die Gangster bei ihrer überstürzten Flucht nicht daran gedacht hatten, ihn als Geisel mitzuschleppen, da vernahm er das sich nahende Geheul einer Sirene, die nur die eines Wagens der Polizei sein konnte, und es währte keine zwei Minuten, da preschte ein Wagen, dessen blaues Lichtsignal auf dem Dach keinen Zweifel über die Insassen erlaubte, auf den Parkplatz ein und hielt mit kreischenden Bremsen neben ihm. Ob er einen hellgelben Wagen gesehen habe, fragte ihn der Polizist, der am Steuer saß.

Barbe zeigte auf das Toilettenhäuschen. Er komme soeben von dort.

Gehört habe er aber vielleicht doch einen Wagen, fragte der Polizist ungeduldig.

Gehört habe er hunderte, ob ein hellgelber darunter gewesen sei, wie solle man das heraushören, versetzte er und zeigte auf die Autobahn, wo ein Wagen nach dem anderen die Ohren betäubend vorbeidonnerte.

»Moment«, hörte er den neben dem Fahrer sitzenden Polizisten sagen und schon war der ausgestiegen, vor ihn hingetreten und faßte ihn scharf ins Auge. »Wo steht denn Ihr Wagen?«

Gnade mir, wenn ich denen jetzt die Wahrheit sage, ging es Barbe durch den Kopf; hatte er den Verfolgten denn nicht den Weg in den Wald gezeigt, straffällig wegen Beihilfe war er, käme das heraus.

Wo sein Wagen stehe, fragte der Polizist noch einmal.

Er sei ohne Wagen, antwortete er.

Wie er in diesem Fall auf den Rastplatz einer Autobahn gekommen sei?

»Mit einem Fernbus der Sternlinie« und, auf jedes Wort achtend, erklärte er, er sei auf dem Toilettenhäuschen gewesen. Bei der ersten, keiner Erklärung bedürfenden Rast seit der Abfahrt. Aber der ungeduldige Fahrleiter habe nicht bemerkt, daß er, beim Wiedereinsteigen derer, die ausgestiegen waren, nicht dabei gewesen war.

Was er sage, sei verwunderlich, antwortete man, die Fernbusse seien so ausgerüstet, daß es keiner Rast für die Notdurft bedürfe.

Jene mit zwei Buchstaben bezeichnete Bequemlichkeit müsse in dem Bus gefehlt haben, versetzte er, sonst wäre der Fahrer doch wohl nicht auf den Rastplatz ausgeschert. Es sei auch ausgerufen worden, zu welchem Behuf man gehalten hatte.

»Behuf ...?« Der Polizist brach mitten im Satz ab, ließ Barbe stehen und Barbe begriff auch sofort, warum: ein zweiter Wagen der Polizei, an seinem Blaulicht erkenntlich, rollte soeben auf den Rastplatz ein und hielt neben dem anderen.

»Entfernen Sie sich«, befahl man Barbe, »bis zu dem Häuschen«, und er verstand sofort, warum er das sollte. Das Funkgespräch, das aus dem zweiten Wagen wohl mit irgendeiner Zentrale geführt wurde, war nicht für seine Ohren bestimmt. Was habe ich mir da eingebrockt, sagte er sich bedrückt, es wäre so einfach gewesen, denen zu sagen, daß ich doch nur aus Angst den Gangstern den Fluchtweg gezeigt habe. Aber dann sah er mit Erleichterung, daß die beiden Wagen sich in Bewegung setzten, zurück zur Autobahn und daß ihre Insassen den hinter dem Toilettenhäuschen in den Wald führenden Fahrweg übersehen hatten. Aus dem einen Wagen beugte sich der Polizist, der zuletzt mit ihm gesprochen hatte, im Vorbeifahren heraus und fragte ihn freundlich nach seinem Namen, man schicke ihm per Funk die Verkehrswacht, deren Wagen bringe ihn zum nächsten Rasthaus, wo er telefonieren und sich helfen könne.

Barbe nahm sich vor, der Verkehrswacht spontan zu sagen, warum, in Wirklichkeit, er sich auf dem Rastplatz ausgesetzt fand, und zu erzählen, was ihm in dem Bus widerfahren war. Dafür gab es Zeugen, für seine Angst vor den Gangstern aber nicht; diese und die Hilfe, die er denen geleistet hatte, wollte er verschweigen, sollte er noch einmal gefragt werden, ob er den hellgelben Wagen gesehen hatte.

Kapitel 10

Wie Barbe das Opfer zweischneidiger Hilfe wird.

Er hätte nicht gedacht, daß schon der nächste Wagen, der eintraf, die Aufschrift der Verkehrswacht trüge. Die beiden Männer, zu seiner Verwunderung in Zivil, die ihm entstiegen, fragten ihn, was für eine Art Panne er habe, und wo sein Wagen liege, er sei ja wohl der Herr Barbe oder so ähnlich.

Über den Grund, warum er ihrer bedürfe, hätten sie die Herren der Polizei begreiflicherweise nur hastig, aber eben doch falsch, unterrichtet, sagte er, er sei ohne Wagen und Gepäck.

Da wiesen sie sich als Beamte der Kriminalpolizei aus, verlangten und prüften seine Papiere, tadelten, daß in seiner Brieftasche »geradezu verboten viel Geld« stecke und fragten schließlich, wie er auf diesen Rastplatz, mehr als hundert Kilometer von seinem Wohnort entfernt, gelangt sei, ohne ein Stäubchen auf den Schuhen und ohne an dem rechten Schuh einen Bändel zu haben. Er möge ihnen aber das Märchen von der Pipirast ersparen, das er ihren Kollegen aufgetischt habe. »Also, wie sind Sie auf den Rastplatz gelangt? Die Wahrheit.«

Sie hörten ihm geduldig, aber immer kühler zu. Am Ende erklärten sie ihm, man werde zum nächsten Gendarmerieposten fahren. So wie schon geklärt worden sei, daß der Bus mit WC versehen war, müsse nun, nach seiner neuen Darstellung, geklärt werden, was mit der Dame vorgefallen war, ein Buschauffeur setze einen Fahrgast doch nicht, mir nichts dir nichts, auf die Straße und beschimpfe ihn vor Zeugen als Sittenstrolch und Vagabunden. Sie forderten ihn auf, in ihren Wagen einzusteigen, es sei besser, er mache ihnen keine Schwierigkeiten.

Als er dennoch protestierte, lachten sie; seine Festnahme sei eine Sache der reinen Form. Die Wagen der Polizei, die er gesehen habe, seien nämlich hinter zwei Bankräubern her. Erbeutet hätten die zwar nichts, aber den Kassierer erschossen. Die Kollegen des ersten Wagens hätten Befehl gehabt, auf dem Rastplatz das Eintreffen des zweiten Wagens abzuwarten, und da sei er ihnen aufgefallen. Und nun trage er obendrein so viel Geld bei sich, kurz, mit seiner Person beschäftigen müsse die Polizei sich schon … der Ordnung halber, da nun einmal eine Meldung gemacht worden sei.

Das sehe er ein, beteuerte Barbe und verschwieg noch einmal das, was er über die Räuber hätte berichten können.

In einem Flecken, nahe der nächsten Ausfahrt von der Autobahn, übergaben sie ihn einem älteren Oberwachtmeister der Gendarmerie. Dieser war nach der Feststellung der Personalien freundlich und bald bereit, den Notar in seiner Heimatstadt anzurufen, damit der dort bei den Polizeibehörden interveniere. Der Mann war auch bereit, ihm ein Mittagessen zu verschaffen, und brachte es selber in den Raum, wo man ihn, wie es hieß, »bei zum Eintreffen des Chefs«, eingeschlossen hatte. Als Barbe ihn aber bat, ein Paar Schuhbändel kaufen zu lassen, lehnte der Oberwachtmeister die Bitte nicht nur ab, er nahm ihm sogar den des linken Schuhs fort. Dies sei Vorschrift! Er zeigte auf das vergitterte Fenster und wollte ihm nicht sagen, ob er den Notar erreicht habe. Der Chef, von dem jede Entscheidung abhänge, sei noch immer auf Dienstfahrt, schloß er, »also Geduld.«

Kapitel 11

Man soll den Tag nicht vor dem Abend preisen.

Gegen sieben Uhr abends gab man ihm die Freiheit zurück. Es habe so lange gedauert, weil es den Polizeibehörden erst spät gelungen sei, den Bus zu erwischen und die Aussagen der Fahrgäste protokollieren zu lassen. Für den Chauffeur könne es ein böses Nachspiel geben. Der Mann stehe seit langem im Verdacht, als Nebengewerbe ein wenig Zuhälterei zu treiben, besonders mit diesen Reiseschnepfen, denen man fast nie nachweisen könne, daß sie hauptberufliche Dirnen seien. »An Ihrer Stelle würde ich es den beiden heimzahlen vor Gericht.«

Er habe zunächst andere Sorgen, sagte Barbe. Wo er im Ort Schuhbändel finde?

Im Schaufenster des einzigen Kurzwarenladens der Ortschaft lag eine Kollektion Knöpfe, auf Kartons genäht, an deren Kopf der Name »Barbe« eingedruckt war.

Ein gut geführtes Haus, sagte er sich, und trat ein.

Aber man hatte nur dicke Riemen aus Leder ihm vorzulegen, für Bauernschuhe, doch nichts Dünnes aus Baumwolle oder Nylon.

Barbe widerstand noch rechtzeitig der Versuchung zu sagen, daß es der bekannte Knopffabrikant Barbe war, der händeringend bat, man möge in allen Regalen nachsehen, ob sich dort nicht doch noch ein Schuhbändel finde.

Es fand sich keiner. Barbes Seufzen ging dem Besitzer des Lädchens derart nahe, daß er ihm die Bändel seiner eigenen Sonntagsschuhe verkaufte. Darauf, von Barbe nach einem Nachtquartier gefragt, sagte der Mann ihm, die einzige Wirtschaft des Ortes vermiete keine Zimmer. Es gebe aber in der

Gegend einen sehr feinen Gasthof. Da es bereits auf den Abend zugehe, empfehle er, telefonisch dort ein Zimmer zu reservieren.

Als dieses Barbe zugesichert war, trieb der Kurzwarenhändler einen Mann auf, der einen Kleinwagen besaß und Barbe gegen Entgeld die zehn Kilometer zu dem empfohlenen Haus fuhr.

Der »Gasthof« war in Wirklichkeit ein luxuöses Hotel, Barbe hatte es sofort gesehen. Die teuersten Wagen parkten neben der Auffahrt, und am Eingang stand bei der Schwingtür ein Stühlchen, das nur das des Türpagen sein konnte, den er um diese Stunde beim Abendbrot vermutete. Er wußte, wie solche Leute die Kunden nach der Größe der Wagen beurteilen, und war froh, daß niemand sah, in welch bescheidenem Gefährt er eintraf.

Am Empfang entschuldigte man sich sogleich, daß niemand ihm aus dem Wagen geholfen habe. Nach der Essenszeit des Personals werde man das Gepäck hereinholen und dem Chauffeur die Garage zeigen.

Den habe er sofort wieder nach Hause schicken müssen. »Vergessenes Gepäck«, erklärte Barbe in einem Ton, der beherrschten Zorn vorspielte. Man möge ihm sofort die Speisekarte hinaufschicken, er wolle auf seinem Zimmer essen und früh zu Bett gehen.

Er ließ sich ein Gefach im Tresor geben und legte den größten Teil seines Geldes vor den Augen der Angestellten hinein. Daß die ihre Überraschung vor der Menge gebündelter Scheine, als er sie nacheinander aus allen, sogar aus den Gesäßtaschen, hervorzog, nur schlecht verbargen, half ihm über das Unbehagen hinweg, in das ihn die Entdeckung versetzte, daß er seinen Paß und andere Ausweispapiere auf der Gendarmerie nicht zurückverlangt hatte.

Welche Kategorie Zimmer seinem Fahrer zu reservieren sei, wollte man wissen.

»Eins mit Bad, und ruhig gelegen!«, versetzte er, »der Mann kann, wenn überhaupt noch heute, nicht vor Mitternacht zurück sein und muß sich ausschlafen können, je nachdem also bis morgen mittag.« Schließlich fragte er streng: »Sind die Badezimmer komplett?«

»Keins ist ohne Bidet«, antwortete man gekränkt.

Als der junge Gehilfe vom Empfang, der mit hinaufgefahren war, ihm das Zimmer gezeigt und es endlich verlassen hatte, lachte Barbe vor sich hin. Hatte er das nicht glänzend gemacht! Hatte er nicht wieder einmal Köpfchen gezeigt! Obwohl er vorbestellt hatte, wäre er nie aufgenommen worden, hätte er nicht den Einfall gehabt, von der Unzuverlässigkeit seines Chauffeurs zu sprechen. Ihn hinaussetzen, wenn sie entdeckten, daß er weder Auto noch Chauffeur hatte, das würden sie nicht wagen; sie hatten gesehen, wieviel Geld er in den Safe gegeben hatte.

Dennoch war es ihm sogleich unbehaglich, als eine Viertelstunde später, mitten in die Beratung über das Abendessen, die er mit dem Kellner führte, der Chef des Empfangs bei ihm erschien. Und er ahnte noch weniger Gutes, als dieser in einem Ton, der jedes Zeichen des Erstaunens verbot, den Kellner aufforderte, mit der Bestellung und auf alles Weitere im Etagenoffice zu warten.

Der Direktor des Hauses habe das Bedürfnis, einige Augenblicke mit ihm zu sprechen, begann der Empfangschef, die Unterredung könne aber nur im Erdgeschoß stattfinden. »Es handelt sich um das hohe Gelddepot, das Sie gemacht haben.«

Barbe atmete auf, und er fühlte sich vollends erleichtert, als der Empfangschef ihm im Hinunterfahren erklärte, das Hotel sehe es nicht gern, wenn man in dem lächerlich dünnen Panzerschrank des Empfangsbüros gar zu bedeutende Summen deponiere; das Haus verfüge über einen zweiten, geeigneteren Safe.

Unten ließ man ihn sein Geld aus dem Gefach nehmen; dann führte man ihn zum Büro des Direktors. Der stand nicht auf, als er eintrat, und sagte, ohne ihm einen Stuhl anzubieten, die Gendarmerie habe angerufen, wegen seines Passes. Er leide wohl an der gleichen Vergeßlichkeit wie sein in Dunst aufgelöster Chauffeur. Die Direktion des Hotels müsse ihm die genaue Beantwortung einiger Fragen abverlangen: »In welchem Pyjama gedenken Sie heute nacht unter unserem Dach zu schlafen, womit werden Sie sich rasieren und in welchem

Hemd, frischgebügeltem meine ich, gedenken Sie sich morgen in unseren Räumen zu zeigen?«

Warum man ihn nicht auch frage, mit welcher Bürste er gedenke, sich die Zähne zu putzen, versetzte Barbe, er habe nicht einmal ein Taschentuch in Reserve; ja, er sei ohne Gepäck …

»Nichts anderes habe ich aus Ihrem Munde hören wollen«, sagte der Direktor, »das genügt!« Reisende ohne Gepäck in einem Hause, das es verschmähe, in den Reiseführern zu figurieren!

Der Hinweis auf sein Geld, das sie doch sähen, auf seine Ehrbarkeit, über die sie sich bei seinem Notar erkundigen könnten, kein Protest, keine Bitte konnte den Direktor erweichen. Fern der Hotelhalle, hinter der gepolsterten Tür sicher, daß kein Geschrei nach außen dränge, forderte er Barbe immer eisiger auf, das Hotel sofort und unauffällig zu verlassen.

Schließlich und auf die Gefahr hin, daß man zu Hause erfahre, wie kläglich sein Ausflug in die Freiheit des eigentlichen Lebens begonnen hatte, beteuerte Barbe, noch vor vierundzwanzig Stunden sei er der größte Knopffabrikant Europas gewesen, jedem Detaillisten der Branche sei der Name »Barbe« ein Begriff, selbst in kommunistischen Ländern.

Der Direktor blieb unerbittlich: »Für uns sind Sie ein Hochstapler, ein unbegabter übrigens, Sie wissen nicht einmal, daß es in den sozialistischen Ländern keine Detailhändler gibt.«

»Aber staatliche Handelsstellen, die ich beliefere«, beteuerte Barbe aufgebracht, es sei ungesetzlich, ihn um acht Uhr abends bei schon angebrochener Dunkelheit vor die Tür zu weisen, er weigere sich, das Hotel zu verlassen.

»Mit einer solchen Weigerung hätten Sie uns oben auf Ihrem Zimmer vielleicht in Verlegenheit bringen können«, sagte der Direktor, »hier nicht.« Er öffnete eine Tür, zwei kräftige Gestalten wurden sichtbar, ein Hausdiener in grüner Schürze und ein Chauffeur in grauer Livrée.

Kapitel 12

Was man an Barbe vermißt.

Die beiden sind noch freundlicher gewesen als der Oberwachtmeister. Statt ihn, wie vom Direktor angewiesen, unmittelbar zur Kreisstadt zu bringen und dort am Bahnhof abzusetzen, hatten sie einen Umweg gemacht, damit er in dem Flecken, wo er von der Gendarmerie festgehalten worden war, seine Papiere holen konnte. Dennoch ein magerer Trost! Hatte er ein Bett? Mehr als ein Dutzend Gasthöfe abgeklopft und überall, wenn er hereinkam, der gleiche Blick auf seine freien Hände und das prompte Bedauern, das Haus sei restlos besetzt. Die bösen Augen des Portiers in dem einen, wo er, nach seinem Gepäck gefragt, geantwortet hatte, es sei im Bahnhof geblieben. »Dann zeigen Sie mir den Aufbewahrungsschein!« hatte er sich sagen lassen müssen, und war wieder fortgeschickt worden, als sei er ein Hochstapler. Die anderen hatten ihr Mißtrauen wenigstens nicht offen gezeigt. Sollte er denn wirklich die Nacht in diesem miefigen Restaurant des Bahnhofs verbringen? Was hatten sie nur alle! Da erscheint er, immerhin ein Mann, dem man die gesetzte Persönlichkeit ansieht, der ordentlich gekleidet und dessen rechter Schuh auch wieder geschnürt ist, und sie weisen ihn selbst in den bescheidensten Gasthöfen ab, obwohl er sein Quartier vorauszahlen will. Verdächtig ist er, weil er ohne das übliche Zubehör erscheint; den Koffer vermißt man, worin sich der Pyjama und frische Hemden und ein Anzug zum Wechseln befinden müssen, und Ersatzbändel für die Schuhe! Zubehör, lästiges Zubehör, ohne das bist du also nichts, Barbe. Daran hatte er nicht gedacht! Dein Köpfchen hat dich im Stich gelassen! Die Vorstellung, mit nichts belastet durch die Welt zu ziehen, nur das jeweils Benötigte jeweils zu kaufen, dieser Wunsch, den dir dein Geld erfüllen können müßte, war also nur ein Traum am Kamin, wenn das Bild der Fischer verführerisch vor dir stand. Wie würden alle die lachen, vor denen er zu laut, zu früh das »Leben ohne Gepäck« gepriesen hatte, sähen sie ihn hier sitzen ...

Kapitel 13

Barbe hat einen rettenden Einfall.

Fräulein, ich möchte etwas aus der Vitrine kaufen, der draußen, neben dem Fahrkartenschalter. Sie dürfen den Ausschank nicht verlassen? Wozu denn das Schild ›Verkauf durch das Buffet‹? Aber Sie haben doch einen Schlüssel. Nur am Tage? Dann rufen Sie bitte den Besitzer des Koffergeschäfts an; es ist ja noch nicht Mitternacht. Seine Privatadresse steht gewiß im Telephonbuch. Und sagen Sie, daß ich einen teuren Koffer und noch anderes kaufen will. Kein Scherz, ich deponiere gern das Geld, ehe Sie telephonieren. Auch aus der Vitrine neben dem Zeitungskiosk hätte ich gern einiges gekauft, Hemden, Taschentücher und einen Pyjama. Mir ist nämlich mein ganzes Gepäck gestohlen worden …«

Kapitel 14

Barbes erster Kompromiß mit der Last des Lästigen.

Beim Erwachen streichelte er sich die Stirn. Köpfchen hatte zuletzt doch noch alle Hindernisse bezwungen. Dort stand der Koffer, auf der Kommode lagen die anderen Einkäufe der Nacht, und wo hatte er sie verbracht, die Nacht? Im besten Hotel der Stadt, dem, wo er es gar nicht gewagt hatte, ohne Gepäck überhaupt nach einem Zimmer zu fragen. Und wer hatte ihn noch rechtzeitig davor gewarnt, seinen Namen preiszugeben, als er mit dem geschwätzigen Besitzer des Hemdengeschäfts vom Bahnhof in dessen Laden gefahren war und als der ihm dort sagte, er habe eine große Ähnlichkeit mit dem Fabrikanten Barbe? Wer hatte ihm da eingeflüstert, nur ja nicht anzugeben, daß der Aussteller von Knöpfen und Litzen, mit dem der Ladenbesitzer sich auf der Messe unterhalten haben wollte, in der Tat er, Barbe, gewesen ist? In einem Monat hätte zu Hause die ganze Knopf- und Hemdenbranche gewußt, daß er, schon wenige Stunden nach seinem Aufbruch ins gepäcklose Abenteuer, einen Diebstahl seiner Sachen erfunden und sich eiligst ausgestattet hatte.

Den einen Kompromiß mußte er wohl machen: Gepäck und Toilettenzeug darin! Sich rasieren, unabhängig vom Friseur, das mußte morgen das erste sein! Sein Bart wuchs zu schnell. Forthin würde er mit Gepäck reisen, mit einem Minimum, das mit der linken Hand zu tragen war, das ihm aber jedes Hotel öffnen würde.

Kapitel 15

Was Barbe dazu führt, sich nach einem Schrank zu sehnen.

Wie lang lag er nun schon und wartete auf den Schlummer! War er nicht oft genug mit dem Schlafwagen gereist! Wie hatte er nur vergessen können, daß gegen das Rattern der Räder und, wenn der Zug hielt, gegen das laute Ausrufen des Namens der Station nur die Wachskugeln »Quietas« halfen, die man sich in die Ohren stopfte. Dabei hatte er, vor dem Aufbruch zum Bahnhof, den schon so oft geschlossenen Koffer noch ein letztes Mal wieder geöffnet und geprüft, ob auch nichts von dem Dringend-Notwendigen fehlte, dessen man auf einer Eisenbahnreise von 15 Stunden bedarf. Daß der Schaffner diese Wachskugeln nicht bereit hielt! Für vergeßliche Fahrgäste. Ein glattes Dienstvergehen. Mit dem hatte er es verdorben, dummerweise. Statt an diesen Mann hätte er seine Vorwürfe an die Verwaltung der Eisenbahn richten sollen. Müßte denn nicht in jedem Schlafabteil eine ganze Schachtel dieser Kugeln zur Verfügung liegen, und Aspirin und Verbandszeug! Wie schnell verletzt man sich! Der Zug braucht nur unerwartet zu stoppen, schon schlägt man mit dem Kopf an etwas Hartem auf. In seiner früheren Hausapotheke hatte er stets alles für Erste Hilfe bereit gehabt; gegen Kopfweh, Zahnschmerz, Wespenstiche, auch gegen Lärm natürlich. Gaben seine gesellschaftssüchtigen Nachbarn eine Party mit Beatmusik, dann steckte er sich Wachskugeln in die Ohren. Wie oft hatte er sich auf diese Weise einen guten Schlaf gesichert, indes die anderen Anwohner der Straße bis zum Morgen verzweifelt ihre Betten zerwühlten und die lauten Nachbarn verwünschten. Wenn er an seine Hausapotheke dachte!

In einem eigens hergerichteten Verschlag neben dem Badezimmer war sie untergebracht, zwei weißlackierte Schränke, die Türen ganz aus Glas. Jeden Monat hatte er an Hand einer Liste kontrolliert, ob kein wichtiges Medikament fehle und welche alt geworden waren und durch frische ersetzt werden mußten, oder durch bessere, neu erfundene.

Wie hatte seine Köchin gegen diese Apotheke gestichelt und von seiner eisernen Gesundheit gesprochen, die sie mit ihrer Kunst erhalte. Es stimmte, er war nie krank, nicht ernstlich, wie hätte er denn sonst auch nur daran denken können, aufs Geratewohl hinaus in die Welt zu zigeunern, mit so gut wie nichts an Gepäck! Ob er nicht doch wenigstens einen Grundstock von Medikamenten hätte einkaufen sollen? Wieviel Beruhigung hatte die Hausapotheke, ja nur der Gedanke, daß sie da war, auf ihn ausgestrahlt. Vielleicht war er nur dank dieser wohltuenden Wirkung nie krank gewesen, selbst in den letzten Jahren nicht, als er das doch auch beim Mann so kritische Alter erreicht hatte. Quälte ihn in seinem früheren Zuhause, wie jetzt in diesem überlärmten Abteil, das Warten auf den Schlaf, dann hatte es ihm oft genügt, die vollen Schränke seiner Apotheke zu betrachten. Ganz vorn, bei den harmlosen Medikamenten, lagen die Mittel für das Köpfchen. Denn haperte es zuweilen mit dem Einschlafen, so niemals, weil irgend etwas Organisches, der Magen etwa, versagt hätte; immer waren es die Gedanken, die ihn wachhielten, meistens Sorgen mit der Fabrik; aber wie oft auch dachte er über die Bestimmung des Menschen nach, was wohl nach dem Tod komme? War es nicht eine Frage, die sich jedem aufgeklärten Mann, der nicht an den Himmel glaubt, hin und wieder quälend aufdrängt! Wie dankbar war er dann manchmal den Pharmazeuten gewesen, daß sie den Medikamenten jene Zettel aus feinem, knisternden Papier beigaben, worauf die Gebrauchsanweisung, die Eigenschaften der Mittel und die Krankheiten, gegen die sie wirken, beschrieben sind. Mehr als einmal, wenn er, vom Grübeln übermannt, nicht mehr wußte, was man vom Sinn des Lebens denken soll, hatte die Lektüre dieser Zettel ihn von den bohrenden Problemen abgelenkt, besonders wenn er die Hüllen der schweren Medikamente öffnete, der Mittel gegen das gelbe und das Maltafieber, gegen Beulenpest und asiatische Pocken oder gegen die afrikanische Krätze. In einer Hafenstadt werden ja gerade solche Krankheiten von den Schiffen, die aus heißen Ländern kommen, eingeschleppt. Noch jedesmal, wenn er an den Quais spazierenging oder Geschäftspartnern den Hafen zeigte, war es ihm aufgefallen, wie bei den Exoten die niederen Grade der Besatzungen aussahen! Viele hatten Verdächtiges auf der Haut, Pusteln oder Pockentrichter. Sich auszumalen, wie einem Menschen zumute sein mußte, der eine solche Krankheit hatte, und dabei zu wissen, daß man selber von ihr verschont war, und, käme sie, sich dagegen wehren könnte, das allein schon hatte ihm so manches Mal doch noch zum Schlaf verholfen, wenn er, schon zu Bett, von dem Verdacht der Ansteckung gepackt, aufgestanden, und, nach gründlicher Prüfung der Haut, wieder im Pyjama vor die Apotheke getreten war, wo die Medikamente in Schachteln und Tuben verpackt darauf warteten, daß er ihrer eines Tages bedürfe. Immer war er, von ihrem Anblick beruhigt, ins Bett zurückgekehrt und bald in den besten Schlaf gesunken. Aber hier, in diesem, obendrein so stickigen Abteil! Bis zum Morgen würde er hier wach liegen, das war gewiß, und er hatte nichts bei sich, nicht den kleinsten Krümel einer Tablette, die ihm helfen könnte, nicht mehr an das Rattern der Räder zu denken und an die Stimme aus dem Lautsprecher, die beim nächsten Halt den Namen der Station mit solcher Stärke ausrufen würde, daß eine ganze Stadt davon erwachen mußte.

Dem Schaffner schellen? Der gäbe ihm nichts, selbst wenn er Tabletten zur Auswahl hätte. Der Mann war ihm böse, der gehörte zu denen, die jede Klage, auch die berechtigtste, verübeln.

Kapitel 16

Wie Barbe schon wieder in Verdacht gerät.

Ruhe, meine Herren Schaffner, Sie haben nun genug auf mich eingeredet und eingefuchtelt! Wer jetzt redet, das bin ich, sonst ziehe ich die Notbremse. Also der Sachverhalt: Warum ich nicht geklingelt habe? Ich konnte nicht schlafen und wollte mir, da mein Schaffner nicht gerade der freundlichste ist, von seinem Kollegen im nächsten Wagen ein Schlafmittel geben lassen. Warum ich mich aber angekleidet habe, wie für die Straße? Das erscheint Ihnen verdächtig! Nun, weil ich keinen Schlafrock bei mir habe! Sollte ich im dünnen Pyjama auf dem zugigen Gang den Schaffner suchen? Und wie gut ich getan, das wissen Sie ja selber. Wo war er denn, der Chef des Nachbarwaggons? An seinem Platz, wo er zu wachen hat? Nein, unter Verletzung seiner Dienstpflichten war er mit zwei Kollegen im vierten Waggon, wo sie, voreilig, das Bett in ein Sofa verwandelt hatten und dem doch gewiß untersagten Kartenspiel frönten. Ein unvorhergesehen zusteigender Fahrgast hätte mit dem verrauchten Raum vorlieb nehmen müssen, der Zug führt doch nur Schlafabteile. Das gehe mich nichts an! So, und was geht es Sie an, wenn ich nachts durch die Waggons spaziere? Sie haben das verdächtig gefunden und behaupten noch jetzt, ich hätte nicht eine Schlaftablette gesucht, sondern ein unverschlossenes Abteil, und dem darin schlafenden Fahrgast die Brieftasche stehlen und beim nächsten Halt den Zug verlassen wollen. Ohne meinen Koffer, um nicht aufzufallen. Den haben Sie gegen jede Befugnis geöffnet, und weil Sie nur wenig Wäsche und nur ein Paar Schuhe und Rasierzeug darin fanden, soll Ihr Verdacht schon gerechtfertigt sein! Waren denn Nachschlüssel, waren Dietriche in meinen Taschen, die

Sie um und um durchwühlt haben? Sie sagen, ich hätte dieses Werkzeug, als Sie mich beim Übergang von einem Waggon zum anderen vor sich herstießen, die Hosen entlang, zwischen den Kupplungen aufs Gleis fallen lassen, man habe es gehört. Gut, dann müssen sie dort liegen, aber lassen Sie mich solange in Frieden, als diese Verbrecherutensilien nicht gefunden sind …«

Kapitel 17

Warum es Barbe wurmt, seine Lage nicht zu kennen.

Wenn ich nur wüßte, ob sie das Recht haben, mich in meinem Abteil einzusperren. Freiheitsberaubung! Jede Wette: die lüften das Abteil, in dem ich sie beim Skat erwischt habe, und richten das Bett wieder her, um was ableugnen zu können: die Verletzungen des Dienstreglements! Rauchen und Kartenspielen ist den Schaffnern gewiß untersagt, selbst in einem unbesetzten Schlafabteil. Nun, die Polizei muß ja noch in der Nacht hereinkommen, die Grenze kann nicht mehr weit sein. Wenn ich nur wüßte, wie meine Lage ist, rechtlich gesehen. Man sollte doch immer den »Führer durch das Recht« bei sich haben. Zu Hause, da wäre ich jetzt vor meine Bibliothek getreten, hätte die Liste genommen und wie schnell das Buch gefunden! Mein Neffe Bouvard, wie oft hat der sich über mich lustig gemacht. Warum ich eine so große Bibliothek besäße, ich läse doch nie. Nie! Ich lese wenig. Wann denn? Und wenn, dann lieber Seriöses über Wirtschaft oder Politik. Die literarischen Werke, nun, sie gehören hinein, und manchmal waren sie ja auch dienlich! Einmal bei dem Streit über den genauen Titel jenes Romans, wie hieß er noch, jedenfalls das Buch war da. Ich triumphierte und konnte sogar eine Erstauflage vorzeigen, kaufen doch die meisten Leute ein Buch erst dann, wenn es längst berühmt ist. Aber die Buchhandlung, die mich betreute, sorgte dafür, daß ich die Werke, die man lesen muß, erhielt, bevor alle Welt davon schnatterte. Überhaupt die Bibliothek! Schon in meinen jüngeren Jahren ist sie mir dienlich gewesen; mehr als einmal habe ich den ganzen Abend, selbstvergessen, wie meine Frau immer sagte, verschmökert. Besonders in den Nachschlagewerken, man sollte sie gar nicht erst öffnen, vom Hundertsten ins Tausendste gerät man, fängt man einmal bei einem Buchstaben des Lexikons an. Da suchst du arglos, wieviel Einwohner eine Stadt hat, um auszurechnen, welchen Absatz man dort erzielen müßte, doch, fertig mit dem Artikel über die Stadt, liest du auch den nächsten, selbst wenn es die Beschreibung eines Vogels ist, und den übernächsten, vielleicht ein Abriß der Biographie eines Erfinders, und schon entdeckst du eine Lücke in deinen Kenntnissen. Habe ich auf diese Weise nicht erfahren, daß das Frottierhandtuch erfunden wurde, weil in einer Weberei aus einer defekt gewordenen Maschine aufgerauhte Handtücher herausgekommen waren statt glatte! Der Fabrikant mußte Köpfchen gehabt haben. Der hatte gleich gesehen, daß die verpfuschten Tücher weicher waren als die wohlgeratenen. In dem gleichen Lexikon hätte ich vielleicht sogar die Auskunft gefunden, die ich im Augenblick brauche: Durften die Schaffner mich einschließen, mit dem Schlüssel einsperren? Ist es verboten, in einem Schlafwagenzug einen anderen der Waggons zu betreten als den, worin man sein Abteil hat?

Ich möchte der Grenzpolizei doch gewappnet entgegentreten, mit dem Wissen um mein Recht und Unrecht.

Kapitel 18

Um zu zeigen, wie wenig Barbe die Polizei fürchtet, bedarf es keines langen Kapitels.

An der Grenze mußten sie ihn nicht aus dem Zug holen. Er wünschte ihn zu verlassen und bat die Polizei, die zur Kontrolle der Pässe eingestiegen war, ihn umgehend zu ihrem Chef zu führen. Mitten in der Nacht! Er wollte die Schaffner verklagen und war so naiv, auf dem Polizeirevier zu fragen, wie seine rechtliche Lage sei und ob es in dem Grenzort einen Anwalt gebe.

Kapitel 19

Ablösung des Erzählers und Dienstantritt eines neuen.

Dank dem Umstand, daß er einen Anwalt suchte, lernte ich Barbe kennen.

Aber bevor der Leser erfahre, wo und wie dies geschah, nehme ich dem verspielten Autor die Feder aus der Hand und versuche, in Barbes Geschichte ein durchgeführtes Prinzip der Erzählweise zu bringen. Da hapert es auffallend. Offensichtlich hat der Autor sich einen Jux daraus gemacht, das, was sein Barbe denkt, empfindet, tut und erleidet, manchmal in der Ich-Form zu schildern, so, als sei er selber Barbe, also auch so dumm und klug wie dieser, manchmal aber so, als sei ihm wie dem Allwissenden der Christen jedes Gefühl, jeder Vorsatz Barbes besser bekannt als diesem selber. Nach dem letzten Prinzip haben, jahrhundertelang, die meisten Autoren erzählt, manche tun es heute ja noch oder schon wieder. Doch diese müssen sich dafür von der »progressiven« Kritik oft als »konventionelle« Erzähler tadeln lassen. Als ob nicht jede Form des Erzählens konventionell sei, nämlich auf der Konvention beruhe, nach der es zwischen dem Käufer eines Romans und dem Autor eine ausgemachte Sache ist, daß die geschilderten Personen nicht im Zimmer sitzen. Für deren Leiden und Freuden bringt – ehrlich! – wohl kein Normalverbraucher von Literatur die gleiche Teilnahme auf, die er für die empfindet, die ihm im realen Leben zum glücklichen Schicksal oder zum Verhängnis werden.

Das Adjektiv »konventionell« abwertend zu benutzen, ist also reine Willkür. Ob in der ersten oder dritten Person, im echten oder unechten Inneren Monolog erzählt wird, der Unterschied zwischen dem Leben und seiner Darstellung bleibt bestehen und ist so tief, daß keine Form der Darstellung diesen Grundunterschied aufhebt, die Vielfalt ihrer Möglichkeiten also auch keine dogmatische Ästhetik rechtfertigt. Wie es auch vollkommen gleichgültig ist, ob Hamlet den Polonius auf einer naturalistisch ausgestatteten Guckkastenbühne oder auf dem Asketenbrett Grotowskis tötet – sich zu verbeugen kommt sein Darsteller immer nach dem Ende des Stücks, schon beim ersten Beifall, und der Autor bleibt immer – wörtlich zu nehmen – Vormund seiner Personen. Und kein Schöpfer hat sich denen je restlos unterworfen, auch wenn er es glauben und uns zugleich vergessen machen möchte, daß die Mode in der Literatur eine ähnliche Rolle spielt wie in der Kleiderindustrie.

Nach welchen Stilprinzipien ein Roman geformt ist, sei nicht vorrangig, das war es wohl, was mein Autor – denn jetzt bin ich ja sein Geschöpf – mit dem bis zum vorangehenden Kapitel verabreichten Wechselbad der Erzählformen hat vorführen wollen.

Aber nun soll Schluß sein mit diesen literarischen Spielereien. Ich bin es, der jetzt hier die Feder führt; im Einverständnis mit dem Autor werde ich mich bemühen, daß der Leser auf eine ihn nicht ärgernde, bequeme Weise erfahre, wie ich Barbe kennenlernte und welche Rolle dieser Sechzigjährige in meinem Leben spielen sollte.

Kapitel 20

Der neue Erzähler lernt Barbe kennen.

Nach der Unterbrechung seiner Reise erschien er, übernächtigt und unrasiert, im Büro des Anwalts, bei dem ich in den Frühjahrsferien meine Kenntnisse des Spanischen und Italienischen zu Taschengeld machte. Es war Samstag, ich war allein, und, statt Briefe für den Chef zu übersetzen, büffelte ich mit Wut in meinem Marx, mit Wut auf ein Mädchen, nicht auf Marx. Durch einen Anruf der Polizei war ich auf Barbes Erscheinen vorbereitet. Ein aufgeregter, aber sonst wohl harmloser Mann werde kommen. Er habe Geld. Man solle ihm aber ausreden, eine Klage gegen die Schaffner des Schlafwagenzugs anzustrengen. Die seien zwar im Unrecht, aber ... also das Übliche, was Beamte anzuführen pflegen, wenn ein Auge zugedrückt werden soll, damit eine Affäre nicht zur Justiz gelange.

Daß der Anwalt für zwei Tage verreist war, brachte Barbe aus der Fassung. Er wußte bereits, daß es in dem kleinen Grenzort keinen anderen gab, nicht aber, daß wir uns nur mit Zivilsachen abgaben und auf diesem Gebiet auch nur mit solchen, die den Grenzverkehr von Waren betrafen, also von Gütern jeder Art, Maschinen insbesondere. Als ich ihm dies erklärte und hinzufügte, es gebe kein Gericht am Ort, fragte er mich, ob ich fertiger Jurist sei.

»Weder – noch«, sagte ich ihm, »ich studiere Volkswirtschaft.«

Er schien verzweifelt. »Haben Sie wenigstens den ›Führer durch das Recht‹ hier?«, rief er.

Natürlich hatten wir dieses Buch nicht; es steht wohl nur bei Laien auf dem Bücherbrett.

Er jammerte, er habe es besessen, leichtsinnig fortgegeben und nun brauche er es auf der Stelle.

Als ich ihm sagte, im Ort gebe es keine Buchhandlung und zur Hauptstadt des Bezirks, wo er mehrere finde, seien es mehr als hundert Kilometer, bat er mich, dort anzurufen.

Man hatte das Buch.

Ob ich einen Wagen besäße? Er zahle mir hundert Liter Benzin, wenn ich bereit sei, ihn sofort zu der Stadt zu fahren. Er müsse ja auch ein Hotel finden, wo er sich gründlich waschen und in Ruhe Entschlüsse fassen könne.

Abgelenkt zu werden von den bohrenden Gedanken an das Mädchen, mit dem ich am Abend zuvor gebrochen hatte, was konnte mir willkommener sein! So verstaute ich Barbes verwunderlich leichten Koffer mit Vergnügen und machte kein Gesicht, als er mich bat, »mit Maß auf das Gas zu treten«. In kleinen Wagen sei der Abstand vom Belag der Straße so gering, daß ihm bei schnellem Fahren sei, als werde ihm das Gesäß gehobelt.

Kapitel 21

Wie Barbe sich vor einem jungen Marxisten entblößt.

Als ich, zwei Stunden später, vor einer Buchhandlung parkte, war der Mann für mich erledigt. Obwohl er mich auf der Fahrt köstlich unterhalten hatte, war der Stab, wie wir damals gern sagten, über ihn gebrochen. Denn ich wußte nun, warum er mit seinem früheren Leben Schluß gemacht und wieviel »Unbill« er erlitten hatte, nur weil ihm in einem Bus der Schuhbändel gerissen war; ich wußte aber nicht, ob er, als er seine Fabrik verkaufte, die Arbeiter auf die Straße gesetzt oder ob der Käufer die Belegschaft übernommen hatte. Dies nicht erzählt zu haben, diese aufschlußreiche Unterlassung verriet mir, daß er zu denen gehörte, denen Richards, meine und andere Gruppen das Recht auf Existenz bestritten.

Ich wußte, was meine Kameraden ihm über seinesgleichen Diebes- und Schmarotzerrolle gesagt und wie sie seine offenbar feste Überzeugung, ein Mann wie er sei redlich, angegriffen hätten. Doch ich hatte geschwiegen. Der ist zu alt für bessere Einsicht und mein Zusammensein mit ihm zu kurz, wie soll ich Einfluß auf ihn haben! So hatte ich mein Gewissen auf der Fahrt beschwichtigt. Das war Schwindel vor mir selbst. Denn dieser Mann, in unseren Augen einer von denen, die es gar nicht geben sollte, hatte mich mit den Schilderungen dessen, was er im Bus, in den Hotels und im Schlafwagenzug erlebt hatte, obwohl ich mich dagegen wehrte, immer wieder zum Lachen gebracht.

Nur deshalb hatte ich mit meinen bei Marx gelernten Vorstellungen zurückgehalten und ihm nicht gesagt, daß er der Belegschaft seiner Fabrik zwanzig Jahre lang den Mehrwert ihrer Arbeit unterschlagen hatte und daß es dieser Diebstahl war, der ihm erlaubte, mit seiner Beute sorglos in die Welt zu reisen und jeder Schrulle nachzugeben.

In welchem Maß der nur sich und wieder nur sich kannte, das sah ich dann mit eigenen Augen, als wir den Buchladen betraten. Er drängelte sich vor zwei wartende Kunden und verlangte laut den »Führer durch das Recht«. Als man den mächtigen Wälzer brachte, riß er ihn der Verkäuferin aus der Hand, zog damit in die Leseecke des Ladens und blätterte ungeduldig darin. Ich zwinkerte dem Fräulein zu und erklärte ihr, was Barbe in dem Buch suchte. Darauf empfahl sie ihm mehrere juristische Werke über Verkehrs- und Eisenbahnrecht. Meinen Einwand, dort finde er nichts für seinen Fall, tat er mit einer Bewegung der Hand ab, ließ sich die Bände bringen, warf einen flüchtigen Blick hinein und kaufte sie alle. Es war ein schweres und so unbequem zu tragendes Paket, daß er sich von der Verkäuferin das »beste« Restaurant der Stadt nennen und die Bücher dorthin vorausschicken ließ. Draußen schlug er mir vor, mit ihm zu Mittag zu essen und dann beim Kaffee in den juristischen Werken zusammen die Paragraphen zu suchen, die sich bei einer Klage wegen der Übergriffe der Schlafwagenschaffner anwenden ließen.

Den Schaffnern wollte er an den Kragen. Verbissener hatte ich noch nie jemanden sich über das Einkommen und die Vergünstigungen der Beamten erkundigen hören. Dabei mußte ich feststellen, daß er die Höhe der Gehälter der Beamten ziemlich gut kannte. »Schlafwagenschaffner«, brummte er immer wieder vor sich hin. Ein Beruf für Faulenzer sei das. Einer, für den man nichts anderes lernen müsse, als das Herrichten eines Betts und noch eines kleinen dazu. Das werde jedem Rekruten bereits in der ersten Woche beim Militär beigebracht. Er habe schon als Zehnjähriger immer selbst sein Bett machen müssen, und wehe ihm, damals, wenn seine Mutter gefunden habe, die Kissen und Decken seien nicht genügend glattgezogen. Dann habe es Nüsse gesetzt, eine verhaßte Strafe. Ob ich wisse, wie man es spüre, das harte Klopfen mit den Knöcheln der zur Faust geknickten vier Finger, direkt oben auf den Kopf? Und das, wo er das Haar immer kurz geschnitten habe tragen müssen, weil er einmal Läuse aus der Schule mitgebracht hatte. Was eine harte Kindheit sei, ob ich mir das vorstellen könne? »Wahrscheinlich nicht«, entschied er, ohne meine Antwort abzuwarten, und schilderte mir, wie er seit seinem sechsten Jahr in seiner ganzen Jugend nie bedient worden war. Wie er jeden Knopf selber hatte annähen und jedes Loch im Strumpf hatte selber stopfen, später sogar seine Strümpfe selber hatte strikken müssen. Nie habe man ihm Spielzeug geschenkt, nie, also nicht einmal den kleinsten Bruchteil dessen, mit dem heute fast alle Eltern so töricht und gewissenlos seien, ihre Kinder zu überschütten, statt sie zu zwingen, sich selber Spielzeug zu schnitzen. »Bei solchen Kindern, die nicht dazu angehalten werden, selber etwas herzustellen, reicht es dann später höchstens noch zum Schlafwagenschaffner«, schloß er und wiederholte, alles Unglück in der Welt komme von der falschen Erziehung.

Ich hielt ihm entgegen, daß zu den glücklichsten Stunden meiner Kindheit die gehört haben, da ich ganze Nachmittage mit meiner Eisenbahn spielte und daß ich nichts Verwerfliches in dem Umstand sehen könne, daß ich diese Eisenbahn fertig zum Gebrauch, also die Schienen inbegriffen, unter dem Christbaum gefunden hatte und daß ich meinen Eltern dafür sehr dankbar gewesen bin und sie deswegen auch heute noch nicht töricht finden könne. Da erwiderte er, nach einem prüfend über mich gleitenden Blick: »Sie haben beim Spielen mit der Eisenbahn aber doch hoffentlich etwas gelernt oder wenigstens eine Vorstellung von dem erworben, was das ist, eine richtige Eisenbahn, und haben den Zug, als Sie etwas erwachsener waren, nicht mit der Bewußtlosigkeit benutzt, mit der die Menschen in beinahe jeder Situation durchs Leben tappen und es, zum Beispiel, selbstverständlich finden, daß sie, wenn sie in den Zug einsteigen, auch heil und pünktlich dort ankommen, wo sie vorhatten auszusteigen. Das ist eben nicht selbstverständlich.«

Daß ihm der Mangel an Bewußtsein, mit dem ja in der Tat so viele Menschen durchs Leben tappen, überhaupt aufgefallen war, ließ mich aufhorchen. Denn, obwohl ich noch ein Anfänger war, hatte ich immerhin bei Marx schon gelernt, wie wichtig es ist, nie etwas zu tun oder hinzunehmen, ohne sich bewußt zu machen, daß und warum man es tut oder hinnimmt. Ich fragte mich, ob ich es mir nicht etwas zu einfach gemacht hatte mit meinem Urteil über den Mann und ob seine Ansicht, zum Beruf des Schlafwagenschaffners bedürfe es nicht viel Wissens und Könnens, so ohne weiteres von der Hand zu weisen sei. Und doch sträubte sich mein ganzes Empfinden gegen seine abschätzige Bewertung einer Dienstleistung; mir lag zuviel Hochmut darin. Schließlich fragte ich ihn: Und wenn es nun keinen Schaffner gäbe, ob das nicht jeden Abend in den Schlafwagen auf den Gängen vor den Abteilen zu Gezänk und Chaos führe?

»Die Reisenden würden sich um die Abteile prügeln, die nicht über den Rädern liegen«, gab er zurück, aber ob der Beruf des Schaffners deshalb weniger einer für Faulenzer sei, die nichts Besseres gelernt hätten?

»Aber zur Stelle sein und den Schlaf opfern müssen die«, wandte ich ein, »wenn ein Mann wie Sie, der sich das teuere Einzelabteil leisten kann, eine Reise macht.«

»Das, was Sie feststellen, ist genauso richtig wie meine Behauptung, daß man zum Schaffner weder Muskeln noch viel Hirn braucht«, gab er kühl zurück. »Die, mit denen ich vergangene Nacht zu tun hatte, haben nicht ihren Schlaf geopfert! Mit Kartenspielen und Rauchen haben sie sich die Nacht um die Ohren geschlagen, statt über die Ruhe und Sicherheit der Reisenden in dem Waggon zu wachen, der ihrer Fürsorge anvertraut war. Und eben dafür verdienen sie Strafe.«

Mit dem ist nicht gut Kirschen essen, dachte ich, aber dann sagte er plötzlich, an sich mißfalle es ihm aufs Äußerste, daß ich für so pflichtvergessene Beamte überhaupt ein gutes Wort übrig hätte, doch mein Einwand, ohne den Schaffner könne es kein bequemes Reisen geben, sei es wert, besser bedacht zu werden, als er es getan. Es gebe nichts auf der Welt, das man als selbstverständlich ansehen dürfe. Dafür seien die Menschen zu unvollkommen, auch er.

Ich hängte mich an das Stichwort, das er mir damit gegeben hatte, und so gelang es mir – allerdings erst beim Dessert –, ihm seine Gedanken auf Rache auszureden.

Der Mann verwirrte mich. Gewiß, er schien mir schrullig, ja seltsam. Aber daß er so leicht zugab, vorschnell geurteilt zu haben, das verfehlte nicht seinen Eindruck auf mich.

Er wollte die Bücher, mit Ausnahme des »Führers durch das Recht«, zurückbringen. Er würde ohnedies vielleicht noch einmal in dem Buchladen zu tun haben, das hänge nur von mir ab. Ob ich bereit sei, ihm, einem Unbekannten, vollkommen aufrichtig Auskünfte über mich zu geben?

Was antwortet man da! Als erstes wollte er wahrhaftig wissen, ob ich einen fleckenlosen Leumund besäße, dann, warum ich während meiner Ferien nur gelegentlich und nicht täglich bei dem Anwalt als Dolmetscher arbeitete und warum ausgerechnet in dem kleinen, traurigen Grenzort. Als ich ihm sagte, daß mein Vater und meine Mutter, beide als Zollbeamte, dort lebten, strahlte er. Das treffe sich prächtig. Nur müsse er, bevor er mit meinen Eltern spreche, von mir wissen, ob es mir Spaß machen würde, ihn, gegen ein anständiges Tagesgeld und in guten Hotels untergebracht, in meinem Wagen ans Mittelmeer zu bringen. Er habe genug von der Eisenbahn und überhaupt von öffentlichen Verkehrsmitteln, da wisse man nie, wen man als Nachbarn oder Schaffner habe, und vor allem wolle er nicht über die Grenze reisen, ohne wenigstens ein großes Nachschlagewerk mitzunehmen. Die Südländer seien so unwissend! Was er machen solle, wenn er drunten am Mittelmeer plötzlich eine Auskunft brauche? Das Lexikon, das er früher in seiner Bibliothek gehabt, alles, was man wissen wolle, finde sich darin, aber es bestehe aus fünfzehn schweren Bänden, ergänzt durch einen Atlas im gleichen Format. »Wie den mitnehmen? Nur in einem Wagen ist es möglich!« rief er.

Eine kostenlose Reise in den Süden, bei meinem Liebeskummer! Und obendrein ein Tagesgeld, das ließ ich mir nicht zweimal sagen.

Er bat mich, meine Eltern anzurufen und sie zum Abendessen in die Stadt zu laden, damit er sich ihres Einverständnisses versichern könne. Ich sagte ihm, selbst wenn wir zu Hause Telefon hätten, müsse zuerst er dort einen Besuch machen.

»Richtig!«, rief er, »ein guter Punkt für Sie! Ich bin schon zu lange Witwer, da verwöhnt man sich und denkt, die anderen müßten springen, wenn man pfeift. Und dann die Fabrik, da war ich Herr im Haus.«

Herr im Haus! Also doch! Das Wort klang mir in den Ohren wie ein Knall mit der Peitsche. Der Mann war ja die Herrschsucht selber. Hatte er sein wahres Wesen nicht ungewollt verraten? Herr im Haus! Ich fragte mich, ob ich – an seiner Stelle – ähnlich brutal so wenig Hehl aus einer Gesinnung gemacht hätte, von der er doch wohl wußte, wie abstoßend sie heute selbst auf einen nicht unmittelbar Betroffenen wie mich wirken mußte.

Daß der Zufall mir Gelegenheit gab, einen solchen Menschen kennenzulernen und sogar zwei oder drei Wochen lang studieren zu können! Von seinesgleichen wußte ich doch nur aus Büchern und vom Hörensagen in Versammlungen.

Es war mir nun klar, daß ich, wollte ich ein ungeschminktes Bild von ihm erhalten, ihn meine Empörung nicht merken lassen durfte und daß es zunächst besser war, ihm nicht zu sagen, wo ich stand, in welchem Lager, und ich war froh, ihm auf der Fahrt zur Stadt meine Farbe nicht bekannt zu haben. Kennenlernen sollte er diese erst dann, wenn ich ganz sicher wäre, daß er wirklich so verwerflich war, wie es mir jetzt erschien.

Von dem Augenblick an, da ich den Entschluß gefaßt hatte, ihn zwar scharf zu beobachten, andererseits aber mir mein Urteil nicht noch einmal so einfach zu machen wie ich es auf der Fahrt getan hatte, fühlte ich mich frei ihm gegenüber. Mochte er auf der Reise reden und tun was immer, auch das Empörendste, ich wollte der höfliche, gelassene Begleiter sein, dem aber nichts entgehen, der sich alles merken und am Tag der Trennung mit äußerstem Freimut sagen würde, wie sich die zwei Wochen aus dem Leben eines Kapitalisten in seinen Augen ausnahmen.

Als wir nach dem viel zu ausgedehnten Mittagessen endlich das Restaurant verließen, bat er mich, ihn zum ersten Hotel der Stadt zu fahren.

Kapitel 22

Von den Ansprüchen, die Barbe an einen Vorhang stellt.

Auf dem Weg zum Fürstenhof drückte er mir einen Zwanziger in die Hand: »Geben Sie das dem Türöffner, sonst verachtet der uns wegen Ihres kleinen Wagens.«

Dank diesem Trinkgeld brachte Barbe dann schnell aus dem Mann heraus, daß viele Zimmer des großen Hotels leer standen.

Am Empfang erklärte er, man möge seinen Koffer noch in der Halle lassen. Zunächst wolle er alles, was frei stehe, besichtigen. Er schob den vorgelegten Meldezettel brüsk zurück. Ausfüllen würde er den erst dann, wenn ihm ein Zimmer gefalle, was ja noch nicht sicher sei.

Für die Besichtigung gab man ihm einen der jüngeren Herren vom Empfang. Der bat ihn, einen Augenblick in der Halle Platz zu nehmen. Dort forderte Barbe mich auf, mit hinaufzufahren. So hätte ich Gelegenheit zu lernen, wie man Hotelzimmer prüft und könne ihm das auf unserer Reise abnehmen. Als junger Mensch sammele man nie zuviel Erfahrungen.

Er ließ sich fast ein Dutzend Zimmer zeigen. In allen ging er geradewegs zum Fenster und betastete die Vorhänge. »Lappen sind das, keine Vorhänge, viel zu dünn! Feinste Seide, ja, auch schön gerafft, aber warum nicht dicker gefüttert!«, sagte er jedesmal. »Wer ist der Verbrecher, der es einem Gast zumutet, hier zu schlafen!«

Eine Antwort auf diese Frage schien er nicht zu erwarten, denn er verlangte immer gleich das »nächste« Zimmer zu sehen.

Er hatte die Vorhänge bereits eines guten Dutzend Zimmer verworfen, da erklärte der junge Mann vom Empfang, der uns immer unwilliger die Türen aufschloß, das Zimmer, das er soeben gezeigt habe, sei das letzte einbettige, über das er disponiere, es habe sich noch nie jemand beklagt, Vorhänge wie die so stark bemäkelten finde man in jedem erstrangigen Hotel.

»In fast jedem, das ist es ja«, sagte Barbe und zog die Vorhänge zu.

Es blieb, wenn auch gedämpft, recht hell im Zimmer.

»Bitte«, warf er zornig hin, »ist das dunkel, ist das Nacht? Und draußen vor den Fenstern nirgendwo Läden, nirgends Jalousien, immer nur herein mit dem Tageslicht!«

Das Haus habe nichts Besseres zu bieten; in den Apotheken verkaufe man Augenmasken für lichtempfindliche Menschen, sagte der junge Mann.

Da fuhr Barbe ihn an: »Sie wissen es also, daß bei dem Fehlen von Fensterläden Ihre Vorhänge Mord bedeuten, ein Anschlag auf die Nerven Ihrer Kunden! Rechnen Sie nur aus, beginnend mit dem Datum der Eröffnung des Hotels: wieviel tausend Stunden geraubten Schlafs ergibt es, wenn Sie zusammenzählen, wieviel Gäste in diesen Zimmern, vom Morgenlicht zu früh geweckt, den unterbrochenen Schlaf nicht wiederfanden und ihre Energie für einen ganzen Tag verloren haben? Und dem wäre so einfach abzuhelfen!« Es sei das erste Mal, daß er reise, ohne an diese Misere gedacht zu haben, diesen Ärger mit den dünnen Vorhängen, der in nur wenigen Hotels den Gästen erspart werde. Im allgemeinen habe er immer schwarze Tücher in den verschiedensten Größen, die man leicht vor die Fenster hängen könne, im Koffer. »Im Koffer gehabt«, fügte er, zu mir gewandt, hinzu und verlangte, da es ja in allen Räumen offenbar die gleiche Misere sei, »einmal ein Badezimmer« zu sehen, ob diese wenigstens annehmbar seien.

In seiner Empörung über das dünne Futter der Vorhänge hatte er die anderen Zimmer alle schnell verlassen, ohne das Bad zu besichtigen.

Kapitel 23

Von den Ansprüchen, die Barbe an ein Badezimmer stellt.

Einer Umfrage des Allensbacher Instituts zufolge, halten 56 % aller Deutschen ein warmes Bad in der Woche für ausreichend.
»Münchener Abendzeitung«, 9. März 1966

›*Kaum* hatte er die Tür geöffnet, *da* blieb er wie gebannt stehen.‹ So etwa bereitete noch bis zur Hälfte des Jahrhunderts der Autor seinen Leser auf ein Ereignis vor, das nicht erwartet war.

Mit den beiden kleinen Wörtern ›kaum‹ und ›da‹ durften die Erzähler von einer zu Ende gehenden Handlung oder Situation zu einer neuen übergehen, ohne daß die Kritiker den Komfort, den diese Redewendung nicht zuletzt auch dem Leser bietet, übelnahmen.

Doch, wie ich höre, soll die Redewendung jetzt von der progressiven Kritik geächtet worden sein, als »zu bequem« und »unserer Zeit nicht angemessen«. Was kümmert dies mich!

Kaum also hatte Barbe den Baderaum betreten, da blieb er stehen, und zwar wirklich wie gebannt.

Im ersten Augenblick dachte ich, der Luxus dieses Saals habe auch Barbe überwältigt; noch nie hatte ich ein so großes und prächtiges Bad gesehen: himmelblaue Kacheln bis zur Decke! Das Waschbecken, die große Wanne und das WC aus zartgrauem Porzellan oder was immer es auch war, dieses feine Material! Und in einem Winkel, umrahmt von einem beiderseitig eingerafften Vorhang, eine Dusche, aber was für eine! Aus offenbar massivem Nickel hergestellt, wie die dicken Stangen, auf denen, was ich jedoch noch nicht erriet, Hand- und Badetücher warmgehalten werden, war diese Dusche wie ein in der Rückwand eingehöhlter Schrein gebaut. Die beiden Flügel seiner Tür, ebenfalls konkav, standen offen und waren, wie die Hinterwand, für den Wasserstrahl gespickt mit zugespitzten Röhrchen, die mich an die Zinken einer Egge denken ließen. Ich sah sofort, daß dies ein Traum von Brause war, nämlich eine, mit der man sich fast ganz umschließen und das Wasser von drei Seiten in einer Vielzahl feiner Strahlen auf den Körper richten konnte.

Wie ich mußte auch der junge Mann vom Empfang Barbes Schweigen und Verbleiben an der Tür mißdeutet haben. Vor der Größe und den Raffinements der Badezimmer staune jeder Gast des Hauses, sagte er, besonders aber vor den Duschen, mit denen biete es den Gästen etwas, das kein anderes auf der Welt, er betone: auf der ganzen Welt, aufzuweisen habe. Dies sei unbestreitbar. »Treten Sie doch näher und bewundern Sie die Dusche«, sagte er zu Barbe. Sie sei vom Gründer des Hotels erfunden worden. Der habe sogar ein Patent auf sie erhalten. Nachahmen dürfe sie also niemand. »Diese Dusche, einmalig ist sie in der Hotellerie«, schloß er eifrig.

»Einmalig, allerdings«, stieß Barbe aus, ohne sich von der Stelle zu rühren.

Daß es auf Herrn Barbes Stirn bedrohlich finsterte und daß Gewitterwolken sich um seinen Mund zusammenzogen, schien der junge Mann nicht wahrzunehmen. Mit öliger Stimme bat er sogar ein zweites Mal den immer sichtbarer verstimmten Barbe, er möge sich der Mühe unterziehen, das Wunderwerk aus nächster Nähe anzusehen, es sei wirklich etwas Einziges.

»Nicht nur Ihre Dusche ist es«, sagte Barbe. »Einmalig ist das Ganze, so einzig, daß es nicht zu glauben ist.«

Endlich schien der junge Mann zu merken, daß er von dieser bitteren Stimme keine Komplimente für das Badezimmer zu erwarten hatte, und als Barbe auf den Schemel zeigte, der vor der Badewanne stand, und barsch verlangte, er möge diesen bringen, gehorchte er sofort.

Als Barbe auf dem Schemel Platz genommen hatte, sagte er dem jungen Mann: »Bleiben Sie neben mir, hier an der Schwelle dieses Saals. Von hier aus kann man seine Pracht in ihrem ganzen Umfang überblicken. Und nun sagen Sie mir, was hier, wo der Gründer dieses Hauses an so viel Überflüssiges gedacht hat, was hier fehlt!«

Als der junge Mann nicht antwortete, wandte Barbe sich mit der gleichen Frage an mich, doch fügte er hinzu, ein Student der Volkswirtschaft sei leichter zu entschuldigen, wenn ihm nicht auffalle, was einem künftigen Hoteldirektor in die Augen stechen und weh tun müsse.

Da zeigte der junge Mann zum Waschbecken und zur Badewanne hinüber. Gläser zum Putzen der Zähne sowie solche zum Trinken seien dort; oberhalb der Wannen und des Bekkens lägen, auf den für die Seife vorgesehenen Schalen, Stücke einer Luxusmarke, in Zellophan verpackt. Wenn er sich elektrisch rasiere, der Stecker funktioniere. Das Telefon sei leicht erreichbar. Wer in der Badewanne sitze oder auf der anderen Bequemlichkeit, könne sitzen bleiben. Dieses Telefon klingele auch stärker als der Apparat, der sich im Schlafzimmer befinde, damit der Gast auch dann das Läuten höre, wenn er in der Dusche eingeschlossen stehe. Wahrhaftig, er wisse nicht, was selbst der anspruchsvollste Gast in diesem Bad vermissen könne.

»Wirklich nicht?«, fragte Barbe. »Einmalig, das ist es in der Tat! Und Ihr Haus figuriert mit einer endlosen Zahl von Sternen in den Reiseführern«, und, zu mir gewandt, »auch Sie vermissen hier also nichts, wie ich feststelle«, und als ich – zugegeben – nun tatsächlich verlegen, nur nicken konnte, seufzte er.

Der junge Mann vom Empfang zuckte mit der Achsel. »Es tut mir leid«, sagte er zu Barbe.

»Was tut Ihnen leid, was?«, kam es zurück.

»Daß unser Haus es Ihnen offenbar nicht recht machen kann«, versetzte er, »ich habe schon zahllose, äußerst anspruchsvolle Gäste in die Zimmer geleitet, aber solche Bemäkelung, wie die aus Ihrem Mund, höre ich zum ersten Mal und sie bleibt mir ein Rätsel. Bedauere.«

»Von Ihrem Bedauern bekommt kein Gast einen sauberen Hintern«, gab Barbe ihm zurück.

»Mein Herr, ich bin zwar nur ein Angestellter, aber ...«

Schon war Barbe ihm ins Wort gefallen: »Sie haben mir gesagt, meine ›Bemäkelung‹ sei Ihnen ein Rätsel; habe ich Ihnen die Sache mit meiner Antwort eben nicht enträtselt oder muß ich noch deutlicher werden, als ich es schon gewesen bin?«

So wenig sympathisch mir der junge Mann auch war, es überkam mich ein gewaltiger Haß auf Barbe. Noch heute kann ich die Heftigkeit des Abscheus wiederempfinden, mit dem der Schemel, auf dem er saß, in mir die Vorstellung erweckte, er sitze auf diesem wie auf seinem Bankkonto. Denn in dessen Höhe sah ich, obwohl sie mir nicht bekannt war, die einzige Erklärung für ein so anmaßendes Auftreten. Daß ich mit dem ersten Kapitalisten, den ich aus der Nähe kennenlernen sollte, gleich ein so kapitales Exemplar erwischt hatte, erfüllte mich mit Genugtuung. Und als er dann sein Opfer sogar aufforderte, vor das WC zu treten, er müsse diesbezüglich eine Frage stellen, hielt ich es für unmöglich, daß er sich mit dieser Zumutung durchsetzen würde.

Der junge Mann blickte ihn nur kalt an und rührte sich nicht.

Ohne die Stimme zu heben, sagte Barbe: »Es mißfällt Ihnen also, mir von dort aus, vor dieser von den Römern übernommenen Erfindung, eine Frage zu beantworten, die zu stellen mir als Kunden durchaus zusteht.«

»Ich habe Ihnen eben nicht die Wahrheit gesagt, mein Herr«, versetzte der junge Mann mit einer Schärfe, die mich überraschte. Er sei kein gewöhnlicher Angestellter, erklärte er, er sei Volontär, unbezahlter, und als Sohn des Besitzers einer Kette großer Hotels sei er es nicht gewohnt, daß man in dem Ton mit ihm rede, den er sich seit einer halben Stunde bieten lasse. »Aber eben nicht länger mehr!« schloß er. »Nehmen Sie es bitte zur Kenntnis.«

Was für ein Argument! Wie kläglich! Soll Barbe dich nur weiter schlecht behandeln, dachte ich und hörte voll Schadenfreude zu, als Barbe sagte: »Verraten Sie mir nur ja nicht Ihren Namen, sonst schreibe ich dem Herrn Papa, daß Ihnen für den

Umgang mit den Gästen die primitivste Schulung fehlt, denn im Hotel ist es der Gast, der immer recht hat. Und wie jämmerlich, daß Sie sich von der Stellung distanzieren, die Sie hier zur Zeit bekleiden! Volontär hin oder her, Sie durften mir nicht verraten, daß Sie ein verkleideter Prinz sind, der hier den Angestellten nur spielt. Für mich sind Sie nichts anderes als der Angestellte, den mir, wie üblich, der Empfangschef zur Besichtigung der Zimmer mitgegeben hat. Antworten Sie mir also von dorther, wie ich es verlange.« Er zeigte dabei auf das WC.

Vor Barbes Argument, dem Logik ja nicht abzustreiten war, setzte der geschniegelte Kerl sich nicht länger zur Wehr. Kapitalisten unter sich, sagte ich mir, und wunderte mich nicht, daß der Mensch gehorsam dorthin trat, wohin zu treten Barbe ihm befohlen hatte: vor das WC! Dort machte er eine unmißverständlich ironische Verbeugung: »Ich bitte um Ihre Fragen. Beantworten werde ich diese aber nur, soweit sie Ihre Wünsche oder sonstwie das Hotel betreffen.«

Auf dem Deckel des WCs spiegelte sich die Hand, in der er die Schlüssel hielt, mit denen er die Zimmer aufgeschlossen hatte. Ich mußte im stillen anerkennen, für etwas so Verwöhntes, wie er es wohl war, beherrschte der Bursche sich geschickt und hatte seinem Quäler gut herausgegeben.

Daß Barbe sich boshaft darauf freute, den Kerl zu quälen, war zu sehen. Die Lippen verkniffen und, hinter der Brille, die Augen starr auf ihn gerichtet, sagte er: »Sie sind also bereit, mir Fragen zu beantworten, die selbstverständlich nur solche Wünsche betreffen, die ich stellen darf, da ich in diesem Hotel abzusteigen gedenke.«

»Ich bin verpflichtet, Ihnen auf jede Frage, die strikt in dem von Ihnen abgesteckten Rahmen bleibt, zu antworten, und werde es tun«, erwiderte der Kerl.

Du hast den Jüngling ganz schön unterschätzt, sagte ich mir und war neugierig, was für Fragen Barbe stellen würde.

»Wenn ich«, begann er, »bei einem Aufenthalt in dieser Stadt und in diesem Hotel zwischen zwei Besprechungen mit Kunden für zehn Minuten auf mein Zimmer gehe, weil ich die Bequemlichkeit benutzen muß, vor der Sie stehen, wie und wo soll ich mich, mein Geschäft verrichtet, reinigen, angenommen – ich wiederhole es –, daß ich über nur zehn Minuten und über keine elfte oder zwölfte verfüge?«

Welche Falle hinter dieser Frage stecken konnte, erriet ich nicht, noch weniger, daß der junge Schnösel längst verstanden hatte, welchen Gegenstandes Fehlen Barbe ärgerte. Denn er fragte spitz zurück: »Wie meinen Sie das, was Sie eben fragten?«

»Spielen Sie nur ja nicht den, der zu vornehm ist, um verstehen zu wollen«, rief Barbe, »ich habe Sie unmißverständlich gefragt, womit ich mir hier in diesem Badezimmer den Hintern säubern kann, wenn ich das WC benutzt habe.«

»Mit unserem erstklassigen, geräuschlosen und samtweichen Papier, mein Herr«, erwiderte der junge Mann unbewegten Gesichts, »wollen Sie es betasten, vielleicht gefällt es Ihnen besser als unsere Vorhänge.« Er hatte sich gebückt, ein Stück Papier von der Rolle abgerissen und hielt es in die Höhe.

»Mit was? Mit was? Nur mit Papier?« Barbes Stimme hatte sich überschlagen.

Immer noch unbewegten Gesichts zeigte der junge Mann mit der Hand hinter sich auf die Badewanne. »Wenn das Papier nicht genügt, was hindert Sie, dort hineinzusteigen. Oder ist die Wanne nicht schön genug, denn zu klein ist sie ja nicht, selbst für einen Herrn Ihrer Statur.«

Daß Barbe die unartige Andeutung auf seine Beleibtheit überging, zeigte mir, wie zornig er schon war.

»Wer hat denn Zeit, sich mitten am Tag zu baden«, versetzte er, »wenn ich nur zehn Minuten im ganzen habe, wie soll ich es nach verrichtetem Geschäft noch schaffen, mich auszukleiden, in der Wanne zu säubern, zu trocknen und dann wieder anzuziehen! Und überhaupt, wie lange braucht ein Bad, um einzulaufen? Also antworten Sie mir endlich: wo soll ich mir den Hintern säubern, wo, in diesem unkompletten Badezimmer?«

»Vielleicht weiß das der Herr Direktor«, gab der Volontär zurück, ging ans Telefon, ließ sich den Empfangschef geben und sagte in einem Ton, dessen Ironie zu deutlich war, dem Gast, der schon ein Dutzend Appartements besichtigt habe, gefalle keins. Der Herr Direktor möge sich heraufbemühen.

Schon packte Barbe ihn am Arm, und da nützte dem Burschen kein Sträuben und Wehren. Ich wunderte mich über Barbes Kraft. Es mißfiel mir zwar, daß er auftrat, als gehöre ihm das Hotel, aber ich genoß es gleichzeitig doch auch nicht wenig, daß er es dem Söhnchen eines reichen Hoteliers so gründlich steckte, denn er ließ ihn nicht aus und fragte ihn, das Gesicht vom Zorn verzerrt, ein halbes Dutzend Mal, ob in den Häusern, die der Herr Papa besitze, die Badezimmer ebenfalls so ungenügend eingerichtet seien wie das, in dem wir standen.

Was Barbe dort vermißte, war mir noch immer rätselhaft.

Plötzlich tauchte, vom Schlafzimmer her, der Direktor auf und fragte nicht gerade freundlich: »Was geht hier vor?«

»Diese Null von künftigem Hotelier soll Ihnen das erzählen«, erwiderte Barbe und gab den Burschen frei.

Dieser erklärte so gelassen, daß ich über solche Selbstbeherrschung nur noch staunen konnte, von dem Herrn, dessen Namen, Titel und Beruf zu kennen das Hotel noch nicht den Vorzug habe, seien an jedem Fenster das Fehlen der Läden gerügt und die Vorhänge zu dünn befunden worden. Das erste Badezimmer aber, das der Herr besichtigt habe, sei, kaum betreten, sogar der Gegenstand bedauerlichster Irritation geworden.

Nur ein Abgrund von Tücke oder nur ein völlig hohler Kopf kann solche Reden führen, dachte ich, gefaßt auf einen neuen Ausbruch Barbes.

Dieser lächelte jedoch, zeigte höhnisch auf den Volontär und sagte dem Direktor: »Zungenfertig ist man, aber keine Ahnung vom Beruf. Was in diesem Badezimmer fehlt, welches Utensil, ahnt er nicht einmal, der künftige Besitzer einer ganzen Kette von Hotels.«

»Und was soll das sein? Was soll hier fehlen?«, fragte der Direktor.

Barbe starrte ihn an: »Wie! Selbst Sie, der Direktor, Sie vermissen hier nichts? Hat sich denn noch nie jemand über Ihre Bäder beschwert?«

»Im Gegenteil«, beteuerte der Direktor, er leite seit zwanzig Jahren das Haus, gerade die Badezimmer seien das Entzücken der Gäste …

»Die ausgeklügelten Duschen! Diese Folterkammern für die Haut.« Er wisse es, er wisse es, rief Barbe, und dann fragte er, die Augen streng auf das WC gerichtet: »Wenn ich dort gewesen bin, wo nur kann ich mir sofort danach den Hintern waschen, falls ich eilig bin?« Er wünsche unverzüglich eine unverblümte Antwort, denn er vermisse hier ein Utensil, das kein Palasthotel in den Badezimmern anspruchsvollen Gästen vorenthalten dürfe, in diesem aber fehle. »So viel Nickel, Chrom und Kacheln, wie Gold in Versailles, doch das Wichtigste ist nicht vorhanden.«

»Nun bin ich aber wirklich neugierig, was das sein soll«, erwiderte der Direktor und fragte den Volontär. »Wissen *Sie*, welcher Gegenstand hier fehlt?«

Der Volontär sah Barbe und mich mit einem süffisanten Lächeln an und erklärte, wieder dem Direktor zugewandt, wenn er recht errate, welches Utensil in dem Badezimmer vermißt werde, so könne das Haus durchaus damit dienen, es genüge, daß der Gast ein Doppelzimmer nehme.

»Ach so!«, versetzte der Direktor, mit einem raschen abschätzigen Blick auf mich, dessen Sinn mir erst später aufging.

»Was ›Ach so!‹?«, gab Barbe ihm zurück.

Darauf sagte der Direktor: »Wenn ich nicht irre: Sie hatten doch ein Einbett, ein Zimmer für nur eine Person verlangt.«

Barbe fiel ihm scharf ins Wort: »Ja und? Was ist das für eine seltsame Einstellung zur Hygiene?« Ob, wer allein schlafe, denn kein Recht auf vollständigen Komfort habe?

Er erhielt keine Antwort. Auf ein Glockenzeichen, das dreimal hintereinander in dem Augenblick ertönte, war der Direktor mit den Worten, das sei sein Rufzeichen, an das Telefon des Badezimmers gegangen.

Man sprach nur kurz mit ihm, wir hörten ihn sagen: »ich komme sofort«, aber, nachdem er aufgelegt hatte, ließ er sich den Portier geben und ordnete an, man solle ohne Verzug die Schlüssel der in der Etage »disponiblen« Doppelzimmer heraufschicken. Dann beurlaubte er sich hastig von Barbe, empfahl ihn der weiteren Führung des Volontärs und schärfte diesem ein, »dem Herrn« jedes freie Appartement zu zeigen, auch die der anderen Etagen. Es wäre doch gelacht, wenn der Gast, in einem solchen Hause, nichts Genehmes fände.

Zunächst wäre es dem Herrn vielleicht genehm, wenn ein Kollege das Zeigen der Zimmer jetzt übernähme, erwiderte ihm der Volontär. »Ich bitte nachdrücklich um Ablösung.«

»Im Gegenteil, Sie führen Ihre Aufgabe zu Ende«, sagte der Direktor und ging dabei hinaus. »Sie sind hier in der Lehre, vergessen Sie das nicht.«

So etwas will geschluckt sein, dachte ich und weidete mich an dieser neuen Demütigung des Volontärs, mußte aber auch bewundern, daß er es so spielend fertigbrachte, sich nicht anmerken zu lassen, wie zornig er wohl war.

Kapitel 24

Wozu Barbe sich im Zorn hinreißen läßt.

Als der Direktor draußen war, kritisierte Barbe, daß dieser sich mit einem »viel zu lauten« Glockenzeichen rufen lasse. »Wenn ich jetzt Siesta gehalten hätte, wäre ich von diesem Lärm erwacht«, sagte er.

Da öffnete der Volontär die Tür zum Flur und bat um ein wenig Geduld, die Doppelzimmer, die er zeigen werde, hätten Türschlösser, zu denen es keine »passe-partouts« gebe, man müsse auf die Schlüssel warten, der Flur sei frei von Zugluft. Es war deutlich, daß er jeden Einwand gegen Durchzug vorwegnehmen und die Bemäkelung der Stärke des Rufzeichens überhört haben wollte, doch Barbe ließ sich nicht ablenken und wiederholte draußen im Flur seine Anstände gegen das Rufzeichen.

Der Volontär entgegnete ihm, im allgemeinen werde der Direktor mit einem Piepser gerufen, wenn er den Apparat aber einmal nicht bei sich trage, behelfe man sich mit dem alten Rufzeichen. Im übrigen gehe es doch schon gegen Abend, wer denn zu solcher Stunde ruhen wolle. Das Aufdecken der Betten habe schon begonnen! Er zeigte auf zwei Frauen, die an den weißen Häubchen und den Schürzen als Angestellte erkenntlich waren und gerade ein Gästezimmer aufschlossen und darin verschwanden. Den kleinen Wagen, auf dem die Wäsche lag, den die Jüngere geschoben hatte, ließen sie vor der Tür stehen.

»Eine vollkommen falsche Auffassung«, rief Barbe und erging sich in Belehrungen über das Recht auf Stille, das man in einem guten Hotel Tag und Nacht, zu jeder Stunde, beanspruchen könne. Auch er habe, als er noch tätig gewesen, über ein solches, durch ein ganzes Haus hallendes, selbst den Lärm der Maschinen übertönendes Rufzeichen verfügt, aber das sei eben in den Fabrikationsräumen seiner Firma gewesen, wo er als Chef immer habe erreichbar sein müssen. In einem Hotel jedoch sei ein so starkes Geläute ein Mißstand, der schleunigst abgeschafft gehöre.

Ich fragte mich, ob ich so viel Hang zum Mäkeln vierzehn Tage lang ertragen könne. Auch fuchste es mich mehr und mehr, daß ich immer noch nicht wußte, was, über den Komfort hinaus, den ich gesehen hatte, ein Badezimmer denn noch bieten müsse, damit ein Kapitalist wie Barbe, ohne sich ganz auszukleiden, seinen Hintern in nur zehn Minuten waschen könne. Will er nur schikanieren, ging es mir durch den Kopf, oder sind die Ansprüche der Kapitalisten noch verstiegener als sie in Illustrierten und im Film geschildert werden?

Der Page, der die Schlüssel endlich brachte, betonte, zu dem Volontär gewandt, es seien die der beiden Fürstenappartements dabei. »Was soll ich mit Pracht und Fürsten«, brach Barbe aus, »Gnade Ihnen, wenn die Bäder der gewöhnlichen Doppelzimmer unvollständig sind, die Barbarei, die das Hotel sich in den anderen leistet, reicht mir.«

Das Hotel werde nicht nur auf seine Gnade nicht angewiesen sein, Komplimente werde es erhalten, erwiderte der Volontär, die Doppelzimmer hätten alle ein Bidet im Baderaum, und was für eins!

Bidet! Ich hörte das Wort zum ersten Mal, erriet, daß die in den anderen Badezimmern von Barbe vermißte Einrichtung mit diesem Wort bezeichnet wurde, wußte aber nicht, wie sie aussah. Doch als wir in das Bad des ersten Doppelzimmers, das uns geöffnet wurde, traten, erblickte ich dort neben dem WC ein niedriges, ovales, kleines Becken und neben diesem ein Gestell, über dem ein Handtuch hing.

Eine Zwergwanne ähnlicher Form hatte ich einmal neben einer großen gleicher Farbe ausgestellt gesehen und angenommen, man wasche sich darin die Füße! Und mich geärgert! Die Reichen, selbst für ein Fußbad haben sie eigene Wannen, hatte ich gedacht. Daheim im Zollhaus, in der Wohnung meiner Eltern, gab es gerade eine Dusche, aber kein Badezimmer.

»Nun, was sagen Sie zu unseren Bidets?«, fragte der junge Mann, »raffinierter ausgedachte und vor allem breitere werden Sie kaum in anderen Häusern finden.«

»Auf meine Korpulenz anzuspielen, und schon zum zweiten Mal, ist kein Beweis von Klugheit«, versetzte Barbe, »was ist denn raffiniert an dem Ding?«

Der junge Mann drehte einen der drei Wasserhähne des Bidets auf und ließ uns den Strahl bewundern, der aus der Mitte der kleinen Wanne aufstieg.

Barbe nickte beifällig, fragte aber sofort: »Finden Sie, daß ein Hotel, in dem nur im Bad der Doppelzimmer ein Bidet steht, überhaupt einen Stern hinter seinem Namen verdient?« Den Gästen der Einbettzimmer diese Bequemlichkeit vorzuenthalten und sie nur denen zu bieten, die von einer Frau begleitet sind, verrät, daß die Direktion nicht weiß, wofür es erfunden worden ist.

»Die meisten unserer Kunden«, versetzte der Volontär, »sind so naiv zu glauben, das Bidet sei nur für Frauen da, für gewisse Waschungen, das Baby soll hinaus. Sie wissen ja.«

»Zweckentfremdung dieses hervorragenden Utensils«, antwortete Barbe heftig, »das Bidet ist ein Geschenk des Islams an die Menschheit und dank den Mauren nach Sizilien gelangt und über Spanien nach Frankreich. Doch, weil die bei Poitiers besiegten Mauren nicht weiter vordringen konnten, ist es im Norden und Osten Europas unbekannt geblieben. Die Mauren! Sie machten, wohin sie kamen, Kinder noch und noch, und hätten nie geduldet, daß mit ihrem Samen das geschehe, was die meisten Männer heute dulden oder sogar wünschen. Als Erbe eines Hoteliers müßten Sie die Urbestimmung des Bidets doch kennen. Sie enttäuschen mich. Schon wieder!«

Diese Urbestimmung kenne er durchaus, sie gehe auf das strenge Gebot der islamischen Religion zurück, nach dem der Körper gerade an der bewußten Stelle immer sauber zu halten sei, versetzte der Volontär. So unwahrscheinlich es klinge, noch vor wenigen Jahren seien auch die Baderäume aller Einzelzimmer mit Bidet versehen gewesen, das wisse er. Man habe diese aber abgeschafft. Viele Häuser ersten Ranges hätten sich dazu entschließen müssen, um sich die zahlungskräftige Kundschaft zu erhalten, vor allem die von Übersee. Auch auf den Ozeanriesen der Atlantiklinien sei das Bidet geopfert worden. Er habe auf dem Luxusschiff »Cäcilia« volontiert, nur wenige Monate zwar, aber wie oft dort Szenen beigewohnt, die Nordamerikaner machten, wenn sie beim Betreten ihres Badezimmers das Bidet erblickten. Auch ein Brasilianer sei einmal außer sich gewesen vor Entrüstung.

»Entrüstung«, sagte Barbe, »warum Entrüstung? Wie, ich lasse Wasser in das Wännchen ein, dann rasch die Hose runter, rittlings auf die Schüssel, säubere die bewußte, ins Wasser eingetauchte Stelle ... und außer dieser bleibt der ganze Körper trocken. Ein zeitsparendes, weil lokal begrenztes Kleinbad.«

Nun wußte ich endlich, wie man sich des Bidets bedient.

»Und Sie?«, fragte Barbe mich, »verstehen Sie, was daran skandalös sein soll?« Gleich darauf zeigte er auf das WC. »Am hellen Tag dort gewesen, sogar frühmorgens vielleicht, und erst beim Abendbad sich reinigen! Barbaren! Und diese Schmutzfinken hassen das Bidet.«

Ja, ein seltsamer Haß sei das, entgegnete der Volontär, irgend etwas anderes stecke wohl dahinter, bei diesen Männern, die Angst, gewisser Neigungen verdächtigt zu werden. Doch es gebe auch andere Herren, die nicht nur das Vorhandensein des Bidets nicht bemäkelten, sondern sogar gleich in Panik gerieten, wenn sie bei der Einweisung in ihr Zimmer sähen, daß es im Bad fehle. »Die Mehrzahl dieser Herren ist deswegen aber nicht weniger scheinheilig als jene, denen das Bidet ein Ärgernis ist«, schloß er und richtete dabei seine Blicke ironisch auf mich.

Barbe wandte sich lachend zu mir: »Die Giftschlange dort glaubt, ich wolle mich von Ihnen lieben lassen, verkehrt herum, verstehen Sie, und nur deswegen sei ich so erpicht auf ein Bidet.«

Gleich darauf packte er mit einem überraschenden Griff den Volontär an der Krawatte und mit der anderen Hand am Genick und schüttelte ihn: »Lassen Sie sich in einer Herberge der Heilsarmee als Duschenmeister engagieren«, rief er laut, »da finden Sie allabendlich Gelegenheit, junge Obdachlose zu verschaukeln! In ein Hotel gehören Sie nicht, nicht einmal als

Stiefelputzer. Selbst wenn Sie die Gewißheit hätten, ich wolle mich von meinem Begleiter auf den Bauch legen und mir das angedeihen lassen, worauf allein schon Ihr Verdacht Sie offenbar eifersüchtig macht, schweigen, die Augen schließen, wäre dann immer noch das einzig Richtige gewesen …«

Er ließ den Volontär auch dann nicht los, als die beiden Frauen, die wir in ein Gästezimmer hatten gehen sehen, wieder auf den Flur herauskamen und offenbar sehr erschraken vor dem, was sie sahen.

»Was machen Sie denn mit dem Herrn Aribert?«, rief die Ältere ihm zu.

»Kommen Sie nur näher, das trifft sich gut«, antwortete er, ohne den Volontär aus der Zange zu lassen.

Die Jüngere verschwand in das Zimmer zurück, die andere kam herbei und forderte Barbe mit schriller Stimme auf, den Volontär loszulassen, ihre Kollegin alarmiere bereits den Empfang, das sei doch ein Vier-Sterne-Hotel, etwas Derartiges habe man hier noch nie erlebt.

»Dann erleben Sie es eben jetzt«, warf Barbe ihr hin und wies mit einer Bewegung des Kopfs auf mich: »Schauen Sie sich meinen Begleiter an, der ist doch ein gutaussehender, junger Mann, ja, ein hübscher Kerl, nicht wahr?«

Das Zimmermädchen war offenbar ebenso überrascht wie ich von dem, was er gesagt hatte und fragte mich: »Was ist hier nur los?«

Den Volontär noch immer im Griff, sagte Barbe: »Los ist hier, daß dieser Schnösel sich in meinen Begleiter vergafft hat und auf mich eifersüchtig ist. Nichts als lachen sollte man darüber. Aber der Kerl hat sich so schlecht benommen, daß ich ihn habe bestrafen müssen. Jetzt bleibt ihm nichts anderes übrig, als zum Herrn Papa zurückzukehren.« Gleich darauf riß er dem Volontär die Krawatte vom Hals und trommelte ihm, als sei von neuem der Zorn über ihn gekommen, wie ein Boxer mit den Fäusten auf die Brust.

Von dem Angriff überrascht, war der Volontär rückwärts gegen die Flurwand getaumelt, und noch ehe er die Hand zur Abwehr erheben konnte, hatte Barbe ihn ins Gesicht geschlagen und hielt ihn dann wieder fest. »Diese Ohrfeige können

Sie nicht ungeschehen machen, Sie Giftmolch. Verduften Sie jetzt und erstatten Sie Anzeige. Sie haben ja das Etagenpersonal als Zeugen.« Er sagte es vollkommen ruhig und rief der jüngeren der beiden Frauen, die gerade aus dem Zimmer auf den Flur zurückkam, zu: »Ich habe Ihren Herrn Aribert mißhandelt. Bezeugen Sie es, wenn der Herr Direktor kommt.« Dann ließ er den Volontär los. »Ab mit Ihnen, gehen Sie kündigen.«

Zu meiner Überraschung nahm die Ältere den Volontär, dem die Tränen das Gesicht hinunterliefen, am Arm und führte ihn weg. »Nehmen Sie den Gepäcklift, Herr Aribert. In dem Zustand und ohne Krawatte dürfen Sie nicht durchs Haus gehen«, hörte ich sie zu ihm sagen.

Daß der sich nicht besser gewehrt hatte und so kläglich abzog, mißfiel mir ebenso wie Barbes tückische Brutalität. Auch fand ich es unfair, daß er den Volontär ausgerechnet vor zwei Frauen, die obendrein Angestellte des Hotels waren, so plump bloßgestellt und einer Eifersucht beschuldigt hatte, die er doch nur vermutete. Und noch weniger gefiel es mir, daß er mich, als Gegenstand dieser Eifersucht, in die Sache hineingezogen und dies alles vielleicht nur getan hatte, um seine Brutalität vor dem Etagenpersonal zu rechtfertigen. Ich fragte mich, ob ich nicht mein Wort zurücknehmen und auf die Reise mit ihm verzichten sollte. Doch als Barbe dann dem Direktor, der sich vom Aufzug her näherte, entgegenging und ihm ohne die geringste Verlegenheit sagte, was vorgefallen war und das, was auch er sich dabei hatte zuschulden kommen lassen, nicht beschönigte, mißfiel er mir wieder weniger.

»Ich habe mich vom Zorn hinreißen lassen, Herr Direktor«, schloß er.

»Ihr Zorn war berechtigt«, sagte der Direktor.

»Dann geben Sie mir ein Doppelzimmer für mich.«

»Für Sie allein oder soll dort auch der junge Herr wohnen?«

Barbe sah mich an. »Daran haben wir ja gar nicht gedacht. Wollen Sie hier übernachten? Natürlich in einem eigenen Zimmer. Es wäre für mich das Bequemste. Denn Sie werden mich nach dem Besuch bei Ihren Eltern doch wohl wieder hierher zurückbringen.«

Kein Vorschlag hätte mir willkommener sein können, erlaubte er mir doch, dem Mädchen, das ich nicht mehr sehen wollte, aus dem Weg zu gehen.

Barbe bestand darauf, daß ich mich in einem Doppelzimmer unterbringen ließ, in dessen Bad, wie er dem Direktor sagte, »nichts fehlen« durfte, »und Sie werden mir einen anständigen Preis machen, das Haus steht ja so gut wie leer.«

Der Direktor schien von diesem Ansinnen zunächst ebenso verblüfft zu sein, wie ich es war, sagte ihm, wenn auch zögernd, einen »zivilen« Preis zu und fragte dann: »Kann ich auch darauf rechnen, daß Sie bei Ihrer Aussage gegen unseren jungen Mann bleiben, wenn der etwas gegen seine fristlose Entlassung unternimmt? Er hat einen Vertrag auf zwölf Monate Ausbildung. Und da er seinem Vater, den er mit Recht fürchtet, nie gestehen kann, warum wir ihn wegschicken müssen, wird er sich gegen die Entlassung wehren. Ich bin froh, den Menschen los zu sein. Der hat mir nichts als Unannehmlichkeiten bereitet. Mit den Lehrlingen, Sie verstehen, aber einmal auch mit einem jungen Gast ...«

Barbe fiel ihm scharf ins Wort. »Der Kerl ist längst gestorben. Schicken Sie uns mit meinem Koffer die Anmeldescheine herauf und geben Sie meinem Begleiter, wenn es möglich ist, das Zimmer, das über meinem liegt, und lassen Sie das, das unter meinem liegt, leer. Ich bin empfindlich gegen Lärm«, und sich zu mir wendend, sagte er: »Besonders gegen den von Schritten über oder unter mir. Deswegen bitte immer auf den Strümpfen, oder bringen Sie Pantoffeln mit.«

Schon wieder fragte ich mich, ob ich vierzehn Tage das Zusammenleben mit einem Menschen aushalten könnte, der offenbar der Gefangene seiner schrulligen Besessenheiten war. Aber da lachte er fast im gleichen Augenblick und sagte dem Direktor voll Ironie für sich selber: »Sie stöhnen über mich, meinen Sie, ich sähe Ihnen nicht an, wie unleidlich Sie mich finden? Aber haben Sie keine Angst, ich werde ein Muster an Gast sein und nehme nun Ihre Zeit nicht mehr länger in Anspruch.«

Ich sah dem Direktor an, daß er sich dies nicht zweimal sagen lassen wollte, und als er sich empfahl, machte es den Eindruck, als nehme er Reißaus.

Kapitel 25

In dem man sieht, wie schwer es ist, vor einem Kellner zu bestehen.

Die Anmeldescheine brachte ein Angestellter, den ein livrierter Page begleitete. Er gehöre zum Empfang und sei beauftragt, alles, was frei sei, zu zeigen.

Zu meinem Erstaunen wollte Barbe, der sich ja noch immer nicht für ein Zimmer entschieden hatte, nun als erstes die »Anmelderei« erledigen. So gingen wir zu viert zum Ende des Ganges, der sich dort zu einer großen, üppig möblierten Diele erweiterte, wo Barbe und ich an zwei Schreibtischen unsere Personalangaben auf die Formulare schrieben, mit denen der Page sofort zum Empfang zurückgeschickt wurde.

Ich hatte zwar gewußt, daß der Fürstenhof eines der ersten Hotels des Landes war, zu dem man Umwege machte, um in ihm zu übernachten – in Illustrierten hatte ich auch oft genug gelesen, wer dort abstieg und die Fotos jener Persönlichkeiten und ihrer Frauen gesehen; auch die Pracht seiner Fassade, die Zahl seiner livrierten Pagen, Gepäckdiener und Türöffner und die Qualität der dort vorfahrenden und parkenden Wagen hatten mich jedesmal, wenn ich an dem Hotel vorbeikam, annehmen lassen, daß da großer Luxus herrschen müsse. Doch das, was mir bereits in den Zimmern an seidenen Vorhängen und Bezügen der Möbel aufgefallen war, überstieg die Vorstellungen, die ich mir gemacht hatte. In der Diele war es ein mächtiger, von der Decke hängender Lüster, vor dem ich nicht aus dem Staunen kam. Kristall von solcher Kraft der Widerspiegelung des Lichts hatte ich noch nie an einem Leuchtkörper gesehen, und hatten mich schon die Blumenmuster in dem weichen Läufer auf den hohen und breiten Gängen beeindruckt, so waren sie nichts, verglichen mit dem runden, blaugrundierten Teppich, der den Fußboden der Diele restlos bedeckte. Selbst Barbe schien von dem Stück beeindruckt. »China, nicht wahr?«, bemerkte er zu dem Herrn vom Empfang, und zu mir gewandt sagte er: »Geben Sie zu, die schönsten Teppiche der Welt machen die Chinesen. Was sind Perser und die anderen, selbst die der Savonnerie dagegen.«

Es war mir unbehaglich, daß Barbe, dem ich doch gesagt hatte, daß ich ein Student war, der sich Geld verdienen mußte, mich dennoch offenbar falsch einstufte und annahm, kostbare Teppiche gehörten zu den Dingen, mit denen ich vertraut sei oder aber, daß er sich nicht einmal vorstellen konnte, was für Möbel in Wohnungen wie denen meiner Eltern stehen und wie neu alles, was ich in dem Hotel sah, für mich war. Und »Savonnerie«! Ich wußte gar nicht, was er meinte. Was sollte Seife mit Teppichen zu tun haben? Zugeben müssen, daß man etwas nicht weiß, was andere als gewußt voraussetzen, ist wohl immer mißlich. Ich nickte also – etwas feige – nur mit dem Kopf und war erleichtert, daß wir auf den Flur zurückkehrten, aber noch froher, als Barbe sich gleich für das erste Zimmer entschied, das man ihm zeigte. Der Zufall, daß der darüberliegende Raum frei war, hatte seinen Entschluß beschleunigt, und so wurde dieser also für mich genommen.

Er ließ sich die Nummer meines Zimmers sagen, erklärte mir, als erstes nehme er ein Bad und rufe mich dann später ab. Ich solle mir vom Portier, mit einem guten Whisky, die Tageszeitungen aufs Zimmer bringen lassen, die wichtigsten politischen Nachrichten sorgfältig lesen und sie ihm auf der Fahrt zu meinen Eltern resümieren. Den Whisky lasse er mir schikken. Damit gab er mir zu verstehen, daß er allein sein wollte.

Der Angestellte, der mich in mein Zimmer führte, fragte unterwegs, welche der großen Tageszeitungen man mir heraufschicken solle. Er nannte mir nur die inländischen. Ich zählte ihm englische, amerikanische, italienische, spanische und von den französischen kleine, so gut wie nur in den Grenzdepartements gelesene Zeitungen auf und von den Schweizern ebenso nur in der Dreiländerecke bekannte Blätter, die ich oft in den Händen der Kollegen meines Vaters sah, wenn diese aus ihren Zollbereichen zu unserem herüberkamen. Ich war so gut wie sicher, daß man diese Zeitungen im Kiosk des Hotels nicht führte.

Als ich allein war, gestand ich mir ein, daß ich mich mit dieser Bestellung nur hatte wichtig machen wollen, so sehr fürchtete ich, vom Personal des Hotels, nach dem, was vorgefallen war, falsch eingeschätzt zu werden.

Diese Befürchtung überkam mich wenige Minuten später von neuem, als der Kellner, der den Whisky brachte, mir einen Rechnungszettel zum Unterzeichnen vorlegte, und mich in einem – wie mir schien – anzüglichen Ton fragte, ob im Zimmer Serviertes auf meine Rechnung gehe oder auf die des Herrn, mit dem ich gekommen sei; als Etagenkellner müsse er das wegen des Verbuchens wissen, er habe die Bestellung ja nicht durch mich, sondern vom Empfang, und der habe sie von dem älteren Herrn erhalten.

Ich zog meine Brieftasche und legte den einzigen Fünferschein, den ich fand, zu der Rechnung, die auf dem Tablett neben dem Glas Whisky lag. Der Kellner, ein älterer, sorgfältig gekämmter Mann in makellos weißer Jacke lächelte, wies auf das Geld und sagte, wiederum, wie es mir schien, mit Ironie: »Das dürfte für diesen Whisky wohl nicht reichen.« Er streckte mir dabei einen Bleistift und den Rechnungszettel entgegen: »Wenn Sie bitte nachprüfen wollen. Unterzeichnen Sie bitte. Ihr Name genügt. Unsere Gäste pflegen nur den Service direkt zu honorieren, aber die Rechnungen lassen wir, wenn der Gast sie abgezeichnet hat, der Buchhaltung zugehen. In unserem Hause kassieren die Kellner selbst im Speisesaal nicht.«

»Das ist in jedem Hotel anders«, brachte ich, wütend vor Verlegenheit, gerade noch hervor, zeichnete den Zettel ab und überließ ihm mit einer Geste den Geldschein, den er mit einem fragenden Blick hochgehalten hatte, als habe er wissen wollen, wohin er ihn legen solle.

Bei seinem kurz gemurmelten »Danke« klopfte mir das Herz vor Empörung, so unverschämt schien mir die Geschicklichkeit, mit der er sich zu einem hohen Trinkgeld verholfen hatte. Denn mit einer offenbar guten Menschenkenntnis hatte er damit gerechnet, daß ich mich genieren würde, den Fünferschein wieder an mich zu nehmen.

Das Herz klopfte mir aber auch aus einem anderen Grund. Was war vorgefallen? Aber nicht mit dem Kellner! Mit mir! Wie, ich hatte mich von diesem Mann einschüchtern lassen, nicht gewagt, den Geldschein zurück in meine Brieftasche zu stecken! Wer war es noch, der Kellner, Köche, Chauffeure, überhaupt alle Hausangestellten als Lakaien der Kapitalisten bezeichnet, und wo hatte er es getan? Mir fielen der Name des Autors und der Titel des Buchs nicht ein, und ich hatte sie auch noch nicht gefunden, als es zum zweiten Mal klopfte.

Ein Page, älter als der, der die Anmeldescheine zurückgetragen hatte, brachte mir auf einem Tablett einen Stoß Zeitungen. Der Herr Chefportier bedauere, nicht alle gewünschten Blätter schicken zu können, auch am Hauptbahnhof, wohin telefoniert worden sei, gebe es die, die fehlten, nicht. Man sei untröstlich. Wohin er die Zeitungen legen solle?

›Untröstlich‹! Wer ist schon untröstlich, und wegen solcher Lappalie, will der mich verhöhnen, fragte ich mich vor dieser Übertreibung eines Bedauerns. »Legen Sie die Zeitungen dorthin«, sagte ich, zeigte auf einen der beiden Tische des Zimmers, trat dabei, um den Pagen nicht ansehen zu müssen, an den Kleiderschrank und öffnete, obwohl ich ihn leer wußte, einen der Flügel. Ich hörte den Pagen hinter mir sagen: »Danke der Herr, vielen Dank.«

Soviel Hohn wie ich aus diesem »Danke« heraushörte, dafür, daß ich ihm das offenbar erwartete Trinkgeld nicht gegeben hatte, war mir unerträglich. Ich schlug den Schrank zu und floh, ohne mich nach dem Burschen, der noch immer nicht fortging, umzusehen, ins Badezimmer und wartete dort, bis ich endlich die Tür zum Flur sich schließen hörte.

Da erst wurde es mir bewußt, daß ich es soeben – und bei welch nichtigem Anlaß – an moralischem Mut hatte fehlen lassen, gerade daran, worauf ich mir, fast genau ein Jahr zuvor, am letzten Tag des Semesters vor Studienkameraden soviel zugute getan hatte, die alle besser gestellte Eltern hatten als ich. Am Schluß einer Debatte hatten mich einige, denen mein Einverständnis mit Marx nicht entschieden genug schien, mehr im Scherz als im Ernst verdächtigt, daß ich vor meiner Heimreise in die Ferien mir den Bart und die Haare schneiden ließe und meine Bluejeans nicht mitnähme. Ich hatte – und wie mutig war ich mir dabei vorgekommen – sofort zugegeben, daß es sich so verhielt, und ihnen, von denen keiner der Sohn eines Arbeiters war, in trotzigem Gegenangriff erklärt, nicht zum proletarischen Adel zu gehören bereite mir, im Gegensatz zu ihnen, keinerlei Komplexe. Meine Eltern seien beide kleinbürgerlicher Herkunft und deshalb abgestoßen von der Mode der saloppen Kleidung und des formlosen Auftretens, mit dem wir unsere Ablehnung der bestehenden Gesellschaft in Aussehen und Verhalten anzeigten, und eben auf diese Empfindlichkeit meiner Eltern nähme ich Rücksicht.

Erst hinterher war es mir auf der Heimreise bewußt geworden, wie wenig freimütig meine Antwort, die sie verblüfft hatte, gewesen war. Denn es waren ganz andere als die von mir angegebenen Gründe, aus denen meine Eltern »den Aufzug, in dem ich in der Universitätsstadt herumlief«, wie sie sagten, mißbilligten: In den Jahren, als ich noch das Gymnasium besuchte, hatte ich meinen sonst so ungewöhnlich gutartigen Vater häufig erzürnt, wenn ich seine wiederholten Mahnungen, mein Haar sei zu lang, ich soll zum Friseur gehen, beharrlich überhörte, bis er ein Machtwort sprach. Einmal aber hatte ich ihn mit geschickten Fragen nach dem von mir vermuteten Grund seiner Abneigung gegen meine Haartracht und gegen die Bluejeans in die Enge getrieben und ihn dazu gebracht, mir zuzugeben, meine Mutter und er könnten sich, da ich so sehr daran hinge, mit dieser Mode abfinden, wie ungern auch immer, doch sein nächster Vorgesetzter und auch Nachbarn und Kollegen hätten allerlei Spitzes bei ihm vorgebracht; ich gälte schon genügend als Revoluzzer und man nehme an, er habe keine Autorität über mich, wenn er mich in dem wilden Aufzug herumlaufen lasse. Ich hatte ihm in jenen Zeiten, wenn ich mich auch immer wieder seinen Befehlen letztlich fügte, manches böse Wort über seine Furcht vor der Meinung anderer Leute hingefetzt und ihm mehr als eine Mahlzeit mit meinen Sarkasmen vergällt. Daß er, als Beamter, den man wegen eines Ärgernis erregenden Sohns doch nicht entlassen konnte, vor dem Stirnrunzeln seiner Vorgesetzten und Kollegen derart kniff, dieser Kleinmut meines Vaters war mir damals ein Kummer, den ich vor meinen Kameraden im Gymnasium ängstlich verheimlichte.

Doch als er mir nach dem Abitur erlaubte, weiter zu studieren und obendrein an der Universität einer Großstadt, hätte ich es nicht mehr über mich gebracht, jene Vorwürfe zu wiederholen, wußte ich doch, auf was alles er und meine Mutter verzichteten, um mir das Studieren zu ermöglichen. Und als er bei meinem ersten Aufbruch zur Universität, der auch unsere erste, für eine lange Zeit vorgesehene Trennung war, noch einmal an den Wagen kam, den er mir geschenkt hatte, und mir sagte, nun könne ich mich in der großen Stadt ja kleiden, wie es mir gefalle, hatte ich Mühe, die Tränen zurückzuhalten. Im ersten Brief, in dem ich meine gute Ankunft meldete, dankte ich für die gegebene Erlaubnis und fügte hinzu, daß ich zu Hause keinen Gebrauch von ihr machen würde. Und als ich das erste Mal für die Ferienzeit wieder nach Hause kam, war ich frisch rasiert, trug das Haar kurz und steckte in dem braven, bürgerlichen Anzug, in dem ich, ein halbes Jahr zuvor, dorthin aufgebrochen war, woher ich aber als einer zurückkehrte, dem Professoren und Kameraden beigebracht hatten, in der bestehenden Gesellschaft nichts als Ungerechtigkeit zu entdecken. Die Freude meiner Eltern an meiner äußeren Ordentlichkeit war so sichtbar, daß ich mich am nächsten Morgen sogar schon vor dem Frühstück rasierte und, wie bereits am Vorabend, beim Berichten über das Leben an der Universität, nur sehr zurückhaltend hier und da ein Wort einflocht, aus dem mein Vater schließen konnte, daß die Mehrzahl meiner Kameraden Marxisten waren oder Anarchisten. Doch als er mich gegen Mittag zum Frühschoppen in die Wirtschaft des Zollhauses mitnahm und voll Stolz den studierenden Sohn seinen Kollegen vorführte, hätte ich, nach der den Kameraden abgeguckten Gewohnheit, um ein Haar das Bier aus der Flasche getrunken, statt es in das auf den Tisch gebrachte Glas einzugießen. Meinem Vater war es aber nicht entgangen, daß ich die Flasche schon an den Mund geführt hatte. Sein Blick, den ich aufgefangen hatte, sagte mir deutlich genug, daß ich ihm nicht mehr erklären mußte, wer meine neuen Freunde waren und daß er obendrein nun ahnte, wie ich es, fern seiner Aufsicht, auch mit der äußeren Lebensart hielt, auf die er so viel Wert legte.

Ich hatte mich nicht getäuscht. Als wir die Wirtschaft verließen, zog er mich in eine stille Ecke des weiten Zollhofs, wo immer zahlreiche Lastwagen abgestellt waren, denen die Weiterfahrt in eines der drei hier aneinandergrenzenden Länder verwehrt worden war. Dort, wo meine Mutter uns vom Küchenfenster her nicht hätte sehen können, sagte er mir, es sei überflüssig, ihn zu schonen, er wisse es, ich hätte mich den Roten angeschlossen und ich wisse, wieviel Kummer ihm das mache; den solle ich aber nicht auch meiner Mutter bereiten, und nichts vor ihr sagen, was ihren Argwohn wecken könne, und sonntags zum Gottesdienst gehen, wie schwer es mir auch falle.

Ob eine so weit getriebene Verstellung nicht ein bißchen viel verlangt sei, fragte ich zurück.

Er schnitt mir barsch das Wort ab: »Verstell dich, ich muß es ja auch tun und obendrein deine Verachtung dafür ertragen ...« Wie sehr er von mir enttäuscht war, erkannte ich an der Heftigkeit, mit der er mir am Schluß noch hinwarf: »Wenn du und deine roten Kameraden sich einbilden, das Trinken aus der Flasche gebe euch einen proletarischen Anstrich, so macht ihr euch in den Augen jeden Arbeiters nur lächerlich, denn der trinkt sein Bier ja nur dort aus der Flasche, wo ein Glas hinderlich ist.«

Ich habe es mir später noch lange Zeit verübelt, daß ich in jenen Ferien, die doch meine ersten waren, immer wieder schwere Zusammenstöße mit meinem Vater herbeiführte, obwohl ich auf der Fahrt zu meinen Eltern und auch am ersten Ferientag von den besten Vorsätzen erfüllt gewesen war, solange jenes Wort, ich solle mich verstellen, noch nicht gefallen war. Aber dieses eine Wort hatte alle Teufel in mir geweckt, und ich setzte meinem Vater, sah ich ihn allein, immer wieder mit dem Vorwurf zu, er sei feige; und wenn es am letzten Tag der Ferien auch zu einer halben Versöhnung kam, war ich hartherzig genug, bis zur ganzen fast ein volles Jahr verstreichen zu lassen. Sie hatte ja erst nach meinem Eintreffen für die Ferienzeit stattgefunden, und ich fragte mich jetzt, welchen Anteil dabei der Bruch mit meinem Mädchen hatte, diese bittere Enttäuschung, die ich nicht verwinden konnte und die schließlich auch der Anlaß war, daß ich nach Barbes Angebot wie nach einer Rettungsboje griff.

Und nun erlebte ich, wie zur nachträglichen Strafe, in diesem prunkvollen Hotel an mir selber, was ich meinem Vater vorgeworfen hatte. Aus Furcht, ein Kellner und ein Page könnten mich für mittellos halten und für einen von Barbe aufgelesenen und ausgehaltenen jungen Mann, aus solcher, mit nichts zu rechtfertigender Furcht hatte ich mich selber gedemütigt, indem ich mir zweimal ein Verhalten auferlegt hatte, das ich für falsch und für verächtlich hielt.

Kapitel 26

In dem es zu einem unerwartbaren Zwischenspiel kommt.

Ich nahm mir vor, mich noch einmal mit meinem Vater auszusprechen; schuldete ich es ihm nicht? Ein ganzes Jahr hatte ich ihn immer wieder fühlen lassen, wie sehr es ihm, in meinen Augen, an Mut fehle, und was hatte ich nun an mir selber entdecken müssen! Und vor wem hatte ich gekniffen! Vor Übergeordneten, vor Nachbarn, die mir hätten schaden können? Schande! Vor einem Kellner und einem Pagen, die mich nicht kannten und nicht die geringste Möglichkeit hatten, meinen oder den Ruf meiner Eltern zu schädigen.

Ich hatte den strengen Prozeß, den ich gegen mich selbst führte, kaum eingeleitet, da fiel es mir heiß ein, daß ich vor dem Aufbruch zur Stadt und später sogar beim Mittagessen mit Barbe nicht daran gedacht hatte, meine Eltern wissen zu lassen, daß sie mit dem Essen nicht auf mich warten sollten.

Doch als ich am Zimmerapparat die Nummer der Telefonzentrale wählte, um mir das Zollhaus geben zu lassen, wo ich hoffte, meinen Vater ans Telefon rufen lassen zu können, war schon jemand in der Leitung.

»Herr Melis?«, fragte man, und sagte mir, ohne meine Bestätigung, daß ich selber am Apparat war, abzuwarten, Herr Barbe habe Auftrag gegeben, mir einen Rotstift bringen zu lassen, zum Anstreichen wichtiger Stellen in den Tageszeitungen. Ob man den Stift hinaufschicken dürfe. Man frage, um zu wissen, ob ich mich vielleicht im Bad befände, und wenn, ob die Zimmertür offen sei und ob der Page hinaufkommen und den Stift ins Zimmer legen könne oder ob man warten solle.

Das umständliche Gefrage, ob die Tür meines Zimmers offen oder verriegelt sei, mißfiel mir gewaltig. Da will wieder jemand sich ein Trinkgeld sichern, dachte ich, entschlossen, diesmal jeden Belohnung erpressenden Blick eisern zu übersehen und keines zu geben. Dennoch überkam mich sofort von neuem die Angst, das Gesicht vor dem Personal zu verlieren, wenn ich nichts gäbe, und deshalb fragte ich, so schneidend wie es mir gelingen wollte: »Wieso wird mir der Rotstift erst jetzt geschickt, ich warte seit einer Viertelstunde auf ihn«, und bat um eine Verbindung mit Barbes Zimmer. Ich wollte, daß der Überbringer des Stifts mich am Telefon im Gespräch finde, damit ich ihm, ohne mich zu unterbrechen, mit einer Geste bedeuten könnte, wohin er den Rotstift legen solle, und er sich gezwungen sähe, sofort das Zimmer wieder zu verlassen.

Doch ich erhielt die Verbindung mit Barbe nicht. Er spreche gerade, hieß es, ich möge mich gedulden und zunächst auflegen.

Als es wenige Minuten später klingelte, war es ein anderer Mann als Barbe, der sich meldete. Herr Barbe lasse fragen, warum ich seinen Anruf erbeten hatte. Er besichtigte gerade einige Zimmer, das, das er schon genommen hatte, gefalle ihm nicht genug.

Auf meine Frage: »Mit wem spreche ich?«, sagte mir der Mann, er gehöre zum Empfang und könne, obwohl es kompliziert sei, versuchen, über die Zentrale Herrn Barbe an eines der Flurtelefone rufen zu lassen, in der Etage, wo dieser gerade Zimmer besichtige. Oder ob man Herrn Barbe etwas ausrichten könne, das sei das Einfachere.

Herr Barbe möge mich wissen lassen, sagte ich, ob ich in den Zeitungen das Wichtige Zeile für Zeile unterstreichen oder jeweils nur am Rand des Artikels einen Haken machen solle.

Das war die Frage, die ich zum Vorwand meines Anrufs genommen hätte, wenn er in seinem Zimmer ans Telefon gekommen wäre.

»Warten Sie bitte seinen Rückruf ab. Das ist einfacher«, antwortete man.

Den Rückruf erlebte ich nicht mehr. Ohne angeklopft zu haben, hatten zwei Männer die Tür geöffnet, hinter ihnen war der Page, der mir die Zeitungen gebracht hatte, einen Augenblick auf dem Flur sichtbar, doch die beiden Männer waren schon hereingekommen und zogen die Tür schnell hinter sich zu. »Kriminalpolizei«, sagte der eine. »Herr Melis, wir müssen Sie bitten, uns auf das Präsidium zu folgen. Wir machen Sie darauf aufmerksam, daß wir nicht gekommen sind, um Sie zu verhaften, sondern um Sie zu bitten, uns eiligst einen Dienst zu erweisen.«

Beide zeigten mir Ausweise und stellten sich mit Namen und dem Titel ›Inspektor‹ vor.

Darauf fragte ich sie, um welche Art Dienst es sich handele, ich befände mich erst seit einer Stunde in dem Hotel und schon wisse das die Polizei. Was das bedeute?

»Wir haben keine andere Anweisung, als Sie in einer unserer unauffälligen Limousinen zum Präsidium zu bringen. Mit Ihrem Gepäck«, versetzte der Ältere, dessen Anzug von auffallend besserem Tuch und Schnitt war als der zwar gute, aber eben doch offenbar von der Stange gekaufte des Jüngeren.

Man möge mir gefälligst sagen, um was es sich handele, ich müsse darauf bestehen, erwiderte ich, und warum sie sich unter einem so armseligen Vorwand versichert hätten, daß man meine Tür nicht aufbrechen müsse.

»Wo ist Ihr Gepäck?«, nichts anderes bekam ich, schon etwas weniger freundlich, zur Antwort.

Daß ich keins hatte, schien sie zu überraschen, und der Ältere fragte, ob es sich noch in meinem Wagen befinde.

Doch als ich ihnen erklären wollte, unter welchen Umständen es überhaupt dazu gekommen war, daß ich in diesem Hotel logierte, legte der eine mir die Hand auf die Schulter, ich sei es nicht – wenigstens nicht in erster Linie –, der die Polizei interessiere. Mich brauche man zunächst nur zur Auskunft über eine Person. Über wen, das könnten sie mir nicht sagen. Und dann ließ er sich meinen Personalausweis und die Autopapiere geben, sah flüchtig hinein und fragte: »Student, Student, was studieren Sie denn, Herr Ferdinand Melis?«

Das war in einem Ton gesagt, der mir so sonderbar schien, daß ich sofort an meinen Studienfreund Richard dachte. Ein paar Wochen zuvor hatte er meinen Personalausweis, von mir unbemerkt, aus meinem Zimmer mitgehen lassen und ihn mir acht Tage später mit der spöttischen Bemerkung zurückgegeben, wenn man zur illegalen Opposition gehöre, müsse man besser auf seine Papiere achten. Er habe mir, zur Lehre, vorführen wollen, wie leicht man mir etwas so Wichtiges wie den Personalausweis stehlen könne und sogar, ohne daß ich dessen Verschwinden hinterher bemerkte. Er hätte inzwischen die schwersten Hochstapeleien oder anderes Dickes mit meinen Papieren aufziehen können, die Plackereien wären dann für mich gewesen, nicht für ihn.

An diesen Vorfall dachte ich sofort, und ich fragte mich, was Richard angestellt haben könnte und ob die Polizei vielleicht schon bei meinen Eltern nach mir gefragt und diese in eine umso größere Unruhe versetzt habe, als ich es versäumt hatte, sie von meiner Fahrt mit Barbe zu benachrichtigen; ich hatte ja angenommen, daß sie mich nicht länger als drei Stunden beanspruchen würde.

Ob ich meine Eltern, die mich schon beim Mittagessen vermißt hätten, anrufen könne, fragte ich.

Das dürften sie nicht erlauben; ich solle keine Schwierigkeiten machen und mit ihnen unauffällig im Gepäckaufzug zum Garagenhof des Hotels hinunterfahren, wo ihr Wagen stehe. Was ich denn studiere, ich hätte es ihnen noch immer nicht gesagt.

»Volkswirtschaft«, warf ich hin und fragte, ob ich wenigstens einen Bekannten, der im Hotel wohne, und mit dem ich verabredet sei, anrufen könne?

Auch das wollten sie mir nicht erlauben und forderten mich, nun schon recht barsch, auf, endlich mitzukommen. Man warte im Präsidium auf mich.

Fast im gleichen Augenblick läutete das Telefon.

»Das ist vielleicht der Herr, den ich anrufen möchte«, sagte ich, in der Hoffnung, daß Barbe am anderen Ende der Leitung sei, und wollte abnehmen.

Doch der Jüngere kam mir zuvor. Auf sein verärgert klingendes »Was ist?« hörte ich deutlich jemanden fragen: »Herr Kriminalrat, ist der Chef bei Ihnen?« Auch der Ältere mußte dies vernommen haben, denn er stampfte zornig mit dem Fuß auf. »Ist der nicht bei Trost!«, stieß er aus.

Mit einem fragenden Blick zu dem anderen legte der als Kriminalrat Angesprochene die Hand auf die Hörmuschel, dennoch drang deutlich dieselbe Frage noch einmal ins Zimmer.

Da riß der Ältere dem Jüngeren den Apparat aus der Hand: »Hier sind die zwei Inspektoren Ihrer Abteilung, haben Sie das vergessen? Halten Sie jetzt den Mund, bis ich Sie auffordere zu sprechen.« Dann wandte er sich, auf mich zeigend, zu dem anderen: »Gehen Sie mit ihm auf den Flur.«

Nun gab es für mich keinen Zweifel mehr: Dem Älteren unterstanden Polizeibeamte der Abteilung, die meine Festnahme veranlaßt hatte. Aber welcher, welchen Dezernats? Das fragte ich mich, als ich draußen mit dem, der also ein Kriminalrat war, wartete und der sichtbar mißgelaunt vor sich hinschwieg. Ich fragte mich vor allem, warum der Ältere und der ihm offenbar unterstellte Kriminalrat sich bei mir als einfache Inspektoren ausgegeben hatten und warum es so ranghohe Beamte waren, die sich ins Hotel bemüht hatten, um mich, der wahrhaftig kein Fang für die Polizei war, persönlich abzuholen.

Kapitel 27

In dem die Unerfahrenheit sich mutwillig mit einem Mächtigen anlegt.

Die schlichte Limousine der Polizei war im Garagenhof des Hotels bereits am Gepäckaufzug vorgefahren, als der Kriminalrat dessen Tür öffnete: »Was ist denn das?«, stieß er aus.

Seine Überraschung galt einer Unmenge Reisegepäck, das links und rechts des Aufzugs zu zwei Stapeln gehäuft war. Der Chef faßte mich am Arm. »Bleiben Sie im Aufzug.« Ehe er hinaustrat, war ein gutgekleideter Mann, der in dem weiten, von Garagentüren besäumten Hof gestanden hatte, herbeigekommen und wies auf einen großen Kombi-Wagen, hinter dessen Lenkrad ein livrierter Chauffeur saß, der zu uns herüberblickte. Das sei der Herrschaftschauffeur, der im Begriff gewesen sei, dieses enorme Gepäck einzuladen; der Kerl habe sich hartnäckig geweigert, den Hof zu verlassen, habe sich in seinen Schlitten gesetzt und wache von dort her über die Sachen.

»Immer noch kein Grund, uns vorhin nachzutelefonieren«, sagte der Kriminalrat.

Der Mann, der demnach der Anrufer gewesen war, also ebenfalls ein Polizeibeamter, rechtfertigte sich: Es sei ihm befohlen worden, das Hotelpersonal fernzuhalten und von den Fenstern und Türen zu verscheuchen und dafür zu sorgen, daß niemand sich im Hof aufhalte, auch kein Herrschaftschauffeur, gerade das sei ihm ausdrücklich angeschafft worden.

»Wem gehört der Wagen?«, fragte der Kriminalrat.

Den Herrschaften, die vier Tage unter Sonderschutz gestanden hätten und die im Begriff seien, aufzubrechen. Deren Reisewagen stehe schon an der Auffahrt des Hotels, der Kombi transportiere das Gepäck der Herrschaften und müsse vorausfahren.

»Ach was, der soll einladen, wenn wir fort sind«, sagte der Ältere der beiden.

»Feine Leute, viel Gepäck«, bemerkte der Kriminalrat zu dem, der offensichtlich sein Chef war, mit einer sehr ironischen Betonung des Wortes »feine«. Dann schaute er zu mir in den Aufzug hinein. »So viel Gepäck haben Sie nicht«, sagte er, beide lachten, und der Kriminalrat forderte mich auf zu geruhen, in der »bescheidenen Karosse der Polizei«, wie er sagte, Platz zu nehmen. Er öffnete selber den hinteren Schlag und machte voll Spott eine Verbeugung, als er mich an sich vorbeiließ.

Der Ältere stieg gleich nach mir ein. Der Kriminalrat folgte von der anderen Seite und herrschte den vor uns sitzenden Fahrer, als der nicht sofort Gas gab, an, auf was er warte. Dieser machte eine Bewegung des Kopfs in die Richtung, wo der Mann stand, mit dem der Kriminalrat gesprochen hatte. »Bleibt er noch hier?«

»Fahren Sie los«, sagte man ihm scharf.

Daß man offenbar meinetwegen den Garagenhof hatte räumen lassen, war mir unbehaglich. Für eine Festnahme, die keine Verhaftung sein sollte, war das viel Aufwand, und wiederum fragte ich mich, ob mein Freund Richard sich nicht in einer dicken Affäre meines Personalausweises bedient hatte; verhaftet worden war er ja schon ein paarmal, freilich immer nur wegen Aufsässigkeit gegen die Polizei bei unseren Demonstrationen, einmal allerdings auch, als man ihn der Beteiligung an einem Bombenattentat auf ein Polizeirevier verdächtigt hatte.

Da ich mich unter dem Druck des Versprechens, das mein Vater mir abgerungen hatte, bei unseren politischen Kundgebungen nie an einer schweren Gesetzwidrigkeit beteiligt und auch sonst kein Vergehen auf dem Kerbholz hatte, fühlte ich mich unbeschuldbar, und die Festnahme beunruhigte mich weniger und weniger, je mehr wir uns dem Präsidium näherten, ja, sie war mir fast willkommen. Willkommen als Gelegenheit, sie endlich bei einem Verhör kennenzulernen, die Polizei, deren Brutalität meine Freunde nach überstandenen Festnahmen so oft geschildert hatten. Da ich nichts zu gestehen hatte, rechnete ich damit, daß man mich, um mir Schuldgeständnisse zu entreißen, mißhandeln werde. Ich wünschte das, zugegeben, ich wünschte es allein deshalb, damit mein Vater in Zukunft unserer Studentenzeitung mehr Glauben schenkte, die ich ihm schon ein paarmal geschickt hatte, wenn darin geschildert wurde, wie es Kommilitonen ergangen war, die, bei mehr oder weniger verbotenen Kundgebungen geschnappt, sich auf den Polizeikommissariaten geweigert hatten, die aufgenommenen Protokolle zu unterschreiben, in denen wir nichts anderes sahen als gezinkte Texte, die man als Schuldbekenntnisse deuten konnte.

An einer Ampel geriet unser Wagen bei Rotlicht in der wartenden Schlange neben einen offenen Sportwagen, dessen reiche Verchromung mir schon aufgefallen war, als er noch vor uns in der gleichen Richtung gefahren war. Das Gesicht des Fahrers war mir durch einen Postboten verdeckt, der sich auf seinem Rad zwischen unserem und dem Sportwagen nach vorne zu schlängeln suchte. Als er sich noch weiter vorwärts gewurstelt hatte, wurde die Sicht auf den Vordersitz des Sportwagens frei. Wer saß am Steuer? Der junge Erbe der Hotelkette, den Barbe im Fürstenhof geohrfeigt hatte. War es Zufall, daß er zu uns herübersah, oder war es ihm aufgefallen, daß in unserem Wagen, vorne neben dem Chauffeur, ein Platz frei war, aber auf dem Rücksitz drei Personen eng zusammengedrängt saßen? Ich sah, wie er sich ein wenig herausbeugte, und, als sei ihm etwas aufgefallen, herüberblickte und plötzlich grinste. Daß er mich erkannt hatte, stand für mich fest. Damit er ja nicht erriet, zwischen wem ich saß, lächelte ich zu ihm hinüber und winkte ihm zu, so spöttisch wie ich es vermochte.

Sofort fuhr mich der Ältere an: »Wem haben Sie da gewinkt?«

Doch die Ampel wechselte gerade auf Grün, unser Wagen zog noch vor dem anderen an, wurde aber sogleich von ihm überholt.

»Die Nummer«, rief er dem Kriminalrat und dem Fahrer zu. »Merkt euch die Nummer.«

Unser Fahrer fragte, ob er dem Wagen folgen solle.

Der sei mit einer Kutsche wie der unseren nicht einzuholen, meinte der Kriminalrat. »Wir haben ja die Nummer.« Er zog eine Zeitung aus der Tasche und notierte die Zahlen oben am Rand des Blatts, der andere tat dasselbe und wandte sich dann von neuem zu mir: »Also, wer ist der junge Mann?«

Der rüde Ton, in dem er mich fragte, mißfiel mir gewaltig. Er solle mir den Paragraphen des Gesetzes nennen, das mich verpflichte, ihm den Namen preiszugeben. Es geschah mit Absicht, daß ich das Wort »preisgeben« benutzte. Ich wollte in ihm die Erwartung wecken, es sei im Zusammenhang mit meiner Person noch anderes, Zusätzliches zu entdecken, das mit dem, was Richard angestellt haben mochte, der Polizei noch unbekannt sei.

Den Paragraphen, nach dem die Polizei mich zwingen könne, den Mund aufzumachen, gebe es, sagte der Ältere, jeder Polizeibeamte kenne den. »Also, wird's bald«, schloß er. »Wer ist der junge Mann?«

Ich lachte ihm ins Gesicht. Er sei der Letzte, dem ich den Namen des jungen Herrn verraten würde, sagte ich, habe er selber mir nicht versichert, seine und seines Kollegen Aufgabe sei darauf beschränkt, mich ins Präsidium zu bringen? Demnach würde ich von jemand anderem als ihm verhört werden. Ich sähe nicht ein, warum ich mich zweimal der Mühe unterziehen solle, die Biographie dieses Herrn zu entrollen und der Polizei zu erklären, mit welchem Geld der sich so teuere Wagen leiste.

Gerade freundlich war der Blick nicht, mit dem der Herr mich von dem Augenblick an musterte, als ich die mit Absicht zweideutige Bemerkung über die Geldquellen des Volontärs gemacht hatte. Ich hielt seinen Blicken stand, und setzte mich, so unbequem es auch war, sogar so, daß ich dem Kriminalrat meinen Rücken und ihm das Gesicht voll zudrehte. Im Geist sah ich mich bereits inmitten eines halben Dutzend Kriminalbeamter, die mit den brutalsten Mitteln versuchen würden, mich zum Geständnis meiner Mitwisserschaften von Verbrechen zu bringen, die es nicht gab, und ich genoß im voraus die Freude, mit der ich sie ein gutes Stündchen oder sogar volle

Stunden raten und zappeln ließe und malte mir ihre Enttäuschung aus, wenn ich ihnen schließlich verriete, wer der junge Mann war und was es mit ihm auf sich hatte.

Schließlich sagte er: »Wenn Sie wüßten, wie schnell wir heraushaben werden, wer dieser junge Mann ist und woher sein Geld stammt.«

»Und Sie«, versetzte ich, »wenn Sie wüßten, wie schnell den Herren im Präsidium nichts anderes übrigbleibt, als mich gehen zu lassen.« Und ich – ich weiß nicht, wie die hochtrabende Herausforderung mir überhaupt einfallen konnte – fügte, jedes Wort betonend, hinzu: »Ich richte mich immer so ein, daß ich trockenen Fußes durch jeden Sumpf komme.«

»Kommt darauf an, wieviel Zeit Sie dazu brauchen werden.«

»Sie«, versetzte ich scharf, »werden ja sehen, wie schnell man mich entlassen muß.«

Daß ich mit dieser Zuversicht irren konnte, hätte ich mir eigentlich denken müssen, wußte ich doch, daß es kein bescheidener Inspektor war, dem ich mutwillig eine Auskunft verweigert hatte, die ich ihm, ohne mir etwas zu vergeben, hätte geben können.

Unnumeriertes Kapitel

Das, da es nur die Kritiker und jene angeht, die im und vom Literaturbetrieb leben, meine Leser, die nicht wissen wollen, was dort möglich ist, überspringen mögen.

Nicht achtundvierzig Stunden wie mir gesagt worden war, fünf Nächte und vier Tage blieb ich im Polizeiarrest. Mein Autor hat es mir freigestellt, darüber zu berichten oder zu schweigen. Ich müsse damit rechnen, hat er mich wissen lassen, daß der Kritiker Günter Blöcker imstande sei, die Gelegenheit zu benutzen dem, was ich zu erzählen habe, vorzuwerfen, es »mäste sich an Fakten und Verhältnissen und ergehe sich in Hinweisen auf Dinge, die man ebenso gut aus der Zeitung erfahren könne«, es sei »Kolportage«, also etwas, das nicht auf die Seiten eines Buchs gehöre. Einen Vorwurf dieser Art hat Blöcker nämlich seinerzeit, als meines Autors Roman »Bericht über Bruno« erschien, in einem verleumderischen Artikel gebracht, aus dem jeder, der das Buch gelesen hatte, damals schließen durfte, daß dieses Muster von Kritiker den ihm zur Besprechung anvertrauten Roman niemals gewissenhaft, nämlich vollständig geprüft haben konnte, die auf sein Urteil hörenden Zeitungsleser also betrog, so falsch war allein schon seine Wiedergabe dessen, was das Publikum den Inhalt oder die Geschichte eines erzählenden Werkes nennt; zu schweigen von der Willkür, mit der dieser Schlachtmeister gegen meinen Autor ein für die Gattung »Bericht« angeblich bindendes, aber eben nicht existierendes Formgesetz geltend machte, das er einige Zeit später, mit der gleichen Willkür, der es seine Verkündigung verdankte, annulliert, und, in sein genaues Gegenteil verkehrt, als Waffe seines muffigen Übelwollens gegen den Schriftsteller Christian Grote benutzte, der sein erzählendes Werk »Für Kinder die Hälfte« ausdrücklich unter dem Titel einen »Bericht« nennt, wogegen das meines Autors unübersehbar unter dem Titel als »Roman« bezeichnet ist. Die persönliche Gereiztheit gegen meinen Autor, die der ganzen literarischen Welt damals auffiel, hatte diesen auch in anderer Beziehung hysterischen Kritiker übersehen lassen, daß der Ausdruck »Bericht« ein Teil des Titels, nicht aber die Bezeichnung einer Kunstgattung war.

Um ein Minimum an Loyalität von den Kritikern zu fordern, hat Ludwig Tieck einst schreiben müssen: »Es ist wohl nicht unbillig, von Rezensierenden, die mich tiefsinnig tadeln wollen zu erwarten, daß sie meine Schriften gelesen haben.«

Die Schriften! Das unbescheidene Verlangen! Wie zufrieden wäre mein Autor schon gewesen, wenn wenigstens die Titelseite seines Romans von Blöcker genau gelesen worden wäre, bevor dieser seine aberwitzigen Ausführungen über die Forderungen machte, die man an die Gattung »Bericht« stellen dürfe und bevor er meinen Autor und dessen damals so kapitalarmen Verlag, die Insel, öffentlich und gegen besseres Wissen dem Verdacht aussetzte, der Ruf, den »Bericht über Bruno« genoß, sei mit unlauteren Mitteln ermanipuliert worden und das sogar schon, bevor das Werk überhaupt auf den Markt gekommen war.

Als Kritiker war es ihm nämlich durchaus bekannt, daß die Verlagshäuser Feuilleton-Redakteuren und Buchhändlern oft schon im Sommer sogenannte Vorausexemplare der im Herbst erscheinenden Bücher schicken und daß dank diesem Umstand und nicht dank einer Manipulation die erste Auflage von »Bericht über Bruno« bereits am Eröffnungstag der Frankfurter Messe von den Buchhändlern, die das Werk längst gelesen hatten, restlos ausbestellt worden war.

Ich will Herrn Blöcker also nicht die Gelegenheit geben, unter dem Vorwand, es werde Kolportage statt Erzählung geliefert, ein zweites Mal sich als Autorenverleumder zu manifestieren und werde den Lesern nicht erzählen, was mir im Arrest widerfahren ist und bitte die unter ihnen, die wissen möchten, wie es in einem Arrestlokal der Polizei zugeht, denen ich mein Wissen also vorenthalte, sich von Herrn Blöcker seinen Postulaten entsprechende »Berichte« nennen zu lassen, wo sie finden, was sie hier vermissen müssen; denn es ist ja denkbar, daß er inzwischen seine ästhetischen Forderungen, die er an die Gattung »Bericht« stellt, noch einmal geändert hat.

Damit sei dieses Kapitel abgeschlossen, das, weil es einem unfairen Kritiker gewidmet ist, keine Nummer tragen soll.

Kapitel 28

Ein seltsames Verhör.

Daß wir nicht wie die Fürsten am Hauptportal des Polizeipräsidiums vorfahren würden, hatte ich mir gedacht, nicht aber, daß wir im zweiten Innenhof des verzweigten Gebäudes, wo der Wagen vor dem kleinsten der zahlreichen Eingänge hielt, von einem halben Dutzend teils uniformierter, teils in Zivil steckender Beamten empfangen werden würden, die den, nach dem man als dem »Chef« gefragt hatte, mit einer zwar diskreten, aber unübersehbaren Ehrerbietung ins Gebäude geleiteten.

Wie er, nämlich ohne mich eines Worts und Blicks zu würdigen, stieg auch der Kriminalrat aus und wurde von zwei Polizisten, die er herbeigewinkt hatte, ebenfalls ehrerbietig gegrüßt und ich hörte, wie er denen, auf mich zeigend, sagte: »Zur Abteilung IV.«

Die beiden forderten mich auf, aus dem Wagen zu steigen, nahmen mich in ihre Mitte und führten mich ins Erdgeschoß, wo wir in einen langen, unheimlich stillen Gang einbogen, der mit einem dicken Teppich belegt war.

Als wir an den ersten der numerierten Türen vorbeigegangen waren, fragte ich: »Abteilung IV, welches Dezernat ist das?«

Beide lachten. Ich solle nicht versuchen, ihnen die Korinthen aus der Nase zu ziehen, sagte der eine, und der andere meinte: »Sie werden doch wohl wissen, warum Sie dorthin müssen.«

Dieser klopfte an einer der letzten Türen an und fragte eine elegante Beamtin, die auf den Flur herauskam, ob sie mit mir draußen warten sollten.

Nach einem kurzen Blick auf mich sagte sie: »Das ist Ferdinand Melis, nicht wahr? Er muß zunächst in den oberen Warteraum, den der bewußten Abteilung. Man ist dort verständigt, denke ich. Sie haben ihn nur zu übergeben, aber nicht hierher zurückzubringen.«

Warteraum! Ich sah auf die Uhr. Es war die Stunde, zu der meine Mutter in der Küche den Tisch für das Abendessen deckte ...

Bei der Hinauffahrt fragte ich im Aufzug meine Bewacher, ob ich nach Hause telefonieren könne, man sei dort besorgt um mich.

Das solle ich den Wachtmeister fragen, der im Warteraum die Aufsicht führe, bekam ich zur Antwort.

In dem großen Raum, wo sie mich einem Wachtmeister ohne die geringste Erklärung übergaben und wieder gingen, saßen dicht nebeneinander auf einer der Bänke drei junge Leute, von denen keiner zwanzig sein mochte. Sie musterten mich ungeniert, besonders einer, an dem mir schon beim Hereinkommen auffiel, wie stark er geschminkt war. Als ich den Wachtmeister fragte, ob ich telefonieren könne, kicherten die drei, und der Geschminkte, dessen Augendeckel und Nägel lila gefärbt waren, sagte: »Wo glaubt die, daß sie ist!«

»Lolotte, halt die Schnauze«, rief der Wachtmeister ihm zu und sagte mir dann in grämlichem Ton, das einzige, was ich tun dürfe, sei, zu warten, bis man mich abrufe. Ich solle mich nicht zu den Damen setzen. Er zeigte auf eine freie Bank gegenüber den drei jungen Leuten.

Diese hörten nicht auf, mich in einer Weise anzulächeln, daß ich mir mein Teil dachte, und als ich dann entdeckte, daß sie in gleichen schwarzen Hosen und Stiefeletten steckten und daß sie die gleichen offenen Hemden aus lila Seide und ganze Sätze silberner Armbänder trugen, die bei jeder Bewegung klirrten, wandte ich mich an den Wachtmeister. Ich befände mich doch nicht auf der Abteilung ›Sitte‹, entfuhr es mir wohl etwas zu heftig.

»Wo Schwuchteln sitzen, die sich Madeleine, Yvonne und Lolotte nennen, kann es nur diese Abteilung sein«, antwortete er gleichmütig, »aber halten Sie jetzt den Mund, den werden

Sie drüben noch genug aufmachen müssen. Das ist für Sie.« Er wies auf ein über der Tür angebrachtes Lichtsignal, das von Rot auf Grün gewechselt hatte, forderte mich auf, ihm zu folgen, und führte mich in ein Büro, das auf der anderen Seite des Flurs, dem Warteraum gegenüber lag und dessen Tür weit offen stand.

Der dort hinter einem Schreibtisch sitzende Beamte rief mir mit einer angenehm frischen Stimme entgegen: »Sie können nicht der sein, den ich erwarte.«

Nach einem Blick auf vor ihm liegende Papiere ließ er sich meinen Namen sagen, lächelte, schüttelte den Kopf und fragte den Wachtmeister: »Wer hat den Herrn denn ausgerechnet zu Ihnen geschickt?«

»Keine geringere als die Abteilung IV«, sagte der und ging hinaus.

Der Beamte sah mich prüfend an. »Was haben Sie denn mit dieser Abteilung zu tun, mit der IV, das wäre doch schade um Sie.«

Das unüberhörbare Wohlwollen überraschte mich. Ich berichtete ihm, wie und von wem ich, ohne den Anlaß zu kennen, ins Präsidium und schließlich zu ihm gebracht worden war.

Ich hätte mich kurz gefaßt, dafür sei er immer dankbar, sagte er. Er wolle es mir ersparen, noch einmal bei den Strichjungen im Warteraum sitzen zu müssen oder mich draußen vor seiner Tür durch einen Polizisten überwachen zu lassen, ich sei sicher damit einverstanden, wenn er mich für eine Viertelstunde im Nebenzimmer einschlösse, er müsse die Verwechslung, deren Opfer ich wahrscheinlich sei, klären. Das könne er, wie ich wohl verstünde, nicht in meiner Gegenwart am Telefon tun.

So viel Freundlichkeit ermutigte mich, ihn zu fragen, ob ich meine Eltern durch einen Anruf über meinen Verbleib beruhigen könne, allerdings wäre es ein Ferngespräch.

Schon reichte er mir den Hörer. »Wenn Sie es in meiner Gegenwart tun.«

Daß mein Vater zu dieser Stunde dienstfrei, also schon in der Wohnung war, wo es kein Telefon gab, traf sich gut. Ich rief die Zentrale des Zollamts an, und bat die Telefonistin, meinen Eltern einen Zettel mit dem Bescheid zu schicken, es könne sein, daß ich über Nacht in der Stadt bliebe.

Als ich aufgelegt hatte, fragte er: »Ihr Vater arbeitet beim Zoll und Sie logieren im Fürstenhof?«

Als ich ihm sagte, die Schilderung der Umstände, unter denen ich dort von einem Herrn Barbe einlogiert worden war, verlange etwas Zeit, fiel er mir ins Wort: »Barbe? Habe ich den Namen richtig verstanden?«, blätterte in den Papieren, die vor ihm lagen, ließ sich den Namen wiederholen, sah mich wieder an und fragte noch einmal: »Also Barbe? Mit einem ›e‹ am Ende, ein seltener Name«, und plötzlich lehnte er sich, nach einem Blick auf die Uhr, in seinem Sessel zurück und bot mir eine Zigarette an: »Nun erzählen Sie mir, warum dieser Herr Sie in den Fürstenhof einlogiert hat, in einem Doppelzimmer, nehme ich an.«

In einem Büro der Sittenpolizei gestellt, stecke in dieser Frage eine Andeutung, sagte ich. Er täusche sich mit dem, was er vielleicht vermute.

Da forderte er mich noch einmal auf, ihm zu schildern, wie ich Barbe kennengelernt hatte: »Sie wohnen doch bei Ihren Eltern, hundert Kilometer von hier in dem Grenzort, wozu sonst der Bescheid an diese, daß Sie über Nacht fortbleiben wollten? In Gesellschaft des Herrn Barbe. Ein Wochenende.«

Doch bevor ich ihm antworten konnte, hatte er den Hörer seines plötzlich summenden Telefons abgehoben. »Ich bin nicht allein«, so kam er dem Anrufer zuvor, »wenn es sich um die heute Nachmittag gemachte Anzeige handelt, rufe ich in ein paar Minuten zurück, vorausgesetzt, daß Sie nicht schon im Begriff sind, nach Hause zu gehen.«

»Doch«, hörte ich eine weibliche Stimme antworten, die mir die der Beamtin zu sein schien, die mich zur Abteilung ›Sitte‹ hinaufbeordert hatte.

Der Beamte erwiderte ihr kurz: »Dann bis übermorgen«, legte wieder auf und erhob sich: »Es ist gut, daß Sie Ihren Eltern jede Beunruhigung erspart haben. Es könnte sein, daß man Sie hierbehält. Und bis Montag. Morgen ist ja Sonntag. Keine Verhaftung, nur Arrest.«

»Hat mir das jemand eingebrockt, der meinen Personalausweis mißbraucht hat?«, fragte ich, bei der Aussicht auf zwei Tage und Nächte Polizeiarrest nicht mehr so entzückt von meiner Festnahme, wie ich es auf der Fahrt zum Polizeipräsidium gewesen war.

In den Akten, denen, die er kenne, finde sich nichts, das mit einem Mißbrauch meiner Papiere durch Dritte zusammenhänge, erwiderte er.

Warum man mich denn festgenommen habe, platzte ich heraus, ich verlöre jetzt die Chance, Barbe mit meinem Wagen in den Süden zu fahren und mir ein schönes Geld zu verdienen. Ob ich ihn wenigstens im Hotel anrufen und bitten könne, mir bis zum Montag meine Chance zu lassen.

Er bedauere, sagte er, das könne er mir nicht gestatten. Er werde mir zeigen, daß ihm dies aufrichtig leid tue.

Er rief die Telefonzentrale an, man möge seiner Frau ausrichten, er komme spät zum Essen, und bat die Telefonistin, ihm aus der Kantine zwei der üblichen Tabletts Abendbrot und zwei Tafeln Schokolade heraufschicken zu lassen, fragte mich dazwischen, ob ich helles oder dunkles Bier, bittere oder Milchschokolade vorzöge und bestellte nach meinen Wünschen.

Als er wieder aufgelegt hatte, sagte er: »Der Herr Barbe wird auf Sie warten, dafür wird gesorgt werden.« Ich solle mich aber als erstes nun scharf besinnen, ob es in der Stadt jemanden gebe, der feindliche Gefühle, etwa Mißgunst, gegen mich hege, ich sei in einer bei ihm eingelaufenen Anzeige impliziert.

Er wunderte sich, als ich ihm versicherte, keine Bekannten oder Freunde in der Stadt zu haben, also auch niemanden, der mich mit Namen kenne und, darauf gestützt, mich bei der Polizei habe denunzieren können. Es liege wohl mehr als eine Implikation gegen mich vor, ob es nicht doch eine richtige Anzeige sei?

»Eben nicht«, sagte er. »Sie sind nur in einer, eine andere Person betreffende Anzeige, über die aber meine Abteilung nicht zu befinden hat, ohne daß Ihr Name genannt wurde, impliziert. Da Sie wissen, in wessen Büro Sie sitzen, werden Sie den Gegenstand der Implikation, die letzten Endes eben doch auf eine Anzeige gegen Sie hinausläuft, erraten. Ja, Prostitution mit älteren Männern, das wollte man Ihnen anhängen.« Und er wiederholte, seltsamerweise sei ich in der Anzeige nicht namentlich genannt, aber eben jener Herr Barbe, der sei als der zahlende Freier bezeichnet worden.

Das Gelächter, das ich nicht unterdrücken konnte, mußte das Klopfen eines Polizisten übertönt haben, der plötzlich, beteuernd, er habe angeklopft, in der Tür stand und ein Wägelchen vom Flur hereinzog. Er bringe das Bestellte aus der Kantine.

»Reicht das auch?«, fragte mich der Beamte und entließ den Polizisten erst, nachdem ich einen Blick auf das Gebrachte geworfen hatte. Er schob selber das Wägelchen zu einem runden Tisch, um den mehrere Sessel standen, und lud mich ein, mit ihm eine Stärkung zu nehmen.

Als ich die zweite Flasche Bier anbrach, hatte ich alles erzählt, was im Hotel bei und nach der Besichtigung des Badezimmers mit dem Volontär vorgefallen war und ihm vorgemimt, wie Barbe den Sohn des Besitzers der Hotelkette geohrfeigt hatte.

Meiner Versicherung, nur der Volontär könne der Denunziant sein, der verdiene einen Denkzettel, hielt der Beamte entgegen, die Anzeige bei seiner Abteilung sei anonym und telefonisch erfolgt und – dumm für mich – ausgerechnet eine knappe halbe Stunde, nachdem eine ganz andere Anzeige von wirklich schwerem Gewicht in der Abteilung IV zum Beschluß der Festnahme des Herrn Barbe geführt habe. Im Zusammenhang mit dieser und nicht in dem mit der telefonischen Anzeige sei ich festgenommen worden. »Und wenn Sie wüßten von wem, von wem in Person«, schloß er, »dann ermäßen Sie, wie schwer der Verdacht ist, in dem er steht, der Herr Barbe.« Den schwierigen Gast spiele der nur, und, daß er sich Dutzende Zimmer habe zeigen lassen, sei wahrscheinlich aus ganz anderen Gründen geschehen, als den ihm von mir geschilderten.

Kapitel 29

Wie schnell man sich das Wohlwollen eines distinguierten Polizeibeamten verscherzen kann.

Niemand hätte sich, in meiner Lage, damit begnügt, Barbes Festnahme nur zur Kenntnis zu nehmen, ohne wissen zu wollen, was man dem Mann vorwarf.

Doch schon meine erste Frage nach der Natur des Vergehens, das man Barbe anlaste, schien dem Beamten schwer zu mißfallen: Wenn es auch nicht die Rechte seien, die ich studierte, sagte er, als Student müsse ich eigentlich wissen, daß jede Auskunft über den auf Barbe lastenden Verdacht sich selbst dann für ihn verbiete, wenn auch für die Abteilung IV meine Unschuld bereits restlos erwiesen sei, denn die Barbes sei dort zunächst noch Gegenstand ernster Zweifel und ich sei nun einmal, solange mein Verhältnis zu Barbe ungeklärt sei, an diesen gekoppelt. Schwere Verhöre habe dieser zu gewärtigen, und auch mir stehe noch die Bekanntschaft mit der bohrenden Neugier der Abteilung IV bevor, lückenlose Alibis über den Gebrauch meiner Zeit während der letzten vierundzwanzig Stunden würden mir gewiß abgefordert werden.

Daß, trotz dieser Zurechtweisung, das Wohlwollen dieses Beamten mir gegenüber eher zu- als abgenommen hatte, schloß ich aus der Freundlichkeit, mit der er mich zum Essen der Schinken- und Käsebrote ermunterte und mir einschenkte, wenn mein Glas leer war. Er selbst aß und trank so gut wie nichts und steckte mir die beiden Tafeln Schokolade in die Tasche. Die Nacht werde meinem Magen lang werden, bis zur Ausgabe des Morgenkaffees, man könne nämlich jeden Augenblick mich holen kommen. Dann sei es ihm nicht mehr möglich, etwas für mich zu tun.

Ob er mir wenigstens sagen dürfe, zu welchem Dezernat die Herren gehörten, die mich festgenommen hatten, fragte ich, und, um meine Neugier diesmal zu rechtfertigen, erzählte ich ihm, wie unvorsichtig keß ich dem offensichtlich Ranghöheren der beiden auf der Fahrt zum Präsidium die Auskunft verweigert hatte, als dieser wissen wollte, wer es war, der beim Halt vor der Ampel aus dem Sportwagen zur Limousine der Polizei hinübergeschaut und dem ich zugewinkt hatte.

»Sie hätten besser daran getan, es mit gerade dem einen nicht so mutwillig zu verderben«, sagte er, das sei ein hochgestellter Herr, dem eines der wichtigsten Dezernate unterstehe.

Wieso der dann sich nicht zu gut sei, für eine so niedrige Aufgabe wie die, eine simple Festnahme selber vorzunehmen, fragte ich, in der Absicht, mit dieser plumpen Herausforderung meinem freundlichen Vernehmer schließlich doch ein paar Aufschlüsse über den Anlaß der Festnahme Barbes zu entlocken.

Zu meiner Enttäuschung erklärte er, die beiden Herren seien, als das Ersuchen, Barbe festzunehmen, im Präsidium eintraf, zufällig im Begriff gewesen, zum Fürstenhof zu fahren, um sich von einer Persönlichkeit, die dort abgestiegen war und Sonderschutz genossen hatte, zu verabschieden. Da habe die beiden Herren die Lust überkommen, sich in die Anfänge ihrer Laufbahn zurückzuversetzen und sich Barbe und mir gegenüber als einfache Inspektoren auszugeben. Doch, bei Barbes Leibesfülle, habe ihnen die Aussicht, auf dem Rücksitz des Wagens zu dritt mit ihm sitzen zu müssen, nicht behagt, nur deshalb hätte ich, und nicht Barbe, den Vorzug so hoher Begleitung gehabt. Barbe sei einige Minuten nach mir eingeliefert worden, aber von zwei Beamten bewacht, die wirklich nur Inspektoren seien.

Der heitere Ton, in dem dies mir erklärt wurde und in dem ich eine Steigerung der Sympathie sah, die der Beamte mir entgegenbrachte, verführte mich zu einer falschen Einschätzung dessen, was ich mir erlauben zu können annahm, und ich war so töricht, ihm zu sagen, da er schon so nett mit mir sei, so außergewöhnlich nett, daß alle meine Vorurteile gegen die

Polizei dahingeschmolzen seien, möge er mir doch endlich wenigstens andeutend verraten, wegen welchen Verdachts Barbe festgenommen worden war, und, meinen Vorstoß noch verschlimmernd, versprach ich ihm, sofort zu vergessen, was er mir sage, und versicherte ihm, auf meine Diskretion könne er sich verlassen, wie schwer auch immer man mir in einem Verhör zusetze.

»Jetzt schlagen Sie aber über die Stränge«, fuhr er mich an, »schade. Wirklich, Sie hätten wissen müssen, daß Sie einen solchen Wunsch nicht äußern durften.«

Er erhob sich und kehrte an den Schreibtisch zurück: »Ich hatte vorgehabt, mich ein wenig mit Ihnen über die Zustände an den Universitäten zu unterhalten. Das ist nun verscherzt«, sagte er, Enttäuschung und Verärgerung in der Stimme.

Was konnte ich darauf antworten! Ich blieb stumm, wagte nicht einmal, zu ihm hinüberzublicken und hörte bald auf zu essen. Da befahl er mir streng, keine Reste auf den Tellern und in den Flaschen zu lassen. Wenn ich fertig sei, werde er mich wegführen lassen.

Er vertiefte sich wieder in die Papiere, die auf seinem Schreibtisch lagen, und überließ mich meiner Entmutigung.

Es war nicht die Aussicht, zwei Nächte und einen ganzen Sonntag im Arrest zu verbringen, die mich entmutigte, noch weniger war es ein Unbehagen vor dem Verhör, das mich auf der Abteilung IV erwartete, denn ich wußte ja, wie leicht ich nachweisen konnte, daß ich Barbe erst seit einigen Stunden kannte und wo und wie ich die Zeit von morgens bis nachmittags mit ihm verbracht hatte. Die mich vernähmen, hoffte ich, würden schnell einsehen, daß ich kein Mitwisser dessen war, was Barbe auf dem Buckel haben mochte, und daß ich als Belastungszeuge, den man offenbar in mir geschnappt zu haben glaubte, ausfiel.

Arrest und Verhör – da war ich zuversichtlich – würde ich schnell und schmerzlos hinter mir haben, doch es gab etwas anderes, das mich schwerer bedrückte, mußte ich jetzt doch an das denken, was mir zu Hause von neuem bevorstand, wenn Barbe so lange in Haft blieb, wie meine Ferien dauerten, ich ihn also nicht in den Süden chauffieren könnte.

Bei dem Gedanken, mir diese Reise aus dem Kopf schlagen zu müssen, überkam mich jenes dank Barbes Angebot gerade erst verlorene Unbehagen wieder, das mir das Gemüt vor der Begegnung mit Barbe verdüstert hatte, weil ich, vom Beginn der Ferien an, mit der lähmenden Vorstellung lebte, daß ich zwei Wochen lang keinen Tag dem Mädchen, mit dem es zum Bruch gekommen war, aus dem Weg gehen konnte. Die Dienstwohnung ihrer Eltern, beide Zollbeamte wie meine, lag ein Stockwerk über unserer. Begegnungen auf der Treppe und in der Nähe der ein paar Kilometer vom Ort entfernten Zollanlagen waren ebenso unvermeidlich wie Fragen meiner Mutter, der es nicht lange verborgen bleiben konnte, daß das Mädchen, das sie mochte, und ich uns in Unfrieden getrennt hatten.

Daran, an nichts anderes dachte ich nun wieder. Warum auch immer man Barbe festgenommen hatte und was mit ihm geschehen würde, das war mir ebenso wenig wichtig wie die Ungnade des Beamten, der mich diese jedesmal fühlen ließ, wenn er kalt zu mir hinüberblickte, um zu sehen, ob die Teller leergegessen waren. Appetit hatte ich ja keinen mehr, der war mir vergangen.

Als ich das letzte Stück Brot hinuntergewürgt hatte, sagte er zu meiner Überraschung, ich sei gewiß kein übler Mensch, aber, abgesehen davon, daß ich es verstünde, mich beim Reden kurz zu fassen, hätte ich noch so gut wie alles zu lernen. Vom Umgang mit Beamten zum Beispiel hätte ich keine Ahnung, denn Verwalter seien so gut wie immer stärker als die Verwalteten, besonders dann, wenn sie unbestechlich und in jeder Hinsicht unverführbar seien. »Auch durch Komplimente«, schloß er. Dann nahm er den Hörer ab, verlangte den Vorsteher des Arrestreviers, und als er die Verbindung hatte, hörte ich ihn zu meinem Erstaunen sagen, der Festgenommene, den er abzuholen bitte, sei aus seinem Dienst als vollkommen schuldlos entlassen. Auf Verlangen der Abteilung IV müsse er über Sonntag im Arrest bleiben. Man solle sich von dieser den jungen Mann betreffende Instruktionen geben lassen. Er empfehle größtes Zuvorkommen.

Ich erhob mich und dankte für die Empfehlung. Sagte er mir da nicht: »Sehen Sie, was alles Sie noch zu lernen haben.«

Das, was er dem Reviervorsteher zu melden gehabt habe, sei für dessen, nicht für meine Ohren bestimmt gewesen, ich möge also die Unkorrektheit meines Dankes selbst ermessen.

Wie ich es denn hätte anstellen sollen, um nicht mitzuhören, was er ins Telefon gesprochen habe, rief ich empört. »Ich konnte doch nicht so tun, als hätte ich nichts gehört!«

»Doch«, sagte er, »Sie hätten ›so tun‹ sollen, wie Sie sagen. Denken Sie nach. Sie haben zwei Nächte lang Zeit dazu, vielleicht sehen Sie dann ein, daß ich recht habe«, und er musterte mich – ich stand ja noch neben dem Tisch – mit einem kalten Blick von oben bis unten. »Noch leben wir nicht in der vollen Barbarei«, sagte er spitz, »noch gelten Formen im Umgang. Daß ich wüßte.«

Ich gab es auf und schwieg, und er ließ mich schweigen. Auch als der angeforderte Polizist erschien, öffnete er nicht den Mund, zeigte nur auf mich, vertiefte sich wieder in die Akten und ließ mich auf diese Weise fühlen, daß ich von seiner Ungnade begleitet meinen Arrest anzutreten hatte.

Kapitel 30

Sonderbares Wunschdenken einer Polizeipsychologin.

Als Sohn eines Beamtenpaars inmitten der Abfertigungsanlagen einer bedeutenden Zollstation aufgewachsen und dort durch die Gespräche mit meinen Eltern und deren gutes Hundert Kollegen, aber auch durch manche eigenen Beobachtungen von klein auf vertraut mit den tüfteligen Langsamkeiten, die Verwaltungen und Behörden sich straflos leisten können, hätte ich mir eigentlich selber sagen müssen, daß mein Arrest sich über das Wochenende hinaus verlängern könnte und sogar auf fünf Nächte und vier Tage – die er in der Tat dauerte. Die überraschendste, wenn auch bei weitem nicht die einzige Abwechslung, die mir in der langen Zeit geboten wurde, war die Einvernahme auf der Abteilung IV, die allerdings erst am letzten Tag meiner ununterbrochenen Berührung mit Polizisten und Festgenommenen gegen Mittag stattfand.

Zu meiner Enttäuschung wurde ich nicht von jenem ranghohen Herrn erwartet, der mich im Fürstenhof abgeholt hatte, sondern von der eleganten Beamtin, die mich des Samstags, gleich nach meiner Einlieferung im Präsidium, zur Abteilung ›Sitte‹ hinaufbeordert hatte und der, im Gegensatz zu dem distinguierten Beamten der ›Sitte‹, mein Name bereits bekannt, also sehr schnell durchgegeben worden war.

Wie beim ersten Mal wurde ich von einem Wachtmeister wiederum nur vor die Tür ihres Büros geführt, die sie, nachdem der Mann angeklopft hatte, selber aufmachte. Sie hieß mich eintreten, bot mir einen Stuhl an und eröffnete mir ohne Umschweife, meine Einvernahme sei eine reine Formsache, wie sie im »wörtlichen Sinn des Wortes« nicht formeller, also geradezu sinnloser, einem Laien der Rechtsauffassung erscheinen möge. Im Zusammenhang mit einem mörderischen Bankraub habe ein bedauerlicher Hauptverdacht auf Herrn Barbe gelastet und ein zweiter, eigentlich ein auf verschiedene Indizien gestütztes Bündel von Verdachtsmomenten. Daß er ins Fahndungsbuch der Polizei geraten sei, habe er sich selber zuzuschreiben, sich aber obendrein der Polizei gegenüber in einem Fall, wenn auch aus Angst, milde ausgedrückt, nicht korrekt, ja eigentlich äußerst unkorrekt, verhalten. Damit also die Angelegenheit so schnell wie möglich vom Tisch komme, müsse sie prüfen, ob ich ihr die wenigen Aussagen, die Herr Barbe zu meiner Person gemacht habe, bestätigen könne.

Sie zog aus einem Aktenbündel ein paar Blätter heraus. Da habe sie das Gesuchte ja schon, sagte sie vor sich hin, unterbrach sich gleich darauf, bat mich um Entschuldigung, ich hätte gewiß kein Feuer, sonst würde ich mir wohl längst eine Zigarette angesteckt haben, sie selber huldige stark dem Tabak. Dann fragte sie mich: »Also, morgens in aller Frühe, von einer durchwachten Nacht entnervt, dem Schlafwagenzug entstiegen, war Herr Barbe bei Ihnen, im Büro des Anwalts, wo Sie Aushilfe leisten, erschienen – was er gewollt hat, enthält ja die Aussage, die Sie bei der Abteilung ›Sitte‹ gemacht haben. Sie fuhren ihn in unsere Stadt, dort zur Buchhandlung, aßen mit ihm in unserem Schlemmerrestaurant und schließlich mietete er sich und Sie im Fürstenhof ein. In getrennten Doppelzimmern. Ist es so?« Sie legte den Federhalter, mit dem sie über die Blätter gefahren war, nieder, stützte die Arme am Schreibtisch auf und blickte mich durchdringend an: »Was haben Sie sich bei dem Vorfall im Fürstenhof eigentlich gedacht, als Herr Barbe den jungen Volontär ohrfeigte und das Theater wegen der Bidets machte?« Daß man dieses Utensil überhaupt für so unentbehrlich halte, sei doch verwunderlich. Aus dem Sachverhalt, der die Polizei interessiere, sei die Besichtigung so zahlreicher Hotelzimmer bald gestrichen worden. Daß diese nicht ihren Grund in den Ansprüchen eines verschrullten Reisenden hatte, sondern der Vorbereitung krimineller Handlungen dienen könnte, habe der Direktor des Fürstenhofs zwar angenommen, allerdings nur bis zu dem

Augenblick, als es zum Skandal mit dem Volontär gekommen war. Aber ein anderer, jedoch nicht unähnlicher Verdacht gegen Barbe sei von einem weltweit bekannten Hotel der Polizei und allen großen Gasthöfen und eben auch dem Fürstenhof bereits mitgeteilt gewesen, bevor Barbe in der Stadt eingetroffen war. Barbe sei, wenn in dem Büro der Abteilung IV die Rede auf Hotels gekommen war, jedesmal derart in Erregung geraten, daß sie den wahren Grund dieser explosiven Nervosität herausfinden möchte. Die in Barbes Augen zu dünnen Stoffe der Vorhänge und das Fehlen des Bidets in Einzelzimmern könnten einen vernünftigen Menschen doch nicht zu so zügellosen Ausbrüchen des Hasses gegen die Erbauer und Leiter »schmachvoller Herbergen«, wie er sich ausgedrückt habe, hinreißen. Es interessiere sie, als Polizeipsychologin, von mir zu hören, welche Erfahrung oder Erinnerung zu der Besessenheit geführt haben könne, von der Herr Barbe offenbar befallen sei; bei seiner letzten Einvernahme habe er dem Chef und einigen von dessen Mitarbeitern plötzlich ins Gesicht geschleudert, die Polizei täte besser daran, statt Razzien auf die Prostituierten zu veranstalten – die seien immer gut gewaschen! – Razzien auf die ungewaschenen Gesäße der fahrenden und gehenden Straßenpassanten zu machen; statt Kennkarten und Autopapiere zu prüfen, sollte die Polizei die Leute in einen Sanitätswagen führen und dort müsse es dann heißen: »Hose herunter, Sauberkeitskontrolle!« Das seien Barbes Worte gewesen. Er habe auch behauptet, es werde bei schärferer Überwachung der Sauberkeit gewisser Körperstellen weniger Typhus und andere Krankheiten geben. Beim Ausmalen dieses sanitären Programms habe Barbe sich soweit verstiegen, dem Chef zu sagen, die Polizei könne Bidets in ihren Sanitätswagen mitführen und die Schmutzfinken, über deren hohe Zahl man sich wundern werde, »zwangsbaden«. Unser Land sei eines der unappetitlichsten der Welt, halte sich aber, weil die Gesichter immer gut gewaschen seien, für die Krone der Sauberkeit. Im verachteten Portugal gebe es in den Kasernen der Armee, der Gendarmerie und der Polizei Bidets in jedem WC und reihenweise in den Duschräumen; selbst wenn diese hygienische Vorsorge durch einen von der Porzellanindustrie bestochenen Kriegsminister veranlaßt worden sei, feststehe, daß die Unteroffiziere nie kontrollieren müßten, ob die Einrichtungen auch benützt würden; von selber, ohne daß man sie zwingen müsse, gingen die Portugiesen aufs Bidet. Das und noch Genaueres, auf dessen Detaillierung sie verzichte, habe Barbe den Herren der Abteilung IV mit einer Heftigkeit vorgetragen, die, milde ausgedrückt, mehr als bedenklich sei, schloß sie.

Obwohl ich über das, was ich hörte, schmunzeln mußte, fragte ich mich längst, warum die Beamtin mir das alles erzählte, und so wunderte ich mich nicht, als sie auf einmal die Stimme senkte, als wolle sie mir etwas besonders Vertrauliches sagen: ob mir in den mit Herrn Barbe verbrachten Stunden nicht eine gewisse Verworrenheit des Geistes an ihm aufgefallen sei, sie wolle keineswegs damit sagen, daß sie ihn für geisteskrank halte, allein die Sorge, die er um mein Ergehen geäußert habe, seine Verzweiflung darüber, daß ich seinetwegen im Arrest saß – er habe von einer Schuld an mir und von finanzieller Entschädigung gesprochen –, dies schon verböte einen zu groben Verdacht, aber irgendwo stimme es im Kopf des Herrn Barbe letzten Endes doch wohl nicht.

Vorsicht, Vorsicht, sagte ich mir, was haben die mit ihm vor, will jemand, vielleicht ein Verwandter, ihn für geisteskrank erklären lassen, aus Interesse?

Ich fragte die Beamtin deshalb zunächst, ob Barbe denn überhaupt schon auf freiem Fuß sei.

»Er wartet auf Sie im Fürstenhof und hält eine große Überraschung für Sie bereit«, versicherte sie.

Daß er dorthin zurückgekehrt sei, wundere mich, sagte ich.

Der Direktor des Hotels wisse nicht, wie er den Ärger, den es mit dem Volontär gegeben habe, wieder gut machen könne, auf den Knien oder fast, habe er Herrn Barbe angefleht, wieder Wohnung im Hotel zu nehmen, das alles werde ich von Herrn Barbe ja selber erfahren, aber, bevor ich ginge, möge ich ihr doch aufrichtig sagen, welchen Eindruck mir die seelische Verfassung des Herrn Barbe mache. Den Behörden werde ein Dienst damit geleistet, ich sei jung, mein Auge frisch und unbefangen, man lege Wert auf meine Ansicht.

Daß da eine plumpe Nachtigall mir etwas suggerieren wollte, war mir klar. Ich gab ihr zu verstehen, wie sehr ihre Andeutungen mir mißfielen, und fragte sie, was an Protokollen ich zu unterzeichnen hätte, bevor ich gehen könnte, denn ich sei ja wohl ebenfalls auf freiem Fuß.

Die Polizei hoffe, nicht eines Tages auf dieses Gespräch über Herrn Barbe zurückkommen zu müssen, sagte sie säuerlich, ich sei mitverantwortlich, ja, für die Folgen mitverantwortlich, wenn die Geistesverworrenheit Barbes einmal zu nicht reparierbaren Auswüchsen führe.

Man solle nicht auf mich rechnen, wenn man etwa Herrn Barbe internieren lassen wolle, sagte ich.

»Nun«, erwiderte sie, »ich sehe, wo Ihre Interessen liegen.«

Ich wollte so schnell wie möglich das Büro verlassen und fragte sie noch einmal, ob ich auf freiem Fuß sei.

»Sie brauchen nur die Tür zu öffnen«, antwortete sie spitz, breitete ein Bündel Akten auseinander und las in den Papieren, als habe sie meine Gegenwart vergessen.

Ich ging grußlos hinaus.

Kapitel 31

In dem man sieht, wie sehr man sich in Menschen täuschen kann.

Die Überraschung, die Barbe, wie die Beamtin mir angekündigt hatte, für mich bereit hielt, stand vor der Tür ihres Büros, als ich auf den Flur hinaustrat. Es war mein Vater. Allerdings, das war eine Überraschung, und wie erst steigerte sich die, als er, nachdem er mich in die Arme geschlossen hatte, mir sagte: »Geh' schon vor, ich habe da noch etwas zu tun«, bei der Beamtin anklopfte, die Tür öffnete und ohne einzutreten hineinrief: »Nochmals besten Dank, Frau Doktor, hat auf die Minute geklappt.«

Als wir am Ende des langen Ganges in einen anderen, der zum Hauptausgang führte, einbogen, hatte ich noch längst nicht ausgestaunt über das, was ich bereits erfahren hatte, und über das, was ich, wie er mir sagte, noch erfahren sollte: Am Vorabend hatte Barbe ihn, gleich nach der Entlassung aus dem Arrest, im Zollhaus angerufen, war zwei Stunden später im Taxi erschienen und geblieben, bis er meinen Eltern erzählt hatte, wie es zu seiner Bekanntschaft mit mir, meiner Einlogierung im Fürstenhof und wie und warum es zu seiner und meiner Festnahme gekommen war. »Daß der Polizei mit dem Mann ein solches Mißverständnis unterlaufen konnte, ist ja mehr oder weniger verständlich«, schloß mein Vater, »ein bißchen sonderbar ist er schon, dieser Herr, alles in allem aber nicht uneben. Mit dem fällst du nicht herein, wenn du noch immer Lust hast, ihn ans Mittelmeer zu fahren. Deine Mutter ist dagegen. Aber ich habe dir deine Sachen schon mitgebracht. Sie hat mir auf der Herfahrt schwer zugesetzt deswegen. Doch ich meine, du solltest wegfahren, dann bist du aus dem Schußfeld von Szenen und Tränen, man kommt nämlich alle Tage zu deiner Mutter und heult sich bei ihr aus.«

Bei dieser Warnung vor dem, was mir, wenn ich nicht viele Kilometer zwischen das Mädchen und mich brachte, bevorstehe, konnte ich mir wieder einmal dazu gratulieren, daß ich es bei der Wahl meines Vaters so gut getroffen hatte.

Als wir, das Polizeipräsidium endlich im Rücken, auf der Straße standen, schlug er mir, nach einem Blick auf die Uhr, vor, durch den Stadtpark zum Hotel zu gehen, trat auf einen livrierten Chauffeur zu, der neben dem geöffneten Schlag eines großen Wagens stand, und sagte ihm, er möge zurückfahren und Herrn Barbe ausrichten, daß wir unterwegs seien. »Der Wagen des Fürstenhofs«, erklärte er mir, »mit dem hat Herr Barbe uns heute vormittag abholen lassen. Der bringt uns auch zurück, deine Mutter und mich.«

Das sei immerhin eine elegante Wiedergutmachung der Beunruhigung, die Barbe ihm und der Mutter indirekt bereitet habe, sagte ich, doch er erwiderte, er sei bereits am Samstag selbst, gleich nach meinem Verhör, also noch des Abends, von dem Beamten der ›Sitte‹ angerufen und versichert worden, daß nichts gegen mich vorlag und daß ich nur bis zur restlosen Entkräftung des auf Barbe lastenden Verdachts von jedem Kontakt mit der Außenwelt hatte abgeschlossen bleiben sollen, weil man angenommen hatte, ich könnte ein wichtiger Zeuge sein. Die Mutter und er seien also während der Tage meiner Haft dank der Freundlichkeit dieses Beamten nicht sonderlich beunruhigt gewesen.

Als ich meinem Vater sagte, gerade jener Beamte sei am Ende meines Verhörs sehr ungnädig mit mir gewesen, lachte er, so herb, wie er es meistens tat, wenn mich eine Standpauke erwartete. Der Beamte, sagte er mir, habe eine gute halbe Stunde am Telefon über mich gesprochen. Was der bei dem Verhör an mir beobachtet und wie der meine Vorzüge und Fehler herausgefunden habe, das zeuge von Klugheit, aber auch von Wohlwollen für mich. Nur den kleinen Denkzettel, den ich hätte einstecken müssen, den habe der Mann mir wohl mit Absicht nicht erlassen. Und daß ich länger im Arrest hatte bleiben müssen als Barbe, das hätte ich gleichfalls mir selber zuzuschreiben, fügte er hinzu. Der Chef der Abteilung IV habe sich erst vor wenigen Stunden vergewissern können, daß der junge Mann, dem ich auf der Fahrt zum Präsidium beim Halt vor einer Ampel zugewinkt hatte, der Volontär war. Ich wisse doch wohl selber, wie anmaßend ich im Auto gegenüber dem hohen Polizeibeamten gewesen sein mußte. Der sei sehr wenig eingenommen von mir, noch jetzt. In meinem Zorn über die ungerechte Festnahme hätte ich wohl weder daran gedacht, sie könne mit Barbe zusammenhängen, noch meine Lage richtig eingeschätzt, und statt mein Verhalten nach dieser zu richten, was ein vernünftiger Mensch doch immer tue, hätte ich es darauf ankommen lassen, sie nutzlos zu verschlimmern. »Wäre der verständnisvolle Beamte von der ›Sitte‹ nicht bei der Abteilung IV für dich eingetreten, hättest du dort unangenehme Verhöre erleben müssen.«

»Hat er dir das erzählt?«, fragte ich.

»Ja. Er hat einer Frage, die du ihm gestellt hast, entnommen, daß du deinen Personalausweis einem Kameraden geliehen haben mußt. Daraus hat er dann geschlossen, daß deine Universitätsfreunde Rote sind. Über die verhört zu werden, könne unangenehm sein, hat er mir gesagt. Jetzt weißt du, was er dir erspart hat.«

So schonend der Tadel meines Vaters auch war, ich fragte mich, wie schlecht es um meine Menschenkenntnis bestellt sein mußte, daß ich sowohl Barbe als auch den Beamten von der ›Sitte‹ in so falschem Licht hatte sehen können. Beiden hätte ich das gute Verhalten nicht zugetraut, das sie meinen Eltern und, wenn ich es richtig bedachte, schließlich ja auch mir gegenüber gezeigt hatten.

»Ich habe den Beamten falsch eingeschätzt«, gab ich zu.

»Hoffentlich nicht auch die Dame in der anderen Abteilung«, versetzte er, »die hat dreimal beim Zoll angerufen. Zweimal war ich draußen beim Abfertigen von Lastwagen und konnte nicht ans Telefon kommen. Erst beim dritten Mal war ich zufällig im Büro, heute, in aller Frühe. Sie hat mich gefragt, ob wir ein gutes Verhältnis zueinander hätten, und hat mir vorgeschlagen, dich kurz nach Mittag an ihrem Büro abzuholen.«

Es verschlug mir die Sprache, daß die mir so wenig sympathische Person sich diese Mühe gegeben hatte.

Es war nicht das erste Mal, daß mich der Verdacht beschlich, ein jämmerlicher Menschenkenner zu sein. Seit wann erst übersah ich auch an meinem Vater nicht mehr gerade das, was ihn so liebenswert machte, das Biedere, Rechtschaffene. Als ich mit sechzehn heimlich die ersten Bücher las, in dem das große und kleine Bürgertum als dumm, minderwertig und verbrecherisch abgetan war, wie sehr hatte ich mir damals einen weniger glanzlosen, weniger durchschnittlichen, weniger nüchternen Vater gewünscht. Einer, der gegen seine Vorgesetzten, wenn schon nicht meuterte, so doch wenigstens aufmuckte, sollte es sein. Gewiß, das war vorbei. Aber unheimlich schien es mir im nachhinein dennoch zuweilen, daß ich, lange vollkommen blind für seine besten Eigenschaften, ihn nur kritisiert und letzten Endes von ihm kein anderes Verhalten als das eines Revolutionärs erwartet hatte, ohne mich auch nur zu fragen, ob es mir zustand, ihm etwas zuzumuten, das gegen seine Natur war.

Als das Hotel in Sicht kam, lächelte mein Vater vor sich hin. Ich würde sehen, wie dort das Personal, vom Direktor bis zu den Pagen, vor Barbe scharwenzele, sagte er. Das ganze Haus wisse nämlich, daß die Polizei einen ungeheuren Mißgriff begangen habe.

Kapitel 32

In dem gegen Barbe gehechelt wird.

Meine Mutter, glücklicherweise keine Heulliese, hielt sich, nachdem sie mich in der Halle des Hotels auf ihre bündige Weise abgeschmatzt hatte, nicht damit auf, mich wegen des Arrests im Polizeipräsidium zu bemitleiden, sondern fragte sofort, ob ich wirklich den wildfremden Herrn Barbe ans Mittelmeer kutschieren wolle, wenn ja, wisse sie warum. Ich sei ja jetzt schon, noch nicht fünfundzwanzig alt, ein typisches Mannsbild, das lieber Reißaus nehme, als einem geknickten Mädchen die Tränen zu trocknen, aber sie gehe zur Tagesordnung über, dafür freue sie sich zu sehr, einmal im großen Speisesaal des sagenumwobenen Hotels zu sitzen, denn in den werde Barbe uns drei führen, wie ich den Aufenthalt unter lauter Kapitalisten nur vereinbaren könne mit den ununterbrochenen Anprangerungen der »ausbeutenden Klasse«, die ich in den letzten Jahren auf sie und meinen Vater losgelassen hätte, Barbe sei nicht ihr Fall, zu kurz auf den Beinen und nicht nur vorne, auch hinten zu dick, und dann diese Nickelbrille und vor allem, was der für Umstände für jedes Nichts mache. Ob meine Nerven denn einem solchen Menschen gewachsen seien, im Irrenhaus, ja vielleicht sogar hinter Gefängnisgittern säße sie längst, wenn mein Vater einer wäre wie dieser Knopffabrikant, bei dem Besuch im Zollhaus am Vorabend sei er jedesmal vom Stuhl aufgestanden, wenn sie den Tisch – man habe einen Likör mit ihm getrunken – verlassen habe, und dann sei er wieder aufgestanden, wenn sie ins Zimmer zurückgekommen war. Den Liftjungen habe er, als er vor einer halben Stunde mit ihr in der Halle einen Porto trank, herbeigewinkt, die Knöpfe an dessen Livrée betastet und umgewendet und den Jungen gefragt, ob er wisse, wer der Hersteller der Knöpfe sei, und den Ärmsten, der darauf natürlich nie geachtet, zwar kurz, aber scharf ermahnt, immer nur ja recht neugierig zu sein und jeden Gegenstand stets von allen Seiten zu betrachten und bei jeder Sache nach dem Woher und Wieso zu forschen, kurz, einen solchen Menschen, nie geheiratet hätte sie den, und sie und ich hätten Glück gehabt, daß sie meinen Vater genommen hatte, der piddele keinem an den Knöpfen, aber, da ich nun einmal entschlossen sei, mit Barbe ans Mittelmeer zu ziehen, behalte sie ihre anderen Bedenken gegen diesen Urmenschen für sich.

»Ein Urmensch, der Herr Barbe?«, fragte ich. Wie sie denn auf etwas derart Ausgefallenes komme?

»Nichts Ausgefallenes, mein Fraueninstinkt! Das ist ein Urmensch, wie aus der Höhle, die Liebe hat der nie gekannt und wird sie auch nie kennen. Es wäre außerdem zu spät für den. Nie wird eine Frau den lieben, eher wird eine ihn umbringen …« und schon waren mein Vater, der schweigend ein Glas Porto trank, und ich unter eine neue Dusche des Niagara geraten. Unter resigniertem Zuhören, das wir uns in vielen Jahren hatten angewöhnen müssen und das wir, wenn auch zuweilen nicht gerade mit Heiterkeit, so doch immer mit Fassung meisterten, ließen wir sie ihre Beurteilung Barbes zu Ende führen: der Mann habe ihr und dem Vater gegenüber sich zuvorkommend verhalten, das gebe sie zu, freilich müsse er sich doch auch sehr schuldig uns dreien gegenüber fühlen, deswegen sein Bemühen, alles auszubügeln, bei dem Geld, das er offenbar habe, keine echte Leistung, allerdings müsse man andererseits auch sagen: geizig sei er nicht. Aber hinter dem nach außen so artigen Wesen stecke ein Egoist von Dimensionen, so unausdenkbar, daß ein Viertel solcher Eigensucht, von ihr an meinem Vater entdeckt, zur Trennung geführt hätte. Ich solle es mir also doch lieber noch überlegen, zwei oder drei Wochen mit einem solchen Menschen, die wollten gelebt werden, das heiße etwas, und erholende Ferien würden es bestimmt keine für mich werden, mit diesem Tyrannen. Sie verstehe nicht, da ich sonst doch die Besitzenden immer so schnell durchschaute, warum nicht diesen, ich könne doch nicht den Narren an dem gefressen haben, wie früher einmal an meinem roten Freund, dem Beutin, gegen den sie absolut nichts sagen wolle, wenigstens nicht in diesem Augenblick, gegen den Wolfgang Beutin, außer eben, daß er mich seinerzeit, ärger noch als der Albert Lorch, mit dem Marx und den schlimmen Ideen zum Nichtwiedererkennen behext habe, und nun solle sie wieder etwas Ähnliches erleben, mit etwas mir doch in meinen Anschauungen so Entgegengesetztem wie diesem Herrn Barbe, was der bei ihnen gegen die Gewerkschaften vorgebracht habe, an die Kehle wäre ich dem gesprungen, wenn ich dabei gewesen wäre, selbst meinem Vater und ihr, die doch wahrhaftig nichts wissen wollten von den Roten, sei es peinlich gewesen, wie der losgelegt und ausgemalt habe, wohin die »rote Pest« die Welt führen werde, denn die Beamten allesamt habe er auch zu dieser Pest gerechnet und dabei vergessen, daß er bei Beamten im Zimmer saß, nie, nie werde das gut gehen zwischen mir und dem, auch habe der schon gespannt, wie ich politisch dächte, dem entgehe nichts. Die mir von Albert Lorch geliehene dreibändige Ausgabe des ›Kapital‹, die der Anwalt zurückgeschickt hatte, habe Barbe auf dem Buffet entdeckt und darin herumgeblättert und erzählt, ich sei in dieses Werk vertieft gewesen, als er im Büro des Rechtsanwalts angeklopft hatte. Sie sei erschreckt, Menschen, die so scharf beobachten, die seien nicht verträglich, drei Wochen mit dem im Wagen, das sollte ich mir überlegen.

Das Erscheinen Barbes, den wir dem Aufzug entsteigen sahen, machte ihrem so durchschaubaren Versuch, mir die Reise auszureden, ein Ende. Ich wußte nun, daß sie nichts unversucht ließe, um das Mädchen und mich wieder zusammenzubringen, ein Grund mehr für mich, Barbe zu schnellem Aufbruch zu bewegen.

Da meine Mutter, als sie Barbe kommen sah, ihren Spiegel aus der Handtasche zog und ihr Aussehen überprüfte, ging ich Barbe entgegen. Um ihn allein zu sprechen, blieb ich mit ihm in der Nähe des Aufzugs stehen. Seine Beteuerungen des Bedauerns wegen meines Arrests kürzte ich bald ab und unterrichtete ihn von der Feindschaft meiner Mutter gegen seine

Absicht, sich von mir ans Mittelmeer fahren zu lassen. »Haben Sie die wirklich noch immer?«

»Ich habe Ihren Vater nach seinem Eintreffen einen Augenblick allein gesehen. Sie fahren mit mir. Er wünscht das übrigens, und wie«, sagte er und setzte sich dann zu meinen Eltern, um, wie er mir vorgeschlagen hatte, ohne mich den Apéritif mit ihnen zu nehmen.

Ich ließ mir die von meinem Vater mitgebrachten Sachen auf mein Zimmer bringen, dasselbe, in dem ich fünf Tage zuvor festgenommen worden war. Dort fand ich einen Brief Barbes vor, der einen Scheck enthielt, auf eine Summe ausgestellt, die mehr als das Vierfache dessen war, womit ich sonst im Monat auskommen mußte. Es sei die Anzahlung dessen, was er mir am Ende der Reise schulden werde.

Kapitel 33

In dem Barbe schweren Anstoß erregt.

Als Barbe uns in den prunkvollen Speisesaal führte, erklärte meine Mutter ihm, es freue sie, einmal groß und prächtig zu sitzen, bedient zu werden und Gerichte zu essen, die sie nicht kenne, also das sei der durchaus erfreuliche Teil seiner Einladung, aber, daß er mich ihr für die ganzen Ferien entführe, dafür grolle sie ihm und sie sage ihm gleich, jedes Wort der Beschwichtigung sei vergeudet, er möge es zur Kenntnis nehmen, sie sei ihm nicht wenig böse, andererseits aber gönne sie es mir, in die Welt hinauszufahren und unter so angenehmen Umständen. Jetzt sei sie ganz zerrissen, und das habe er verschuldet, wenn er auch insofern schuldlos sei, als er ja nicht habe wissen können, daß es außer ihr noch eine andere Person gebe, die mich in den Ferien lieber in der Nähe habe als am fernen Mittelmeer, wo obendrein ein erschlaffendes Klima herrsche, nach allem, was sie von der Gegend wisse.

Barbe lächelte: »Laden Sie ab, laden Sie nur immer ab, und wenn alles heraus ist, was heraus muß, erteilen Sie mir das Wort zu meiner Verteidigung.«

Wenn er sich über sie lustig machen wolle, erwiderte sie, dann möge er es tun, ehe man anfange zu essen, denn das wolle sie sich nicht verderben lassen. Einem Gastgeber stehe dies ja auch nicht gut an.

Wir hatten uns gerade gesetzt, als sie dies sagte. Ich sah, daß es meinem Vater nicht wohl bei dem Geplänkel war, das nach seiner Erfahrung ja erst das Vorspiel zu Ernsterem sein konnte, kannte er doch den Hang meiner Mütter, jede Sache, an der ihr wirklich lag, bis zum äußersten durchzufechten.

Auch mir war es unbehaglich, als sie, nachdem sie dem Ober über das auf der Speisekarte Empfohlene genaue Fragen gestellt und dann schnell ihre Wahl getroffen hatte, Barbe sagte, sie hoffe, daß er mir auf der Reise nicht alle Tage Gerichte vorsetze wie die, auf deren Bekanntschaft sie neugierig sei und auf deren Genuß sie sich jetzt zwar wirklich freue, die aber bei mir ihr Ansehen als Köchin und Hausfrau untergraben könnten, wenn er mich während der Ferien täglich so üppig essen lasse, denn vier Gänge, das gebe es nie bei uns zu Hause, höchstens einmal drei, an Festtagen und dann, wenn sie die Geburt ihrer beiden Männer feiere.

Solange sie keine anderen Ängste um ihren Sohn haben müsse, sei sie die beneidenswerteste aller Mütter, versetzte Barbe.

Die habe sie, diese Ängste, kein Mannsbild wisse, was eine Mutter durchmache, auch mit dem besten der Söhne, er sei ja wohl nicht katholisch, und habe vielleicht schon darüber gelacht, wenn man von der Heiligen Maria, der Mutter Jesu, sage, daß tausend Schwerter ihr Herz durchbohrt hätten, aber daran sei etwas, an dem tausendmal durchbohrten Herz, denn jeder Mutter widerfahre das …

Mein Vater unterbrach sie und sagte zu Barbe gewandt, seine Frau wolle nur herausbekommen, ob er katholisch sei; ihre Neugier habe Gründe.

Barbe lachte: »Nun, nach Ihrem Gefühl, was bin ich: katholisch oder was?«

»Einer, der nichts glaubt, werden Sie sein«, sagte meine Mutter, »wenn ich Sie jetzt dennoch bitte, meinen Ferdinand sonntags zur Kirche zu schicken, werden Sie es tun oder nicht?«

»Nein«, war Barbes einzige Antwort.

»Also wie mein Mann«, sagte sie, »auch der läßt Ferdinand so gut wie alles tun und lassen, wie es dem Jungen paßt, und so geht er mir nicht mehr zur Messe und hält nicht einmal mehr seine Ostern, von den anderen Pflichten, die ein Katholik hat, gar nicht zu reden. Ich weiß es doch, auch wenn er mir etwas vorschwindelt.«

Mein Vater unterbrach sie, wandte sich aber wieder zu Barbe: »Ich schlage vor, das zu lassen, es ist kein Tischgespräch.«

»Ihr Männer seid mir die richtigen«, erwiderte sie, »›Tischgespräch‹, dafür seid ihr heikel, aber an das Tischgebet, daran denkt ihr nicht, dabei kommen dort schon die Speisen für uns.« Sie wies auf die vier Kellner, die sich nahten. »Einer pro Gast, das erlebe ich zum ersten Mal«, bemerkte sie, faltete die Hände und begann, laut ihr Tischgebet zu sprechen.

Daß meine Mutter, die, ohne die geringste Verlegenheit, in Gegenwart Fremder, aber auch selbst in Restaurants oder Konditoreien, jedem sichtbar ein Gebet verrichtete, bevor sie etwas aß, war mir längst nicht mehr peinlich, im Gegenteil, ich war stolz darauf, daß sie, der an dem, was Menschen über sie dachten, viel zu viel lag für mein Empfinden, sich um die Meinung anderer nie scherte, sobald es um ihren Glauben ging. Im Umgang mit meinen marxistischen Kameraden hatte ich dagegen an diesen zu oft beobachtet, wie feige sie sich den von den Parteioberen gewünschten Ansichten auch dann fügten, wenn sie die nicht teilten, und zum Beispiel, gegen besseres Wissen, die Unvereinbarkeit von Freiheit und Kommunismus beschönigten, statt sich zu dieser notwendigen Unvereinbarkeit zu bekennen. Einen solchen Mangel an Freimut ausgerechnet bei denen zu finden, die sich für mutiger, aufgeklärter und moralisch höherstehend als alle anderen Menschen ausgeben, wie oft schon hatte das mich an meinen Kameraden enttäuscht, mir aber auch die Augen für die Unerschrockenheit geöffnet, mit der meine Mutter sich in einem Lokal lieber belächeln, ja bewitzeln ließ, als »ihren Herrgott«, wie sie sagte, »zu verleugnen«. Obwohl sie doch beeindruckt, ja eingeschüchtert sein mußte von der siebzigjährigen Pracht des Speisesaals, dem Geglitzer der Gedecke und Gläser auf dem feinen Damast des Tischtuchs und von der Eleganz der Gäste und der Unzahl hochnäsiger Kellner, hatte sie auch dort nicht daran gedacht, auf ihr Gebet zu verzichten, oder es so diskret zu verrichten, daß man nicht erkannt hätte, was sie tat, das gefiel mir ganz besonders.

Zu meiner Freude hatte Barbe das gleiche Empfinden. Er fuhr die Kellner, die mit den Platten der Vorspeisen, längst ungeduldig, hinter uns standen und sogar anfangen wollten zu servieren, scharf an, ob sie nicht sähen, daß die Dame ihr

Tischgebet verrichte, sie sollten gefälligst warten, bis sie damit fertig sei.

Daß er seine Achtung, die gewiß nicht ihrer Frömmigkeit galt, ihrem Freimut gezollt hatte, rechnete ich Barbe hoch an.

Wie immer entfaltete meine Mutter die Serviette erst, als sie das Tischgebet beendet hatte: »Hier darf man sie ja nicht umbinden«, sagte sie zu Barbe und gestand ihm, sie habe morgens, als sie auf den von ihm geschickten Wagen wartete, in einem ›Buch der guten Manieren‹ gelesen, daß es in der vornehmen Gesellschaft der großen Welt als unschicklich gelte, die Servietten um den Hals zu binden, das tue sie nämlich zu Hause jedesmal dann, wenn sie beim Essen ein gutes Kleid trage.

»Wie heute«, versetzte Barbe, »aber ›vornehme Gesellschaft‹, hier in dem Speisesaal? Ein Drittel der Gäste höchstens, das zweite Drittel sind Leute, die nichts sind als reich, und das letzte solche wie ich, die sich emporgeschuftet und das nicht vergessen haben. Vornehme Gesellschaft, nein, gute will ich, und eine Person wie Sie, nur die nenne ich ›gute Gesellschaft‹. Sie haben keine Angst, vor hochnäsigen Zuschauern Ihr Tischgebet zu verrichten. Alle Achtung! Ich bin nämlich ähnlich wie Sie, mich genieren, das kenne ich nicht, vorausgesetzt, daß mir an einer Sache viel liegt. Wenn ich zum Beispiel gläubig wäre, würde ich vor allen Leuten beten, wie Sie es getan haben.« Dabei erhob er sein Glas und bat sie, mit ihm anzustoßen. »Auf Ihr ganz spezielles Wohl, aber auch auf das Ihrer beiden Männer«, sagte er, »und guten Appetit allerseits.«

Als wir die Gläser wieder abgesetzt hatten, sagte er ihr, »wenn Sie das ›Buch der guten Manieren‹ ganz gelesen hätten, wüßten Sie jetzt, daß ich soeben gegen diese Manieren verstoßen habe, nämlich, als ich mit Ihnen anstieß und als ich allerseits ›Guten Appetit‹ wünschte. Das tut nicht, wer in der vornehmen Gesellschaft als jemand gelten will, dem Gutes zu essen eine Selbstverständlichkeit ist und der etwas so Ordinäres wie gehörigen Appetit nicht kennt.«

»Wie, in der großen Welt prostet man sich nicht zu?«, fragte meine Mutter.

»Höchstens nach einer Tischrede«, sagte er und erzählte, daß er in den Jahren, als er anfing, unter den Fabrikanten seiner Branche zu zählen, wegen seiner nicht gerade samtpfötigen Umgangsformen von jenen Industriellen belächelt oder abgelehnt wurde, die aus vermögenden oder mächtigen Familien stammten. »Wie es vorhin, als Sie beteten, einige Umstehende taten, haben damals manche Konkurrenten über mich die Nase gerümpft, nicht über die Qualität meiner Waren, vor der hatten sie Strang, nein, vor dem, was sie meine ›persönliche Marke‹ nannten«, schloß er und blickte dabei einen der Kellner scharf an, dem in der Tat die Süffisanz und der Hochmut im Gesicht standen.

Ich fragte mich, ob Barbe, von dessen verblendeter Beschäftigung mit der eigenen Person ich seit den ersten Augenblikken unserer Begegnung überzeugt war, sich nicht doch eine zu vereinfachte Vorstellung von meiner Mutter machte und ob er imstande sei zu bemerken, daß das, was ihm an der so ungeniert betenden Frau offenbar als Charakterstärke erschienen war, gerade der einzige Zug ihres Wesens war, der nicht von ihrem zupackenden Freimut herrührte, sondern von der ihr seit der Kindheit anerzogenen Gottesfurcht geprägt worden war, die sich, wenn es galt, für ihren Herrgott oder für die Kirche zu zeugen, in eine bedingungslose Furchtlosigkeit vor den Menschen wandelte, wie sie ihr sonst, außerhalb der engsten Familie, nicht nachzurühmen war.

Ich fragte mich auch, ob er sich überhaupt vorstellen konnte, wie ein Beamtenpaar vom bescheidenen Dienstrang meiner Eltern dachte und fühlte, und was es heißt, nicht nur mit den beiden mäßigen Gehältern, sondern auch unter der ständigen Aufsicht von Vorgesetzten aller Grade zu leben und sich von diesen jeden Dispens vom Dienst erbitten zu müssen, wie den, dank dessen sie Barbes Einladung hatten annehmen können.

Ich war davon überzeugt, daß er keinen Augenblick daran gedacht hatte, wie anstößig für meine Eltern die Preise sein mußten, die sie auf der Speisekarte hinter den pompösen Bezeichnungen der Gerichte gefunden hatten. Die Rechnung für die Mahlzeit – von mir im Kopf überschlagen – bezifferte ich auf die Höhe der Summe, die meine Eltern einen ganzen Monat lang für die Küche ausgeben durften, dabei hatte ich den Preis der Getränke nicht mitrechnen können; diese hatte er, ohne sich oder uns die Weinkarte geben zu lassen, bestellt.

Nicht zuletzt fragte ich mich auch, warum Barbe mich mit keinem Wort gefragt hatte, wie ich im Arrest behandelt worden war, obwohl ich mir sagte, daß er ja im selben Gebäude wie ich eingesperrt und in ähnlicher Weise untergebracht, aber gewiß etwas härter verhört und vielleicht auch unsanfter angepackt worden war als ich.

Es gab mir zu denken, daß meine Mutter, der mein Vater und ich nicht den gleichen Scharfsinn zubilligten, den wir zu besitzen glaubten, Barbe nach seinem zweistündigen Besuch als einen auf sein Ich bezogenen Tyrannen eingestuft hatte, und daß sie einzig mit ihrem Fraueninstinkt, wie sie gesagt hatte, zu diesem Urteil gelangt war.

Schließlich fragte ich ihn, was er denn im Arrest erlebt habe.

»Wohl Ähnliches wie Sie«, versetzte er, »nur, meine Verhöre werden unangenehmer gewesen sein als Ihre«, aber er habe meinen Eltern das alles bei seinem Besuch im Zollhaus geschildert und wolle diese nicht mit einer Wiederholung langweilen, und, sich zu meiner Mutter wendend, fragte er sie, welcher Art ihr Dienst beim Zoll sei, ob man das wissen dürfe. Er habe einen bestimmten Grund für seine Neugier.

Meine Mutter beschrieb ihm – immer wieder von seinen Fragen, deren Genauigkeit mich erstaunte, unterbrochen –, was sie in der Abteilung zu tun hat, wo die aus- und eingeführten Waren, die Artikel für Frauen sind, je nach Fall kontrolliert werden oder nicht, und wie diese Kontrollen vor sich gehen.

»Und dabei sind Ihnen die Litzen, Agraffen, Schnallen und Knöpfe meiner Firma so wenig aufgefallen, daß Ihnen mein Name nichts sagte, als ich gestern bei Ihnen anrief?«, unterbrach er sie einmal, »ich bin doch in der Branche einer der größten Exporteure Europas gewesen. Eigentlich bin ich es, der Grund hat, Ihnen zu grollen …«

Die Dessertteller waren inzwischen schon abgetragen worden. Die Kellner warteten auf die letzten Bestellungen.

»Kaffee einfach, Mokka oder Espresso«, fragten sie jeden von uns.

»Espresso!«, platzte Barbe heraus, »in diesem Hause Espresso! Das ist der Gipfel.«

»Der Gipfel?«, wiederholte der Kellner. Es war derselbe, den Barbe zuvor bereits mit einigen zornigen Blicken bedacht hatte.

Kein Wort über die anderen Pannen, die man sich bei der Mahlzeit habe zuschulden kommen lassen, sei über seine Lippen gekommen, und er werde zunächst auch weiter dazu schweigen, versetzte Barbe, aber das ...!

Der Kellner fiel ihm ins Wort: »Pannen der Bedienung?«

»Der Küche«, warf Barbe ihm hin.

In diesem Fall dürfe er den Herrn wohl bitten, seine Klagen an die Direktion zu richten, er bedauere, daß bei der ersten Mahlzeit, die der Herr mit Gästen nehme, nicht alles zur Zufriedenheit des Herrn ausgefallen sei.

»Und Ihr Espresso?«, fragte Barbe. »Sie muten Ihren Gästen etwas derart Abscheuliches zu?«

»Ein Viertel der Gäste verlangt den Kaffee auf die italienische Art«, wurde mit äußerster Herablassung geantwortet.

»Zu diesem Viertel wollen wir nicht gehören, nicht wahr, Frau Melis?«, sagte Barbe zu meiner Mutter und bestellte, ohne einen von uns zu fragen, viermal Kaffee »nach Wiener Art, falls die Küche den herzustellen fähig und bereit ist.«

»Beides, mein Herr«, versetzte der Kellner, nun mit schon offener Feindschaft, schickte mit einer Kopfbewegung seine drei Kollegen von unserem Tisch fort und folgte ihnen zum anderen Ende des Saals, wo der Angestellte saß, der an einem Pult die Bestellungen notierte.

Was er gegen Espresso habe, fragte ich Barbe, in den Kantinen der Universität sei Espresso-Kaffee das Beste, was es zu verzehren gebe.

Er habe ebenfalls nichts gegen Espresso, sagte mein Vater, in der Wirtschaft des Zollhauses hätten die Beamten jahrelang mit dem Pächter gestritten, weil der sich weigerte, eine Espressomaschine anzuschaffen.

Auch meine Mutter verteidigte den Kaffee italienischer Machart: wenn sie in eine Konditorei gehe, verlange sie immer Espresso, der sei würziger als jeder andere Kaffee.

»Wie!«, rief Barbe laut, »Sie, eine Frau, die ein Kind ausgetragen und, wie man sieht, gut geboren hat, Sie verteidigen diese Vergewaltigung des Kaffees, nichts anderes als das ist der Espresso, eine widerliche Vergewaltigung! Kaffee will sanft, durch allmähliches, ja langsames Aufgießen zu dem werden, was wir trinken, und nicht durch einen zischenden und wie im Jähzorn auf ihn losgelassenen, wilden Wasserstrahl. Was würden Sie sagen, wenn man Ihnen zumutete, das, woraus ein Kind entsteht, mit Blitz und Gewalteinwirkung durch Ihren Bauch auf die Geburtszange zu jagen, statt es in neun Monaten darin reifen und auf sanfte Weise herauskommen zu lassen ... Ein Dreimonatskind, nichts anderes ist ein Espresso!«

Daß er dabei auf den Bauch meiner Mutter, die rechts von ihm saß, zeigte, war es wohl, was deren schon bei seinen ersten Worten zu spürende Empörung nun offen ausbrechen ließ. »Herr Barbe, wir sind Ihre Gäste. Was hätte ich Ihnen sonst jetzt gesagt«, fuhr sie ihn an und schob die Hand meines Vaters, der sie hatte beruhigen wollen, weg. Der Vergleich, den er da gezogen habe, sei eine Kränkung Gottes und der ganzen Kreatur, und wenn er sich dessen nicht bewußt sei, umso trauriger stimme sie das, was er, ein kinderloser Mann, gewagt habe, in Gegenwart des Sohnes, einer Mutter zu sagen.

Auf einen beschwörenden Blick meines Vaters hin fiel ich ihr ins Wort. Herr Barbe habe das nur so hingesagt, aber nicht so gemeint, wie es ihr vielleicht vorgekommen sei, mein Vater und ich hätten uns ja gleichfalls nichts dabei gedacht und keinen Anstoß an dem Vergleich genommen, den habe Herr Barbe doch niemals wörtlich gemeint, es sei ihm im Zorn gegen den Espresso kein anderer eingefallen.

»Eben nicht«, erwiderte sie, und zu Barbe gewandt, »geben Sie es doch zu. Sie haben es so gemeint, wie es gesagt wurde, sonst hätten Sie nicht auf meinen Bauch gezeigt.«

Barbe versuchte, ihre Hand zu ergreifen, sie entzog sie ihm, und ohne ihn anzublicken, wiederholte sie, da sie sein Gast sei, wolle sie es bei dem, was sie ihm gesagt habe, belassen, er wisse jetzt ja, was sie denke.

Barbe wand sich in neuen Beteuerungen, sie tue ihm Unrecht, ein unüberlegtes, leichtsinnig hingeworfenes Wort, aber eben doch nur ein Wort, gehöre nicht auf die Goldwaage …! Kurz, er brachte das vor, was man in ähnlicher Lage immer sagt. Die gute Stimmung war dahin, und als der Kaffee gebracht wurde, schlug Barbe vor, ihn in einem der Salons servieren zu lassen, er ziehe sich, wie er vor Tisch ja angekündigt habe, ohnedies immer, nach einem nur symbolischen, kleinen Schluck Kaffee zum Mittagsschlaf zurück. Ich könne dann unten, oder oben in meinem Zimmer, mit den Eltern zusammenbleiben, der Wagen stehe ihnen bis spät in die Nacht für die Rückfahrt zur Verfügung, er habe vor, am nächsten Morgen, mit mir nicht allzufrüh aufzubrechen … »falls, liebe Frau Melis«, sagte er, als wir den Speisesaal verließen, »falls Ihr Sohn überhaupt noch mit darf.«

»Ferdinand ist volljährig«, versetzte meine Mutter. »Also für Unruhe haben Sie bei mir schon schön gesorgt, Herr Barbe.«

Auf der Schwelle des Salons, in den der Kaffee getragen worden war, faßte sie Barbe am Arm – ein gutes Zeichen – und sagte ihm, sie hoffe, daß er auf der Reise mit meiner Gesellschaft so zufrieden sein werde, wie ich es offenbar mit seiner bereits sei.

»Mir läge mehr daran, daß jemand anderes mit mir nicht ›zufrieden‹, sondern in Frieden wäre«, sagte Barbe.

Das war das Wort, das den Bann, den ganz zu brechen nicht mehr möglich war, wenigstens milderte und ein Zusammenbleiben von einer Viertelstunde um den Kaffee erträglich machte, wobei Barbe auf eine Frage meiner Eltern erklärte, er wisse noch nicht, in welchen Etappen er mit mir zum Mittelmeer reisen und wo er Aufenthalte einlegen wollte.

Dann zog er sich zurück, nachdem er meiner Mutter versprochen hatte, mich beim Fahren nie zur Eile anzutreiben.

Als ich vom Aufzug, wohin ich Barbe begleitet hatte, um ihm für den Scheck zu danken, zu meinen Eltern zurückkam, war ich entschlossen, jede Kritik an Barbe, auch die ungerechteste, auf die ich gefaßt war, ohne Widerspruch einzustecken, und ihnen zu sagen, ich behielte mir mein Urteil über ihn bis zum Ende der Reise vor. Nach meiner Rückkehr würde ich wahrheitsgemäß berichten.

Doch meine Mutter kam mir zuvor, sie mache keine Bemerkung über den Herrn, obwohl der wahrhaftig dazu herausfordere, nur eine Frage hätte sie, und die betreffe weniger ihn als mich: »Gehört der Herr Barbe, in deinen Augen, nun auch zu den Verbrechern wie die anderen, von denen du immer sagst, sie müßten enteignet werden und das sei noch das mindeste, was sie verdienten ...«

»Was hast du mir versprochen!«, fuhr ihr mein Vater ins Wort.

Es machte mir keine Freude, daß er es war, der den Gegenstand nicht verhandelt hören wollte und daß er dies meiner Mutter offenbar gesagt hatte, denn noch vor einem Jahr, damals während der Osterferien, als ich gerade angefangen hatte, mich ernsthafter als zu meiner Gymnasiastenzeit in Marx zu vertiefen, hatte er mich, bei Streitgesprächen über den Kapitalismus, die ich damals so gern vom Zaun brach, immer nur einen Utopisten und Erleuchteten genannt. Ich sagte ihm, die Mutter irre, wenn sie glaube, ich nähme Barbe, weil ich dank ihm schöne Ferien vor mir habe, von meiner Kritik an den Kapitalisten aus; ganz im Gegenteil, die Reise gebe mir endlich Gelegenheit, einen Kapitalisten persönlich so zu studieren, wie man Pflanzen und Tiere studiere, wo und wann ich sonst denn Gelegenheit dazu hätte! Wessen Schweiß an Barbes Geld klebe, vergäße ich nicht.

Wenn ich mit solchen Hintergedanken die Rolle eines Reisebegleiters angenommen hätte, versetzte mein Vater, brauche er mir wohl nicht zu sagen, wie sehr ihm das mißfalle.

Wir gerieten in eine wenig erquickliche Auseinandersetzung. Den wiederholten Vorwurf meines Vaters, ich sei Barbe gegenüber unloyal, ließ ich nicht gelten und setzte ihm entgegen, daß ich mich Barbe nicht aufgedrängt hatte und daß ich entschlossen war, diesem am letzten Tag des Zusammenseins meine »Beobachtungen an einem Kapitalisten« zu unterbreiten, die ich mir während des Mittagessens vorgenommen hätte, jeden Abend aufzuzeichnen, und mit den Zahlen seiner täglichen Ausgaben in einer Studentenzeitschrift zu veröffentlichen.

Ich mußte sehen, daß diese Erklärungen meinen Vater vollends verstimmten, und, als meine Eltern aufbrachen, fühlte ich beider Mißbilligung so schmerzlich, daß ich wohl gehorsam gewesen wäre, wenn mein Vater mir befohlen hätte, Barbe abzusagen und die Mutter und ihn in meinem Wagen nach Hause zu fahren. Aber sie verboten mir ja nur dann etwas, wenn sie befürchteten, mein Verhalten könne ihre Existenz als Beamte gefährden, und so fuhren sie, noch einmal Barbes Gäste, mit dem Wagen des Hotels schon am frühen Nachmittag nach Hause.

Verdüstert suchte ich das große Doppelzimmer auf, und ging dort, obwohl es über dem Barbes lag, auf den Schallfang des dicken Teppichs vertrauend, hin und her und wog meine Überzeugungen ab gegen die bürgerlichen Vorstellungen von Anstand, die mein Vater mir so unmißverständlich in Erinnerung gebracht hatte.

Kapitel 34

Wirkung des Anblicks ausgestellter Bidets.

Ich war noch keine Stunde in meinem Zimmer und hatte nicht einmal angefangen, den Koffer, den mein Vater mir gebracht hatte, auszupacken, da ließ Barbe sich mit mir verbinden. Er wolle sich die Beine vertreten und nachher ein wenig die Stadt beschnuppern. Wenn ich Lust hätte, ihn zu begleiten, er befinde sich bereits in der Halle, wo er soeben vom Portier, beim Abgeben des Zimmerschlüssels, erfahren habe, daß meine Eltern bereits nach Hause gefahren seien.

In meiner Stimmung hätte mir nichts willkommener sein können als eine Abwechslung, und so brach ich schon wenige Minuten später mit Barbe zum Zentrum, zu den belebten Straßen, auf. Wir nahmen den längeren, aber schöneren Weg, den durch den Stadtpark, an dessen ruhigem Ende der Fürstenhof liegt.

Draußen fragte er: »Ist was? Das Gesicht, das Sie machen! Sie haben doch wohl meinen Vorschlag nicht als Aufforderung oder gar als Befehl mißverstanden?« Und schon fuhr er fort: Da wir ja zwei Wochen miteinander auszukommen hätten, wolle er ein für allemal von mir gewußt wissen, daß Vorschläge wie der zu diesem Stadtbummel, bei bestehender Unlust meinerseits, ohne Umschweife mit nein beschieden zu werden hätten. Nur gute Stimmung solle zwischen uns herrschen, bei einem so enormen Unterschied des Alters wie dem zwischen ihm und mir müsse er immer gewiß sein, daß ich mit Spaß dabei sei, wenn er anrege, etwas gemeinsam zu unternehmen. Seine Frage, ob mir etwas fehle oder ob mir etwas schief gegangen sei, hätte ich wohl überhört; bei seiner Redseligkeit wisse er nicht, ob wirklich überhört oder mit Absicht. Es sei, das verstehe sich, mein gleichfalls bestes Recht, Fragen zu überhören, soweit sie nicht den Transport seiner Person oder sonstwie Vereinbartes beträfen, auch das solle von mir gewußt sein.

Vorsicht, Vorsicht mit dem, sagte ich mir. Ich hatte schon angenommen und eigentlich auch gewünscht, seine Frage nach meinem Befinden sei nur dahergeredet, aber nicht der Ausdruck eines echten Interesses für meine Person gewesen. Daß er sich selbst als redselig bezeichnet hatte, auch das zwang mich, meine ohnehin nicht mehr einfache Vorstellung von ihm schon wieder zu nuancieren. Und schon wieder fragte ich mich, ob an meines Vaters Tadel, ich sähe selbst den Charakter der Menschen nur noch durch die rote Brille meiner »angelesenen« marxistischen, aber durch keine Erfahrung erworbenen Vorurteile, nicht doch vielleicht ein Körnchen Wahrheit sei.

Und als Barbe mich, mit einem Knuff in die Seite, lachend fragte: »Wo sind wir denn mit unseren Gedanken?«, antwortete ich ihm ausweichend, es habe mich beeindruckt, daß ein Mann wie er sich vor einem so jungen Menschen wie mir als redselig bezeichne. Wer schon bewerte Redseligkeit positiv! Die Jungen jedenfalls nicht, daß die sie mit Geschwätzigkeit gleichstellen, wisse er doch wohl.

Ob ich ihm das sage, damit er es sich merke, für die Stunden, die wir zusammen im Wagen verbringen würden, fragte er, und als ich ihm erwiderte, so sei es nicht gemeint gewesen, versetzte er: »Warum haben Sie es dann gesagt?« Zwar rede er viel, es sei ein Bedürfnis, aber er rede nie ins Blaue hinein, und was er sage, stimme meistens. Ob wir einen Vertrag schließen und die Zahl der Stunden festlegen sollten, die ihm pro Reisetag in meiner Gegenwart für das Ausdrücken seiner Meinungen und Beobachtungen zur Verfügung stünden, ohne sich sagen zu müssen, er belästige mich. Denn das ununterbrochene Beobachten der Menschen sei seine Lust, werde aber zur Unlust, wenn er über das, was er sehe, nur mit sich selbst sprechen dürfe. Das Gespräch mit sich selbst gleiche der Sünde Onans.

Versteht sich, daß er mich damit zum Lachen brachte.

Doch ablenken ließ er sich nicht. »Sie wollen also die Reise mit mir riskieren, ohne sich durch einen solchen Vertrag vor meiner Redseligkeit abzuschirmen?«

Wenn es immer stimme, was er sage, versetzte ich, würde ich mir wohl nie die Ohren zuhalten müssen.

Meistens stimme es, habe er gesagt, nur meistens! Immer könne man der Wahrheit nicht die Ehre geben, wo Interessen spielten, sei sie meistens gefährlich, und man umgehe sie dann. Fanatiker der Wahrheit hätten in der Geschichte mehr Unheil angerichtet als Männer, die gewußt hätten, welche Wohltat die Lüge sein könne.

Als ich ihm erwiderte, dieser Meinung würde ich nie sein können, klopfte er mir auf die Schulter: »Wäre auch schlimm«, sagte er, »in Ihrem Alter muß man Ideale haben.«

Da nenne er genau das, was ich nicht ausstehen könne, entfuhr es mir, gegen meinen Willen. In meinen Augen gebe es nichts Verächtlicheres als das Beschönigen der Wirklichkeit durch die Idealisten. Und dann: ›Ideale‹! Undefiniert beinhalte dieses Wort weniger als nichts.

»Wenn ein Mann sich etwas schwört«, hielt er mir entgegen, »wenn einer sich zum Beispiel schwört, ein Ziel, das er sich gesetzt hat, gegen jeden Widerstand zu erreichen, vor allem auch gegen das eigene Ermatten, dann hat er ein Ideal. Was ist daran so verächtlich und was erst an den Männern, die eines haben?«

Während wir gemächlich den Park durchquerten, enthüllte er mir, was sein Ideal gewesen war: Der größte Fabrikant, wie er seinen Stand so altmodisch benannte, Europas größter Hersteller von Knöpfen zu werden und nicht nur der von Knöpfen, sondern auch der von all dem Zeug, das als Zubehör für Kleider und Damenhüte, für Handtaschen und Damenschuhe benötigt wird, das sei das Ideal seines Lebens gewesen, und er habe das Angestrebte erreicht. Wie er es erreicht hatte, auch daraus machte er kein Geheimnis, nämlich durch ständig erneuerte und damit verbilligte Methoden der Herstellung seiner Waren, ein Vorsprung, der es ihm ermöglicht hatte, mit seinen niedrigen Preisen alle Konkurrenten zu ruinieren und deren Belegschaften arbeitslos zu machen. In meinen Augen war der Freimut, mit dem er das schilderte, nichts anderes als die abgründige Naivität dieses Mannes, der es natürlich fand, daß er seine Konkurrenten zum Bankrott oder zur Unterwerfung und zum Aufgehen in seiner Firma gebracht hatte, und schließlich der führende Industrielle seiner Branche geworden war.

Ohne die Mittel, mit denen er seine Konkurrenten niedergekämpft hatte, auch nur mit einem Wort zu kritisieren, ließ ich ihn reden und die eigene Tüchtigkeit rühmen, und als wir den Park verließen, um in eine der zum Zentrum führenden Straßen einzubiegen, kannte ich, wenigstens in großen Zügen, die Geschichte seines erreichten Ideals, die seines Aufstiegs vom lohnabhängigen, ungebildeten Arbeiter zum König der Fabrikanten von Knöpfen und Modezubehör.

Wer kein Fossil ist, kann sich denken, was ich mir dachte. Ich sah mich im Geiste schon am Schreibtisch meines Hotelzimmers das erste Kapitel meiner »Beobachtungen an einem Kapitalisten« niederschreiben, und wie gerechtfertigt erschien ich mir auf einmal vor meinem Vater.

Schon an einem der ersten Läden der Straße blieb er vor dem Schaufenster stehen und betrachtete die dort ausgestellten Damenhüte. Ich sagte ihm, die bedeutenderen und eleganteren Geschäfte befänden sich ein paar hundert Meter weiter, in der Nähe der Buchhandlung, in der ich mit ihm, am Tage unseres Bekanntwerdens, gewesen war.

Da zeigte er auf einen der Hüte: »Die Schnalle am Band, das bin ich.«

Doch gleich darauf korrigierte er sich: »Das war ich, bin ich gewesen.«

»Tut es Ihnen leid, daß Sie alles aufgegeben haben?«, fragte ich.

»Wenn ich mich, so wie dort, vor mir in einem Schaufenster liegen sehe ...«, sagte er, »ich sollte vorübergehen, ohne hineinzublicken. Deswegen muß ich ja fort, weit fort, verstehen Sie das?«

»Diese kleine Schnalle an dem Hut zu entdecken, das wird Ihnen doch nicht das Herz brechen«, versetzte ich, beeindruckt von der Trauer, die sich auf seinem Gesicht verbreitet hatte.

»›Entdecken?‹ Abgesucht nach mir habe ich die Hüte in dem Fenster«, sagte er im Weitergehen, »das war die Dummheit.«

Ob er selber das Modell der Schnalle entworfen habe, fragte ich.

Da blieb er stehen. »Daß Sie Köpfchen haben, ist gut, aber perfid darf das Köpfchen nicht sein.«

Er drohte mir mit dem Finger, und ich spürte den Emst, der in der sonst meistens scherzhaft gemeinten Geste steckte.

Ich solle nur ja nicht fragen, wo die Perfidie zu suchen sei. Das Recht, sich mit der Schnalle zu identifizieren, die in der Tat sein Modellzeichner entworfen habe, nichts anderes hätte ich ihm bestreiten wollen, und wer ihm dieses Recht bestreite, der gehe ihm an die Leber. Jedes Stück der Waren, die seine Firma in die Welt verkauft habe, jedes Stück sei er selber, jede Schnalle, jede Litze, jeder Knopf, das sei dasselbe wie seine Person gewesen, und das solle ich mir merken. Wenn ich nicht verstünde, was er meine, erklären werde er es mir nicht, ich solle darüber nachdenken ... nicht sofort, auch nicht, nachdem wir uns drüben, auf dem jenseitigen Bürgersteig, die Schaufenster der Porzellanfabrik angesehen hätten, da stehe etwas, woran er nicht vorbeigehen könne. Er zeigte auf vier große Fenster, in deren einem ich seinerzeit das erste Mal ein Bidet ausgestellt gesehen und es für eine Zwergwanne zum Baden der Füße gehalten hatte.

Wir überquerten die Straße, Barbe trat aber nicht vor das Fenster, hinter dem prachtvolle, in verschiedenen modischen Formen und Farben gehaltene Badewannen und Waschbecken standen, sondern an ein kleineres, vor dessen Hintergrund, einer Reihe aneinandergeschobener, wohl aus einer Antiquitätensammlung stammender Wandschirme, vierfüßige, kniehohe Gestelle aus Holz oder Email standen, in die bei jedem, von dem schmalen Oberrand getragen, weiße oder bunte, oval geformte Becken aus Porzellan oder Email eingehängt waren.

»Sehen Sie«, erklärte Barbe, »das sind Bidets aus den Zeiten, als man das fließende Wasser für die Toilette noch nicht kannte. Man goß warmes Wasser in die Becken; um sie zu leeren, mußte man sie aus dem Gestell hochnehmen können, deshalb an beiden Seiten des oberen Rahmens die Einbuchtung, damit man die Finger zwischen das Gestell und den Rand des Beckens schieben kann.«

»Kommen Sie mit?«, fragte er am Schluß und zeigte, mir zublinzelnd, auf zwei in weißen Firmenschürzen steckende junge Angestellte, eine blonde und eine brünette, die während seiner Erklärungen Handtücher und Bademäntel über Stangen und an Haken, die zu den sanitären Einrichtungen gehörten, gehängt und Fußteppiche vor die Wannen ausgebreitet hatten.

Als ob ich nicht selber längst bemerkt hätte, was die Mädchen taten und daß sie beide ganz hübsch waren, sagte er: »Die leckeren Dinger richten neue Auslagen her«, und schon öffnete er die Tür des Ladens.

Aus dem Schaufenster, das eine niedrige Kachelwand vom Kundenraum trennte, trat uns, Handtücher auf dem Arm, die Blonde entgegen und fragte säuerlich nach unseren Wünschen.

Ob er die historischen Bidets sehen könne, sagte Barbe.

Was er meine, fragte sie.

Offenbar gereizt durch die Unfreundlichkeit der Verkäuferin, warf er hin: »Die Bidets Ihrer Großmutter will ich sehen.«

»Die haben Sie ja, wenn überhaupt, als junger Mann noch benutzt, Großvater.« Der Ton, in dem das herauskam, war ebenso aggressiv wie die abschätzigen Blicke, mit denen sie ihn von Kopf bis Fuß musterte.

»Getroffen, schöne Enkelin«, rief Barbe, sich auf die Brust klopfend, als sei dort die Kugel eingeschlagen, »das saß. Gratuliere zu so viel Köpfchen, ja, ich könnte Ihr Großvater sein, aber nett war es nicht, mich daran zu erinnern, und kundengerecht noch weniger.«

»Zunächst bin ich nicht Ihre Enkelin und danach bitte ich Sie, mir endlich zu sagen, was Sie in Wirklichkeit wünschen«, versetzte sie schneidend.

»Freundlich bedient zu werden, das ist mein Wunsch Numero eins«, antwortete er, »der zweite: die Bidets zu sehen, die aus dem kleinen Schaufenster.«

Die seien geliehene, also unverkäufliche Ausstellungsstücke.

»Von wem geliehen?«

»Wie käme ich dazu, Ihnen das auf die Nase zu binden?«

»Die Haare auf Ihren Zähnen sind lange nicht so schön wie die auf Ihrem Kopf«, gab Barbe zurück.

Da warf die Verkäuferin die Handtücher über den Kassentisch, rief der im Schaufenster gebliebenen Kollegin zu, sie möge die beiden Herren bedienen und verschwand durch eine Tür, die hinter ihr zuknallte, aus dem Ladenraum.

Barbe sah mich etwas betreten an: »Blonde Kirschen sind sonst nicht so sauer wie die.«

Doch schon war die andere Verkäuferin aus dem Schaufenster hereingekommen, eine etwas pummelige Brünette, der ein putziges Grübchen im Kinn aufs Beste stand. »Nehmen Sie es ihr nicht übel«, sagte sie lächelnd, »sie ist sonst nicht so zickig, aber sie hat Kummer. Daher ...«

Ich kam nun nicht mehr aus dem Staunen über das Geschick, mit dem Barbe nach dieser Auskunft die Verkäuferin in ein Gespräch verwickelte.

»Kummer hat sie?«, fragte er, »Liebeskummer natürlich.«

»Was sonst!«

»Wie alt ist der *er* denn, um den es geht?«

»Zu jung. Zweiundzwanzig.«

Barbe zeigte auf mich. »Nicht nett für meinen Begleiter, was Sie da sagen. Auf die Reife kommt es an, nicht auf die Jahre.«

Er zog das Getechtel noch eine Weile hin, ohne nur mit einem Wort nach den Bidets zu fragen. Da mir, wie den meisten meiner Kameraden, ein Albern solcher Art nicht liegt, bewunderte, ja beneidete ich Barbe um die Virtuosität, mit der er die Verkäuferin so weit brachte, daß sie sich von ihm ausmalen ließ, wie trostlos für uns das Abendessen sein werde, er und ich kennten keine Seele in der Stadt, gerade sie und ihre Kollegin wären eigentlich die erträumte Gesellschaft ...

Zu meiner Verblüffung fragte die Verkäuferin plötzlich, wo das Essen denn stattfinden solle.

Das sage er ihr, versetzte Barbe, wenn sie ihm verraten hätte, wer die alten Bidets für die Schaufenster geliehen habe.

Sie nannte ihm einen Antiquitätenhändler. Zu dem komme man aus der ganzen Welt. Der habe gerade eine Sonderausstellung unter dem Motto ›Hygiene und Schönheitspflege im Spiegel alter Möbel und Gegenstände‹. Darunter Luxusbidets und silberne Nachttöpfe. Die hergeliehenen im Schaufenster seien bescheidene Stücke, verglichen mit denen in dem schönen Laden des Händlers.

Barbe ließ sich von ihr mit dem Händler verbinden und erkundigte sich, wie lange sein Geschäft noch geöffnet sei. Sobald er aufgelegt hatte, sagte er der Verkäuferin, als sei dies bereits verabredet, er erwarte sie und ihre Kollegin zum Abendessen im Fürstenhof. Ich sei selbstredend dabei.

»Im Fürstenhof? Das ist doch nicht Ihr Ernst.«

»Rufen Sie an, verlangen Sie den Portier und bitten Sie ihn, für die Herren Barbe und Melis zwei Gedecke mehr aufzulegen und einen Tisch an der Fensterseite des Speisesaals reservieren zu lassen.«

Die Verkäuferin drohte ihm lachend: »Ich wäre imstande, das zu tun. Was dann?«

»Tun Sie es, jetzt sofort.«

»Ich war noch nie im Fürstenhof. Der Speisesaal soll ja der schönste von ganz Europa sein«, sagte sie. »Im Schaukasten des Verkehrsamtes hängt ein Farbphoto. Da sieht man die hohen Spiegel und die prachtvollen Kronleuchter.«

»Ein Grund mehr, mit uns dort zu essen.«

Ich hätte es nicht für möglich gehalten, daß ein Mann, in dem, nach meinem Gefühl, jede Frau nichts als einen fetten alten Knopp sehen mußte, imstande sei, ein Mädchen von der Appetitlichkeit dieser Verkäuferin in weniger als einer halben Stunde derart einzuwickeln. Am Schluß verband er sich mit dem Hotel und drückte ihr mit sanfter Gewalt den Hörer in die Hand.

Sie machte wörtlich, so wie er es ihr vorgesagt hatte, die Tischbestellung.

Als sie aufgelegt hatte, sagte sie, offenbar sehr beeindruckt: »Sie scheinen dort ja äußerst beliebt zu sein.«

»Und Ihre Kollegin? Die haben Sie ja noch nicht gefragt«, sagte Barbe.

Die komme schon mit, da brauche sie nicht lange zu fragen. Sie könnten aber nicht sehr früh dort sein. Für den Fürstenhof müßten sie ordentlich frisiert sein.

Nach einem Blick auf die Uhr bat Barbe die Verkäuferin, ein Taxi kommen zu lassen, dann alberte er weiter mit ihr, bis der Wagen kam. Als wir gingen, sagte er ihr, es gelte heute zwar als altmodisch, aber damit wir sicher seien, daß sie mit ihrer Kollegin komme, müsse sie ihm als Pfand einen Kuß mitgeben, bevor er die Tür hinter sich zumache.

Die Verkäuferin küßte ihn auf beide Wangen.

»Und mein Begleiter, soll der trocken hinausgehen?«, fragte Barbe und sah mit offensichtlich großer Befriedigung zu, wie das Mädchen auch mich küßte.

Daß ich in dem Laden nicht ein einziges Mal den Mund aufgetan hatte, dessen wurde ich mir erst bewußt, als Barbe mich beim Einsteigen fragte, ob es mir nicht recht sei, daß er die beiden Mädchen eingeladen hatte.

Es war mir nicht recht. Ich hatte den Verdacht, er habe die mißgelaunte und für meinen Geschmack vor allem viel zu schlanke Blondine nur deshalb eingeladen, damit ich, mit der beschäftigt, ihm des Abends die Entführung der Brünetten in sein Bett erleichtere. Verführt durch seine Gabe des Witzelns und Alberns war sie ja schon genug. Kurz, es war pure Eifersucht, daß ich so stumm gewesen war im Laden. In dem Jahr, das ich mit Studenten und Studentinnen, also fast nur mit Gleichaltrigen, bereits verbracht hatte, war ich wahrhaftig oft genug auf Partys gewesen, wo, bevor geknutscht wurde und mehr, viel hochtrabend dummes Zeug zu hören war, wenn die aufgestaute Gier unseren kritischen Sinn, auf den wir uns so viel zugute taten, schrumpfen ließ, doch daß ein so klägliches Gewäsch, wie Barbe es von sich gegeben hatte, so viel Erfolg bei einem Mädchen fand, das zu mir doch besser als zu ihm paßte, das fuchste mich gewaltig.

Kapitel 35

In dem Barbe eine verwandte Seele findet.

Als wir vor den hohen Schaufenstern des Antiquitätenladens standen, an denen ich bei meiner Gleichgültigkeit für alte Möbel und ähnliches immer achtlos vorübergegangen war, machte Barbe trotz der Pracht und Fülle des Ausgestellten eine finstere Miene. »Erlesene Sachen hat der«, sagte er, »diese Toilettentische und Bidets aus dem 18. Jahrhundert mit ihren Intarsien in kostbarem Holz, die silbernen Nachtpötte und die goldenen Schminktöpfchen ... ich suche etwas viel Bescheideneres. Wollen Sie mitkommen?« Und, als habe er meine Gedanken gelesen, fügte er hinzu: »Sie scheinen wenig Lust zu haben, schäkern werde ich dort nicht.« Er zeigte dabei auf einen alten Herrn, der, die Zeitung lesend, im hinteren Teil des Ladens saß. Es treffe sich gut, daß gerade keine Kunden da seien.

Eine Ahnung, ein Verdacht, waren es, die mich veranlaßten, ihn hineinzubegleiten.

Als Barbe sich die Adresse des Antiquitätenhändlers geben ließ, hatte ich angenommen, die Entdeckung der als Schaustücke geliehenen, von einer Wasserleitung unabhängigen Bidets, habe ihn, dort in dem Laden, aus dem wir kamen, oder schon draußen vor dessen Schaufenster, plötzlich auf einen Gedanken gebracht, den er nicht gehabt haben mochte, als wir vom Hotel zum Spaziergang in die Stadt aufbrachen. Ich wollte sehen, ob ich das Richtige erraten hatte.

»Ich habe die schönen alten Bidets hier in Ihrem Fenster gesehen und auch die Stücke, die Sie dem Geschäft für sanitäre Anlagen überlassen haben«, sagte er dem Händler, »was ich suche, das ist ein leicht im Gepäck unterzubringendes, zweiteiliges Bidet, dessen Gestell zusammenklappbar und dessen

Becken möglichst aus Blech oder Email sein müßte. Stellt man sie überhaupt noch her?«

Der Händler lächelte. »Also ein Bidet für die Reise. Da haben Sie aber Glück, daß Sie gerade zu mir und nicht zu einem meiner Kollegen kommen. Ich kann Ihnen die Adresse eines Fabrikanten geben, der sie noch herstellt, noch! Als der letzte.« Er habe selber ein solches Modell, für seine Geschäftsreisen, fuhr der Händler fort, wenn er in kleinen Provinzstädten oder auf dem flachen Land alte Möbel suche, müsse er in Gasthöfen übernachten, wo er nie ein Bidet vorfinde.

Du hast richtig geraten, dachte ich mit Befriedigung und hörte belustigt dem Gejammer der beiden Herren zu, die, voll Resignation, einander überboten in Klagen nicht nur über das fast allgemeine Fehlen der Bidets, sondern auch über die unvollständige Sauberkeit der Mehrzahl ihrer Mitmenschen. Ein Gespräch dieses Themas hätte ich noch eine Woche zuvor nicht für denkbar gehalten, aber, nach dem, was ich mit Barbe bei der Besichtigung der Badezimmer im Fürstenhof erlebt hatte, wunderte ich mich sogar nicht mehr, als er darum bat, das Reisebidet des Händlers zu sehen, daß dieser es auch sofort herbeiholte und Barbe mit offensichtlichem Vergnügen vorführte, wie einfach es im Gepäck zu verstauen war.

Ob er ihm ein gleiches Bidet bestellen könne, fragte Barbe. Doch als der Händler ihm sagte, in drei, vielleicht auch erst in fünf Tagen könne er es abholen lassen, wollte mir die Aussicht, so lange im Fürstenhof bleiben zu müssen, nicht gefallen, und das sagte ich Barbe, sobald wir, nach dem Austausch vieler Komplimente, die die Herren gegenseitig zu beglücken schienen, den Laden verlassen hatten.

»Entweder, Sie werden selbst dafür sorgen, daß Sie sich während der paar Tage in meiner Gesellschaft nicht langweilen, oder Sie verbringen diese Zeit bei Ihren Eltern, in der ständigen Beklemmung und Angst, jener Person zu begegnen, vor der Sie fliehen. Also entscheiden Sie sich. Aber bitte erst nach dem Abendessen. Ich habe Sie einer der beiden Hübschen doch fest versprochen.«

»Ohne mich zu fragen und ohne mir zu sagen, an welche Sie für sich gedacht haben.«

»Brauchte ich nicht. Ihnen gefiel die Brünette, so etwas entgeht mir nie. Also versuche ich es mit der anderen. Wo Sie derzeit noch Kummer wegen Ihrer Abgehängten haben, können Sie sich gar nicht schnell genug etwas Neues ins Bett legen. Das ist auch die Meinung Ihres Vaters.«

»Hat er mit Ihnen über meine Affäre gesprochen?«, fragte ich betroffen.

»Nur kurz«, erwiderte er, »aber sein liebenswertes Wesen war in jedem Wort zu spüren; wenn ich einen solchen Vater gehabt hätte, wie Sie ihn haben, wie anders wären meine Kindheit und Jugend gewesen! Den können Sie gar nicht genug lieben.«

Ich war empört. Gerade weil ich meinem Vater, seitdem ich ihn nicht mehr verkannte, so zugetan war wie keinem anderen Menschen, mochte ich diese Einmischung Barbes überhaupt nicht, aber ich wußte nicht, wie ich ihm das sagen konnte, ohne ihn zu kränken. Immerhin wollte er mir ja die flotte Brünette überlassen.

Ich ließ dann aber doch meinen Unmut an ihm aus. »Also, wie ist es mit der Bedürfnislosigkeit?«, fragte ich ihn, »als Sie die Bidets in den Schaufenstern sahen, durchfuhr Sie ein Schreck: Kein Bidet auf der Reise! Ist es nicht so?«

Da blieb er stehen: »Ihre Scharfsicht gefällt und mißfällt mir, damit Sie es wissen. Oder hätten Sie, an meiner Stelle, es gern, sich so durchschaut zu fühlen? Es stimmt, Sie haben erraten, wo der Schreck mich überfiel und mir die Idee kam, ein Bidet zu kaufen. Und ich will lieber nicht wissen, was Sie über mich gedacht haben.«

Darauf konnte ich es mir nicht verkneifen, ihm zu sagen: »Frei sein von Bedürfnissen, das sagt sich leicht und tut sich schwer, ist es nicht so?«

»›Ist es nicht so?‹«

Er hatte meinen Tonfall, der wohl eine Spur zu hämisch gewesen war, nicht schlecht nachgeahmt, aber kein Wort hinzugefügt und doch – und wie beredt! – mir zu verstehen gegeben, daß es nicht nur diese Wendung war, die er nicht mochte. Ich hatte sie von Richard übernommen, der bei politischen Diskussionen fast jeden Satz damit enden ließ. Ich schwieg und lenkte in meiner Verlegenheit seinen Blick auf das Schaufenster einer Modistin, in dem ich an einem der ausgestellten Hüte eine Schnalle gesehen hatte.

Aber er lachte mir ins Gesicht und sagte: »Ist es nicht so, daß wir hotelwärts gehen und uns auf das Essen mit den Dämchen freuen sollten. Ist es nicht so, Herr Ist-es-nicht-so?«

Die Richtigkeit meiner Beobachtung hat ihn also tief getroffen, dachte ich, während wir wieder den Weg durch den Park einschlugen. Unterwegs sagte ich ihm, wie er sich das denke, mit dem Abendessen, ich könne doch nicht bei ihm schmarotzen und mich so groß, wie er es wohl vorhabe, einladen lassen, auch liefe ich Gefahr, bei den Mädchen die Illusion zu wecken, ich sei ein betuchter Freier, er solle denen sagen, daß ich sein Angestellter sei.

»Abgelehnt, Sie sind mein Reisebegleiter und dem alten Barbe gewogen, oder, wie eure Generation sagt, ›positiv‹ zu ihm ›eingestellt‹.«

Die Skrupel, die ich darauf wegen der Ausgaben geltend machte, die er für mich haben würde, zerstreute er mit so viel Takt und Herzlichkeit, daß ich es nicht über mich brachte, ihm zu sagen, wie viel lieber, als zu viert im Speisesaal des Fürstenhofs zu essen, ich zu zweit in einer kleinen Kneipe mein Glück bei der Brünetten versucht hätte.

Kapitel 36

In dem Barbe schon wieder in einen falschen Verdacht gerät.

Ich saß im Bad, da rief Barbe mich an: »Aus dem Essen im Speisesaal wird nichts«, sagte er, »dort sind abends Smoking und langes Kleid dringend erwünscht, dunkler, blauer oder schwarzer Anzug aber absolute Bedingung.« Er habe keinen, und die Geschäfte seien längst geschlossen, also selbst, wenn ich einen hätte, nütze das uns nichts. In der Bar verabreiche man keine Speisen. »Werden die beiden enttäuscht sein!« Er suche eine Lösung, schloß er.

Wenige Minuten später rief er wieder an. Wir müßten in seinem Zimmer servieren lassen, eine andere Möglichkeit sehe er nicht.

Die zusätzlichen Vorteile dieser Lösung brauche er mir so wenig zu erklären wie ich ihm mein Verständnis für seine Hintergedanken, sagte ich.

»Sie meinen, die Nachhilfe mit Wein sei hier oben leichter. Irrtum. Das sind zwei kleinkarierte Puten. An das, was wir in der Hose haben, daran denken die überhaupt nicht, zunächst wenigstens. Was denen heute in der Nase steckt, das ist der berühmte Speisesaal; den, und das, was sie für die große Welt halten, wollen die beiden sehen. Auch das, was auf den Tisch kommt, ist denen völlig gleichgültig. Nur ältere Frauen, die verzichtet haben, sind scharf auf gutes Essen.«

Als ich ihm sagte, er sei ja ein schöner Zyniker, erwiderte er: »Sie sind das auch, nur daß Sie es nicht wissen. Ende. Wir treffen uns in der Halle.«

Er war schon dort, als ich hinunterkam. Er saß, einen Stoß Zeitungen vor sich, in dem Teil der weitläufigen Halle, den man von den Pulten des Empfangs und denen der Portiers her nicht beobachten konnte. Eine Flasche Champagner stand im Kübel neben dem Tisch, auf dem schon vier Gläser und Gebäck des Eintreffens der beiden harrten.

Wie er denen ankündigen werde, daß man in seinem Zimmer essen müsse, fragte ich.

Er sehe schwarz. Nur viel Champagner als Apéritif könne uns aus der Patsche helfen. Ich solle zum Trinken animieren, es bleibe uns nichts anderes übrig. Deshalb habe er diesen verlorenen Platz ausgesucht, wo niemand gern sitze und wo die Nachbartische wohl nicht besetzt werden würden. Ob er, bis zum Erscheinen der beiden, die Zeitungen, mit deren Lektüre er im Rückstand sei, lesen dürfe? Er klagte, daß es so spät sei, zeigte dabei auf eine Gesellschaft, die schon gegessen hatte und aus dem Speisesaal durch die Halle zu den Salons ging. Schließlich reichte er mir eine Zeitung, ich sei ja gleichfalls noch nicht dazu gekommen, hineinzusehen. So gehe die Zeit, die wir verwarten müßten, nicht ganz verloren.

Als er, der immer wieder, über die Verspätung der »Weiber« schimpfend, von seiner Zeitung aufblickte, die beiden durch die Schwingtür hereinkommen sah, stieß er aus: »Das hat noch gefehlt. Aufgetakelt wie zur Tafel beim Präsidenten der Republik!«

Das waren sie, aufgetakelt. Die Blonde, die sich selbst als die »böse Lisbeth« vorstellte, mußte einen Wochenverdienst beim Friseur gelassen haben für den Bau, den der mit dem zu üppigen Haar, das sie besaß, auf ihrem Kopf errichtet hatte. Aber auch die kühne Frisur der pummeligen Hedwig war grotesk. Beide steckten in langen Abendkleidern aus Seide, sie waren nicht wiederzuerkennen, und man erriet, daß sie keinen Augenblick vergaßen, wie gutgekleidet sie sich fühlten. Wohl deshalb bemerkten sie auch sofort, daß wir nicht angezogen waren. »Wie, kein Smoking? Soll hier doch Zwang sein, abends«, waren Lisbeths erste Worte nach der Begrüßung.

Sie blickte uns voll Mißtrauen an, als Barbe ihr sagte, zunächst einmal müsse angestoßen werden, damit der Abend mit dem Klingen der Gläser eingeläutet sei. Daß wir nicht im Smoking seien, habe einen guten Grund.

Wenn wir beschlossen hätten, irgendwo anders zu essen, erwiderte Lisbeth, denn so sehe es ja aus, sie wisse nämlich genau, wie streng man es mit der Etikette im Fürstenhof halte, hätte er das des Nachmittags sagen sollen, dann wären sie im Straßenkleid und früher gekommen und nicht vorher zum Friseur gegangen. So aber …

Barbe mußte nun mit der Wahrheit herausrücken. Er kam nicht weit dabei. Kaum hatte er gesagt, man müsse auf seinem Zimmer essen, da stand Lisbeth auf und herrschte ihre Kollegin an: »Was habe ich dir gesagt! Da siehst du es, was die sind, und ob es nun das eine ist oder das andere, macht keinen Unterschied«, und schon raffte sie ihr Staatskleid und fragte Hedwig, »kommst du mit oder nicht, ich gehe, mit denen bleibe ich nicht.«

Als ich sie zurückhalten wollte, winkte Barbe ab. Er hatte sich bei Lisbeths Ausbruch erhoben und zwei nicht geschlossene Briefumschläge aus der Tasche gezogen: »Machen Sie keinen Krakeel«, sagte er ihr. Da er bereits des Nachmittags in den Genuß einer Kostprobe ihres Charakters gelangt sei, habe er mit ihrem Zorn gerechnet. In den Umschlägen finde jede von ihnen die Rückerstattung der Kosten, in die sie sich gestürzt hätten; mit ihnen irgendwo anders noch zu essen, dazu fehle ihm jede Lust und mir wohl auch. »Taxis stehen vor dem Hotel«, schloß er.

Lisbeth riß ihm den Umschlag, den er ihr hinhielt, aus der Hand, sah hinein und steckte ihn, offensichtlich überrascht von der Höhe der Summe, in ihr goldfarbenes Handtäschchen. »Das Schweigegeld«, schmetterte sie ihm entgegen, »aber nur für die nächsten zwölf Stunden, wehe Ihnen, wenn Sie morgen mittag noch in der Stadt sind.« Sie zog Hedwig, die ratlos auf sie starrte, vom Sessel: »Nimm das Geld, und nichts wie fort und sei froh, daß ich mitgekommen bin.«

»Bringen Sie die Damen zum Taxi«, sagte mir Barbe, hielt mich dabei aber so fest am Arm, daß ich verstand, wie wenig ernst die Aufforderung gemeint war.

Ohne mich anzusehen, hatte Lisbeth ablehnend die Hand gegen mich erhoben und warf Barbe, als letzte Worte ihrer Empörung, hin: »Auch Ihrem Begleiter schicke ich die ›Sitte‹ auf den Hals, wenn er morgen noch hier ist.«

Dann nahm sie ihre vollkommen verwirrte Kollegin bei der Hand und rauschte mit ihr dem Ausgang zu.

Barbe sah ihnen lächelnd nach, bis sie die Halle durchquert hatten und durch die Schwingtür verschwunden waren. »Im langen Abendkleid kommt selbst der verunglückteste Weiberhintern noch vorteilhaft weg, und wenn eine dann obendrein X-Beine hat, ist die Vortäuschung von nicht vorhandenen Reizen komplett. Schon beim Gedanken an so quere Beine werde ich keusch wie der Philosoph Immanuel Kant.«

Ich hätte des Nachmittags keine X-Beine festgestellt, sagte ich, ohne nach seinen Informationen über Kant zu fragen.

»Verschnupft? Sie machen ein Gesicht, als hätte das Christkindchen Ihnen die Tür vor der Nase zugeschlagen. Die Pummelige, auf die standen Sie. Ich weiß es doch«, sagte er.

Woher er das wissen wolle, erwiderte ich verstimmt, er habe mich des Nachmittags beim Verlassen des Ladens schon so sonderbar gefragt, warum ich mit dem Mädchen kein Wort gewechselt hatte?

Daß ich mir diese Hedwig gern ins Bett gelegt hätte, das habe er gesehen, als ich bei dem lächerlichen Ausbruch der anderen vom Sessel aufgesprungen war, da habe er meinem Hosenlatz abgelesen, daß ich heiß wie ein Rammler gewesen sei, also nur schon durch die Gegenwart des knusprigen Dings. Und das sei ja kein Wunder. Seit fast einer Woche hätte ich, durch seine Schuld, kein Mädchen gehabt. Das wolle, das müsse, das werde er gutmachen. Ich solle nicht so verdrossen dreinschauen, der Abend habe erst begonnen, er werde uns zu dem verhelfen, dessen wir so dringend bedürften. Acht Tage Enthaltsamkeit, wem platze da nicht der Sack!

Ich denke nicht gern daran zurück, daß ich Barbe in jenem Augenblick als taktlos und aufdringlich empfand und ihn dies fühlen ließ. Dabei hatte er das getan, dessen so wenige Menschen fähig sind: er hatte sich an meine Stelle versetzt und feinfühlig erraten, daß mir die auferlegte Enthaltsamkeit sehr zugesetzt hatte und daß ich am Abend des Tages, an dem ich aus dem Arrest entlassen worden war, darauf brannte, ein Mädchen zu finden, auch hatte er wohlwollend beobachtet, daß ich mit der mir nun entgangenen Verkäuferin gern ins

Bett gegangen wäre. Aber statt auf das, was er so offenherzig sagte, mit dem gleichen Freimut einzugehen, erwiderte ich kühl, er verübele es mir wohl nicht, wenn ich noch ausginge und über den Abend verfügte. Das war nicht schön von mir.

Die Antwort, die ich auf meine patzigen Worte erhielt, war eine Frage: »Aus dem Munde eines Gleichaltrigen hätte Ihnen das, was ich eben gesagt habe, ganz anders, sympathischer geklungen als aus meinem, und Sie wären darauf eingegangen. Vielleicht nur mit einem Witz, aber wenigstens doch das.« Er könne mir sagen, was in mir vorgegangen sei und vielleicht jetzt noch vorgehe: »In Ihren Augen ist es im besten Fall verwunderlich, im schlimmsten aber anstößig, daß ein Mann, der die sechzig überschritten hat, noch die gleichen Empfindungen und Triebe hat wie einer Ihres Alters. Denken Sie einmal darüber nach, wie sehr sich der Haß, der zwischen den sozialen Klassen herrscht, dem, den es zwischen den Generationen gibt, darin ähnelt, daß man den Menschen aus dem anderen Lager nicht mehr als einen Menschen sieht, sondern als ein abstraktes Etwas. Und dem spricht man das Recht auf die Befriedigung von Bedürfnissen, das man für sich selbst beansprucht, zwar nicht offen ab, aber man wundert sich, daß die Bedürfnisse überhaupt existieren. Also, ich empfehle darüber nachzudenken.« Als wolle er mir zeigen, daß er mir nicht böse sei, klopfte er mir auf die Schulter. »Und jetzt fahren wir in die Stadt essen. Danach gehen Sie Ihre eigenen Wege.« Wo es so spät geworden sei, müsse ich hungrig sein, er sei es ganz gewaltig.

Er wollte das Schlemmerrestaurant wieder aufsuchen, in dem ich am ersten Tag unserer Bekanntschaft nach dem Besuch der Buchhandlung mit ihm zu Mittag gegessen und wo er mir vorgeschlagen hatte, ihn in den Süden zu fahren. Das war nun schon bald eine Woche her.

Im Wagen sagte er: »Jetzt wollen wir die beiden Verkäuferinnen aus unserem Gedächtnis löschen. Ich habe schon allerhand mit der weiblichen Dummheit erlebt, aber das war das erste Mal, daß man mich für einen Mädchenhändler hielt oder für einen jener Herren, die ihre Damen auf den Strich schicken. Bei meinem Alter eigentlich schmeichelhaft«, sagte Barbe.

»Warum gleich Mädchenhändler, die gibt es sogar in Krimis nicht mehr.« Ich hielt ihm vor, daß, nach meinem Gefühl, die Blonde den von ihm vermuteten und offenbar sogar einberechneten Verdacht überhaupt nicht gehabt und daß sie unsere doch so durchsichtigen Absichten sogar natürlich gefunden und sich bei der Ankündigung, man esse im Schlafzimmer, nicht aus Angst vor der Verfrachtung ins Bett empört hatte, sondern aus der einzigen Befürchtung, diese würde zu schnell stattfinden und sie vergäbe sich damit etwas in seinen Augen. »Für die waren Sie der reiche Freier, und den muß man hinhalten, um den eigenen Wert zu erhöhen«, erklärte ich ihm und ließ dann den Verdacht durchblicken, der in mir aufgekommen war, als er den beiden die Entschädigung gegeben hatte: Ob er des Nachmittags der Annahme seiner Einladung so wenig sicher gewesen sei, daß er diesen von ihrem kleinen Lohn abhängigen Verkäuferinnen ausgerechnet den Fürstenhof und nicht ein einfaches Restaurant vorgeschlagen hatte.

»Mit Ihrer Frage wollen Sie mir sagen, aus Angst, einen Korb zu erhalten, hätte ich mit dem Luxus des Fürstenhofs wie mit einem Geldschein gewinkt. Klartext wäre mir lieber gewesen als diese Andeutung. Nun müssen Sie sich eine Gegenfrage gefallen lassen: Warum ist es zum Bruch zwischen Ihnen und dem Mädchen, das im Zollhaus wohnt, gekommen? Es hat sich Ihnen, trotz seines heißen Temperaments, beharrlich verweigert, um sich die Heirat zu erzwingen, und das war Ihnen auf die Dauer zu dumm, und aus war die Liebe. Dennoch leugnen Sie, daß die Liebe, wie jede andere Sache, manchmal einen Preis hat. ›Manchmal‹ habe ich gesagt, nicht ›immer‹. In Ihrem Fall war der Preis hoch: die Heirat. Bindung! Den wollten Sie nicht zahlen. Also leugnen Sie doch nicht vor sich selbst, daß das Mädchen auf einer Zahlung bestand und lieber sich selbst und Ihnen nichts gewährte, auch wenn es bei so brennendem Verzicht und so entnervender Entsagung vor Kummer verging und noch immer zu Ihrer Mutter kommt, um sich trösten zu lassen.«

Daß mein Vater Barbe soviel über mich erzählt und ihm dieses Argument geliefert hatte, wurmte mich schwer. Obendrein hatte ich ihm nicht einmal etwas entgegenzusetzen. Ich war in die Grube gestolpert, die ich ihm gegraben hatte. »Sie mögen recht haben«, sagte ich und fuhr, damit von mir nicht länger die Rede sei, fort, »aber, daß der Beruf des unwiderstehlichen Mädchenhändlers für Sie wieder zugelassen werden soll, das scheint mir ein zu hochgegriffener Ehrgeiz zu sein.« Ich hoffte, ihn damit zum Lachen und auf andere Gedanken zu bringen, doch er versicherte mir voll Ernst: »Mädchenhändler gibt es in der Wirklichkeit, nach wie vor.« Wenn ich, wie er, in einer Hafenstadt gelebt hätte, wüßte ich das. Die Blonde habe ernsthaft jenen Verdacht gehabt, warum sonst die Drohung mit der Polizei. Ich vergäße auch, daß es nur hundert Kilometer bis zu den Grenzen von zwei anderen Ländern sei. Für Bordelle ins Ausland verschleppt zu werden, das gehöre in den Katalog der Vorstellungen aller arbeitsscheuen oder sonstwie labilen Weiber, wenn es deren Traum sei, ausgehalten zu werden. Das sei ein Traum, bei dem Wünsche und Ängste, unentwirrbar verschlungen, Hysterien erzeugten. Der Auftritt, den man ihm gemacht hatte, habe mir nun einen Vorgeschmack davon gegeben.

In welcher Schicht er Weiber gekannt oder beobachtet habe, die zugleich den Drang zum reichen Freier und die Angst vor dem Mädchenhändler gehabt hätten, fragte ich.

»Weiber, die nicht im Zement des prinzipienfesten Kleinbürgertums aufgewachsen sind, könnten schon nach dem ersten Ladendiebstahl oder nach der ersten bezahlten Hingabe in die Randbezirke geraten, die jede Schicht der Gesellschaft dort aufweise, wo Anstand und Ehrbarkeit nicht mehr selbstverständlich seien. Oft bedürfe es dann nur noch geringfügigen Strauchelns, und ein Mädchen sacke endgültig in die Unwelt ab, wo Prostitution, Vergehen gegen das Eigentum und Schlimmeres das seien, was sich von selbst verstehe.

Ich fragte ihn, warum er immer von »Weibern« spreche, ob er die andere Hälfte der Menschheit so sehr verachte.

»Das Wort ›Weib‹ ist biblisch«, sagte er barsch, »als Sohn einer frommen Katholikin sollten Sie das wissen.«

Ich machte mir meinen Schluß aus dieser ausweichenden Antwort und war, des Gegenstands leid, nicht unfroh, daß wir vor dem Restaurant eingetroffen waren.

Kapitel 37

In dem Barbe wieder einmal meckert.

In dem Restaurant, wo nur zwei Tische besetzt waren, bemäkelte Barbe, daß der Oberkellner und zwei Gehilfen, statt die Karte zu bringen und unsere Bestellung entgegenzunehmen, gemächlich den soeben von Gästen verlassenen Nebentisch abräumten, ohne uns zu beachten. Das erlebe er nun zum zweiten Mal mit diesen Leuten, sagte er mir laut. »Erinnern Sie sich nicht, als wir das erste Mal hier waren, habe ich um die Karte geradezu betteln müssen!«

Ich erinnerte mich nicht.

Als der Kellner dann auch die Decke des abgeräumten Tisches wegnehmen und eine neue auflegen und frische Gläser und Bestecke bringen ließ, rief Barbe ihm zu, unsere Bestellung könnte bereits in der Küche sein, warum man uns nicht die Karte bringe?

Der Kellner gab, uns weiter den Rücken zukehrend, kühl zurück, es sei strenge Regel des Hauses, wie die jedes Etablissements seines Ranges, einen abgegessenen Tisch sofort neu zu decken.

»Mit anderen Worten, Sie finden es intelligent, obwohl so zahlreiche Tische fertig gedeckt und nicht besetzt sind, diesen da, den Sie im Moment gar nicht brauchen, vorzubereiten, aber zwei Kunden warten zu lassen.«

Ohne einen Blick zu uns versetzte der Kellner: »Und den brauche ich erst morgen, am Mittag, denken Sie mal an«, und fuhr fort, frische Gedecke auf dem Nebentisch prüfend hin- und herzuschieben, als lege er es darauf an, so langsam wie möglich mit dem Herrichten der Tafel fertig zu werden.

»Das, was wir essen möchten, könnte schon braten«, rief

Barbe dem Mann zu. »Sagen Sie es doch gleich, wenn Sie uns nicht bedienen wollen.«

»Wollen?« Jetzt erst kehrte der Kellner uns sein Gesicht zu. »Dürfen, mein Herr.« Er schicke uns den Geschäftsführer.

Es stellte sich heraus, daß wir ein auf der Eingangstür angebrachtes Messingschild nicht beachtet hatten, dem wir hätten entnehmen müssen, daß die Einlaßzeit des Restaurants schon seit mehr als einer Stunde verstrichen war. Der herbeigeeilte Geschäftsführer fragte den Kellner verärgert, wie wir überhaupt hätten hereinkommen können. Wo der Türsteher gewesen sei?

Der habe, hieß es, gerade als wir eingetroffen waren, den Wagen eines eilig aufgebrochenen Gastes vom Parkplatz holen müssen und sei schon wieder weg, um die Wagen der letzten Gäste vors Haus zu bringen.

Daß Barbe dem Geschäftsführer sagte, jenes Schild, das wir übersehen hatten, sei nicht genügend beleuchtet, und ihn aufforderte, mit hinauszugehen und sich davon zu überzeugen, fand ich schon ein starkes Stück, aber noch peinlicher war es mir, daß er dann, nachdem wir schon das gar nicht so schlecht beleuchtete Schild übersehen hatten, übersah, wie sehr er den Mann verschnupft hatte und ihm, draußen an der Tür, vorhielt, in südlichen und anderen, zu Unrecht verachteten Ländern, seien die Kellner so klug, immer vorrangig die Karte zu bringen und die Bestellung durchzugeben und freigewordene Tische erst danach abzuräumen. Warum ausgerechnet in unserem sich seiner Gabe der Organisation immer so brüstenden Lande, die Kellner die dumme und widerwärtige Gewohnheit hätten, dem Abräumen der Tische die Priorität zu geben vor dem Bedienen frisch eingetroffener Gäste? Daß der Geschäftsführer eines reputierten Restaurants offenbar blind für diesen Umstand sei, lasse negative Schlüsse auf den allgemeinen Niedergang der beruflichen Ausbildung zu. Es sei ja nicht das erste Mal, daß wir das Restaurant besuchten.

Wir hätten ihn mitten aus der Abrechnung der Abendkasse herausgebeten, versetzte der Geschäftsführer, er habe keine Zeit zu diskutieren und zeigte noch einmal auf das Messingschild. Die darin eingravierten Uhrzeiten seien die der für das

Etablissement geltenden Polizeistunden, er müsse die Türe verschließen, wir wüßten ja jetzt, daß wir gar nicht hereingedurft hätten.

Als ich, voll Wut auf Barbe, den Schlag hinter ihm zuwarf und einsteigen wollte, plazierte sich vor meinen kleinen Wagen ein großer. Daß es der Türsteher des Restaurants war, der ihn gebracht hatte, erriet ich an der knopfreichen Livrée des Mannes, der mit der Frage, ob wir noch irgendwo essen wollten, mir auch schon ein paar bedruckte Karten aufdrängte. Inzwischen hatte Barbe das Wagenfenster heruntergekurbelt, rief den Mann zu sich heran, fragte ihn nach Lokalen, wo es nicht langweilig und wo die Küche dennoch genießbar sei.

Er ließ sich den Weg zu einem der von dem Mann empfohlenen genau erklären, wo, wie dieser betonte, das Fleisch, das man esse, ebenso gut sei wie das, was man zu sehen bekomme … und mitnehmen könne. Aber wir sollten nicht in unserem Wagen, sondern im Taxi hinfahren, das Parken sei dort nicht möglich.

Nichts konnte mir gelegener kommen als dieser Hinweis. Ich war entschlossen, Barbe abzusetzen und ihn diesen Abend nicht länger über mich verfügen zu lassen. Dort, wo er vorhatte zu essen, wollte ich nicht noch einmal einem Theater beiwohnen, wie dem, das er dem Geschäftsführer des Restaurants gemacht hatte.

Als Barbe dem Türsteher nun ein Trinkgeld gab, fragte er den Mann, ob er eine Taschenlampe bei sich habe und bat ihn dann, an den Wagenschlag zu treten und die Knöpfe seiner Livrée anzuleuchten, er wolle da etwas sehen, wofür die Straßenbeleuchtung nicht genüge.

Der Türsteher sah mich an, als erwarte er von mir eine Erklärung des sonderbaren Wunsches. Ich nickte ihm zu, er verstand, daß er nichts zu fürchten hatte, reichte Barbe eine Taschenlampe in den Wagen, drückte sich dicht an den Schlag, und dann leuchtete Barbe unter einen der Knöpfe, an den er, vom Vordersitz des Wagens, ohne aufstehen zu müssen, bequem herankam. Die Befriedigung, die sein Gesicht verriet, ließ mich erraten, aus wessen Fabrik der Knopf stammte. Der Türsteher erriet gewiß nicht, was an den Knöpfen seiner

Livrée so besonderes sein mochte, da der Herr sie ja nicht, wie es andere Abergläubische tun, auf eine gerade oder ungerade Ziffer abgezählt hatte. Er erriet gewiß noch weniger, warum er ein zweites Trinkgeld erhielt und wieso ein derart spendabler Herr in einem so bescheidenen, kleinen Wagen saß und mir zuzwinkernd sagte: Nun bekämen wir etwas Besseres als das uns Entgangene.

Sobald wir fuhren, erklärte ich Barbe, ich zöge es vor, ihn an dem Lokal abzusetzen und ihn allein essen zu lassen, Gesellschaft finde er ja ohnedies dort und eine, die ihm nach so vielen Stunden des Zusammenseins mit mir eine wohl willkommene Abwechslung bringe. Ich rief ihm in Erinnerung, was für einen Tag ich hinter mir hatte: Morgens noch in Haft, das Mittagessen mit den Eltern, dem der Versuch meiner Mutter, mich von der Reise mit ihm abzuhalten, vorangegangen war, der Bummel durch die Stadt, der Besuch in dem Geschäft, wo er die Bidets entdeckt hatte, der bei dem Antiquar und schließlich das Warten auf die Verkäuferinnen und die Szene, die wir mit der Blonden erlebt hatten, »das alles, innerhalb einiger Stunden, nach fünf Nächten und vier Tagen Polizeihaft, war ein bißchen viel«, schloß ich. »Ich bin erschöpft.«

»Mit anderen Worten, Sie wollen den Abend in eigener Regie verbringen«, versetzte er, nachdem er schweigend zugehört hatte. Ich möge mit ihm doch immer vollkommen freimütig sein, freimütiger, als ich soeben gesprochen hätte. Wenn ich bei dem Hunger, den ich haben müsse, irgendwo in der Stadt äße, gehe das auf seine Rechnung. Solange mein Engagement als Reisebegleiter gelte, sei ich in voller Pension bei ihm.

Als er ausgestiegen war, beugte er sich noch einmal in den Wagen hinein: »Freimut«, sagte er, »Freimut sollte Ihre Devise sein.«

Das Lokal, vor dem ich ihn gelassen hatte, lag in einem Viertel, das nicht nur von den hunderttausend Einwohnern der Stadt ›Klein-Chicago‹ genannt wurde, sondern auch von den Junggesellen unter den Kollegen meines Vaters, wenn sie in der Wirtschaft des Zollhauses von ihren Spritztouren berichteten, die sie in jenes Viertel gemacht hatten, und von den

Eros-Häusern, Spielhöllen und anrüchigen Nachtlokalen erzählten, und die oft so sonderbaren Belästigungen durch den Straßenstrich schilderten.

So beschränkt die Neugier war, die ich dieser Stadt entgegenbrachte, an deren mir zu konservativer Universität ich nie hätte studieren wollen, so wenig hatte es mich, wenn ich zuweilen zu Einkäufen hingefahren war, gereizt, ›Klein-Chicago‹ nur auch mit dem Wagen zu durchfahren. Ich war also nicht wenig überrascht, als ich, im ersten Gang, durch die Straßen und Gassen jenes Viertels zuckelnd, zwischen grell beleuchteten Lokalen, vor denen livrierte Türsteher laut zum Eintreten animierten, bieder wirkende Cafés, Wirtschaften und Tanzlokale sah, in deren Nachbarschaft die Damen und die Transvestiten vom Strich, die sonst überall das Trottoir beherrschten, sich offenbar nicht aufhalten durften. Vor einem der Tanzlokale, in das ich eine Gruppe jeanstragender Jugendlicher eintreten sah, hielt ich, und der kurze Blick, den ich dann in den Saal warf, überzeugte mich, daß der Charakter des Lokals dem jener ähnelte, die ich in meiner Universitätsstadt mit den Kameraden besuchte, wenn wir, nach politischen Diskussionen, Lust hatten, uns die Beine auszutanzen oder ein Mädchen abzuschleppen, das nicht unbedingt eine künftige Politologin oder eine Agitprop-Genossin sein mußte. Daß in dem Saal keine Huren und deren Kunden saßen, sondern nur Junge, Mädchen und Burschen, die ihr Vergnügen suchten, hob meine so herabgesunkene Stimmung, und als ich wieder im Wagen saß, um ihn in die Garage des Hotels zu bringen, freute ich mich mächtig darauf, meine Jeans anzulegen und mit der Tram, die noch verkehrte, in das Tanzlokal zurückzukehren.

Kapitel 38

In dem man die ersten Folgen einer Verfehlung sieht.

In der Garage kam, als ich ausstieg, ein Mann auf mich zu und stellte sich als den Wagenmeister des Hotels vor. Während meiner Polizeihaft, die er als skandalös empfinde, wie er, für mein Gefühl, zu stark betonte, sei er es gewesen, der sich meines Wagens angenommen und ihn gut abgestellt habe, er müsse mich einen Augenblick sprechen.

Ich nahm an, er wolle eine Belohnung und griff, in meiner Ungeduld, auf mein Zimmer zu kommen, um mich umzukleiden, zur Brieftasche, doch er faßte mich am Arm, es gehe nicht um Trinkgeld, es gehe um die Existenz, um das Brot eines Menschen. Wegen des Nachtwächters, der seinen Dienst bereits angetreten habe, könne er in der Garage nicht sprechen, ohne daß es auffalle, er habe ziemlich lange auf mich gewartet, ich möge ihm durch die Ausfahrt auf die Straße vorausgehen, er komme mir nach. Ein Freund von mir habe durch meine Eltern erfahren, daß mein Wagen in der Garage des Hotels stehe, dieser junge Mann habe ihn telefonisch gebeten, mit mir zu sprechen.

»Heißt er Richard?«, fragte ich.

Die Beklemmung, die mich bei dem Gedanken befallen hatte, daß Richard sich schon wieder bei einer politischen Aktion mit der Polizei angelegt und sich in eine schlimme Lage gebracht habe und vielleicht über die Grenze geschmuggelt werden mußte, fiel zwar von mir ab, als der Wagenmeister mir leise sagte, mein Freund heiße Albert, doch ich erfaßte zugleich, daß nun der Rest des Abends und die Nacht wohl nicht so verlaufen würden, wie ich es gehofft hatte. Denn auch Albert konnte ich nichts abschlagen. Er war mein ältester Freund, wir hatten die selben Bänke der Volksschule gedrückt, obendrein war er der Sohn eines Kollegen meines Vaters und, wie ich, im Zollhaus aufgewachsen, wo er, unverheiratet, bei seinen Eltern wohnte. Obwohl er im Stellwerk des Grenzbahnhofs arbeitete und nach der Volksschule keine andere mehr besucht hatte als die Abendkurse seiner Gewerkschaft, war er der erste gewesen, der mir von Marx gesprochen und dessen Werke aus seiner oder der Bibliothek seiner Gewerkschaft geliehen hatte, die unter dem Personal des wichtigen Grenzbahnhofs viele Mitglieder zählte. Er stand mir viel näher als der intellektuell so glänzende Richard. Wenn Albert den Wagenmeister telefonisch gebeten hatte, mit mir noch zu so später Stunde zu sprechen, mußte er wichtige Gründe haben.

Zu meiner Verwunderung kam der Wagenmeister mir nicht zu Fuß auf die Straße nach, die sich hinter dem rückwärtigen Teil des Hotels den Park entlangzieht, sondern auf einem Motorrad: »Schnell, steigen Sie auf, Herr Melis«, sagte er, »ich bringe Sie zu Ihrem Freund Albert.«

Da er warm gekleidet war und den Sturzhelm trug und ich auch daran dachte, daß Albert keinen Wagen besaß, weil er als Eisenbahner viel billiger mit dem Zug fuhr, nahm ich an, der Wagenmeister wolle mir die sich immerhin über mehr als hundert Kilometer erstreckende Fahrt zu Albert in meinem viel zu dünnen Anzug und ohne Kopfbedeckung zumuten. So wie ich sei, könne ich wegen der kalten Nachtluft nicht fahren, sagte ich. Bei der Entfernung führe ich besser mit meinem Wagen.

»Er ist hier in der Stadt, wir müssen nur durch den Park«, erwiderte er ungeduldig. Unterwegs erklärte er mir, auf meine Frage, Albert Lorch habe ihm, für den Fall, daß ich mißtrauisch gewesen wäre, seinen Familien- und meinen Vornamen genannt. »Ferdinand heißen Sie doch, aber eigentlich hätten Sie nicht so vertrauensselig aufsteigen sollen.« Ich möge mich aber nicht beunruhigen. Albert zeige sich, in dem Haus, wo er auf mich warte, sobald ich geschellt hätte, am Fenster. Er selber fahre sofort zur Garage zurück, kaufe aber in der nächsten Kneipe Zigaretten, damit er, für alle Fälle, seine kurze Abwesenheit begründen könne.

Albert winkte in der Tat, als der Wagenmeister in der Innenstadt an der Klingeltafel eines großen Neubaus geschellt hatte, aus einem Fenster der höheren Stockwerke und erwartete mich am Lift, als ich den oben verließ. An der offenen Tür der Wohnung, aus der Albert auf den Treppenabsatz herausgekommen war, stand der Fahrer der Gästelimousine des Fürstenhofs, in der Barbe des Nachmittags meine Eltern hatte nach Hause bringen lassen. Ich wunderte mich, aber erschrak nicht, als ich den Mann sah, denn beim Einstellen meines Wagens hatte ich die Limousine in der Garage wahrgenommen; keine Beule, kein Kratzer war daran gewesen. Ich hatte mir dabei noch gedacht, daß meine Eltern wohl nie im Leben vorher in einem solchen Luxusgefährt gesessen waren.

Daß ich den Fahrer, dem ich beim Abschied von meinen Eltern am Wagen nur flüchtig zugenickt hatte, sofort wiedererkannte, schien den wohl Fünfzigjährigen, der mir in der Küche der Wohnung Bier einschenkte, über alle Maßen zu freuen. Aber mehr als das fiel mir der schmeichlerische Ton der Komplimente auf, mit denen er mich überschüttete: was für liebe Menschen meine Eltern seien, wie feinfühlig sie ihn nach der Ankunft im Zollhaus gefragt hätten, ob er nicht die Bequemlichkeiten des Hauses vor der Rückfahrt nutzen wolle – etwas, woran die reichen Hotelgäste, die er fahre, nie dächten –, wie sie ihn in die Wohnung mit hinaufgenommen und ihm von meiner Mutter gebackene Makronen und selbstgezogenen Johannisbeerwein vorgesetzt hatten, es sei so arg gemütlich gewesen, daß er die Zeit vergessen habe …

»Stop, Leo«, unterbrach Albert ihn plötzlich, mit spürbarer Ungeduld, »das braucht es bei dem Ferdinand nicht, die Verzuckerung, ich habe es dir doch gesagt.« Und dann erklärte er mir, welchen Vorfalls wegen er mich auf diese diskrete Weise hatte kommen lassen: Zur Stunde, als der Fahrer bei den Makronen und Johannisbeerwein saß, hatte Albert meine Eltern aufgesucht, um seine dreibändige Ausgabe des ›Kapital‹, die er mir geliehen hatte, zurückzuholen und um von ihnen zu hören, was sie über meine Haft, das Essen mit Herrn Barbe und meinen Reiseplan zu berichten hatten. Dabei sei ihm, sagte er, da er gerade zwei Tage dienstfrei war und den Fahrer sympathisch gefunden habe, die Idee gekommen, sich in dem schönen Wagen des Fürstenhofs, der ihm im Hof aufgefallen war, zur Stadt mitnehmen zu lassen, wo man ihn ohnedies zu einer Besprechung im Gewerkschaftshaus erwartet hatte. Nun sei es aber dem Fahrer streng verboten, wen auch immer ohne Wissen des Chefportiers in dem Wagen mitzunehmen. Auf sein Drängen habe Leo es schließlich dennoch getan. Allerdings erst, als sie festgestellt hatten, daß sie beide der Gewerkschaft ›Transport‹ angehörten. Aber wie es das Unglück gewollt habe, hätten sie auf der Autobahn, ohne den zu beachten, einen Wagen überholt, in dem zu Leos Verhängnis der Direktor des Fürstenhofs vom Zollhaus mit einer Ladung von »drüben« eingeführter, frischer Gänseleber zum Hotel zurückfuhr, die an der Grenze zurückgehalten worden war und die der Direktor selber beim Zoll ausgelöst hatte, um gewiß zu sein, die Ware des Abends, bei einem Galaessen im Fürstenhof, zum Salat servieren lassen zu können. Der Direktor habe in dem ihn überholenden Gästewagen des Hotels den unberechtigten Mitfahrer wahrgenommen, von der nächsten Tankstelle aus zwei Angestellte und den Anwalt des Hotels an die Ausfahrt der Autobahn beordert und dort, mit diesen drei als Zeugen, von einem Polizeibeamten feststellen lassen, daß der Fahrer Leo jemanden im Wagen hatte, der kein Gast des Hotels war. Leo und ihm sei es von dem Direktor freigestellt worden, zu Fuß zur Stadt zu gehen oder sich im Wagen des Anwalts bis zur ersten Haltestelle der Tram am Stadtrand mitnehmen zu lassen. Unterwegs habe der Anwalt, wohl im Auftrag des Direktors, Leo abgeraten, wegen der auf der Straße ausgesprochenen Entlassung vor das Arbeitsgericht zu gehen, den Prozeß verliere er, auch sei der Umstand, daß der Direktor ihn dank einem Zufall bei seiner Unkorrektheit erwischt hatte, günstig für den Arbeitgeber, obwohl der Direktor, seinerseits unkorrekt, Leo nicht erlaubt habe, seine privaten Sachen aus dem Handschuhfach mitzunehmen, als er ihn gezwungen hatte, aus dem Gästewagen zu steigen und das Steuer einem der herbeibeorderten Angestellten des Hotels zu überlassen. Den für die Sache an sich nicht so wichtigen Umstand, daß der Direktor wegen der Gänseleber am Zoll gewesen war, habe der Anwalt vor ihnen wohl nur mit der Absicht erwähnt, und sogar zweimal auf diesen ›Zufall‹ hingewiesen, um Leo im Glauben zu wiegen, er sei früher nie beobachtet worden, das sei nämlich zu befürchten.

Ob er denn früher schon oft Anhalter mitgenommen habe, fragte ich Leo.

Der sah Albert fragend an.

»Wer macht sich nicht gern ein Zugeld?«, sagte Albert, »aber jetzt bist du dran, Leo.«

Da er sich bei seiner Anstellung, die erst ein Jahr zurückliege, schriftlich verpflichtet habe, niemals einen Anhalter oder sonstwie Unbefugten mitzunehmen und bei Zuwiderhandeln sich als legal entlassen zu betrachten, sitze er nun auf der Straße, erklärte der Fahrer. Mit der Direktion des Hotels sei er bereits ein paarmal scharf aneinandergeraten, weil er das Personal der Garage dazu gebracht habe, in die Gewerkschaft ›Transport‹ einzutreten. Da sei seine ja nicht ableugbare Verfehlung dem gegen ihn verbissenen Direktor willkommen gewesen.

Ich fragte Albert noch einmal, was man von mir erwarte, der Fall sei doch leider klar.

»Leo meint«, sagte Albert, »seine Wiedereinstellung könnte durch den reichen Kerl, den du ans Mittelmeer fährst, erreicht werden. Der Wagen war doch für ihn unterwegs. Du brauchtest nur geltend zu machen, wo ich den Fahrer angetroffen habe, daß er bei deinen Eltern war, dann kann die ›Verfehlung‹ nicht als so groß erscheinen. Der Herr könnte vielleicht sagen, dein Vater habe gebeten, mich mitzunehmen oder er könnte mich als Verwandten von euch ausgeben.« Er beschwor mich, mir einmal vorzustellen, wie schuldig er sich dem armen Leo gegenüber fühle, ich müsse ihm helfen, sich von dieser Last zu befreien und Leo wieder ins Brot zu bringen.

Albert setzte mir schwer zu. Barbe sofort aufzusuchen, sei das einzig Mögliche, sagte er, was Richard und die anderen denken müßten, wenn ich das nicht täte. Nur bei ganz schnellem Handeln Barbes könne der Betriebsrat des Hotels rechtzeitig dem Direktor den Verzicht auf Leos Entlassung mit dem Argument schmackhaft machen, die Gewerkschaft werde den Fall gewiß hochpauken, damit aber warten, bis ihr die Entlassung vom Hotel schriftlich mitgeteilt worden sei; auch könne der Betriebsrat durchblicken lassen, im Gewerkschaftshaus werde man sich für eine mündliche Beilegung der Angelegenheit bei anderem Anlaß erkenntlich zeigen.

Noch heute frage ich mich, ob ich es Albert verübeln darf, daß er mich in der Küche jener Wohnung, die er mich für die des Fahrers halten ließ, nicht in die wahren Beweggründe seines Drängens einweihte und mir nur ausmalte, wie schwer ein wegen Unzuverlässigkeit entlassener Fahrer wieder eine Stelle finde. Barbes Fürsprache bei der Direktion des Hotels müsse dem Schritt des Betriebsrats vorangehen. »Wie kriegt man deinen reichen Kerl dazu, morgen in aller Frühe mit der Direktion zu sprechen? Wie kriegt man den am besten herum, womit?«, fragte er mehr als einmal.

Meinen Einwand, daß ich, um das zu wissen, mit Barbe nicht genug bekannt sei, tat er barsch ab. Auf was der stehe, das müsse ich doch wissen, wo der mich so schnell als Reisebegleiter geheuert habe, ob ich da etwas von Hintergedanken gemerkt hätte, das sei nicht so fernliegend, ich solle nicht gleich auf die Palme steigen, es sei doch wohl nicht das erste Mal, daß ein Mann sich in mich vergaffe, solches widerfahre doch jedem einigermaßen gut Aussehenden unseres Alters einmal. Doch als er dann zum zweiten Mal darauf anspielte, daß nach allem, was meine Eltern ihm erzählt hatten, Barbe innerhalb weniger Stunden den Narren an mir gefressen haben müsse, erklärte ich ihm, in den wenigen Stunden, die ich seit der Rückkehr meiner Eltern ins Zollhaus mit Barbe allein verbracht hatte, habe dieser offenbar nichts anderes im Sinn gehabt, als so schnell wie möglich sein Bett mit etwas Weiblichem zu garnieren. Und ich schilderte ihm Barbes listiges Verhalten mit den Verkäuferinnen bei dem Besuch in dem Geschäft für sanitäre Anlagen und sagte ihm, noch einmal, was Barbe, außer gutem Essen, von dem Restaurant erwartete, wo ich ihn abgesetzt hatte.

»Schade, daß er nicht in dich vergafft ist, dann wäre die Sache leichter gewesen«, versetzte Albert. Er gestehe, gerade das habe er gehofft und selbstverständlich darauf gebaut, daß ich dem Alten einen Korb gegeben hätte. Abweisung mache ja die Leute erst recht scharf und damit willig zur Gewährung von Wünschen, besonders solcher, die kein Geld kosten, wie die Fürsprache bei dem Direktor.

Dem Fahrer, der ihn verwundert angesehen hatte, warf er hin, ich sei doch ein ganz hübscher Kerl, schon in der Volksschule sei mehr als einer der Klasse in mich verschossen gewesen, auch er selber, und ich hätte ihn doch alles andere als dafür gehaßt. Was denn Anstößiges an solchem sei? »Aber du hast es ja gehört, er steht auf Weiber, der Alte«, schloß er, ohne meine Verärgerung über seine Indiskretion bemerkt zu haben, und fuhr fort, da ich in dieser Hinsicht keine Macht über Barbe hätte, müsse also etwas anderes gefunden werden, und das sogleich. So wie er sich den Knopffabrikanten nach meiner Schilderung vorstelle, wüßte er schon, wo er bei dem alten Lüstling ansetzen könne, um dessen Eingreifen bei der Direktion des Hotels zu erreichen. »Unter welchem Vorwand könntest du mich sofort zu ihm bringen?«, fragte er mich plötzlich.

»Unter keinem«, knallte ich ihm aufgebracht hin. »Nur mit Freimut kommst du bei dem an.«

Auch Albert war gereizt. Woher ich das so gut wisse, so genau könne ich den Alten doch noch nicht kennen. Am Tag, als ich Barbe in die Stadt gebracht hatte, sei ich schon wenige Stunden später festgenommen worden und, nach den vier Tagen Arrest, doch erst seit diesem Mittag auf freiem Fuß, alles zusammengenommen hätte ich also höchstens fünfzehn bis sechzehn Stunden Zeit gehabt, den Alten zu studieren.

Das sei ja meine Rede gewesen, die ganze Zeit, sagte ich, mit wachsendem Verdruß über das Hin und Her seiner Meinung.

Kapitel 39

In dem Barbe Albert und dem Erzähler ein Rätsel aufgibt.

Von seinen immer mehr Ungeduld verratenden Blicken auf die Uhr schließlich geschafft, gab ich Albert nach und brach mit ihm, von Leos Dankesbezeugungen bis zum Lift begleitet, auf, um in das Restaurant zu fahren, wo ich eine knappe Stunde zuvor Barbe abgesetzt hatte. Während wir an der Haustür auf das bestellte Taxi warteten, gerieten wir wieder aneinander. Albert war, gegen meine, der Ansicht, er, nicht ich solle Barbe Leos Angelegenheit darlegen und auch entscheiden, wann er den Augenblick für gegeben halte, von ihr zu sprechen, ob, sobald ich ihn Barbe vorgestellt hätte oder ob erst im Laufe des Gesprächs, in das er Barbe verwickeln wollte. Dieses von Anfang an in die Bahn zu lenken, die ihm vorschwebte, traute er sich zu.

Als das Taxi sich näherte, sagte er: »Kein Wort während der Fahrt, die Fahrer sind oft Spitzel.« Daß er einen Grund haben könnte, an diese Möglichkeit zu denken, kam mir nicht in den Sinn, so sehr war ich besorgt, er werde mit vollkommen falschen Vorstellungen Barbe gegenübertreten.

Alberts Klugheit hatte ich immer bewundert, dennoch glaubte ich, ihm viel vorauszuhaben, weil ich durch meinen Fleiß auf dem Gymnasium in Dingen des Geistes besser trainiert war als er. Dank meinen mit Leidenschaft erworbenen Kenntnissen nicht nur des Lateinischen und Griechischen, sondern auch zwei gesprochener, fremder Sprachen, wußte ich, im Gegensatz zu ihm, daß es neben dem angeborenen und gewohnten ein andersgeartetes Denken und Fühlen gibt, von dem nur der eine zutreffende Vorstellung hat, der neben der Muttersprache eine andere, in den Wurzeln grundverschiedene Sprache kennt. Meine Neugier für fremde Sprachen war in dem Grenzort und auf der Zollstation, wo ich sie von klein auf hörte, so früh erwacht wie mein Ehrgeiz, sie weniger lückenhaft und fehlervoll zu sprechen als meine Eltern, die sie nie mit Methode gelernt hatten. Für Albert aber, obwohl in derselben Umgebung aufgewachsen, gab es den an den Sprachen abzulesenden Unterschied des Denkens und Fühlens nicht, er kannte nur den, der sich zwischen Ausgebeuteten und Ausbeutern entwickelt hat, aber nicht den keineswegs von der Klassenzugehörigkeit bedingten, der zwischen einem Sizilianer und einem Holländer zum Beispiel besteht, ja, er war sich nicht einmal des Abgrunds bewußt, der zwischen dem Fühlen und Denken eines vor Gesundheit strotzenden und eines durch Krankheit sensibilisierten Menschen gähnt. In seinen Urteilen noch mehr als ich zu kurzem Prozeß neigend, hielt er die Ausbeuter für nichts anderes als Fossile, die nicht sahen, daß sie von der Geschichte längst abgeschrieben waren. Für die Sehfehler des Proletariats dagegen war er voll Nachsicht. Die suchte er einzig im Unvermögen, die Zwänge einer technisierten Zivilisation illusionslos zu erkennen und zu begreifen, daß diese für den Einzelnen ähnliche Einschränkungen mit sich bringen müssen wie die Anwendung des marxistischen Systems.

Als wir in ›Klein-Chicago‹, wo wir auf Alberts Wunsch nicht vor dem Restaurant, sondern in dessen Nähe ausgestiegen waren, die paar Meter, die uns von ihm trennten, zu Fuß gingen, warnte ich ihn noch einmal davor, den alten Kapitalisten zu unterschätzen. Der Versuch, Barbe zu etwas zu überreden, könne sich als schwieriger erweisen, als er annehme, auch ich hätte bei dem wahrhaftig doch erst kurzen Umgang mit dem Mann schon manchen Abstrich an meiner Vorstellung vom nichts als schrulligen, hinter der Zeit herhinkenden Ausbeuter gemacht, der in die Rumpelkammer des Jahrhunderts gehöre. Er werde eine Nuß zu knacken haben.

»Mit den fünf Fingern der linken Hand, ohne Zange, werde ich die knacken«, erwiderte er.

Im Anfang sah es auch so aus, als ob ihm das gelingen sollte. Zu unserer Erleichterung saß Barbe nämlich in dem schlechtbesuchten Lokal allein in einer der Nischen, die an der Längswand des großen Saals eingebaut waren und die, wie der uns hineingeleitende Kellner erklärte, den Gästen vorbehalten waren, die zum Speisen kamen.

»Laß mich nur machen«, warf Albert mir hin, als wir auf Barbe zusteuerten, der mich hatte hereinkommen sehen und mir winkte.

»Ich bin ein Jugendfreund Ferdinands und bringe Ihnen den Ausreißer zurück«, so stellte er sich, ehe ich seinen Namen nennen konnte, selber Barbe vor, »er hat Sie ja schmählich im Stich gelassen, ihm die Leviten zu lesen, ist nicht mehr nötig, habe ich besorgt, da steht er und nicht einmal wie ein begossener Pudel.«

Barbe schien entzückt. »Hat er wenigstens gegessen, Ihr Ferdinand?«, fragte er, »oder lag er beim Weibe?«

»Ich habe ihn mit meinem Besuch überfallen«, sagte Albert, »der ist nicht dazu gekommen, ein Weib aufzusuchen und noch weniger ein Restaurant.«

Dies sei eine glückliche Fügung, entgegnete Barbe, er habe nämlich den Unmut der Kellner hervorgerufen, weil er darum gebeten habe, daß die Musik schweige, solange er esse und weil er allein sei; die liebten ja nur die begleiteten Gäste oder solche, die sich an der Bar auf Kunden lauernde Damen zum Mitessen und Mittrinken aussuchten oder heranbringen ließen, aber ein Blick dorthin, zu dem wenig Anziehenden, das dort hocke, mache wohl verständlich, warum er allein hier sitze, dem sei jetzt ja abgeholfen. Fast eine Stunde habe er bei unerträglich dröhnender Musik an der Bar versessen, in der Hoffnung, annehmbare Gesellschaft zu finden, schließlich habe der Hunger ihn an den Tisch getrieben. Wir sollten doch Platz nehmen.

Wenn damit eine Einladung zum Nachtessen gemeint sei, sagte Albert, müsse er zunächst gestehen, daß er mich ihm mit schweren Hintergedanken zurückgebracht habe.

»Hintergedanken hat jeder. Ich auch. Das ist nichts Schlimmes. Es kommt nur darauf an, welcher Natur sie sind.« Er forderte uns noch einmal auf, Platz zu nehmen, ließ die Karte bringen und ermunterte uns, reichlich zu bestellen. Er habe es bereits getan. Hintergedanken enthüllten sich besser beim Essen, könnten aber warten, bis der Nachtisch verzehrt sei.

Es fiel mir auf, daß Barbe die Augen nicht von Albert ließ, solange dieser die Karte studierte. Als Albert sie dem Kellner zurückgegeben und der sich mit unseren Bestellungen entfernt hatte, fragte Barbe: »Albert Lorch heißen Sie, nicht wahr? Stammen Ihre Vorfahren aus der Stadt dieses Namens oder sind Sie ein Ortsansässiger?«

Wiederum fiel mir die Spannung auf, mit der Barbe Albert ansah, als dieser ihm erklärte, woher und wie lange wir uns kannten und daß er hoffte, in wenigen Wochen, an seinem zweiundzwanzigsten Geburtstag, Beamtenanwärter der Eisenbahn zu sein, bei der er mit sechzehn Jahren als Hilfsarbeiter angefangen hatte.

Über dem waren die Vorspeisen auf einem Buffet herangerollt worden, und wir hatten angefangen, zuzugreifen.

»Da Sie meinen Reisebegleiter so gut kennen, sollten Sie mir seine Biographie vervollständigen«, sagte Barbe. »Das, was man wissen darf, haben mir seine Eltern erzählt, sehr viel Erbauliches, aber das, was diese nicht wissen, ist wohl das Interessantere.«

Albert lachte. Ich sei alles in allem ein Mustersohn, die Geheimnisse, die ich vor meinen Eltern hätte, hielten sich in den Grenzen dessen, was auch er seine Eltern nicht wissen lasse, zum Beispiel, warum er die Gelegenheit, daß die Gästelimousine des Fürstenhofs leer zurückfuhr, benutzt habe, um sich von dem Fahrer mitnehmen zu lassen, was er jetzt allen Grund habe zu bedauern ...

Ich bewunderte das Geschick, mit dem Albert nun die Angelegenheit des Fahrers vorbrachte. Er stellte es so dar, als seien es meine Eltern gewesen, die ihn mehr oder weniger in den leer zurückfahrenden Wagen genötigt hätten, als er von seiner Absicht, in der Stadt Besorgungen zu machen, gesprochen habe. Daß die Direktion des Hotels den Mann entlassen habe, liege ihm wie ein Stein auf dem Gewissen, der sei doch nur deshalb so gefällig mit ihm gewesen, weil sie sich bei meinen Eltern kennengelernt hätten ...

Barbe, über dessen Gesicht bei Alberts Schilderung zuweilen ein Lächeln voll Ironie geblitzt war, hatte ihn unterbrochen: »Da hätten wir ja schon die Hintergedanken, mit denen Sie gekommen sind. Sie hatten sie loyal angekündigt.« Also sei nichts dagegen zu sagen, fuhr er fort, daß unser Erscheinen sich als Bittgang für den Fahrer des Hotels entpuppe, breche ihm nicht das Herz, er habe, als er mich hereinkommen sah, keineswegs angenommen, die Sehnsucht nach ihm altem Knopf hätte mich getrieben, und sich gleich gefragt, welcher und wessen Bedrängnis er mein Auftauchen verdanke, und wer von uns beiden etwas von ihm erwarte. Nun wisse er es. Das Leben sei ja nie eine Wohltätigkeitsveranstaltung, oder höchstens nur für kurze Augenblicke, dann meistens, wenn Gefühle aufgeflammt seien. »Welche waren es denn, Herr Lorch, die mir dank Ihrem Freund Melis den Vorzug Ihrer Bekanntschaft verschaffen, das der Solidarität mit dem Arbeitnehmer oder das Mitleid mit dem gefeuerten Mann?«

»Sie haben es schon erraten.« Albert hatte dabei die Hand aufs Herz gelegt.

Ich hielt diese Geste für einen groben Fehler Barbe gegenüber, aber der sagte ihm: »Mitleid für den jetzt entlassenen Mann, soviel Sie erübrigen, doch Solidarität mit dem unkorrekten Fahrer ist fehl am Platze und steht einem angehenden Beamten, der in einem Stellwerk der Eisenbahn arbeitet, schlecht an.« Denn der wisse ja, welche Folgen schon die kleinsten Dienstverfehlungen haben können, zu schweigen von den großen. Einst Exporteur, wisse er von den Versuchen schlimmer Gaunereien beim Rangieren der Waggons, die gerade in einer Grenzzone die absolute Zuverlässigkeit der Beamten notwendig machten. Mit Eisenbahnern, die dort bei Schiebungen und Durchstechereien ertappt werden, dürfe ein korrekter Beamter sich nie solidarisch erklären, selbst wenn der unkorrekte entlassen werde. In dieser Hinsicht müßten wir beide, als angehende Marxisten, doch mit ihm einig sein. In dem sozialistischen Staat, den wir beide gewiß herbeiwünschten, schädige die Mehrzahl aller Verfehlungen, der Diebstahl in einem Staatsbetrieb zum Beispiel, nicht mehr einzelne Privilegierte, sondern die Gemeinschaft. Ein junger Marxist, in dem ja immer schon das spätere Streben zum Ministersessel schlummere, könne also gar nicht früh genug damit anfangen, sich in die Strenge mit den Unehrlichen einzuüben.

Er berührte Albert am Arm. »Daß Sie sich für die zu Recht erfolgte Entlassung mitverantwortlich fühlen, ehrt Sie, und es gefällt mir, wie sehr Sie sich dessen bewußt sind, daß Sie die Verfehlung mitverursacht haben.«

Zu meinem Erstaunen überhörte Albert den offenen Hohn, der aus jedem Wort Barbes klang, und fragte ihn: »Was läßt Sie annehmen, daß ich Marxist bin?«

»Daß Sie Marxist sind, darauf schwöre ich, wie der Leiter jeder Zelle der kommunistischen Partei aufs ›Kapital‹ schwört, ob das Buch gebunden oder broschiert ist«, versetzte Barbe, »wer Marxist ist, das rieche ich, ich bin Unternehmer gewesen.«

»Gewesen«, wiederholte Albert, »und jetzt sind Sie offenbar Hellseher.«

»Das bin ich manchmal so sehr, daß ich in diesem Augenblick nicht nur Ihre Gedanken lesen, sondern auch Ihre Handschrift nachmachen kann. Soll ich es Ihnen zeigen?« Er griff zu einer Speisekarte und schrieb auf deren Rückseite Alberts Vor- und Familiennamen. Die Ähnlichkeit mit Alberts Signatur war verblüffend.

Barbe weidete sich an unserer Überraschung, lachte dann plötzlich, erhob sich und sagte uns: »Des Rätsels Lösung, wenn ich zurück bin.« Er blieb aber am Tischende, wo wir rechts und links von seinem Stuhl saßen, stehen, und erklärte uns, die Natur, die es, von seinen zu kurz geratenen Beinen abgesehen, im Wichtigsten so überaus gut mit ihm gemeint habe, sei bei der Erschaffung seiner Blase allerdings äußerst kleinlich gewesen. Die sei zu winzig geraten. Wenn wir den Abend, wie er hoffe, zusammen verbrächten, sollten wir uns nicht wundern, daß er häufig für Minuten verschwinde.

Dann erst ging er.

Kapitel 40

In dem Albert sich mit Barbe mißt.

Das Schwein weiß, was ich von ihm erwarte und redet mir von der Rechtmäßigkeit der Entlassung! Und gratuliert mir zu meiner Einsicht! Verhöhnt mich mit unserem Begriff von Einsicht in Notwendigkeit!«, so schimpfte Albert hinter Barbe her, als der sich zu den Bequemlichkeiten entfernte, und fragte mich, ob Barbe wisse, was der Begriff ›Einsicht in Notwendigkeit‹ für jeden Marxisten bedeutet, oder ob da kein perfider, sondern nur banaler bürgerlicher Hohn gesprochen habe?

Als ich ihm sagte, es sei mir unbekannt, ob Barbe die Werke Hegels und der Marxisten je gelesen habe, und ihm wiederholte, er solle nicht versuchen, Barbe zu übertölpeln, fragte er mich ungeduldig, ob ich bereit sei, ihm zu helfen und ohne aufzumucken das mitzumachen, was er zu tun entschlossen sei. »Der Alte muß meine Schwarzfahrt auf seine Kappe nehmen. Leos Entlassung würde ich mir nie verzeihen.«

Dieser habe sich offenbar schon oft mit dem Wagen des Hotels ein Zugeld gemacht, hielt ich ihm entgegen; als ich ihn aber daran erinnerte, daß er selber mir das in Leos Gegenwart gesagt hatte, fiel er mir ins Wort: »Das habe ich doch nur gesagt, um dir vor Leo eine harmlose Erklärung zu geben. Da steht ganz anderes auf dem Spiel, und das durfte ich dir vor Leo nicht verraten. Prinzip!«

Wenn da etwas Wichtiges gespielt werde, das Prinzip, Genossen gegeneinander abzuschotten, ihm aber verbiete, mich in die Sache einzuweihen, solle er mich ganz draußen lassen, sagte ich, wurde jedoch sofort von ihm angeherrscht: das, was Leos Entlassung nach sich ziehe, sei zu kompliziert, um in den paar Minuten erklärt zu werden, die Barbe zum Pinkeln benötige. »Verschaff mir die Gewißheit, daß deine Eltern auf Anfrage meine und Leos Aussagen bestätigen. Ruf sie an. Sofort.«

Als ich ihm zu bedenken gab, daß niemand meinen Vater dazu bewegen könne, auch nur um einen Strich von der Wahrheit abzuweichen, sah ich Barbe zurückkommen und konnte den zornig schon zur Antwort ansetzenden Albert gerade noch vor Barbes Nahen warnen, ihn aber nicht mehr fragen, ob es überhaupt stimme, daß meine so streng korrekten Eltern ihm vorgeschlagen hätten, vom Wagen des Hotels zu profitieren, obwohl Leo ihm in ihrer Gegenwart gesagt hatte, daß ohne die Erlaubnis des Chefportiers niemand im Gästewagen mitgenommen werden durfte.

Sobald Barbe wieder zwischen uns saß, fragte Albert sehr forsch: »Also, das Rätsel meiner Handschrift. Wir sind gespannt.«

Barbe ließ sich nicht lange bitten. »Sie, Herr Lorch, sind es«, begann er, »dem die dreibändige Ausgabe des ›Kapital‹ gehört, in der Ihr Freund Ferdinand so fleißig Marx studiert. Bei meinem Besuch im Zollhaus lag sie im Wohnzimmer seiner Eltern auf dem Buffet, und weil sie mir schon im Büro des Anwalts auf Ferdinands Schreibtisch in die Augen gefallen war, bat ich um die Erlaubnis, hineinzuschauen. In jedem Band war vorn, in kräftigen Zügen, Ihr Name, Albert Lorch, eingeschrieben, und fast jeder unbedruckte Fleck der drei Bände war bedeckt mit Anmerkungen derselben Hand. Manchmal stand dabei »für Ferdinand«. Als Firmenchef mußte ich Blick und Gedächtnis für Handschriften haben. Das ist des Rätsels Lösung.«

Albert konnte seine Überraschung nicht verbergen. »Daher Ihre Überzeugung, ich müsse Marxist sein«, entfuhr es ihm.

»Und auch die, daß Sie Ferdinand Melis dazu machen wollen.« Barbe sagte dies ganz ruhig. »Sie sind einer jener jungen Utopisten, die durch ihr frisches Wesen Vertrauen einflößen und gegen die man, wenn man den im Westen wieder aufgeflammten Marxismus für ein Unglück hält, gar nicht mißtrauisch genug sein kann.«

»Dann seien Sie es gleich gegen mich und erlauben Sie mir,

mein Essen selbst zu zahlen«, versetzte Albert, »ja, ich bin Marxist.«

Ich erfaßte sofort, daß Alberts Parade der Offenheit darauf berechnet war, bei Barbe Vertrauen zu erwecken oder dessen Mißtrauen, das ja so stark zu spüren gewesen war, wenigstens zu mildern.

Doch Albert kam zu spät mit dieser Finte. Barbe lachte ihn aus. Freimut in solcher Galavorstellung wirke nur, wenn er den Verdächtigungen zuvorkomme, hinke er aber hinter denen her, bleibe das Mißtrauen.

»Ist es ein Verbrechen, Marxist zu sein?«, fragte Albert.

»Kein Verbrechen, etwas ganz anderes! Davon können wir ja noch reden«, versetzte Barbe, »zunächst aber: es wäre mir lieber gewesen, Sie hätten die Karten gleich auf den Tisch gelegt und mir das gesagt, was ich Sie jetzt bitten muß, mir zu sagen: Treten Sie im Auftrag einer Gewerkschaft oder einer ähnlichen Organisation für diesen Fahrer bei mir ein, ja oder nein? Dargestellt haben Sie mir die Angelegenheit aber als einen Fall, der Ihr Gewissen bedrückt.«

»So ist es.« Albert zeigte auf mich. »Ferdinand weiß das. Ich habe den Fahrer ja bei seinen Eltern kennengelernt.«

Was blieb mir übrig, als Albert zuzustimmen, obwohl es, seit wenigen Minuten, Barbes so genauer Frage ja nicht mehr bedurfte, um meinen Verdacht zu bestärken, daß Albert den Fahrer und den Wagenmeister des Hotels besser kannte, als die drei mich hatten annehmen lassen, und daß sie, wenn nicht für die Gewerkschaft ›Transport‹, dann für eine andere politische Gruppe arbeiteten, von der Albert mir nie gesprochen hatte. Ich sagte mir zwar, daß ich mich bei ihm am ersten Ferientag nur telefonisch zurückgemeldet hatte und bereits am übernächsten in den Polizeiarrest geraten war. Wie sollte er da Gelegenheit gehabt haben, mich ohne die Gegenwart eines Dritten einzuweihen? Aber schon stieg die Erinnerung an manches während der letzten Ferien sarkastisch gefallene Wort in mir auf, wenn Albert seine Mißachtung für die »politischen Spielereien« der Studenten, wie er unsere Tätigkeit nannte, vor mir nicht zügeln konnte.

Nun seien wir wegen dieses Fahrers beinahe ins Politische

geraten, sagte Barbe, ob man nicht besser das Thema wechsele. Er wolle, sollte er uns schon den Genuß am Braten verdorben haben, uns wenigstens nicht auch den am Soufflet, das unterwegs sei, verderben.

Von nichts spreche er lieber als von Politischem, erwiderte Albert, zumal man jetzt ja voneinander Bescheid wisse.

»Voneinander?« Barbe sah mich an. Wohlwollend, es war nicht zu übersehen, und ich erriet, daß seine Frage die Aufforderung zu einer freimütigen Auskunft war.

Ich hätte Zweifel, ob ich schon soweit sei, mich Marxist nennen zu dürfen, sagte ich ihm, aber er gehe mit seinem ohnedies ja schon gehegten Verdacht nicht fehl, auch in mir einen Gegner des Kapitalismus zu sehen.

Er berührte mich am Arm. Nun, da die Karten offen auf dem Tisch lägen, gefalle ihm das Zusammensein mit uns noch einmal so gut wie bisher, und er bestelle jetzt Champagner. Bei dem streite es sich besser; daß der Abend ins Politische gestartet sei, stehe ja fest, der Marxist in unserer Runde wünsche es so.

Albert, dem ich ansah, daß er wieder hoffte, sich doch noch in Leos Angelegenheit Barbes Fürsprache zu erlisten, wagte sich für mein Empfinden zu weit vor, als er Barbe erklärte, der Champagner werde mit dem in Barbes Fabriken erzielten Mehrwert der dort geleisteten Arbeit bezahlt.

Barbe schlug sich vergnügt auf die Schenkel. »Sie wollen sagen, ich sei der Dieb des Mehrwerts, den die Belegschaft mit ihrer Arbeit erwirtschaftet hat? So sieht das doch in Ihrem Kopf aus.«

An den warf ihm Barbe in der nächsten halben Stunde die gängigen Argumente, mit denen die Verteidiger des Kapitalismus die Verführung zum Konsum und den Profit der Unternehmer rechtfertigen. Dennoch kam keine gereizte Stimmung auf. Nur einmal drohte sie, ins Gehässige und Giftige umzukippen. Barbe hatte, auf einen Einwand Alberts, erzählt, daß er wenige Monate zuvor als Lieferant seiner Waren zum mehr als zwanzigsten Mal in Sowjetrußland gewesen war und dort, wie immer nach den Verhandlungen mit den Bürokraten, denen der Import untersteht, sich in den staatlichen Läden und Restaurants umgesehen, Qualität, Angebot und Verteilung der einheimischen Waren geprüft und sie immer noch so miserabel gefunden hatte wie eh und je. »Ein halbes Jahrhundert nach der Revolution! Dabei müßte jeder Russe dank den immensen Erdschätzen und der Weite des Landes im Wohlstand schwimmen«, rief er am Schluß aus. »Aber dem ist nicht so. In den Fabriken, die doch das Eigentum aller sind, verdienen die Arbeiter viel weniger als die Lohnabhängigen bei uns, in denen der kapitalistischen Ausbeuter, zum Beispiel in der, die mir gehört hat.« Wenn die These vom Diebstahl des Mehrwerts der Arbeit überhaupt in der allgemein geglaubten Weise stimme, fuhr er fort, wie erst werde dann der Mehrwert in der Sowjetunion gestohlen, nämlich wegverwaltet, also weggefressen von einem Heer oft überflüssiger und korrupter, selten wenigstens tüchtiger Bürokraten. Durch das Fehlen des Stachels der Konkurrenz seien diese zu träge, um sich für die Befriedigung der Verbraucher anzustrengen und für gute Waren, Wohnungen und vernünftige Verteilung zu sorgen. Der Verbraucher werde in den staatlichen Läden und Gaststätten nicht als Kunde und Gast gesehen, sondern als einer, der die dort Angestellten belästigt. Verbraucher sei aber jeder. Wer ihn also stehle, den Mehrwert, ob der Kapitalist oder der rote Bürokrat, für den Bestohlenen sei das gleich ... bis auf einen Punkt: den der besseren oder schlechteren Versorgung. »Wenn es also schon so ist, sehr verehrter Herr Lorch«, sagte er lächelnd, »daß die Lohnabhängigen hier bei uns, wie Sie behaupten, um den wahren Wert ihrer Arbeit bestohlen werden und in Rußland, wie jeder feststellen kann, denselben Betrug erleiden, dann wähle ich mir als kluger Lohnabhängiger unter den beiden Dieben, solange beide nicht von einer Revolution verjagt sind, den aus, bei dem ich wenigstens als Verbraucher am besten wegkomme. Marxist sein ist also etwas Schlimmeres als ein Verbrechen, Herr Lorch, es ist törichter Masochismus. Ein Marxist ist ein Verbraucher, der sich selbst rationiert und auch seine Mitmenschen zu einem Leben in jenem Mangel verurteilen will, den der Marxismus abzuschaffen versprach, aber nicht abgeschafft hat. Deshalb ist es um das materielle Wohl der Menschen in Rußland so schlecht bestellt.« Auf der Rückfahrt von diesem letzten seiner Geschäftsbesuche im Osten habe er, wie auch früher jedesmal, darum gebetet, daß es dank der roten Planwirtschaft so bleibe. Denn nur, weil es dort keine durch ihre Profitsucht, wie es hier heiße, angespornten Unternehmer gebe, die tadellose Waren preiswert herstellen, habe er seine Knöpfe, Schnallen, Litzen und Reißverschlüsse den Russen so gut verkaufen und seinen Arbeitern und Arbeiterinnen sogar während der großen Krise in Europa den Arbeitsplatz erhalten können.

Albert, der seine kurzen Antworten und Gegenfragen bis dahin in ruhigem Ton an Barbe gerichtet hatte, erwiderte ihm plötzlich mit einer Heftigkeit, die verriet, wie gereizt er gegen ihn war: im Gegensatz zu den Untertanen und Befürwortern des Kapitalismus sehe der sozialistische Mensch den Sinn des Lebens nicht im Konsumieren aufgeschwätzter Waren, sondern in der Verwirklichung der sozialen Gerechtigkeit.

Barbe lachte ihm schallend ins Gesicht: »Soziale Gerechtigkeit!« So große Unterschiede der Einkommen und so anstößige Privilegien wie sie die Bürokraten und das Offizierskorps in der Sowjetunion genössen und obendrein mit für uns unvorstellbarer Machtfülle gekoppelt, gebe es in den parlamentarischen Demokratien nur selten.

Dafür, so entgegnete Albert, hätten die Lohnabhängigen im Westen das bittere Privileg, periodisch keine Arbeit zu finden. In den sozialistischen Ländern sei der Begriff ›Recht auf Arbeit‹ kein leeres Wort wie im Westen.

»Recht auf Arbeit!«, rief Barbe zornig. Er kenne keinen verlogeneren Begriff, kein demagogischeres Wort! Streng zu Ende gedacht, heiße ›Recht auf Arbeit‹ nichts anderes als ›Recht auf Absatz‹. Und ein solches Recht gebe es nicht! »Kann ich den Detailhändlern, wenn sie meine Waren nicht kaufen wollen, die Polizei in den Laden schicken und sie mit deren Hilfe zwingen, meinen Vertretern schöne Aufträge zu geben, kann ich die Regierung dazu bringen, ein fremdes Land, Schweden zum Beispiel, wo es mir nie gelungen ist, geschäftlich Fuß zu fassen, durch ein Einfuhrverbot schwedischer Waren unsererseits oder gar durch ein Luftbombardement auf die Knie zu zwingen, damit Schwedens Händler endlich bei mir kaufen? Und wenn meine Firma keine Kunden hat, haben auch meine Arbeiter keine. Wo kein ›Recht auf Absatz‹ ist, gibt es auch kein ›Recht auf Arbeit‹. Die Lohnabhängigen haben in einem Staat wie dem unseren den moralischen Anspruch auf die Solidarität der Allgemeinheit, also auf Hilfe, wenn sie schuldlos ohne Arbeit sind, aber ein Recht auf Solidarität ist etwas anderes als ein ›Recht auf Arbeit‹. Den Begriff haben Schwachköpfe und Demagogen den Menschen eingeredet. Denn wenn es ein solches Recht gäbe, müßte unser Staat, nach dem Beispiel des russischen, seinerseits das Recht haben, den Menschen Arbeitsplatz und Wohnsitz mit Zwang dort anzuweisen, wo Kräfte gebraucht werden, aber am Ort fehlen.

Das Finden der Absatzmärkte sei nicht Sache derer, die für den Unternehmer die Gewinne erschufteten, ohne den gerechten Anteil davon in der Lohntüte zu finden, wandte Albert scharf ein, es sei die Aufgabe der Unternehmer, nur solche Waren herzustellen, die verkäuflich seien …

Ich wunderte mich, daß Albert sich von Barbe in eine Diskussion ziehen ließ, deren Gegenstand ihn von Leos Angelegenheit, auf die er doch zurückkommen mußte, nur entfernte, aber da erhielt er eine Hilfe, deren Brauchbarkeit der schlaue Albert gewiß sofort hoch einschätzte, ohne bei seiner oft bewährten Geistesgegenwart zu vergessen, wie sehr ihn meine Anwesenheit stören würde, wenn er sich dieser Hilfe bediente. Daß er sich dennoch dazu entschloß, gleich welchen Eindruck dies auf mich machen mußte, das sollte ich erleben.

Kapitel 41

In dem das Lob des ›Khedive‹ angestimmt wird.

Die Person, die sich unserem Tisch näherte, war mir schon eine Viertelstunde zuvor durch den Chic ihrer Gestalt und Kleidung aufgefallen, als sie hereingekommen war und sich an der Bar auf der anderen Seite des Saals zu dem halben Dutzend Damen gesetzt hatte, die dort auf Kunden warteten und von denen keine nach Barbes Geschmack gewesen war. Obwohl sie mehrere Male von dem hohen Hocker zu unserem Tisch hinüberblickte, hatte ich ihr Gesicht nicht erkennen können; es war fast ganz beschattet und verdeckt von ihrem, wie das Kleid, schwarzsamtenen Hut, so breit war dessen schlappwelliger Rand.

Erst als sie an unseren Tisch getreten war und den Rand des Huts an einer Seite etwas hob, sah ich, wie erschreckend häßlich das zerfurchte, plattnäsige Gesicht der so untadelig gebauten Person war. Dafür ließ ihr langes, enganliegendes Kleid im weiten Ausschnitt zwei feste Brüste frei, die sich sehen lassen konnten.

»Na, Albert«, sagte sie, »tust du nur so oder bist du wirklich so vertieft in eure Unterhaltung, daß du die Tatjana heute nicht kennst?«

Er mußte sie, wie er beteuerte, als sie hereingekommen war, wirklich nicht gesehen haben. Wenn seine Überraschung nur gespielt gewesen wäre, hätte ich das durchschaut, dafür kannte ich ihn zu gut. Auch war das Erscheinen dieser Tatjana ihm äußerst willkommen; das las ich seinen Augen ab.

Er machte sie mit Barbe nur per Vornamen bekannt und bezog mich, durch eine Bewegung der Hand, in die Vorstellung mit ein, ohne unserer beider Namen zu nennen. Ob er

Tatjana zu einem Glas einladen dürfe, fragte er Barbe, obwohl dessen Erschrecken vor der Häßlichkeit der Person ihm so wenig entgangen sein konnte wie mir, deshalb fügte er gleich hinzu, Tatjana habe immer Durst, werde aber niemals lästig. Wir sollten Verständnis haben. Man lade sie wenig ein, ihre Kunden seien nur solche Männer, die vor schönen Frauen eher Mordgelüste hätten als die bekannten, anderen Empfindungen. »Das gibt es ja, erzähl' mal, Tatjana, von meinen beiden Freunden kennt der jüngere so etwas noch nicht.«

Widerstrebend bestätigte sie, aber nicht mir, sondern Barbe, es gebe Männer, die nur Häßliches im Puff und auf dem Strich suchten.

Warum sie so mundfaul sei, fragte Barbe, der Champagner sei doch gut und unsere Gesellschaft noch besser.

Sie habe heute keine Lust, die Erfahrungen, die sie mit solchen Männern gemacht habe, zu schildern, sagte sie müde, es sei ein mieser Abend, ob wir nicht sähen, wie leer der Saal sei und daß niemand tanze. Ein Gast wünsche keine Musik.

Ich fragte mich, welche Art Beziehung Albert mit ihr unterhalte, sie duzte ihn. Daß er ein solches Wesen überhaupt kannte, wollte mir nicht in den Kopf. Wie oft hatte er mich, als ich noch aufs Gymnasium in der nahen Kreisstadt ging und ihm nicht verbarg, wie schlecht ich mit der frühen Reife meines Körpers fertig wurde, vor dem dortigen Bordell gewarnt, das meine Phantasie so sehr beschäftigte, daß ich zuweilen einen Umweg machte, in der Hoffnung, eine der Insassinnen am Fenster zu sehen. Das war die Zeit, als ich ihn manchmal, in meiner Ungeduld, ihn zu treffen, bei Dienstschluß am Stellwerk abholte, wo er schon als Achtzehnjähriger während einiger Monate auf Probe arbeitete. Wie eindringlich hatte er mir damals immer wieder gepredigt, die Prostitution sei die Schuld der kapitalistischen Gesellschaft. Wer mit Huren ins Bett gehe, erniedrige diese und sich selber. Alles andere könne man tun, wenn der Trieb zu mächtig werde, nur nicht etwas, wofür man zahlen müsse. Deshalb hatte ich mich, als ich Student geworden war, so wenig gewundert, daß es auch in meiner und Richards Gruppe als schwerer Verstoß gegen die sozialistische Moral galt, sich einen Körper zu kaufen. Und nun mußte ich entdecken, daß der Freund, mit dem ich so intim war wie mit keinem anderen, mir verheimlicht hatte, daß er die öffentlichen Häuser des verschrieenen Viertels kannte, denn Tatjana erzählte, daß Albert ihr, als sie noch Insassin des ›Khedive‹, des schönsten Bordells von ›Klein-Chicago‹ gewesen, aus dem sie wegen ihrer Liebe zur Flasche entlassen worden war, dort manchmal einen Whisky spendiert hatte, freilich ohne je ihr Kunde gewesen zu sein.

Daß sie hartnäckig nur zu Barbe hin sprach, schien Albert zu ärgern. Auf ihn zeigend, sagte er: »Dieser Herr kennt so etwas doch, aber mein junger Freund, der war noch nie in einem Haus wie dem ›Khedive‹, dem erzähl', was es dort alles gibt.«

»Mensch, Albert, du weißt doch ...«, sagte sie.

Darauf erklärte Albert mir, wie für die meisten ihrer Kolleginnen beginne der Mann für sie erst ab einem gewissen Alter, ich solle mich nicht kränken.

Nun wandte sie mir ihr so erschreckendes Gesicht voll zu: also, der ›Khedive‹, dessen Kunden von »noch viel weiter her« kämen als die feinen Gäste des Fürstenhofs und die Besucher der Kathedrale, sei unter den Attraktionen der Stadt die erste, auch wenn das Verkehrsamt das in dem Werbeprospekt der Stadt verschweige. Nur in Paris habe es einmal, auf dem Boulevard Edgar-Quinet, etwas ähnliches gegeben: ein Haus für jede nur denkbare Variante des abartigen Geschmacks. Es gebe bucklige, hinkende und schielende Insassinnen, einmal hätten sie sogar eine beinlose gehabt, und der habe es nie an Kunden gefehlt.

Ich sah, daß die Furchen auf Barbes Stirn sich glätteten. Was Tatjana erzählte, fesselte ihn offensichtlich, und bald wollte er wissen, was für Männer es seien, die sich vom Häßlichen mehr angezogen fühlten als von der Schönheit, ihm gehe das nicht in den Kopf.

Tatjana sagte, es seien alte, ältere, jüngere und junge Männer, kurz, alle Altersstufen, die im ›Khedive‹ nur Frauen nähmen, die körperliche Fehler hätten oder so auffallend häßlich seien wie sie, mit ihrer Sattelnase und dem verlebten Teint.

Als Albert ihr vorwarf, sie unterschlage seinen Freunden das, was sonst noch im ›Khedive‹ geboten werde, daß es zum Beispiel Mädchen für Lesbierinnen gebe und daß stramme junge Kerle sich an der Bar auf Abruf bereithielten für Verlustierungen in Gruppen, da erst begriff ich, wohin er von Anfang an Barbe und mich zu führen vorgehabt hatte, und weshalb ihm das Erscheinen dieser Tatjana so auffallend willkommen gewesen war. Er brauchte nun nicht mehr selber Barbe vom ›Khedive‹ zu sprechen, Tatjana hatte das aufs Beste besorgt.

Und als Barbe ironisch fragte, ob es unter den Insassinnen des ›Khedive‹ denn wenigstens auch ein paar schöne gebe, fiel Albert Tatjana ins Wort: die Augen würden uns übergehen vor der Auswahl, die man habe. Ich würde dort meinen lächerlichen Liebeskummer schon beim ersten Blick von der Bar auf die Tanzfläche des großen Saals vergessen: um die herum säßen in Sesseln die Insassinnen, mit denen man tanze, bevor man aufs Zimmer gehe, damit man wisse, was man mitnehme. »Und kein Nepp«, betonte er, »nicht im Saal, nicht im Bett. An der Bar mit ihren bequemen Hockern bekommt man sogar Mineralwasser und Bier, kein Wein-, Whisky-, Sekt- oder Champagnerzwang.«

»Kurz, das Paradies«, unterbrach ihn Barbe und sagte mir vorwurfsvoll: »Und da haben Sie mich nicht hingebracht, als Sie mich so schmählich allein ließen.«

Daß Albert mir mit der Antwort nur zuvorkam, um mich zu zwingen, Fragen und Protest zu unterlassen, begriff ich, als er, mich fest ins Auge fassend, sagte, ich hätte von der Existenz des ›Khedive‹ nichts gewußt, das Haus dürfe ja keine Lichtreklame auf der Fassade machen, auch hätte ich nicht wissen können, daß er zuweilen dorthin gehe, denn er kenne den ›Khedive‹ erst seit einigen Monaten, und so lange hätten wir uns nicht gesehen. Briefe erhalte er ja nie von mir, in dieser Beziehung sei ich, sonst ein leidlich netter Kerl, ein Muffel.

Das hätte ich mit ihm gemeinsam, sagte Barbe, nichts hasse er so sehr wie Schreibereien jeder Art. Diese Last gehöre übrigens auch zu dem, was ihm den Handel mit den Russen oft so verleidet habe; der Briefwechsel, der um jede Kleinigkeit geführt werden müsse, als gebe es kein Telefon! Dabei gehöre das Fernsprechnetz zu dem Wenigen, das in Moskau ausgezeichnet funktioniere. Daß dort entschieden mehr abgehört werde als im Westen, habe ihn nie gestört. Die Beschattung ärgere ihn nur, wenn sie ihm bei uns, wo sie verfassungswidrig sei, angetan werde. »Aber nicht von den Behörden, Herr Lorch, sondern von Ihren Genossen«, schloß er und sah Albert ironisch an.

»Ihr werdet doch nicht wieder mit eurer Politik anfangen«, rief Tatjana, sie habe vorhin kaum gewagt, an unseren Tisch zu kommen, so hätten wir uns in der Wolle gehabt. Man habe ja bis zur Bar gehört, was gesagt wurde, das sei nicht gut in solchen Lokalen, die Kellner hörten doch alle mehr oder weniger ein bißchen mit für die Polizei, wenn auch vorrangig für die ›Sitte‹.

Da könne er mit Interessanterem aufwarten, sagte Barbe und wandte sich wieder Albert zu: »Bei einem unerwarteten Erscheinen in den Büroräumen meines Betriebs habe ich einen Spion in flagranti beim Fotokopieren erwischt. Meinen Hauptbuchhalter! Und für wen tat er das? Vielleicht erraten Sie es, Herr Lorch. Denn was ein guter Marxist ist, und das war der sogar ganz offen, der überwacht den Klassenfeind, wo immer es geht, und meldet seiner Partei, was immer er beobachtet, das heißt, er berichtet dem Leiter seiner Zelle oder einem jener Neo-Marxisten oder Maoisten, die unsere Gewerkschaften und Betriebsräte unterwandern. Zehn Jahre hatte der Genosse das schon gemacht! Das zweite Mal kam eine ähnliche Verfehlung einer meiner Angestellten heraus dank eines Autounfalls. Bei der Untersuchung der Trümmer fand die Polizei unter den sichergestellten Sachen der Verunglückten Berichte über die Gewinnberechnungen der Firma. Die hatte das Flintenweib für eine Anarchistengruppe verfaßt. Aber von wieviel Fällen geglückter Werkspionage in meinem Betrieb habe ich nie etwas erfahren, zu schweigen von der allgemeinen Bespitzelung durch linke Parteien und Organisationen! Die ist zwar immer spürbar, aber wie schwer nachzuweisen! Und so sieht es in allen Betrieben aus. Einer der Gründe, warum ich die Lust verloren habe.«

Er trank sein Glas leer und war offenbar enttäuscht, daß weder Albert, dem er die Verlegenheit gewiß so gut ansah wie mir, noch ich auf das, was er gesagt hatte, eingingen und daß wir nun gleichfalls zu unseren Gläsern griffen und sie so langsam wie nur möglich leerten, um unser Schweigen nicht zu peinlich werden zu lassen.

»Nun«, sagte Barbe, als wir endlich ausgetrunken hatten, »das alles soll uns nicht hindern, schleunigst zum ›Khedive‹ zu gehen, im Gegenteil, denn welchen Verdacht sollte ich heute gegen irgendeinen Menschen haben, ich bin jetzt ja Privatmann und nicht mehr interessant als Klassenfeind.« Dann verlangte er die Rechnung und verabschiedete sich, wie wir, von Tatjana, die zu unserer Erleichterung zum Telefon gerufen worden war, was uns den Aufbruch vereinfachte.

Daß Albert Barbes Anwürfe gegen die Marxisten nicht aufgegriffen und ihm nicht einmal entgegengehalten hatte, wie häufig in den Betrieben die Leitung das Personal bespitzeln läßt, ließ mich ermessen, wie viel ihm daran lag, das Zusammensein mit Barbe zu verlängern und wie willkommen ihm dessen Ungeduld war, den ›Khedive‹ kennenzulernen, auf den er Barbes Neugier so geschickt durch Tatjana hatte wecken lassen.

Er gehe gern mit zum ›Khedive‹, sagte Albert, allerdings nur unter der Bedingung, daß er dort eine Runde spendieren dürfe, in diesem Punkt könne er ohne weiteres auch für mich sprechen. Überhaupt sehe er es mir an, daß ich am liebsten schon dort wäre.

Ich verstand. Mit diesem Vorschlag wollte er mich daran erinnern, daß die Annullierung der Entlassung des Fahrers durch Barbes Vermittlung um jeden Preis erreicht werden mußte und daß ich also mitzugehen und durch mein Dabeisein nützlich zu sein hatte.

Kapitel 42

In dem eine Lupe das Bidet des ›Khedive‹ ergänzt.

Selbst wenn die Entfernung vom Restaurant zum ›Khedive‹ die Anstrengung des Nennens der Adresse nicht wert sei, wie er sagte, nahmen wir auf Barbes Wunsch ein Taxi. Nach dem Essen brauche er eine gute Stunde möglichst vollkommener Bewegungslosigkeit.

Da ich auf dieser zweiten Fahrt durch die Hauptstraße des ›Klein-Chicago‹-Viertels nicht am Steuer saß, konnte ich einen Blick in die den Fußgängern vorbehaltenen Seitengassen werfen, die alle grell von Lichtreklamen beleuchtet und sehr lebhaft begangen waren. Wenig Paare, fast nur Männer, waren dort zu sehen und viel Weibliches, zu Miniröcken gestiefelt oder sonstwie kess gekleidet, auf dem Trottoir eindeutig bei einem Gewerbe, das sich, wie Barbe zu Albert bemerkte, nach dem ehernen Gesetz des Marktes von Angebot und Nachfrage regele.

Albert hatte nur ein saures Lächeln zur Antwort.

»Ist das nicht ein Glück, Herr Lorch«, fuhr Barbe boshaft fort, »daß wir unsere Reproduktionsorgane im Schutz des Taxis heil durch diesen Markt des Fleisches bringen? Nicht auszudenken, wenn diese erwerbshungrigen Damen ihr ›Recht auf Arbeit‹ mit Gewalt an uns erzwingen dürften …«

Ob er seinen zynischen Vergleich des Arbeitsmarkts mit diesem da auch öffentlich zu äußern wagte, fragte ich Barbe voll Empörung.

»Jedesmal, wenn Arbeiter eine bankrottgegangene Fabrik besetzen, um gegen den Verlust ihres Arbeitsplatzes zu protestieren, muß ich an die Vergewaltigung eines impotenten Mannes denken«, erwiderte er scharf. Es sei der gleiche Irrsinn. Not mache nicht immer erfinderisch, sie mache oft auch dumm, und je schuldloser ein Mensch an seinem Unglück sei, um so leichter könne dieses ihn um den Verstand bringen. Das sei dann der Augenblick, auf den der Volksverführer warte. Das habe es schon gegeben.

Daß Albert, selbst nach dieser Äußerung, noch immer stumm blieb und es so offensichtlich scheute, Barbe durch Widerspruch zu verärgern, war mir nicht mehr geheuer, und ich fragte mich von neuem, was hinter der Angelegenheit des Fahrers Leo steckte, daß diese ihm wichtig genug war, seine Schlagfertigkeit, auf die er sich wahrhaftig viel zugute tun durfte, derart unter den Scheffel zu stellen.

Barbe, den das Treiben auf der Straße zu fesseln schien, fragte, wieso die Stadt ein ganzes Viertel habe, das, wie sonst nur in bedeutenden Hafenplätzen, die Vergnügungsstätten aller Art konzentriere, und woher diese soviel Zulauf fänden.

Albert erklärte ihm, ›Klein-Chicago‹ sei der Schmarotzer eines der Stadt gehörenden Spielcasinos. Dieses ziehe allabendlich viel Kundschaft aus den beiden Nachbarländern herbei, und von der lebe auch das Vergnügungsviertel, besonders seine zweideutigen Kneipen und die vielen Tanzlokale.

Diese Etablissements seien nichts anderes als Wartesäle der Begehrlichkeit des Fleisches, spöttelte Barbe. Die Männer seien schön dumm, da wollten sie nichts anderes als von den Weibern das erreichen, worum sich die Hälfte aller Gedanken der Menschheit drehten, verschwendeten aber in diesen Tempeln des Nepps ihre Zeit, vertanzten ganze Stunden mit kleinkariertem Geweibsel oder geilten sich mit sentimentalen Puten im dunklen Kino auf und seien dann längst erschöpft, wenn sie, falls überhaupt, noch vor dem Morgengrauen ihr Ziel erreichten, statt die Sache, um die es ihnen doch gehe, von vornherein offen abzusprechen und ohne jene Umwege, nackt in einem weichen Bett, sachbezogen zu erledigen, ob mit denen vom Strich oder mit Weibern, die der eigenen Wollust freimütig frönen, ohne sie als gewährte Gnade auszugeben.

Ich fragte mich, wieweit Barbe wörtlich und wieweit er wirklich meinte, was er sagte. Geklungen hatte es, als habe er sein geschwollenes Gerede selber parodiert.

Was denn die jungen Herrn Marxisten darüber dächten, über jene scheinheiligen Umwege, fuhr er fort, denn in Sowjetrußland sei der Mann ja dazu verurteilt, sie zu machen; das ehrliche Freudenhaus der kapitalistischen Welt gehöre dort zum streng Verbotenen. »Was würde der Leiter Ihrer Zelle denn sagen, Herr Lorch, wenn der erführe, wohin Sie jetzt gehen und obendrein noch Ihren Freund dorthin mitnehmen? Oder leiten Sie vielleicht selber die Betriebszelle des Stellwerks, oder gar die des ganzen Bahnhofs?«

Diesmal hätte Albert nicht die Zeit gehabt, ihm zu antworten. Wir waren angekommen und mußten wegen der hinter uns hupenden Wagen schnell aussteigen.

Wir betraten durch ein offenes Tor einen Hof und gingen dort auf das Portal eines hohen Hauses zu, vor dem ein kräftig gebauter Portier wachte. Der Mann begrüßte Albert mit besorgter Miene: »Zu dritt, Herr Lorch, ausgerechnet heute abend?« Im Saal sei kein Stuhl, keine Koje mehr frei, auch kein Hocker an der Bar.

»Was für Kunden?«, fragte Albert kalt.

»Seh-Kunden! Verheiratete Paare, ein Club, mit zwei Bussen gekommen. Die Männer, alle schon besoffen, und ihre Frauen besichtigen unsere Damen«, sagte der Portier. Die seien wütend. Von dieser Kundschaft beiße doch keiner an. Es gehe drinnen zu wie beim Stiftungsfest eines Kegelclubs.

Albert fragte Barbe, ob er einverstanden sei, wenn man gleich ein Séparée nehme. Es seien zu viele Spießerehepaare da. Daß man Damen mitbringen dürfe, sei zwar eine der Attraktionen, doch nicht immer ein Vorteil des ›Khedive‹.

Barbe zeigte auf mich: »Das wird ihm aber eine Enttäuschung sein.«

Albert schlug vor, einmal durch den großen Saal zu gehen, dort auszusuchen, was uns gefalle, »und dann nichts wie hinauf zum Spiegelséparée, das ist das schönste des Hauses.«

Doch wir hatten kaum den Saal betreten, da erklärte Barbe, das Gedränge sei ihm zu groß, die Luft zu verraucht, die Musik zu laut, und als ein Kellner uns bestätigte, es gebe wirklich keinen Stuhl mehr, nur die Séparées seien noch frei, kehrte er um, zog uns mit auf den Vorplatz hinaus und setzte sich dort gegenüber der Kleiderablage in einen Sessel: »Schicken Sie mir etwas Ihrer Wahl hierher«, sagte er Albert.

Wie er seinen Geschmack erraten solle, fragte der.

»Alles, nur nichts Fades, Blondes. Nichts Dünnes, keine Giraffe, und daß sie nur ja keine harte Stimme hat.«

Mit diesen Anweisungen kehrten Albert und ich in den Saal zurück, blieben aber wegen des Gewimmels der Tanzenden und der Zuschauenden in der Nähe der Tür. Der Saal war weit über sein Fassungsvermögen besucht.

»Was hast du vor?«, fragte ich Albert sofort. Bei dem Lärm mußte ich sehr laut sprechen.

»Mach' nur alles mit, spritz' dich aus und kümmere dich um nichts«, warf er mir hin, ohne mich anzusehen, und winkte einer apart aussehenden Brünetten zu, die weit von uns an der Bar stand, mit anderen, die ebenfalls Insassinnen sein mußten. Wie diese trug sie ein fußlanges, um den Körper wallendes Kleid aus Tüll. Die sei doch dem Teint nach mein Typ, falls ich meinen Geschmack nicht geändert hätte. Ihre Haut sei weich wie Samt. »So wie meine. Das weißt du doch hoffentlich noch, wie die ist«, und er tätschelte mir die Wange. Ich stieß die Hand weg und fragte wohl etwas zu heftig, ob das der Ort und der Moment sei, Erinnerungen aufzufrischen.

»Mehr als du denkst, ist es der richtige Ort, die richtige Zeit«, versetzte er ironisch und erklärte mir, er werde eine Sechserparty oben im Spiegelséparée arrangieren, bei der wären wir alle nackt, auch er und ich und Barbe, ich solle nicht mucksen, wenn er dabei Fotos mache oder was sonst auch immer.

Als ich ihm sagte, er solle mich nicht um das Engagement als Barbes Reisebegleiter bringen, fuhr er mich an: Wenn ich kein Vertrauen in seine Regie hätte, solle ich ins Hotel zurückkehren. Das, was er vorhabe, sei alles andere als langweilig. Ich käme auf meine Kosten und erwiese der guten Sache zugleich einen Dienst. Leo sei jemand Wichtiges, der sich tarne, seine Entlassung aus dem Dienst des Fürstenhofs müsse verhindert werden, koste es, was es wolle. Alles andere erführe ich später.

Inzwischen hatte die Brünette sich durch die Masse der Gäste bis zu uns herangequetscht. »Das ist Camilla«, sagte er, ohne mich vorzustellen. Ihr Kleid aus rotem Tüll ließ so Prächtig-Gebautes durchscheinen, daß ich auf der Stelle vergaß, wie wenig beglückt ich einige Minuten zuvor noch bei dem Gedanken gewesen war, Albert in einer Sache Beihilfe leisten zu müssen, deren Tragweite mir offenbar verborgen werden sollte.

»Camilla, mein Freund ist scharf wie ein Hirsch. Du bist sein Typ. Kümmere dich um ihn«, sagte Albert zu ihr, »zeig dich mal.« Und mit einem Griff, der mir verriet, wie vertraut er mit ihr war, hatte er in der Höhe der Hüften eine Spange ihres Kleides geöffnet und hielt das, was ich für einen runden, geschlossenen Rock gehalten hatte, wie einen sich öffnenden Vorhang auseinander, so daß ich unter dem Nabel schon den Köder sah, mit dem ich geangelt werden sollte, und von dem ich im gleichen Augenblick auch gern geangelt werden wollte. Das Schönste an ihr war der leicht, sehr leicht gebräunte Teint und ihre offensichtlich sehr weiche Haut.

»Geht ins Spiegelséparée voraus, ich komme nach, mit Eveline und der für den Herrn ... und dem selber. Bestell schon die Getränke. Hier unten ist es ja die reinste Bauernkirmes heute.« Dann zeigte er auf mich. »Aber bremse mir den da. Kannst ihn ja schon unter die Lupe nehmen, doch sieh dich vor dabei. Nichts anpfeffern, bevor wir alle beisammen sind. Macht Konversation, das kann der gut, er soll dir erzählen, was für einen komischen Vogel wir bei uns haben ...«

Ich war schon so benommen von meinen Erwartungen, daß Alberts herablassender Ton mich nicht einmal kränkte.

Camilla ging mir durch eine Seitentür auf einen schmalen Gang voraus. Der führe ins Nachbarhaus. Wegen irgendwelcher Vorschriften des Ausschankgesetzes befänden sich die Séparées und die Unterkünfte des Personals nicht innerhalb der Mauern des ›Khedive‹.

Vor einer vergitterten Tür entnahm sie ihrer Tasche, die sie am Schulterband trug, einen Drücker zum Aufzug, und wir stiegen ein.

»Wer von euch zahlt denn?«, fragte sie auf der Fahrt.

Als ich ihr sagte, es sei ein älterer Herr, der Albert und mich eingeladen habe, fragte sie: »Industrie? Politik? Oder was ist er?«

Meine Antwort, der sei ein ehemaliger Knopffabrikant, quittierte sie mit einer häßlichen, nichts als Verachtung ausdrückenden Bewegung des Mundes, und als ich ihr erklärte, der Herr sei alles andere als eine Ruine oder Schlafmütze, man langweile sich nicht mit ihm, sagte sie, Albert wisse am besten, wen er mitbringe.

Als ich zurückfragte, er komme wohl sonst mit interessanteren Leuten, versetzte sie abweisend, Verschwiegenheit sei das Gesetz des Hauses. Minister, Parlamentarier, arabische Scheichs, jeder genösse dieselbe Diskretion wie ein Bischof zum Beispiel, falls man von dem wisse, daß er einer sei. »Alles schon gehabt«, schloß sie, »aber die sehen wir nicht gern, die, mit denen es heikel ist. Einmal hat hier einen der Schlag getroffen, der war sogar Kardinal. Geschichten waren das nachher, durch die Schuld der Journalisten.« Das Geld, das die geboten hätten für Enthüllungen. Was da schon zu enthüllen gewesen sei!

Wir waren auf einem breiten, mit Sofas bestellten Flur angekommen. Ein herkulisch gebauter Kellner, der die Tür des Aufzugs gehalten hatte, fragte Camilla, ob die beiden Nebenkabinette des Spiegelséparées versorgt werden sollten oder nur eines. Die Bar habe bereits herauftelefoniert.

»Beide«, sagte sie, ohne den Mann anzublicken, »und gefälligst kein anderer Champagner als der, den ich immer trinke und genug in jeden Eisschrank.«

Daß diese so berückend gewachsene und fast vornehm aussehende Person ihre Schönheit nicht gerade mit einem lieblichen Wesen krönte, hatte ich schon bedauert, und ich gehorchte ihr mit herabgeschraubter Sympathie, als sie mich in befehlendem Ton aufforderte, ihr zu folgen, und mir in ein Badezimmer vorausging, wo sich neben der großen Wanne ein Bidet, ein Eisschrank und ein Diwan befanden. Doch ich konnte nur lachen, als sie mir dort mit eisiger Stimme sagte, sie werde im Nebenraum warten, ich solle inzwischen ein Bad nehmen oder mich wenigstens auf dem Bidet reinigen; wenn ich aber nicht wisse, wie man sich dessen bediene, solle ich es ihr sagen.

Da stellte ich mir vor, sie könnte das gleiche Barbe, wenn der heraufkomme, sagen, und was der ihr antworten würde, und aus war es mit meiner Fassung. Daß ich mich vor Lachen bog, ließ sie zunächst gleichgültig. Erst als ich ihr erklärte, was mich derart erheiterte, lächelte sie kalt und sagte: »So einer ist der alte Herr.« Ob der reich sei oder nur wohlhabend?

Diese Frage wirkte derart abkühlend auf mich, daß ich mir kein wahres Vergnügen mehr von der Party zu sechst versprach. Sie sei eine kleine Idee zu hochmütig, sagte ich ihr, sie habe es ja gehört, ich bedürfe des Bidets nicht, das, was sie verlange, hätte ich im Hotel längst besorgt.

Dann stehe mir aber immer noch etwas anderes bevor, worauf ich nicht gefaßt sei, erwiderte sie spitz.

Ich war nur noch neugierig. Ich fragte mich, was der Abend für weitere Überraschungen bringen werde, aber die fiebrige Gier, mit der ich mich unten im Saal nach dem Blick unter ihr Kleid auf ihren Körper gefreut hatte, war von mir gewichen.

Sie hatte inzwischen ihre Tasche geöffnet und ihr eine dicke Handlupe und eine kleine elektrische Lampe entnommen. »Legen Sie sich auf den Diwan und machen Sie frei, ja, wie beim Arzt. Wir haben keine Lust, Krankheiten, Krätze oder Kavaliersbienen zu schnappen und weiterzugeben. Hier muß jeder Gast sich kontrollieren lassen, da, wo Sie sich es denken können. Deshalb neben jedem Séparée dieses Kabinett.«

Nur, wenn Sie sich entkleiden, mache ich mich frei«, sagte ich.

Das könne ich haben, ob sie sich jetzt schon nackt zeige oder ein bißchen später. Wo der Unterschied für sie sei? Aber sie fügte hinzu, sich der Kontrolle zu verweigern, bekäme keinem Kunden gut. Der Kellner, der in dieser Etage bediene, mache auch den Rausschmeißer.

Mir war der Verdacht gekommen, sie betrage sich so unfreundlich mit mir, weil ich in ihren Augen zu jung und obendrein ja auch nur der Gast eines zahlenden älteren Herrn war.

Sobald ich mich auf den Diwan legte und die Hose öffnete und hinunterzog, legte sie ihr Tüllkleid ab und warf es achtlos über den Eisschrank. Dann zog sie einen Hocker neben den Diwan und beugte sich, die Lupe vor dem Gesicht, dicht über mich und untersuchte, mit den Fingern und den Augen, wie ein Arzt die Haut unter dem Schamhaar. Das, was ich zugleich von ihrem Körper zu sehen bekam, und aus solcher Nähe, blieb trotz meiner gründlichen Abkühlung nicht ohne jene Wirkung, die wohl kein Mann unterdrücken kann, wenn eine Frau, deren Teint allein ihm schon den Kopf verdreht, ihn dort anfaßt, wo sie mich berührte; doch als ich die Hand über ihre Schenkel streckte, schlug sie mit der Lupe darauf. »Wir haben uns über noch gar nichts geeinigt«, sagte sie, also stekken Sie Ihr vorwitziges Ding nur gleich wieder unter den Slip, so sensationell, wie Sie vielleicht annehmen, ist es übrigens nicht.« Sie erhob sich, blieb aber nackt und fragte mich, ob ich schon einen Blick in das Séparée werfen wolle.

Nie hatte ich über den Ursprung des Wortes »aufschwänzen« nachgedacht, erst in jenem Augenblick ging der mir auf. Aufschwänzen will dich das Weib, sagte ich mir, und ein Haß gegen sie überkam mich, ähnlich dem, den ich eine Woche zuvor empfunden hatte, als die andere, die aus dem Zollhaus, mich mit nicht endenwollenden Zungenküssen dazu hatte bringen wollen, ihr die Heirat zu versprechen und, als ich es nicht tat, sich mir verweigerte.

Da ich von Barbe und Albert, die jeden Augenblick heraufkommen konnten, nicht halbentkleidet angetroffen werden wollte, zog ich mich wieder an.

Als ich nach meiner Jacke griff, zwickte Camilla mich ins Gesäß. Ich sagte ihr, Männer sähen sich lieber an anderen Stellen angefaßt als gerade dort.

Ich hätte keine Ahnung, erwiderte sie, was Männer alles liebten, wisse sie gewiß besser als ich. Ob dies mein erster Besuch in einem solchen Haus sei?

Ich sagte ihr, daß ich schon mitgemacht hatte, wenn es zu mehreren stattfand, aber das habe unter Studenten und Studentinnen stattgefunden und mehr aus Zufall und weil man betrunken war.

Als ich meinerseits fragte, ob Albert oft in den ›Khedive‹ komme, sagte sie, das hätte ich doch erraten können, ihm mache die Sache ja nur dann Spaß, wenn es zu mehreren stattfinde. Er sei besonders begabt dafür, weil er überhaupt keine Hemmungen kenne, und warte ja manchmal in der Bar darauf, daß man ihn benötige. Einen Dauerbrenner wie ihn müsse man suchen. Dieser Vorzug und seine guten Manieren seien sehr geschätzt vom Besitzer, von den reichen Gästen und von ihren Kolleginnen. Daß er, wenn alle höchst aufgeputscht seien, mit seiner Instant-Kamera gern Gruppenfotos mache, etwas sonst sehr Verpöntes, sehe man ihm allein deshalb schon nach, weil er die Bilder den Beteiligten immer mitgebe. Ob ich zu dem alten Herrn gehöre oder zu Albert?

Sie fragte das, als sie die Tür zum Nebenraum öffnete und mir vorausging. Es war das Séparée. Die Decke, die vier Wände und die Innenseite der Türen waren Spiegel. In der Mitte stand ein Bett, in dem selbst vier sehr beleibte Personen bequem liegen konnten. Über ihm ein Kronleuchter; Kleiderständer und eine Anrichte, auf der Gläser bereitgestellt waren und zwei Metallkübel, in denen Flaschen steckten und ein paar Sessel ohne Armlehnen – das war das, was ich sah. Es entsprach den Vorstellungen, die ich mir von den Orten gemacht hatte, wo die Privilegierten ihre Lüste befriedigen.

Der Gedanke an das, was in diesem Bett – und zurückgespiegelt von allen Wänden – stattfinden sollte, entfachte nun wieder eine ganz andere Empfindung in mir, als die der Neugier auf den Ablauf dessen, was geboten werden würde. Ich verschlang Camilla, die zur Anrichte gegangen war, und die ich, in den Spiegeln, sich ein Glas Champagner eingießen sah, mit den Augen, aber da hörte ich Stimmen draußen auf dem Gang, darunter die Barbes, und ich war froh, daß ich Albert und ihm angekleidet entgegentreten konnte.

Kapitel 43

In dem Maß für Maß gespielt wird.

Es war mir zunächst nicht bewußt, daß ich mich im Fürstenhof und in meinem Bett befand, als ich dort durch einen Anruf Barbes aus einem dumpfen, aber wüst bewegten Schlaf geweckt wurde und erfuhr, daß es eigentlich schon Zeit zum Mittagessen sei. Wie durch einen dichten Nebel hörte ich ihn sagen, er habe Grund anzunehmen, daß ich keine Erinnerung an den zweiten Teil der vergangenen Nacht und an die Rückkehr vom ›Khedive‹ in mein Hotelzimmer, dafür aber einen schweren Kopf habe, schwerer als seiner es sei, und das wolle etwas heißen, denn daß er trotz seiner Jahre Alkoholisches besser vertrage als ich, wisse er jetzt, und werde es auf unserer Reise bei ähnlicher Gelegenheit nicht vergessen. Wie besser ausgeruht und wie weniger verkatert er aber auch sei, an die Luft müsse er, er mache einen energischen Spaziergang durch den Park und suche dann eine Sauna auf; das Mittagessen überschlage er, und er empfehle mir, das gleiche zu tun. Nichts anderes als den Zwieback und das Mineralwasser, das ich im Vorraum meines Zimmers finde, solle ich zu mir nehmen und mich ausschlafen. Er werde gegen Abend wieder anrufen; mich vorher bei ihm zu melden, sei zwecklos, denn auch er werde nach der Rückkehr ins Hotel sich noch einmal hinlegen und sein Telefon sperren lassen.

Er ließ mich nicht zu Wort kommen.

Es gebe keinen Grund, Entschuldigungen zu stammeln. Wegen der Zwischenfälle im ›Khedive‹ solle ich mir keine Vorwürfe machen, er allein sei schuld, auch daran, daß es mir so nachhaltig übel geworden sei. Gegen Alberts Warnung habe er mich anfangs ja ermutigt, dem Champagner kräftig zuzusprechen, und mich dann nicht einmal daran gehindert, zu schnell zu trinken; auch daß ich später nur noch Bier in mich geschüttet hätte, das habe letztlich er zu verantworten. Aber, geschehen sei geschehen. Der Schaden, den ich im ›Khedive‹ an einem Teppich angerichtet hatte, sei unwichtig, auch schon abgegolten. Er hoffe nur, daß meine rebellierende Leber dem schönen Bodenbelag meines Zimmers nicht ähnlich Unappetitliches und schwer Abwaschbares angetan habe. Doch wenn, sei auch das keinen Kummer wert. Daß meine Freundschaft mit Albert wohl in die Brüche gegangen sei, einzig das bedrücke ihn schwer, denn bei dem Krach, den es schon früh auch zwischen ihnen beiden gegeben habe, sei weniger Schlimmes geschehen und weniger Unzurücknehmbares gesagt worden, als später bei der Schlägerei zwischen Albert und mir …

Nun erst dämmerte mir eine Erinnerung an den Streit herauf, den ich in dem Séparée mit Albert hatte. Daß da etwas sogar sehr Böses vorgefallen war, das fiel mir zwar ein, aber es war nur trüb in meinem Gedächtnis, und als ich Barbe bat, mir zu sagen, was es eigentlich gewesen war, sagte er, meine Stimme verrate eine so große Benommenheit, daß es wohl noch keinen Sinn habe, die Sache zu besprechen, ich solle zuerst meinen Rausch ausschlafen. Er fügte dann aber hinzu, es stehe nicht in seiner Macht, mir einen Freund wiederzugeben, den ich ja lediglich durch den Umstand verloren hätte, daß er, ein Fremder, sich seit einer Woche in mein Leben eingeschaltet habe. Zu meinem Schaden, nun zum zweiten Mal! Wie ihm auch zum zweiten Mal seine Ohnmacht spürbar geworden sei, den Schaden auszuwetzen. Als ich festgenommen worden war, da schon sei es ihm nicht einmal gelungen, wenigstens die Abkürzung meines Polizeiarrests zu erwirken. Was er jetzt tun könne, um mich mit Albert zu versöhnen? Ich möge darüber nachdenken, er rufe gegen Abend noch einmal an.

Als er dann abends wieder anrief, hatte ich längst im Spiegel die gelbe und schwarze Färbung unter dem linken Auge entdeckt, die nur von einem Schlag Alberts herrühren konnte, und festgestellt, daß mein Magen nicht einmal den Zwieback vertrug, den Barbe mir vorsorglich hatte bringen lassen.

Wenn ich mich wegen meines Aussehens vor den Gästen und dem Personal des Hotels nicht zeigen wolle und wenn mir die Vorstellung des Anblicks und des Geruchs von Speisen schon Übelkeit bereite, werde er allein essen und mir dann erst einen Besuch machen, sagte er.

Obwohl mein Kopf noch immer benebelt war und obwohl ich wußte, daß Albert auch an diesem Tag keinen Dienst hatte, ließ ich mir immer wieder über die Zentrale des Hotels eine Verbindung mit dem Stellwerk des Grenzbahnhofs geben, aber auch mit dem Haus der Gewerkschaft, in dem er ja, wenn er in die Stadt kam, meistens zu tun hatte. Es war jedesmal umsonst. Albert hatte sich weder da noch dort gezeigt. Daß er mich nicht angerufen hatte, war kein gutes Zeichen.

Aus seinem, nicht aus Barbes Mund, wollte ich hören, was ich in der Trunkenheit angestellt und wer mich des Nachts ins Hotel zurückgebracht hatte, denn mein nach einem ganzen im Bett verbrachten Tag noch immer so elender Zustand ließ mich annehmen, daß ich nicht ohne Hilfe den Heimweg zum Fürstenhof gefunden hatte. Die Möbel des Zimmers tanzten ja noch vor meinen Augen genauso wie am späten Morgen bei meinem Erwachen.

Eine zuverlässige Erinnerung hatte ich nur an den Beginn der Party. Als Albert und Barbe eine hochblonde Eveline und eine andere dritte Insassin des ›Khedive‹ in das Séparée heraufgebracht und die vier mit Camilla und mir angefangen hatten zu trinken, war mir von allen fünf in einer herrischen Weise, die mir sehr mißfiel, eingeschärft worden, die Hauptregel einer solchen Partie zu sechst sei das Zusammenbleiben, keiner dürfe sich mit einer Person seiner Wahl absondern, jeder gehöre jedem und jeder von uns Männern müsse spätestens nach dem dritten Glas nackt sein und das Bidet aufsuchen. Eveline, die Albert gut zu kennen schien und die dritte, eine offensichtlich sanfte, stille Person, hatten sofort nach ihrem Hereinkommen die Tüllroben auf den Teppich fallen lassen, obwohl es Kleiderhaken gab. Ich wußte noch, daß ich, um über die Hemmungen hinwegzukommen, die ich vor Barbe empfand, mir von ihm hintereinander ein halbes Dutzend Mal hatte einschenken lassen und daß ich mich als erster der Männer in dem Nebenraum, wo ich von Camilla untersucht worden war, ausgezogen und das Bidet nun doch noch aufgesucht, dann Camilla ans Bett geführt und mich auf sie gestürzt hatte und daß ich am Ende dieser Vorführung meiner Ungeduld in Zorn geraten war, weil Barbe und Albert, die nur ihre Jacken und Schuhe ausgezogen hatten, jeder eine der beiden anderen Damen auf dem Schoß, von zwei Sesseln aus mir zugeschaut und ironisch meinem Schnelligkeitsrekord Beifall geklatscht hatten, dann aber an das Bett, auf dem ich noch lag, gekommen waren und mir unter dem Gelächter Camillas und ihrer Kolleginnen Beileid zu meiner verfrühten Ermüdung ausgedrückt hatten. Mir war aber, als sei es da schon zu einem Streit mit Albert gekommen, dem ich vorgeworfen haben mußte, sich als meinen Zuschauer aufgespielt zu haben, statt sich auszukleiden und aufs Bidet zu verfügen, es gebe ja zwei. Da die Nebenräume rechts und links des Séparées in Wirklichkeit Badezimmer waren, hatte ich von zwei Bidets gesprochen, um auch Barbe zur Einhaltung der Spielregeln zu mahnen, an die man mich in so bevormundender Weise erinnert hatte, als habe es von Anfang an festgestanden, daß ich der Spielverderber sein werde, der ich dann schließlich auch geworden bin.

Wie dumpf auch immer mir mein Verhalten im Gedächtnis war, auf Vorwürfe Barbes war ich gefaßt, obwohl er sich selbst die Schuld an meiner Trunkenheit gegeben hatte.

An Vorwürfen ließ er es denn auch nicht fehlen, als er erschien und sich nach einem flüchtigen Blick auf die Flecken unter meinem linken Auge einen Sessel an mein Bett schob. Auf Albert komme er noch zu sprechen, schickte er voraus. Dann fing er an: Nach einem Abend wie dem vergangenen veranstalte er gern mit den beteiligt Gewesenen eine Rückschau, so wie es in der Armee nach Kriegsspielen üblich sei. »Also, beginnen wir mit unserer Manöverkritik: Warum sind Sie letzte Nacht ein so unleidlicher Spielverderber geworden und warum haben Sie Ihrem Freund Albert eine Geste verübelt, die Sie ihm früher wahrscheinlich gern gestattet haben?«

Ich sagte ihm, die Situation, zu sechst dicht beieinander, und alle unbekleidet auf dem Riesenbett und die zwei- und dreifache Widerspiegelung all dieser Nacktheit, das habe mich ungemein erregt, zugleich aber sei auch mein sonst wahrhaftig nicht unkritischer Geist von der Menge Champagner benebelt gewesen.

»Aber doch nicht zu Anfang des Abends. Die Party wäre um ein Haar dahingewesen«, sagte er, er müsse meine Erziehung in die Hand nehmen, denn wenn er auf unserer Reise wieder einmal etwas Ähnliches veranstalte, wolle er an mir einen angenehmeren Kumpanen haben, als ich es vergangene Nacht gewesen sei.

Es habe mich geärgert, sagte ich, daß er und Albert, statt sich gleichzeitig mit mir zu entkleiden, und dasselbe mit den beiden anderen Damen zu tun, was ich mit meiner getan, mir zugesehen und dann hinterher auf meine Kosten gewitzelt hatten.

Das sei ja am Anfang gewesen, erwiderte er, diese Voreiligkeit, die ich mir geleistet hätte und die wirklich nur Gelächter verdient habe, davon spreche er nicht, obwohl ich auch schon nach diesem hastigen Abbrennen meines ersten Feuerwerks mich nicht gerade von der besten Seite gezeigt hätte: »Als wir Sie neckten, haben Sie sich mit einem Handtuch bedeckt, und als wir es Ihnen wegnahmen, lag das Tuch zwar vor dem Bett, aber Ihre Hand war dort, wo Sie das Tuch hatten haben wollen. Hemmungen! Hemmungen bei einer solchen Bettpartie, das gibt es einfach nicht, was ist das für eine traurige Mentalität!«

Ich erwiderte ihm, er habe sich später, als die eigentliche Partie in Gang gekommen war, in diesem Punkt doch nicht über mich beklagen können. Ich erinnerte ihn daran, daß ich beim Wechseln der Plätze oder der Partnerinnen und bei der gewagten Akrobatik vor dem Spiegel ohne Rückhalt mitgemacht hatte, obwohl alles etwas vollkommen Neues für mich gewesen war, besonders das fortwährende Ändern unserer Stellungen. Und warum nur gerade er mir immer wieder eingegossen und mich schließlich vollkommen betrunken gemacht habe?

»Wenn Sie nüchtern geblieben wären, hätten Sie sich wieder, wie gleich am Anfang, viel zu schnell ausgegeben, das muß bei solchen Gruppenvergnügen immer vermieden werden«, sagte er. Wer seine Glut nicht halte und zu schnell zum Flammen kommen lasse, der verstehe nichts von den höheren Genüssen.

Daß er, statt die Vorgänge bei ihren groben Namen zu nennen, sich in so blumigen Umschreibungen ausdrückte, hätte mancher meiner Altersgenossen, besonders in Richards Umgebung, wahrscheinlich lächerlich gefunden. Mir mißfiel es nicht, und als ich ihn auf seine Weise sprechen hörte, fiel mir ein, daß ich nie auch nur ein einziges der vielen pornographischen Bücher, die unter Studenten rundgehen, zu Ende gelesen hatte, denn die kraß benannte Sache genoß ich lieber gleich in Natur als durch das stellvertretende, meist witz- und geistlose Wort.

»Wer wie ich – um vor Ihrem Wortschatz eine Verbeugung zu machen«, sagte ich ihm, »über einen reichen Vorratsbeutel verfügt, der braucht nicht wie ein Geizhals oder wie ein Armer ängstlich zu knausern.«

»Nett, daß Sie meine Art, mich auszudrücken, schätzen – ich habe ja, wie Sie wissen, nie studiert, nicht einmal ein Gymnasium besucht –, aber sagen muß ich es Ihnen doch, da Sie von einem Vorratsbeutel sprechen – Sie halten sich für einen Superlativ auf jenem Gebiet«, erklärte er. Bei meiner Jugend sei davon kein Aufhebens zu machen. Wie rüstig er, mit seinen sechzig Jahren, sei, das sei doch wohl bemerkenswerter, und es werde auch bemerkt und ihm jedesmal von den Weibern bestätigt. Mein Verblüfftsein vor der überdurchschnittlichen Proportion, mit der die Natur sein wichtigstes Mannesorgan dotiert habe, sei ihm nicht entgangen, auch mein Freund Albert habe darüber nur so gestaunt, ihm aber, im Gegensatz zu mir, spontan Komplimente gemacht, eben die Komplimente, die mich offenbar verstimmt hätten, denn eine andere Erklärung für den Zwischenfall, der zu meinem Schlagabtausch mit Albert geführt habe, finde er beim besten Willen nicht.

Als ich ihm versicherte, daß ich nur eine nebelhafte Erinnerung an diesen Streit hatte, sagte er mir: Während einer Pause, die man sich gönnen mußte, um sich bei einer Zigarette ein wenig auszuruhen, habe die Camilla oder die Eveline vorgeschlagen festzustellen, wer, ob Albert oder ich, von der Natur am großzügigsten bedacht worden war. Da habe Albert auf ihn, Barbe, gezeigt und mir gesagt: »Da kommen wir beide nicht mit«, mich aber dann unglücklicherweise gefragt, ob ich es noch immer auf einen Zentimeter weniger bringe als er. Mit diesem dummen Wort habe es angefangen.

Ich sagte ihm, ich könne mir nicht vorstellen, daß ich wegen einer harmlosen Andeutung auf Zurückliegendes, in ferner Knabenzeit Geschehenes, einen Streit vom Zaun gebrochen hätte.

»Na, na«, machte er, »Knabenzeit! Und wirklich so fern, jene Zeit?« Aber wie dem auch sei, der Streit habe ein wenig später angefangen. Albert habe sich nämlich über die Blonde, die bei ihm lag, zu mir hinübergelehnt und das, dessen Maß er zu kennen sich gerühmt, angefaßt, und, da man ja gerade ruhte, mit den Fingerspitzen hochgezogen, um dessen im Augenblick nicht glorreichen Zustand den Damen zu zeigen. Da hätte ich mich voll Wut auf Albert gestürzt und so sei es zu dem Schlagabtausch gekommen. Er habe Mühe gehabt, uns auseinanderzubringen, und ich sei ihm nicht einmal dankbar dafür gewesen, sondern unter Flüchen und Verwünschungen ins Badezimmer gegangen, habe Albert dorthin gerufen, und der sei ein paar Minuten später, nach einem heftigen, durch die Tür vernehmbaren Wortwechsel, zurückgekommen, mit mir sei nichts mehr anzufangen, ich hätte zuviel getrunken, mein Magen behalte nichts mehr, man müsse mich ins Hotel zurückschaffen.

Und in der Tat, die Bescherung vor dem WC und auf dem Teppich des Badezimmers habe ihm angezeigt, wie schlecht ich die Trinkerei vertragen haben mußte.

»Ja, und dann habe ich für Ihren Albert hier im Hotel ein Zimmer genommen, und wir haben zuerst Sie zu Bett gebracht und dann über die Sache gesprochen, die mit diesem Chauffeur. Ist erledigt.«

Nun horchte ich auf.

Der Direktor sei ja nur ein kleiner Mann, der dirigiere lediglich den Empfang, müsse sogar Leberpasteten von der Grenze abholen. »Da er heute dienstfrei ist, habe ich mit seinem Chef, dem Generaldirektor selbst, gegen Mittag gesprochen, und da Albert ja im Hotel übernachtet hat, also Gast geworden war, hätte der Chauffeur sogar falsch gehandelt, wenn er Albert nicht mitgenommen hätte. Diese Begründung hat Albert gefunden.«

Barbe lächelte zufrieden vor sich hin. »Köpfchen muß man haben, und Ihr Albert hat das. Wo er politisch steht und worin er den Sinn der Gewerkschaften sieht, das hat er mir noch einmal offen geschildert. Warum soll er die Rettung des Arbeitsplatzes für diesen Leo nicht auf seine Kreditseite buchen lassen? Ihrem Albert prophezeie ich eine Karriere in der Politik oder im Syndikalismus. Der hat Ehrgeiz, solche Leute gefallen mir.« Daß Albert ein Unstudierter sei, wie er selber, sagte Barbe am Schluß, das sei es, was ihm an diesem flotten Burschen gefalle. Er bedauere, daß Albert morgens im Gewerkschaftshaus erwartet und auch mittags nicht frei gewesen sei, sonst hätte er mit ihm gegessen.

Ich behielt das, was ich dachte, für mich. Wenn es in der Angelegenheit irgendeinen Stunk gibt, sagte ich mir, bin ich weit weg mit Barbe, und er erfährt nicht, wie geschickt sich Albert seiner bedient hat. Aber daß Albert unversöhnt mit mir das Hotel verlassen hatte, kränkte mich schwer.

Doch wie erst traf es mich, als er mich des Nachts von der Zentrale des Hotels wachläuten ließ und mir mit kalter Stimme erklärte, er rate mir dringend, in der bewußten Angelegenheit, falls ich je über sie befragt werde, keine, auch nicht die geringste Meinung zu äußern, ich hätte überhaupt nicht mehr davon zu wissen als das, was er in Gegenwart unseres Gastgebers diesem gesagt habe. Noch nie habe ein Freund ihn so enttäuscht wie ich. Es sei besser, man gehe sich in der nächsten Zeit aus dem Weg, bis er seinen Ärger über mich verwunden habe.

Zu Wort kommen ließ er mich nicht, er legte auf, als ich es versuchte.

Kapitel 44

In dem Alberts Übernachten im Fürstenhof als Argument dient.

Am nächsten Morgen meldete der Portier mir zu meiner Überraschung einen Arzt, den Barbe für mich bestellt hatte und der zu mir heraufkommen wollte.

Er verschrieb mir zwei Tage Bettruhe, Kompressen für mein wahrhaft unschön entstelltes Auge und ein Medikament für den Magen, der noch immer nichts behalten wollte. Aber ich mußte mich auslachen lassen, als ich ihn fragte, ob ich eine Alkoholvergiftung hätte.

Das, wovon ich zuviel getrunken hatte, solle ich nie mehr trinken, sagte er, eine Allergie für bestimmte Alkoholika, den Fall gebe es immer wieder. So habe er einen Patienten, der seit einem Rum-Rausch sogar Kuchen nicht mehr essen könne, wenn der nur ein Tröpfchen Rum enthalte.

Mittags, als Barbe mir einen Besuch machte, bat er als erstes um Entschuldigung, er habe mir ungefragt, und sogar ohne mich rechtzeitig zu benachrichtigen, einen Arzt geschickt. »Chefgewohnheiten, die verliert man langsamer, als ich dachte.«

Auf einem Gebiet, wo ich dies am wenigsten erwartet hätte, habe er sie dafür um so gründlicher und schneller verloren, sagte ich. Seine Einigung mit Albert sei schließlich ein Verrat an den Interessen der Arbeitgeber.

»Nachdem Sie Zeuge meiner lebhaften Zuneigung zum starken Geschlecht der Weiber geworden sind, werden Sie ja keine falschen Motive hinter der Schwäche suchen, die ich in der Tat für Ihren Albert habe«, versetzte er, »die Schwäche ist so groß, daß ich ihm nicht einmal den bösen Streich verübele, den er mir gespielt hat, eine Filouterie, eine richtige Gaunerei, mag sie auch ihren Beweggrund nicht in schnöder Gier nach Geld haben, sondern im Politisch-Ideologischen. Immerhin, er hat mich hereingelegt, und ich muß gleich hinzufügen: Recht ist mir geschehen.« Dann schob er, wie beim Besuch am vergangenen Abend, einen Sessel an mein Bett. »Schauen Sie mir in die Augen.«

Das könne ich, ich wisse, was er wissen wolle.

»Sie haben es wirklich nicht gewußt?«, erwiderte er, »bitte beschönigen Sie nichts.«

Ich versicherte ihm, daß ich, als ich ihn mit Albert in dem Restaurant aufgesucht hatte, nur wußte, wie viel, aber nicht, warum in Wahrheit Albert daran lag, die Entlassung des Fahrers Leo zu verhindern.

Das sei Albert gelungen. Der Generaldirektor, vor ein paar Stunden vom Direktor über die wahren Motive der Feuerung des Fahrers aufgeklärt, weigere sich, die einmal getroffene Annullierung der Maßnahme rückgängig zu machen. »Sie haben also gewußt, daß sein Einsatz für den Mann andere Beweggründe hatte als die, die er vor mir geltend machte.«

»Erst nachts im ›Khedive‹ hat er mir die genannt, als ich im Badezimmer neben dem Séparée den Wortwechsel mit ihm hatte.«

»Hat Sie da der Ekel erfaßt vor Alberts Falschheit Ihnen und mir gegenüber? Sie haben sich dort ja übergeben, das soll vorkommen. Sagt man nicht: es ist zum Kotzen, wenn man eine Handlung oder ein Geschehnis moralisch untragbar findet?«

»Sie haben ein feines Gespür, Herr Barbe.« Mit dieser nichtssagenden Antwort wollte ich mich herauswinden, um ihm, was mich betraf, nicht die Wahrheit gestehen zu müssen. Denn meine Übelkeit war durch nichts anderes hervorgerufen worden als durch das Bier, das ich nach dem Champagner getrunken hatte, und diese Dummheit war es, wegen der ich von Albert im Badezimmer zusammengestaucht worden war, weil der fürchtete, ich könne in meiner Trunkenheit seine wahren Absichten Barbe verraten und damit den Plan zunichte machen, mit dessen Gelingen er gerechnet hatte, um Leo in der Stellung halten zu können.

Da ich von Barbe selber, seit einer Viertelstunde, wußte, daß Albert sein Ziel auf eine andere als die ursprünglich wohl geplante Weise erreicht hatte, bedrückte es mich nicht, Barbe in dem Irrtum zu lassen, ich sei zunächst in voller Harmlosigkeit mit Albert in das Restaurant nachgekommen und hätte Alberts Märchen von der Belastung seines Gewissens geglaubt.

»Sie wußten also nicht, welche Aufgabe dieser Fahrer für seine Partei und wahrscheinlich auch für eine Gewerkschaft erfüllte, hier im Hotel?«

Daß ich das nicht genau wußte, konnte ich Barbe versichern, daß ich es jetzt vielleicht ahnte, behielt ich für mich.

»Was werden Sie tun, wenn der Direktor Sie um eine Unterredung bittet?«

»Aus seinem Munde das anhören, was Sie aus Schonung für mich mir nicht selber enthüllen wollen. Ich habe Ihnen durch Alberts Schuld etwas eingebrockt, fürchte ich.« Er sei immer sehr taktvoll mit mir, sagte ich ihm, nicht wenig verlegen. Ich wisse es zu schätzen, mit welchem Zartgefühl er darauf achte, mir eine Beschämung zu ersparen … und es sei nicht das erste Mal.

»Wie wäre es, wenn Sie daraus etwas lernten und mir die Peinlichkeit ersparten, Ihnen etwas Unangenehmes selber sagen und obendrein das, was Sie als Takt empfinden, ins Schaufenster stellen zu müssen? Sie entwerten ihn damit. Er ist dann ja keiner mehr, der Takt. Darauf verzichten, etwas zu sagen, das man eigentlich sagen möchte oder müßte, das ist genau das, wofür Sie mir eben ein Kompliment machen. Wäre das nicht besser unterblieben?«

Das Läuten des Telefons, das mich in dem Augenblick zwang, nach dem Hörer zu greifen, konnte mir nicht willkommener sein, um meine Beschämung über die erteilte Lehre zu überspielen.

Der Anruf war für Barbe, er bat darum, die Verbindung in sein Zimmer umzuleiten, sagte mir, er habe den ganzen Nachmittag zu tun, er komme vor dem Abendessen, um nach mir zu sehen.

Sobald ich allein war, fragte ich mich, was er nur zu tun haben könne. Was fragte ich mich nicht alles! Wie Barbe in

Wirklichkeit mit Albert verblieben war, das vor allem hätte ich gern gewußt, und was die beiden von mir dachten. Ob Barbe überhaupt noch Lust hatte, mich als Reisebegleiter mitzunehmen und Albert noch die, mich überhaupt wiederzusehen, kurz, die Unruhe vor so viel Ungewißheit, nicht zuletzt auch davor, was es wohl war, dieses Komplott Alberts, Leos und des Wagenmeisters, ließ mich nach dem Telefon greifen und den Direktor bitten, zu mir heraufzukommen.

»Herr Barbe hat Sie also doch gefragt«, fing er, kaum eingetreten, an. Es sei freundlich von mir, ihm helfen zu wollen. Licht in die Affäre zu bringen, darauf sei er ja nicht mehr angewiesen, was ihm fehle, seien Bestätigungen, Zeugenschaften, und zwar unwiderlegliche. Also, ich sei gut bekannt mit diesem Herrn Albert Lorch? Was ich denn von dem wisse und von der Freundschaft mit dem Wagenmeister der Garage, auf dessen Motorrad ich des Nachts gesehen worden sei.

»In was bist du jetzt hineingetappt?«, fragte ich mich, erschreckt darüber, daß man mich in der vorvorigen Nacht offenbar beobachtet hatte. Ich war entschlossen, ihn zum Reden zu bringen, mich selbst aber nicht dazu bringen zu lassen.

»Wie stellt sich die Sache denn für Sie überhaupt dar?«, fragte ich.

Er ging prompt auf meine Frage, die nicht scheinheiliger hätte sein können, ein. Was ich erfuhr, erfüllte mich mit dem größten Respekt für Albert und die beiden Genossen, die, wie Komplizen einer weniger guten Sache, zusammen der guten dienten. Demnach hatten Leo, der Wagenmeister und eben Albert über das Hotel und seine Gäste ein festes Netz von Beobachtung gespannt, und der mißtrauische Direktor, der also nicht der kleine Wicht sein konnte, den Barbe und offenbar auch der Generaldirektor in ihm sahen, war dem Fahrer und dem Wagenmeister auf die Schliche gekommen. Und jetzt sogar auch meinem Albert.

»Jedes, jede und jeden beobachten die beiden, ob es die Gäste oder Angestellte des Hotels sind, und jede Beobachtung ist es denen wert, festgehalten und – wahrscheinlich – über Albert Lorch weitergegeben zu werden. An wen, das können Sie sich denken. Und das bei der Unzahl prominenter, ja prominentester Persönlichkeiten, die bei uns absteigen. Obwohl die Qualität der Gäste selbst bei uns nicht mehr die ist, die sie einst war.«

Das sei auch Herrn Barbes Meinung. Diesen Hieb wollte ich dem Kerl versetzen, war ich doch ohnedies entschlossen, auf das, was er gesagt hatte, zunächst nicht einzugehen. Ich hatte Barbes eigene Einschätzung seines Ranges in der Gesellschaft der Privilegierten noch gut im Gedächtnis; er gehöre zu denen, die sich emporgeschuftet hätten, mit diesen Worten hatte er, bei dem Mittagessen mit meinen Eltern, meiner Mutter die alberne Ehrfurcht vor der äußeren Eleganz der Gäste des Speisesaals nehmen wollen, eine Freundlichkeit, die ich ihm so hoch angerechnet hatte wie seinen Respekt vor ihrer Frömmigkeit, als sie das Tischgebet verrichtete.

Es war mir gelungen, den Direktor zunächst von dem, was er mit mir besprechen wollte, abzulenken.

»So«, sagte er, »selbst Herr Barbe findet, daß die Qualität unserer Gäste gesunken ist. Seit gestern sind zwei Etagen allein für das Gefolge der Mutter von fünf Prinzessinnen reserviert.« Aus dynastischen Gründen habe die Dame keinen Thron inne, aber eine Fürstin von Geblüt sei sie dennoch. Er schien schwer an dem zu würgen, was ich ihm gesagt hatte, deshalb ging ich auf die Erwähnung der Mutter von fünf Prinzessinnen überhaupt nicht ein, sondern fügte meiner Bemerkung über Barbes schlechte Meinung von der Qualität der Gäste hinzu: »Wieso ›selbst Herr Barbe‹? Sie hätten sagen sollen, ›gerade ein Mann wie Herr Barbe‹.« Ich sei doch zugegen gewesen, als Herr Barbe dem Hotel das barbarische Fehlen des Bidets in den Bädern der Einbettzimmer vorwarf. Wie empfindlich das Gefühl für Qualität des Herrn Barbe ausgebildet sei, müsse er seit jener Szene mit dem Volontär doch wissen. »Und dieser Mensch hat mich bei der Polizei denunziert!« Und da ich ahnte, was er mir von Albert, dem Wagenmeister und dem Fahrer sagen wollte, betonte ich noch einmal: »Ihr Volontär, dieser Hotelierssohn, hat sich gegen mich und Herrn Barbe als Spitzel betätigt.«

»Aber das ist doch aus anderen Motiven geschehen, wenn es überhaupt wirklich geschehen ist. Da lag etwas ganz anderes vor als die systematische, methodische Bespitzelung unserer Gäste durch den Fahrer der Hotellimousine und durch unseren Wagenmeister. Die Arbeit, für die sie bezahlt werden, interessiert die weniger als das Sammeln von Informationen für die linke Presse, für eine bestimmte Partei und für die Hetzer und Chaoten in den Gewerkschaften.«

Nun war es heraus. »Hatten Sie je einen greifbaren Beweis für das, was Sie diesen Leuten vorwerfen?«, fragte ich.

»Dank dem Besuch jener Herrschaften aus dem Zollhaus, die Herrn Barbes Gäste bei einem Mittagessen waren, an dem Sie ebenfalls teilnahmen, hatten wir den, den Beweis«, rief er. Als er an jenem selben Nachmittag von der Grenze kommend beim Überholtwerden in der Gästelimousine den illegalen Mitfahrer entdeckt und den Wagen deshalb am Ausgang der Autobahn von seinen jungen Herren habe abfangen lassen, sei ihm endlich Leos geheimes Fahrtenbuch in die Hand gefallen, das, in dem er Namen, Ziel und oft auch die Ausgaben der Gäste notiert gefunden habe und die wem weitergegeben worden seien: denen, die in ihren Presseorganen den Klassenhaß schüren mit falschen Darstellungen des Wohllebens der leitenden Schichten unseres Volkes. Überall hatten er und der Wagenmeister Komplizen, selbst in unserem Speisesaal und in den Büros; die Ausgaben, die gewisse Herrschaften im Hotel machten, waren oft schon eine Stunde später, aufs Komma richtig beziffert, in den Redaktionen der Linken.«

Ich hatte genug gehört. Nun wußte ich, welcher Natur die Dienste waren, mit der die drei Genossen der guten Sache dienten, und Alberts böses Wort, das er in dem Nebenraum des Séparées mir ins Gesicht geschleudert hatte, enthüllte nun seinen wahren Sinn: ›Kotzen, das kannst du, aber kotz' wenigstens, weil dich die Gesellschaft des Alten ankotzt, aber du bist ja sein Parasit und säufst auf seine Kosten‹. Barbe mußte also jenes bestimmte Wort gehört haben, denn es war gewiß kein Zufall, daß er mir so spitz gesagt hatte, man bezeichne eine moralisch nicht vertretbare Handlung als eine, die ›zum Kotzen‹ sei. Da ich immer noch nicht wußte, worauf der Direktor letztlich hinauswollte, fragte ich: Nachdem er mir diese

Enthüllung über den Fahrer gemacht habe, wisse ich immer noch nicht, warum er mich habe sprechen wollen.

Meine Frage lasse ihn jetzt schon erraten, daß er umsonst heraufgekommen sei, ich könne nicht guten Glaubens sein, wenn ich ihm vorspiegele, nicht zu verstehen, was er von mir erhofft hatte.

»Spitzeldienste, wie Ihr Volontär sie der Polizei leistete, werden Sie doch nicht von einem Gast gegen einen anderen Gast erwarten. Herr Lorch hat hier übernachtet«, sagte ich. Im übrigen lasse er seine Leute im Betrieb gewiß doch ebenfalls bespitzeln, und durch wen! »Durch Subjekte, die sich dazu hergeben, ihre Kollegen anzuschwärzen bei Ihnen oder sogar bei der Polizei, die ja jeden Klatsch entgegennimmt und in Akten und Computern speichert.« Wenn er zum Beispiel zu wissen glaube, ich sei mit dem Wagenmeister auf dem Motorrad gesehen worden, dann könne doch nur ein Angestellter des Hotels, der ebenfalls in der Garage arbeite, bei ihm gepetzt haben, also der Nachtwächter.

»Sie leugnen es also nicht«, rief er, »danke, das genügt mir!« Im übrigen sei mein Argument keins. So wenig wie es alle anderen sein könnten, die mir vielleicht auf der Zunge schwebten. Wenn zum Beispiel Angestellte Fotokopien der Wochenrechnungen großer Kunden aus dem Hause schmuggelten und den Linken in die Hände spielten, sei dies ein Bruch des Geschäftsgeheimnisses, zu dessen Respektierung sie verpflichtet seien, also ein Vergehen gegen Treu und Glauben. Aber ich selber sei ja wohl »auch so ein Linker«.

Nach diesen Worten zog er erhobenen Hauptes ab.

Wenige Minuten später kam Barbe zu mir herauf. Als ich, in der Annahme, sein überraschendes Erscheinen sei durch den schlechten Ausgang des Gesprächs mit dem Direktor veranlaßt, ihm dieses wiedergeben wollte, hörte er nur zerstreut zu und fragte mich, ob ich in drei oder vier Tagen reisebereit sei, er wolle weg.

Auch wenn mein Auge noch immer bunt umrändert sei, fahren könne ich, wohl schon übermorgen.

Montag werde das Bidet geliefert, aber erst abends, sagte er. Im Zusammenhang damit gebe es noch eine Überraschung.

»Eine angenehme?«, fragte ich.

»Wenn die Ihnen keine Freude macht, sind Sie ein Greis, aber kein junger Mann.«

Er ließ sich die Zeitungen geben, die ich wieder angefangen hatte, für ihn zu lesen und wo ich das Wichtigste angestrichen hatte, legte sie aber auf den Tisch zurück, er lese sie ja doch nicht, ich solle ihm beim Abendessen sagen, was man wissen müsse, und schlug mir vor, in seinem Zimmer mit ihm zu speisen. Außer dem Etagenkellner sehe dort niemand mein Auge. Daß es etwas abbekommen habe, wisse das Personal ohnedies. Es werde sehr viel geredet über ihn und mich. Und das Getuschel sei wieder aufgefrischt worden, seitdem er und Albert mich im Zustand vollkommener Trunkenheit und fast bewußtlos aus dem ›Khedive‹ zurückgebracht hätten. Er habe keine Lust, allein unten im Saal sich bei den einen der Kellner über deren Hochnäsigkeit zu ärgern und bei den anderen, den katzenfreundlichen, daran zu denken, daß sie vielleicht Spitzel der linken Parteien oder der Gewerkschaften seien und ihm seine Mahlzeit mißgönnten. Ein junger Mensch wie ich wisse überhaupt nicht, was der Neid sei, welch verheerende Rolle er spiele, wie er allerdings andererseits auch der Ansporn zu großen Leistungen sei. Er kenne unter den Büchern, die er gelesen habe, wenige, die ihn so tief beeindruckt hätten, wie das umfangreiche Werk eines Soziologen, Schack, Scheck oder Schoeck heiße der Autor, wenn er sich recht erinnere, ›Der Neid‹ sei der Titel des Buchs, sagte er, das solle jeder einmal lesen, der sich, wie ich, der Täuschung hingebe, der Mensch sei eher gut als schlecht. Kurz, ob ich bereit sei, mit dem, was Gutes in mir stecke, ihm beim Essen Gesellschaft zu leisten. Er komme um vor Melancholie.

Was sollte ich da sagen?

Ich sagte ihm dann aber nicht nur zu für das gemeinsame Essen, ich sagte ihm noch etwas anderes, das ich nicht für mich behalten konnte: da sei er beeindruckt von dem Werk eines Soziologen gewesen, sei es sogar jetzt noch, und habe sich nicht einmal den Namen des Autors genau gemerkt. In meinen Augen sei das aufschlußreich für die Undankbarkeit der Kapitalisten gegenüber einer geistigen Leistung.

»So«, gab er lebhaft zurück. »Jetzt nennen Sie mir auf der Stelle die Namen derer, die das Penicillin, das Mittel gegen Wundstarrkrampf, gegen die Syphilis und die Maul- und Klauenseuche erfunden haben! Wem verdanken wir all das, was uns zusätzlich zu dem, was die Natur dem Menschen bietet, an Heilsamem und Bequemlichkeiten umgibt, von der Dampfmaschine bis zum Reißverschluß und meinen Patentknöpfen. Nennen Sie mir auf der Stelle die Namen von fünfzig Männern, deren Erfindungen ein Segen für die Menschen sind. Sie fallen Ihnen nicht ein.« Ich sei genauso undankbar wie er. Nur, daß ich es nicht wisse. Dieser Mangel an Bewußtsein sei, einmal meine eigenen strengen Maßstäbe angelegt, nur Kindern erlaubt. In meinen Augen laste eine Ursünde auf ihm, die, daß er ein Kapitalist sei, das erkläre mir jeden Fehler, den ich an ihm entdeckte. Dennoch werde er mich, wenn ich zum Essen herunterkäme, mit einer Bestätigung für mein so bequemes Vorurteil überraschen.

In diesem Fall wolle ich mich mit dem Anziehen beeilen und bald bei ihm erscheinen, sagte ich, fragte mich aber, ob mich nicht vielleicht das Gegenteil einer solchen Bestätigung erwarte, und ich war neugierig auf das, womit ich überrascht werden sollte, als ich zum anderen Stockwerk hinunterging.

Kapitel 45

In dem man sieht, wie schwer es ist, sich von Bedürfnissen frei zu machen.

Da ich auf mein Anklopfen kein »Herein« vernahm, trat ich in den länglichen Vorraum, der im Fürstenhof jedes Zimmer vor den Geräuschen schützt, die selbst in diesem Hotel, wo der Boden in den Gängen überall mit dicken Teppichen bespannt ist, unvermeidbar sind. Ich klopfte an der zweiten Tür, der des Zimmers. Von drinnen war Geraschel von Papier und das Zuklappen eines Koffers zu hören, aber immer noch kein »Herein«, obwohl sich doch jemand dort befinden mußte. Ich klopfte noch einmal und rief Barbes Namen; da hörte ich, daß man eine Tür öffnete, die nur die zum Bad sein konnte; dann endlich ertönte sein kräftiges »Herein«. Aber, als ich eintrat, war er nicht mehr im Zimmer, und zog, was ich gerade noch durch den sich schließenden Spalt sah, die Tür zum Bad hinter sich zu.

»Sie sind es doch, Ferdinand?«, fragte er.

Es war das erste Mal, daß er mich mit dem Vornamen ansprach, aber mein Erstaunen darüber wich auf der Stelle einem ganz anderen, denn ich konnte es kaum fassen, daß die angekündigte Überraschung nichts Geringeres war als die Umwandlung seines Schlafzimmers in ein Depot von Geräten und Gegenständen, über deren Zweck ich nicht nachdenken mußte. Als erstes fielen mir drei Toaströster und mehrere Öfchen, Lampen, Laternen in die Augen und zuletzt eine große offene Schachtel, bis zum Rand gefüllt mit schwarzen, weißen und braunen Schuhbändeln, die auf einem Stapel länglich gefalteter, schwarzer Tücher lag. Auf zwei Koffern, an deren Handgriffen noch die Preisschilder hingen, standen mehrere Thermosflaschen, Korkenzieher und ein gutes halbes Dutzend Büchsen- und Flaschenöffner.

Als habe er in meinem Verstummen, ja Erstarren vor dieser Anhäufung von Nützlichkeiten nur die Stille vor dem Ausbruch meines Spottes erraten, rief Barbe aus dem Badezimmer durch die Tür: »Mäßigen Sie Ihren Triumph, mäßigen Sie ihn.«

In der Tat! ›Frei sein von Bedürfnissen, das sagt sich leicht und tut sich schwer.‹ Dieses Wort, mit dem ich ihn so schwer gekränkt hatte, nachdem ich bei dem Antiquitätenhändler Zeuge der Bestellung des Reisebidets gewesen war, fiel mir vor dieser massiven Erfüllung meiner Prophezeiung sofort wieder ein.

Daß er so offen zeigte, wie schwer es ihm wurde, sich vor mir gerade diese Blöße zu geben, die ihn mehr als jede andere in Verlegenheit bringen mußte, ließ mich ermessen, was es ihn wohl gekostet hatte, mir, als er oben bei mir gewesen war, anzukündigen, ich werde meine Vorurteile gegen ihn bestätigt finden. Ich fragte mich, wie ich mich verhalten solle, um die Situation nicht noch peinlicher werden zu lassen, als sie ohnehin war. Denn daß er sich selber lächerlich finden mußte, nahm ich fest an.

Aber da kam er schon aus dem Badezimmer heraus. »Triumphiert mit Maß und kurz nur, verlängert nicht mein Leiden und seid mir Freund«, sagte er, mit erhobenem Finger zitierend; die Verse habe er nie vergessen können, aber den Titel des Stücks und den Namen des Verfassers wisse er nicht mehr. Er habe den Satz vor Jahren von einem Theaterabend als einzigen Gewinn heimgebracht und seitdem immer wieder, doch oft ohne Erfolg, versucht, die Verse dann zu beherzigen, wenn er Leistungen anderer, besonders die seiner Angestellten oder Arbeiter, als enttäuschend oder schlecht verurteilen mußte. Die Neigung zu scharfer Kritik sei stark in ihm, er wisse es, und nun komme er sich, angesichts dessen, was ich auf dem Bett und dem Boden liegen und stehen sehe, mehr als gedemütigt vor.

Davon könne keine Rede sein, antwortete ich, aber er möge mir erklären, wozu er ausgerechnet Gegenstände dieser Art gekauft habe, es sei doch Irrsinn …

Sofort brauste er auf: »Irrsinn! Schauen Sie nur hier auf die Fenster, und das ist ein Vier- oder Sechs- oder Hundertsterne-Hotel.« Er schaltete den Deckenleuchter aus: »Ist das Nacht, ist das Dunkelheit?«, rief er und zwang mich – nicht zum ersten Mal – ihm beizustimmen. In der Tat, das Licht der Bogenlampen der an den Park grenzenden Straße, auf die hinaus die Fenster der Rückfront des Hotels gehen, drang durch die seidenen Vorhänge in das Zimmer. Ich erinnerte mich seines Zorns, den die ungenügende Dichte der so schönen rein seidenen Vorhänge bei der Besichtigung der Zimmer erregt hatte. Vergessen war sein Appell an mich, mit Maß zu triumphieren, er war es, der triumphierend auf den Stapel schwarzer Tücher zeigte, die das ebenfalls zum Warenlager beförderte Bett zur Hälfte bedeckten. Er machte mich auf die verschiedenen Formate der Tücher aufmerksam, auch darauf, daß sie alle gesäumt und an einem ihrer vertikalen Enden mit Ringen aus Holz, am anderen mit angenähten Klammern versehen waren. Er habe einen Tapezierer aufgetrieben, der die Tücher geschnitten und benäht habe. Beide Möglichkeiten, die Tücher vor ein Fenster zu hängen, seien also gegeben.

Was er machen solle, sagte er, wenn wir zum Beispiel auf einem Gebirgspaß übernachten müßten oder in einem verlorenen Dorf des tiefsten Südens. Die Armut am Mittelmeer sei sprichwörtlich, und was ein richtiger Vorhang sei, das wisse man ja so gut wie nirgendwo, nicht einmal in diesem Hotel. Über den Komfort in einfachen Gasthöfen habe er keine Illusionen, auch gebe es gewiß in keinem kleinen Ort einen Laden, wo man lichtfeste Tücher finde und noch weniger Toaströster, man wisse im Süden nicht einmal, was das ist, ein solcher elektrischer Röster. Denn am ganzen Ufer des Mittelmeers ziehe man die Mehlsuppe dem Brot vor. Er hob zwei Röster vom Bett hoch und betrachtete sie mit Wohlgefallen.

Ich sagte ihm, seine Vorstellungen seien veraltet, von Gibraltar bis zum Bosporus und auch auf dem jenseitigen Ufer sei dieses Meer besäumt mit Hotels, wo den aus dem Norden und den aus den Vereinigten Staaten kommenden Gästen zum Frühstück überhaupt nichts anderes serviert werde als Toast.

Da fragte er entrüstet, ob ich dort gewesen sei. Ich könne das doch nur aus Hotelprospekten wissen. Ich selber hätte ihm gesagt, daß ich nie südlicher als bis Rom gekommen sei und Spanien, Griechenland und den eigentlichen Balkan nicht kenne. Auch wolle er ja so wenig wie möglich im Hotel wohnen, »dort unten«, deswegen decke er sich doch gerade mit dem ein, was man brauche, um unabhängig zu sein. »Selbst will ich mir meinen Toast machen«, erklärte er, und für den Fall, daß es in dem »Fischerdorf«, wo das unabhängige Leben beginnen solle, keine Elektrizität gebe, habe er vorgesorgt. Er zeigte pfiffig lächelnd auf Öfchen und Lampen, wie sie bei Polar- und Afrikaexpeditionen dann mitgeführt werden, wenn man mit elektrischem Strom nicht rechnen kann und auf batteriebetriebene Grill-, Koch- und Beleuchtungsgeräte zurückgreifen muß. Aber selbst Camping-Öfchen, die man mit Petroleum speist, und Laternen, in die man Kerzen steckt, hatte er eingekauft, sie standen hinter den anderen, schamvoll versteckt bei drei Transistor-Empfängern, neben denen ein Karton Ersatzbatterien und vier Thermosflaschen auf dem Boden lagen.

Ob ich das alles dicht beieinander versammeln dürfe, fragte ich ihn, entsetzt bei der Vorstellung, daß dieses Warenlager in meinem kleinen Wagen Platz finden sollte.

Wieder lächelte er pfiffig: »Sie haben noch nicht alles gesehen«, sagte er. »Öffnen Sie die Schränke. Was da noch drin ist!«

Sie waren vollgestopft mit leichten, weißen und beigefarbigen Anzügen, Windjacken, Shorts, leichten und schweren Pullovern, Bademänteln, und in den oberen Gefächern standen helle Schuhe, Wasserstiefel und Sandalen verschiedener Sorten, in einem lagen zwei Tropenhelme. Meinen entgeisterten Blicken begegnete er wiederum mit pfiffigem Lächeln: »Der Gästefahrer Leo hat mir einen Leihwagen besorgt, einen Kombi. Alles wird dort hineingehen. Montag muß ja noch das eine oder andere angeschafft werden.« Und dann erzählte er mir, dieser Leo finde Lösungen für alles, für jedes Problem. Wie schlau der sei, könne ich auch daran ermessen, daß der durchtriebene Kerl, um sein Herumspionieren zu tarnen, sich im Hotel offen als Linker im Betriebsrat hervorgetan habe. »Der Leo war bei den Versammlungen des Personals der unangenehmste Delegierte, aber, wenigstens nach außen, auch der korrekteste.« Das seien die Worte des Direktors gewesen, der jetzt vor Empörung gegen den Generaldirektor »rauche«, weil der den »Menschen« behalten hatte, obwohl nun jeder im Haus wisse, daß der Gästefahrer ein politischer Agent sei. Darunter solle man sich nicht immer ein Klasseweib wie die Mata Hari vorstellen. Er, Barbe, könne Überzeugungstäter wie Leo nur bewundern, die herrschende Gesellschaft werde noch schneller ihren Untergang erleben, als er es ohnedies annehme, wenn sie sich nicht schleunigst genügend Gegen-Leos anheuere, ergebene, zuverlässige; aber diese Gesellschaft gebe sich ja mit Problemen ab, deren Lächerlichkeit meinem Ermessen wohl entgehe. »Denken Sie«, sagte er, »Ihr Freund von der Sittenpolizei, der bei dem Verhör so zuvorkommend mit Ihnen gewesen ist, hat mich angerufen und mir erzählt, ein untergeordneter Beamter seines Dienstes habe doch wahrhaftig Erkundigungen im Hotel veranlassen wollen, weil Sie und ich des Mädchenhandels geziehen worden sind. Alles per Telefon, mit genauer Angabe der Stunde, wann wir den beiden Verkäuferinnen in der Halle Champagner hatten auffahren lassen. Wir hätten sie wahrscheinlich betäuben wollen, um sie ›über die Grenze zu verschleppen‹, soll gesagt worden sein. Haben Sie Worte! Glücklicherweise hat jener höhere Beamte verboten, den Anruf ernst zu nehmen. Ich bin jetzt fein heraus«, schloß er, »mich wagt man nicht mehr zu belästigen, weil man mir Unrecht getan hat, in der Affäre der Bankräuber.«

Barbe hatte, während er mir das erzählte, den Etagenkellner herbeigebeten, aber erst, als dieser mit dem gedeckten Tisch auch schon die Speisen hereinrollte, fiel es mir auf, daß Barbe das Menu im voraus zusammengestellt haben mußte, also ohne mich nach meinen Wünschen zu fragen. Ich schloß daraus, daß ich in seiner Gunst gesunken war, und hatte, als wir anfingen zu essen, Mühe, meine schlechte Stimmung zu verbergen. Es hatte mir schon genug mißfallen, daß er sich durch einen anderen als mich, und obendrein ausgerechnet durch den Fahrer Leo, den Kombiwagen hatte besorgen lassen. Auch fragte ich mich, ob er Albert, ohne es mir zu sagen, wiedergetroffen hatte.

Schließlich sagte ich ihm: da er mir von seinen Beziehungen zu dem Fahrer Leo gesprochen habe und ich ja nun meinen Wagen nach Hause bringen müsse, dürfe ich wohl fragen, ob es Albert war, der ihn so intim mit Leo bekannt gemacht hatte.

»Die beiden haben mich gestern abend in eine Kneipe zu einem Imbiß eingeladen«, antwortete er.

Daß er dies ohne die geringste Verlegenheit sagte, ärgerte mich um so mehr, als er mit der selben Unbefangenheit fortfuhr: Leo habe in der Kneipe fast die ganze Zeit geschwiegen. Der beschränke sich darauf, die Menschen zu beobachten. Aber das Gespräch mit Albert habe ihn fasziniert. Der sei nicht nur klug, der sei auch logisch, besitze also Charakter. So habe Albert ihm gesagt, ein Marxist müsse bei uns im kapitalistischen Westen asketisch leben und, um ein gutes Beispiel zu geben, auf alles Überflüssige verzichten. Daß er darauf in Lachen ausgebrochen sei, könne ich mir wohl denken. Auch habe er Albert prompt gefragt, wie er solche Ansichten mit den Besuchen im ›Khedive‹ vereinbare, wohin er offenbar doch oft gehe.

Der Ort der Wollust und des Champagners sei für ihn ein Ort nützlicher und auch legaler Tätigkeit, habe Albert ihm geantwortet, die Gewerkschaften und die Partei zu informieren und sich für beide informieren zu lassen, sei nichts Strafbares. Die Unternehmer und deren Verbände hätten ja ebenfalls überall ihre Informanten.

»Das hat er Ihnen so gesagt, wie Sie es mir wiedergeben?«, entfuhr es mir.

In dem Augenblick kam der Kellner, um abzuräumen. Als der Mann den Tisch hinausrollte und noch in Hörweite war, sagte Barbe: »Daß die Gewerkschaften und linken Parteien sich, wo sie können, Spitzel halten, ist ja in der Tat natürlich. In einem Hotel wie diesem möchte ich sie nicht zählen müssen.« Das sagte er bei der offenen Neugier, die das Personal uns bezeugte! Der Blick, mit dem der Kellner, als er die Tür zuzog, Barbe musterte, war alles andere als freundlich.

Sobald wir allein waren, sagte er mir, wenn ich meinen Wagen nicht selbst nach Hause bringen wolle, er habe mit Leo gesprochen, der sei bereit, es für mich zu tun und mit der Bahn zurückzukommen. Das erspare mir Fragen der Eltern wegen meines Auges und die Begegnung mit meiner Abgehängten. Auch die mit Albert, der sei mir ja offenbar recht böse. Er erwarte übrigens jeden Augenblick einen Anruf von diesem. »Wenn der Fahrer Ihren Wagen nach Hause bringt, stehen Sie mir dann am Montag für einige Gänge in die Stadt zur Verfügung, trotz Ihres Auges?«, fragte er mich und erhob sich; das Zeichen, daß er allein zu sein wünschte. »Ich möchte sobald wie möglich aufbrechen«, sagte er, er habe aber noch einiges einzukaufen.

Als ich mich verabschiedete, behielt er meine Hand einen Augenblick in der seinen: »Werden Sie mich während unserer Reise auch ertragen?« Er zeigte auf die Sachen, die er gekauft hatte: seine Schrulligkeiten! Ich solle nicht denken, er wisse nicht, wer und wie er sei. Wer so wie er schuften und dabei so viele Kröten habe schlucken müssen und nie ein so feiner Mann gewesen sei wie die reich Geborenen, dem stehe wohl ein wenig Recht auf Nachsicht mit seinen Schwächen zu. Er nehme mich ja gleichfalls so, wie ich sei.

»Und wie sehen Sie mich?«, fragte ich, »aber ehrlich, bitte.«

»Jedes zweite Wort bei euch jungen Roten ist das Wort ›ehrlich‹, dabei seid ihr es so wenig wie die Bürgerlichen, die ihr verachtet. Wenn Albert auch noch einen Grad hochmütiger ist, als Sie es schon sind, an der Bescheidenheit werden auch Sie nie ersticken. Dabei ist Ihre Menschenkenntnis … gleich Null. Zu hart, mein Urteil? Albert sieht Sie übrigens genau so, wie ich Sie sehe.«

»Und wie sieht er mich?«, fragte ich.

Hatte er eine gewisse Bitterkeit aus meiner Frage herausgehört? Wie jedesmal, wenn er fürchtete, mich gekränkt oder betrübt zu haben, berührte er mich am Arm: »Der Lorch und ich haben Sie nicht durchgehechelt. Aber daß wir über Sie gesprochen haben, das ist doch natürlich. Sie und ich haben ja auch über ihn gesprochen.«

»Ich habe aber nur Gutes über Albert gesagt«, hielt ich ihm entgegen.

Daß er darauf nicht sofort antwortete, ließ mich annehmen, Albert habe mit seinem Vorurteil gegen die Studenten bei Barbe ein nicht ganz unwilliges Ohr gefunden.

Barbe sah auf die Uhr: da ich wisse, daß er auf einen Anruf Alberts warte, solle ich jetzt dableiben, bis der komme, und mithören. Er werde unauffällig die Rede auf mich bringen, so könne ich mich überzeugen, daß Albert mir vielleicht noch immer grolle, mich aber nicht schlecht mache. Sie hätten gewettet und die Wette habe er verloren; er müsse dies Albert bestätigen.

Als kurz darauf das Telefon summte, reichte er mir, bevor er abhob, den zweiten Hörer.

Es war aber der Portier: die hohen Herrschaften seien im Begriff, zum Kaffee mit den Kindern vom Speisesaal in die Halle zu gehen, der Nebentisch sei für ihn reserviert. Es habe Schwierigkeiten gegeben, die seien aber behoben.

Barbe dankte, erklärte mir jedoch nicht, wer jene hohen Herrschaften waren, in deren Nähe er offenbar sitzen wollte. Er wechselte vor mir Hemd und Krawatte. Wenn Albert nicht bald anrufe, er müsse zur Halle hinunter, sagte er, aber da kam das Gespräch.

Es überraschte mich schon nicht mehr, daß er auch Albert mit dem Vornamen ansprach: »Ich habe die Wette verloren. Die Herrschaften sind in der Tat seit drei Tagen unter einem geliehenen Namen im Hotel, und die lokale Presse hat noch immer keine Ahnung. Ihr Nachrichtendienst ist perfekt. Ich gratuliere«, sagte er.

Ich hörte Albert lachen und ihm sagen: »Also das kostet Sie eine dicke Spende für die Rote Hilfe oder aber einen Champagnerabend im ›Khedive‹.«

»Ich bin nicht so masochistisch, Geld für meine Todfeinde zu geben«, antwortete Barbe. »Also gehen wir in den ›Khedive‹. Mit meinem Begleiter. Oder sind Sie dem noch immer gram?«

»Einer, der Marxist sein will, hat sich nicht zu betrinken, wenn er für die gute Sache tätig ist.«

Es warf mich um, das aus Alberts Mund zu hören, es war mir die Bestätigung für den Verdacht, daß er Barbe nicht nur sein Treiben als Informant gestanden, und für wen er das tat, sondern ihm auch verraten haben mußte, daß mir an jenem Abend eine kleine Rolle bei dem Versuch zugewiesen worden war, Leos Entlassung zu verhindern.

Ob er mich wirklich nicht dabei haben wolle, fragte Barbe.

»Er kann ja mit uns essen, aber in den ›Khedive‹ ihn mitnehmen, nie! Strafe muß sein. Er hat als Marxist versagt.« Und dann kam allerlei Allgemeines, mich schwer Treffendes gegen die Studenten, die seien eitel, wollten alles besser wissen als die Werktätigen, ich sei zwar noch nicht einmal der Schlimmste, aber dafür auch der wenigst Drahtige. Er wisse, von meinem Freund Richard, wie sorglos und leichtsinnig ich sei, und dann sagte er, er wisse ja auch von Richard selber, wie dieser mir meinen Personalausweis habe wegnehmen können, ohne daß ich es bemerkt habe, so sträflich naiv sei ich.

Barbe machte noch einen Versuch, ihn umzustimmen. »Sie haben Ferdinand früher doch sehr gern gehabt.«

»Gern gehabt! Verschossen war ich in ihn, noch bis vor vier Jahren, ich sagte es Ihnen ja, aber dann fingen wir beide an, den Mädchen nachzulaufen, und seitdem taugt er nicht mehr viel für uns.«

Was Albert sagte, war mir unerträglich, ich legte den Mithörer auf.

Barbe war so taktvoll, das Gespräch sogleich zu beenden. »Also Montag abend im Hotel. Und mit Ferdinand. Nur zum Essen.«

Daß es Barbe sehr eilte, zur Halle zu gehen, wußte ich. Er ließ sich zum Aufzug begleiten und verabschiedete sich dort von mir.

Kapitel 46

In dem arabische Prinzessinnen auftreten.

Was ich bei Barbe hatte hören müssen, hatte mich derart niedergeschlagen, daß ich, zunächst noch wie betäubt, eine Stunde lang im Fernseher in meinem Zimmer einen Farbfilm über Tunesien hatte ablaufen lassen. Bei meiner Vorliebe für Menschen, die mit einer leicht, sehr leicht gebräunten, weichen Haut und mit schwarzem Haar und dunklen Augen auf die Welt kommen und die diesen Teint also das ganze Jahr hindurch und nicht nur dank an der Sonne verbrachten Ferien haben, hatte der Anblick des gezeigten tunesischen Menschenschlags mich allmählich in eine nicht geringe Erregung versetzt und unwillkürlich meine Gedanken zu jener Camilla zurückgehen lassen, die im ›Khedive‹ nach Barbes Wort meine »Kraftentfesslerin« und »Freudenspenderin« gewesen war und die Albert mir wegen ihres Teints zugespielt hatte, der ja seinem nicht wenig ähnlich war. Daß er im Séparée vor Camilla nicht nur von meiner Vorliebe für den Teint gesprochen, sondern auch angedeutet hatte, an wem mich dieser schon früher angezogen hatte, war immerhin der Anlaß meiner Gereiztheit gegen Albert gewesen und hatte schließlich den Ausbruch herbeigeführt, als es nicht mehr beim Vergleichen der Rauheit meiner mit der Glätte von Camillas und eben auch seiner Haut geblieben war.

Blau und gelbes Auge hin oder her! Als ich seinen Zustand vor dem Spiegel nachprüfte, war mein Entschluß schon gefaßt, zum ›Khedive‹ zu fahren. Was sollte ich, bei meinem Zorn auf Albert, allein den Abend in meinem Zimmer vertrauern!

Doch als der Aufzug, den ich heraufgeklingelt hatte, an meiner Etage hielt, entstieg ihm ein Page des Hotels und sagte mir strahlend, gerade habe er zu mir gewollt, es sei ja gut, daß ich mich noch nicht zu Bett begeben hätte. Und er übergab mir einen Brief von »dem Herrn, mit dem Sie sind«.

Barbe schrieb mir, er fürchte, ich säße Trübsal blasend allein in meinem Zimmer, ich möge doch in die Halle kommen, ihm Gesellschaft leisten, wenn ich die aber für diesen Tag genug genossen hätte, solle ich wissen, er sei sozusagen nicht allein dort, es gebe etwas Schönes zu sehen, etwas mit dem bevorzugten Teint.

Von dem Pagen erfuhr ich, daß Barbe nicht auf Antwort wartete und sogar ausdrücklich befohlen hatte, den Brief, wenn nach leisem Klopfen nicht »Herein« gerufen werde, unter die Tür in den Vorraum meines Zimmers zu schieben.

Ob der Herr allein in der Halle sitze, fragte ich.

Er habe den Tisch neben den arabischen Prinzessinnen. Es seien die Töchter eines Ölscheichs.

Ob die Mutter auch dabei sei?

Mit den Hofdamen. Wer sie seien, wisse man aber erst seit wenigen Stunden. Die Herrschaften seien inkognito abgestiegen. Zwei ganze Etagen seien allein für das Gefolge der Lieblingsfrau des Scheichs reserviert, eben der Mutter.

Scheichs, Ölscheichs natürlich, Prinzessinnen, das waren nichts als negative Reizworte für mich, zu schweigen davon, daß ein Begriff wie »Lieblingsfrau« einzig mit der Vorstellung von kitschigen Filmen verbunden war. Gesehen, aus der Nähe gesehen, hatte ich so etwas, das zu den Spitzen des islamischen Ausbeuterpacks gehören mußte, freilich noch nie. Also, im Vorbeischauen ansehen und dann in den ›Khedive‹, aber ohne Barbe! Gedacht, beschlossen, und schon fuhr ich hinunter in die Halle.

Barbe war allein, doch unmittelbar am Nebentisch saßen fünf hinreißende Kreaturen und drei ältere Damen, alle unverschleiert und europäisch gekleidet. Hinter dem Sofa, Barbes Platz direkt gegenüber, auf dem die fünf jüngeren beisammen saßen, standen, ebenfalls europäisch gekleidet, fünf Männer arabischen Typs, an der kräftigen Statur und an den aufgebauschten Taschen, worin die Waffen steckten, als Leibwächter der Damen zu erkennen. Daß auf der Mehrzahl der Tische die Karte »Reserviert« in einem Messingrahmen stand, war offensichtlich eine Schutzmaßnahme des Hotels.

Barbe, der mich, als ich die fast leere Halle betrat, gesehen und in seiner ungenierten Art herangewinkt hatte, sagte mir leise: »Das bekommen Sie nicht alle Tage aus solcher Nähe zu genießen. So frei sind die nur in den Ländern, in denen der Islam nicht die Staatsreligion ist.«

Ich konnte seine Begeisterung nicht teilen. Gewiß, die Prinzessinnen hatten wirklich entzückende, ja vornehme Gesichtszüge, aber es waren noch Kinder. Als ich dies einwandte, sagte Barbe: »Da liegt ja der Reiz, die Älteste ist höchstens vierzehn Jahre alt.«

Daß ich mich nicht zu ihm setzen wollte, schien Barbe zu betrüben, aber ich blieb fest und verabschiedete mich von ihm, ohne zu sagen, was ich für den Rest des Abends vorhatte.

Als ich eine knappe Stunde später aus dem ›Khedive‹ zurückkehrte, lag bei meinem Schlüssel ein Zettel Barbes, ich möge ihn noch einmal in der Halle aufsuchen.

Er saß noch immer am selben Tisch. Als ich sah, um wen die Gesellschaft des Nebentischs sich vermehrt hatte, bedurfte es nicht mehr seines vergnügten und verschmitzten Lächelns, damit ich verstand, warum er mir vorgeschlagen hatte, mich ihm zuzugesellen: begleitet von zwei europäischen Damen, die beide dunkle, strenge Schneiderkostüme trugen, saß bei den Araberinnen der Chef der Abteilung IV, der sich bei meiner Festnahme unter dem Titel eines einfachen Inspektors gemeinsam mit dem Polizeirat vorgestellt und mich ins Präsidium gebracht hatte.

Von unserem Kellner erfuhr ich, daß die Herren von der Polizei der Frau des Scheichs auf deren Wunsch den fälligen Höflichkeitsbesuch zu dieser sonderbaren Stunde abstatteten. Da die Dame und ihr Hofstaat noch am selben Abend mit dem Schlafwagenzug abreisten, die arabische Etikette aber den Herren verbot, allein zu erscheinen, hatten sie, weil der Scheich nicht dabei war, ihre Frauen mitbringen müssen. Alle sprachen Englisch, die fünf Prinzessinnen zu meinem Erstaunen sogar fließend und, wie mir schien, fast fehlerlos. Ich hatte immer gehört, die islamische Frau könne weder gut kochen noch nähen, sei für unsere Begriffe überhaupt sehr untüchtig und vor allem zu faul, um Sprachen zu lernen, mein Steckenpferd. Als ich Barbe, der sich als Zuschauer und Lauscher köstlich zu unterhalten schien, meine Verwunderung über die Sprachgewandtheit der Damen äußerte, meinte er, die Entdeckung des Erdöls habe den herrschenden Familien die Trägheit ausgetrieben. Schlechte Kunden seien die islamischen Länder allerdings für ihn. Man trage dort zu viele Kleidungsstücke, die keines Knopfs bedürften, drei Ansätze habe er gemacht, um den Markt wenigstens mit Schnallen und Gürteln zu erobern, es habe sich nicht gelohnt, und er bedauere es. Er sei nämlich gern in die Länder des Propheten gereist.

Ich erfuhr nicht mehr, was es im besonderen war, das ihn dorthin zog, denn die Gesellschaft am Nebentisch war in Bewegung geraten, die beiden Herren von der Polizei und ihre Gattinnen verabschiedeten sich von den arabischen Damen.

Im Fortgehen mußten alle an unserem Tisch vorbei, der Chef und der Polizeirat, die Barbe wohl längst wiedererkannt hatten, schienen sich ebenfalls auch meines Gesichts noch zu erinnern; beide blickten überrascht einen Augenblick auf mich, und wie es in solchem Fall wohl immer sein wird, war ich überzeugt, sie sahen nichts anderes als mein buntgerändertes Auge.

»Wo sind wir denn gewesen?«, fragte Barbe, als auch die Scheichfamilie, diese in Richtung des Aufzugs, verschwunden war, »ich wette, im ›Khedive‹.«

Er zog mich auf, die Unruhe hinter meinem Hosenlatz sei also letzten Endes größer gewesen als meine Verlegenheit über das mitgenommene Auge. »Wir haben uns also mit dieser einwandfreien Einrichtung, die das Bordell in meinen Augen ist, versöhnt«, sagte er ironisch, »es war aber höchste Zeit. Sie gehen doch auf Ihr dreiundzwanzigstes Jahr zu.« In vielen Ländern hätten moralbesessene Behörden die finstere Absicht, diese ehrlichen Zufluchtsorte zu schließen, denen man heute den widerlichen Namen Eros-Center gebe. Würden sie geschlossen werden, wandere er – das sei so sicher wie das Amen in der Kirche – in ein islamisches Land aus: nur dort sei das Bett nicht der Kerker des Mannes, der dürfe die Frau jederzeit verstoßen und sich sogar einen Harem halten. Dafür müsse man aber ein kapitalerer Kapitalist sein, als er es sei. Wie mir denn nun die Sache gefalle, ich sei doch gewiß wieder bei Camilla gewesen, obwohl die schöne Bestie kalt wie ein Eisschrank sei.

Ich gestand ihm, daß mir im Grunde die Sache mit anständigen Mädchen besser gefalle, man werde nicht so sachlich abgefertigt.

»Was ist Ihnen wichtiger: die Sache oder das Drum und Dran?«, fragte er. Es gab ein langes Gespräch darüber. Am Schluß meinte er, mir liege wohl am Gekose und am Gefächel für Herz und Seele mehr als am Eigentlichen, an dem Spaß, der die Sache beschließe, und der, genau besehen, der Motor des ganzen sei. Mit den anständigen Mädchen habe man etwas mehr Karosserie zum Motor. Er finde die zarteren Dinge nicht lächerlich, aber wann und wie er in den Jahren des ständigen Aufschwungs seiner Fabrik die Zeit für Geschmuse hätte finden sollen? Er habe es mir ja erzählt, wie sein ganzer Tagesablauf zunehmend eine arge Schraube endloser, ihn immer mehr zermangelnder Verpflichtungen auch im Gesellschaftlich-Privaten geworden sei. Da habe er, seit dem frühen Tod seiner Frau, wenigstens auf einem Gebiet nie mehr eine Bindung eingehen wollen. Und wie gut er getan! Wieder verheiratet, hätte er doch nie seinen großen Entschluß fassen und jene auswegslos gebundene Existenz in die vollständige Freiheit umwandeln können. Mochte der Präsident der Handelskammer nur sterben, er, Barbe müßte keinen freien Samstagnachmittag dafür opfern, denn diesen Tag hätten seine Bekannten sich immer für ihr Begräbnis ausgesucht, um möglichst vielen das Wochenende zu verderben. Ob er morgen in den Süden aufbreche oder ob übermorgen, oder ob nach Spanien oder nach Griechenland, diese berauschende Möglichkeit, zu tun, was er wolle, setze voraus, daß keine Pflicht ihn an die Fabrik, kein Gefühl ihn an eine Frau fessele. Ein Sechzigjähriger, der annehme, jemand könne sich in ihn verlieben, sei ein Narr. In seinem Alter erwecke man keine Leidenschaften mehr, jedes andere, ihm entgegengebrachte Empfinden wie Respekt oder Bewunderung sei aber eine Bindung nicht wert. Deshalb fühle er sich bei den käuflichen Mädchen so wohl, sie seien ihm, was dem Muselmann die Haremsdamen, und bestätigten ihm, daß er nur die Hose wieder zuknöpfen müsse, um wieder ein freier Mann zu sein – nach gehabtem Genuß. Doch er werde es mir nicht verübeln, wenn ich ihn nicht mehr in jene Häuser begleiten wolle.

Und dann eröffnete er mir, er müsse mich ernsthaft bitten, den Sonntag zu nutzen und mich ganz auszukurieren. »Auch wäre es Zeit, die Karten der Autostraßen nach dem Süden gründlich zu studieren. Einen Fahrer, der sich verfährt, das kann ich in der Seele nicht ausstehen. Montag früh möchte ich, sobald wir den Leihwagen übernommen haben, in der Stadt sein, es ist noch so manches einzukaufen.«

So verbrachte ich den Sonntag, bei Schonkost für den Magen, über Landkarten und Reiseführern, die Barbe mir heraufgeschickt hatte, still in meinem Zimmer und hatte am Abend des Sonntags die verschiedenen Routen, die ans Mittelmeer führten, im Kopf.

Kapitel 47

In dem Barbe dem Heiligen Christophorus Ehre erweist.

Am Montag morgen fuhren wir gleich nach dem Frühstück in einen Vorort zu einer Garage, wo wir den Leihwagen übernahmen, die dazugehörenden Papiere ausfüllten, Geld hinterlegten ... was eben zu erledigen ist, wenn man einen Wagen mietet, mit dem man ins Ausland reist. Barbe verlor die Geduld im Büro und bat um die Erlaubnis zu telefonieren, damit die von mir zu verwartende Zeit wenigstens nicht auch für ihn verloren gehe. Ob alles vorbereitet sei, fragte er einen Herrn Doktor, so daß ich nicht wußte, ob er mit einem Anwalt oder mit einem Arzt sprach. Als er wieder auflegte, schien er sehr zufrieden zu sein.

Nach der Probefahrt, die wir in Gesellschaft eines Angestellten der Garage machten, kaufte er vier neue Autoreifen, einige Kanister Benzin und Öl sowie Ersatzbirnen für die Scheinwerfer; alles wurde sofort in den Wagen gelegt. »Man kann nie wissen, wo man von einer Panne überrascht wird.«

Dann fuhren wir in dem Kombiwagen zum Zentrum der Stadt. Als ich ihn unterwegs fragte, ob er mit dem Wagen ebenso zufrieden sei wie ich, antwortete er: über Dinge, die man nicht kenne und von denen man nichts verstehe, solle man nicht reden, das treffe auf ihn in diesem Fall zu, das Auto bewege sich fort, mehr könne er nicht feststellen. Selbst ein Knopf sei gar nicht immer ein Knopf, der diese Bezeichnung verdiene, auch wenn der Laie dies annehme. Die Verantwortung für den Wagen liege bei mir, er erinnere daran.

Mit Hilfe eines Stadtplans, den er aus der Tasche zog, fand ich bald die Straße, in die er gefahren zu werden wünschte und wo er in dem Haus eines Arztes verschwand, dessen Schild das einzige neben der Eingangstür war.

Als er zurückkam, trug er einen dicken Umschlag in der Hand und nannte mir die Adresse einer Apotheke. Vor der ausgestiegen, bat er mich, mit hineinzugehen.

Die Apothekerin, die den Umschlag, den er von dem Arzt erhalten hatte, entgegennahm, musterte Barbe einen Augenblick zu lang für seinen Geschmack, und als die plumpe Person obendrein sagte: »Ach, Sie sind das«, platzte es aus ihm heraus: »Ja, ich bin das, Sie törichtes Weib. Halten Sie hier Medikamente feil oder Maulaffen?« Und schon entriß er ihr den Umschlag und zog mich mit sich hinaus.

»Was hätten wir nur gemacht«, fing er auf der Straße an, »wenn uns diese Unverschämtheit auf der Reise widerfahren wäre, in einem Ort, wo es keine zweite oder dritte Apotheke gibt? Schön belämmert hätten wir dreingeschaut. Der Arzt hat also hinter meinem Rücken bei dieser Unseligen angerufen. Sie haben ja wohl den Busen der Walküre gesehen. Wer über zwei solche Brüste verfügt, hat nicht das Recht, kleinlich zu sein.«

Die Apotheke, vor der wir dann als nächster hielten, befand sich ein paar Schritte vom Laden des Antiquitätenhändlers, zu dem wir, wie Barbe mir unterwegs gesagt hatte, ohnehin gehen mußten.

Auch dort war zu seinem Ärger die Bedienung weiblich, und wie jene andere, von ihm in ihre Schranken Verwiesene, konnte auch diese Dame ihr Erstaunen nicht verbergen, als sie den Umschlag öffnete und den enormen Packen Rezepte sah. Ob er das alles sofort mitnehmen und wie er das tragen wolle, fragte sie in einem unangenehm klagenden Ton, als werde es ihr persönlich zugemutet, sich mit den bestellten Sachen abzuschleppen.

Das sei seine, nicht ihre Sorge, sagte Barbe, man möge die Sachen mit quittierter Rechnung zu dem Antiquitätenhändler bringen, wo wir zu tun hätten. Wie lange sie brauche, um alles zurecht zu machen?

Nein, wir müßten die Sachen bei ihr abholen, hieß es, es sei ja fast ein Waggon Medikamente, den er bestelle, und vor zwei, vielleicht sogar drei Stunden könne das alles nicht bereit sein.«

»Dann beweisen Sie gefälligst Ihre Tüchtigkeit, statt Reden wie eine Leichenbitterin zu halten«, rief er, warf einen Tausender auf die Theke, das sei die Anzahlung, man möge im Fürstenhof dem Portier Bescheid geben, wann die Sachen bereit seien.

Bei dem Antiquitätenhändler machte Barbe zunächst seinem Zorn gegen den Arzt und gegen die Apothekerinnen Luft. Auf diese Weise erfuhr ich, daß er tags zuvor bei dem Arzt gewesen war und sich die Medikamente hatte verschreiben lassen, ohne daran zu denken, wieviel Platz sie beanspruchten.

»Bei mir sollen Sie keinen Ärger haben«, sagte der Antiquitätenhändler, »bei mir finden Sie Trost. Kommen Sie mit.« Er führte uns vom Laden durch einen Hinterhof in eine kleine Schreinerei, wo ein älterer Handwerker Barbe strahlend entgegentrat: alles sei fertig. Er brachte aus einem Nebenraum einen mit Leder bezogenen Koffer aus leichtestem Holz, der sich vertikal nach zwei Seiten zu ungleichen Teilen öffnen ließ. In dem flacheren glatten hing, mit Klammern befestigt, das zusammengeklappte Gestell, in dem ausgebuchteten tiefen befand sich, wie in einem aufgehängten Etui, das Becken eines blau emaillierten Bidets.

Es gefiel mir, daß Barbe den Handwerker mit Lob überschüttete, ihm das Trinkgeld diskret in einem Umschlag überreichte und ihm wieder und wieder auf die Schulter klopfte. »Zu sagen, daß ich sechzig werden mußte, um etwas so Praktisches zu besitzen! Etwas so Handliches, so Unauffälliges!«

Das hätte er ein wenig früher haben können, sagte der Schreiner und zählte einige Persönlichkeiten der Gegend auf, darunter den Enkel des einstigen Landesfürsten, für die er Bidets in ähnlicher Weise reisefähig gemacht hatte. Der Mann nahm das Gestell und das Becken heraus, klappte das Gestell auf und hängte das Becken hinein. Für das Bidet verdiene er kein Lob, das sei ja Fabrikware, wenn auch gute. Aber Herr Barbe möge sehen, wie genau, auf den Millimeter genau, das zusammengeklappte Gestell und das Becken in den Koffer paßten und daß dieser, wenn man ihn öffnete, als – wenn auch nicht gerade sehr hoher – Wandschirm diente, falls man sich beim Waschen den Blicken einer Begleiterin entziehen wolle.

»Das ist ja das, was mich entzückt«, rief Barbe und beglückwünschte den Antiquitätenhändler dazu, daß er über einen so fabelhaften Schreiner verfügte.

Es gefiel mir, daß Barbe nicht nur mit dem Lob nicht zurückhielt, sondern auch das Können des offenbar nur angestellten Schreiners so sehr herausstrich.

»Und ich habe Dezennien meines Lebens auf Reisen Unsägliches gelitten, wenn ich in einem Gasthof kein Bidet fand, ach, warum haben mich meine Reisen nicht früher zu Ihnen geführt ...«

Kurz, es herrschte eitel Freude in der Schreinerei, und die hielt sogar an, als Barbe die gepfefferten Preise des Bidets und seines Koffers erfuhr. Der letzte sei so teuer gekommen, erklärte der Händler, weil man den Koffer so hatte gestalten wollen, daß selbst das geübte Auge der Gepäckdiener und der Portiers in den Hotels nie erraten könne, was er berge. Auch werde Herr Barbe selbst mit der Lupe im Email des Gestells und des Beckens nicht den kleinsten Sprung, nicht den geringsten Kratzer entdecken.

Barbe ließ die beiden Teile noch einmal aus dem Koffer nehmen, stellte das Bidet zusammen und bedachte es mit den zärtlichsten Blicken des Kenners und Liebhabers. Ich hatte den Eindruck, daß er sich am liebsten einmal zur Probe darauf gesetzt hätte. »Zu denken, daß wir das dem Islam verdanken«, sagte er, »die puritanischen Christen haben sein Vordringen in den Norden verhindert. Es fördere, ja, es wecke die Lust zur Sünde, hieß es damals, in jenen Zeiten, deren genaues Datum mir gerade nicht präsent ist.«

Als die zwei Teile des Utensils wieder in den Koffer eingeschlossen waren und von dem Schreiner ins Auto gebracht werden sollten, verdarb Barbe mir die Freude, die ich an seiner Freude gehabt hatte. Er verriet den beiden Männern, daß ich erst seit ganz kurzem ein Bidet mit Bewußtsein wahrgenommen hatte. Es sei zu seltsam, wo ich doch zu den Gebildeten gehöre oder wenigstens zu den auf dem Weg zur Bildung sich befindenden jungen Intellektuellen, die einmal die Elite der Nation zu stellen hätten. Wie es nur komme, daß ein Land, das Millionen schon fertige Akademiker oder noch Studierende habe, dennoch in diesem delikaten Punkt barbarisch wie die Heimat der Skythen sei.

Als ich ihm sagte, die nächste Revolution der Marxisten werde dafür sorgen, daß das Bidet ein echtes Volksgut und dem Bewußtsein der Nation nahegebracht werde, überhörte er beflissen meinen Hohn.

Der Abschied von nahen Verwandten hätte nicht herzlicher sein können als unserer von dem Schreiner und dessen Arbeitgeber, dem Antiquitätenhändler. Doch kaum waren wir ein paar Meter gefahren, da sagte Barbe: »Wie alles doch seine zwei Seiten hat. Dieser Schreiner! Mich hat er fabelhaft bedient, mit seiner präzisen Arbeit, horchen Sie nur hinter sich, nichts klappert in dem Koffer, aber ... da gibt es ein Aber, ein so geschickter Handwerker, der macht Ihnen auch jedes Stilmöbel nach, der hat das Zeug zum Fälschen. Tut es ja wohl auch.«

Ob er mir, bevor er mir die Gefährlichkeit dieses Mannes erkläre, nicht sagen wolle, wohin er zu fahren wünsche, fragte ich, immer noch zornig auf ihn.

»Zur Kathedrale«, sagte er, »dort werden wir erwartet. Ich habe sogar bereits Verspätung.«

Als wir auf den Vorplatz der Kathedrale einbogen, bat Barbe mich, langsam zu fahren, und zeigte auf einen Priester, der im kleinen Ornat am Hauptportal stand und mit einem Meßdiener sprach. »Wir sind es, auf die diese beiden warten. Halten Sie einen Augenblick.« Er zog ein mittelgroßes, den Heiligen Christophorus darstellendes Medaillon, das an einer silbernen Kette hing, aus der Tasche und hielt mir dessen Rückseite vor die Augen. Mein Name, Ferdinand Melis, war darauf groß eingraviert und darunter, in kleineren Buchstaben, ein ganzer Text: ›Möge der Unbekannte Gott ihn beschützen, solange er mich fährt und auf allen anderen Fahrten auch und sein ganzes Leben lang. Jean Barbe.‹

Wahrhaftig, ich habe nicht ans Wasser gebaut, aber das da, der eingravierte Text, trieb mir die Tränen in die Augen. Wie unangenehm ihm das war, sah ich, als er mir das Medaillon um den Hals hängte. »Geben Sie acht, daß der Priester nur den Christophorus auf der Vorderseite sieht, aber nicht die Inschrift, denn für die Katholischen ist Gott nicht unbekannt. Die wissen viel über den, behaupten sie wenigstens. Ich lasse jetzt von dem Priester den Wagen, das Medaillon und auch Ihre werte Person segnen, katholisch sind Sie ja, halten Sie dabei das Medaillon mit der Vorderseite nach außen in der Hand.«

Als ich etwas sagen wollte, wurde er barsch. »Los, fahren Sie zu, der Priester hat schon sein Honorar erhalten, das war im Prinzip eine Dummheit von mir, denn sie kürzt seine Geduld ab.«

Der Geistliche, noch jung, die Stola um den Hals, war mit der Alba bekleidet, dem weißen langen Überrock, der bei Zelebrationen getragen wird, die unbedeutender sind als die Messe, und dessen mit Spitzen versehener unterer Rand bis auf die Füße fällt. Der Meßdiener, im Chorhemd, der den Weihwasserkessel trug, in dem der Aspergil steckte, der besenähnliche Wedel, mit dem das geweihte Wasser ausgesprengt wird, trat, als wir uns im ersten Gang dem Portal näherten, neben den Priester.

Barbe sagte mir, ich solle das Fenster herunterlassen, aber im Wagen sitzenbleiben. Dann stieg er aus, ging auf den Geistlichen zu, der ihm schon entgegenkam, und bat ihn, die Verspätung zu entschuldigen. »Das ist der Wagen und der junge Mann, der mich fährt«, sagte er trocken und trat auf die Seite.

Als der Priester den Wagen mit dem Weihwasser besprengte und den Segen sprach, geriet ich, ungläubig wie ich es damals ja längst war, in die größte Verlegenheit. Daß der Heilige Christophorus der Schutzpatron der Reisenden war, wußte ich selbstverständlich noch.

Die Zeremonie, die den Priester, der uns am Schluß gute Reise wünschte, wenig beglückt zu haben schien, war so schnell zu Ende, daß Barbe den beiden nachgehen mußte, um dem Jungen, mit dessen Gegenwart er offenbar nicht gerechnet hatte, einen Geldschein zuzustecken. Daß dies bei solchen Anlässen ganz unüblich ist, wußte ich gleichfalls noch, sagte aber nichts zu diesem Mißgriff, der, so nahm ich an, nur jemandem unterlaufen konnte, der nicht in einem katholischen Milieu aufgewachsen war.

»Wenn Ihnen etwas zustoßen sollte, schicke ich das Medaillon Ihrer Mutter und sage ihr, auf Ihre, nicht auf meine Veranlassung sei es gesegnet worden. Das wird ihr, da sie so fromm ist, ein Trost sein.« Mit den Worten stieg Barbe wieder in den Wagen.

Ohne es eigentlich zu wollen, brach ich in Lachen aus. »Daß auch Sie bei einem Unfall umkommen könnten, wollen Sie sich offenbar nicht vorstellen«, sagte ich. »Dabei ist der Platz neben dem Fahrer sogar gefährlicher als der am Steuer.«

So egozentrisch, wie er mir offenbar erscheine, sei er nicht, erwiderte er, jedem falle es leichter, sich den Tod der anderen vorzustellen als den eigenen. Daß man sein Sterben und Nicht-Mehr-Sein überhaupt konkret sich vor Augen zu führen versuchte, geschehe nur ausnahmsweise und dann meistens nur für Augenblicke; sich bis zu Ende durchzudenken, was es heißt, nicht mehr zu leben, das sei derart schwer, daß nur wenige es fertigbrächten. Er selber zum Beispiel schiebe es immer von sich; der Gedanke daran erwische ihn zwar zuweilen, aber er verdränge ihn immer so gut es gehe.

Als er mir das sagte, saß er längst wieder neben mir im Wagen, und ich wußte nicht, ob ich Gas geben und abfahren sollte. Schließlich fragte ich, wohin er gebracht werden wolle.

»Bleiben wir nur hier, vor dieser Kathedrale«, sagte er, »in meinem Leben habe ich so oft die wichtigsten oder interessantesten Gespräche … wo gehabt? Sie raten es nicht: im Bordell! Warum nicht einmal vor einer Kirche? In Häusern wie dem ›Khedive‹, die es ja überall gibt und auch meistens eine Bar haben, in der man mit einem Mann ins Gespräch kommen kann, überkam mich schon manchmal das Philosophische, wenn sich eine Unterhaltung mit einem Unbekannten ergab. Man sagt einem solchen leichter gerade das, was man sich scheut, denen zu sagen, die man gut kennt.«

Hatte ich mein Gesicht nicht genug beherrscht, hatte sein Wort vom ›Philosophischen‹, das ihn zuweilen ›überkomme‹, meine Ironie zu offensichtlich herausgefordert? Wie auch immer, ich muß in einer Weise gelächelt haben, die ihm mißfiel.

»Da grinsen Sie«, sagte er, »weil ich mich im Gelehrten nicht so gut ausdrücke wie ihr Studenten, dennoch bin ich es, der Ihre Mutter liebt, nicht Sie.«

Ich fuhr auf vor diesem mir so anmaßend erscheinenden Wort, aber er faßte mich am Arm: »Ja, hier, vor diesem Gotteshaus, dieser Kathedrale, die es mich nicht drängt zu besuchen, nicht einmal nach Art der Touristen, überkommt mich wieder das Nachdenken. Aber ich weiß, was es bedeutet, daß sie da ist, diese Kirche, und wem das viel, mehr als Ihnen und mir, bedeutet, viel Philosophisches ... oder ist das nicht dasselbe wie das Religiöse, das, worüber ich zuweilen im Bordell gesprochen habe, wenn das Fleisch beruhigt war. Beruhigt, oft auch traurig. Warum also sollen wir beide nicht hier vor der Kathedrale ein Gespräch haben, ähnlich denen, die ich mit anderen Männern im Puff hatte? Und warum gerade hier? Weil ich nicht nur an Ihre Mutter hier denke, sondern auch an meine, die, wie Ihre, eine strenge, fromme Katholikin war und die mir manchen schönen Tag mit ihrer Frömmigkeit versaut hat und der ich dennoch keinen Vorwurf machen kann, weil sie vor allem sich selber durch ihre Befangenheit im Kirchenglauben das Leben zur Qual gemacht hat.«

Und dann erzählte er mir, daß sein Vater bei der Verführung der Frau eines anderen von diesem mit dem Messer getötet wurde, in den Augen seiner frommen Frau, Barbes Mutter also, im Stand der unverzeihlichen Todsünde gestorben und damit zur ewigen Verdammnis verurteilt worden sei. Seine Mutter als buchstabengläubige Katholikin habe den leiblichen Tod ihres Mannes zwar verwunden, nie aber sich damit abfinden können, daß, nach dem Katechismus, seine Seele für alle Ewigkeit in die Hölle verbannt sei. Da habe er, Barbe, als er die Untröstlichkeit der armen Frau nicht mehr ertrug, den Geistlichen der Gemeinde dazu bewegen können, den Versuch zu machen, der Frau diesen ihr unerträglichen Gedanken auszureden und ihr zu versichern, ihr Verstorbener sei nicht in alle Ewigkeit verdammt, wenn er im Augenblick des Sterbens seine Todsünden, besonders den doppelten Ehebruch, bereut habe. Aber es sei ihm nicht gelungen, die Frau davon zu überzeugen, daß der Gestorbene bei dem raschen Tod durch das Messer noch Zeit zur Reue habe finden können. »Wann denn, er war ja gleich tot«, sei ihre obstinate Antwort gewesen. Dieser unstillbare Schmerz um die Seele des Verstorbenen habe sie nie verlassen und sei eine so schreckliche Erinnerung für ihn, daß er mir vorschlage, meine Mutter, deren Frömmigkeit er nun kenne, zu betrügen: »Rufen Sie sie an und sagen Sie der guten Frau, Sie hätten eine Generalbeichte abgelegt, Ihre Ostern gehalten und hätten sogar zum Heiligen Christophorus gebetet, damit Sie die Fahrt mit mir heil überstehen.«

Wer wäre nicht beeindruckt von einem solchen Vorschlag, wenn er aus dem Mund eines Mannes kommt, der selbst nicht gläubig ist? Ich lachte also nicht, dankte ihm für die moralisch so elegante Absicht seines Vorschlags und versicherte ihm, ich werde ihn mir durch den Kopf gehen lassen.

»Tun Sie es, ich will nicht von ihr verwünscht werden, wenn Ihnen auf unserer Reise etwas zustößt. Der Priester und der Meßdiener sind Zeugen dafür, daß Sie sich unter den Schutz des Heiligen Christophorus gestellt haben. Wenn Ihre Mutter das erfährt, wird Sie auch glauben, daß Sie den Weg in den Schoß der Kirche zurückgefunden haben. Denken Sie daran, wie unerträglich für eine Mutter, deren Kind bei einem Brand umgekommen ist, die Vorstellung der Schmerzen sein muß, die das Kind dabei erlitten hat. Was erst müßte Ihre Mutter empfinden, wenn Sie annehmen müßte, die Seele ihres Sohnes schmachte unter unsäglichen Schmerzen für alle Ewigkeit in der Hölle, denn wie sieht der gläubige Katholik die ewige Verdammnis? Als ewiges, brennendes Feuer! Papst Paul VI. hat noch 1968 in seinem ›Credo‹ bestätigt, daß dies geglaubt werden muß ...«

Als er mich dann endlich aufgefordert hatte, ihn in die Geschäftsstraßen zu fahren, und wir vor dem ersten Laden, den er nannte, hielten, sagte er mir: »Bleiben Sie im Wagen, sonst vergaffen Sie sich mir noch einmal in eine Verkäuferin und vergessen, was Sie zunächst einmal Ihrer Mutter schulden.«

Seine Hartnäckigkeit beeindruckte mich nicht wenig. Ich fing an, seinen Vorschlag, meine Mutter zu belügen, ernsthaft zu bedenken, und achtete nicht einmal darauf, welcher Art Ladengeschäfte es jeweils waren, vor denen er mich halten ließ.

Jedesmal, wenn er mit leeren Händen an den Wagen zurückkam, sagte er mir, er habe in dem Laden nicht das Richtige gefunden. Mein allmählich aufgekommener Verdacht, daß das nicht wahr sein könne, wurde mir vor einem Papierladen bestätigt. Da kam der Verkäufer hinter ihm heraus und fragte ihn, ob wir das Gekaufte nicht mitnehmen könnten, er habe keinen Lieferjungen, wir hätten doch den Wagen. In den anderen Läden hatte er also Order gegeben, das Erstandene ins Hotel zu schicken.

So verging der Morgen. Gegen Mittag aber bat er mich, an einem Porzellangeschäft, vor dem er mich als letztem, wie er sagte, hatte halten lassen, mit hineinzukommen. Daß er dort Eß- und Trinkgeschirr kaufte, erschütterte mich. Aber als er am Schluß ein ganzes Teeservice einpacken ließ, fragte ich ihn, warum er so dünne Tassen gewählt und gleich ein volles Dutzend genommen habe.

In den dicken Gefäßen schmecke ihm der Tee nicht, sagte er, und wo er die gleichen Tassen fände, wenn er die eine oder andere zerbräche?

Ich gab es auf, mit ihm zu rechten, dachte mir mein Teil und schwieg auf der Rückfahrt zum Hotel eisern vor mich hin. Als ich dann auch beim Mittagessen im Speisesaal mein Schweigen fortsetzte, musterte er mich streng: »Glauben Sie nur ja nicht, ich wüßte nicht, was Sie denken«, fing er an. »Sie wälzen unwohlwollende Gedanken und obendrein vollkommen falsche über das Bedürfnis nach Sicherheit, das Sie den Kapitalisten als einzigen zuschreiben. Dies Bedürfnis haben aber alle Menschen. Ausgenommen die sehr jungen und solche Erwachsene, die glückliche Besitzer eines Spatzenhirns sind. Der Unterschied zu den Armen, der besteht, ist lediglich der, daß die Besitzenden ihr Bedürfnis nach Sicherheit meistens befriedigen können, die anderen aber nicht, doch das Bedürfnis haben sie im gleichen Maße wie die Reichen, es ist also nicht kritisierbar. Wußten Sie das nicht oder wollen Sie das nicht wissen?«

Ich sagte ihm, ich wolle ihn an unsere Abmachung erinnern und werde mir also erlauben, ihm zu sagen: »Gespräch darüber nicht erwünscht.«

Da lachte er so laut, daß man von den anderen Tischen zu uns herüberblickte und die Augen aller Kellner sich streng auf uns richteten. Gleich darauf erklärte er mir, er begebe sich mit einem guten Gefühl zum Mittagsschlaf, er sehe, daß ich mich meiner Haut gegen ihn zu wehren imstande sei. Und wer war es, der am Schluß wieder einmal nichts anderes als ein dummes Gesicht machen konnte: ich!

Kapitel 48

In dem die theologische Selbstbescheidung Lortzings und Düringers gefeiert wird.

Barbes Vorschlag, ich solle meiner Mutter aus Rücksicht auf ihre Frömmigkeit, für den Fall, daß mir auf der Reise mit ihm etwas Ernstes zustöße, einen trügerischen Trost sichern, verfolgte mich. Nicht, weil der Vorschlag, der ja eigentlich schon eine Bitte war, von Barbe kam, sondern weil er sich mit einem Wunsch meines Vaters, der streng genommen sogar ein Befehl gewesen war, traf; denn auch mein Vater hatte mich ja einmal wörtlich aufgefordert, meiner Mutter zuliebe den religiösen Pflichten, die dem Katholiken auferlegt sind, selbst um den Preis der Verstellung nachzukommen.

Daran dachte ich zurück, als ich nach dem Mittagessen wieder auf meinem Zimmer war. Aber der Gedanke, eine Kirche und dort den Beichtstuhl aufzusuchen und einem Priester das zu bekennen, was die Kirche als Todsünden ansieht, und erst recht die Verstellung, nach der Beichte an der Kommunionbank die Hostie zu empfangen, nur um meiner Mutter einen Zeugen meiner Bekehrung zu verschaffen, dieser Gedanke schien mir so unsympathisch wie verwerflich, denn wenn ich mich zu einer solchen Komödie hergab, betrog ich ja nicht nur meine Mutter, sondern, in deren Augen, auch Gott und machte mein Sündenkonto nur noch schwerer, als es ohnedies schon war. Mit der Hostie empfängt der Katholik ja den Leib Christi, und das in unaufrichtiger, also gotteslästerlicher Absicht zu tun, widerstrebte mir dann doch. Aus Aberglauben? Aus Angst, es bringe Unglück? Warum nicht? Wer ist nicht zuweilen abergläubisch?

Vom Religionsunterricht her wußte ich noch, daß das jährlich zur Osterzeit vorzunehmende gründliche Reinemachen der sündigen Seele dem Katholiken ein strenges Gebot ist, und ich hatte nicht vergessen, wie beunruhigt in den letzten Jahren meine Mutter schon vor Beginn der Fastenzeit war; da fragte sie oft ängstlich, ob ich auch zur Beichte gehen und meine »Ostern halten« werde, einer der vielen Ausdrücke, die der Volksmund in katholischen Gegenden aus der Katechismusstunde übernommen hat.

Ich versuchte, meinen Vater telefonisch zu erreichen, hatte Glück, die Telefonzentrale fand ihn an der Kasse der Zollabfertigung, wo er gerade zu tun hatte. Ich erzählte ihm, wozu Barbe mich nach der Segnung der Christophorus-Medaille bei dem Gespräch im Wagen auf dem Platz der Kathedrale hatte überreden wollen.

Zu meiner Verwunderung sagte mein Vater mir: »Wenn du nach einer Generalbeichte an der Kommunionbank die Hostie empfängst, ohne zu glauben, ist das schon eine unsaubere Sache. Aber daß der Priester dir für deine Mutter nur als Zeuge der empfangenen Kommunion dienen soll, gefällt mir noch weniger.«

Er selber habe mir gesagt, daß auch er, und ebenfalls nur der Mutter zuliebe, sich verstelle und mehrere Male im Jahr zu den Sakramenten gehe, erwiderte ich und erinnerte ihn daran, daß er mir die gleiche Verstellung vor gar nicht langer Zeit einmal anbefohlen hatte.

Er sagte mir: selten habe er ein Wort so tief bereut wie jenes damals im Zorn ausgesprochene; allerdings könne er auf mildernde Umstände plädieren, er sei kein Atheist wie ich. Er glaube an den Schöpfer der Welt, also an Gott und finde sich der Mutter zuliebe damit ab, daß es der Gott sei, dessen Stellvertreter der Papst zu sein behauptet.

Die Antwort meines Vaters bereitete mir eine ungeheuere Enttäuschung, ähnlich der, die ich früher manchmal so tief empfunden hatte, wenn er mir nicht revolutionär genug war. Als er mir am Schluß sagte, die Mutter sei den ganzen Tag jenseits der Grenze auf einer Versammlung der Zollbeamtinnen der drei Länder, kündigte ich ihm an, daß ich den Wagen heimbringen werde, aber sofort zurückkehren müsse, Barbe brauche mich beim Packen.

Als ich Barbe, der mich nach seiner Siesta gebeten hatte, ihn zu »letzten Einkäufen« in die Stadt zu fahren, berichtete, was mein Vater mir gesagt hatte, erklärte er: »Ein braver Mann, Ihr Vater, vielleicht etwas weich, aber rechtschaffen, rechtschaffen.«

Das wisse ich auch ohne diese Bestätigung! Wie ungehörig diese Bemerkung war, das empfand ich selber, aber sie war mir schon entschlüpft.

Barbe sah mich mit großen, aber kalten Augen an: »Ihr Hochmut, wie vereinbaren Sie den mit Ihrer Hilflosigkeit? Atheist sind Sie also! Das ist noch kein Vierteljahrhundert alt und schmettert mir voll Stolz seine Marxistenweisheit, dieses arme Bißchen im Philosophischen, hin!« Er faßte mich an beiden Armen und rüttelte mich. »Haben Sie sich selbst geschaffen? Können Sie Ihren Tod verhindern? Sie sterben ja schon, wenn Sie sich weigern zu atmen, zu essen, sich zu entleeren! Sie armer Sklave der Natur! Wie sieht sie denn aus, Ihre Herrschaft über den eigenen Körper? Beim ersten verirrten Blutkügelchen da oben hin, in das hochnäsige Gehirn, und schon ist es aus mit der eitlen Intelligenz! Woher kommen Sie, wozu sind Sie auf Erden und wohin verschwinden Sie, wenn Sie mich mit Ihnen zu Tode fahren? Beantworten Sie mir aber die drei Fragen, dann bin ich bereit, Sie so hoch zu stellen, wie Kant und Ihren Marx zusammen. Also los: geantwortet, und schnell!«

Daß sein Zorn nicht gespielt war, sah ich wohl, dennoch hatte ich lächeln müssen, als er schon wieder Kant als Zeugen bemühte, von dem er wohl nur das Schlagwort vom Kategorischen Imperativ kannte, das dem Denken Preußens ein Jahrhundert lang so hilfreich geworden war.

»Da grinst sie gern, diese Studentenschaft«, sagte Barbe bitter. »Aber die Antwort auf WOHER, WOZU, WOHIN, die hat er so wenig wie ich mit meiner Volksschulbildung, die nicht einmal ganz abgeschlossen war.« Doch dann sagte er mir plötzlich ganz ruhig: »Solange der Mensch sich nicht selber nach Wunsch, zur ihm gewünschten Zeit und in der von ihm gewünschten Form erschaffen kann, glaube ich an eine höhere, außerhalb unserer Erde wirkende Kraft und bleibe eine bescheidene Kreatur. Ich habe nie Latein gelernt, aber mir einst einen jungen Gymnasiallehrer engagiert, der mir Fremdwörter, die ich so oft nicht verstand, erklärte, einmal die Woche. ›Kreatur‹ heißt: du bist von anderen fabriziert worden, du hast dich nicht selbst gemacht, und mit den anderen sind nicht Vater und Mutter gemeint, auch nicht die ganze Vorgängerschaft bis ins tausendste Glied zurück. Gut, ich habe selber keine Antwort auf WOHER, WOZU, WOHIN, aber deshalb empfiehlt sich ja die Bescheidenheit, die Ihnen fehlt und so vielen anderen Menschen, und wenn man die Kirche, die ja ebenfalls zum geistigen Hochmut neigt, nicht beim gepredigten Wort nimmt, gibt sie ja hintenherum zu, daß sie selber im Dunkeln tappt ...«

Als ich ihn unterbrach – man mußte Barbe ja immer unterbrechen, seine Redseligkeit war grenzenlos, er wußte das ja auch –, als ich ihm also hochfahrend erklärte: »Ich bin und bleibe Atheist«, prustete er los: »Sie Naseweis, Sie sagen es zu früh, sterben Sie zuerst und kommen Sie es mir dann sagen, ob es Gott gibt oder nicht und wie es aussieht drüben, droben oder wo auch immer es sich befinde, das unbekannte Jenseits oder Abseits, in das wir alle verschwinden. Ein Musiker, Lortzing, dessen Volkskunst ihr Snobs von Studenten natürlich nur verachtet, hat eine Oper, ›Undine‹, geschrieben. Bekannt? ...«

Ich geriet nun in ein Kreuzverhör über die Opern, die er in seiner Heimatstadt gehört hatte, das hausbackene Gesäusel, wie Richard jede Musik nannte, die vor Schönberg geschrieben worden war, und mußte zugeben, nichts von diesem Komponisten und seinem gelegentlichen Textdichter Philipp Jakob Düringer zu wissen.

»Dann kaufe ich Ihnen die Platten der Oper, darin ist ein Lied, in dem singt Veit, ein einfacher, junger Bursche, kein Student wie Sie, etwas vom Jenseits.« Und der alte Barbe fing an, mir die Schlußstrophen des Liedes vorzusummen, das Veit zu singen hat:

»Hab' schon manchen sagen hören
Daß man *dort* sich wiedersieht.

Aber niemand kann's beschwören.
Keiner weiß, was dort geschieht.
Wenn es fest und sicher stände,
Daß man da sich wiederfände,
Wär' in jenen lichten Höh'n
Wohl das schönste Wiedersehn!«

Da Barbe zu seinen »letzten Einkäufen« aufbrechen wollte, nutzte ich die Gelegenheit, ihm vorzuschlagen, mit mir direkt zur Garage zu gehen, ich wolle meinen kleinen Wagen nehmen und den, wenn die Besorgungen in der Stadt gemacht wären, zu meinen Eltern ins Zollhaus bringen und meinem Vater ankündigen, daß wir am nächsten Morgen die Grenze passieren würden. Ich erklärte ihm, mein Vater könne uns insofern einen großen Dienst erweisen, als er uns außerhalb der in der Ferienzeit immer langen Autoschlange nach vorn dirigieren und die Wartezeit abkürzen könne, auch die bei der Einreise in die Schweiz, wo er die Kollegen vom Zoll benachrichtigen werde, damit wir, bei der ja voraussichtlich enormen Bepackung des Wagens mit neuen, ungebrauchten Gegenständen, keine Scherereien bekämen.

Auf diese Weise gelang es mir, keinen einzigen Augenblick allein mit dem Wagenmeister in der Garage zu sein und einem Gespräch zu entgehen, das ich vermeiden wollte, solange Albert und ich uns nicht wiedergesehen und ausgesprochen hatten.

Alles ging nach meinem Plan.

In der Stadt zog Barbe mich zunächst in eine Musikalienhandlung hinein, ich mußte jenes Lied des Veit aus Lortzings ›Undine‹ in seiner Gegenwart von einer Platte aus Fritz Wunderlichs gesegneter Kehle anhören, war ihm aber nicht genug begeistert von Lortzing und dem Sänger, und vor allem mußte ich die Bemerkung einstecken, in den Versen des Lieds sei mehr ausgedrückt als in den Werken aller bedeutenden Skeptiker unter den Philosophen, und das, ohne daß den Zuhörern Lortzings soviel Zeit abverlangt werde wie den Lesern der Philosophen, deren hundert- bis tausendseitige Wälzer obendrein mit Fleiß so kompliziert, also so unhöflich wie möglich geschrieben seien, kurz, ich erlebte eine Prachtvorstellung des plattesten gesunden Menschenverstands, für die ja gerade ein angehender Marxist nichts als Verachtung aufbringen kann.

Er kaufte für meinen Vater ein zweites Exemplar der ›Undine‹ und für meine Mutter Haydns ›Cäcilienmesse‹, die ich mitnehmen sollte. Zu meinem Erschrecken fiel ihm in der Musikalienhandlung ein, daß er eigentlich ein paar Kassetten nebst Abspielgerät im Gepäck haben müsse, man könne ja nie wissen, wie man sich einmal bei Regenwetter, das es ja auch im Süden gebe, langweile, oder daß man von der Sehnsucht nach Musik überwältigt werde, der Lortzings zum Beispiel. Ich erreichte mit Mühe, daß er sich auf den Kauf der Opern Lortzings beschränkte, der glücklicherweise weniger geschrieben hat als Verdi. Für dessen Werke schwärme er wegen der entfesselten Leidenschaften, die man überall durchhöre und im Blut spüre, darin gehe mehr vor als in denen der anderen Komponisten, so sei er von keiner Liebes-Oper so schwer enttäuscht worden wie von Wagners ›Tristan und Isolde‹, dieser angeblich tiefsten musikalischen Darstellung verhängnisvoller Sinnenlust. Aber diese Isolde, ein richtiges Weib sei sie, genau hingelauscht, doch letztlich nicht, sie sei zu hehr, die schreite so feierlich auf der Bühne herum, da knalle nichts, und das gehöre nun einmal zum Rasseweib; zu viel Vornehmheit, zu viel Klasse, zu wenig Rasse, keine Wut der Sinne, nur aufgeblasene Glut.

Das alles sagte er mir vor dem Verkäufer, einem Studenten, der dort in den Ferien als Aushilfe arbeitete und der unerschütterlich an mir vorbeiblickte, und ich fragte mich nicht einmal, warum er so tat, als sei ich gar nicht vorhanden. Es war zu klar.

Auch dem Buchhändler machte er einen »letzten« Besuch. Er habe nichts über Flora und Fauna des Mittelmeers und seiner angrenzenden Gegenden, sagte er in dem Laden. Die Südländer, übrigens ohne Liebe zum Getier, keine Ahnung hätten die von Zoologie, keine Kenntnis der Gewohnheiten der Tiere, sie äßen ja auch Singvögel, nie erhalte man eine zuverlässige Auskunft über die richtigen Namen der Fische zum Beispiel, denen gäben sie solche, die in den Lehrbüchern nicht figurierten, also offiziell nicht zugelassen seien, wie man sich da ohne illustrierte Bücher überhaupt zurechtfinden könne? Der Name sei immer eminent wichtig. So frage er jeden Menschen, mit dem er zu tun habe, immer zu allererst, wie er heiße. Den Namen zu kennen, sei schon eine Art Herrschaft über den anderen, eben auch bei Tieren, genau besehen. Daran, daß er die Ignoranz der Südländer auf diesem so wichtigen Gebiet ohne Zorn in Kauf nehme, könne ich ermessen, welcher Objektivität er fähig sei. Unordentliche Menschen zu mögen oder ihnen wenigstens keine Verachtung oder Feindschaft entgegenzubringen, koste ihn nämlich immer eine gewisse Überwindung, aber soviel Willen zur Objektivität bringe er den ungezwungen ins Blaue hineinlebenden Menschen des Südens gegenüber auf.

Am Schluß kaufte er, aber in Mini-Ausgaben, Wörterbücher für Albanisch, Griechisch, Kroatisch, Italienisch, Serbisch, Spanisch und Türkisch. Das zeigte mir, daß er sich nur ganz allgemein für den Süden, aber immer noch nicht für ein bestimmtes Land am Mittelmeer entschieden hatte. Mir war das gleichgültig, wenn man nur erst einmal reiste.

An der Kasse der Buchhandlung ließ er sich im Augenblick, als er zahlen wollte, die gleichen Diktionäre, die er erstanden hatte, noch einmal in je einem Exemplar bringen. Die seien für mich, er verleihe nicht gern Bücher. Es sei ihm lieber, ich hätte meine eigenen. Bücher habe er immer nur mit Widerwillen verliehen und dem, der etwas aus seiner Bibliothek borgen wollte, lieber ein anderes Exemplar des gewünschten Buches gekauft und geschenkt. Einmal, als seine Frau noch lebte, habe er seinem als Logiergast bei ihm weilenden Neffen Bouvard, weil es nicht anders möglich war, zwei vergriffene Bände ›Fische der Nordsee‹ leihen müssen. Ihm sei dabei ähnlich zumute gewesen, als habe er seine Frau verliehen. Nie habe er diese Bücher wieder an den alten Platz zurückgestellt; er habe sie auf einem abgelegenen Flur in Quarantäne gesteckt …

Das Ende des Schicksals dieser wegen »Fremdgehens« bestraften Bücher erfuhr ich nicht. Als ich ihn endlich draußen auf der Straße vor dem Wagen hatte, lud ich die Bücher ein, setzte ihn und die eingekauften Sachen am Hotel ab und fuhr dann sofort weiter zu meinem Vater.

Als ich gegen Abend mit der Bahn zur Stadt zurückfuhr, war ich auf dem ganzen Weg sehr bedrückt. Mein Vater war ungewöhnlich streng mit mir gewesen und hatte mir gesagt, nur aus Feigheit sei ich ausgerechnet zu den Stunden gekommen, da ich meine Mutter abwesend wußte. Barbes Vorschlag dagegen, obwohl der doch gleichfalls ein Versuch war, sie hinters Licht zu führen, fand er »im Grunde ergreifend«. »Dieser Fremde hat besser begriffen als du, welch ungeheuerer Schmerz dein Atheismus für die Mutter ist.« Zu diskutieren gebe es da nichts, hatte er mir am Schluß gesagt, ich müsse entweder mich damit abfinden, wie die Mutter fühle, und mir dessen immer bewußt sein oder den Konflikt mit ihr immer von neuem durchstehen wie ein Mann, aber ich solle mich kein zweites Mal vor ihrer Anwesenheit drücken, es sei eine zu große Enttäuschung für die arme Frau, mich heute verpaßt zu haben.

Kapitel 49

In dem man sieht, wie Albert in die selbstgegrabene Grube fällt.

Im Hotel lag bei meinem Schlüssel ein Umschlag, in dem eine auf ein Blättchen hingeworfene Notiz Barbes lag. Albert Lorch sei schon bei ihm im Zimmer, sie begössen die von ihm an Albert verlorene Wette, er habe ihm schon gut zu trinken gegeben, um ihn mir gegenüber versöhnlich zu stimmen. Ich solle dem Zusammentreffen also gelassen entgegensehen und selbst dann gelassen bleiben, wenn Albert gegen mich einmal ausfällig werde, es dürfe doch nicht zu einem endgültigen Bruch zwischen so alten Freunden kommen.

Als ich dann bei Barbe angeklopft hatte und eintrat, verhießen der brummige Gruß und die Kälte, mit der Albert mich anblickte, aber wenig Gutes; er griff mich auch prompt, nach einer Barbe hingeworfenen Bitte um die Erlaubnis, zuerst etwas zu bereinigen, mit der Frage an: ob ich einsähe, daß ich ein miserabler Kämpfer für die gute Sache sei. Da Herr Barbe ja wisse, wo wir politisch ständen, könne offen geredet werden. Herr Barbe achte unsere Überzeugungen und sei hier sozusagen als neutraler Schiedsrichter, der die Klasse der »Ausbeuter« ebenso begreife wie die der »Ausgebeuteten«, aber ob denn hier überhaupt noch von seinen und meinen Überzeugungen und Standpunkten als von »unseren« geredet werden dürfe? Ich sei ihm letzthin im ›Khedive‹ doch um ein Haar in den Arm gefallen, schlimmer hätte selbst ein Saboteur, ein Abweichler oder ein Fraktionist sich nicht verhalten können. Was Herr Barbe nun von jenem Abend wisse, sei einzig etwas Punktuelles, auf den präzisen Fall Zugeschnittenes, und deshalb sei dessen Mitwisserschaft glücklicherweise nur ein mittleres Unglück. Aber es sei eines, und das gehe auf mein Konto. Zum Glück wechsele Herr Barbe ja aus dem aktiven Leben in ein mehr kontemplatives hinüber und sei nur noch eine Art Pensionär des Kapitalismus, aber kein aktiver Vertreter, kein handelnder »Klassenfeind« mehr. Dennoch, das letzte hätte Herr Barbe sein können, und deshalb hätte jedes Parteigericht mir die Schuld für die Entlassung Leos aufgeladen, wenn diese vollzogen worden wäre. Sie sei nur verhindert worden dank Leos und seiner, Albert Lorchs, geistesgegenwärtigen Erkenntnis der Lage, also nur dank glücklicher Umstände, dank eines Zufalls, etwas, worauf kein ernsthafter Marxist sich verlassen dürfe. Was ich zu meiner Entschuldigung vorzubringen hätte? Daß ich mich objektiv und subjektiv schuldig fühle, setze er voraus. Aber ich müsse das auch noch ausdrücklich zugeben, bekennen und bereuen ... genauso, als sei ich vor ein Parteigericht zitiert.

»Halt«, rief da Barbe, »langsam, bester Lorch.« Daß er nicht ›lieber Albert‹ sagte, sondern so ironisch ›bester Lorch‹, machte mich stutzig. Er fuhr dann lächelnd fort. »Haben Sie, kluger ›Klassenfeind‹, denn selbst so fehlerlos gegen mich gearbeitet oder mich bearbeitet, was ja aufs Gleiche hinausläuft, daß Sie so hoch zu Roß über den armen Ferdinand richten?« Ob das unbedingt sein müsse, meine Selbstkritik und diese mir abverlangte Zerknirschung und Reue wie im Beichtstuhl und daß ich all dem unterworfen werden solle auf Befehl eines, der mir im Alter nur um ein paar Monate voraus sei?

»Das haben Leo und ich doch gestern alles schon mit Ihnen besprochen«, versetzte Albert, »warum kommen Sie darauf zurück und nicht auf Ferdinands Verfehlung? In der Partei und in der Gewerkschaft ist man gerecht, aber genau, und was auch immer mich an Ferdinand so viele Jahre band, jetzt muß zuerst diese Sache bereinigt werden, und ich bin schon unkorrekt genug, sie hier auf eigene Verantwortung, unter sechs Augen, also heimlich, aus der Welt zu schaffen, womit ich nicht nur gegen eine der strengsten Regeln der Partei verstoße, sondern auch noch ein zweites Mal mich schuldig mache, indem ich Sie, einen Parteifremden und Klassenfeind, Zeuge werden lasse.« Nur vor der Zelle dürfe von derartigen Angelegenheiten gesprochen werden oder sonstwie nur strikt parteiintern vor führenden Instanzen.

»Welche Verstöße oder Fehler, die ein aktiver Marxist begehen kann, sind denn schlimmer«, fragte Barbe, »die objektiv schädlichen oder die nur subjektiv verwerflichen, die sich schädlich hätten auswirken können, es aber nicht getan haben wie Ferdinands Besäufnis im ›Khedive‹?«

»Die objektiv schädlichen natürlich«, erwiderte Albert.

»So, so.« Barbe lächelte verschmitzt. »Und ein objektiv schädlicher Fehler ist Ihnen nicht unterlaufen, im ›Khedive‹? Im selben ›Khedive‹? ... ja, Lorch, Ihnen!«

»Doch.« Das sagte Albert etwas verdutzt. »Daß ich den falschen Mann als Gehilfen mitbrachte, eben Ferdinand, das war mein objektiv schädlicher Fehler. Er hat ja meinen Plan durch seine Trunkenheit um ein Haar torpediert, ich hätte diese Möglichkeit aber voraussehen müssen, ich kannte ihn ja lange genug dafür und hatte ihm seine Charakterschwächen auch schon oft vorgeworfen, früher. Schwächen, die typisch für Studenten sind ...«

Ich fuhr wütend vom Stuhl hoch, aber Barbe war schnell zwischen uns getreten. »Jeder von euch sagt, was er denkt, auch Unangenehmes, sonst kommt die Sache nie vom Tisch. Also Sie, Lorch, haben, abgesehen davon, daß Ihre Wahl auf Ferdinand fiel, fallen mußte, weil Sie ja niemand anderen zur Verfügung hatten, keine weiteren, objektiv vorhaltbaren Fehler gemacht?«

»Wenn der einer war, dieser Fehler, so war es eine Notlösung, die sich aus dem Umstand ergeben hatte, daß Sie, Herr Barbe, daß Ferdinand, daß dessen Eltern, daß sogar der Betroffene, der Fahrer Leo, und daß nicht zuletzt auch ich doch auf die eine oder die andere Weise die Möglichkeit einer Einwirkung gegen Leos Entlassung hatten, also gegen den Verlust eines unserer besten Informanten. Nur weil Sie, Herr Barbe, das alles ja leider wissen, darf ich hier überhaupt davon sprechen: Leo ist absolute Spitze in der Beobachtung der Gäste des Hotels. Niemand kann sich so dumm stellen wie er und ist dabei so klug.«

»Mit anderen Worten, Ihnen, Lorch, ist überhaupt nichts vorzuwerfen, objektiv und subjektiv nicht?«, fragte Barbe.

Albert lächelte voll Überlegenheit. »Nichts ist mir vorzuwerfen, nicht einmal, daß Sie, der Kapitalist, jetzt manches wissen, was Sie selbstverständlich nicht wissen sollten. Daß die Direktion des Hotels das eine oder andere über Leo ahnte und dies jetzt als richtig bestätigt sieht, sogar dieses unser jetzt gesichertes Wissen vom Verdacht des Hotels, das bisher nur eine Befürchtung unsererseits war, bewerten wir positiv und dies mit um so mehr Berechtigung, als man Leo ja dank der Dummheit des Generaldirektors und dank den Gesetzen, nach denen man einen Angehörigen des Betriebsrats nicht entlassen kann, auch wenn man zehnmal weiß, daß er alles, was er sieht, weitergibt. Gewiß wäre es besser, wenn die Karten allerseits nicht so offen auf dem Tisch lägen, sie liegen jetzt nun aber einmal nach oben, aber Schaden ist kaum entstanden. Im Gegenteil, die Direktion ist nun noch mehr verunsichert, als es schon der Fall war, sie wird künftig in jedem vom Personal einen unserer Informanten vermuten und ihren eigenen Spitzeln noch weniger trauen als bisher.«

»Mit anderen Worten: Für Sie persönlich, Lorch, und für eure gute Sache ist das alles bestens gelaufen«, sagte Barbe.

»Alles«, schmetterte Albert ihm hin.

»Alles?«, fragte Barbe, »ach! Dann sind also auch die Fotografien gut geraten?«

»Was für Fotografien? Die habe ich Ihnen und den Damen doch selber im ›Khedive‹ übergeben.«

»Aber nur die harmlosen, die anderen, angeblich mißratenen, die Ihnen so wichtig waren, Aufnahmen, die Sie von mir gemacht haben, bester Lorch, auf denen ich nackt, bei einer äußerst kurzweiligen Tätigkeit zu sehen war, hatten Sie, nachdem Sie die feuchten Bildchen aus dem Apparat herausgezogen hatten, hinter den Champagnerkühler gelegt, aber das war mir aufgefallen. Rührend, daß Sie aus lauter Sympathie für mich sich zu diesen intimen Andenken verhelfen wollten ...«

Albert war, das ist wörtlich zu nehmen, erbleicht.

»Zwei Fehler auf einmal, mein erzgescheiter Lorch«, Barbe lächelte ihm grausam zu. »Der erste: ob Sie nun beauftragt waren, diese Fotos zu machen, damit man mich einmal erpressen könne, oder ob Sie die Fotos Ihren Leuten der Gewerkschaft oder der Agitpropabteilung Ihrer Partei als Trophäe Ihres so verdienstvollen Kampfes gegen die Kapitalisten vorweisen wollten, ist ja gleich. Wenn es ein Auftrag war, haben Sie ihn nicht erfüllt, und wenn es keiner war, sind Sie um Ihre Trophäe gebracht, vielleicht sogar um eine Beförderung im Apparat Ihrer Partei.« Und zu mir gewandt, fragte Barbe: »Haben Sie es gewußt, daß er fotografieren wollte?«

Was sollte ich sagen? Ich gestand es und fügte hinzu, er könne unsere Abmachung für die Reise aufkündigen.

Da streckte er mir die Hand entgegen: »Danke, daß Sie mir jetzt die Wahrheit gesagt haben. Aber wie steht es denn nun mit Ihrem Freund Albert?«

»Auch Albert hat Ihnen im Wichtigsten die Wahrheit gesagt. Bevor wir in den ›Khedive‹ gingen, hat er Ihnen in dem Restaurant angekündigt, daß er aktiver Marxist ist. Sie werden das Adjektiv doch wohl nicht überhört haben?«

»Um mich zu täuschen, hat er das gesagt. Warum sonst das Fotografieren? Ich habe deshalb auf einen Schelm einenundeinenhalben gesetzt und jene versteckten Aufnahmen weggenommen, in einem Augenblick, als Albert nicht so asketisch war, wie es ein aktiver Marxist sein sollte, wenn er sich im Dienst der guten Sache befindet, und wäre es nur die der Agitpropabteilung.«

Und zu Albert, der zu Boden schaute, gewandt, sagte er plötzlich sehr streng: »Ob Ferdinand sich betrunken hat oder ob Sie während der Partie zu sechst beim Genuß der schönen Eveline Ihre Instant-Kamera aus den Augen gelassen haben, wo ist der Unterschied der beiden Fehler, Fehler in marxistischer Optik?« Warum er also in meinem, seines ältesten Freundes, Auge den Splitter sehe, nicht aber den Balken im eigenen? »Die Fotos, auf denen ich zu sehen war, sind vernichtet«, schloß er und zog aus der Schublade seines Nachttisches einen kleinen Karton heraus: »Hier, ich habe sie zerschnitten und zerschnippelt, drei Viertel habe ich verschwinden lassen, und diesen Rest können Sie zum Andenken haben.«

Schauen Sie mich doch endlich an, guter Lorch, ich bin Ihnen ja gar nicht böse über die Sache, wäre ich Kommunist – Moskau oder Peking –, ich hätte wohl genauso gehandelt wie Sie, wenn mein Ehrgeiz, der auf die Eroberung der Fabrik gerichtet war, in der ich mit sechzehn Jahren schon an der Schleifbank vor Knöpfen und Schnallen schuftete, da gelegen hätte, wo er bei Ihnen liegt.«

»Ehrgeiz? Welcher?«, fragte Albert.

»Sie wollen doch etwas werden und nirgendwoanders als in Ihrer Gewerkschaft oder in Ihrer Partei. Denken Sie nicht, Sie seien der erste junge Marxist Ihres Kalibers, mit dem ich es zu tun habe.«

»Meines Kalibers?« Albert lachte. »Ich bin kein getarntes, hohes Tier, weder in der Gewerkschaft noch in der Partei.«

»Aber Sie wollen es werden. Ihr Ehrgeiz ist geradezu körperlich zu spüren.«

»Woraus schließen Sie denn ausgerechnet das? Ich widme mich der Sache meiner Kollegen, das ist alles. Und damit gleichzeitig der aller Werktätigen.«

»Ihre Kollegen, alle Werktätigen! Die gute Sache! Ich weiß, ich weiß es, Sie haben das Wort ja wie eine Nelke im Knopfloch. Aber wie ist es mit dem eigenen Gärtchen, das vernachlässigen Sie doch nicht.«

»Best-Tarife, Dienstzeit, Arbeitsbedingungen, Lebensqualität, wenn ich dafür kämpfe«, versetzte Albert heftig, »dann doch nicht, um für mich persönlich etwas zu erreichen.«

»Das ergibt sich nebenbei. Man macht sich bemerkbar bei den Kollegen, so gut wie bei der Geschäftsleitung.«

»Wenn man bei der in dieser Beziehung auffällt, dann doch höchstens unangenehm«, versetzte Albert.

»Um so leichter wird man von den Kollegen in den Betriebsrat delegiert, und schon ist man jemand. Die erste Sprosse des Aufstiegs ist damit bereits geschafft.«

»Welchen Aufstiegs?«

Daß Albert sich mit dieser Frage nur dumm stellte, durchschaute Barbe sofort. »Sie wissen genau, was ich meine, Lorch«, sagte er, »eine Karriere in der Gewerkschaft! Ihr Ziel ist es, aus dem Stellwerk des Grenzbahnhofs in das Büro der

Gewerkschaft geholt und dort Funktionär zu werden und mit der Aktenmappe herumzulaufen. Und dann geht es Sprosse um Sprosse innerhalb der dort herrschenden Hierarchie höher hinauf. Bis man Sie fürs Parlament kandidieren läßt. Nur deshalb lernen Sie Tag und Nacht all das, was Sie für Ihren Dienst im Stellwerk gewiß nicht brauchen. Wie flüchtig auch immer ich die handschriftlichen Anmerkungen in Ihrem Exemplar des ›Kapital‹ überflogen habe. Sie sind ja jetzt schon kein Köpfchen mehr, sondern ein Kopf, und der will hoch hinaus.«

»Was Sie mir alles zuschreiben. Ich kann nur staunen.«

»Daß Sie Ihr Licht derart unter den Scheffel stellen, spricht für Ihre Klugheit, Lorch, nicht aber für Ihr Herz. Da will ich es denn sein, der freimütig sagt, wie er in Ihrem Alter war: Etwa so jung wie Sie jetzt sind, hatte ich meinem Lohn mit Überstunden, Zeitungsaustragen im Morgengrauen und spätabends an die Restaurants und die Theater und mit jeder sich bietenden anderen Schwarzarbeit schon soviel nachgeholfen, daß ich ein paar Tausender auf der Sparkasse hatte. An meinem einundzwanzigsten Geburtstag – er fiel auf einen Sonntag – umfuhr ich mit dem Rad die Fabrik von Bouvard und Pécuchet und schwur mir dann vor dem Hauptportal, daß ich an meinem fünfzigsten Geburtstag ihr Besitzer sein und die heruntergekommene Firma zu neuer Blüte bringen werde. Dann radelte ich vor die Doppelvilla der beiden Besitzer und schwur mir, in einer der Hälften an meinem Fünfzigsten zu wohnen. Ich konnte nicht wissen, daß ich dort schon an meinem Vierzigsten hausen und obendrein als Witwer der Hugenottentochter Bouvard, die ich in meinen dreißiger Jahren, mitsamt den Schulden ihres Vaters und denen ihres Onkels Pécuchet, geheiratet hatte. Aber fragen Sie mich nicht, wieviel Ellenbogen und wieviel Opfer es mich gekostet hat, dieses Ziel zu erreichen. Vor der Heirat nie ein anständiges Mädchen, nie! Einmal im Monat das Bordell, daran fehlte es ja nicht dort oben in der Hafenstadt, die übrige Zeit, wenn es mir danach war, mußte die Hand kurzen Prozeß mit mir machen. Das war der Preis für meinen Ehrgeiz. Vor meiner Verlobung habe ich mir nie Zeit für die Liebe genommen und nach dem frühen Tod meiner Frau ebenfalls nicht, nie wieder. Vom Sparen an allen Ecken und Kanten ganz zu schweigen.«

Ich konnte mich nicht zurückhalten und sagte Barbe, seine Offenheit wirke auf mich ergreifend, obwohl mir das Ziel seines Ehrgeizes niemals gefallen könne.

Barbe bestritt, daß es der Profit, das Geld gewesen sei. Es gab eine Diskussion, bei der Albert erstaunlich lange schweigsam blieb. Ich wollte es Barbe nicht glauben, daß sein Ehrgeiz nicht auf das Zusammenraffen eines Vermögens ging, sondern auf die Herstellung bester und preiswertester Knöpfe und des anderen Zeugs und daß er nicht in der Eigenschaft des Reichsten der König der Branche werden wollte, sondern nur in der des Lieferanten einer Ware von unübertroffener Qualität.

Plötzlich sagte Albert uns, er verstehe Barbe besser als ich. Auch über ihn sei in Versammlungen der Gewerkschaften, wenn die älteren Bosse ihn dort einmal reden ließen, eine Art Trunkenheit gekommen bei der Vorstellung, daß er vom Podium herab eine gewisse Macht über die unten Sitzenden ausübte. Und er gestehe, er stelle sich zuweilen, in einer Art Rausch, vor, er sei der Chef der Dachorganisation aller Gewerkschaften und verhandele als oberster Boß mit der Regierung oder mit den großen Industriellen über Tarife, Arbeitszeit oder über die Verlängerung oder Beendigung eines das Land erschütternden Generalstreiks. Das sei Herrn Barbes Vision vom Besitz der Fabrik doch nicht unähnlich und auch nicht der vom König der Branche. Auch wenn er im Fernsehen die Wagen der Gewerkschaftsbosse sehe, die des Prestiges wegen notwendig seien, sehe er sich an deren Stelle darin.

Barbe klatschte Beifall. Alberts Geständnis schien ihm ganz außerordentlich gefallen zu haben. »Soviel Freimut muß würdig begossen werden.« Aber als wir dann, entgegen unserer eigentlichen Absicht, in einem Restaurant gemeinsam zu essen, mit neuen Getränken auch gleich das Essen in mein Zimmer herauf bestellten, wurde Barbe schon sehr ernst, als er Albert mit dem größten Freimut erklärte, warum sein Zimmer sich in einem solchen Ausmaß in ein Warenlager verwandelt habe, daß man zu dritt nur unbequem darin essen konnte. »Sie sehen, Albert«, sagte er, »in wie mancherlei Hinsicht ein Mensch Sklave der Sachen ist.«

Zu den Erklärungen, die er dann gab, machte Albert keine ironischen Bemerkungen. Aber ein Wort, das besser unterblieben wäre, entschlüpfte ihm doch. Er sagte, einem Menschen, der in Herrn Barbes Alter stehe, könne man es nicht verübeln, wenn für den Komfort und Gewohnheiten ein solches Übergewicht hätten.

»In ›meinem Alter‹, immer mein Alter!«, versetzte Barbe gereizt. »Das dürften Sie nicht sagen, selbst wenn man nicht zusammen im ›Khedive‹ gewesen wäre.« Und wenn wir es wissen wollten, wen er hier als das jüngere Element empfinde, jünger, was den Mut zum Leben und die Unvoreingenommenheit betreffe, das seien nicht wir beide, Albert und ich, das sei er, ja, er! Mit all seinen so offenliegenden Schwächen sei er jugendlicher als wir beide. Und da könnten wir die Augen noch so groß aufreißen, so empfinde er es und er müsse es uns rundheraus sagen: wir dauerten ihn!

Auf Alberts ungeduldige Frage nach dem Warum dieses Bedauerns, versprach er, uns oben in meinem Zimmer beim Essen außer anständigem Wein ein ernstes Wort zu »spendieren«. Aber er wolle, daß es das letzte sei. Er neige schon ohnedies zu sehr zu der Rolle des die anderen immer Belehrenden, er habe nun einmal eine starke Neigung zum Pädagogischen. Da er und ich schon in wenigen Stunden am frühen Morgen auf die Reise gingen, bitte er, den Abend nach dem Essen nicht zu sehr auszudehnen, er und ich müßten ausgeschlafen sein. Wenn Albert die gewonnene Wette mit dem Essen auf dem Zimmer ohne die Zutaten des ›Khedive‹ ungenügend eingelöst sähe, solle er einen erfüllbaren Wunsch äußern, der aber mit dem Mangel an Zeit vereinbar sein müsse.

Einen solchen Wunsch habe er, sagte Albert: Die absolut freimütige Beantwortung einiger Fragen zu seiner Person.

Barbe versprach ihm das.

Als wir in meinem Zimmer an dem hereingerollten, mit Speisen überladenen Tisch saßen, erinnerte Albert Barbe, kaum daß wir angefangen hatten zuzugreifen, an das Versprechen, uns zu allererst zu sagen, warum wir beide ihn dauerten.

Kapitel 50

In dem Albert erfährt, warum er Barbe dauert.

Aber nur Albert sollte ausgiebig erfahren, warum er Barbe dauerte; mir werde er das unterwegs erklären, sagte Barbe, wir führen ja in wenigen Stunden los, auf der Reise finde sich jede Gelegenheit, meinen ohnedies »kitzeligen« Fall durchzusprechen, denn er fürchte, ich wolle Beamter werden, das sei doch das letzte aller Vorhaben für einen jungen Menschen. Unter diesen Anwärtern könne er nur den ernst nehmen, den »glühendste« Sorge um die politische und wirtschaftliche Geltung der Nation oder der »heiligste« Sinn für Gerechtigkeit in den Dienst des Staates treibe – solche jungen Männer gebe es ja in jeder Generation –, freilich achte er auch den, der aus Liebe zur Natur, zu Wald und Wild und zum Schutz der Umwelt die Forstkarriere einschlage, die vornehmste und sympathischste, die er kenne. Wer aber nichts als die materielle Versorgung im Staatsdienst suche, immer das Zeichen eines lauen und flachen Charakters, den überhaupt kennen zu müssen, sei ihm schon ein Greuel.

Ich fragte mich, ob es Barbe bewußt war, daß er den Menschen ohne Unterlaß gute und schlechte Noten gab, oder ob ihm diese Neigung derart zur zweiten Natur geworden war, daß er nicht mehr bemerkte, wie schulmeisterlich er dachte und empfand.

Daß wir alle, mehr oder weniger unbewußt, fortwährend über alles, was wir beobachten, und über alle, mit denen wir zu tun haben, urteilen, es also nie beim reinen Feststellen lassen: »der oder jener ist, dies oder das verhält sich so und so«, das hatte ich längst an mir selber festgestellt, nämlich in meinem Verhalten zu den Kommilitonen und vor allem in dem zu

Richards Gruppe. Aber Barbe, übertrieb er das nicht? Ich fragte mich, um wen, um was sorgt dieser Mann sich vom Morgen bis zum Abend so sehr, daß er jedem Menschen und jedem Geschehen ein Etikett umhängt, auf dem Lob und Tadel stehen? Nichts, absolut nichts wurde von Barbe einfach, ohne urteilenden Kommentar, zur Kenntnis genommen. Die Art, wie ein Page des Hotels ihm die Zeitungen übergab oder einen Aschenbecher wechselte, der Ton des Portiers, wenn er den Zimmerschlüssel entgegennahm, das Können jeden Kellners, der ihn bediente, die Sachkenntnis des Verkäufers im Laden, nichts und niemand blieb unbeurteilt. War das Anmaßung? Oder war das eine besonders lebhafte Teilnahme an allem, was ihn umgab, an allem, was ihm begegnete? Ich wußte es noch immer nicht. Im Lauf der wenigen Tage, die seit meiner Entlassung aus der Haft verflossen waren, hatte ich meinen ersten Eindruck, er sei nichts als ein Krakeeler und Meckerer, allmählich berichtigt, denn es war mir aufgefallen, wie spontan er ja nicht nur tadelte, sondern auch lobte, ja, lieber lobte als tadelte, und wie sehr ihn die Vorstellung bedrückte, meine Freundschaft mit Albert könne in die Brüche gehen, weil er, Barbe, plötzlich in mein Leben eingebrochen war. Daß er überhaupt empfand, was der Eintritt eines Menschen in unsere Existenz mit sich bringt und daß er offenbar wußte, wieviel mit jeder, selbst der zufälligsten Bekanntschaft, die wir machen, für jeden der Beteiligten auf dem Spiel stehen kann, das hätte ich ihm nicht zugetraut. Die Einsicht in meinen Irrtum hatte mich schon dazu gebracht, bei ihm etwas näher hinzusehen, als ich es am ersten Tag unseres Bekanntwerdens mit meinem vorschnellen Urteil getan hatte, das ja so gut wie fertig gewesen war, nachdem ich ihn vom Büro des Anwalts zur Buchhandlung in die Stadt gebracht und mir unterwegs von ihm hatte erzählen lassen, was ihm in dem Fernbus und im Schlafwagenzug widerfahren war. Barbe blieb vor nichts und niemandem gleichgültig. Das war seine Ähnlichkeit mit meiner Mutter, der das, was sie unter dem Heil meiner Seele verstand, keinen Augenblick gleichgültig war, brachte sie es doch sogar, als ich schon zwanzig Jahre alt war, noch fertig, mich morgens vor dem Frühstück ängstlich oder streng zu fragen, ob ich auch mein Morgengebet verrichtet habe, und es manchmal an meiner Stelle, wie eine Zurechtweisung, laut hinter meinem Stuhl vorzubeten, der es aber weniger wichtig war, ob meine Strümpfe Löcher hatten oder nicht. Die Unfähigkeit, da, wo etwas wichtig schien, gleichgültig zu sein – bei ihr diese immer brennende Sorge um meine Seele – fand ich in Barbes anders gelagerter, aber ebenso heftiger Unfähigkeit, gleichgültig zu sein, wieder, nur daß seine nie schlafende Sorge der Tüchtigkeit oder Untüchtigkeit galt, die er an jedem Menschen bei dessen Ausübung des Berufs beobachtete, wie flüchtig auch immer er mit den Leuten zu tun hatte. Und noch ein Zweites hatte er mit meiner Mutter gemeinsam: die Redseligkeit, diese Unfähigkeit, eine Meinung für sich zu behalten, und die Neigung, deren doch meist unerbetenem Ausdruck eine Lawine von Bemerkungen folgen zu lassen.

Dies war mir durch den Kopf gegangen, als Barbe sich unfähig zeigte, mir in wenigen Worten anzukündigen, warum ich ihn dauere, erst auf der Reise werde er es mir sagen. Allein diese Ankündigung des Aufschubs hatten schon Beurteilungen begleitet, mit denen er mich wissen ließ, wann die Laufbahn im Staatsdienst in seinen Augen eine Berechtigung hatte.

Ich fragte mich, warum ihn selbst Albert dauerte, den er doch ganz offen bewunderte, obwohl er im Lager des Klassenfeinds stand.

»Ja, lieber Albert«, so begann er, »ja, es betrübt mich, daß Ihr Ehrgeiz nicht auf etwas Besseres geht als auf eine Laufbahn in den Gewerkschaften.«

Schon fiel Albert ihm ins Wort: »Begreift sich, Sie sind Unternehmer gewesen, und ich gehe auf die andere Seite der Barrikade. Und verspreche mir viel davon.«

»Barrikade! Romantische Vorstellung. Von einem so wachen Kopf wie Ihrem war es wohl nur als Bild gemeint, zumal Sie sich ja viel von Ihrer künftigen Karriere versprechen. Aber was genau? Begeben Sie sich nicht, selbst wenn Sie den Gipfelposten des Chefs aller Gewerkschaften erlangen, in deren totale Abhängigkeit, abwählbar bei jedem Kongreß, und kaltstellen kann man Sie ebenfalls jederzeit. Gewerkschaften sind keine Vereine von sanften Heinis und noch weniger von sachlichen, da gibt es unerquickliche Machtkämpfe um Posten, um Einfluß auf Querverbindungen, und Neid und Mißgunst grassieren unter den kleinen, mittleren und höheren Kadern. Schlimmer als unter Parlamentariern und Genelälen.«

»Das gibt es schon in einem so kleinen Rahmen wie meinem Stellwerk, wie eben überall, wo Menschen zusammenarbeiten«, versetzte Albert, »längst beobachtet und an mir selber erfahren.«

»Wenn Sie schon so weise geworden sind, das zu wissen, warum wollen Sie dann Eisenbahnbeamter und später über die Posten in der Gewerkschaft Minister werden? Das ist doch Ihr Ehrgeiz. Kein hoher, denn im Hintergrund bleiben Ihnen immer die Sicherungen, die Sie als Beamter haben werden. Akrobatik mit Netz. Meine war ohne.«

»Das sagen ausgerechnet Sie«, entgegnete Albert, »über die Sucht, sich Errungenes zu sichern, besonders am Arbeitsplatz, darüber sollte kein Kapitalist sich lustig machen. Unten in Ihrem Zimmer haben Sie mich eben all die Sachen sehen lassen, ohne die Sie sich verloren fühlen, von Ihrem Kapital zu schweigen. Sie leben doch von den Zinsen. Mir predigen Sie den Kopfsprung, Sie selber aber gehen vorsichtig übers Treppchen dort ins Wasser, wo Ihr Fuß auf Grund stößt, nämlich auf Ihr Vermögen.«

»Was, außer dessen Größe oder Bescheidenheit, unterscheidet ein Vermögen vom Recht auf Rente, das heute jedem Arbeitnehmer zusteht?«, versetzte Barbe. »Dieses Recht entspricht dem Besitz eines alles andere als verächtlichen Kapitals, das zu einem erheblichen Teil aus den Abgaben der Unternehmer gebildet ist. Aber auch, wer seinen Arbeitsplatz verliert, der fällt nicht ins Bodenlose, das solide Netz sozialer Sicherungen fängt ihn auf.« Das alles habe man mit Leo bei dem Imbiß in der Kneipe doch durchdiskutiert und man habe zusammen festgestellt, daß es nur noch einen gefesselten, aber nicht mehr einen freien, bloß »raffenden« Kapitalismus gebe. Was aber die Abhängigkeit von einem gewissen Komfort betreffe, so teile er alter Mann die doch wohl mit der

Mehrzahl der Menschen. Den Wunsch nach Komfort als negatives Charakteristikum einzig den Kapitalisten anzukreiden, sei des scharfen Geistes eines Syndikalisten unwürdig. Jeder suche seinen Komfort, den selbstverschafften oder den von anderen zur Verfügung gestellten. Sogar der Pennbruder erwarte vom Nachtasyl Bett, Wasser, Handtücher und ein warmes Frühstück. Schnorrer und überhaupt arbeitsscheue Taugenichtse, die, ohne einen Wohnsitz zu haben, durchs Leben zigeunerten und sich dabei so viel auf ihre Unabhängigkeit vom Zwang der Sachen zugute täten, erwarteten dennoch, diese Sachen fertig zum Gebrauch irgendwie und irgendwo zu ihrer Verfügung vorzufinden, nämlich bei denen, die die Sachen besitzen und pflegen. Schon der Anhalter, der auf die Autobahn mitgenommen werden will, habe meistens die Unverfrorenheit, vom Besitzer des Wagens zu erwarten, daß der keinen Alkohol getrunken habe, den Wagen gut instand halte, den Treibstoff und die Autosteuer zahle, und schimpfe vielleicht unterwegs noch auf die Konsumgesellschaft, die mit ihrem motorisierten Komfort die Umwelt verpeste. Mit ähnlichen Schnorrern und Drückebergern habe doch auch jede Gewerkschaft großen Ärger. Mit jenen Trittbrettfahrern, die, ohne je der Gewerkschaft als zahlendes Mitglied beizutreten, von dem mitprofitierten, was diese dem Unternehmer in harten Verhandlungen abringe. Ob er es gern höre, wenn gerade solche Parasiten mancher Gewerkschaft vorwerfen, Büros in aufwendigen Bauten unterzubringen und den hohen Bossen große Wagen zur Verfügung zu stellen, von der Kritik am Besitz der Banken und Baugesellschaften, die von der einen oder anderen betrieben werden, ganz zu schweigen.

Nun sei er es, versetzte Albert, der ihm sage, daß dieses Kapitel, ebenfalls bei dem Imbiß in der Kneipe, durchdiskutiert worden war, er wolle endlich hören, wieso er einer sei, der den Kapitalisten Barbe dauere, wenn er eine Karriere als Gewerkschafter anstrebe, zumal man sich ja auch darüber einig gewesen sei, daß Ehrgeiz an sich nichts Verwerfliches sei und daß dies für alle gelte, die Menschen oder Unternehmen zu führen hätten, die Aufgabe des Chefs einer Gewerkschaft, auch der kleinsten, sei es, die Lohnabhängigen zu führen, doch wohl eine Aufgabe, die des höchsten Ehrgeizes wert sei.

»Eben nicht des höchsten«, erwiderte Barbe. »Wenn ein Gewerkschaftler, ob kleiner oder großer Boß, seinen ganzen Ehrgeiz darauf versammelt, hohe Löhne oder bessere Bedingungen der Arbeit durchzusetzen, die Leitung des Unternehmens ihm aber sachlich begründete, auf ihre Richtigkeit kontrollierbare Bedenken entgegenhält, gerät er – immer vorausgesetzt, daß er der Belegschaft gegenüber ehrlich ist – in einen wenig beneidenswerten Zwiespalt: auf der einen Seite wiegt die Einsicht in das, was ein Unternehmen tragen kann, ohne seine Existenz und damit die der Arbeiter zu gefährden, auf der anderen Seite wird er von den begreiflichen Begehrlichkeiten der Belegschaft bedrängt, die niemals aufhört, immer mehr Lohn bei immer geringerem Druck auf die Leistung zu verlangen, und die dies meistens sogar besten Gewissens tut. Denn wie schwer ist es oft ja schon, selbst Universitätsprofessoren beizubringen, daß so einfache Vorgänge wie die Erledigung der Geschäftskorrespondenz oder das Ausrechnen der Löhne hohe Kosten verursachen und daß der Umsatz niemals etwas über den Gewinn aussagt. In einem großen Unternehmen würden Sie, lieber Lorch, wenn die Belegschaft Sie in den Betriebsrat wählte, von der Arbeit freigestellt. Von dem Tag an knüpften die, mit denen Sie bis dahin an der Werkbank oder wo auch immer gearbeitet hätten, an Ihre Person die verstiegensten Erwartungen für die Erfüllung nie ganz durchsetzbarer Wünsche, und man würde Sie beneiden, weil Sie in einem Büro arbeiten und mit der Aktentasche, dem Symbol Ihres neuen Status, herumliefen, und mit welcher Häme würde man auf den ersten Fehler lauern, den Sie begingen. Stimmt das Porträt des Mannes der Gewerkschaft?«, schloß Barbe plötzlich.

»Warum fragen Sie?«, erwiderte Albert. »Sie haben diesen Mann ja in mehr als einem Exemplar in Ihrem Unternehmen beobachtet.«

»Und er dauerte mich immer. Mein Betriebsrat hatte jederzeit freien Zugang zur Buchhaltung, wußte also stets, wie es um die Firma stand ...«

»Durfte er auch sehen, was Sie für sich entnahmen?«, fragte ich.

»Auch das. Aber ich entnahm der Kasse kein Geld. Wie Sie sich das vorstellen! Ich hatte mir ein Gehalt ausgesetzt. Den Gewinn steckte ich fast immer in neue Maschinen oder in die Wohnungen, die ich für meine Arbeiter bauen ließ.«

Als ich mehr über diese Wohnungen wissen wollte, fauchte Albert mich an: »Laß das, auch über dieses Problem haben er und Leo und ich uns schon ausgestritten. Ich will wissen, warum ich Herrn Barbe dauere.«

»Weil die Karriere als großer Gewerkschaftler und späterer Minister so undankbar ist«, sagte Barbe. »Beurteilt wird die Tätigkeit eines Gewerkschaftsmannes, der Sie ja noch nicht in dem gehobenen Sinn der Karriere sind, immer von Leuten, denen entweder die Fähigkeit oder der Wille, der gute Wille fehlt, das, was man für sie tut, objektiv zu beurteilen. Die, deren Interessen der Gewerkschaftsmann vertritt, sind so gut wie nie imstande, eine Bilanz zu überprüfen, also festzustellen, wie hoch der Mehrwert der Arbeit ist, die ja, nach marxistischer Theorie, vom Unternehmer den Lohnabhängigen tagtäglich gestohlen wird. Infolgedessen können Ihre Schutzbefohlenen nie mit dem zufrieden sein, was Sie dem Unternehmer für sie abhandeln.«

»Und wenn ich meinen ›Schutzbefohlenen‹ über die wahre Lage der Firma reinen Wein einschenke?«, wandte Albert ein.

Er solle den Tag abwarten, an dem er zum ersten Mal als Bevollmächtigter einer Gewerkschaft mit einem Verband von Unternehmern oder mit der Leitung einer Firma verhandelt habe. Nichts werde ihm die Belegschaft glauben, wenn er, noch so guten Gewissens, von der schlechten finanziellen Lage des Unternehmens spreche und den Arbeitern sagen müsse, es gelte, sich mit dem Lohn nach der Decke zu strekken oder das Haus gehe pleite. Den Mut, dies anzukündigen, würde er gar nicht aufbringen, und bringe er ihn auf, werde der ihm vor dem Zorn der Belegschaft schnell vergehen! »Mut«, wiederholte Barbe. Als die politische Linke in den Ländern Europas unter dem von der Sowjetunion geschürten Druck der Marxisten das Aufgeben der überseeischen Kolonien propagierte, habe sich nirgendwo ein Gewerkschaftler gefunden, der den Mut hatte, der europäischen Arbeiterschaft zu sagen, daß auch sie sich in ihrem Portemonnaie von dem Verlust der Kolonien betroffen sehen werde. »Es hat ja auch kein Boß der Gewerkschaft je den Mut gehabt, öffentlich daran zu erinnern, daß dieselbe Sowjetunion ein Imperium ist, das sich viele Länder als Kolonien unterworfen hat, deren Vergewaltigung, obwohl dort das Russische keineswegs die Umgangssprache ist, von den Marxisten mit dem fadenscheinigen Vorwand maskiert wird, daß diese Länder nicht durch Meere vom russischen Kernland getrennt sind, wie es die der westlichen Länder waren.« Was für ein undankbarer Beruf das sei, der des Gewerkschaftsführers, sich nicht leisten zu können, seiner Kundschaft, seinem Auftraggeber – den Arbeitnehmern – die Wahrheit öffentlich zu sagen, wenn sie unangenehm ist, und sich in demagogische Lügen flüchten zu müssen, um wiedergewählt zu werden. »Und zu dem Beruf drängt es Sie, Lorch«, schloß Barbe.

»Ein gewisses, gar nicht so kleines Maß an Einsicht in unbequeme Sachzwänge herrscht bei der organisierten Arbeiterschaft immer«, wandte Albert ein.

»Ein ›gewisses‹ Maß! Wenn ich das höre«, rief Barbe, »da hatte ich es besser! Mit meinen Kunden war ich nie auf deren mehr oder weniger ›gewisse‹ Einsicht in Sachzwänge angewiesen. Meine Knöpfe, Schnallen oder Reißverschlüsse waren gut oder schlecht und wurden gekauft oder verschmäht. Diesem unmißverständlichen, keiner Deutung aussetzbaren Verdikt beugt sich der Unternehmer und respektiert den Kunden auf solche Weise. Wenn dagegen der Gewerkschaftsführer seinen Auftraggeber, das zahlende Mitglied, über den Zustand der Wirtschaft belügt, wo bleibt da sein Respekt vor dem, der ihn mit der Wahrung seiner Interessen betraut und ihn zum Gewerkschaftsführer gemacht hat?«

»Ja, die harten Wahrheiten Ihrer Marktwirtschaft, ich weiß schon«, sagte Albert verstimmt, »nach dem Motto, der Kunde ist König.«

»Das ist er auch, der Verbraucher ist König und der Markt ist eine ununterbrochene Volksabstimmung über den Preis und über die Qualität der von den Unternehmern auf den Markt gebrachten Waren. Das ist Freiheit«, versetzte Barbe.

»Für den, der Geld hat, die Ware zu kaufen«, sagte ich.

Wieder herrschte Albert mich an. Er, und sonst niemand diskutiere mit Herrn Barbe, ich hätte auf der Reise genug Gelegenheit dazu. Er wolle noch eine entscheidende Frage stellen, wenn Herr Barbe bereit sei, sie vollkommen aufrichtig zu beantworten.

Dann möge es die letzte Frage sein, erwiderte Barbe. »Ich will sehr früh aufbrechen morgen und muß zeitig zu Bett.«

»Herr Barbe«, begann Albert mit einer gewissen, mir an ihm ganz neuen Feierlichkeit. »Herr Barbe, ehrlich, möchten Sie noch einmal als Lohnabhängiger an der Schleifbank sitzen und Knöpfe und Schnallen polieren oder die Folierung am Fließband überwachen?«

»An der Schleifbank habe ich angefangen und vom sechzehnten bis fast zum dreißigsten Lebensjahr daran gesessen und eisern gespart. Sie wissen es ja.«

»Möchten Sie heute noch oder wieder dort sitzen?«

»Nein.« Barbe hatte es ohne jede Verlegenheit gesagt.

»Sie haben es geschafft und sich über Ihre einstigen Leidensgenossen erhoben und sind Kapitalist geworden«, sagte Albert.

Diesmal antwortete Barbe ihm mit Schärfe: »Eine Fabrik ist entweder überall ein Ort der Leiden, dann auch in den sozialistischen Ländern, oder sie ist überall eine notwendige Stätte, ohne deren Existenz Millionen verhungern müßten. In Ihrem Wort vom Leidensgenossen steckt ein Stück Verleumdung und viel Unkenntnis des Werdegangs der Wirtschaft. Wo es keine Fabriken gibt, schreien die Stadtverwaltungen nach der Gründung von Industrien, und bringt man sie, dann macht man den Unternehmer, sobald er Arbeiter eingestellt hat, zum Blutsauger und zum Dieb des Mehrwerts der Arbeit.«

»Weil der Unternehmer zu eigennützig ist und mit seiner Fabrik die soziale Ungerechtigkeit in den Ort bringt, wo sie steht.«

»Eigennützig ist immer nur der andere, selber ist man es nie«, versetzte Barbe ironisch. »Dabei wäre jeder es, wenn er nur die Gelegenheit oder die Kraft hätte, zu seinem Eigennutz die anderen zu beherrschen. Die Arbeitnehmer sind ebensowenig immer die sündenlosen Opfer der Unternehmer und immer die vollkommenen Heiligen, die ihr Marxisten aus ihnen macht, wie unsere Arbeitgeber nie die Teufel sind, als die ihr sie verleumdet. Aber selbst wenn in den Ländern des Westens die Unternehmer die Raubtiere und Diebe wären, als die ihr sie hinstellt, dann ist die Arbeiterschaft bis heute mit diesen Bestien und Dieben überall besser gefahren als mit den so gerechten marxistischen Arbeitgebern im Osten.« Damit schließe er für diesmal die Debatte, sagte Barbe und bat Albert, ihn zu seiner Etage hinabzubegleiten, damit ich mich sofort zur Ruhe begeben könne.

Da Albert diese Aufforderung offensichtlich angenehm war und er sich mit einem kühlen »Gute Reise« von mir verabschiedete, nahm ich an, daß sein schroffes Verhalten mir gegenüber Barbe nicht entgangen war und daß dieser uns beiden die Peinlichkeit einer Auseinandersetzung ersparen wollte.

Kapitel 51

In dem Barbe überraschende Unbill am Zoll widerfährt.

Am nächsten Morgen ließ Barbe mich gegen acht Uhr wachläuten. Er sei zum Aufbruch bereit. Wann ich es sein könne?

Ich müsse seine Sachen doch noch in den Wagen verstauen, sagte ich ihm, vor einer guten Stunde könne ich das nicht schaffen, das Verpacken der Geräte und besonders alles Zerbrechlichen, das er eingekauft habe, nehme vielleicht sogar mehr als diese Zeit in Anspruch. Da lachte er. Ich hätte mich als Fahrer und Reisebegleiter verpflichtet, aber nicht für das, was die Aufgabe des Hausdieners sei. Alles sei bereits bestens geordnet im Wagen, und der stehe schon, den Tank gefüllt, vor dem Hotel, in seinem Zimmer befinde sich kein Gepäck mehr. Ob ich mit meinem Vater telefoniert hätte?

Ich hatte. Nämlich ihn noch des Abends angerufen und ihn gebeten, seine Kollegen vom Schweizer Zoll auf Barbes sonderliches Gepäck vorzubereiten und sich dafür zu verbürgen, daß sie es nicht mit einem Schmuggler zu tun hätten, obwohl fast das ganze Mitgeführte aus Neuem, nicht einmal Angebrauchtem bestehe. Auch hatten wir ausgemacht, daß ich mich von ihm und der Mutter am Zollkai verabschieden, also nicht in die Wohnung hinaufsteigen würde.

Ich versprach Barbe, in einer halben Stunde fertig zum Aufbruch zu sein und dann meinem Vater ausrichten zu lassen, wann ungefähr wir am Zoll eintreffen könnten.

Bevor wir einstiegen, konnte ich feststellen, daß das im hinteren Teil des Wagens verstaute Gepäck musterhaft geordnet war. Kein Koffer konnte, selbst bei starkem Rütteln des Wagens, vom Platz rücken. Einen Teil dieser Koffer mußte Barbe im Bad versteckt haben, ich hatte sie vorher nie in seinem Zimmer gesehen, selbst am Vorabend nicht.

Als wir die Hälfte der Strecke zur Grenze zurückgelegt hatten, bat Barbe mich, es mit dem Abschied von meinen Eltern kurz zu machen.

Alles verlief programmgemäß und so, wie Barbe es gewünscht hatte. Mein Vater bestätigte mir, daß er, gleich nach meinem ersten Anruf, noch des Abends die Kollegen jenseits der Grenze von unserem Kommen telefonisch verständigt und dies soeben denen, die gerade Dienst taten, noch einmal durchgegeben hatte. Das Warten vor der immer langen Schlange werde uns durch einen älteren Zollbeamten, mit dem er bekannt sei und der auch mich zumindest vom Sehen kenne, erspart werden, der wolle die Grenzpolizisten, die zwischen den beiden Schlagbäumen patrouillierten, bitten, unseren Wagen nach vorne zu dirigieren.

Aber gerade diese verabredete Vergünstigung sollte uns nicht zur Freude gereichen.

Auf der kurzen neutralen Strecke zwischen dem Schlagbaum, den wir hinter uns ließen und dem, auf den wir zufuhren, hatten wir ausscheren und der Schlange Wartender oder im Schritt sich zäh vorwärtsbewegender Wagen entlang nach vorn fahren dürfen, doch als der Schweizer Schlagbaum vor uns hochging, stand nicht weit von ihm ein an den Sternen seiner Uniform als Divisionschef erkennbarer Beamter, der unser Vorpreschen beobachtet hatte. Er gab den in seiner Nähe stehenden Grenzpolizisten und Zollbeamten den Befehl, uns in den Siebhof zu dirigieren, einen riesigen Schuppen, von dem mir bekannt war, daß man ihn errichtet hatte, um auch bei strömendem Regen oder bei beißender Kälte verdächtige Reisende restlos kontrollieren, das heißt beliebig lang schikanieren zu können, eine keineswegs unbeliebte Beschäftigung der Beamten. Das wußte ich aus Schilderungen meines Vaters, die er zuweilen meiner Mutter machte, wenn er bei »denen drüben« in dienstlichen Angelegenheiten gewesen war.

Der Ältere der drei Zöllner, der auf Befehl des Chefs unserem Wagen vorausschritt, mußte der Bekannte meines Vaters sein. Ich erinnerte mich seines Gesichts, das ich schon in der Schenke unseres Zollhauses gesehen hatte, aber nicht seines Namens. Die beiden, die hinter dem Wagen folgten, waren junge, mir neue Gesichter. Daß der Ältere, obwohl ich ihm zugelächelt hatte, mein Lächeln nicht erwiderte und sich zu mir auffallend abweisend verhielt, ließ nichts Gutes erwarten, denn mein Vater hatte ihm ja die Nummer unseres Wagens mitgeteilt.

Doch als er mir in dem Schuppen das Stoppzeichen gegeben hatte, kam er rasch an den Wagen und flüsterte mir zu, der Anruf meines Vaters müsse abgehört oder verpfiffen worden sein. Er wies dabei mit einer Bewegung des Kopfs auf seine jüngeren Kollegen, die dabei waren, ein Gitter vor die Einfahrt des Schuppens zu schieben. Er glaube nicht, daß der Divisionschef zu der Zeit, für die wir angekündigt waren, aus heiterem Himmel eingetroffen sei und sich obendrein ausgerechnet am Schlagbaum postiert habe, das sei doch kein Platz für einen so hohen Beamten. Ich konnte Barbe nicht mehr erklären, daß der Rang eines Divisionschefs einer der höheren in der Zollverwaltung der meisten Länder ist, denn die beiden jungen Zöllner waren zu nahe an unseren Wagen gekommen.

Ohne gefragt zu sein, beugte Barbe sich über den Wagenschlag hinaus und sagte ihnen, er habe nichts zu verzollen, nichts Erklärungspflichtiges befinde sich im Gepäck, auch seien wir nur Transitreisende. Ich warf ihm leise hin, er solle still sein, und zeigte auf den Rückspiegel, in dem man den Divisionschef das Gitter beiseite schieben und in den Schuppen eintreten sah. Da stieg Barbe, gegen meine Warnung, die ich ihm zugeflüstert hatte, aus und ging dem Chef entgegen. Das schon war ungeschickt. In der Welt des Zolls und in dem Denken und Fühlen der Zöllner aufgewachsen, wußte ich, daß es einen Beamten vom Rang dieses Chefs, der doch nie Zollkontrollen selber vornahm, beleidigen würde, wenn Barbe ihn anspreche, statt abzuwarten, daß man ihn zum Sprechen auffordere. Als auch ich schließlich aus dem Wagen stieg, war Barbe bereits dabei, die zweite Dummheit zu begehen: er erklärte dem Divisionschef, seine Koffer enthielten nur persönliche Sachen und diese seien, da sie erst am Endziel unserer Reise gebraucht werden würden, auf eine komplizierte Weise verpackt; wenn man sie hier aus den Koffern nehme, könne man sie nie wieder so verstauen, wie es bei der Zerbrechlichkeit mancher Gegenstände notwendig sei.

Ohne Barbe zu beachten, befahl der Divisionschef den drei Zöllnern, das ganze Gepäck und auch den Wagen zu untersuchen: »Nach Stufe eins.«

»Mein Herr«, rief Barbe, »das soll doch nicht heißen, nach der höchsten Verdachtsstufe?«

Wiederum achtete der Divisionschef nicht auf Barbes Worte und sagte den jungen Zöllnern, sie sollten Decken auf den Boden auslegen und die beiden Herren, also Barbe und mich, auffordern, den Inhalt sämtlicher Koffer, jeder Verpackung entblößt, auf den Decken auszubreiten.

»Ist das legal?«, fragte mich Barbe, offenbar ohne zu bedenken, wie kränkend die Frage auch für den gutartigsten aller Zollbeamten gewesen wäre.

Es sei legal, mußte ich ihm sagen.

Wie Reisende, welche braungebrannt von der Sonne aus Ferien, die kein Zollbeamter sich leisten kann, bei der Rückkehr aus dem Süden von manchen Kollegen meines Vaters für eine schnippische Antwort oder für ein hochfahrendes Wesen oder auch nur, weil ihr Wagen zu protzig war, bestraft wurden, dem hatte ich als Junge mehr als ein Mal sehr vergnügt beigewohnt und mich an der Wut und Ohnmacht der reichen Leute geweidet, denen die hohen Beziehungen, mit denen sie meistens drohten, wenigstens dieses eine Mal nichts nutzten, denn die Prozedur der totalen Kontrolle entspricht der Vorschrift, sie ist überhaupt deren einzig korrekte Anwendung.

Die Kontrolle sei legal, wiederholte ich und erklärte Barbe, wir seien hier Ausländer, er müsse sich fügen.

Statt dies still zu tun, trat Barbe vor den Divisionschef, der wie eine Statue neben dem Wagen stand und zusah, wie seine Leute die Decken brachten. »Mein Herr«, sagte Barbe, zu dem hochgewachsenen Mann aufblickend, »die Schweiz will das Modell, die Perle eines Touristenlandes sein. ›Besucht uns‹, ruft es in meiner Heimatstadt von allen Mauern auf bunten

Plakaten, unter Bildern, wo man hübsche Sennerinnen auf Almen sieht oder gutmütige Fischer an lieblichen Bergseen, und alle lächeln den Betrachter der Plakate an, und wie behandeln Sie nun das Opfer Ihrer Fremdenwerbung!« Er hatte dabei seine so ungewöhnlich dicke Brieftasche gezogen und schlug sich damit auf die Hand. »Was darin ist, wäre vielleicht alles restlos in Ihrem Land ausgegeben worden ...«

»Vorhin hieß es, die Herren reisten nur durch, Transit«, bemerkte einer der jungen Zöllner, der gerade die letzte Decke ausgebreitet hatte, zu dem Divisionschef.

»Ihre Pässe bitte«, sagte der darauf und sah zum ersten Mal Barbe und mir mit unverhohlenem Zorn ins Gesicht.

»Ich dachte, hier sei die Zollabfertigung! Zu was gehören Sie denn? Zum Zoll oder zur Grenzpolizei?«, erwiderte ihm Barbe.

Nun sah ich schwarz für die Weiterreise. Daß Barbe offenbar den Rang dieses Beamten nicht erkannte oder nicht erkennen wollte und ihm so familiär diese Frage gestellt hatte, verhieß kein gutes Ende.

»Holen Sie endlich Ihre Sachen aus dem Wagen!«, herrschte der Divisionschef Barbe an. Dabei reichte er unsere Pässe einem der jungen Zöllner, der sich damit entfernte.

»Wenn man mein Gepäck untersuchen will, nur zu«, sagte Barbe und erklärte, er rühre keine Hand, um es für die Herren Zöllner, die soviel jünger seien als er, aus dem Wagen auf die Decken zu schleppen.

Zu ungewiß über die Gründe der Anwesenheit und der Strenge des Divisionschefs, wagte ich es nicht, ein Wort für Barbe vorzubringen. Obwohl ich, da ich ja nur einen Teil seiner Einkäufe kannte, hoffte annehmen zu dürfen, daß er wirklich keine anderen als Gegenstände des persönlichen Gebrauchs im Gepäck hatte, schien es mir wegen deren Menge dennoch gefährlich, dem Divisionschef zu versichern, wir seien nur deshalb der Wagenschlange entlang vorgeprescht, weil, durch meinen Vater von unserem Kommen verständigt, die Schweizer Beamten es uns erlaubt hatten. Daß dies beiderseits nur vereinbart worden war, um uns ein langes Warten hinter dem Schlagbaum zu ersparen, und in keiner anderen Absicht, dieser Versicherung, so mußte ich befürchten, hätte der Divisionschef umso mehr mißtraut, als Barbes zahlreiches und so befremdliches Gepäck in der Tat ja nur aus ladenneuen Sachen bestand, die, da an ihnen, wie ich befürchtete, noch die Preisetiketten hingen oder klebten, den Verdacht eines kleinen Schmuggelversuchs herausfordern konnten. Auch brauchte ich nur an die Zahl der Teetassen zu denken, um mir vorzustellen, daß der Divisionschef seine unteren Beamten verdächtigen könnte, mit meinem Vater für die Begünstigung eines kleinen Zollbetrugs unter einer Decke zu stecken, und daß, dank bei der über die Grenze wirksamen Solidarität der höheren Ränge gegen die unteren, diese hüben und drüben auf den beiden Zollstationen nichts Gutes zu erwarten hatten. Deshalb schwieg ich und schleppte alle Koffer aus dem Wagen auf die Decken, trotz der immer heftigeren Einsprüche Barbes, der sogar einmal versuchte, mir einen Koffer zu entreißen und zurückzutragen. Sein nicht nachlassendes Geschimpfe auf den »Wahnsinn des Zolls« brachte den Divisionschef schließlich derart auf, daß er ihm befahl, den Mund zu halten, wenn er nicht wünsche, die Bekanntschaft mit anderen Maßnahmen zu machen, die der Zoll, der eine Behörde sei, durchaus ergreifen könne.

Wie gut es war, daß ich an meinen Vater gedacht und geschwiegen hatte, das sah ich bald, denn selbst ich war überrascht, was alles Barbe mit sich führte, was alles er noch gekauft hatte, wenn ich nicht dabei gewesen war.

Ausgerechnet aus jedem der beiden Koffer, die ich als erste zu den Zöllnern geschleppt hatte, packte ich je ein ganzes Teeservice auf die Decken aus, zusammen also vierundzwanzig Tassen, zwei Kannen, zwei Milchkännchen und zwei Zuckerschalen, ich verstand nun – aber eben zu spät – warum Barbe mich morgens damit überrascht hatte, daß alles von den Hausdienern des Fürstenhofs eingepackt und im Wagen verstaut gewesen war.

Das schadenfrohe Grinsen schwand nicht mehr von den Gesichtern der beiden jungen Zöllner. Auch der Ältere, der mir doch wohlwollte, schien davon überzeugt zu sein, daß wir versucht hatten, uns vor der Kontrolle durch den Zoll zu drücken. Während ich die Gegenstände aus den Koffern nahm und auf die Decken legte oder stellte, richtete er immer wieder seine Augen mit einem mich um Schweigen anflehenden Blick beschwörend auf mich. Nur der Divisionschef verriet mit keiner Geste, mit keinem Wort, was er von dem Warenlager dachte, das sich nach jedem geleerten Koffer immer bunter zu seinen Füßen ausbreitete. Das, was aus den Koffern herauskam, fesselte ihn offenbar so sehr, daß er für einen Sergeanten der Grenzpolizei, der ihm unsere Pässe zurückbrachte, nur einen zerstreuten Blick hatte und seinen Dienstgruß nicht einmal erwiderte.

Als ich den letzten Koffer geleert hatte, winkte der Chef mich heran, sah in meinen Paß, gab ihn mir aber erst dann zurück, als er auf seine Fragen erfahren hatte, daß ich von Barbe auf nur beschränkte Zeit als Fahrer engagiert war. Mit diesem Herrn dürfe ich vorläufig nicht sprechen, sagte er. Ich solle aber im Schuppen bleiben. Dann ließ er von den drei Zöllnern die Gegenstände, die in der Reihenfolge, wie ich sie ausgepackt hatte, auf den Decken lagen und standen, so ordnen, daß Gleiches neben Gleiches kam.

Welch negativen Eindruck durch diese Anordnung nun das Ganze auf einen Zollbeamten machen mußte, dies schien Barbe immer noch nicht zu spüren, als er, von dem Divisionschef aufgefordert, vor dieses wunderliche Warenlager treten und die Worte hören mußte: »Rechtfertigen Sie sich.«

»Ich wüßte nicht, wofür«, erwiderte Barbe.

»Sie rasieren sich also immer mit zwei Apparaten. Für jede Wange einen besonderen«, sagte der Divisionschef unter dem Gelächter der Zöllner. Dann bückte er sich und hob zwei Inhalatoren hoch. »Es ist wahr«, fuhr er fort, »ein Maulwerk haben Sie für zwei, aber Sie haben immer doch nur einen einzigen Mund. Also, wozu zwei dieser Dinger?«

Der eine Inhalator, versetzte Barbe, diene zum Einatmen von Kamillendampf, der andere zu Kuren mit einer Lösung aus Heusamen. Wegen des Geschmacks und des Geruchs, der am Email haften bleibe, brauche er getrennte Behälter.

Dann habe er aber zu wenig Teekannen mitgenommen, sagte der Divisionschef. Keines Anbaugebietes Tee schmecke wie der eines anderen, und er zählte ironisch ein halbes Dutzend sich voneinander unterscheidender Arten Tee auf, vom Darjeeling bis zum Ceylon, wie die Namen der Gewächse ihm offenbar gerade einfielen.

Barbe antwortete ihm, er trinke nie anderen als China-Tee; die zweite Kanne sei nur ein Ersatzstück, Porzellan, wenn es sich wirklich um Porzellan und nicht um anderes Steingut handele, zerbreche so leicht.

»Ach so«, machte der Divisionschef, »deshalb die vierundzwanzig Tassen.« Er schaute rasch in Barbes Paß. »Für einen Witwer ohne Kinder rechnen Sie aber mit viel zerbrochenem Geschirr.«

Barbe zuckte mit den Achseln. »Ich versuche gar nicht erst, Ihnen das zu erklären.«

»Auch nicht, warum Sie von diesen Campingöfchen nicht ein, sondern gleich drei Stück mitführen. Es geht doch wohl nicht an den Nord- oder Südpol.« Er hatte sich dabei nach einem Stoß Kassetten gebückt und eine in die Hand genommen: »Aha, keine Musik! Sprachkurse! Warum aber jeder zweimal, auch hier?«, fragte er.

Kassetten, sagte Barbe, könne man leicht verlieren, besonders durch Diebstahl.

Der Divisionschef ließ nicht locker. »Aber warum dann je zwei für vier verschiedene Länder? Katalanisch, Kroatisch, Griechisch und Albanisch.«

»Weil ich noch nicht weiß, in welchen Süden ich reise.«

»Und wir? Die böse Schweiz. Das trügerische Touristenparadies! Sagten Sie nicht, Sie hätten vorgehabt, Ihr Geld bei uns auszugeben. Nur meiner Unfreundlichkeit wegen würden Sie es jetzt in andere Länder tragen. Das also ist auch nicht wahr gewesen, wie alles andere?«

»Ich weigere mich endgültig, Ihnen noch eine einzige Erklärung zu geben«, sagte Barbe.

»Die haben wir längst.« Der Chef wandte sich zu den Zöllnern: »Bestandsaufnahme!« und dann wieder zu Barbe: »Sie werden das Schriftstück, das wir zur Bestandsaufnahme anfertigen, unterzeichnen müssen. Es ist Ihnen deshalb erlaubt zu kontrollieren, ob die Stückzahl der Sachen stimmt, die die beiden jüngeren Herren dem Älteren ansagen werden. Ich mache Sie aber darauf aufmerksam, daß Sie gleich zu Anfang meinen Beamten versichert haben, Sie hätten nichts Zollpflichtiges bei sich. Sie sind bei einem charakteristischen Versuch des zwar nicht kommerziellen, aber eines schweren privaten Warenschmuggels ertappt worden und werden sich dafür zu verantworten haben. Zunächst jedoch müssen Sie sich als festgenommen betrachten und dürfen sich – wie auch Ihr Fahrer – nicht in Ihren Wagen setzen. Ein Offizier der Grenzpolizei wird Ihnen Ihre Festnahme noch protokollarisch bestätigen.« Nach diesen Worten verließ er den Schuppen.

Als er draußen war, kam der ältere Zöllner mit einem Stuhl und flüsterte mir, nachdem er mich laut zum Platznehmen aufgefordert hatte, zu, ich solle seinen Kollegen mißtrauen. Die würden versuchen, Barbe für den Divisionschef auszuhorchen, um eine gute Note zu bekommen. »Denken Sie an Ihren Vater«, sagte er zuletzt, »und an dessen hiesige Kollegen, die müssen es ausbaden, wenn dieser Herr sagt, wir seien von euerem Kommen verständigt gewesen.«

Ich nahm Barbe beiseite und schärfte ihm ein, nur ja meinen Vater nicht bloßzustellen. »Warum?«, fragte ich ihn, »warum nur haben Sie dem Divisionschef nicht besser, nicht eindringlicher erklärt, daß Sie ein übertrieben vorsorglicher Mensch sind, der immer Angst hat, es fehle ihm dies und das gerade dann, wenn er es brauche, warum haben Sie ihm nicht den Schuhbändel gezeigt, den Sie seit Ihrer Erfahrung mit der Busschnepfe ständig in der Tasche haben? Dieser Beamte hätte dann vielleicht Verständnis gehabt für die vielen Teetassen und für das, was Sie sonst noch hinter meinem Rücken eingekauft haben.«

»Er hätte mir doch nicht geglaubt.«

»Sie hätten es versuchen sollen.«

Zu meiner Verblüffung erwiderte er mir heftig: »Soll ich in die Presse kommen? Sollen alle meine Bekannten und meine Neffen, die vor allem, über mich lachen dürfen? Ich habe zu Hause das Leben ohne Gepäck doch geradezu gepredigt und vor meinem Aufbruch etwas dick damit getan, nein, kein Aufheben von der Sache! Ich zahle lieber eine Strafe, jede!«

Für die Befürchtung, in die Presse zu kommen, mußte ich ihm recht geben. Wie die Polizisten, so machen auch die Zöllner sich gern ein Taschengeld mit Meldungen an die Zeitungen, wenn sie einen fetten Fisch erwischt haben oder wenn ein so seltsamer Vogel wie Barbe in ihre Fänge gerät. Die Gefahr einer ironischen Meldung in der Presse bestand also in der Tat. Es war besser, er ließ sich als gewöhnlicher kleiner Schmuggler eine Geldstrafe aufbrummen.

Die beiden jungen Zöllner riefen uns zu, wir dürften uns nicht unterhalten. Sie wiesen auf den Stuhl, den der Ältere mir gebracht hatte, ich solle mich setzen und nicht mehr rühren. Dann winkten sie Barbe zu sich heran.

Sie zeigten auf das blaue Bidet, das im Vergleich zu den Campingöfchen hochbeinig wie eine Bohrinsel in dem Warenlager wirkte. Was es gekostet habe, dieses Ding?

Barbe sagte trocken: »Falls das Etikett noch daranklebt, dann auf der unteren Seite des Beckens, da finden Sie den Preis.«

Sie würden jetzt die Inventur seines Ladens machen und die Preise seiner Waren notieren, erklärten die Zöllner. Sie hoben das Becken des Bidets vom Gestell hoch und fragten Barbe, warum es die längliche Form einer Niere habe und in einem kniehohen Traggestell hänge? Zum Waschen der Füße setze man sich gewöhnlich doch auf einen Stuhl und stelle eine runde Bütte auf den Boden.

»Typisch, daß Sie nicht wissen, wozu ein Bidet dient«, versetzte Barbe.

Einer der Zöllner pfiff ironisch und sagte zu seinem Kollegen: »Oho, der Herr will uns nicht verraten, was man mit dem Ding macht.« Was für eine besondere Bewandtnis es nur mit diesem Gegenstand habe und warum er den als einzigen seines Warensortiments nicht in mehreren Exemplaren habe durchschmuggeln wollen? Ob es vielleicht wirklich zum persönlichen Gebrauch bestimmt sei? Aber zu welchem? Er sei doch keine Frau. Auch wirke er nicht feminin. Das gebe es ja, solche Männer, die es sich gern verkehrt herum besorgen ließen oder machten.

Ich dachte an den Volontär des Fürstenhofs und die perfiden Andeutungen, mit denen er seine mißgünstige Besessenheit verraten hatte, aber die beiden schienen sich nur einen Jux machen zu wollen und durchaus zu wissen, wozu ein Bidet dient, nur, daß sie seinen »allgemeineren« und »seriöseren« Zweck, wie Barbe gesagt hätte, völlig verkannten und ihm diese Verkennung vorführten: der eine hatte aus dem Stapel der beschlagnahmten schwarzen Fenstertücher das größte herausgezogen und es sich wie einen wallenden Frauenrock umgebunden, wobei die Holzringe am oberen Saum als klappernder Gürtel dienten. So travestiert, tänzelte er, als wandele er auf dem Strich, vor seinem Kollegen hin und her und spielte die Straßendirne, die einen unentschlossenen Passanten in ihre Absteige locken will. Sie sei eine preiswerte und dennoch hochbegabte, ein Weib von Rasse, sagte er. Mit ihr werde er etwas erleben, was er noch nicht kenne. Der andere spielte den Zögernden, Ängstlichen, der nicht anbiß, wechselte aber plötzlich in die Rolle des abgebrühten Kunden und zeigte auf das blaue Gerät: »Zuerst aufs Bidet!«, befahl er, worauf der die Dirne Machende erklärte, bei so viel Umständen koste das Vergnügen das Doppelte. Erst als der den Kunden Spielende dem Preis zugestimmt hatte, setzte der andere sich auf das Bidet, schlug den Rock zurück und mimte die Waschungen, die, wie Barbe einmal sagte, den Liebeskünstlerinnen leider nicht in allen Ländern von der Gesundheitspolizei vorgeschrieben sind. Selbst der ältere Zöllner, der wohl noch immer fürchten mußte, Barbe könnte reden, krümmte sich vor Lachen bei dieser Szene.

Wer aber nicht lachte, das war Barbe. Er hatte dem Albern der beiden mit finsterer Miene beigewohnt, plötzlich rief er ihnen zu: »Primitiv ist das und weiß es nicht.«

»Was, das?«, kam es gleich sehr böse zurück.

»Ihr«, rief Barbe, »ihr grünen Jungen.«

Schon kam der eine auf ihn zu: Wenn sie es nicht mit einem so alten Onkel zu tun hätten, sagte er drohend, was sie ihm zeigen würden, von wegen grünen Jungen!

Der andere hatte sich vom Bidet erhoben und kam, gleichzeitig mit mir, hinzu. Das schmuggele, fing er giftig an, das schiebe mit Waren, das betrüge den Staat, das sei erwischt … und werde noch frech gegen die Behörden!

Barbe lachte bitter. »Behörden! Lausejungen seid ihr und Schmutzfinken! Ein Bidet habt ihr noch nie benutzt, da mache ich jede Wette ...«

Ich war längst zwischen die Zöllner und Barbe getreten und versuchte, ihn zu beruhigen. Aber mit einer Kraft, die mich nicht mehr überraschte, stieß er mich zurück und hatte schon den einen der Zöllner an der Jacke gepackt: »Schaut euch eure Hintern gegenseitig an, dann seht ihr es selber, was für Schmutzfinken ihr seid!«, rief er. »Ja, Schmutzfinken, ich wiederhole es.«

»Auch an meine Adresse«, tönte es hinter uns, »wiederholen Sie es doch bitte noch einmal.«

Wir hatten bei dem Auftritt nicht bemerkt, daß der Divisionschef in den Schuppen zurückgekehrt war. Ein Offizier der Grenzpolizei, der einen gelben Briefumschlag in der Hand hielt, war mit ihm gekommen. »Was ist hier vorgefallen?«, fragte der Chef mit einem strengen Blick auf den jungen Zöllner, dem noch immer Barbes Fensterbehang als Rock um die Hüften baumelte und der das Tuch jetzt schnell abwarf.

»Sie sehen es ja, was los ist«, rief Barbe, »ist diesen grünen Jungen denn alles erlaubt? Nur, weil sie Beamte sind?«

»Langsam! Und ›grüne Jungen‹ und ›Schmutzfinken‹, das stellen Sie gefälligst ein«, sagte der Chef zu Barbe, und zu den Zöllnern: »Was habt ihr euch zuschulden kommen lassen, daß der Herr so erregt ist?«

Der Ältere, der ja nicht mitgemacht hatte, antwortete, der Herr sei gar zu empfindlich, die beiden hätten nur gescherzt; aber der Chef wollte wissen, was vorgefallen war: »Der Herr muß doch einen Grund oder Anlaß haben, euch Schmutzfinken zu nennen.«

»Dort auf mein Reisebidet hat sich einer gesetzt«, rief Barbe dazwischen, »und mich verhöhnt.«

Von seinen Beamten erwarte er die Antwort, nicht von ihm, versetzte der Divisionschef eisig. Aber nun fiel ihm der Offizier ins Wort und bat um die Erlaubnis, eine Frage an den Herrn zu stellen. Er hielt Barbe den gelben Umschlag geöffnet vors Gesicht: »Die Bilder hier drinnen lagen in Ihrem Paß.

Also, diese jungen Leute sollen Schmutzfinken sein! Wie kommt ein Mensch wie Sie dazu, andere, nur weil sie sich einen Jux mit diesem Utensil für Dirnen und Päderasten erlaubt haben, moralisch verkommen zu nennen, wo ich in Ihrem Paß Fotos fand, für die man Sie noch vor ein paar Jahren nach den Bestimmungen über den Besitz unzüchtiger Abbildungen hätte belangen können. Der Sechzigjährige, der so etwas bei sich trägt und wohl für die Verführung von Minderjährigen von wer weiß welchem Geschlecht benutzt, der ist der Schmutzfink, nicht diese gesunden junge Leute.«

»Das Wort war doch ganz anders gemeint«, erwiderte Barbe heftig.

»Anders? Wie anders?«

Er habe es wörtlich gemeint, im Zusammenhang mit dem wahren, dem allgemeinen hygienischen Zweck des Bidets. Barbe war sehr erregt; nur so konnte ich mir erklären, daß die vor Ironie triefenden Blicke, die der Divisionschef und der Offizier nicht aufgehört hatten zu tauschen, seinen Zorn noch heftiger anstachelten. Mit bebender Stimme fuhr er die beiden schließlich an, Fotos, die niemandes Schamgefühl verletzten, weil niemand sie zu Gesicht bekomme, sollten gegen ihn zeugen, nach denen fahnde man. Die halte man ihm vor. »Wenn in allen Ländern der Minister, dem die Gesundheit, und der, dem die Polizei untersteht, das Gefühl dafür besäßen, daß sie im Interesse des Volkes ein wachsames Auge auf die Hygiene des einzelnen haben müssen, da man ja die öffentliche und die individuelle nicht trennen kann, und wenn die Behörden weniger Angst vor der öffentlichen Meinung hätten, könnte die Polizei, vom Ministerium für Gesundheit ermächtigt, den ganzen Fächer ihrer Fahndungen auch auf die Verletzungen der Pflicht zur Hygiene ausdehnen, die jeder einzelne der Allgemeinheit gegenüber doch hat. Sie müßte Verstößen gegen diese Pflicht vorbeugend denselben Krieg erklären wie allen anderen Verbrechen und die ungewaschenen Menschen, diese asozialsten unter den asozialen, als das verfolgen, was sie sind: als heimtückische Wegbereiter schwerer Krankheiten, und diese Menschen zum Beispiel an jeder Ländergrenze erfassen. »Auf diese soll Ihre Wachsamkeit sich richten«, rief er. »Ach, wenn es nach mir ginge, dort, wo ich zu kommandieren hätte, würden andere Festnahmen als nur die der Verkehrssünder und der Taschendiebe gemacht. Beliebige Passanten würde ich herausgreifen, hopp, in den Polizeiwagen hinein, aufs Kommissariat gefahren und dort die Kleider vom Hintern herunter! Da bekäme die Polizei etwas Schönes zu sehen, neben dem Schmutz die Milben unbehandelter Krätze, die Läuse aller Spielarten, diese Typhusträger und Vertreter von Ruhr und Pest, von den viel schlimmeren geheimen Krankheiten wie Tripper und Syphilis zu schweigen, all die, womit das Pack, das sich nicht wäscht, die ganze Welt anstecken darf und wofür es nie bestraft wird. Aber nichts geschieht seitens der Behörden. Und dort, Ihre grünen Jungens, die seit acht Tagen vielleicht höchstens Gesicht und Händen einen Tropfen Wasser geopfert haben, die dürfen sich über einen Menschen lustig machen, der in der Reinlichkeit eine soziale Pflicht sieht ...«

Das Lachen des Divisionschefs hatte dem Offizier der Grenzpolizei und den drei Zöllnern das Zeichen zum Ausbruch ihres höhnischen Gelächters gegeben. Barbe tat mir leid; er war außer Atem, die Adern an der Stirn waren geschwollen, so zornig war er, und ehe ich es verhindern konnte, hatte er die Hand gegen die Brust des Divisionschefs ausgestreckt, einen Knopf seiner Uniform erfaßt, der Chef war brüsk zurückgewichen, der Knopf in Barbes Hand geblieben, doch der Offizier der Grenzpolizei hatte Barbe überraschend gepackt und hielt ihn fest. »Jetzt ist das Maß aber voll«, sagte der Offizier und versuchte, Barbe vor sich her zu stoßen bis zu unserem Wagen. »Dorthinein und nicht gerührt.«

Doch Barbe brach plötzlich in ein Lachen aus, das mir unbehaglich und unheimlich war. »Das Maß des Herrn ist voll«, rief er, »das hat mir vor zwei Wochen doch schon eine Fernbusschnepfe gesagt. Wissen Sie überhaupt, wer ich bin?« Er zeigte ihnen den Knopf, den er abgerissen hatte. Der trage seinen Namen, die Herren sollten nur alle ihre Uniformknöpfe umdrehen, da sähen sie auf der Innenseite ein kleines diskretes B eingraviert, das Zeichen der Firma, deren Besitzer er noch bis vor kurzem gewesen sei.

Ich bat den Divisionschef, mir in einem anderen Raum eine Unterredung zu gewähren und anzuordnen, daß man Barbe in Ruhe lasse.

Das erbetene Gespräch fand in dem Büro des Offiziers der Grenzpolizei und in dessen Gegenwart statt. Anfangs schienen er und der Divisionschef fest zu dem entschlossen, was ich fürchtete: die Abschiebung Barbes zurück über die Grenze. Dann wären meine ohnedies schon so stark angebrochenen Ferien dahingewesen. Ich erzählte den beiden alles, was ich von Barbe selbst über ihn wußte und was ich an ihm beobachtet hatte. Schließlich gelang es mir, die Männer zu überzeugen, daß schon die Verdächtigung, Barbe schmuggele Waren, diesen ungeheuer gekränkt, und daß dann die Verhöhnung durch die jungen Zöllner ihn vollends aus dem Gleichgewicht gebracht und sein Verhalten provoziert hatte.

Schließlich gaben sie die Erlaubnis zur Weiterreise, und dies, ohne ihn zur Kasse zu bitten, auch die Fotos erhielt er zurück. Ich war glücklich, obwohl ich Barbes Besessenheiten nicht wenig verwünschte. Ich wollte endlich am Steuer des kräftigen und prächtigen Wagens die lange Strecke zum Mittelmeer fahren.

Bevor ich das Büro verließ, sagte mir der Divisionschef, es hätte ihm leid getan, wenn Barbe tatsächlich ein Schmuggler gewesen wäre.

Überrascht fragte ich, ob er ihn letzten Endes doch irgendwie sympathisch finde.

Nein, er habe nicht viel übrig für Käuze, aber noch weniger für Beamte, die dem Staat keine Ehre machen.

Zweideutige Worte. Hatte jemand uns verpfiffen? Oder dachte er nur an das unkorrekte Verhalten der jungen Zöllner? Aber darüber zerbrach ich mir nicht den Kopf.

Als wir zwei Stunden später – soviel Zeit brauchte ich, bis ich alle Sachen so sorgfältig, wie sie verpackt gewesen waren, wieder in den Koffern hatte – endlich auf die freie Straße eingebogen, sagte ich Barbe, an der nächsten Grenze solle er nicht den Mund auftun und es mir überlassen, mit den Zöllnern zu sprechen. Was erwiderte er mir! »Das, womit sie mich ja wirklich hätten hängen können, haben sie nicht gesehen«, und er zeigte auf das Polster des Vordersitzes. Darunter lägen unverpackt, weil in keinem Koffer mehr Platz dafür gewesen sei, siebenhundertdreißig Schuhbändel, ein Paar für jeden Tag eines ganzen Jahres! Denn den einen Luxus, den er sich bereits seit einer Woche leiste, werde er sich hinfort bis zu seinem Tode gönnen: jeden Morgen ein Paar neue Bändel in die Schuhe. An keinem Tag seines Lebens solle es vorkommen, daß einer reiße.

Kapitel 52

In dem man erraten kann, was Barbe in Sizilien vermißt.

Es war schon Mittag vorüber, als wir endlich aus dem Bereich des Zolls heraus in die Schweiz einfuhren. Drei Stunden waren uns durch den Aufenthalt an der Grenze verloren gegangen. Barbe, dem, wie er sagte, der Ärger mit den Beamten Durst gemacht hatte, schlug vor, wir sollten, da er so schnell wie möglich etwas trinken müsse, im ersten, nicht abstoßend wirkenden Gasthof, der an der Straße liege, auch eine Kleinigkeit essen und dann bis Luzern durchfahren und dort übernachten.

»Warum nur bis Luzern?«, fragte ich. Meine Ferien seien in knapp einer Woche zu Ende und ich wisse noch immer nicht, in welchen Süden ich ihn bringen solle.

Daß er die Wahl habe, sei ja das, was ihn quäle, sagte er, jedenfalls wolle er in ein Land, wo einst der Islam geherrscht hatte. Aber der Balkan und Spanien seien jetzt wohl zu weit für mich? Und dann fragte er, ob die Sarazenen sich nicht eine Zeitlang in Sizilien festgesetzt hätten?

Wie mager meine Geschichtskenntnisse auch waren, ich konnte ihm immerhin sagen, daß die als Sarazenen bezeichneten Araber gute zwei Jahrhunderte in Sizilien vor den Normannen geherrscht hatten.

»Dann also vielleicht nach Sizilien.«

Beim Essen gestand er mir, die kleine arabische Prinzessin, die er im Fürstenhof gesehen hatte, gehe ihm nicht mehr aus dem Kopf. Die Erinnerung an ihren samtenen Teint verfolge ihn, mache ihn geradezu verrückt.

Der Teint sei es aber doch wohl nicht wert, sich einer Verfolgung durch die Sittenpolizei auszusetzen, bei Verführung

Minderjähriger spaße die nicht, erwiderte ich scherzend, es sei also noch ein Glück, daß er an die wohlbehütete Prinzessin aus Arabien nicht habe herankommen können.

Das ist es ja, sagte er mit einem Seufzer, zog aus seiner Brieftasche ein Bild und reichte es mir. In der Halle des Fürstenhofs hätten Bildreporter die Frau und die Töchter des Scheichs fotografiert, da sei er einem der Pressemänner vor das Portal des Hotels nachgegangen, habe ihm draußen eine Aufnahme der Prinzessin abgehandelt und sie vierundzwanzig Stunden später erhalten. Er sei vollkommen »benommen«, und das Wort drücke nur schwach das aus, was in ihm vorgehe, seitdem er dieses überirdische Geschöpf gesehen habe. »Einmal über diese Haut streicheln! Und dann, diese schmiegsame Stimme!«

Das Foto gebe weder den Schmelz ihrer Haut noch den ihrer Stimme wieder, wandte ich ein und mußte ihm auf seinen Protest versichern, daß es mir fernliege, mich über ihn zu belustigen, ich sei selber ungemein entzündbar durch den Teint einer Person und achte bei Mädchen ganz besonders auf die Weichheit der Haut, die niemals hellweiß sein dürfe. Nur, wie man auf etwas so Junges stehen könne, das sei mir unbegreiflich. Ob er früher schon auf derart gefährlichen Pfaden gewandelt sei?

»Noch nie«, versicherte er. Wann denn? Und gewandelt? Wandeln heiße doch schlendern und sich langsam ergehen, woher er die Zeit hätte nehmen können, sich einer so jungen Person zu widmen und sie in sich verliebt zu machen?

War bei seinen Worten über mein Gesicht wirklich ein so »böses Grinsen« gegangen? Das war jedenfalls das, was er mir vorwarf.

»Sprechen Sie nicht weiter«, rief er, »ich weiß, was Sie denken. Ich habe es Ihnen ja schon einmal sagen müssen, wie schwer es euch Jungen fällt, in uns Älteren Männer zu sehen, die mit dem gleichen Appetit begehren wie ihr.«

In der Tat, ich hatte das gedacht, was er glaubte, mir angesehen zu haben. Um ihn auf andere Gedanken zu bringen, fragte ich ihn, wie er sich den Aufenthalt in Sizilien im einzelnen vorstelle, falls er endgültig dazu entschlossen sei. Ob ich den Leihwagen zurückbringen solle oder ob er ihn dort behalten und sich nach einem Fahrer umsehen wolle, oder ob er wünsche, daß ich ihm vor meiner Heimkehr dort einen fände, wo er vorhabe, sich niederzulassen.

Meine Fragen schienen ihn zu quälen. Darüber werde er sich mit mir abends in Luzern beraten, sagte er abweisend.

Auf der Fahrt fragte ich mich immer wieder, warum der sonst so redselige Mann nicht nur beharrlich vor sich hin sann, sondern sogar jedes Wort, das ich anfangs von Zeit zu Zeit an ihn gerichtet hatte, offensichtlich so sehr als Belästigung empfand, daß auch ich schließlich schwieg und das Steuern des großen, so leisen Wagens genoß, das etwas ganz anderes war, als das bescheidene Vorwärtskommen mit meinem kleinen Wägelchen.

Das Hotel, das er mir bei der Einfahrt in Luzern genannt hatte, war eine riesige, am Seeufer gelegene Luxusherberge, deren Architektur der des Fürstenhofs erstaunlich ähnlich war. Meine Befürchtung, es könne wegen des Badezimmers wieder zu einem Zirkus mit den Leuten vom Empfang kommen, erwies sich als unbegründet. Er verlangte von Anfang an zwei übereinanderliegende Doppelzimmer, deren Bäder komplett sein müßten, erhielt sie wie etwas, das sich von selbst versteht und wollte sich dann, noch unten in der Halle, von mir verabschieden. Als ich ihn fragte, was mit dem Gepäck geschehen solle, sah ich, daß er offenbar nicht daran gedacht hatte, welche Last er sich damit aufgeladen hatte.

»Lassen Sie von Ihren Sachen all das heraufbringen, was Sie bei sich haben wollen. Für mich nur den Sack mit dem Nacht- und Toilettenzeug und den bewußten Koffer, alles andere kann im Wagen bleiben.«

Meinen Einwand, sein Bad habe doch ein Bidet, tat er zunächst mit einer Handbewegung ab, sagte aber dann: »Der Koffer muß überall auf mein Zimmer gebracht werden.«

Als ich aus der Garage zurückkam und mein Zimmer aufsuchen wollte, übergab der Portier mir mit dem Schlüssel eine schriftliche Nachricht Barbes, er sei ausgegangen, wenn ich mit ihm zu Abend essen wolle: ihm wäre es angenehm, mir aber nicht Pflicht, er erinnere daran.

Als ich mich dann zu der von ihm vorgeschlagenen Zeit wieder in der Halle einfand, saß er bereits dort, einen Berg Zeitungen vor sich und schien sehr mißgelaunt.

Beim Essen bat ich ihn, mir zu sagen, wo er am nächsten Morgen über die Alpen zu fahren wünsche, ich müsse mir doch unsere Route rechtzeitig überlegen. Mich zu verfahren, das sei so wenig nach meinem Geschmack wie nach seinem.

»Sie haben also nicht vergessen, daß ich Ihnen das gesagt habe«, bemerkte er, und seine Miene hellte sich auf, verdüsterte sich aber sogleich wieder. »Muß ich all diese Entscheidungen denn noch heute abend treffen?«

Also das war es. Er hatte sich doch noch nicht entschieden, wohin er fahren wollte. Ich sagte ihm: »Müssen! Sie müssen doch wohl überhaupt nichts.«

»Eben«, versetzte er, »um nichts mehr zu müssen, habe ich die Fron meines Unternehmens und aller Verpflichtungen, die damit verkettet waren, abgeschüttelt, und nun drängen Sie mich, Ihnen heute zu sagen, was ich morgen tun soll. Wo bleibt da meine Freiheit?« Und dann brach es aus ihm heraus, ich solle nur ruhig Beamter werden, alles, was er über die Unfreiheit der Beamten mir habe sagen wollen, und nicht über die allein, sei nicht genug durchdacht gewesen. Man lebe immer in Abhängigkeiten, jeder Mensch, so er in der, daß er einen Fahrer benötige und nun befürchte, vor dem als launisch zu erscheinen, weil es ihn quäle, dem heute schon sagen zu sollen, was morgen zu tun sei.

Entschlüsse bedächtig durchzudenken, sei besser, als sie hinterher bereuen zu müssen, sagte ich ihm, um die offensichtlich so tiefe Mißstimmung von mir abzulenken, aber da berührte er mich über den Tisch hinweg am Arm: »Entschuldigen Sie, ich spreche von den Anweisungen, die Sie brauchen, und denke an etwas ganz anderes. Nicht loyal von mir.« Schlimmere Abhängigkeiten als die vom Fahrer, vom Geld, vom Vorgesetzten, selbst von den härtesten Sachzwängen seien doch die, in die unsere eigenen Empfindungen uns brächten. »Die Gefühle, die uns an eine Person, oder an eine Sache oder an eine Idee binden, die sind die größten Tyrannen. Die des Napoleon, die des Stalin und des Hitler waren ihr

Ehrgeiz und ihr Machthunger, aber die Sehnsucht nach einer Person, nach einem Menschen, das ist die größte aller Tyranneien. Eine solche Sehnsucht nimmt Ihnen, wenn keine Aussicht auf Erfüllung besteht, die Lust an allem anderen, das die Welt zu bieten hat.«

»Hat es so stark eingeschlagen?« fragte ich.

»Ich komme um vor Melancholie«, stieß er aus, »daß sie auch ausgerechnet eine Prinzessin sein muß und nicht einmal aus einer verarmten Dynastie!«

Ich hatte wenig Lust, die Klagen eines hoffnungslos Verliebten oder Begehrenden den ganzen Abend anzuhören, es gibt ja auch keine Worte, die dann helfen können – aber ich wußte, wie leicht ein Reizwort ihn auf das Ausbreiten von Gedanken brachte und wie rasch jeder Anlaß seine Redseligkeit entzündete; deshalb fragte ich ihn, ob es Europäer gebe, die reich genug seien, es mit diesen Ölfürsten aufzunehmen.

»Den Scheichs hat es der Herr im Schlaf gegeben, ungerecht wie er ist«, sagte er bitter. »Zu Bett sind die gegangen als Besitzer von ein paar Ziegen und Kamelen und aufgewacht als Herren über Ölfelder und über Milliarden Dollars. Vom Beduinenzelt in den klimatisierten Palast.« Er dagegen habe sein Leben lang das Doppelte dessen gearbeitet, was seine Angestellten hätten leisten müssen. Meine Frage habe ihn wohl an das letzte Gespräch mit Albert erinnern sollen. Natürlich, verglichen mit einem Ölscheich, sei er weniger als ein ganz kleiner Mann, und doch sei er in Alberts und wohl auch in meinen Augen ein reicher Kapitalist, den die Rechnungen des ›Khedive‹ und des Fürstenhofs nicht erschrecken. Albert und ich hätten übrigens – dessen sei er gewiß – aberwitzige Vorstellungen von seinem Reichtum. Ein Knopffabrikant sei ein Kleinindustrieller, er stelle Mini-Waren her, die, verglichen mit einem Eisschrank oder einem Auto oder anderen Produkten der Metallindustrie, nicht zu Geld schlügen, der Staatspräsident und der Chef der Regierung hätten netto gewiß höhere Einkommen als der Durchschnitt der verschrieenen Unternehmer, insbesondere der seiner Kategorie. Die Bezüge der Machthaber gälten nie als Diebstahl am Einkommen der Nation, obwohl doch ihre Tätigkeit nur die von Regulatoren, aber nicht die von Produzierenden sei. In seinen Augen sei das Leben aber, von welcher Warte man auch immer die Sache betrachte, wichtiger als dessen Regelung, zuerst müsse Leben und Produktion da sein, dann erst werde die Regelung notwendig. Es sei wie mit dem Fluß, den man in ein Bett zwinge, zuerst müsse der da sein. »Das ist es«, rief er plötzlich laut, »was keinem Marxisten selbstverständlich ist, die verteilen und regeln schon, bevor produziert ist, und am Ende nehmen sie den Produzenten die Lust am Produzieren, und das Land ist reif für die Kollektivierung und die Mangelwirtschaft, die der Versuch, den Marxismus zu praktizieren, überall gebracht hat.«

Dann sei der Abend mit Albert und Leo wohl nicht gerade harmonisch verlaufen, fragte ich.

Erzürnt habe er sich in der Kneipe nur, als Albert nicht von seiner Behauptung abgegangen sei, das kommunistische Regierungsprinzip sei das vernünftigste und das moralischste, denn wie könne ein Prinzip, das auf einer Verkennung der Natur des Menschen beruhe, vernünftig sein! Der Mensch biete, so wenig wie das Tier, eine Grundgarantie für Moral und Gerechtigkeit und für den ganzen Wunschkatalog der Utopisten. Das vom Christentum gegebene Versprechen der möglichen ewigen Seligkeit nach dem Tod wirke heute schon ehrlicher als die Versprechen des Sozialismus. Dem Christ werde, für ihn persönlich, für seine Seele, der Himmel versprochen; was es damit auf sich habe, im Jenseits, könne niemand kontrollieren, wie aber die Versprechungen der Marxisten erfüllt seien, das könne jeder, der es wolle, sich in den sozialisierten Ländern ansehen. Nicht einmal die Enkel der Revolution Lenins verfügten über ein Minimum der wohl gegen besseres Wissen versprochenen Freiheit und Gleichheit der Bürger, vom fehlenden, aber ebenfalls versprochenen Wohlstand zu schweigen, den gebe es nur für die privilegierten Verwalter der Länder …

Ich hielt ihn durch kurze Zwischenfragen bei der Stange und war froh, nichts von seiner Sehnsucht nach der Araberin hören zu müssen und ihn am Ende der Mahlzeit dann noch einmal fragen zu können, wie er sich den Fortgang unserer Reise denn vorstelle, wohin es ihn am stärksten ziehe.

»Nach Sizilien, und dahin will ich so schnell wie möglich«, sagte er, ohne zu zögern. »Ich bringe Sie um den Genuß des eigentlichen Italien, ich weiß es.« Ob ich bereit sei, sehr früh aufzubrechen, also auch bereit, früh zu Bett zu gehen und auf einen Nachtbummel durch die Stadt zu verzichten, nach dem mir doch wohl der Sinn stehe.

Er schien über die Maßen zufrieden, daß ich bereit war, im Morgengrauen aufzubrechen, und sagte mir, als wir den Speisesaal verließen, er komme für einen Augenblick auf mein Zimmer, müsse nur noch in seinem etwas holen.

Daß er mich nicht aufforderte, in seines mitzukommen, war das Zeichen, daß er fürchtete, ich könnte zu lange verweilen, soweit kannte ich ihn schon.

Er brachte mir einen Packen Prospekte von großen Hotels, die von Mailand bis Reggio di Calabria für unsere Übernachtung in Frage kamen. Also mußte er bei seinem Ausgang in die Stadt ein Reisebüro aufgesucht haben und wohl doch schon vor unserer Ankunft in der Stadt entschlossen gewesen sein, nach Sizilien zu reisen.

Wie ausgemacht, verließen wir Luzern im Morgengrauen. Unterwegs blieb Barbe, offensichtlich unbeeindruckt von der Großartigkeit der Landschaft, die wir durchfuhren, so gut wie stumm, und wenn wir hielten, um etwas zu essen, sprach er gerade das Notwendigste über das Menu. Ich fragte mich, ob es wirklich nur die Erinnerung an die Araberin war, die ihn derart beschäftigte. Daß er nicht gegen mich mißgestimmt war, hatte er mir schon gleich beim Aufbruch versichert und um Nachsicht gebeten, er sei nicht schlechter Laune, er müsse über »so manches« nachdenken. Selbst als in dem Hotel bei Neapel, in dem wir übernachteten, der Portier mit dem Hinweis auf die Möglichkeit eines Diebstahls darauf bestand, daß kein Gepäck im Wagen blieb, obwohl die Garage nachts geschlossen war, nahm er das herrisch vorgebrachte Ansinnen hin und stimmte dem unangenehmen Mann ohne ein Gegenwort zu, als der ihm mehr befahl als empfahl, für den sperrigen Teil des Gepäcks einen Verschlag in der Nähe unserer Zimmer zu mieten, in denen unsere Koffer in der Tat nur unterzubringen gewesen wären, wenn wir auf jede Bewegung in den winzigen Räumen verzichtet hätten.

Ich nehme an, erst da wurde es Barbe bewußt, was alles er in dem Wagen mitschleppte.

Als wir am nächsten Tag von Reggio di Calabria mit der Autofähre nach Sizilien übersetzten, verriet er mir, daß er vom Portier des Luzerner Hotels in Taormina Zimmer hatte reservieren lassen. Bristol heiße das Haus. Er bat mich, auf eine Besichtigung Messinas zu verzichten und gleich nach dem Verlassen der Fähre nach Taormina zu fahren. Dort werde er dem Personal des Hotels aber nicht noch einmal willfahren, wenn man wieder die vollständige Entladung des Wagens verlange. Nichts von dem, was er an Ausrüstungsgeräten für ein Leben in primitiven Gegenden gekauft habe, solle in sein Zimmer heraufgebracht werden, also nur die Kleider und Toilettensachen und der bewußte Koffer.

Obwohl Barbe nun am Ziel, obwohl an den Zimmern und Bädern des über der Stadt gelegenen Bristol nichts auszusetzen war und der bewußte Koffer geschlossen bleiben konnte, hellte seine Miene sich auch dann nicht auf, als wir das Abendessen im Garten nahmen, wo man die herrlichste Aussicht auf die Stadt, auf das Meer und zum Ätna hatte. Auf meine Frage, ob ihm das denn nicht gefalle, sagte er, er müsse mit mir etwas besprechen. Er habe mich zwar als Fahrer engagiert, begann er, wolle mich aber um einen ganz anderen Dienst bitten, einen, den nur ich ihm leisten könne. Ob ich bereit wäre, mich während der zwei oder drei nächsten Tage, die er unterwegs sein werde, unten an den Strand zu legen und – bei Schwimmen und Sonnenbad, das verstehe sich – einen Führer durch die Insel und ein historisches Werk über Sizilien zu studieren? Die Bücher lägen am Zeitungsstand der Hotelhalle zum Verkauf aus. Da er im Gästewagen des Bristol mit einem einheimischen Fahrer, der jeden Fleck der Insel kenne, die Küste zunächst einmal nur abfahren wolle, um einen ersten Eindruck zu gewinnen, bevor er einen Ort in nähere Wahl nehme, um dort zu bleiben, werde er keine Zeit finden zu lesen und wäre froh, wenn ich ihm bei seiner Rückkehr berichtete, was er über Sizilien wissen müsse, damit er keine Fehler mit den Leuten mache; deren Gebräuche und Sitten seien so verschieden von dem, was ihm wohl selbstverständlich sei. Man habe ihn in Luzern auf dem Reisebüro diesbezüglich gewarnt.

Schwimmen im Mittelmeer und Mich-Sonnen, das war, da ich nun einmal in Sizilien war, weniger interessant, als das Land kennenzulernen. Ich ging, um meine Enttäuschung zunächst zu verbergen, in die Halle und brachte die Bücher an den Tisch. Er warf einen nur flüchtigen Blick auf sie: »Also, orientieren Sie sich gründlich und sagen Sie mir, wenn ich von der Erkundungsfahrt zurückkomme, was ich auch aus der Perspektive der Geschichte über Sizilien und besonders über die Sizilianer wissen muß.« Von dem sprachenkundigen Fahrer werde er inzwischen herausholen, was er jeweils vor Ort an unmittelbar Nützlichem erfahren müsse. Von mir hingegen erwarte er, etwas über das Kulturelle, den »Überbau«, zu erfahren, wie die Marxisten sagen würden. Um an den Strand hinabzufahren, solle ich den Kombi nehmen und, wenn es mir zu heiß werde, dort das Zelt, das im Wagen unter Plastikschutz liege, aufschlagen.

Ob er zugebe, daß der Kapitalismus für Leute wie ihn seine Vorteile habe? Ich hatte die Frage nicht zurückhalten können, so verärgert war ich über seinen Entschluß, sich von einem anderen um ganz Sizilien fahren zu lassen und mich mit auferlegter Lektüre an den Strand zu verbannen.

Ich möge ihn gefälligst nicht in ein politisches Gespräch ziehen, sagte er, aber wie meine Frage gemeint sei, das wolle er doch wissen.

Er habe einen Mietwagen und in mir einen Fahrer zur Verfügung, engagiere aber den des Hotels und ein zweites Auto, ob einer der Arbeiter seiner verkauften Fabrik sich etwas Derartiges leisten könne, fragte ich.

»Wahrscheinlich nicht, aber auch nicht in einem einzigen der sozialistischen Länder«, gab er schneidend zurück. Dort hätten die Gewerkschaftsbosse und die Bürokraten zwar nicht haargenau dieselben, aber doch Privilegien, die denen sehr ähnlich seien, die im Westen die Unternehmer sich mit dem Geld genehmigen könnten, das ihnen, nach Marx, aus dem Mehrwert der Arbeit zufließe. Dieser lügenumwobene Mehrwert, dessen wahrer Prozentsatz viel niedriger sei, als ich annähme! In der unstillbaren Sucht nach Gerechtigkeit, die jeder Schwache habe, stecke fast immer auch eine Weigerung, den Tüchtigen nachzueifern.

Als ich ihm erwiderte, das Bild, das er sich von der Welt mache, sei einseitig und stütze sich nur auf seine ureigensten Interessen, lachte er. Zum ersten Mal seit der Abreise aus Luzern! Ob ich ihm einen einzigen Bereich nennen könne, wo nicht das Interesse die Triebfeder aller Handlungen sei. So stünden überall die Interessen der Schwachen gegen die der Starken, die der Dummen gegen die der Klugen, die der Häßlichen gegen die der Schönen, die der Kranken gegen die der Gesunden, die der Spezialarbeiter gegen die der Ungelernten, die der Landwirte gegen die der Städter und die der Gebirgler gegen die der Bewohner fetter Ebenen. Wie sehr auch immer sich seit Marx sämtliche Strukturen der Wirtschaft und des sozialen Zusammenlebens durch die ungeheuere Multiplizierbarkeit der Produkte und durch die soziale Absicherung der Lohnabhängigen verändert hätten, am Ende stehe man immer wieder vor jenen Gegensätzen, die er nur unvollständig aufgezählt habe. Die Einsicht, daß es zwischen diesen Gegensätzen der Vermittlung bedürfe, habe zur Erfindung einer Fessel geführt, zur parlamentarischen Demokratie, die also, genaugenommen, der Urnatur des Menschen nicht entspreche. Er hatte sich erhoben: nun hätte ich ihn doch wieder in ein politisches Gespräch gezogen. Dafür sei er aber nicht nach Sizilien gereist. Mit welchem Vorhaben er am Mittelmeer sei, wisse ich, daran solle ich denken, statt bei jeder Gelegenheit das Politische einzuschmuggeln, wenn wir beisammen seien. Er habe hier genug eigene Probleme zu lösen. Da er früh aufbreche, wolle er früh zu Bett gehen.

Und das tat er auch, ohne sich darum zu sorgen, wie ich den Rest des Abends in diesem abgelegenen Hotel verbringen konnte.

Am nächsten Morgen schlief ich lange und fuhr nach dem Frühstück zum Strand hinunter und genoß, verwundert darüber, daß so wenig Badende da waren, das Wasser und die Sonne. Die Bücher hatte ich vergessen mitzunehmen.

Zum Mittagessen kehrte ich ins Hotel zurück und aß wieder im Garten. Wie schon am Abend zuvor stellte ich dabei fest, daß die Gäste des abgelegenen Bristol fast nur alte Engländer waren, darunter viele, die an Stöcken gingen. Vom Portier erfuhr ich, daß das Bristol eigentlich ein Sanatorium war und über einen eigenen, im Haus wohnenden Arzt verfügte. Auf meine Klage, daß man auch am Strand so wenig junge Leute sehe, erklärte er mir, die Sizilianer badeten erst im Hochsommer. Wenn ich mich im Ort nach Mädchen umsehen wolle, müsse er mich warnen, ich sei nicht in einem nordischen Land, wo man unverbindlich ein Mädchen ansprechen und ein Glas mit ihm trinken könne, als Einleitung zu Weiterem. In Sizilien hätten die Brüder ein wachsames Auge auf die Jungfräulichkeit ihrer Schwestern. Wenn ich etwas brauchte, solle ich mich an ihn wenden, er habe ein gutes Fotoalbum. Ich verstand, daß er Abmachungen mit Callgirls hatte, und dankte. Aber seinem Rat, meine Papiere und mein Geld im Safe des Hotels zu deponieren, kam ich nach. Dabei sagte er mir, Herr Barbe habe viel zu viel Bargeld bei sich, das sei ihm aufgefallen, als dieser sich einen Safe habe geben lassen. Er sei geradezu erschrocken. Ob der Herr denn kein Bankkonto habe? Auch auf den Abstecher über die Insel habe er zuviel Geld mitgenommen. Wir hätten ja auch so ungeheuer viel Gepäck im Wagen, was der Herr Barbe denn überhaupt vorhabe, der Fahrer, mit dem er in aller Frühe aufgebrochen sei, habe sich gewundert darüber, daß der Herr nur einsame Stellen der Küste besuchen wolle und nur kleine Siedlungen. Die gebe es kaum auf der Insel, das sizilianische Dorf sei immer stark bevölkert, er kenne einige, die mehr als zehntausend Einwohner hätten. Welchen Beruf der Herr denn habe ...?

Als ich nachmittags wieder zum Strand fuhr, gingen mir die so lauernd gestellten Fragen des Portiers, denen ich mich dank der Ankunft neuer Gäste hatte entziehen können, noch immer durch den Kopf. Es versteht sich, daß ich dabei an den Leo des Fürstenhofs dachte, und ich fragte mich, für wen der Portier so neugierig war.

Zwei volle Tage, die ich fast ganz am Strand verbrachte, ließ Barbe mich allein. Dank dem Umstand, daß der Fahrer des Gästewagens sich jeden Abend telefonisch bei dem Portier melden mußte, erfuhr ich von diesem, daß Barbe in der Tat keine der architektonischen Kunststätten oder andere Sehenswürdigkeiten der Insel besuchte. Er selbst rief mich nicht an, ließ aber über den Fahrer nach meinem Ergehen fragen und Grüße ausrichten.

Als er am dritten Tag gegen Mittag zurückkam, mußte ich ihn zunächst daran erinnern, daß meine Ferien ihrem Ende zuneigten. Auf meine Frage, ob er gefunden habe, was er suchte, verdüsterte sich sein Gesicht: Sizilien sei nichts für ihn, er wolle sich lieber nicht äußern über Land und Leute, aber daß die Araber zwei Jahrhunderte die Herren des Landes gewesen seien, das spüre man so gut wie nirgendwo. Er habe einen wohlüberlegten Entschluß gefaßt, er fliege in wenigen Stunden von Messina, wo er gerade herkomme, nach Tunesien hinüber, er habe schon das Flugbillet. Ob ich bereit wäre, den Kombi zurückzufahren?

Und sein Gepäck, fragte ich, ob er das mitnehmen wolle?

Als Frachtgut, er habe alles bereits in die Wege geleitet, auf dem tunesischen Reisebüro in Messina. Am Flugplatz von Tunis erwarte ihn ein Mietkombi mit einem Fahrer, der die wichtigsten europäischen Sprachen spreche, ich solle ohne Sorgen sein, er komme zurecht, in dem Reisebüro sei man besonders zuvorkommend gewesen, die beiden tunesischen Angestellten hätten ihn sogar zu einem Mokka eingeladen.

So trennten wir uns am späten Nachmittag auf dem Flugplatz von Messina, der ja auf meinem Rückweg lag. Bevor ich wieder in den Kombi stieg, um heimwärts zu reisen, öffnete ich den Umschlag, den Barbe mir auf der Fahrt vom Hotel nach Messina, bei der so gut wie kein Wort zwischen uns gefallen war, zugesteckt hatte. Ich fand darin ein Honorar für meine »hochgeschätzten Dienste«, von dem ich ein ganzes Semester leben konnte. Für den nicht abgezogenen Vorschuß, den ich erhalten hatte, solle ich mir etwas kaufen, vielleicht auch ein Bidet wie seines, ohne den Koffer sei es nicht teuer. Die Adresse seines Notars, die dem kurzen Briefchen beigegeben war, bat er mich zu notieren, für den Fall, daß noch irgendwelche Zahlungen für den Mietwagen zu machen wären, dann solle ich dem Notar schreiben, der regele alles. Den lasse er auch immer wissen, wo er sich befinde.

Kapitel 53

In dem man sieht, wie sehr Barbe seinen Notar beunruhigt.

Drei Tage später hatte ich den Kombi heil der Garage zurückgebracht und fuhr in meinem kleinen Wagen ins Semester. Ohne Albert vor meinem Aufbruch getroffen zu haben! Bei einem kurzen, von mir fast erzwungenen Telefongespräch, zu dem er sich, wie ich hatte mithören können, ungern an den Apparat hatte holen lassen, vermied er es so auffallend, nach Barbe und nach meiner Reise zu fragen, daß auch ich weder von diesem noch von Sizilien sprach.

Von Barbe kam bald ein kurzer Brief aus Tunis; mit dem tunesischen Fahrer habe er Glück gehabt; obwohl der junge Mensch erstaunliche Kenntnisse der europäischen Sprachen habe und überhaupt in allem viel Geschick zeige, sei er kein tunesischer Städter, sondern ein echter Sohn der Wüste, vom Stamm der Mukkanen; einer Reise durch die Küstenprovinzen in den Süden Tunesiens und – warum nicht? – in andere Länder des Islam stehe nichts mehr im Wege.

Aber schon drei Wochen später schrieb er mir aus Gabes im Süden des Landes: das Klima und die Küche bekämen ihm schlecht, auch hapere es an vielen Orten mit dem Wasser. Er habe es noch nicht gelernt, den Teil seines Körpers, auf dessen Sauberkeit, wie ich ja wisse, er besonders achte, mit Sand zu reinigen. Er spiele mit dem Gedanken, auf das andere Ufer des Mittelmeers zurückzukehren, aber nicht allein. Er erlebe Fatima! Die jüngste Schwester seines Fahrers Achmed. Umwerfend! Knapp vierzehn, aber schon voll erblüht; nun erfahre er doch noch, was das sei, ein wahres Rasseweib. Er lebe, was er »leben« nenne, endlich! Er habe einen prachtvollen Wohnwagen erstanden. Keinen Anhänger zu einer Limousine, wie man sie überall finde. Und welcher Komfort! Sogar ein kleines Sitzbad sei eingebaut. Das ganze geräumig wie ein Reisebus. Das bedeute Freiheit, verbunden mit den Annehmlichkeiten eines Hauses. Der Vorbesitzer, ein alter, in Tunesien reichgewordener Ägypter, der seit einiger Zeit seinen Lebensabend in Kairo verbringe, habe das Gefährt in Tunis gelassen und ihm jetzt durch Achmeds Vermittlung verkauft. Die wichtigste Nachricht aber gebe er zuletzt: Fatima wolle mit ihm durchbrennen. Zunächst nach dem Tunesien so nahen Sizilien. Das müsse hinter dem Rücken der argwöhnischen in Tunis lebenden und leider etwas habgierigen Mutter geschehen. Aber wie Fatima in Sizilien einschmuggeln? Das arrangiere Achmed, der sich immer, auch gegen die Mutter, zu helfen wisse. Für die italienischen Behörden, überhaupt für europäische Begriffe, sei Fatima ja noch minderjährig. Wer die Papiere, ägyptische Pässe, besorge, sei wiederum kein anderer als der schlaue Achmed. Zum Glück befänden sich der Vater und alle anderen Brüder Fatimas derzeit zu Ableistung irgendwelcher geschuldeter Dienste beim Haupt ihres Stammes, in der Nähe von Tinset, im südlichsten Zipfel des Landes …

Wie konfus der Brief auch war, es war der eines ins Glück versetzten Menschen; aber da er mir keine Adresse gab, konnte ich ihm nicht antworten.

Obwohl Richard und die anderen mich drängten, kam ich nie dazu, die Beobachtungen, die ich an Barbe gemacht hatte, niederzuschreiben. Diese Unterlassung wurde mir von Richard schwer verübelt und trug zu einer Abkühlung der Freundschaft mit ihm ebensoviel bei wie meine Entdeckung, daß er manchmal mit Albert telefonierte.

Die nicht geringe Vereinsamung, in die ich innerhalb unserer Gruppe allmählich geriet, war nicht die einzige Wirkung, die Barbes Einbruch in mein Leben gebracht hatte. Deren größte war meine wachsende Skepsis gegen die allzu schnellen, fertigen Urteile über alles und jedes, die ich in meiner Umgebung täglich hörte. Von dem, was Barbe mir über die Herrschaft der Interessen gesagt hatte, war manches haften geblieben und brachte mich in wachsenden Gegensatz zu meinen Kameraden, die den Arbeitnehmern alle Fähigkeiten und höchste Moral, den Arbeitgebern alle Fehler und Schändlichkeiten zuschrieben.

Doch mit der Zeit dachte ich nicht mehr so oft an Barbe, dabei hätte ich täglich Grund dazu gehabt. Ich hatte mir, obwohl wir im Studentenheim genügend Duschen hatten, durch den Antiquitätenhändler der Bezirksstadt, der Barbe das Bidet verschafft hatte, die Adresse des Fabrikanten besorgt und den Gegenstand kommen lassen, den Barbe in dem Antiquitätenladen eine Wohltat der Menschheit genannt hatte. Er war mir eine Notwendigkeit geworden. Manchen Spott mußte ich einstekken, wenn Kameraden das Bidet auf meiner Bude entdeckten und fragten, wozu das Ding diene. Zuweilen hatte ich zwar die Genugtuung, Einsicht und Beifall, nie aber die, eine Bekehrung zu erleben. Mein Bidet blieb das einzige im Studentenheim.

Als ich mich am ersten Tag der großen Ferien in den Wagen setzte, hatte ich es im Gepäck, entschlossen, es vor niemandem zu verstecken, besonders nicht vor dem verwitweten Vater meiner Mutter, einem äußerst spottlustigen Kleinbauern. Wie all die letzten Jahre hatte ich mich bei ihm wieder als Hilfe für die Erntearbeiten verdingt, diesmal umso lieber, als ich auf diese Weise jeder Begegnung mit dem abgehängten Mädchen, aber auch mit Albert entging. So dachte ich auf der Fahrt in die Berge mehr als einmal an Barbe, und ich hörte schon die ironischen Bemerkungen des Großvaters, mit denen ich rechnen mußte, besonders, wenn er sich mit meiner Mutter gegen mich verbündete, die ihm gewiß erzählen würde, wie wenig sie diesen Herrn Barbe schätzte. Meine Eltern wollten ein paar Tage nach mir auf dem Hof des Großvaters eintreffen. Sie legten ihren Urlaub immer in die Zeit meiner großen Ferien und verbrachten ihn, wie übrigens auch ich, nirgendwo lieber als in dem alterskrummen Haus der Vorfahren meiner Mutter.

In der letzten Woche des Urlaubs meiner Eltern, die vor mir abreisen mußten, schrieb ich, als wir wieder einmal darüber gesprochen hatten, daß man von Barbe nichts höre, seinem Notar, ob er mir Barbes Adresse in Tunesien geben könne. Zwei Tage später kam ein Telegramm, in dem der Notar mich bat, ihn sofort auf seine Kosten anzurufen.

In dem langen Gespräch, das ich vom Postamt des Dorfes aus führte, erfuhr ich, daß der Notar, schon sehr besorgt über Barbes rapid wachsende Geldbedürfnisse, noch mehr beunruhigt darüber war, daß Barbe ihm in einigen sonderbar abgefaßten Briefen angekündigt hatte, er werde eine sehr junge Ägypterin tunesischer Abstammung heiraten und, sobald die Umstände es gestatteten, mit dieser und einigen ihrer Verwandten in die Heimat kommen.

Ob ich irgend etwas über diese Personen sagen könne, wollte der Notar wissen. Barbe habe nämlich im Zeitraum von wenigen Monaten ein Viertel seines zwar nicht bedeutenden, aber auch nicht zu bescheidenen Vermögens nach Tunesien kommen lassen und das Geld offenbar mit diesen Personen oder für diese ausgegeben. Als Barbes Vermögensverwalter und Bevollmächtigter fange er an, sich Fragen zu stellen.

Auf sein Drängen erzählte ich ihm alles, was ich von Barbe wußte. Es schien ihn zu enttäuschen. Obwohl die Briefe, die ich von Barbe erhalten hatte, nichts für den Notar Neues über diese Fatima enthielten, bat er mich, sie ihm zu überlassen, er wolle die nächste Bitte um die Überweisung von Geld mit allem Schriftlichen Barbes, dessen er habhaft werde, von einem Graphologen prüfen lassen.

Ein paar Wochen später – ich lebte wieder im Studentenheim – schickte mir der Notar die Fotokopie eines Briefes, in dem Barbe, unter der Adresse »postlagernd Tunis«, auf eine bedeutende Überweisung von Geld drängte, in dem aber auch etwas stand, worüber der Notar meine Meinung hören wollte. Barbe hatte geschrieben, wenn kein Geld mehr zur Verfügung stehe, sollten sein Haus und seine Fabrik verkauft und der Erlös ihm geschickt werden.

Mir habe Barbe doch schon zu Anfang unserer Bekanntschaft von dem Verkauf seines Hauses und der Fabrik erzählt, ob ich diese aberwitzige Verkaufsorder nicht sonderbar fände, fragte der Notar. Er sei entschlossen, zum Schein auf sie einzugehen, Barbe aber zu schreiben, für das Abstoßen so großer Objekte sei sein persönliches Erscheinen unumgänglich, nicht zuletzt auch in Anbetracht seines Testaments, das annulliert werden müsse.

Abends rief der Notar im Studentenheim an und ließ mich an das Telefon des Hausmeisters holen. Ob ich seine Befürchtung teile, daß Barbe von der Familie dieser Fatima unter Druck gesetzt oder sogar sequestriert werde. Er sei zu dem Schluß gekommen, Barbe habe die unsinnige Verkaufsorder nur gegeben, um einen Brief zu erhalten, wie seine Kanzlei ihn zu schreiben beabsichtige. Er habe den Eindruck, Barbe brauche einen glaubwürdigen Vorwand, um rasch nach Hause reisen zu dürfen und dieser Familie, die ihn wahrscheinlich erpresse, einreden zu können, ohne seine Rückkehr könne er kein Geld mehr flüssig machen.

Der Notar fragte mich, ob ich bereit wäre, schriftlich die Rolle eines Interessenten zu spielen und ob er Barbe den Brief eines Herrn Ferdinand Melis ankündigen dürfe, der eine Angabe seiner Vorstellungen vom Preis für das Haus und die Fabrik erwarte, bei ernstem Interesse allerdings einen persönlichen Besuch für unumgänglich halte. Für Barbe gehe aus einem solchen Brief hervor, daß seiner richtig verstanden und sogar an mich weitergeleitet worden sei. Mein Schreiben solle ich aber, wegen des Poststempels, am Wohnort meiner Eltern einwerfen lassen, auch ihre Adresse als meine angeben und nur ja nicht die des Studentenheims.

Da mein Name ja wohl in Barbes privatem Adreßbuch stehe, könne ich ruhig etwas von einem früher schon bekundeten Interesse an seiner Fabrik schreiben. Denn wenn Barbe sequestriert sei, hätten diese Leute sein Adreßbuch gewiß durchgekämmt. Er gäbe etwas darum zu wissen, sagte der Notar, was denen von Barbes Verhältnissen bekannt sei. Bei Barbes Redseligkeit sehe er schwarz, allerdings sei der sonderbare Mann alles andere als dumm, nur zu impulsiv.

Auf meine Frage, ob sein letztlich doch gewagter Verdacht sich auf Erfahrungen aus seiner Praxis stütze, erklärte mir der Notar, es sei gerade ein Fall von Gelderpressung und Sequestration, in dem er die Interessen des Opfers vertreten hatte, der ihn auf den Verdacht gebracht habe. Er werde sowohl die Anwaltskammer als auch die Polizei vertraulich von seinem Schritt unterrichten, er müsse die Beweggründe seiner Handlungsweise ja jederzeit rechtfertigen können, denn die Briefe, die seine Kanzlei und ich schreiben würden, entsprächen ja nicht der Wahrheit.

Da ich außer zu Geburts- und Namenstagen meinem Vater und meiner Mutter nie Briefe schrieb, die für diesen oder diese allein bestimmt waren, sondern mich immer an beide wandte, erfuhr meine Mutter, welcher Art Sorgen der Notar und ich uns um Barbe machten. So war ich nicht überrascht, als sie mir zurückschrieb, sie werde sich über nichts wundern, was man von diesem Herrn oder über ihn noch zu hören bekommen werde.

Aber eben, weder der Notar noch ich hörten etwas von ihm. Unsere Ende Oktober nach Tunis postlagernd adressierten Briefe blieben ohne Antwort. Daß ein zugleich geschickter Scheck aber eingelöst worden war, ging aus den Belegen der tunesischen Filiale des American Express hervor. Als der Notar darauf durch die Polizei Interpol einschaltete, kam die Auskunft, Herr Barbe habe selber den Scheck in Begleitung eines jungen Mannes eingelöst. Sein Paß sei von der Bank geprüft und die Nummer auf der Quittung vermerkt worden. Der Notar forderte diese Quittung an, erhielt sie, wiederum durch Vermittlung der Polizei. Der Graphologe bestätigte, daß die Unterschrift die Barbes war und im Vergleich zu anderen ihm vorliegenden keine Veränderungen aufwies, die negative Rückschlüsse auf seine Gemütsverfassung erlaubten.

Als der Notar auch gegen Ende November keine Nachricht von Barbe erhalten hatte, sandte er einen eingeschriebenen Brief, der an eine Rückbestätigung gebunden war, nach Tunis, postlagernd, wie alle vorangegangenen. Dieser Brief kam Mitte Dezember, als nicht abgeholt, zurück.

In dem Schreiben, das mir dies mitteilte, ließ der Notar mich wissen, daß er eine auf dem Land lebende Schwester Barbes, die nächste seiner im Testament bedachten Verwandten, aufgesucht und mit ihr beschlossen habe, ein ihm empfohlenes tunesisches Detektivbüro zu beauftragen, nach Barbe zu forschen.

Einige Tage nach Erhalt dieses Briefes begannen die Weihnachtsferien, die ich, wie gewohnt, zu Hause verbringen wollte. Doch da erhielt ich ein Telegramm des Notars.

Kapitel 54

In dem man sieht, unter welchen Umständen Barbe zum letzten Mal Fatima trifft.

Wieder einmal bat der Notar um Rückruf, es eile. Monsieur Paul Dugourgeot, Besitzer und Leiter des tunesischen Detektivbüros, ein ehemaliger französischer Nachrichtenoffizier, der nach Entlassung Tunesiens aus dem französischen Protektoratsverhältnis in Tunis geblieben war, habe ihn angerufen, erklärte mir der Notar, und ihm in recht gutem Englisch mitgeteilt, er habe eine Spur von Herrn Barbe gefunden. Aber wo! Im Gefängnis! Und warum dort! Auf Herrn Barbe laste der Verdacht, versucht zu haben, einen Wohnwagen unter der Vorspiegelung, er gehöre ihm, an einen Amerikaner zu verkaufen, obwohl der Wagen ihm nur vermietet gewesen sei und zwar von demselben Tunesier, der ihn fuhr, einem jungen Mann namens Achmed Faceb; der figuriere als Besitzer in den Autopapieren.

Nach dem, was das Detektivbüro dem Notar gemeldet hatte, sollte Barbe die Abwesenheit dieses Achmed Faceb, als der mit einem entzündeten Blinddarm zur Operation ins Krankenhaus gebracht worden war, mißbraucht haben, um den Wohnwagen zu verkaufen, ein, wegen seiner luxuösen Ausstattung sehr teueres Objekt. Bei der Überschreibung der Autopapiere, die der Amerikaner gleich nach der Einigung mit Barbe und der Erlegung des Preises hatte vornehmen lassen wollen, sei herausgekommen, auf wessen Namen in Wirklichkeit der Wagen zugelassen war, und daß die zu dem Wagen gehörenden Papiere, die Barbe dem Amerikaner gegeben hatte, ein Mietabkommen und ein Versicherungsvertrag waren, beide in arabischer Schrift.

Am schwersten belastet sei Herr Barbe aber durch den Umstand, daß er ohne das geringste Gepäck am selben Tag ein nach Italien gehendes Flugzeug hatte nehmen wollen. Um zu fliehen, nach Ansicht des Amerikaners, dem es gelungen war, Barbe kurz vor dem Start auf dem Flugplatz festnehmen zu lassen.

Auf meine Frage, ob diese Auskünfte des Detektivs zuverlässig seien, sagte der Notar, der habe die Angelegenheit durch einen Pressereferenten der Polizei erfahren und vermute, Barbe, so wenig wie der Amerikaner der arabischen Schrift und Sprache mächtig, sei höchstwahrscheinlich das Opfer eines perfiden Dokumentenbetrugs seitens dieses Achmed Faceb. Barbe habe gewiß das Geld für den Kauf des Wagens gegeben und guten Glaubens angenommen, der Besitzer zu sein. Er liege mit den Nerven zusammengebrochen auf der Sanitätsabteilung des Untersuchungsgefängnisses. Dies sei also das, was er von dem Detektiv erfahren habe, schloß der Notar und fragte mich, ob ich dem Wunsch der Schwester Barbes nachkommen und mit ihm so schnell wie möglich nach Tunis fliegen wolle, nicht nur meiner Kenntnis des Französischen wegen, das dort selbst in den unteren Rängen der Beamtenschaft leidlich gesprochen werde, sondern auch als Zeuge. Von Interpol habe er die Zusage, daß man mich als den Zeugen hören wolle, der von Barbe den Brief erhalten hatte, in dem er den durch einen Achmed vermittelten Kauf des Wohnwagens gemeldet hatte; ebenso wichtig wie dies sei aber der glückliche Umstand, daß ich wisse, welche auffallenden Gegenstände Barbe von Messina als Frachtgut nach Tunis mitgenommen hatte, da ich bei der Zollkontrolle an der Schweizer Grenze auch die Sachen gesehen hatte, bei deren Einkauf ich nicht zugegen gewesen war.

Der Wohnwagen stehe versiegelt bis zur Klärung der Angelegenheit im Hof des Polizeigebäudes von Tunis.

Tags darauf landeten wir am frühen Vormittag in Tunis. Der Detektiv, Monsieur Dugourgeot, erwartete uns am Ausgang der Paßkontrolle mit guten Nachrichten, für deren Zuverlässigkeit er sich militärisch knapp verbürgte: Der Amerikaner, der die seltsamen Namen Jeremias Amour führte, war bereit, wenn er sein Geld wiedererhielte, die Anzeige, mit der er Barbe in Polizeihaft gebracht hatte, zurückzuziehen. Dugourgeot hatte Mister Amour aufgesucht und, unterstützt durch die Briefe des Notars, zu der Einsicht gebracht, daß es nur die Unkenntnis des Arabischen gewesen sein konnte, die Barbe sowohl zum Betrogenen als auch zum unfreiwilligen Betrüger gemacht hatte.

Der Notar bat den Detektiv, dem Amerikaner zuzusichern, daß er als Barbes Bevollmächtigter nach Klärung der Dinge den Kaufpreis des Wagens zurückerstatten werde. Die andere Nachricht betraf Barbes Fahrer, jenen Achmed Faceb: Der Kerl war vor einigen Tagen ins Gefängnis überführt worden. Das Krankenhaus hatte ihm, mit Hilfe vorgetäuschter Nachwehen der Blinddarmoperation, nur noch als Versteck vor der Polizei gedient. Der war er aber gut bekannt und zwar dafür, daß er am Flugplatz und vor den Hotels allein reisenden Touristen seine Dienste anbot. Zur Deckung seiner eigentlichen und einträglichsten Tätigkeit trug er sich den naiven Ausländern zunächst immer als Fahrer, Reiseführer, Dolmetscher und Mann für alles an, war aber in Wahrheit nur darauf aus, junge Mädchen bei solchen Touristen an den Mann zu bringen, die von den Raffinessen orientalischer Liebeskunst träumten und nur deshalb die Wallfahrt nach Tunis machten und keineswegs, um die Ruinen von Karthago zu sehen oder sich auf der Insel Djerba, die Odysseus mit einem Aufenthalt beehrt haben soll, Homers Verse ins Gedächtnis zu rufen.

Obwohl Faceb jede Aussage zu Barbes Festnahme schon im Krankenhaus verweigert hatte, besaß die Polizei einige, allerdings noch nicht genug gesicherte Informationen, die sich mit dem deckten, was Barbe dem Notar und mir, kurz nach seinem Eintreffen in Tunesien, geschrieben hatte. Demnach hatte Faceb eine sehr junge Tunesierin, die er als seine Schwester ausgegeben hatte, an Barbe verkuppelt und das sonderbare Paar während einiger Monate kreuz und quer durch das Land, bis zum tiefsten Süden, in dem Wohnwagen herumgefahren; er sei dabei auf seine Kosten gekommen, denn von allen Einkäufen für die Küche und für jene Fatima, zu denen er Barbe als Dolmetscher begleitet hatte, habe er den Geschäftsleuten brutal hohe Provisionen aberpreßt. Die Polizei, die sich vor Jahr und Tag, als er den Wohnwagen gekauft hatte, schon fragte, mit welchem Geld es ihm möglich gewesen war, das teuere Objekt zu bezahlen, wollte ihm jetzt noch schwerer wiegende Fragen als die nach der Herkunft einer anderen hohen Geldsumme stellen, die sie im Krankenhaus, dank einem Hinweis des Pflegepersonals, in einem Koffer unter seinem Bett gefunden und sichergestellt hatte. Die Polizei wollte jetzt vor allem wissen: warum war Fatima, fast zur gleichen Stunde, als er mit einer Ambulanz ins Krankenhaus gebracht worden war, verschwunden, und wo und von wem wurde sie versteckt? Der Amerikaner hatte sie bei der Besichtigung des Wagens nicht gesehen. Ihm waren nur die zahlreichen feinen Nachtgewänder, die einer zierlich gewachsenen Person gehören mußten, aufgefallen, als er sich von Barbe einen der eingebauten Schränke öffnen ließ, dessen Tiefe er wegen der Breite seiner Anzüge hatte ausmessen wollen.

Zum Schluß eröffnete Dugourgeot uns, daß wir, um Barbes Freilassung schnell zu erreichen, einen tunesischen Anwalt benötigten, und daß er einen ins Hotel bestellt hatte, für dessen Rechtschaffenheit er sich verbürgen könne. Dieser ausgezeichnete Jurist habe in Frankreich, Deutschland und England studiert, die Filialen und Vertretungen ausländischer Handels- und Industriegesellschaften seien seine Klienten, und er genieße bei der Polizei ebenso großes Ansehen wie bei der Justiz, sei auch sehr geschickt im Umgang mit Beamten. Daß seine Honorarforderungen, die er uns durch den Detektiv wissen ließ, außergewöhnlich hoch waren, schien den Notar nicht zu erstaunen.

Als der Anwalt uns eine halbe Stunde später in der Halle unseres Hotels gegenübersaß, konnten der Notar und ich mit Genugtuung feststellen, wie gut Dugourgeot diesem Barbes Lage bereits erklärt hatte. Wir mußten ihm nur noch dann und wann kleine Ergänzungen zu dem geben, was er der Polizei über Barbes Persönlichkeit vortragen wollte. Die Angelegenheit war glücklicherweise noch nicht zum Staatsanwalt gegangen.

Er müsse den Fall auf eine sehr persönliche und behutsame Weise mit den Beamten besprechen, erklärte er, nationale

Empfindlichkeiten seien zu berücksichtigen. Im Namen Barbes, eines Ausländers, den Einheimischen Achmed Faceb des Betrugs zu beschuldigen, ohne daß Barbe einen stichhaltigen, materiellen Beweis für seine Behauptung, betrogen worden zu sein, vorlegen könne, sei in diesem Fall nur deshalb nicht ganz aussichtslos, weil Achmed Faceb der Polizei in nahezu jeder Hinsicht verdächtig sei. Aber über gute gesetzliche Handhaben gegen den Kerl verfüge er fürs erste nicht, sagte der Anwalt, der Mietvertrag habe die gefährliche Wahrscheinlichkeit für sich, daß Barbe juristisch nie der Besitzer des Wagens gewesen sei. Der hohe Polizeibeamte, den er aufsuche, wisse bereits, warum er komme, schloß der Anwalt und schlug uns und dem Detektiv vor, mit ihm zu fahren und in einem, dem Polizeigebäude gegenüberliegenden, von den Anwälten frequentierten Café auf das Ergebnis seines Schrittes zu warten.

Mehr als zwei Stunden saßen wir auf der Terrasse des Cafés und hatten mit Dugourgeot alles, was der Anwalt für Barbe ungünstig gefunden hatte, wieder und wieder durchgesprochen, auch den unfaßbaren Leichtsinn, einen arabischen Text zu unterschreiben, ohne sich ihn vorher übersetzen zu lassen.

Endlich – wir hatten inzwischen etwas gegessen – wurde Dugourgeot ans Telefon gerufen. Er kam strahlend zurück. Man erwarte uns drei.

Der Detektiv betrachtete es als gutes Zeichen, daß auch er aufgefordert worden war, herüberzukommen. Der Beamte, der uns erwarte, gehöre unter den höheren zu den international ausgebildeten, habe, wie der Anwalt, in Frankreich, England und Deutschland studiert und sei die Liebenswürdigkeit in Person.

Dugourgeot hatte nicht zu viel gesagt.

Es spreche viel für die Unschuld des Herrn Barbe, erklärte der Beamte gleich nach der sehr freundlichen Begrüßung, auch habe der Amerikaner ja bereits die Anzeige so gut wie zurückgezogen. Aber da der Herr jetzt nun einmal im Gewahrsam der Polizei sei, müsse diese, bevor sie ihn frei lasse, klären, warum er die ihm angebotene Verbindung zu seinem Konsulat oder zu seiner Botschaft beharrlich ablehne und zwar mit ungeheuerer Hysterie. Darüber lägen mehrere Meldungen des Wachpersonals vor. In ähnlichen Fällen sei die Bitte um Benachrichtigung ihrer Konsulate das erste, was festgenommene Ausländer vorzubringen pflegten. Ob wir ihm sagen könnten, was dahinter stecke.

Der Notar und ich versicherten ihm, nichts anderes sei dahinter zu suchen als Barbes Furcht, daß man sich in seiner Heimat über das Mißlingen seines Aufbruchs in die Freiheit lustig machen könne, denn wenn das ihm in Tunis Zugestoßene dem Konsulat bekannt werde, bleibe seine Festnahme kein Geheimnis, und dann bestehe die Gefahr, daß Gerüchte bis in die Heimat durchsickerten. Wir erklärten dem Beamten kurz, daß ein Mißgeschick nach dem anderen der Preis gewesen war, mit dem Barbe seinen Drang zum ungebundenen Leben bezahlt hatte, und daß der für die Anschaffung des Wohnwagens wohl in jeder Hinsicht der höchste war, den er hatte leisten müssen.

Barbes Festnahme auf dem Flugplatz sei in zwei tunesischen Zeitungen gemeldet worden, allerdings im lokalen Teil, ohne volle Nennung des Namens, aber der beschlagnahmte Wohnwagen sei abgebildet worden, bemerkte der Beamte. Dann überließ er dem Anwalt das Wort.

Dieser bat um Entschuldigung, daß er uns zwei volle Stunden im Café hatte warten lassen. Er sei nämlich, damit alle Beteiligten Zeit gewännen, »zwischendurch«, wie er sagte, drüben im Untersuchungsgefängnis bei Barbe gewesen und soeben mit den notwendigen Unterschriften versehen als dessen Anwalt zurückgekommen. Falls Achmed Faceb den mit dem Scheinverkauf des Wohnwagens begangenen Betrug nicht sofort gestehe und zu Protokoll gebe und Herrn Barbe alles über diese Gaunerei hinaus abgelistete und aberpreßte Geld aushändige, erstatte er in Barbes Namen Anzeige gegen den Kerl. Ob es dann zum Prozeß kommen müsse, werde man sehen. Barbe wolle so schnell wie möglich Tunesien verlassen und verzichte gerne darauf, vor der Justiz über den Betrüger zu triumphieren.

Dann bat der Anwalt den Notar, sofort die Kaution einzuzahlen, die zu hinterlegen war, damit Barbe schon in der nächsten Stunde freigelassen werde, und schlug uns vor, in das

Café zurückzukehren und dort das Ergebnis der Vorführung Facebs abzuwarten; sie sei schon angeordnet und solle sofort in dem Büro, wo man sitze, vor sich gehen und gleichzeitig dazu benutzt werden, die Vergangenheit und die Umgebung des Betrügers und Zuhälters unter die Lupe zu nehmen.

Obwohl Dugourgeot und auch der Chauffeur meinten, es lohne die Fahrt nicht, fuhren wir mit einem Taxi zu dem Büro, wo die Kaution einzuzahlen war, hatten aber dort die Enttäuschung zu erfahren, vor einer Stunde werde Barbe nicht frei sein. So schnell gehe »die Hebung des Riegels« nicht vor sich, die Anweisung dafür dürfe nicht telefonisch durchgegeben, sie müsse von der Direktion der Polizei schriftlich, per Boten ins Gefängnis gebracht werden.

Da das Untersuchungsgefängnis nur ein paar Schritte von dem Polizeigebäude und dem Café, wo wir auf den Anwalt warten sollten, entfernt und der Chauffeur ein so überaus freundlicher Mann war, dem wir gern etwas zu verdienen gaben, wollte der Notar am Gefängnis vorbeifahren und dort einen Brief für Barbe hinterlegen, um ihn wissen zu lassen, daß wir zunächst in dem Café gegenüber dem Polizeigebäude auf das Ergebnis der Vernehmung Achmeds warteten, und daß es spät werden könne, bis wir ins Hotel zurückkehrten. Daß der Anwalt ihm dessen Adresse gegeben hatte, wußten wir. Aber keiner von uns hatte einen Umschlag bei sich. Der Chauffeur fand bald ein Papiergeschäft. In dem Laden machte der Notar das Briefchen für Barbe fertig, und ich gab es, weil ich einen Blick in das Gefängnis werfen wollte, beim Pförtner, auf Rat Dougourgeots nebst einem Trinkgeld, ab, mit der nachdrücklich vorgebrachten Bitte, es dem europäischen Herrn, der entlassen werde, nur ja zu übergeben, wenn er herauskomme.

Er vergesse nie etwas, sagte der Pförtner, es sei außerdem schon ein anderer Brief für Herrn Barbe abgegeben worden.

Als ich dies, nachdem ich wieder in den Wagen gestiegen war, erwähnte, faßte der Detektiv mich am Arm: »Wie war das? Ein Brief für Herrn Barbe? Und abgegeben, also nicht mit der Post eingetroffen?«, stieß er aus. Von wem der sein könne, wir sollten nachdenken.

Er ließ uns noch einmal zu dem Papierladen fahren, kaufte einen Umschlag, kritzelte etwas auf seine Visitenkarte, adressierte den Brief an Barbe, und brachte ihn dann, wie ich vor ihm den des Notars, zu dem Pförtner.

Als er zurückkam, erklärte er, er müsse sofort zu den beiden Herren, bei denen wir gewesen seien. Wir verstanden, daß er vor dem Chauffeur nicht sagen wollte, wen er meinte. Auch ließ er das Taxi nicht vor dem Polizeigebäude halten, sondern vor dem Café. Dort sagte er uns, bevor er uns verließ, er habe von dem Pförtner im Gefängnis herausbekommen, daß eine Tunesierin, die den Schleier trage und der Figur nach eine ältere Frau sein müsse, bereits drei Briefe für Barbe abgegeben habe. Das müsse er dem Beamten, der wohl noch immer dabei sei, Faceb in Gegenwart des Anwalts zu vernehmen, sofort melden, die Polizei suche doch jene Fatima und deren Mutter. Vielleicht sei man auf einer heißen Spur.

Wiederum mußten wir viel Zeit auf der Terrasse des Cafés versitzen. Jetzt erst, vor der lebhaften und lauten Straße, kam es mir beim Anblick der Palmen, der verschleierten Frauen und all dem, was mir an der Kleidung und den Gesichtern der Menschen ungewohnt war, zum Bewußtsein, daß ich mich in Nordafrika befand, dort, wo einst die Punier vor den Römern gezittert hatten. Der Notar lachte, als ich ihm sagte, welche Erinnerungen an die zu spärlichen Lateinstunden im Gymnasium mir durch den Kopf gingen. »Kostspielige Punier für unseren Herrn Barbe«, erwiderte er, »sein Vermögen hat hier Federn gelassen.«

Endlich – manche Schaufenster der Läden waren schon beleuchtet – nach wiederum fast zwei Stunden Wartens für den Notar und mich, erschien Dugourgeot. Er stieg vor der Terrasse des Cafés aus einem Bus, ein Zeichen, daß er nicht die ganze Zeit, die wir Chips und Erdnüsse knappernd versessen hatten, im gegenüberliegenden Polizeigebäude gewesen war.

Ob Barbe sich bei uns gezeigt oder telefonisch gemeldet habe, fragte er aufgeregt und schien sehr besorgt, als wir ihm sagen mußten, daß wir nicht nur auf Barbe noch immer warteten, sondern auch auf den Anwalt.

Er komme vom Untersuchungsgefängnis, sagte er. Barbe habe es vor dreiviertel Stunden verlassen und sei mit einem Taxi weggefahren. In seinen und den Brief des Notars habe Barbe in Gegenwart des Pförtners, durch den er das Taxi hatte bestellen lassen, flüchtig hineingeschaut und dann gefragt, ob es weit zu dem Café sei. Da er damit nur das Lokal gemeint haben konnte, dessen Adresse und Telefonnummer der Notar ihm in dem Brief gegeben hatte, schien es uns um so beunruhigender, daß er nicht zu uns gekommen war, zumal der Notar in dem Brief unmißverständlich geschrieben hatte, wir seien zunächst dort, und nicht im Hotel.

Wieder ließ Dugourgeot uns allein. Doch diesmal kam er schnell zurück. Er hatte den Anwalt im Büro des Beamten abgeholt.

Er sei total erschöpft, sagte der Anwalt, und man sah es ihm an, daß er nicht übertrieb. Die Vernehmung des Achmed Faceb sei völlig ergebnislos verlaufen. Nichts habe man aus dem Kerl herausgeholt, noch immer wisse man also nicht einmal, woher die hohe Geldsumme stammte, die er die Geistesgegenwart gehabt hatte mitzunehmen, als er mit der Ambulanz ins Krankenhaus geschafft worden war.

Da wir alle recht hungrig waren, schlug der Notar vor, gemeinsam in unserem Hotel zu Abend zu essen, sofort dorthin aufzubrechen und nicht länger in dem Café auf Barbe zu warten. Als er gleich darauf die Rechnung verlangte, sagte Dugourgeot, ihm als Detektiv obliege es, dem Personal des Buffets das Foto Barbes – es war das Bild, das der Notar ihm mit dem ersten Brief geschickt hatte – zu zeigen, damit die Schankleute am Buffet, die ja jeden Hereinkommenden sehen, Barbe erkennen könnten, wenn er uns in dem Café suche, ohne nach uns zu fragen, und damit sie ihn in unser Hotel schickten.

Doch da – der Kellner machte gerade die Rechnung – erschien Barbe.

Obschon ich bedachte, daß seit dem Besuch des Anwalts im Gefängnis meine und des Notars Anwesenheit in Tunis keine Überraschung mehr für Barbe sein konnte, war ich doch tief betroffen von der Lauheit, mit der er uns beide begrüßte. Kein

Lächeln verriet, daß er sich freute, uns zu sehen, kein Wort des Dankes dafür, daß wir die Reise gemacht hatten, um ihm zu helfen, und kein Wort der Anerkennung für den Detektiv, als ihm der Notar nach der Vorstellung sagte, daß wir ohne Dugourgeot nicht erfahren hätten, wie böse ihm mitgespielt worden war.

Er schien zu wissen, daß sein Verhalten wie eine kalte Dusche auf uns wirken mußte. »Nehmen Sie es nicht so genau mit mir«, sagte er, »ich weiß, was Sie für mich getan haben, und ich bin Ihnen sehr dankbar.« Aber er sei so müde, und wir sollten ihn, er bitte inständig darum, nicht mit Fragen quälen, das Wichtigste, das, was die Polizei wissen müsse, habe er ja dem Anwalt schon gesagt. Aber er sei weder imstande noch in der Stimmung, sich ans Erzählen zu machen.

Der Notar sagte ihm, wir wollten gerade zum Essen in unser Hotel fahren, dort sei es im Speisesaal gewiß ruhiger als auf der von der Straße so überlärmten Terrasse.

Er könne nicht mit uns kommen, er sei verabredet – etwas sehr Wichtiges –, er müsse uns sogar bitten, wenn die Person komme, ihn allein mit ihr zu lassen, auch wolle er sofort den Platz wechseln und sich, weg von der Terrasse, in den Hintergrund des Lokals, in die Nähe des Buffets, setzen.

Wann wir ihn denn sehen könnten, fragte der Anwalt, denn daß wir uns so bald wie möglich zu einer Beratung zusammensetzen müßten, sei doch wohl klar.

Fürs erste brauche er Geld, er habe nichts in der Tasche, erwiderte Barbe und bat den Notar, ihm, was er an Barem erübrigen könne zu geben, im Hotel könnten wir ja per Scheck zahlen.

Wo er übernachte, fragte der Notar, als er ihm ein paar Banknoten gegeben hatte.

Das könne er uns nicht sagen, er werde anrufen. Wir sollten schon ins Hotel gehen und essen, hungrig, wie wir doch sein müßten, und nur ja nicht auf ihn warten.

Seine Ungeduld, uns loszuwerden, war so spürbar, daß wir uns gegenseitig mit Blicken verständigten und aufstanden, um uns zu verabschieden. Und da gerade ein Taxi, seine Fahrt verlangsamend, an die Terrasse heranfuhr und hielt, machte ich, in der Annahme, der Wagen werde frei, dem Chauffeur ein Zeichen, doch der schüttelte abweisend den Kopf und wies mit der Hand auf den im Dunkeln liegenden Rücksitz. Ich verstand, daß die soeben aussteigende, verschleierte Tunesierin nicht allein gekommen war, und bemerkte, daß eine ebenfalls verschleierte Frau, die, als die andere den Wagen verließ, beim Zuziehen der Tür einen Augenblick sichtbar war, in dem Taxi sitzenblieb, das sofort weiterfuhr.

Die freie obere Hälfte des Gesichts der Ausgestiegenen ließ eine faltenlose bräunliche Haut und glühende dunkle Augen sehen, die nur einer jungen Person gehören konnten, wofür auch die schlanke Figur sprach. Ich hatte deren Aussteigen nur mit der flüchtigen Aufmerksamkeit wahrgenommen, die nicht ihr, sondern dem erhofften, aber uns entgangenen Taxi galt, doch als ich mich wieder Barbe zuwandte und sah, daß er der Verschleierten zuwinkte, blickte ich noch einmal zu dieser hin. Sie war auf dem Bürgersteig stehengeblieben und zögerte offenbar, die stark besetzte Terrasse zu betreten.

»Da kommt meine Verabredung. Entschuldigen Sie, also bis nachher«, sagte Barbe und ging, sich zwischen den Tischen und Stühlen vorbeizwängend, hinaus auf sie zu.

Was dann in der nächsten Minute geschah, spielte sich so rasch ab, daß der Notar und ich, aber auch Dugourgeot und der Anwalt, obwohl wir Barbe nachgeblickt hatten, später nicht mit Genauigkeit angeben konnten, ob die Person in dem Augenblick, als Barbe vor sie trat, sofort und ohne ein Wort die Hand gegen seine Brust ausgestreckt oder ob sie bei dem Stich mit dem Messer irgendetwas gesagt hatte, das man in einer stilleren Straße als dieser hätte verstehen müssen. Als es uns bei dem Schrei, den Barbe ausstieß, zum Bewußtsein kam, was sie getan haben mußte, war er schon zu Boden gesunken und die Panik auf der Terrasse schon ausgebrochen.

Die von den Stühlen aufgesprungenen Menschen, die in den Tischreihen vor uns gesessen hatten, versperrten uns einen Augenblick die Sicht. Als diese wieder frei war und wir durch die gestikulierenden und nach der Polizei schreienden Menschen über umgefallene Tische und Stühle zum Bürgersteig vorgedrungen waren, hatte sie, über Barbe liegend, der sie offenbar mit zu Boden gerissen hatte, ihn auch noch an zwei Stellen neben dem Kehlkopf in den Hals gestochen. Für Hilfe war es zu spät. Barbe war tot.

Schon beim ersten Stich war er mitten ins Herz getroffen worden, der anderen hatte es nicht mehr bedurft.

Niemand mußte uns sagen, wer die Mörderin war.

Wie schon sein Vater, hatte nun auch Barbe, als Opfer jenes Triebes, in dem er einen der Tyrannen der Menschheit sah, den Tod durch den Dolch gefunden.

Kapitel 55

In dem man sieht, welche Fragen Ferdinand weiter beschäftigen.

Was hatte Fatima, die eine von Achmeds Mutter aufgelesene Waise und nicht, wie er Barbe vorgelogen haben mußte, seine Schwester war, dazu getrieben, diesen Mord zu begehen?

In der Turbulenz der Stunden und des Tages, die dem Mord folgten, fragten der Notar und ich uns das nur dann und wann. Die Erfüllung des Wunsches nach der Überführung der Leiche in ihre Heimat, den Barbes Schwester uns telegrafisch ausgedrückt hatte, nahm unsere Zeit und Energie ganz in Anspruch. Denn die Behörden verlangten die schnellste Entfernung seiner Reste aus Tunis, sonst mußte er dort innerhalb von vierundzwanzig Stunden begraben werden. Ohne die unvergessene Hilfe Dugourgeots, der uns Dienst auf Dienst leistete, wäre es uns nicht gelungen, so schnell wie es verlangt worden war, den von der Fluggesellschaft geforderten, besonders abgedichteten Sarg und die dazu gehörenden Begleitpapiere und Bescheinigungen zu beschaffen.

Zwischen den Gängen zu den Behörden hatten wir obendrein auf Verlangen der überkorrekten Polizei der Aufnahme des Bestandes von Barbes Eigentum beizuwohnen, das heißt, der Registrierung aller beweglichen Gegenstände, die sich in dem Wohnwagen befanden. Dieser sollte beschlagnahmt bleiben, bis die Rolle Achmeds und seiner Mutter geklärt wäre. Die war es, die Fatima vor dem Café abgesetzt hatte, eine wichtige Einzelheit, die der Polizei durch den Taxifahrer bekannt geworden war und den Verdacht bestärkt hatte, daß Fatimas Hand nur das Werkzeug Achmeds und seiner Mutter gewesen war, um Barbe ohne Risiko für sie selbst aus der Welt zu schaffen.

Davon war auch die Rede, als der Notar und ich am Morgen nach dem Mord in dem entsiegelten Wohnwagen standen, wo ich einem Kommissar der Polizei die Gegenstände bezeichnen sollte, die Barbe aus Sizilien mitgebracht hatte, die also von niemand anderem gekauft sein konnten als von ihm.

Bevor wir anfingen, diese Liste zu machen, sagte der Kommissar uns, unter seinen Kollegen sei erzählt worden, Fatima habe schon beim ersten Verhör gleich nach ihrer Festnahme gestanden, ihre Tat sei ein Akt der Rache an dem europäischen Herrn gewesen. Der habe ihr vor einigen Monaten versprochen, sie zu heiraten und nach Europa mitzunehmen, dann aber von Achmeds Krankheit profitiert, um den Wohnwagen zu verkaufen und durchzubrennen.

Mehrere Exemplare der beiden Zeitungen, in denen die Notiz von Barbes Verhaftung auf dem Flugplatz, von einem Foto des Wohnwagens illustriert, veröffentlicht worden war, habe die Polizei in einer von Achmeds Mutter gemieteten Wohnung gefunden, die diese mit Fatima am Tag der Einlieferung Achmeds ins Krankenhaus bezogen hatte, ohne dies beim Einwohneramt zu melden und ohne ihre alte Wohnung aufzugeben. Auch stehe es fest, daß die drei Umschläge, die für Barbe im Gefängnis abgegeben worden waren, nichts anderes enthalten hatten als kleine Paßbilder Fatimas ohne eine begleitende Zeile.

Aus dem Verhör des Mädchens sei für die Polizei hervorgegangen, daß die listige alte Frau Fatima die Zeitungen gezeigt und ihr eingeredet hatte, Barbe habe sie verlassen wollen, sie müsse sich rächen. Die Polizei besitze aber, wenn nicht Beweise, so doch ein Indiz dafür, daß er vorgehabt habe, sie mitzunehmen, denn es seien zwei Plätze für den Flug nach Italien auf Barbes Namen gebucht gewesen. Man werde, da der europäische Herr ja gestorben sei, vielleicht nie erfahren, ob Fatima überhaupt gewußt habe, daß dieser einen Platz für sie gebucht hatte. Denn sie sei so töricht gewesen, bei dem Verhör zu sagen, sie freue sich, daß sie den Verräter getötet habe. Ein Wort, das die Strafe nur erhöhe.

Seltsamerweise scheine die Mörderin sich für die leibliche Schwester Achmeds und die Tochter seiner Mutter zu halten, jedenfalls sehe sie in Achmed ihren Beschützer, der sie vor der Habgier der Mutter verteidigt und das Geld und den Schmuck, überhaupt alles, was Barbe ihr geschenkt hatte, für sie aufgehoben und vor der Alten verborgen habe; diese solle, nach dem Bild, das man sich jetzt machen könne, immer wieder versucht haben, ebenfalls in dem Wohnwagen zu logieren, was zu fürchterlichen Szenen zwischen Achmed und der Frau geführt habe.

Als wir den Kommissar, gegen den wir nicht unhöflich sein wollten, schließlich daran erinnern mußten, wie begrenzt unsere Zeit war, wir sollten anfangen, den Bestand der Sachen aufzunehmen, drängte er uns noch schnell eine Voraussage über Achmed auf: nie werde der gestehen, daß er den europäischen Herrn erpreßt und begaunert habe, und daß Barbe nicht sein erstes Opfer gewesen sei. Ausgekochte Burschen wie Achmed gebe es zu Dutzenden in Tunis. Die schöben den törichten Touristen minderjährige Mädchen und Knaben unter, drohten ihnen dann mit der Anzeige bei der Polizei und kassierten groß ab.

Nach allem, was er von seinen Kollegen über die nächtlichen Verhöre der Fatima, Achmeds und der Alten erfahren habe, sei dieser Zuhälter dank der Ermordung des Herrn jetzt fein heraus, nichts, absolut nichts werde die Polizei dem Kerl nachweisen können. Für ehrliche, schlecht bezahlte Beamte sei es entmutigend, daß ein Achmed in Kürze wieder frei sei, wieder am Flugplatz herumlungere und auf das nächste Opfer lauere.

Als wir endlich die Schränke und Schubladen öffneten, mochte der Mann es nicht fassen, daß Barbe ein paar Hundert neue und fast ebenso viele gebrauchte Schuhbändel besaß. Wir gaben keine Erklärung dazu, sowenig wie zu den vielen Teetassen, von denen ein großer Teil nicht mehr heil war; fast der Hälfte fehlten die Henkel, oder sie wiesen Sprünge auf. Die Eleganz der Einrichtung des Wagens, die Barbe in seinem Brief gerühmt hatte, schien uns stark ramponiert. Die Vorhänge, die den Führersitz vom Wohnteil trennten, waren zerrissen, und die Laken der beiden Betten waren abstoßend schmutzig. Auch das Bidet sah schlimm aus. Es stand in der eingebauten Sitzwanne der Badeecke des Wagens, überall am Gestell und am Becken war das blaue Email gesprungen.

Der Notar und ich fragten uns, wie der auf Ordnung und Sauberkeit haltende Barbe das, was ihn umgab, derart hatte verkommen lassen und diesen Zustand hatte ertragen können. Was mußte mit ihm vorgegangen sein, in welchem Ausmaß mußte er seine Energie verloren haben!

Daß diese Frage, wie so zahlreiche andere, die wir uns stellten, keine Antwort mehr finden konnte, brachte uns das, was wir beim Betreten des Wagens schon empfunden hatten, erst recht zum Bewußtsein, und wir erklärten dem Kommissar, was wir hier täten, erscheine uns zu absurd, wir verzichteten auf die Bestandsaufnahme, die Behörden sollten mit den Sachen machen, was sie wollten.

Darüber könne er nicht befinden, erklärte der Kommissar, er frage seinen Chef, gleich sei er wieder da.

Er kam bald zurück und brachte einen Durchschlag der mir so wohlbekannten Liste, die am Schweizer Zoll von den Beamten gemacht worden war. Man habe sie bei der Beschlagnahme des Wagens in einer Schublade gefunden. Der Chef verlange, daß alle gefundenen Gegenstände der hinterbliebenen Familie mit dem Sarg zugestellt würden. Die tunesische Polizei wolle nicht beschuldigt werden, auch nur ein Taschentuch, das dem Herrn nachweisbar gehört habe, zu behalten.

So kam es, daß der Notar und ich, nach der Beerdigung oben im Norden, von Barbes Schwester in ihrem Häuschen gebeten wurden, ihr die schweren Kisten und Koffer zu öffnen, in denen seine Sachen zurückgekommen waren und diese auszupacken. Fünfzehn Jahre sei sie älter, als er es geworden war, da falle es ihr schwer, sich zu bücken, sagte sie uns. Sie hatte die wenigen Trauergäste, die sie wie wir vom Friedhof zurückbegleitet hatten, auffallend ungeduldig hinauskomplimentiert. Sie habe mit dem Notar, der in die Stadt zurückfahren müsse, viel zu besprechen.

In Wirklichkeit hatte sie nur »endlich die Wahrheit wissen wollen«. Ihr Bruder sei von einer Araberin ermordet worden, das wisse sie ja, sagte sie von ihrem Sessel her, während wir die Koffer leerten. Wie es aber dazu gekommen sei? Mord! Sie blicke da nicht durch.

Wir belogen sie und stellten die Tat als Raubmord hin.

Wir fühlten, wie mißtrauisch sie blieb. Ihr Bruder habe nicht die richtige Frau gehabt und diese obendrein zu früh verloren. So sei er auf Abwege gekommen, sie wisse es doch, es habe keinen Zweck, vor ihr etwas zu beschönigen, die Araberin sei sicher sehr jung. Bei seinen Besuchen im Dorf habe er sich immer den Hals nach den Schulmädchen ausgerenkt, besonders nach den Schwarzhaarigen. Daß Barbes Vater ebenfalls erdolcht worden war und warum, verschwieg sie.

Der Notar war froh, daß sie ihn schließlich auch nach dem Testament fragte, und stimmte ihr zu, als sie auf den Staat schimpfte, die Erbschaftssteuer sei Diebstahl an dem Toten und durch nichts zu rechtfertigen. Sie verwünschte die Beamten, diese Lumpen und Faulenzer, für die der Staat ein Laden sei, in dem die Herren sich selber bedienten, ohne sich je zu fragen, ob ihre Leistung dem Gehalt, das sie einkassierten, entspreche. Ich glaubte, Barbe reden zu hören.

Als wir die letzten Koffer geleert hatten, sagte sie, Barbes Uhr erhalte sein Neffe und legte sie weg. Dann fragte sie den Notar, ob er die feinen Teetassen, soweit sie heil seien, als Andenken mitnehmen wolle, sie verschenke ohnedies die Sachen. Es solle nichts im Hause sein, das sie daran erinnere, wie ihr Bruder gestorben war.

Als sie auch mich fragte, ob ich nicht etwas mitnehmen wolle, zögerte ich zunächst, ihr den einzigen Gegenstand, an dem mir etwas lag, zu nennen. Schließlich zeigte ich dann doch auf das Bidet.

Zu meiner Verblüffung sagte sie, meine Wahl hätte ihren Bruder gefreut. Vor fünf Jahren habe er ihr, zu ihrem siebzigsten Geburtstag, ein Badezimmer einrichten lassen, in dem sich auch ein Bidet befinde. Es sei das einzige im Dorf.

So kam ich in den Besitz von Barbes Reisebidet.

Daß meine Mutter, als ich, das Bidet im Gepäck, für den Rest der Weihnachtsferien endlich zu Hause eintraf, nach Einzelheiten von Barbes Tod mit nicht gerade wohlwollender

Neugier fragte, wunderte mich nicht. Auch nicht, daß sie mir die Prophezeiung ins Gedächtnis rief, die sie im Fürstenhof vor dem Mittagessen mit Barbe gemacht hatte und an die ich seit seiner Ermordung so oft dachte: ›Nie wird eine Frau den lieben, eher wird eine ihn umbringen‹, das hatte sie gesagt. Wie bei Barbes Schwester mißglückte auch bei ihr mein Versuch, sein Ende als einen Raubmord hinzustellen.

Der sei kein Mann gewesen, dem eine Frau etwas Liebenswertes hätte abgewinnen können, und auf eine sehr junge Person müsse er doch höchst unsympathisch gewirkt haben. Und dann, ein Raubmord, von einem jungen Mädchen begangen! Der werde doch wohl eher mit der Schußwaffe ausgeführt als mit einem Messer …

Meinem Vater mißfielen diese abschätzigen Worte über einen Toten. Er habe nicht wenig Verständnis und Sympathie für diesen Kauz gehabt, sagte er.

Aber mich, der ich Barbe immerhin etwas näher gekommen war, mich fragte niemand, wie ich Barbes Tod empfunden hatte. Auch Albert nicht. Abfällig, wie ich es erwartet hatte, war sein Kommentar allerdings keineswegs: für einen im Egoismus und in den Denkfehlern des Kapitalismus aufgewachsenen Menschen habe Barbe zuweilen recht Erstaunliches geäußert, das ihn, aber auch Leo, über manches zum Nachdenken gebracht habe, worauf er vorher auch nie nur den Fetzen eines Gedankens verloren hätte. So habe Barbe ihm gesagt, die Angestellten und Arbeiter und alle Staatsdiener rechneten niemals nach, ob ihre Löhne und Gehälter in einem wirtschaftlich vertretbaren Verhältnis zu ihren Leistungen stünden, ob ihre Tätigkeit nicht oft höher bezahlt sei als verdient. Der Kitzeligkeit dieses Problems würden die Marxisten nicht entgehen, sobald sie regierten, denn es sei ja nicht allein eines der Berechnung der Gestehungskosten jeder Produktion, sondern auch eines der Gerechtigkeit gegenüber den Verbrauchern einer sozialisierten Gesellschaft, sonst tausche diese den kapitalistischen Ausbeuter nur gegen einen anderen aus, der den Mehrwert der Arbeit wegstehle.

Sympathie habe er aber nicht die geringste für Barbe aufgebracht, schloß er, eine solche Schwäche habe er keinen Augenblick gehabt. Dieser Andeutung konnte ich entnehmen, in welchem Grade Albert noch immer gegen mich gereizt war.

Ich übertriebe, wenn ich jetzt, da Barbe seit Monaten unter der Erde liegt, behauptete, seine Ermordung hätte mich erschüttert. Ich hatte einer feigen Untat beigewohnt und war von ihr erregt worden, aber doch wohl nur erregt, und vor allem bloß deshalb, weil sie unter so abstoßenden Umständen begangen worden war. Meine Empfindung war also wohl kaum sehr viel tiefer gewesen als die der Besucher des Cafés, die durch den Mord, der vor ihren Augen stattfand, aus dem, was sie gerade beschäftigte, aufgeschreckt, aber doch nicht erschüttert worden waren. Daß da ein Mensch, der mir kein Unbekannter war, sein Leben hatte lassen müssen, gewiß, das war mir bewußt geworden, aber ein Schnitt ins Herz war es nicht gewesen. Dabei waren der Notar und ich, nachdem die Leiche ins Polizeigebäude gebracht worden war, immer wieder zum Anblicken des Toten gezwungen worden. Unsere Vernehmungen für die Protokolle über den Hergang des Mordes, über den Grund von Barbes Aufenthalt in Tunis und über die uns bekannten Umstände seines Lebens hatten kein Ende nehmen wollen, und jedesmal waren wir, wegen der Prüfung irgendeiner Einzelheit, vor die Leiche geführt worden, zuletzt, als man eine Beschreibung seiner Kleider anfertigte und die Taschen der Hose und Jacke leerte und seine Uhr vom Arm löste.

Ich war in jener Nacht so erschöpft gewesen von dem Anspruch, der an meine Nerven gestellt worden war, daß ich, endlich in meinem Hotelzimmer, sofort eingeschlafen war.

Erst auf dem Heimflug, bei dem ich mehr als einmal daran dachte, daß Barbes Leiche eingesargt im Frachtraum mit uns flog, hatte ich mir volle Rechenschaft darüber gegeben, daß das Ereignis, dessen Zeuge ich gewesen war, den Kern meines Wesens nicht erschüttert hatte.

Gewiß, heute frage ich mich zuweilen, warum Barbes Person mich überhaupt noch beschäftigt. Daß es kein unabweisbares Gefühl ist, das mich an ihn denken läßt, also kein sich immer wieder meldender Schmerz um einen unersetzbaren Verlust, sondern nur ein gewisser Kummer, weil mir das Gespräch mit ihm fehlt, das weiß ich, wie ich ja auch weiß, daß sein von der Erfahrung geprägtes Denken und Empfinden ebenso pittoresk wie nüchtern war, also ursprünglicher als Richards Denken und das der anderen meiner Gruppe, die, genauso unerschütterlich, wie ja auch Barbe es war, davon überzeugt sind, das Getriebe der Welt durchschaut zu haben und frei von Illusionen zu sein.

Warum frage ich mich überhaupt, was denn von Barbes Einbruch in mein Leben geblieben ist? Was ist es, das mich verfolgt, wenn ich an ihn denke? Ich fürchte, geblieben ist die Einsicht in seine einmal so hart geäußerte Meinung, daß wir uns alle viel gleichgültiger seien, als wir es uns eingestehen wollten, und daß es die eigenen Interessen seien, die unser Fühlen, Denken und Handeln bestimmten, wie bewußt oder unbewußt auch immer wir diese verbrämten.

So hatte er gesagt. Wie das aber vereinbaren mit der Gutartigkeit und Güte, die er mir doch erwiesen hat? Wie mit seiner Großherzigkeit? Hätte er nicht genauso gut geizig und kleinlich sein können, wie er großzügig und freigebig war? Ich frage mich, ob ich je mit ihm fertigwerde, wenn ich auch keine Träne um ihn vergoß.

Seinen verfehlten Aufbruch in ein eigentliches Leben kann ich nicht mehr belächeln, ohne mich zugleich voll Zweifel zu prüfen, ob ich selber denn einen solchen Versuch bestanden hätte.

Zu dieser Ausgabe

Der Text dieser Ausgabe von *Das blaue Bidet oder Das eigentliche Leben* folgt dem im Herbst 1978 im S. Fischer Verlag erschienenen Erstdruck, ergänzt um ein *Unnumeriertes Kapitel*, auf dessen Veröffentlichung Joseph Breitbach nach einem Gespräch mit dem Verlag verzichtet hatte.

In diese Ausgabe wurden zehn gleichlautende Korrekturen übernommen, die Ingeborg F. Meier, damals Lektorin bei S. Fischer, und der französische Germanist und Spezialist für deutsche Grammatik, Maurice Colleville, Breitbach empfahlen. Bei beiden hat sich Breitbach für die Hinweise ausdrücklich bedankt und diese Vorschläge handschriftlich in ein Exemplar des Romans eingetragen. In der im August 1980 erschienenen Fischer-Taschenbuchausgabe sind diese Korrekturen bereits berücksichtigt. Darüber hinaus haben die Herausgeber dieser Ausgabe an einigen wenigen Stellen Änderungen dort vorgenommen, wo offensichtlich Zeichensetzungs- oder Rechtschreibfehler oder sachbezogene Unstimmigkeiten übersehen worden waren. So steht z.B. im Roman, Barbe habe seine Arbeit als Schleifer mit 16 Jahren begonnen, später heißt es mit 18 Jahren.

Das blaue Bidet ist der einzige Roman Breitbachs, dessen Entstehung man dank der seit dem Jahr 1956 vorliegenden Manuskripte Schritt für Schritt nachvollziehen kann. Alle handschriftlichen Entwürfe, korrigierte maschinengeschriebene, teils datierte Seiten, Notizbücher mit Skizzen zu den Personen und zur Handlung sowie einzelne Notizblätter, mit denen sich die Arbeit Breitbachs am Roman nachvollziehen läßt, liegen im Deutschen Literaturarchiv in Marbach, wo auch die hier zitierten Korrespondenzen aufbewahrt werden.

Für Zitate aus Briefen und aus dem Tagebuch Breitbachs wurden die Originalschreibweisen übernommen. So wurde die ständig wechselnde Schreibung für ss oder ß – z.B. in dass oder muß – ebenso beibehalten wie z.B. die Schreibweise »Princip«. Die von Breitbach benutzte Wortschöpfung »luxuös« entlehnte er dem französischen »luxueux«. An Hans Paeschke vom *Merkur* hat er z.B. bereits 1964 geschrieben: […] *»luxuös«, dass mir* *der Setzer nur um Gottes Willen nicht, wie schon so oft, ein »luxuriös« daraus macht, denn die Sache hat nichts mit der luxuria, der Wollust zu tun.* Auch in der Korrespondenz mit S. Fischer dringt er darauf, »luxuös« zu schreiben und auf keinen Fall »luxuriös«.

Anmerkungen der Herausgeber stehen in eckigen Klammern. Alle Übersetzungen aus dem Französischen sind von den Herausgebern.

Die Seitenangaben im Text beziehen sich auf die Paginierung des Romans in der vorliegenden Ausgabe.

Ausführliche Angaben zur Entstehung des Romans finden sich im editorischen Vorwort und Nachwort.

Editorisches Vorwort
Das blaue Bidet – die Entstehung

Früheste Notizen

Seit 1938 geisterte eine Figur wie Barbe im Kopf des Autors Joseph Breitbach herum, sie hieß damals Herr Schmidt: *Herr Schmidt oder die Wunder der Übertreibung, so werde ich meine Reihe komischer Geschichten wohl nennen. Heute fiel mir die von dem Herrn, der Tag für Tag früher aufsteht, ein, bis er wieder so lebt wie einst als Nachtbummler.*[1] Dann kommt Breitbach die Idee, Herrn Schmidt dem Roman, an dem er gerade arbeitet, *einzuverleiben*: *Seit einiger Zeit bedrängt oder vielmehr beschmeichelt mich häufig der Gedanke, meinen Herrn Schmidt nun doch noch meinem Roman* [Clemens] *einzuverleiben. Seine Geschichte, die für sich allein gestaltet unvermeidlich etwas Mechanisches* [...] *an sich haben wird, kann nur gewinnen, wenn ich sie in den Roman einflechte und von Clemens erzählen lasse.*[2]

Ein Jahr später taucht eine dem Herrn Schmidt verwandte Figur, dem späteren Barbe ähnelnd, in den Notizen zum großangelegten *Clemens*-Roman auf, der, konzipiert als Werk mit über 1000 Seiten, nie vorlag. Das Eingangskapitel war bereits in der ersten Nummer der von Thomas Mann seit 1937 herausgegebenen Zeitschrift *Maß und Wert* unter dem Titel *Die Rückkehr*, nach der Flucht von Clemens, erschienen und schildert die Ereignisse um den totgeglaubten Sohn des Küsters in einem kleinen Ort am Rhein.

In den Manuskripten Breitbachs findet sich neben dem Kapitel der ersten Flucht und Rückkehr des Clemens noch der Entwurf einer zweiten Flucht, *Deuxième fuite de Clément*, 1943 geschrieben, in deren Verlauf der Autor für seinen Helden einige Abenteuer geplant hatte, unter anderem die Begegnung mit einem Mann namens Fabre: *Clemens trifft Fabre.*

1 Tagebuch, Paris, 17. Dezember 1938, morgens ½ 8 Uhr
2 Tagebuch, Marseille, 8. Oktober 1942

Bourlesque. Breitbach beschreibt Fabre als komischen Charakter, als *ma propre caricature,* als Karikatur seiner selbst mit all seinen eigenen Fehlern und Schrulligkeiten. Clemens und Fabre bleiben eine Weile zusammen. Fabre ist ohne Zweifel die Erstschöpfung des Knopffabrikanten Barbe, der Hauptfigur des vorliegenden Romans *Das blaue Bidet.* Auch Fabre hat alles, was er besaß, verkauft, wie Barbe, der sich von seiner Fabrik und anderem Hab und Gut trennte. Clemens erzählt Fabre, er werde von der Polizei verfolgt, der bestätigt, für ihn gelte das gleiche. *Fabre a tout liquidé.*[3] *Er besitzt nur noch einen Regenschirm.*

Mit der Konstellation Fabre/Clemens schafft Breitbach ein Modell, das er noch zweimal verwenden wird, zuerst in *Bericht über Bruno* (1962), später in *Das blaue Bidet* (1978): Ein älterer Mann sichert sich die Zeugenschaft und Beobachtung durch einen jüngeren Mann als Instrument der Selbstkritik und intellektuellen Herausforderung. *Ainsi il exige la signature de Clément sur cet étrange papier de l'engagement (bidet, bain, mouchoir, phobie de bruit, etc.).*[4] Fabre und Clemens sind es im *Clemens*, der Großvater als Innenminister und Industrieller mit seinem Enkel Bruno in *Bericht über Bruno*, und im Roman *Das blaue Bidet* ist das Paar der Ex-Knopffabrikant Barbe und der Student der Volkswirtschaft Ferdinand. Clemens lernt durch die ungewöhnlichen Probleme, die Fabre mit dem täglichen Leben hat (Bidet, Bad, Taschentuch, panische Angst vor Lärm etc.), die Schrulligkeiten seines Mitreisenden kennen. So wie auch Ferdinand seinen Arbeitgeber, den sechzigjährigen Ex-Unternehmer, durch dessen außergewöhnliche Handlungen und Ansprüche während der Reise kennenlernt.

In seinen Notizen läßt Breitbach ein ganzes Kapitel zu Fabre und Clemens folgen, in dem es heißt: *Clemens beobachtet, daß Fabre von Christen spreche, als handele es sich um Fremdlinge, die seine Neugierde erregten.* Clemens sei deswegen sehr

3 *Fabre hat alles aufgelöst.*

4 *So fordert er die Unterschrift von Clemens auf dieser ungewöhnlichen Erklärung, mit der Clemens sich zur Einhaltung bestimmter Regeln verpflichtet (Bidet, Bad, Taschentuch, panische Angst vor Lärm, usw.).*

verunsichert, weil er ihn ausschließlich Bücher über Religion lesen sieht. Eine weitere Eigenschaft Fabres wird in den Aufzeichnungen erwähnt, es heißt wörtlich: *Fabre lügt nicht*. Beide Attribute finden sich später im *Blauen Bidet* wieder.

Der Eintrag ins Tagebuch über die Begegnung mit Fabre, dem späteren Barbe, inmitten der *Clemens*-Entwürfe erfolgte am 22. November 1943. Zu der Zeit befand sich Breitbach in Clairac, einem kleinen Ort von zweieinhalbtausend Einwohnern in der Nähe von Bordeaux, auf der Flucht vor den Deutschen. Nachdem deutsche Truppen im November 1942 auch den Süden Frankreichs besetzt hatten, lebte er unter falschem Namen in Clairac in der Nähe des Familiensitzes von Louise Schlumberger, der Schwägerin von Jean Schlumberger. Neben Aktivitäten für die Résistance und längeren Aufenthalten in einem Krankenhaus fand er offenbar Zeit zum Schreiben, was er aus Vorsicht überwiegend in Französisch tat.

Der Einfall zur Figur des Fabre/Barbe läßt sich also schon auf das Jahr 1943 datieren. 35 Jahre sollte es dauern, bis die Gestalt im *Blauen Bidet* vollendet wurde – ein wichtiger Hinweis für die Entwicklungsgeschichte des Romans. Denn das belegt, daß die Figur des Barbe nicht erst aus der Retrospektive eines Fünfundsiebzigjährigen entstand, sondern daß bereits der vierzigjährige Breitbach seine Umwelt, die Welt der Kultur, Politik und Religion, als unzivilisiert wahrnahm und sich selbst als Außenseiter fühlte. Fritz Arnold, sein Freund und Lektor beim Insel Verlag, schrieb 1959 in einem Brief an Breitbach: *Nicht ohne Beunruhigung bemerke ich, dass du immer wieder auf Schwierigkeiten stösst, über die andere Menschen sich hinwegsetzen können.*[5]

Der kritische Blick gehörte zum Charakter Breitbachs. Von Jugend an zeigte er einen stark ausgebildeten Hang zum Verbessern von Strukturen und Menschen; sei es nun die Armee, die er als Fünfzehnjähriger über die Schiffsbrücke in Koblenz aus dem Ersten Weltkrieg heimkommen sah, oder die Organisation eines Kaufhauses, in dem er nach seinem 21. Lebensjahr arbeitete. *Damals schon für jede Art von Organisation passio-*

5 Fritz Arnold an Breitbach, Frankfurt a.M., 16. Oktober 1959

niert, eine Neigung, die mich beruflich ins Warenhaus geführt hat, wollte ich wissen, wie die Rückführung einer so enormen Menschenmasse plan- und durchführbar gewesen war.[6] Ausgestattet mit diesem Blick, läßt Breitbach seine Hauptfigur die Reise in die Eigentlichkeit antreten, und überall entdeckt Barbe etwas, das es zu verbessern gilt: im Restaurant, im Hotel oder im Schlafwagen, in Politik, Wirtschaftsordnung oder Kirche. Nur bei der Polizei findet er die Strukturen und Menschen seinen Vorstellungen angemessen.

Breitbach besuchte schon mit 21 Jahren Paris und ließ sich dort 1931 nieder. Nach seinen frühen Notizen zu Fabre/Barbe im Rahmen des *Clemens*-Manuskripts begann er die Arbeit an der eigenständigen Barbe-Geschichte erst nach dem Krieg. Entsprechende kurze Eintragungen dazu gibt es im Tagebuch 1954 und 1956.

Ein Manuskript zum Barbe-Thema mit der Aufschrift *Bouvard Roh-Manuskript* lag 1956 mit 70 Seiten vor. Der Titel hieß, in Anlehnung an Flauberts Roman, *Bouvard und Pécuchet's Enkel.* Das Typoskript stellte Breitbach selber her und versah es mit vielen geringfügigen Wort- und syntaktischen Korrekturen. Danach blieb die Arbeit fast sieben Jahre liegen.

Mitte der 1950er Jahre befaßte sich der Autor in seinem zweiten, aber unvollendet gebliebenen Roman *Frau Berta*, den er laut Tagebuch am 24. Oktober 1955 begonnen hatte, kritisch mit dem Thema Recht und Rechtsprechung in der neuen Bundesrepublik im Vergleich zu den Nationalsozialisten. Gleichzeitig schrieb er an dem Theaterstück *Die Jubilarin*, bevor er die Arbeit an *Frau Berta* im Juli 1959 vorläufig beiseite legte.

Als er die Arbeit an *Bouvard und Pécuchet's Enkel* 1963 wiederaufnahm, ließ er sich die letzte Fassung noch einmal neu abtippen, bezeichnete sie später als *erste Kurzfassung* und änderte die Überschrift in *Der Enkel Bouvard-Pécuchet.* Im

6 Joseph Breitbach, *Feuilletons. Zu Literatur und Politik*. Hrsg. von W. Mettmann, Verlag Günther Neske, Pfullingen, 1978, S. 205

Briefumschlag mit der später von Joseph Breitbach hinzugefügten Notiz: *In Braffy geschriebene auf Seite 72 endende erste Kurzfassung*. Die Adresse ist nicht von Breitbachs Hand geschrieben.

Vergleich mit dem Manuskript von 1956 gibt es, neben vielen Korrekturen einzelner Wörter, kaum inhaltliche Änderungen.

Zurückgreifend auf den ersten Titel, *Bouvard und Pécuchet's Enkel,* und mit zwei Seiten mehr Umfang, gab es auch eine weitere <u>*erste*</u> *Kurzfassung,* wie es auf dem Umschlag hieß. Der Schutzumschlag, in Rot mit einem Kugelschreiber beschriftet, den Breitbach aus den USA mitgebracht hatte, bezeichnete Ort und Datum der Fertigstellung: *Braffy,* in der Normandie, *Beendet am 9. September 1963, 1–72 Seiten,* die in Paris deponiert werden sollten. Auch der Text dieser dritten Fassung weicht nur in einigen Worten und Satzumstellungen von den ersten beiden von 1956 und 1963 ab.

Zwei Motti kommen hinzu: Motto 1: *Jedes Leben ist voll von Träumen, die nicht gar werden* (Ernst Bloch) und Motto 2: *Charakter ist nur Eigensinn, es lebe die Zigeunerin* (Paul Scheerbart). Für die Ausgabe von 1978 ersetzte Breitbach das Motto von Bloch durch zwei andere: eines von dem römischen Dichter Martial und das andere von Nicolas Chamfort, dem französischen Moralisten der Aufklärungszeit. Hinzu kam ein Gedanke von Robert Walser, einem von Breitbachs Lieblingsschriftstellern, der mit seiner Schwester Resi Breitbach zwei Jahre lang in Briefkontakt stand.

Der Umschlag trägt die Adresse: Mlle. Kaethe Hirsch 19, Villa Duthy, Paris 14, deren Meinung ihm wichtig war und die sich der Abschrift annehmen sollte.

Am 17. Mai 1962 hatte Breitbach seinen bekanntesten Roman, *Bericht über Bruno,* beendet, den er in nur zehn Monaten niedergeschrieben hatte. Gleich nach dessen Fertigstellung drängte es ihn, an dem Stoff über den Unternehmer Bouvard, der ab 1969 Barbe heißen wird, weiterzuarbeiten. Der Student hieß bis 1977 nur *der Erzähler*, er hatte noch keinen Namen.

Obwohl von *Bericht über Bruno* keine Vorarbeiten, Notizen oder Manuskripte mehr vorhanden sind, kann man sich die vor dem *Bruno* konzipierte Figur des Bouvard/Barbe und die politischen Themen im Roman *Das blaue Bidet* (1978) gut als Spur vorstellen, die unmittelbar zum *Bruno* führt. Immerhin begegnen wir in Bouvard/Barbe zum ersten Mal einer Gestalt wie dem »Großvater« im *Bruno*. Die Themen der Spitzeltätigkeit von Partei und Gewerkschaften oder die marxistische Doktrin sind in den Auseinandersetzungen zwischen den beiden Generationen schon bei Bouvard/Barbe angelegt und werden wieder aufgegriffen. Natürlich auch das Abwägen beider gesellschaftlichen Systeme, Kapitalismus gegen Kommunismus. Es liegt nahe zu vermuten, daß die Idee für die Gestalt des Barbe und die für den Großvater der gleichen Intention entstammt: Brunos Großvater lebt weiter im Industriellen Barbe, der, nach dem Ende seiner politischen Karriere und der niederschmetternden Erfahrung mit seinem Enkel, seine Identität verändern möchte, um der Freiheit zu begegnen – angelehnt an Flauberts Geschichte von den beiden Städtern Bouvard und Pécuchet, die ebenfalls aus ihrer Existenz auszubrechen versuchen. Barbe gibt alles auf und sucht ein Leben jenseits jeder Verantwortung und familiären Bindung.

Der ersten Kurzfassung vom September 1963 lag ein Notizblatt bei mit den Stichworten *Erpressung*, *Nepotismus*. Ein

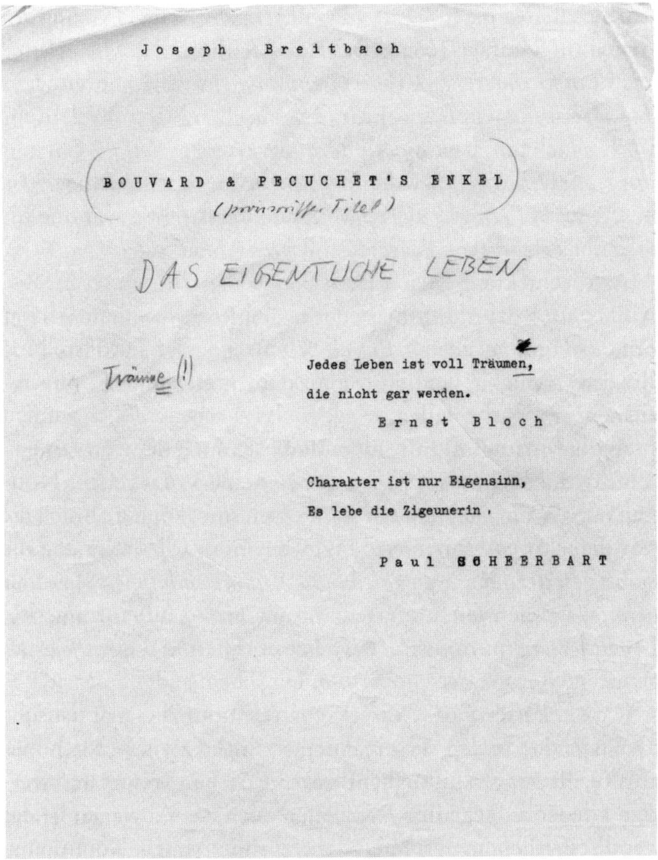

J o s e p h   B r e i t b a c h

BOUVARD & PECUCHET'S ENKEL

DAS EIGENTLICHE LEBEN

Träume (!)

Jedes Leben ist voll Träumen,
die nicht gar werden.
E r n s t   B l o c h

Charakter ist nur Eigensinn,
Es lebe die Zigeunerin.

P a u l   S C H E E R B A R T

Titelseite des Romans in einer frühen Fassung von 1956.
Das eigentliche Leben, der spätere Untertitel,
erscheint hier zum ersten Mal.

weiterer Hinweis darauf, daß Breitbach in den frühen Entwürfen zum *Blauen Bidet* schon an die Themen dachte, die er dann zunächst im *Bruno* verarbeitet hat. Die Arbeit am *Blauen Bidet* war vom Wunsch des Insel Verlags nach einer Jagdgeschichte für die Insel-Bücherei unterbrochen worden, und aus dieser Jagdgeschichte entwickelte sich der politische Roman *Bericht über Bruno*, offensichtlich mit Themen, die Breitbach schon für das *Blaue Bidet* vorschwebten.

Unmittelbar nach Beendigung der französischen Fassung des *Bruno* im Sommer 1964 erweiterte Breitbach das Manuskript des *Blauen Bidet. Sie haben mich in einem ganz entscheidenden Arbeitsaugenblick geradezu verbrecherisch gestört, wenn ich bis nächsten Montag mit dem Kurzroman, den ich* bürsten *muss, nicht fertig bin, kann er nicht mehr zu Ostern erscheinen, weil bei Unseld alles pünktlich abgeliefert werden muß*, schreibt er an Hans Paeschke im November 1964.[7] An Fritz Arnold schickte er gleich nach der Fertigstellung am 9. September 1963 das Manuskript des neuen Romans mit dem Titel *Bouvard und Pecuchet's Enkel.* Wie Breitbach handschriftlich auf dem zurückgesandten Manuskript notiert, hat es Arnold ausnehmend gut gefallen.

Arnold hatte es mit folgendem Kommentar zurückgeschickt: *Lieber Joseph, hier wie versprochen das Manuskript. Die Bleistifteinzeichnungen sollen lediglich Hinweise markieren, keine Korrekturen sein.* […] *Was mir so besonders an dem Stück gefällt und weswegen ich die Widmung doppelt gern annehme, ist die Heiterkeit, mit der du alles darstellst und die Leichtigkeit und ironische Eleganz mit der du – vor allem im ersten Teil – erzählst.*[8]

Die Geschichte des Aussteigers Barbe und seines gewaltsamen Endes, so wie sie im September 1963 vorliegt, bleibt bis zur Veröffentlichung 1978 im wesentlichen unverändert. Aber den einzelnen Handlungsepisoden werden so viele Details und Gesprächsthemen hinzugefügt, daß sich das Typoskript zum Schluß um über 300 Seiten erweiterte.

Die ursprüngliche Erzählung berichtet vom Fabrikbesitzer Bouvard/Barbe, der den Ausstieg aus seinem Berufs- und Privatleben vorbereitet, um ins eigentliche Leben aufzubrechen. Er glaubt, das Ende des Kapitalismus sei gekommen. Er geht zum Notar, überträgt ihm die Abwicklung seiner Geschäfte, zieht in ein Hotel und beginnt mit dem Bus eine Reise, auf der ein gerissener Schnürsenkel ihm bereits die ersten ernsten Komplikationen beschert. Unschuldig gerät er in Polizeigewahrsam

7 Breitbach an Hans Paeschke, Paris, 11. November 1964
8 Fritz Arnold an Breitbach, Darmstadt, 15. September 1963

Verbunden mit dem Prix Combat, den Joseph Breitbach 1965 für die französische Fassung von *Bericht über Bruno* erhielt, war eine Einladung nach Tunesien. Hier der Autor (links) mit Jacques de Ricaumont vor dem Jupitertempel in Sbeitla, im April 1965.

und versucht nach seiner Entlassung, in einem Hotel unterzukommen. Weil er kein Gepäck hat, wirft man ihn hinaus.

Danach beschließt Barbe, mit dem Zug weiterzureisen. Er kauft sich einen Koffer und steigt in den Schlafwagen ein. Dort legt er sich mit dem Schaffner an, steigt aus und sucht Rechtsbeistand. Im Büro des Anwalts trifft er auf einen Studenten, der dort als Aushilfe arbeitet und den er als Reisebegleiter engagiert.

In einer frühen Fassung beschreibt der Autor in Kapitel 15 – später Kapitel 19 – in zehn Zeilen den Wechsel der Perspektive in der Erzählung. Die kurze Exkursion in die Theorie der Erzählhaltung, mit dem allwissenden, dem Ich-Erzähler und der erzählenden fiktiven Figur, kann man als Reaktion auf die kritischen Stimmen sehen, die der strenge Berichtsstil seines *Bericht über Bruno* ausgelöst hatte.

Von jetzt an erzählt der junge Mann, noch ohne Namen, die Geschichte. Er stimmt dem Vorschlag des älteren Herrn zu, ihn auf seiner Reise in den Süden zu begleiten, und seine Eltern werden in das luxuöse Hotel, in dem Barbe inzwischen wohnt, eingeladen. Danach fährt er mit ihnen nach Hause, packt seine Sachen und kommt nach eineinhalb Tagen zurück zu Barbe. Der Ex-Fabrikbesitzer erwartet ihn, ausgerüstet wie für eine Expedition – jeder Gegenstand ist mindestens doppelt, wenn nicht gar mehrfach vorhanden. In dieser Fassung der Geschichte ist das blaue Bidet bereits gekauft. Die Szene beim Antiquar fehlt noch. Auch berichtet der junge Erzähler lediglich von vier Bordellbesuchen, ohne jede Einzelheit.

Schließlich fahren die beiden los in den Süden und verbringen zunächst eine lange Zeit am Zoll. Auf 18 Seiten werden die Komplikationen bei den Kontrollen beschrieben. Danach geht es weiter nach Sizilien. Barbe verabschiedet sich nach kurzen touristischen Ausflügen auf der Insel von seinem Begleiter und fliegt nach Tunesien. Die Prinzessin Fatima kommt zum ersten Mal in den Briefen Barbes an Ferdinand vor, der am Ende der Ferien wieder in sein Studentenheim gezogen ist.

Als nächstes folgt die zweite Szene beim Zoll, in der Barbe, begleitet von einer großen orientalischen Familie, versucht, in sein Heimatland zurückzukehren, an der Grenze aber von Fatima ermordet wird. Dies ist Teil eines von deren Familie großangelegten Betrugs, der auf den Ruin des Ex-Fabrikanten hinauslaufen sollte. Erzählt wird der Ablauf der Ereignisse an der Zollstation im Berichtsstil aus dem Protokoll des Vaters, des Zollbeamten. Der Reisebegleiter und Erzähler hat die Ermordung nicht miterlebt.

In die Erzählung mit Schwerpunkt auf den Ereignissen am Zoll und einer Reise in den Süden, die mit dem Mord an Barbe endet, werden 1964/65 einige Einschübe gemacht.

Zwischen 1963 und 1965 entsteht noch eine weitere Fassung mit dem Titel *Das eigentliche Leben*, mit den Motti von Bloch und Scheerbart, auf der Breitbach handschriftlich *version définitive bis S. 52* notierte. Diese ersten 52 Seiten bleiben fast unverändert bestehen bis zur endgültigen Veröffentlichung. Im Laufe der folgenden zwei Jahre, mit Beginn des Jahres 1966, werden alle Themen ausgeweitet. Aus 30 Seiten Reisevorbereitungen werden 107 Seiten in der nächsten Fassung.

Jetzt läßt sich Barbe von dem Studenten bei seinen Einkäufen begleiten, und gemeinsam erstehen sie in einem Antiquariat das blaue Bidet. Die beiden Verkäuferinnen des Sanitärgeschäfts kommen zum ersten Mal vor. Barbe lädt sie zum Abendessen in sein Hotel ein. Das Thema Marxismus und andere politische Überlegungen werden eingefügt, das Bordell, in dem der kommunistische Bahnarbeiter Albert am Schanktisch sitzt, wird ausführlich beschrieben. Bouvard/Barbe, in Anspielung auf den Marxschen Helden, bemerkt: *Sie sind mir ja ein schöner Bruder in Marx. Was tun Sie an diesem Ort der Wollust und Völlerei?*

Die Badezimmerszene gewann mit dem neu eingeführten Volontär und Barbes Erklärung über die Herkunft des Bidets aus dem islamischen Kulturraum 20 Seiten. Die Begegnung mit der Polizei wird ausführlicher beschrieben, politische Dialoge nehmen größeren Raum ein, aus der ursprünglichen Geschichte entwickelt sich ein Lexikon der Themen Joseph Breitbachs.

Bemerkenswert ist, daß im Arbeitstitel *Bouvard und Pécuchet's Enkel oder Das eigentliche Leben* der Begriff Enkel im Titel steht, den er bei der Wiederaufnahme des Stoffes, nach der Veröffentlichung des *Bruno*, wegfallen ließ.

Es scheint, daß der junge Student der Volkswirtschaft Ferdinand zunächst als Enkel konzipiert worden war, die Rolle des Enkels dann aber doch der Titelfigur in *Bericht über Bruno* als Hauptrolle zugeteilt und damit Ferdinand im *Blauen Bidet* zum Studenten und Reisebegleiter wurde.

Nach der Fertigstellung des *Bruno* wuchs die Zahl der Manuskripte zum *Blauen Bidet* an, nicht unbedingt Seiten mit neuen Inhalten, sondern oft nur Änderungen an zwei oder drei Stellen in einer Fassung. Breitbach arbeitete gern auf sauber getippten Seiten, die seine Sekretärin immer wieder frisch vorlegte, was zu einer Fülle von Manuskriptbündeln führte, die sich voneinander aber oft nur in wenigen Wortänderungen unterschieden.

Breitbach reiste häufig zwischen seinen beiden Wohnsitzen Paris und München hin und her. In Frankreich und Deutschland wurden damals unterschiedliche Papierformate benutzt, das in Frankreich offiziell 1967 eingeführte DIN-A4 setzte sich nur langsam durch. So ergaben sich beim erneuten Abschreiben eines Typoskripts wegen der verschiedenen Papierformate Änderungen bei der Paginierung trotz nur unwesentlicher Korrekturen im eigentlichen Text. Und seit Mitte der 1960er Jahre hat Breitbach die maschinengeschriebenen Texte mit einem besonders großen Zeilenabstand tippen lassen. Er wollte möglichst viel Platz für spätere Änderungen zur Verfügung haben. Wahrscheinlich hat Breitbach 1966 zum letzten Mal am *Eigentlichen Leben* gearbeitet, bevor er die Geschichte im Sommer 1969 in Braffy dort wiederaufnimmt, wo er sie 1966 verlassen hatte, und jetzt den späteren Titel *Das blaue Bidet* festlegt.

Anfang 1966 entnahm Fritz Arnold einem Brief von Breitbach, daß der Roman fertig sei: *Deine Bemerkung, dass du die Erzählung* Das eigentliche Leben *abgeschlossen hast, hat mich sehr gefreut.*[9] Im selben Brief verzichtet Arnold allerdings auf die Widmung des Romans, die Breitbach ihm angeboten hatte. Woraufhin der Autor den Verzicht zwar akzeptierte, gleichzeitig Arnold aber gestand, dieser sei nicht unschuldig an der Inspiration zu dem Werk: *Ich werde also es nicht als Feigheit deuten, wenn es Dir lieber ist, daß dieser Text nicht mehr Deinen Namen auf der Widmungsseite trägt. Ohne Deinen Wunsch hätte ich die Widmung niemals gestrichen, denn der Text war seinerzeit in der ersten Niederschrift, an der ich inzwischen manches geändert habe, nicht nur Dir zugedacht, er war sogar mehr oder weniger durch Deine mehr oder weniger leisen Spötteleien über meine Schrulligkeiten überhaupt inspiriert worden. Daher seinerzeit die Widmung.*[10]

Breitbach veränderte das Kapitel 16 und führt 1969 in München den Namen Barbe ein, indem er Bouvard mit dem Füller durchstreicht und Barbe einsetzt. Wie so oft in Breitbachs Werk findet man auch hier Namen, die aus seinem engeren oder weiteren Lebenskreis in Frankreich oder Deutschland stammen. Barbe ist keine Ausnahme. Der Name geht zurück auf

9 Fritz Arnold an Breitbach, München, 7. Januar 1966, s.a. Fußnoten 5 und 8

10 Breitbach an Fritz Arnold, München, 11. Januar 1966

Pierre Barbe, der 1956 Breitbach beriet, als er seine Wohnung in Paris, 1, Place du Panthéon, einrichtete. Pierre Barbe, ein Schüler von Le Corbusier, starb 2004 im Alter von 104 Jahren.

Einer Fassung liegt ein Zettel mit einer handschriftlichen Notiz bei, die dem Studenten ein deutlicheres politisches Bewußtsein zuschreibt: *Im Kapitel, wo sich der Student in Palermo von Barbe trennt, muß ausgeführt werden, dass Barbe ihm das Doppelte des ausgemachten Lohns gibt. Barbe fragt ihn, ob er dem Studenten lediglich ein Beobachtungsobjekt oder sympathisch gewesen sei: Sie haben jetzt schon das Gesicht und den Charakter eines, von dem ich nicht vor einem Parteigericht verhört werden möchte, antwortet der Student.*

Es scheint, daß die Ereignisse des Mai 1968, die Studentenunruhen, die sich vor Breitbachs Haustür im Quartier Latin abspielten, Einfluß auf das bis dahin vorliegende Manuskript hatten. Ab diesem Zeitpunkt werden Geschichte und Personen deutlich politisiert. In einem kleinen schwarzen Notizheft mit der Aufschrift von Breitbachs Hand: *Blaues Bidet* sind Dialoge zwischen Bouvard/Barbe und dem Studenten, wie er genannt wird, aufgezeichnet, in denen der Ex-Unternehmer gegen die sozialistische Gesellschaft argumentiert.

Ab Kapitel 6 werden die Kapitel länger und ausführlicher, besonders wenn es in ihnen um betriebswirtschaftliche Besonderheiten aus sozialistischer oder kapitalistischer Sicht geht. Kapitel 21 in der ersten Fassung ist erst Kapitel 18 in der von 1969. Einzelheiten aus der Arbeitswelt werden hinzugefügt. In Kapitel 4 läßt er den Notar im Gespräch mit Barbe die Belehrung äußern: *Meine Honorare für die Verwaltung Ihrer Person und Ihrer Interessen erhebe ich vierteljährlich von Ihrem Konto, Sie können, wenn Sie es nicht gar zu üppig treiben, von den Zinsen Ihres Kapitals leben, auch nach dem Aderlaß, den Sie sich zugunsten Ihrer Belegschaft geleistet haben* […] (S. 15).

Das Notizbuch enthält auch Eintragungen zu einer Reihe von Begriffen, die Breitbach verwenden wollte: *Gewerkschaftsbund, Dachorganisation, Partei. Die Partei wird noch zur Hilfe kommen mit Anweisungen, weil er inaktiv gewesen sei* […], – *der hat die bestehende Ordnung zu unterminieren, es muß dem Arbeiter gesagt werden, was wichtig ist – alles darauf konzentrieren, daß er die Sache nicht wörtlich nimmt, Kumpel, Zollbeamter werden, die Menschen ja oft genug quälen, Zollbeamte lesen viel, sie haben Zeit.*

Die Studentenunruhen in Paris im Mai 1968 waren auch der Auslöser, daß Breitbach einen Einfall, den er 1956 auf einer Seite skizziert hatte, wiederaufnahm und sein Theaterstück *Genosse Veygond*, später mit dem zusätzlichen Titel *Hinter den Kulissen*, schrieb. Am Ende einer Aufführung kidnappen junge Bühnenarbeiter den kommunistischen Autor des Stücks, der mit seinen Theatererfolgen Millionen verdient, und verlangen von ihm genau das, was er in seinen Stücken von Kapitalisten fordert: die Beteiligung am Gewinn, Mitarbeiter sollen Mitverdiener werden. Auf der Bühne stehen nur Kommunisten, alles Mitglieder der Partei. Die noch an die gute Sache glaubenden jungen Genossen tragen ihre Forderungen vor. Breitbach vertritt ihre Position, zeigt aber auch, warum sie an der Macht der Partei scheitern müssen. Im Mai 1969 hat er dieses politische Stück beendet, seine Beschäftigung mit der Politik und ihre Darstellung bleiben eine Konstante in seinen Arbeiten.

Im Sommer 1969 kehrt er also zurück zu den liegengelassenen Manuskripten des *Blauen Bidet* und fährt fort, den Text zu politisieren, ohne den Roman abzuschließen.

1973 erschien der Band mit Erzählungen *Die Rabenschlacht* bei S. Fischer. Neben anderen Texten erscheinen die frühen Erzählungen *Rot gegen Rot* und *Das Radieschen* in neuer Bearbeitung. Breitbach, der die politische Entwicklung mit Eifer und Argwohn verfolgt, aktualisiert beide Erzählungen mit politischen Fakten, was er im *Blauen Bidet* konsequent fortführt.[11]

Der Roman von 1977/78

1971 war Breitbach vom Insel Verlag zu S. Fischer gewechselt. Sein Lektor J. Hellmut Freund bat Breitbach 1977 um ein

11 Beide Fassungen sind veröffentlicht und kommentiert in: Joseph Breitbach, *Rot gegen Rot. Die Erzählungen*, Wallstein Verlag, Göttingen 2008

Nachwort zum Roman *Die Schaukel* von Annette Kolb. Kaum hatte Breitbach es abgeliefert, erinnerte J. Hellmut Freund ihn an seinen bevorstehenden 75. Geburtstag und drängte auf eine neue Veröffentlichung. Am 1. Dezember 1977 begann Breitbach in Paris mit einer gründlichen Überarbeitung des vorliegenden Materials und beendete den Roman *Das blaue Bidet* am 16. Juli 1978 mit 503 maschinengeschriebenen Seiten.

Breitbach beschrieb den Arbeitsverlauf in einem Brief vom 12. November 1978 an den Literaturkritiker des NDR, Christian Ferber: [...] *aus dem geplanten Zweimonatsaufenthalt in München wurde einer, der sich bis zum Tage ausgedehnt hat, zuletzt aus einem simplen Grund: der Verlag wünschte, dass ich wegen der vielen Poststreiks in Frankreich in Deutschland blieb, denn das* Blaue Bidet *ist unter den abenteuerlichsten Umständen zwar nicht* ur-*entstanden, aber im eigentlichen Sinn geschrieben worden. Als ich im März nach Deutschland reiste, um mich dort bei einem mir bekannten Zahnarzt behandeln zu lassen, lagen ca. 80 Seiten einer seit Jahren abgelegten Fassung des Textes vor, die wieder auf eine viele viele Jahre zurückliegende Kurzerzählung (1963) zurückgingen. Ich weiss selbst nicht mehr, wie es dem Verlag gelang, mir einzureden, ich müsse die Geschichte fertigschreiben. Kurz, ich beschloss, es zu tun, riegelte mich während fünf Monaten vollkommen ein* [...] *Die Korrekturen wurden sogar sonntags, per Telefon, an die Setzerei weitergegeben, wo sich der Neffe des Besitzers für die Arbeit opferte. Ich selbst habe das Buch nicht mehr überlesen können, kenne es praktisch nicht, habe jedenfalls keinen Gesamteindruck und trage mich mit dem Gedanken, es in den vielleicht ruhigen Weihnachtstagen einmal zu lesen.*

Inzwischen höre ich von verschiedenen literarisch kompetenten und unkompetenten Menschen, dass man das Buch spannend findet und dass es amüsiert. Gemeint war es allerdings von mir anders, es ist ein Buch des Unmuts. In der Hetze der Niederschrift habe ich leider vergessen, einige Episoden, die mir vorschwebten, einzubauen. So eine, die die vollkommen unbrauchbaren Nachttischlampen der Hotels anprangert.[12]

12 Breitbach an Christian Ferber, München, 12. November 1978

Am 1. Dezember 1977 nahm Breitbach die Arbeit an seinem Romanprojekt also wieder auf und begann zunächst mit der Durchsicht alter Vorlagen. Es gab verschiedene Konvolute, die, mit A bis E bezeichnet, aus den alten Kapiteln zusammengesetzt worden waren. A waren die ersten 52 Seiten aus der Fassung von 1966. Er fügte mit Bleistift einzelne Wortänderungen, kleinere Einschübe und Kapiteleinteilungen in die getippte Vorlage ein. Nach der Durchsicht begann er am 5. Dezember unmittelbar mit der Arbeit.

Am 7. Dezember schrieb er das erste Kapitel mit der Hand flüssig herunter, es unterschied sich kaum von der Fassung aus dem Jahr 1963. Einfügungen betrafen z.B. das Thema Arbeitsrecht der Angestellten im Dialog mit dem Notar.

Zwischen dem 1. Januar 1978 und dem 14. August 1978 entstanden die Kapitel 24 bis 55. Völlig neu, aber basierend auf der Vorlage der schon bekannten Geschichte von 1963, entstand in nur acht Monaten des Jahres 1978 der ganze Roman. Der Druck, der sich auch aus dem Erscheinungstermin wegen des 75. Geburtstags im September ergab, schien Breitbach in gewisser Weise anzuspornen, das Schriftbild der einzelnen handgeschriebenen Seiten ist glatt und oft fast ohne jede Korrektur. Ungewöhnlich für seinen Schaffensprozeß, bei dem er normalerweise auf einem Blatt so viele Veränderungen vornahm, daß der Text bis zur Unlesbarkeit überschrieben wurde.[13]

Gleich zu Beginn beschäftigt er sich mit dem Studenten und notiert mehrere politische Motive für den jungen Reisebegleiter. Die Beobachtung des Barbe soll ein ungeschminktes, scharfes Bild ergeben, er soll sich frei fühlen dürfen und am Tag der Trennung seine Meinung äußern. Der Autor schafft sich eine Art Spitzel, der ihn beobachtet, einen Kritiker, mit dem er den Marxismus gegen den Kapitalismus setzen kann.

Wenn der Student zum ersten Mal mit Namen genannt wird, Ferdinand, wird er nicht als Einzelgänger, sondern als Teil einer

13 Siehe auch Abb. S. 299 und S. 309 in: *Ich muß das Buch schreiben.* Begleitband zu *Die Wandlung der Susanne Dasseldorf*, Wallstein Verlag, Göttingen 2006

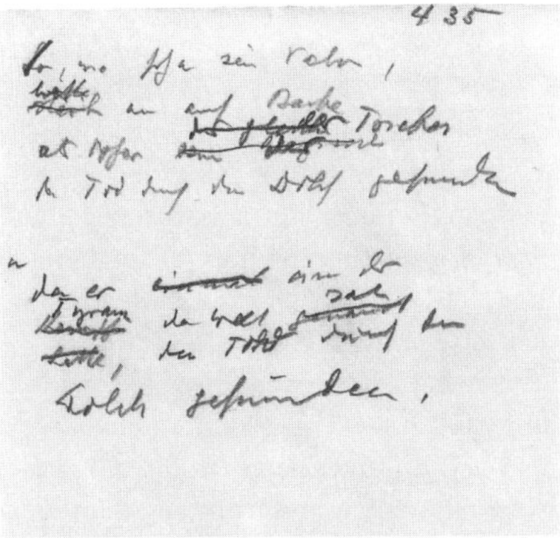

Mit Bleistift als Änderung für den Umbruch notiert: *So wie schon sein Vater hatte nun auch Barbe als Opfer des Triebes den Tod durch den Dolch gefunden … in dem er ein[en] der Tyrannen der Welt sah, den Tod durch den Dolch gefunden.*

organisierten linken Gruppe beschrieben. Der Autor spricht von Richards Gruppe. Ferdinand ist ein »linker« Student mit langen Haaren, linkem Jargon und nachlässiger Kleidung.

Zum ersten Mal in Breitbachs literarischem Nachlaß ist die Entstehung eines Romans leicht nachzuvollziehen, weil es datierte Seiten gibt. Die Kapitel entstehen in der Reihenfolge wie in der Übersicht (S. 335/36) aufgeführt.

Zusammenfassend ist zu sagen, daß Breitbach seit Januar 1978 31 Kapitel geschrieben hat, die entweder von den Fassungen aus den Jahren 1963, 1966 und 1969 sehr stark abweichen oder ganz neu entwickelt werden.

Die ersten Fahnen kamen schon am 16. Juni vom S. Fischer Verlag. Breitbach hat dort nur noch Formulierungen geändert, aber keine Umstellungen mehr gemacht, keine neuen Textpassagen eingefügt.

Erst am 14. August, der Umbruch lag schon vor, schloß Breitbach die Kapitel 54 und 55 endgültig ab. Den Notizen auf kleinen rosa Zettelchen ist zu entnehmen, daß er zu diesem

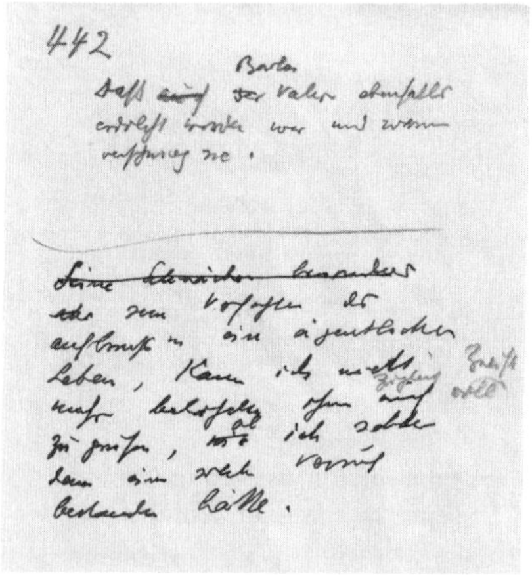

Mit Bleistift als Änderung für den Umbruch notiert: *Daß Barbe ebenfalls erdolcht worden war und warum verschwieg sie. – Sein Verfehlen des Aufbruchs in ein eigentliches Leben, kann ich nicht mehr belächeln ohne mich zugleich voll Zweifel zu prüfen ob ich selber denn einen solchen Versuch bestanden hätte.*

Zeitpunkt das Ende Barbes noch mit dem gewaltsamen Tod von dessen Vater in Verbindung bringen wollte, der durch das Messer von der Hand eines Mannes, dessen Frau er verführt hatte, gerichtet wurde. In Kapitel 54 fügte Breitbach den Satz hinzu, in dem die Quintessenz seines Menschenbildes steckt: *Wie schon sein Vater, hatte nun auch Barbe, als Opfer jenes Triebes, in dem er einen der Tyrannen der Menschheit sah, den Tod durch den Dolch gefunden* (S. 306). In Kapitel 55 suggeriert er dem Leser durch die Reflexion des Ferdinand noch als letzten Satz einen versöhnlichen Gedanken über Barbe: *Seinen verfehlten Aufbruch in ein eigentliches Leben kann ich nicht mehr belächeln, ohne mich zugleich voll Zweifel zu prüfen, ob ich selber denn einen solchen Versuch bestanden hätte* (S. 314).

Entstehung des Romans *Das blaue Bidet*

1977

7. Dezember. Kapitel 10 wird neu eingeteilt, und einige Einzelheiten, die Beschreibung des Polizeikommissars betreffend, werden eingebaut.

8. Dezember. Kapitel 19 entsteht neu.

10. Dezember. Kapitel 23. Die Badezimmerszene wird zu einem dreizehnseitigen kulturellen und politischen Exkurs ausgebaut. Barbe wird gegen den Volontär des Hotels gewalttätig. Nach der Szene entwickelt Breitbach seine Geschichte neu im Sinne eines politisch-soziologischen Romanwerks.

11. Dezember. Es gibt einen Einschub in Kapitel 21 mit Barbes Erinnerungen an seine spartanische Kindheit, in der es statt Spielsachen Kopfnüsse gab. Sie erinnern an die Jugend des Großvaters im *Bericht über Bruno*.

27. Dezember. Der Autor schreibt auf einen DIN-A5-Block mit Füllfederhalter die Titel der Kapitel 1 bis 19.

1978

3. Januar. Beginn des Kapitels 24.

4. Januar. Kapitel 25, in dem Ferdinand ein ganz neues Vorleben erhält.

21. Januar–29. Januar. Kapitel 28 wird von Breitbach selbst neu getippt.

23. Januar. Kapitel 26. Ferdinand wird im Hotel verhaftet, das Kapitel wird neu geschrieben. Ferdinand ist voller Neugierde auf die Erfahrung mit der Polizei.

24. Januar. Kapitel 27. Transport Ferdinands zum Polizeipräsidium.

7.–10. Februar. Kapitel 9. Die Szene am Rastplatz wird stark ausgeweitet im Vergleich zur letzten Fassung von 1969. Die Überschrift wird später eingesetzt.

8. Februar. Kapitel 8. Ausführliche Beschreibung der romantischen Waldwirtschaft.

12.–15. Februar. Kapitel 28 wird mit der Hand geschrieben und dann getippt. Die Überschrift wird später hinzugefügt.

15.–19. Februar. Kapitel 29 wird flüssig mit der Hand heruntergeschrieben, im Schriftbild kaum Korrekturen.

19. Februar. Kapitel 30. Von Hand geschrieben, ohne Korrekturen.

28. Februar. Kapitel 31.

28. Februar–24. März. Kapitel 32. Die Mutter wird entworfen, sie ist äußerst kritisch Barbe gegenüber, sie sieht ihn einzig aus der Perspektive einer Frau. Den Text schreibt Breitbach ebenfalls flüssig herunter, ohne die für ihn sonst typischen Über- und Unterschreibungen. Einige Kleinigkeiten werden korrigiert und auf neue Seiten getippt. Das Kapitel hat zu diesem Zeitpunkt noch keine Überschrift.

1. März. Kapitel 32.

12. März. Es liegen schon 31 Kapitel vor.

18. und 19. März. Kapitel 33. Mittagessen mit den Eltern im Hotel – Tischgebet.

3. April. Kapitel 36. Speisesaal.

9. April. Kapitel 37.

ab *13. April.* Kapitel 38.

ab *17. April.* Kapitel 39.

25. April. Kapitel 34.

28. April–6. Mai. Kapitel 40, wiederholt geändert. Barbe drückt Albert gegenüber seine Vorbehalte gegen die politisch aktiven Studenten aus.

1. Mai. Breitbach verfolgt die am Fernsehen übertragenen Reden zum Tag der Arbeit und fügt daraufhin das Thema Recht auf Arbeit ein.

Anfang Mai schickt Breitbach die Kapitelüberschriften an seinen Lektor J. Hellmut Freund im S. Fischer Verlag.

7. Mai. Kapitel 41. Noch stehen Punkte als Platzhalter für eine noch zu findende Überschrift (Khedive).

12. Mai. Kapitel 42, Khedive.

19. Mai. Kapitel 43. Nach dem Khedive.

22. Mai. Kapitel 44.

1. Juni, Kapitel 53.

4. Juni. Kapitel 47. Das Christophorus-Medaillon wird ins Spiel gebracht, und Kapitel 46 beschreibt den Auftritt der arabischen Prinzessinnen; Kapitel 54 wird geschrieben, in dem Fatima Barbe ersticht. In der erweiterten Form taucht Fatima mit ihrer Entourage viel früher auf, sie äußert Gefühle und erzeugt solche, und erst am Schluß bringt sie Barbe um.

6. Juni. Kapitel 45.

9. Juni Breitbach diktiert Kapitel 48.

10. Juni, Kapitel 51.

11. Juni, Kapitel 49.

12. Juni, Kapitel 55.

18. Juni, Kapitel 50.

19. Juni, Kapitel 51. In weniger als vier Wochen sind die letzten hundert Seiten entstanden.

26. Juni, Kapitel 52.

Das Typoskript mit 503 maschinengeschriebenen Seiten hat Breitbach am 16. Juli 1978 beendet. Am 14. August 1978 ergänzte er mit letzten Änderungen die schon im Umbruch vorliegenden Kapitel 54 und 55. Den Schlußabsatz: *Seinen verfehlten Aufbruch* […], fügte er buchstäblich in allerletzter Minute ein.

Das *Unnumerierte Kapitel* – der Fall Blöcker

Dank der Einträge in einem rot gebundenen Notizbuch läßt sich teilweise nachvollziehen, wie Breitbach auf die hämische und unsachliche Kritik an seinem *Bericht über Bruno* von Günter Blöcker in der *Zeit* vom 12. Oktober 1962 reagierte. 1966 hatte Blöcker mit genau den entgegengesetzten Argumenten, mit denen er Breitbachs Roman *Bericht über Bruno* verrissen hatte, Christian Grotes Bericht *Für Kinder die Hälfte* herabgesetzt. Dem Rezensenten Blöcker hielt Breitbach zu Recht entgegen, seine Auslegung der literarischen Form eines Berichts oder eines Romans nach Belieben zu ändern, und er fügte in das *Blaue Bidet* ein *Unnumeriertes Kapitel* ein.[14]

Einige der Seiten in dem DIN-A5-Heft, mit der Aufschrift von Hand: *Notizen zu Barbe*, beziehen sich auf das Blöcker-Kapitel: *Die Episode Blöcker in den Speisesaal verlegen – Grote schlägt den Kritiker. Zeitpunkt: Die Stunde vor ihrer Abreise* […]. *Blöcker sagt Grote, was Sie hier tun, wird Sie teuer zu stehen kommen. Kein Kritiker wird mehr von Ihnen sprechen.*

An den Kritiker gerichtet, notiert Breitbach: *An Blöcker. Wenn Sie so falsche hochgespannte Erwartungen teilten, ist das Meine Schuld? Was zählt: Meine Intentionen oder Ihre Erwartungen?* […] *Wer ins Theater geht, weil er hofft, dort* Tristan & Isolde *zu hören, obwohl die* Lustige Witwe *oder* Carmen *auf dem Spielplan steht, darf nicht Lehar oder Bizet angreifen.* Breitbach warf Blöcker vor, seine eigenen Erwartungen hätten ihm bei der Lektüre des *Bruno* im Weg gestanden.

Breitbach fürchtete im März 1978 einen Streik der französischen Post. Auf das Telefon war ohnedies kein Verlaß, und so – ganz Jean Barbe – traf er seine Vorkehrungen, um mit Sicherheit in Kontakt mit seinem Verlag bleiben zu können. Er reiste von Paris über Frankfurt nach München, um dort den Roman zu Ende zu schreiben. Im Frankfurter Hof traf

14 Das *Unnumerierte Kapitel* wurde zum ersten Mal im Nachwort zu *Bericht über Bruno*, Breitbach-Werkausgabe, Wallstein Verlag, Göttingen 2009, veröffentlicht (S. 336–338).

er Monika Schoeller, die seit 1974 S. Fischer leitete und für die er ein Faible hatte. Beim Abendessen kam das Gespräch zwangsläufig auf das Blöcker betreffende Kapitel. Sie fragte Breitbach, ob er auf die Veröffentlichung dieses *Unnumerierten Kapitels* verzichten könne. Seine Sympathie für Frau Schoeller war stärker als sein 16 Jahre lang gehegter Groll gegen Blöcker.

So wie es Breitbachs ursprünglicher Absicht entsprach, haben die Herausgeber beschlossen, dieses *Unnumerierte Kapitel* in den Roman aufzunehmen, das im Untertitel mit Rücksicht auf den Leser folgende höfliche Orientierung anbietet: *Das, da es nur die Kritiker und jene angeht, die im und vom Literaturbetrieb leben, meine Leser, die nicht wissen wollen, was dort möglich ist, überspringen mögen.*

Im September 1979 fanden zwischen Breitbach und dem Verlag Belfond Verhandlungen über die französische Übersetzung statt. Breitbach wollte eine vom Verlag in Auftrag gegebene Übersetzung ohne Mitspracherecht nicht akzeptieren. Er schlug vor, eine Wort-für-Wort-Übersetzung anfertigen zu lassen, um anschließend selbst die Arbeit am französischen Text zu übernehmen. Schließlich fand sich ein Kompromiß. Belfond schlug eine bekannte Übersetzerin, Madame Gaudi, vor, die bei Gallimard als exzellente Kraft bekannt war. Breitbach behielt sich die Überarbeitung ihrer Übertragung vor. Am Ende kam die Übersetzung nicht zustande, weil Breitbach verstarb. Nach seinem Tod verpflichtete der Verlag Belfond Marianne Rose für die Übersetzung ins Französische, die 1981 in Paris erschien.

Ebenfalls im Jahr 1979 begannen Gespräche zwischen dem Produzenten Günther Imlau und Joseph Breitbach über die Verfilmung des *Blauen Bidet.* Noch im September hatte Imo Moszkowicz für die Regie zugesagt, Imlau entschied sich jedoch für Claus Peter Witt und wählte nicht Charles Regnier, sondern Klaus Schwarzkopf für die Hauptrolle des Industriellen Barbe. Der Film wurde als TV-Satire produziert und 1982 zum ersten Mal gesendet, zwei Jahre nach dem Tod von Joseph Breitbach.

Nachwort

Tout cela dans l'unique but de cracher sur mes Contemporains le dégoût qu'ils m'inspirent.[15]
(Gustave Flaubert über seinen Roman *Bouvard et Pécuchet,* in: *Les Chroniques*, 6. September 1880)

Ein Aussteiger par excellence

Ausgestattet mit gehöriger Neugier und geistsprühendem Humor, hätte es auch dem fünfundsiebzigjährigen gebürtigen Rheinländer Joseph Breitbach zweifellos nicht am Willen zum Aufbruch ins *eigentliche Leben* gemangelt, hatte er diesen Aufbruch doch schon mit 19 Jahren gewagt, als er das Kaiserin-Augusta-Gymnasium in Koblenz vorzeitig verließ und sein Leben in die Hand nahm. Mit seinem letzten Roman *Das blaue Bidet oder Das eigentliche Leben* legte er, bewußt oder unfreiwillig, 1978 sein wohl persönlichstes Werk vor.

Roi de la vie[16] nannte man in den 1950er und 60er Jahren den seit 1931 in Paris lebenden deutsch-französischen Autor. Autodidakt und Schriftsteller, als Buchhändler aufgestiegen in der Warenhausbranche, politisch tätig, europäisch unterwegs, bedeutungsvoll vernetzt, französischer Staatsbürger, Kenner zweier Kulturen, Homme de lettres, Grandseigneur, ausgezeichnet vom deutschen und französischen Staat für außergewöhnliche Verdienste, hatte er das wirkliche Leben erfahren und sich von ihm belehren lassen.

Obwohl Breitbach durch seinen Lebensweg zum Pessimisten wurde und den Menschen für ein *egozentrisches, lebenshungriges Konkretum hielt, das, wenn es Eigenziele erreichen will oder wenn es gilt, zu überleben, jedes Prinzip verletzt, koste es einen Nächsten oder die Gemeinschaft was es wolle,*[17]

15 *All das mit dem einzigen Ziel, meine Zeitgenossen mit dem Abscheu zu überschütten, den sie in mir auslösen.*
16 Jacques Brenner in: *Le Matin des Livres*, 26. Juni 1981
17 Breitbach an Klaus Günther Just, Paris, 29. November 1973

Joseph Breitbach am Meer in Tunesien, im April 1965. Er hat Tunesien nur einmal bereist. Sein Held Jean Barbe findet dort den Tod.

vertraute er offenbar doch leise auf Veränderbarkeit durch Literatur.

Als Autor entschied er, in der Geschichte des Aussteigers Barbe und seines jungen progressiven Beobachters noch einmal die Summe seiner Erfahrungen episch zu gestalten. *Mein Idealismus fängt* [...] *erst hinter dem Pessimismus an*, schrieb er seinem früheren Deutschlehrer auf dem Gymnasium, Prof. Karl Hermann.[18] So enttäuschend und schwerwiegend die Lektionen des Lebens auch sind, so erschließt Breitbach *die Funktion der Literatur auch als Mittel eines humanistisch-humoristischen Reinigungsprozesses*, schreibt Gerhard Schmidt-Henkel[19] in seiner Besprechung des Buches.

Wenn es in Joseph Breitbachs *Bericht über Bruno* (1962) um Mißbrauch von Macht und um politische Korruption geht, so

18 Briefwechsel von 1932 bis 1939 zwischen Joseph Breitbach und Prof. Karl Hermann, Breitbachs Deutschlehrer am Kaiserin-Augusta-Gymnasium in Koblenz

19 Der Germanist Gerhard Schmidt-Henkel in: *Kölner Stadt-Anzeiger*, Ostern 1979

Joseph Breitbach, Liesel Christ (Volkstheater Frankfurt), Klaus Herbert Müller, Ruth Duchstein (beide Buchhandlung Reuffel), Wolfgang Kaus (Regisseur des Volkstheaters) bei einer Signierstunde in der Buchhandlung Reuffel in Koblenz, im Dezember 1978.

beginnt er seinen nächsten und letzten Roman, *Das blaue Bidet*, (1978) mit der Feststellung: *Das Ende des Kapitalismus naht* (S. 7), denn auch dieses System sei wegen der ständig wachsenden bürokratischen Zwänge bedroht, und er zieht daraus für seine fiktive Person Barbe die Konsequenzen.

Der Autor inszeniert mit der Rolle des sechzigjährigen Industriellen eine vehemente Verteidigung des kapitalistischen Systems, weil es wie kein anderes dem Verbraucher optimale Versorgung garantiere: [...] *der Markt ist eine ununterbrochene Volksabstimmung über den Preis und über die Qualität der von den Unternehmern auf den Markt gebrachten Waren* (S. 258/59). Das sei Freiheit, läßt er Barbe sagen. *Ausserdem kommt der arme Verbraucher bei einer sozial gefesselten Marktwirtschaft immer besser weg als in allen sozialistischen Systemen. Keines der ausprobierten hat die Probe bestanden,* [...] *Wie scharf ich auch mit mir selber ins Gebet gehe und mich abklopfe, ich habe heute objektiv die Ueberzeugung ge-*

wonnen, dass ein gut gefesselter Kapitalismus, der dem natürlichen Egoismus des Menschen Rechnung trägt, den Aspirationen dieses Ungeheuers besser Rechnung trägt als jede Form von Sozialismus, eben gerade dadurch, dass Eigentum, so bescheiden es auch sein mag, den Freiheitssinn und vor allem den Mut des Individuums gegen die Gesellschaft *mehr garantiert als es die krasse Abhängigkeit vom Lohn, gleich wer der Arbeitgeber ist, garantieren kann.*[20]

In einem Interview mit Leonard Reinisch geht Breitbach sogar noch weiter und drückt seine Skepsis gegen beide Systeme aus, weil sie dem Verbraucher schlecht dienten: *Heutige Formen des Kapitalismus* [...] *erschrecken mich, nämlich die großen Fusionen, weil sie Annäherungen an marxistische Wirtschaftsformen mit sich bringen. Ich glaube nicht, daß der Verbraucher auf seine Kosten kommt bei der marxistischen Produktion so wenig wie bei der marxistischen Verwaltung, bei der marxistischen Verteilung des Produzierten.* Reinisch fragt weiter: *Was ist am Sozialismus gut in den Augen von Joseph Breitbach? Was finden Sie überhaupt Gutes am Sozialismus?* Worauf Breitbach erwidert: *Darauf kann ich nur ebenso pauschal zurückantworten: Für mich kann es überhaupt nur einen korrigierten Kapitalismus und einen korrigierten Sozialismus geben. Alles andere halte ich heute für abwegig.*[21]

Jean Barbe, der Hersteller von Knöpfen, Litzen und Klammern, fühlt sich nach einem zwanzigjährigen Leben als alleiniger Fabrikbesitzer mehr und mehr eingeengt durch den Aufwand an Bürokratie, die Gewerkschaften und den immer schmaler werdenden Profit. Als größter Knopffabrikant Europas sieht er seine Eigentumsrechte eingeschränkt durch die Rechte der Arbeiter und Angestellten, jener Lohn- und Gehaltsempfänger, die durch ständig wachsende und neu erfundene Ansprüche und Auflagen zu Eigentümern ihrer Arbeitsplätze aufgestiegen seien und deren Löhne sich einen immer größeren Anteil am Gewinn eroberten. Nur vier Prozent Profit

20 Breitbach an Heinz Brandt, München, 19. Juli 1977
21 Interview mit Leonard Reinisch, Bayerischer Rundfunk, gesendet am 26. November 1972

blieben ihm. Immer mehr würde ihm hereingeredet, Rechte würden ihm genommen, obwohl er weiterhin das Risiko allein tragen müsse. Für ihn sei das Ende des Kapitalismus gekommen.

Barbe entschließt sich, alles zu liquidieren, die Fabrik und sein Haus, um in das eigentliche Leben aufzubrechen. Er beneidet die Menschen, die er für frei hält, ganz besonders die Fischer, die auf dem Wasser in der gesunden jodhaltigen Luft leben und sich nicht um das wirtschaftliche Auf und Ab zu kümmern haben. Er plant vor allem, seinem eigenen Komfort und den Ansprüchen der Gesellschaft zu entkommen. Um dem Klischee eines Kapitalisten entgegenzutreten, findet er die Arbeiter und Angestellten großzügig ab, damit sie merken, daß das sich besser anfühlt als ein rosarotes, marxistisches Paradies.

Im *Blauen Bidet* spricht der Autor als desillusionierter Kommunist und kritischer Kapitalist, der auf seiner Reise in den Süden alles hinter sich zu lassen wünscht. Seine Erlebnisse als freier Mann bescheren ihm jedoch herbe, ja tragische Erfahrungen. Er muß entdecken, daß nicht nur Marktwirtschaft und Sozialisierung, sondern auch die Errungenschaften von Gesellschaft und Kultur sich als eng definierte Systeme herausstellen, in denen der Mensch nicht nach seinen Vorstellungen leben kann. Das Buch zeigt deutlicher, als das Theorem es benennen könnte, daß die Freiheit des Einzelnen immer bei der des Nächsten endet.

Dabei legt Breitbach, wie auch in seinen früheren Romanen, keinen Wert darauf, Land, Reiseroute oder Nationalitäten zu identifizieren. Er läßt den neugierigen Leser auch hier, wie im vorangegangenen *Bericht über Bruno,* im Ungewissen über das Land, in dem die Geschichte spielt. Ziel seines Schreibens bleiben Aufklärung und Bewußtmachung.

Vergeblich wird man den Namen des Ortes suchen, an dem Barbe seine Fabrik zum Marktführer gemacht hat. Von den Stationen der Reise in den Süden kennen wir nur das erste Ziel: Sizilien. Die Namen der Personen geben keine eindeutigen Hinweise, weil sie sowohl deutsch als auch französisch sind. Einige lokale Anhaltspunkte lassen sich erraten, wie der

Ausgangspunkt der Reise in die Freiheit. Die Hafenstadt ist sicher Hamburg, denn dort war Breitbach oft und gern. Vor Marseille, der anderen Hafenstadt, in der er zwei Jahre leben mußte, hatte er einen hohen Abscheu.

Das Hotel Fürstenhof, nicht weit entfernt von der Zollstation an der Schweizer Grenze, muß in der Nähe zu Frankreich liegen, denn man läßt die Gänseleber *von »drüben«* (S. 159) holen. Dem Hotel Fürstenhof begegnen wir in einem Brief an seine Ehrenbreitsteiner Jugendfreundin Paule. Es hat negative Erinnerungen hinterlassen. Ihr schreibt er am 20. März 1927: *War ich eigentlich nicht noch ein Junge als wir in Cöln waren? Ich könnte das Hotel* Fürstenhof *nicht mehr betreten.*

Eine Bus-Fernlinie, wie Breitbach sie beschreibt, gab es damals in Deutschland nicht. Er denkt hier wohl an die Greyhound-Busse, die ihm 1963 bei seinem Aufenthalt in den USA gefallen haben. Die Busse, in die man einfach einsteigen und in die Welt fahren könne, blieben ihm als reizvolle Vorstellung in Erinnerung.

Keines der nach 1945 entstandenen, veröffentlichten oder unveröffentlichten Werke des Autors gibt Ortsangaben präzise an, sie erlauben aber, wie in diesem Roman, konkrete Vermutungen über nationale oder lokale Einzelheiten. – Französische Elemente lassen sich im *Blauen Bidet* leicht ausmachen: Die beiden Verkäuferinnen, die zum Abendessen im Fürstenhof aufgetakelt daherkommen wie zum Essen mit dem Präsidenten der Republik, sind ein Beispiel – hier müßte es streng genommen Bundespräsident heißen, wenn denn Deutschland der Handlungsort des Romans sein sollte.

Der Gebrauch des Wortes *Garage* ist ebenfalls im französischen Sinn verwendet. *Garage* ist in Frankreich nicht nur ein Stellplatz wie im Deutschen, sondern eine Autowerkstatt, in der man auch Leihwagen mieten kann.

Was Breitbachs Beschwerde über die fehlenden Bidets in den germanischen Ländern angeht, muß man seinem missionarischen Eifer einen klaren Erfolg zugestehen: Die Sanitärkeramik hat das Bidet weiterentwickelt und wirbt heute im Fernsehen und in Zeitschriften offen mit formschönen WCs, in die eine Reinigungsdusche für Wohlbefinden und optimale

Joseph Breitbach am Schreibtisch in seinem Arbeitszimmer in Paris, aufgenommen im Sommer 1975.

Pflege integriert ist. In Japan soll es ein solches Gerät mit zusätzlichem Warmlufttrockner geben.

Erstaunlich ist, daß Breitbach schon 1943 in Notizen zu seinem großen Entwurf des *Clemens*-Romans keine Zukunft für den Kapitalismus mehr sieht, nachdem er in seinen ersten Erzählungen aus den späten 1920er Jahren, in *Rot gegen Rot* und *Das Radieschen*, die marxistische Ideologie und die kommunistischen Ideen als unmenschlich und verlogen entlarvt hatte. Er sah früh voraus, daß ein politisches oder wirtschaftliches System allein keine Garantie für den Bestand und den Fortschritt einer Gesellschaft bietet, wenn es sich nicht auf die persönliche Integrität des Einzelnen stützen kann.

Eingebunden in seine Skepsis jeder Ideologie und ihren institutionellen Einrichtungen gegenüber, zeichnet der Autor in diesem letzten, tiefsinnigen und gleichzeitig kecken Werk die wahren Zusammenhänge für Niedergang und Verfall von gesellschaftlichen Übereinkommen und politischem Regelwerk, nämlich die moralische Dekadenz des Einzelnen: Der Mensch handele ständig im Widerspruch zu seinen moralischen oder ideologischen Zielsetzungen. Sein Verhalten sei, unter welchen Vorzeichen auch immer, nicht von den objektiven Werten, zu denen er sich bekennt, sondern von seinen subjektiven Interessen bestimmt, hörte man Breitbach häufig sagen. Seinen Tod habe Barbe nicht im Gefängnis gefunden oder durch regulatorische Kräfte der sogenannten Freiheit, sondern *als Opfer jenes Triebes, in dem er einen der Tyrannen der Menschheit sah* (S. 306).

Damit schließt der Autor die Hauptfigur ein in den Reigen der ichsüchtigen Menschen, deren Leben letztlich an ihren persönlichen Begierden und Schwächen scheitert, anstatt an ihren Idealen zu reifen. Hier liegt der Grund für seine Absage an alle ideologischen Modelle, die den Menschen vorgaukeln, sich bessern zu können oder Teil einer gerechteren Gesellschaft zu sein.

Nur eine der Figuren in der Geschichte entkommt diesem Muster; die anderen sind statt von Pflichterfüllung und ideologischem Ethos nur von Neid, Eifersucht und Gier getrieben. Diese Ausnahme ist die katholische Mutter des Reisebegleiters Ferdinand. Sie lebt streng nach ihrer Religion.

Wie der Ex-Fabrikant Barbe als dekadenter Einzelgänger mit ungewöhnlichen Leidenschaften charakterisiert wird, so ist der Busfahrer im Nebengewerbe ein Zuhälter (S. 31), der Schlafwagenschaffner verletzt seine Dienstvorschriften (*Ein Beruf für Faulenzer sei das. Einer, für den man nichts anderes lernen müsse, als das Herrichten eines Betts* […] S. 52), der Hoteldirektor stellt sich als inkompetenter kulturloser Banause heraus, der Gewerkschafter Albert Lorch ist von Ehrgeiz und Skrupellosigkeit getrieben, Leo, der Chauffeur des Hotels, arbeitet als Spitzel für seine Partei. Jeder betrügt jeden, und keiner erfüllt gewissenhaft die Pflichten, die ihm sein Beruf auferlegt, und keiner handelt so, wie es einem sozialen und bürgerlichen Anspruch gemäß wäre. Selbst die heißbegehrte vierzehnjährige Fatima läßt sich als Werkzeug ihrer Stiefmutter und des Bruders Achmed benutzen, um Touristen auszurauben.

Die Figur des Barbe und seine Identität

Breitbach entwirft 1943 den komischen Charakter Fabre, aus dem später Barbe mit dem Anfangsbuchstaben B wie Breitbach wurde, als *ma propre caricature*. Tatsächlich ist die Person des Autors Breitbach in der literarischen Figur des Barbe so lebendig geworden wie in keinem seiner Werke zuvor.

Daß Breitbach, der zu Lebzeiten nie Fragen nach seiner Biographie beantworten wollte, sich hier selbst porträtiert und sich auch noch durch die Augen eines jungen »roten« Studenten wie ein Insekt beobachten läßt, zeigt, daß er sich selbst von seiner Kritik am Menschen, den er für *reuelos*[22] und *egoistisch*[23] hält, nicht ausnimmt.

Man kann davon ausgehen, daß der skrupulöse Stilist Breitbach die Form des Schelmenromans, dieser antiromantisierenden Ritterromanze, bewußt gewählt hat, um die Abenteuer des pikaresken Didaktikers Barbe in der entsprechenden Form zu präsentieren. Satirische Entlarvung der Realität, pädagogischer Impetus, das Reisemotiv und die locker aneinandergereihten Episoden gehören als Elemente der Gattung des Schelmenromans an und erlauben der Hauptfigur, dem reisenden Außenseiter, seine eigenen Erfahrungen an den Leser zu vermitteln.

Aus den Reaktionen der wenigen Personen, die Breitbach nahestanden, tritt die Identität der Hauptfigur schnell an den Tag. Nach dem Erscheinen des *Blauen Bidet* (1978) schrieb ihm sein alter Freund aus den 1930er Jahren, der Lektor Horst Wiemer, der Breitbachs Selbstironie kannte: *Sie sind wirklich ein* Tausendsassa! *Da schreiben Sie ein Buch, in dem Sie sich selbst porträtieren, mit einer Offenheit und einer Ehrlichkeit,*

22 Breitbach an Klaus Günther Just, Paris, 6. Oktober 1975
23 Breitbach an Heinz Brandt, München, 19. Juli 1977

die ihresgleichen suchen. Herr Barbe ist so ganz unser Joseph, *daß es unmöglich ist, Sie nicht auf jeder Seite sprechen zu hören.*[24] Der Schauspieler Charles Regnier empfand Ähnliches: [...] *ein köstliches Buch, das große Sehnsucht nach Ihnen erweckt, hört man doch Ihre Stimme, Ihr Lachen, blicken einen doch zwischen den Zeilen Ihre blitzenden Augen an.*[25]

Um dem Leser zu ersparen, sich einer einzigen Perspektive, nämlich allein der des schrulligen Sechzigjährigen, auszusetzen, überläßt der Autor in Kapitel 19 dem Barbe begleitenden Studenten Ferdinand Melis das Erzählen. Mit diesem philologischen Schachzug beweist er einen hohen Grad an Selbstironie, aber auch den meisterhaften Stilisten.

Breitbach nimmt dem Ich-Erzähler einfach die Feder aus der Hand, und dessen junger Begleiter, der Volkswirtschaftsstudent Ferdinand, schreibt weiter, aus seiner Sicht die Hauptperson und die Ereignisse schildernd: *Daß der Zufall mir Gelegenheit gab, einen solchen Menschen kennenzulernen und sogar zwei oder drei Wochen lang studieren zu können! Von seinesgleichen wußte ich doch nur aus Büchern und vom Hörensagen in Versammlungen. Es war mir nun klar, daß ich, wollte ich ein ungeschminktes Bild von ihm erhalten, ihn meine Empörung nicht merken lassen durfte und daß es zunächst besser war, ihm nicht zu sagen, wo ich stand, in welchem Lager, und ich war froh, ihm auf der Fahrt zur Stadt meine Farbe nicht bekannt zu haben. Kennenlernen sollte er diese erst dann, wenn ich ganz sicher wäre, daß er wirklich so verwerflich war, wie es mir jetzt erschien. Von diesem Augenblick an, da ich den Entschluß gefaßt hatte, ihn zwar scharf zu beobachten, andererseits aber mir mein Urteil nicht noch einmal so einfach zu machen wie ich es auf der Fahrt getan hatte, fühlte ich mich ihm frei gegenüber* (S. 56). Mit diesem Wechsel läßt der Autor dem Leser die Freiheit zu wählen, ob er der einen oder anderen Sichtweise zuneigt.

Am Ende der Geschichte geht der junge Student mit Barbe hart ins Gericht, auch wenn er mit Zweifeln und sogar einer

24 Horst Wiemer an Breitbach, München, 19. Oktober 1978
25 Charles Regnier an Breitbach, Ambach, 4. Januar 1979

gewissen Zuneigung zurückbleibt. Nicht so seine Mutter, sie findet zu Barbe nur Vernichtendes zu sagen. Nachdem der Ex-Fabrikbesitzer schon zu Beginn seiner eben erst angetretenen Reise in die Freiheit bereits mit einer Prostituierten, mit Bankräubern und der Abteilung Sitte der Polizei Bekanntschaft machen mußte, holt Barbe sich im Speisesaal von Ferdinands Mutter eine niederschmetternde Diagnose ab.

Frau Melis weiblicher Instinkt läßt sich nicht beirren von der äußeren Pracht des Hotels. Sie sieht in Barbe einen *Urmensch*[en], einen Mann wie *aus der Höhle, die Liebe hat der nie gekannt und er wird sie auch nie kennen* [...] *Nie wird eine Frau den lieben, eher wird eine ihn umbringen* [...] *hinter dem nach außen so artigen Wesen stecke ein Egoist von Dimensionen, so unausdenkbar* [...] einem *Tyrannen* (S. 117). *Menschen, die so scharf beobachten, die seien nicht verträglich,* [...] (S. 118). Mit dem hier vorausgesagten Mord an Barbe wird sie recht behalten.

Breitbachs Schöpfung Barbe ist herausfordernd, eigensinnig und unbequem. Er brüstet sich als Besserwisser und Alleskenner, stellt sich dar als Mensch mit schier unerfüllbaren Ansprüchen und einschüchternder Kritiker mit oft schonungsloser Wortwahl. Menschen und Materialien werden bemessen und abgeurteilt wie die Knöpfe, die er so gerne inspiziert. Genauso wie er Knöpfe ins Licht rückt und sogar umdrehen läßt, um nach der Initiale seines Namens zu forschen, dem diskreten B, so prüft er Vorhänge, Badezimmer, Bekleidungen, Personen und Überzeugungen, und immer muß er nach dem Woher und Wieso forschen. – *Nichts, absolut nichts wurde von Barbe einfach, ohne urteilenden Kommentar, zur Kenntnis genommen* (S. 252). Barbe gebe [...] *den Menschen ohne Unterlaß gute und schlechte Noten,* [das sei ihm] *derart zur zweiten Natur geworden, daß er nicht mehr bemerkte, wie schulmeisterlich er dachte und empfand* (S. 251). Schon bald entpuppt er sich als ein Mensch, der an fast nichts in der Welt, dem er begegnet, Gefallen findet. Bruno als gealterter Rebell?

Breitbach war 1903 im katholischen Lehrerhaushalt in Koblenz-Ehrenbreitstein geboren und aufgewachsen und von Hause aus nicht an Komfort und Luxus gewöhnt. Nicht ein verwöhnter Millionärssohn mit dekadenten Bedürfnissen und aufgesetzter Exzentrik reist hier als Barbe durch die Welt, sondern ein Mann mit geradezu krankhafter Sensibilität. Seine Ansprüche entwickelten sich nicht aus einer Jugend im Luxus, vielmehr aus Reizbarkeiten und Schwächen, die sich ständig weiterentwickelten, die seinen Nerven zusetzten und ihren Grund in seiner kränklichen Natur hatten – in der beständigen Angst, daß die Außenwelt seine literarische Produktivität und sein Leben beeinträchtigen könnte.

Von den 1920er Jahren bis kurz vor seinem Tod klagt der Autor Breitbach über sein Bedürfnis nach vollständiger Dunkelheit und Stille beim Schlafen: [...] *daß bei dem Fehlen von Fensterläden Ihre Vorhänge Mord bedeuten, ein Anschlag auf die Nerven Ihrer Kunden!*, heißt es auf Seite 58 des Buches.

Breitbach litt unter ungewöhnlich stark ausgeprägter Lärmempfindlichkeit. Sein Pariser Appartement am Place du Panthéon hatte er mit einer Schallabdichtung ähnlich der von Musikstudios gegen Lärm ausstatten lassen, in seiner Münchner Wohnung versuchte er, sich mit dicken Teppichen zu schützen. Dem Thema Lärm widmete er 1974 eine ganze Erzählung: Beim Divisionskommissar eines Pariser Stadtviertels häufen sich anonyme Beschwerden, die das aggressive Gedröhn eines schweren Motorrads vor Mitternacht oder am frühen Morgen anprangern, das schwer arbeitende Mitbürger aus dem verdienten Schlaf reißt, verbunden mit der Frage, ob die Polizei für Nachtruhe nur dort sorge, wo die Profiteure des Ausbeutersystems wohnen. Breitbach nutzt diese Erzählung, um dem in seinen Augen unwissenden bürgerlichen Publikum darzustellen, mit welchem Raffinement, kalter Strategie und ausgeklügeltem Spitzelwesen die Kommunistische Partei versucht, ihren Einfluß auf allen Ebenen auszuweiten. Als Ruhestörer wird schließlich der Sohn des kommunistischen Abgeordneten des Viertels entdeckt, der, obwohl streng marxistisch erzogen, vor allem Arbeiter um ihren Schlaf gebracht hat. Zur Strafe zwingt ihn ein Geheimbund von unpolitischen Moralisten, viele tausend Mal zu schreiben: *Ich werde in alle Zukunft nie mehr den Schlaf meiner Mitmenschen stören*, und setzt ihn gleichzeitig unerträglichem Lärm aus.

Breitbach hat noch mehrere Erzählungen konzipiert, in denen dieser Geheimbund Menschen für unsoziales Verhalten gegenüber ihren Mitmenschen dort zur Rechenschaft zieht, wo das geschriebene Gesetz unsoziales Verhalten überhaupt nicht oder aus seiner Sicht zu geringfügig bestraft.

In Breitbachs Korrespondenz befinden sich zahlreiche Briefe mit Beschwerden über den Lärm der unter ihm wohnenden Mieter in der Münchner Königinstraße, seit 1961 sein erster deutscher Wohnsitz nach dem Krieg. Belastung durch Geräusche veranlaßte ihn zur regelrechten Flucht aus dem Haus. Aufschlußreich ist in diesem Zusammenhang eine Sammlung von Zeitungsausschnitten über skandalöse Ruhestörungen in seinem Nachlaß. Breitbachs Biographie ist durchzogen von Erfahrungen der Fremdheit und Ablehnung auf seinen Reisen und Hotelaufenthalten. Das Gefühl des hafenlos Umherschiffenden lernte er zum ersten Mal in den Jahren 1925/27 kennen, nach der Trennung von seinem Elternhaus und vor allem von der Mutter, als er nach Augsburg[26] aufbrach. An *Mama Bösch* gerichtet, der Mutter seines langjährigen Freundes Kurt Bösch, vergleicht er sich mit einem *Schiff, dessen Element die See ist, der sich aber riesig freut, wenn es einen Hafen anlaufen darf, in der Hoffnung, daß sich die Hafenbewohner ebenfalls freuen, wenn gerade ihr Ort anziehend wirkt.*[27]

In Anlehnung an die Szene Barbes in Kapitel 14 am Empfang eines nicht mit Namen genannten Hotels liest man 1958 in Breitbachs Tagebuch die Erfahrung eines Mannes, der in einem Koblenzer Hotel ohne Koffer kein Zimmer bekommt, weil man ihn für einen Vagabunden hält. *Das Hotel nahm junge gepäcklose Amerikaner nicht auf.*[28]

Klagen über Mängel in Hotels finden sich überall. Motiviert von politischem Interesse und kultureller Neugier, reiste Breitbach sehr viel sowohl in Deutschland als auch in Frankreich und schätzte grundsätzlich die Erfahrung der Entdeckungen. Das gilt für seine unfreiwilligen Reisen während des

26 Vom 1. September 1925 bis 31. Januar 1929 arbeitete Breitbach im Kaufhaus Landauer, Augsburg.

27 Breitbach an Mama Bösch, Augsburg, 18. März 1927

28 Tagebuch, 21. Mai 1958

Krieges, als er vor den Franzosen als Deutscher und als Deutscher vor den Deutschen fliehen mußte, ebenso wie für seine Reisen nach dem Krieg.

Tagebucheintragungen und Korrespondenzen über Reiseerfahrungen dominieren häufig andere Themen in ihrer Länge und den aufgeführten Einzelheiten. Im Tagebuch von Ende August 1959 stehen zum Beispiel folgende Eintragungen: *Im Hotel keine Fensterläden und ganz dünne Vorhänge, sodaß ich heute beim Grauen des Morgens erwachte* (Innsbruck, Hotel Tyrol). Oder: *Miserables Hotel* (Zell am See, Grand Hotel) und am nächsten Tag *schlechtes Hotel* (Grand Hotel Corinthia, Velden am Wörthersee).

1966 richtete er eine Bitte an die Verwaltung des Schloßhotels in Bad Neustadt, wo er ein paar Nächte verbrachte: *Dürfte ich Sie noch bitten, daran zu denken, wenn mein Zimmer eingerichtet wird, mir eine brauchbare Leselampe ans Bett zu stellen. In so vielen Hotels sind die Bett- oder Leselampen nämlich entweder ungeschickt angebracht, oder wenn sie auf dem Nachttisch neben dem Bett stehen so niedrig, daß man nur unter schmerzhaften Halsverrenkungen liegend lesen kann. Ich freue mich sehr, daß es mir diesmal gelungen ist, in dem schönen alten Hause und nicht in dem etwas barbarischen neuen, dem Ihren gegenüber, wohnen zu können und bin jetzt schon bester Hoffnung, daß ich mich dort wohlfühlen werde.*[29]

In Théoule mißfiel ihm 1952 der Aufenthalt im Hotel ganz besonders – er war zum Schreiben in den Midi gefahren –, und er schrieb in einem Brief an Herrn von Walther, Botschaftsrat an der Deutschen Botschaft in Paris, der mit Breitbach im Zug bis Cannes gereist war: *Das Haus ist schlecht geführt, die Zimmer sind von einer Hässlichkeit, die mir unerträglich ist, zumal da sie gepaart ist mit unpraktischen Unbequemlichkeiten. Die Beleuchtung der Zimmer ist die Tat eines Wahnsinnigen, man findet dort noch Drehstrom vor, der ein Licht erzeugt, das ununterbrochen flackert. Die Birnen sind die schwächsten,*

29 Breitbach an Almut Bretzel, Schloßhotel, Bad Neustadt/Saale, München, 29. April 1966

Joseph Breitbach im Sommer 1965 im Garten in Braffy. Dorthin zog er sich gern zurück, wenn er abseits von Paris ungestört schreiben wollte. Am 9. September 1963 hat er dort die erste Kurzfassung des *Blauen Bidet* beendet.

die es gibt. Meine Fenster haben keine Läden und die Vorhänge sind so dünn, daß sie keine Dunkelheit erzeugen. Keiner von diesen Vorhängen hat eine Schnur, mit der man sie öffnen oder schließen könnte. Alles ist unfaßbar heruntergekommen. Die Toiletten sind weit weg und schlecht gepflegt. Soviel zum Haus. Ich habe äußerst ungern das Zimmer schon einmal wechseln und alle meine Sachen umziehen müssen, weil die Tür nicht schloß. Das, was ich jetzt habe, ist ein Alptraum, es hat keine Fensterläden und die Beleuchtung funktioniert nicht. Den angeblichen Strand, der im Prospekt angezeigt wird, gibt es garnicht. Ich bin angewidert und entmutigt. Ein Wechsel des Hotels brächte mir noch größere Scherereien, ich müsste meine Post umleiten lassen, etc. Man kann den Berg bis zur grossen Strasse nur hinaufgehen neben Schlangen von hupenden Autos.[30]

30 Breitbach an Herrn von Walther, Botschaftsrat an der Deutschen Botschaft in Paris, Théoule, Hotel Château de la Galère, April 1952

Gegenüber seinem Freund, dem 26 Jahre älteren gebürtigen Elsäßer Jean Schlumberger, beklagt er die Empfehlung des Hotels durch den deutschen Botschafter in Paris: *Die Hausensteins haben mir dieses Hotel empfohlen, ich kann es nicht verstehen, ich empfinde abwechselnd tiefe Abscheu und dann wieder Wut* [...] *Ein Hotelier wie der sollte ins Gefängnis kommen dafür, daß er sein Metier nicht gelernt hat. Jede Nacht habe ich mich mit den Moskitos herumgeschlagen. Mein Horror vor Verfallenem war schon immer gross* [...] *(Schrank, Schubläden, WC ...) unwichtige Einzelheiten! Nein, zerbrochene oder beschädigte Objekte gehen mir sehr nahe. Das ist für mich nicht nur das Symbol von Frankreich, sondern das direkteste Symptom! Dieses Land stimuliert nicht, es entmutigt* [...] *Auf einmal* [...] *kann ich auch nicht mehr französisch sprechen.* [...] *Patercule, ich bringe dich zur Verzweiflung, ich weiß. Dennoch sollte Dich die Anfälligkeit meiner Nerven nicht erstaunen. Ich hänge an einem sehr dünnen Faden. Und der Ersatz, den das Leben mir bieten sollte, verweigert sich mir. Ich sehe Abnützung* [...] *Ich habe Lust den Hotelier zu erwürgen und mit ihm das ganze Personal.*[31] Im Buch drückt er sich mit derselben emotionalen Wucht aus wie hier, er nennt den Hotelier *Verbrecher* (S. 57), weil er es wagt, dem Gast dickere Vorhänge vorzuenthalten.

Heinrich Böll bekommt im Jahr 1975 nach einer Reise Breitbachs durch die Eifel einen ganzen Schwall von Klagen zu hören: *Diesmal bin ich wieder überall gewesen, auch in Monschau, Blankenheim, Prüm, Schleiden und an einigen der Maare, mein Hauptquartier hatte ich in einem miserablen Gasthof bei Adenau. Ein gutes Hotel ist schwer zu finden, die wenigen einigermassen erträglichen sind alle zu laut, haben keine Fensterläden und zu dünne Vorhänge. Mein vor Jahren geschriebenes Buch* Das blaue Bidet, *einzig gegen Gastwirte und Hoteliers gerichtet, werde ich vielleicht doch noch zeit meines Lebens erscheinen lassen. Diesen Entschluss fasse ich bei jeder Reise durch Deutschland und Oesterreich, und bei*

31 Breitbach an Jean Schlumberger, Théoule, Hotel Château de la Galère, Sonntagabend, 4. Mai 1952

der Rückkehr lasse ich es dann schliesslich doch, aus Furcht davor, dass mich kein Hotel mehr als Gast aufnehmen wird. Einer meiner häufigsten Wunschträume ist die Verprügelung der Direktoren aller Vier-Sterne-Hotels, danach die der Besitzer kleinerer Gasthöfe. Aber das ist ein zu weites und schliesslich ja auch fünftrangiges Feld, um mehr darüber zu sagen, als dies: ich kann nicht durch Deutschland reisen, weil ich in keinem Hotel schlafen kann, und ab dem dritten Tag des Aufenthaltes mich nur noch dahin schleppe vor Uebermüdung. Diese verfluchten Hoteliers wissen nicht einmal, was ein Vorhang ist, und was es für lichtempfindliche Menschen bedeutet. Nun, ich hoffe, Sie leiden nicht wie ich an diesen Dingen, aber ich beneide Sie darum, dass Sie in der Eifel ein Haus haben.[32]

In einem Brief an Fritz J. Raddatz hört man förmlich den Tonfall aus dem Roman. Er ist direkt, ohne Umschweife und diplomatische Umschreibungen: *Seien Sie froh, dass ich nicht der* liebe *Gott bin. Reisen würden als Erstes verboten. Und wenn schon Reisende über die Grenze kämen und kein Bidet bei sich führten, würden sie umgeschickt um zuerst zu lernen wie man seinen Hintern sauber hält in Permanenz! (Gegenstand meines nächsten Buchs).*[33] Im *Blauen Bidet* heißt es: *Beliebige Passanten würde ich herausgreifen, hopp, in den Polizeiwagen hinein, aufs Kommissariat gefahren und dort die Kleider vom Hintern herunter! Da bekäme die Polizei etwas Schönes zu sehen, neben dem Schmutz die Milben unbehandelter Krätze, die Läuse aller Spielarten, diese Typhusträger und Vertreter von Ruhr und Pest, von den viel schlimmeren geheimen Krankheiten* [...] *zu schweigen* (S. 274).

Daß Barbe auf der Reise in den Süden die Hotelbadezimmer ohne Bidet unakzeptabel findet, nimmt er nicht ohne ausschweifende, ins Kulturelle und Zivilisatorische gehende Erklärungen hin. Es geht ihm nicht einfach darum, daß ein Bidet fehlt, sondern um die damit verbundene Kulturlosigkeit und mangelnde Reinlichkeit, die für ihn die Barbarei signalisieren.

32 Breitbach an Heinrich Böll, Paris, 17. Juni 1975
33 Breitbach an Fritz J. Raddatz, Paris, 4. Oktober 1963

Ein weiteres Breitbach am Herzen liegendes Thema ist die Zeit, die verloren geht, wenn man auf die Bedienung im Speisesaal warten muß. Das prägt sein Bild von Kellnern, auch diese seien Verbrecher an der Menschheit. Unhöflichkeit, Zuspätkommen, Nachlässigkeit im Beruf und Uninformiertheit waren für den Privatmann Breitbach fast unentschuldbar. Er erwartete von einer zivilisierten Gesellschaft in Mitteleuropa einen Grad an Erziehung und Information, die nicht bloße Formen seien, sondern kulturelles Eigentum eines jeden. Gespräche und Dialoge gehörten ebenso dazu wie Respekt und Toleranz.

Politik und Moral

Weit mehr Platz als Breitbachs Anklagen gegen seine Mitmenschen wegen Kulturlosigkeit und mangelnder Erziehung nehmen seine Belehrungen über politische Illusionen und staatsbürgerliche Ahnungslosigkeit ein. Auseinandersetzungen über Marx, Mehrwert und Moral dominieren die von Barbe provozierten Diskussionen stärker als die eigentliche Handlung der Reise in den Süden. Die ursprünglich konzipierte Geschichte von 1963 wurde 1977/78 in nur acht Monaten um 31 Kapitel erweitert, in denen es Barbe vor allem darum geht, die Jungen, Ferdinand, Albert und Leo, aufzuklären und ihnen seine Erfahrungen weiterzugeben: über die linken Parteien und Gruppierungen in Europa, die korrupte Presse, die Unterwanderung der Gesellschaft und die verfehlte Wirtschaftspolitik, die moralische Hypochondrie und die faschistische Struktur der Kommunistischen Partei. Die von ihm geschaffenen Personen erlauben ihm, seine Sicht auf die Themen Politik und Moral noch einmal vorzustellen.

Einschließlich dieses seines letzten Romans bleibt Breitbach der Aufklärer, der Entlarver. Er will die Leser warnen, ja beschwören, bewußtere Bürger und freie Wähler zu werden und sich von sexuellen Konventionen zu emanzipieren. Der – scheinbare – Kapitalist Barbe, der »rote« Student Ferdinand, der Gewerkschafter Albert, der Spitzel Leo, die Berufsgruppen Busfahrer, Schlafwagenschaffner, Zöllner, Hotelbesitzer, Chauffeure, Kellner, Prostituierte, sie alle erinnern an die Riege des Arbeiter- und Angestelltenmilieus in seinen vorangegangenen Werken.

Das gilt angefangen von den ersten Erzählungen über die Romane *Die Wandlung der Susanne Dasseldorf* (1932), *Clemens* (1937), *Bericht über Bruno* (1962) und *Genosse Veygond oder Hinter den Kulissen* (1970) bis hin zum *Requiem für die Kirche* (1971). Das gilt für die jungen »Roten«, den Liftjungen Karl und die Verkäuferin Lene aus *Rot gegen Rot* (1928), für den »Genossen« Guy Veygond, Arthur den Inspizienten, Marquet, das Mitglied des Zentralkomitees aus *Genosse Veygond* und Marie Schmidt aus *Die Jubilarin* (1960). Sie alle erinnern an den Großvater und den jungen Rebellen Bruno in *Bericht über Bruno* und sogar an den Küster Wirg im *Requiem*.

Wie überall in seinem Werk erörtert Breitbach auch hier Politisches nicht im luftleeren Raum, sondern einzig im Zusammenhang mit seinen eigenen Erfahrungen, wie er es 1964 Siegfried Unseld gegenüber erläutert: *Sie sollten wissen, dass ich ein Mann von links bin, durch den Kommunismus gegangen, aber im Gegensatz zu so vielen meiner Kollegen jede abstrakte Optik auf öffentliche Dinge ablehne. Dies ist auch der Grund, warum ich immer lieber mit Gewerkschaftsleuten als mit journalistischen* Intellektuellen *zu tun habe.*[34]

Zu derartigen Erklärungen sah sich Breitbach immer wieder veranlaßt, weil er seine eigene Lebensgeschichte, jedenfalls vor seinem Tod, nicht preisgeben mochte, dann aber feststellen mußte, daß seine fiktiven Figuren oder deren Erlebnisse bei den Lesern oft auf Ungläubigkeit stießen.

Der Autor Breitbach nutzt Figuren, Situationen und Handlungsorte, um die Themen Kommunismus, Kapitalismus, Mehrwert, wirtschaftliche Effektivität, Administration, zivile Verantwortung und vor allem Moral heftig gegeneinanderzusetzen. Er findet dafür die entsprechende Besetzung und die passenden Schauplätze.

34 Breitbach an Siegfried Unseld, Paris, 22. Dezember 1964

Es fällt nicht schwer in der neuen Arbeit, die Signatur der vertrauten Handschrift zu entdecken. Die meisten der Ansichten, die die Hauptfigur äußert, werden einen halbwegs sattelfesten Breitbachianer kaum vom Sitz reißen, heißt es in einer Besprechung des Buches in der Zeitschrift *Merkur.*[35] Geschickt verteilt der Autor Breitbach überall seine scharfen politischen Beobachtungen. Den Zollbeamten, Vater des Studenten Ferdinand, läßt er bemerken: »*Wenn du und deine roten Kameraden sich einbilden, das Trinken aus der Flasche gebe euch einen proletarischen Anstrich, so macht ihr euch in den Augen jeden Arbeiters nur lächerlich, denn er trinkt sein Bier ja nur dort aus der Flasche, wo ein Glas hinderlich ist*« (S. 81). Das trifft den vom Autor oft erwähnten Unterschied zwischen Intelligenz und Proletariat.

Immer war es ihm wichtig, sogenannte linke oder »Revoluzzer«-Studenten darauf hinzuweisen, daß die Ideologie des Marxismus und Kommunismus nicht am grünen Tisch verstanden werden kann, sondern nur in der Praxis des Wirtschaftsgeschehens, in der *Materialität*,[36] wie er es nannte. Jemand, der nicht arbeitet und die Arbeitswelt nur aus der Theorie kennt, versteht auch nichts vom Verhältnis Arbeit-Ware-Verteilung und Profit.

Unter den Büchern, die Breitbach besonders häufig an seine Gäste und Freunde verschenkte, war die Arbeit des Soziologen Helmut Schoeck, *Der Neid.*[37] Breitbach läßt es sich nicht nehmen, Ferdinand von Barbe über die Rolle des Neides aufklären zu lassen mit der dringenden Empfehlung, das Buch zu lesen. Sein persönliches Exemplar ist über und über mit Anstreichungen und zahlreichen Anmerkungen auf den letzten Seiten des Buches versehen.

Der Student Ferdinand berichtet über die Belehrungen durch den Älteren: *Ein junger Mensch wie ich wisse überhaupt nicht, was der Neid sei, welch verheerende Rolle er spiele, wie er allerdings andererseits auch der Ansporn zu großen Lei-*

35 Albert von Schirnding in: *Merkur*, April 1979, Nr. 371
36 Breitbach an Siegfried Unseld, Paris, 22. Dezember 1964
37 Helmut Schoeck, *Der Neid. Eine Theorie der Gesellschaft*, Verlag Karl Alber, 1966

Joseph Breitbach und der von ihm hochgeschätzte Soziologe Helmut Schoeck bei ihrer ersten Begegnung im Hilton Hotel in Mainz, im Juni 1975.

stungen sei. Er kenne unter den Büchern, die er gelesen habe, wenige, die ihn so tief beeindruckt hätten, wie das umfangreiche Werk eines Soziologen, Schack, Scheck oder Schoeck heiße der Autor, wenn er sich recht erinnere, Der Neid *sei der Titel des Buchs, sagte er, das solle jeder einmal lesen, der sich, wie ich, der Täuschung hingebe, der Mensch sei eher gut als schlecht. Kurz, ob ich bereit sei, mit dem, was Gutes in mir stecke, ihm beim Essen Gesellschaft zu leisten* (S. 206).

Wie alle übrigen Handlungsorte Lehrbeispiele versteckter Realitäten werden, die Barbe aufzudecken hat, so auch das Bordell. Breitbach greift seine Themen immer wieder auf, wie in *Bericht über Bruno*, wo er die Einrichtung als Hort der politischen Bespitzelung darstellt. *Denn was ein guter Marxist ist, und das war der sogar ganz offen, der überwacht den Klassenfeind* (S. 180), und er betont die Heuchelei der Marxisten, nach deren Lehre es als schwerer Verstoß gegen die sozialistische Moral gilt, *sich einen Körper zu kaufen* (S. 177/78).

Im Roman von 1962 wird der Bordellbesuch des jungen Bruno innerhalb eines Polizeiberichts lediglich erwähnt (*Bruno*,

Joseph Breitbach mit Salvador Dalí und einem unbekannten Gast im Sardi's in New York, Anfang 1963. Der Autor hatte 1963 eine längere Reise durch die USA unternommen.

S. 246). Hier, im *Blauen Bidet*, schildert der Autor in mehreren Kapiteln mit drastischen, prallen Beschreibungen, was sich im Khedive[38] abspielt, und stellt Doppelmoral und Lüge an den Pranger.

Benno von Wiese, der den Roman bewunderte, sah sich veranlaßt, die Szenen in Frage zu stellen: *Diese geistreiche und charmante Schreibart macht Ihnen von deutschen Autoren so leicht keiner nach. Ich bin streckenweise aus dem Schmunzeln nicht herausgekommen und habe seit Thomas Manns Hochstaplerroman keine so gute Abenteurergeschichte gelesen. Allerdings ist Ihr Humor oft von fast schmerzender Bitterkeit, so dass einem das Lachen im Halse stecken bleibt. Ausserdem muss ich offen gestehen, dass mir die Verwendung der erotischen Motive etwas fatal ist. Man merkt, dass Sie die Frauen nicht sehr lieben, sie kommen, vielleicht abgesehen von der Mutter, doch recht fatal weg. Das Motiv des blauen Bidet*

38 Das Khedive erinnert stark an das berühmteste Pariser Bordell Le Sphinx am Boulevard Edgar Quinet. Dort gingen die Mächtigen aus Politik und Wirtschaft aus und ein.

kann man eigentlich nur verstehen, wenn man etwas mit französischer Literatur vertraut ist. Für einen deutschen Roman ist es nicht ohne Peinlichkeit, ebenso wie die Schilderungen des Hurenhauses. Tabuzerstörungen sind zwar heute üblich, aber inzwischen eben so üblich, dass Sie, lieber Herr Breitbach, dies eigentlich nicht nötig haben. Das finde ich um so mehr, als ja gerade die dialektischen Auseinandersetzungen zwischen Kapitalismus und Sozialismus mit souveräner Klugheit und Meisterschaft gegeben werden.

Ausserdem ist die Umkehr der Geschichte, erst der Versuch, eine Freiheit zu gewinnen, die zugleich Freiheit von allen Dingen ist, dann umgekehrt der Übermacht der Dinge erliegen zu müssen, so hinreissend geschildert, dass ich für meine Person auf die sexuellen Details sehr wohl verzichten kann.[39]

1964 führte Breitbach, der den Dingen immer gern auf den Grund ging, eine Korrespondenz mit Theodor W. Adorno über das Thema Sittlichkeit und die Legalisierung von Bordellen in Deutschland und Frankreich. Anläßlich seines Artikels *Sexualtabus und Strafrecht heute* schreibt Adorno: *Noch mehr freut mich, daß meine kleine Arbeit über Strafrecht und Sexualtabus Ihre Aufmerksamkeit fand. Sie steht jetzt, in einer, wie ich denken müßte, sprachlich verbesserten Fassung, in dem Band* Eingriffe *und ist ergänzt durch einen Aufsatz über das Buch* Sittlichkeit und Kriminalität *von Karl Kraus, das Sie ebenfalls erwähnen.*[40]

Die Bordellszenen im *Blauen Bidet* werden vom Autor geschaffen, um das Spitzelwesen zu erpresserischen Zwecken handfest bloßzulegen und zu zeigen, wie das Parteimitglied Albert Lorch die Parteirichtlinien übertritt. Barbe entlarvt Albert als Spitzel und wirft ihm obendrein taktische Fehler vor: *»Zwei Fehler auf einmal, mein erzgescheiter Lorch«, Barbe lächelte ihm grausam zu. »Der erste: ob Sie nun beauftragt waren, diese Fotos zu machen, damit man mich einmal erpressen könne, oder ob Sie die Fotos Ihren Leuten der Gewerkschaft oder der Agitpropabteilung Ihrer Partei als Trophäe Ih-*

39 Benno von Wiese an Breitbach, Bonn, 17. Dezember 1978
40 Theodor W. Adorno an Breitbach, Frankfurt a.M., 7. Oktober 1964

Joseph Breitbach mit den Schauspielerinnen
der Pariser Aufführung der *Jubilarin*, Paris, September 1960.

res so verdienstvollen Kampfes gegen die Kapitalisten vorweisen wollten, ist ja gleich.« (S. 245/46). Bespitzelung für die gute Sache gebe es in der Partei wie auch in den Gewerkschaften.

Adorno zeigte sich überrascht, von Breitbach Einzelheiten aus Frankreich zu erfahren, die ihm nicht bekannt waren. So erfuhr er zum ersten Mal, daß es auch im käuflich-erotischen Milieu ein Spitzelwesen gibt. *Offensichtlich ist es auch in diesen Dingen so, daß man leicht geneigt ist, Deformationen dem eigenen Land und Volk zur Last zu schreiben, wo es sich in Wirklichkeit um Züge der bürgerlichen Gesellschaft als solcher handelt. – Auch von dem Muff in Nordamerika*[41] *hätte ich mir niemals eine Vorstellung gemacht. Dabei charakterisiert es die vertrackte Lage, daß man in Deutschland auf die von Ihnen entfalteten Dinge wahrscheinlich nicht einmal hinweisen sollte, weil sie sonst hierzulande nur als Alibi fungieren würden und man mir entgegenhielte, daß es doch im Lande der bürgerlichen Freiheit*[42] *auch nicht anders sei. Mit Ihrem Urteil über die einzelnen Phänomene, etwa die Aufhebung der Bordelle oder die Handhabung des Kuppeleiparagraphen, stimme ich gänzlich überein.*[43]

Moralische Heuchelei und Sittlichkeitsgesetze haben Breitbachs Erzählungen und Romane immer geprägt, vor allem aber im Zusammenhang mit der in Deutschland praktizierten Unverhältnismäßigkeit des Strafmaßes. Eines der herausragenden Beispiele ist *Der Brief des Pharisäers* von 1965, die Geschichte seiner jüdischen Sekretärin, die sich wegen ihrer sexuellen Vorliebe für Stiefel und Uniformen im besetzten Paris mit deutschen Soldaten abgibt, denunziert wird und in einem Konzentrationslager zu Tode kommt. 1966 setzte sich Breitbach wegen der Strafverfolgung sittlicher Delikte in Deutschland mit dem Generalbundesanwalt Dr. Fritz Bauer in Verbindung. Wie Breitbach die Urteile deutscher Gerichte nach dem Zweiten Weltkrieg und deren unveränderte Einstellung zu Sittlichkeitsdelikten erlebt hatte, ließ ihm keine Ruhe, aus gutem Grund: Nach 1945 hatte er als französisch-deutscher Vermittler erfahren, wie die deutsche Justiz Kriegsverbrecher aus Auschwitz und Soldaten als Mörder von Zivilisten milde bestrafte, während die gleiche Justiz zur selben Zeit in Fällen von Mundraub, Raub, Diebstahl, Homosexualität, Kuppelei und Abtreibung harte Strafen verhängte. [...] *ich war erschüttert festzustellen, daß in diesem Land der Begriff der Unmoral ausschließlich auf das Sexuelle bezogen wird, daß aber ein Göring z.B. in den Gesprächen nicht als unmoralisch empfunden wurde. Ja, ich hatte den Eindruck, daß der Durch-*

41 Theodor W. Adorno befand sich 1964 in den USA für Vorträge über Geschichte und Freiheit.

42 In den USA

43 Theodor W. Adorno an Breitbach, Frankfurt a.M., 7. Oktober 1964

schnitts-Deutsche eine geradezu hysterische Vorstellung zum Sexuellen haben muß. Meine so sehr negativen Eindrücke fanden dann einen Niederschlag in einem Buch, das ich mir erlaube, Ihnen mit gleicher Post zu senden [*Bericht über Bruno*]. [...] *Der Kanzler Adenauer und sein Justizminister Dehler sollten sich schämen, nach Auschwitz und allen anderen von den Deutschen begangenen Greueln mit einem Strafgesetzbuch zu reagieren, in dem Ehebruch, Kuppelei, Homosexualität und andere Lappalien, die nichts mit einer wohlverstandenen und vertretbaren Ethik zu tun hätten, so aberwitzig geahndet werden. Und dann nahm sie* [Breitbach saß im Büro der Unterstaatssekretärin Mme Viénot, an die er sich wegen deutscher Soldaten, die in Frankreich vor Gericht standen, um Hilfe gewandt hatte] *einige der dort abgedruckten Urteile vor und zerpflückte diese mir als vollkommen »unvereinbar mit den Reueschwaden«, die über dem ganzen deutschen Volk seit dem verlorenen Krieg lägen und an denen nichts Wahres sein könne, wenn dieses Volk sich nicht selber darüber empöre, daß man nach Auschwitz eine gutartige Wirtin bestrafe, die ihrem Zimmerherrn erlaube, seine Freundin über Nacht zu behalten usw.*

Breitbach wies Fritz Bauer in diesem Brief darauf hin, daß *Bericht über Bruno* von denen, die ihn vor allem hätten lesen sollen, den Juristen, überhaupt nicht beachtet worden sei. *Nicht eine einzige juristische Fachzeitschrift* [...] *hat sich zu dem Buch geäußert,*[44] obwohl es die Gesetzgebung der Nachkriegsrepublik direkt beträfe.

Natürlich hat Breitbach gehofft, mit der Geschichte des Barbe Belehrungen und Warnungen an die junge Generation weiterzugeben. Klaus Täubert weist in seiner Reaktion auf den Roman in einem Brief an Breitbach auf dessen Sympathie für die »jungen Marxisten« in Gestalt des Albert hin: *Beobachtet haben Sie vor allem aber J.B. im Umgang mit jungen Menschen, denen gemeinsam die Nähe zu marxistischem Gedankengut ist. Ich nenne das Ihren pädagogischen Eros. Es macht Ihnen Vergnügen, das janusköpfige daran vorzuführen. Aus Erfahrung – und*

44 Breitbach an Generalstaatsanwalt Dr. Fritz Bauer, München, Anfang 1966

als Warnung. Ein höllisch kluges Buch, über das sich zudem herzlich lachen lässt, gelegentlich. Ich habe es also sehr genossen, sehr – und am Rande auch die Preisgabe so vieler autobiographischer Details vermerkt. Barbe ist am Anfang, als er so herrlich beginnt »auszubrechen«, ganz hilflos im ungewohnten Milieu, dann, im Nobelhotel, in eine ihm gewohnte Umgebung zurückgekehrt – dem Schauplatz (letzter) glänzender Referate und Rhetoriken – um schliesslich im Fremden umzukommen. Kann der Typ Barbe garnicht ausbrechen? Ist das eigens gefertigte Reisebidet letztlich so sehr an einen Ort gebunden und der Nutzbarkeit dienlich, wie sein Besitzer es ist?[45]

Breitbachs pädagogischer Eros reichte aber nicht, um mehr Geduld aufzubringen mit der Welt der Jugend aus unterschiedlichen Kulturen und sozialen Umgangsformen, und er wettert in einem Brief an den Soziologen Peter Christian Ludz: *Lieber Herr Ludz, es freut mich, dass Sie, Ihrem Brief nach, höchst aktiv sind und dann wohl auch vielleicht zufrieden, obwohl* [...] *Ich habe von Juli bis Mitte November in Deutschland, Oesterreich und der Schweiz herumzigeunert, d.h. mich sehr genau umgesehen, alle Arten Verkehrsmittel und Gaststätten benutzt und den Menschen besonders den Jungen überall scharf* auf die Finger gesehen. *Nun ich bin katastrophiert, die Jungen taugen nichts, der larvierte Sozialismus hat sie völlig entkernt, sie erwarten alles von* den anderen *und sind nicht bereit das geringste zu geben. Das Princip der Gegenseitigkeit so unbekannt wie bei den unseligen islamischen Völkern, diesen ewig ausgehaltenen. (Auch die Ausgebeutetsten können die grauenhafte, hurenhafte Mentalität von Ausgehaltenen haben, siehe die* unterentwickelten Völker!) *In den Jugendherbergen! Was man da an Bankrott sehen kann, kein Gefühl, dass diese Herbergen allen gehören, an den Freitischen wird nicht einmal gewusst, dass es der Steuerzahler ist, der den wahren Preis der Mahlzeiten bestreitet. Es ist ja bis in die unbedeutendsten Reaktionen und besonders in die Unterlassungen zu erkennen. Abstrakt, das sind sie. Man komme mir ja nicht und sage, das seien die Wirkungen der Technik.*

45 Klaus Täubert an Breitbach, Berlin, 10. November 1978

Ich spreche von etwas Moralischem. Dass ohne dies kein Staat bestehen kann, leugnet heute doch wohl niemand mehr.

Um seine absolute Abscheu auszudrücken, wünscht er sich die ultimative Autorität herbei:

Wenn ich der bestimmende Gott wäre, würden morgen alle Jugendherbergen geschlossen, alle Freitische der Universitäten geschlossen, hinauswerfen in den individuell zu führenden Existenzkampf würde ich alle diese Studenten und sonstwie Ausgehaltenen, und das Wasser und das elektrische Licht und die Centralheizung würde an drei Tagen des Monats abgestellt und jedes Rundfunk- und Fernsehgerät auf Jahre verboten. Ich höre Sie lachen. Diese Welt der Beschenkten würde ich umwandeln, ja zurückwandeln in eine, wo dem Individuum überhaupt nichts mehr geschenkt wird, auf diese abstrakte Weise wie es heute geschieht, schon im Eisenbahnbillet, das nicht dem wahren Unkostenpreis entspricht. Die ökonomische Verlogenheit des Sozialismus lässt heute die Verbraucher und Gebraucher, die sich nicht an den echten Markt oder einen privatwirtschaftlich geführten Verkehrsapparat wenden, schon nicht mehr erkennen, in welchem Grad sie ausgehalten sind. (Die Verlogenheit des Brotpreises, ein Glanzbeispiel, der von keinem Durchschnittsfranzosen überhaupt gewusst ist.) Nationenmässig gesehen haben bei meinen Beobachtungen am schlechtesten abgeschnitten die Italiener, Spanier und Franzosen. Von Afrikanern, die man jetzt auch in den Herbergen trifft, will ich nicht reden. Soll doch jeder, der diese intellektuell und politisch [für] *voll nimmt, sein Augenlicht zur Strafe verlieren.*[46]

Nicht nur mit der Jugend verbindet Breitbach wenig Hoffnung, auch Politik und die herrschenden Moralvorstellungen finden seine dezidierte Ungnade. Die Schärfe der Wortwahl des Barbe entspricht den schonungslosen Urteilen des Autors und rechtfertigt seine Überzeugung, den Menschen für unwandelbar zu halten.

46 Breitbach an den Soziologen Peter Christian Ludz, FU Berlin, später Berater der SPD-Regierung, u.a. DDR-Spezialist, Paris, 28. Dezember 1959

So zitiert Ferdinand die Logik seines Arbeitgebers: *Marxist sein ist also etwas Schlimmeres als ein Verbrechen, Herr Lorch, es ist törichter Masochismus* (S. 173). [...] Oder, wenn Barbe seinem Notar heftig entgegenhält: *Der Arbeitgeber soll also immer der Bluthund sein, sonst entspricht er nicht dem Bild, das sie* [die roten Redaktionen] *ihren Leuten vorlügen* (S. 10). Und, zum Thema Recht auf Arbeit: *»Streng zu Ende gedacht, heiße, ›Recht auf Arbeit‹ nichts anderes als ›Recht auf Absatz‹«* (S. 174).

Was Käte Hamburger andeutet über die doppelte Dimension des Barbe, die durch den perspektivischen Wechsel zustande kommt, wird hier klar. Breitbach bildet durch das naive und eindimensionale Weltbild des jungen Studenten mit spielerischer Geste die tragische Wirklichkeit eines scheinbar hoffnungslosen Kauzes ab. Mit dem Entschluß, seine Skepsis gegenüber der menschlichen Natur und seinen politischen Sachverstand in einen Schelmenroman zu kleiden und diesem seine eigene Person als *sa propre caricature* einzuverleiben, gibt er dem bis dahin vorliegenden Werk den letzten Stempel eines genuinen und einzigartigen politischen Schriftstellers in der deutschen Literatur. Er bleibt ein Moralist. Was er erlebt hat, und was das Leben ihn gelehrt hat, nennt er hier beim Namen, ohne jeden Vorbehalt, ohne Beschönigungen. Er wollte nicht nachlassen, die Menschen aufzuklären und wachzurütteln. Bis zum Schluß bleibt er der *Entlarver*, als der er 1929, mit 26 Jahren, antrat.[47]

Obwohl die Optik des Erzählers auf Ferdinand übergeht, bleibt doch Barbe das Objekt, sein Charakter, seine Verschrobenheiten, seine ausgefallenen Entschlüsse und seine Mahnungen prägen den Verlauf der Geschichte.

Manès Sperber, der sich nach den stalinistischen Säuberungen in den 1930er Jahren vom Kommunismus abgewandt hatte und Breitbachs politisches Weltbild teilte, bezeichnete ihn als einen *entlarvenden Realisten, der im Vordergründigen den selbstverräterischen Hinweis auf Hintergründiges errät.*[48]

47 *Über die Tendenzen meines Schaffens* in: *Die Kolonne*, Dresden, H. 1, 1929, S. 10

48 Manès Sperber in: *Wechselrede. Joseph Breitbach zum 75. Geburtstag*, S. Fischer Verlag, Frankfurt a.M. 1978, S. 11

Glaube und Moral liegen Breitbach seit seiner Kindheit wie ein unlösbares Rätsel am Herzen. In einem Buch mit dem Titel *Das blaue Bidet* würde man dieses Motiv am wenigsten vermuten. Für den linken Studenten Ferdinand komponiert er eine strenggläubige Mutter, um das Thema Religion einbringen zu können. Schon vom Beginn seiner schriftstellerischen Karriere an beschäftigt den Sohn aus der katholischen Lehrerfamilie das Thema Glaube, das Vermögen, glauben zu können, oder das Unvermögen zu glauben. In einem der Briefe an seinen engsten Jugendfreund, den elf Jahre älteren Maler Alexander Mohr, gesteht Breitbach am Tag der Erstkommunion seiner jüngsten Schwester seine Not mit dem Glauben:

Diese Gläubigen sollte man alle aufhängen. Die haben eine solche Ruhe, ein so kindliches Gesicht und sehen so glücklich aus, dass einen der Neid packt. Aber ich kann ja nicht mitmachen. Wenn ich nur daran denke, dass Gott und Kirche vielleicht doch Schwindel ist, werde ich vernünftig. Aber vor einer Stunde wurde ich der Tränen und der Wehmut nicht Herr.[49]

Für seine Freunde galt Breitbach als Katholik. Anfang der dreißiger Jahre nennt Jean Schlumberger in einem Brief an die französische Intellektuelle Aline Mayrisch seinen Freund Breitbach *den Katholiken*.[50] Ähnlich tituliert er ihn in seiner Besprechung von *Rival et Rivale* als *rheinischer Katholik*.[51]

In Breitbachs Roman *Die Wandlung der Susanne Dasseldorf* (1932) ist es der Sekretär Schnath, ein ehemaliger Jesuitenschüler, der mit dem Glauben und der Schuld kämpft, und in *Clemens* von 1935, den er nach der *Dasseldorf* begann, gibt es den Küster Wirg, der seinem beim Baden ertrunkenen Sohn die Seelenmesse verweigert, weil der in seinen Augen im Stande

49 Breitbach an Alexander Mohr, Weißer Sonntag 1925. In: *Ich muß das Buch schreiben*. S. 98/99

50 Jean Schlumberger an Aline Mayrisch, 5. August 1933. In: *Aline Mayrisch – Jean Schlumberger. Correspondance 1907–1946*. Publications Nationales, Luxembourg 2000

51 Jean Schlumberger in: *Nouvelle Revue Française*, Februar 1935, S. 306–308

der Todsünde gestorben sei. Auch im *Requiem für die Kirche* stehen das Ertrinken des Clemens und sein Seelenheil im Mittelpunkt des Dramas. Die gleiche religiöse Problematik wie 1932 beschäftigt Breitbach unverändert und mit der selben Dringlichkeit noch im Jahr 1978.

Die Mutter Ferdinands erhält Züge des Küsters Wirg. Ausgerechnet Barbe respektiert ihre katechismustreue Überzeugung von der Gefahr, in die Hölle verdammt zu werden. Bevor sie die gemeinsame Reise antreten, hält Barbe Ferdinand an, einem Glaubensinhalt Genüge zu tun, der von seiner Mutter als unerläßlich empfunden würde. Er solle beichten und zur Kommunion gehen, damit er, wenn es zu einem Unfall käme, mit den Tröstungen der Kirche versehen sei und seine Mutter nicht um sein Seelenheil fürchten müsse.

Um sein Ansinnen Ferdinand gegenüber zu bekräftigen, erzählt Barbe die tragische Geschichte seines eigenen Vaters, der nach Überzeugung seiner Mutter *im Stand der unverzeihlichen Todsünde gestorben und damit zur ewigen Verdammnis verurteilt worden sei. Seine Mutter als buchstabengläubige Katholikin habe den leiblichen Tod ihres Mannes zwar verwunden, nie aber sich damit abfinden können, daß, nach dem Katechismus, seine Seele für alle Ewigkeit in die Hölle verbannt sei. Da habe er, Barbe, als er die Untröstlichkeit der armen Frau nicht mehr ertrug, den Geistlichen der Gemeinde dazu bewegen können, den Versuch zu machen, der Frau diesen ihr unerträglichen Gedanken auszureden und ihr zu versichern, ihr Verstorbener sei nicht in alle Ewigkeit verdammt, wenn er im Augenblick des Sterbens seine Todsünden, besonders den doppelten Ehebruch, bereut habe. Aber es sei ihm nicht gelungen, die Frau davon zu überzeugen, daß der Gestorbene bei dem raschen Tod durch das Messer noch Zeit zur Reue habe finden können. »Wann denn, er war ja gleich tot«, sei ihre obstinate Antwort gewesen* (S. 231).

Die Mutter jedenfalls verrichtet beim gemeinsamen Essen im Fürstenhof, mitten im prachtvollen Speisesaal und umgeben von hochnäsigen Kellnern, unbeirrt ihr Tischgebet. Ihr gilt Barbes Bewunderung, weil sie eine prinzipientreue und unkorrumpierbare Frau ist. Ihr reiner, katechismusfester katholischer Glaube läßt sie unerschütterlich festhalten an den Vorschriften und Anweisungen der Kirche, so menschlich unverständlich sie auch sein mögen. Ferdinands Mutter ist die einzige im Buch, deren Einstellung Breitbach nicht kritisiert. Barbe versucht an keiner Stelle, sie zu belehren.

Menschen, besonders Frauen mit Überzeugungen und Meinungen, welche auch immer es seien, respektiere er mehr als die Lauen, die keine hätten – das gab Breitbach im Gespräch öfters zu verstehen. In seinem Werk gibt es aber nur drei Frauen, die eine Rolle spielen, Susanne Dasseldorf, Frau Berta und Marie Schmidt. Die Mutter Ferdinands hat eigentlich nur eine Nebenrolle, aber ihre Prinzipientreue wird nie in Zweifel gezogen.

Ferdinands Mutter erinnert deutlich an *die Frau von 50 Jahren*, einen Frauentypus, der Breitbach *am meisten in seinem Leben beeindruckt hat*, wie er an Jean Schlumberger aus Braffy am 29. Oktober 1955 schreibt, während er an dem unveröffentlichten Roman *Frau Berta* arbeitete.

Es handelt sich um Frauen, deren prinzipienstrenge Überzeugungen alle anderen Überlegungen und Rücksichten kompromißlos dominieren und bis zum Äußersten ihre Handlungen bestimmen. Zwei Erzählungen aus dem Romanfragment *Frau Berta*, *Die Raben* und *In der Gärtnerei*, zeigen eine Frau, Berta, die fest an Bestrafung glaubt, aber nur im Sinn einer alttestamentarischen kathartischen Vorstellung von *Aug' um Aug'*, und die sich dementsprechend verhält. Breitbach prangert anhand dieser Figur die Unverhältnismäßigkeit von gerichtlich verhängten Strafen an wie schon in der hintergründigen Erzählung *Lärm*, in welcher er am Ende einer Gerechtigkeit das Wort redet, die nach dem Prinzip verfährt, die Strafe dem Vergehen gleichzusetzen.

Die starre Überzeugung, daß ein Mensch, der im Stande einer Todsünde stirbt, zur Hölle verurteilt sei, wird im Roman zweimal erwähnt. Am Ende des in der Erstausgabe 447 Seiten langen Romans wollte Breitbach noch einmal deutlich auf den dramatischen Tod von Barbes Vater hinweisen, um die schicksalshafte Macht der Triebhaftigkeit von Vater und Sohn zu betonen.

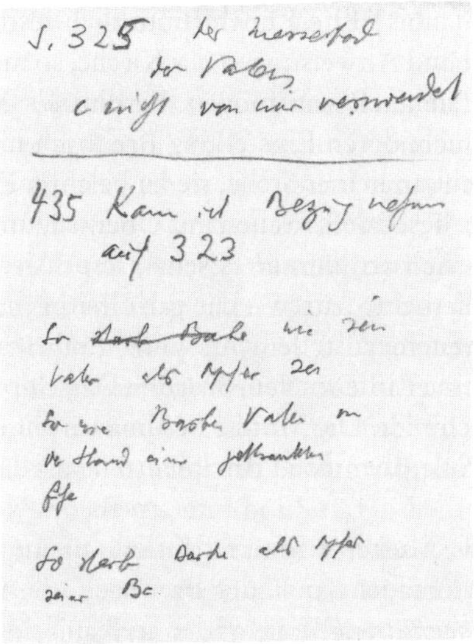

Mit Bleistift als Änderung für den Umbruch notiert: *S. 325 der Messertod des Vaters (nicht von mir verwendet) … 435 kann ich Bezug nehmen auf 323 … So wie sein Vater als Opfer sei[nes] Triebes … So wie Barbes Vater von der Hand eines gekränkten Ehe[manns] … So starb Barbe als Opfer seiner Be[gierde]*

Den Notizen auf kleinen rosa Zettelchen ist zu entnehmen, daß er in allerletzter Minute, der Text lag schon im Umbruch vor, zwischen dem Mord an Barbe und dem gewaltsamen Tod seines Vaters eine Beziehung herstellen wollte, der den Tod aus Rache von der Hand eines betrogenen Ehemanns erlitten hatte. Wieder wird die Frage nach Gott und Gericht aufgebracht.

Ist der schuldhafte Mensch verloren? Gibt es die Vergebung Gottes? Dieselben Zweifel prägten seine Romane, das Theaterstück *Requiem für die Kirche* und erscheinen wieder hier im *Blauen Bidet*. Selbst Faust wird durch die Hoffnung auf Vergebung erlöst, nicht so Barbe. Mit seinem Ende bleibt der Zweifel lebendig.

Die Erzählhaltung

Breitbachs ständige Beschäftigung mit philologischen Problemen hatte mehrere Gründe. Zum einen wuchs er als Schriftsteller in den 1920er Jahren auf, in der Zeit des Umbruchs der literarischen Tradition. Schon vor dem Ersten Weltkrieg wandte man sich ab vom klassischen Erzählen des 19. Jahrhunderts und suchte, die Wirklichkeit dem Leser nüchterner und objektiver vorzustellen. Als junger Schriftsteller bereits veröffentlichte er in *Die Neue Bücherschau*, im Literaturblatt der *Frankfurter Zeitung*, in der *Kolonne* in Dresden, in *Die Literatur* in Stuttgart und in der *Revue Hebdomadaire* in Paris Artikel über die Literatur und Literaturtheorie der neuen Zeit.

Im Briefwechsel mit seinem Trierer Freund, dem Maler Alexander Mohr, ist das häufigste Thema die neueste deutsche, französische, englische und amerikanische Literatur. In *Ich muß das Buch schreiben*, dem Begleitband zum Roman *Die Wandlung der Susanne Dasseldorf*, sind 2006 93 Briefe aus dieser Korrespondenz zum ersten Mal veröffentlicht worden.

Breitbach gehörte als junger Schriftsteller ideologisch zu der Gruppe um Anna Seghers, Alfred Döblin und Heinrich Mann. Er pflegte Kontakte mit dem französischen Zentrum der neuen Literatur um die *Nouvelle Revue Française* in Paris und korrespondierte mit dem Redakteur der Zeitschrift, Jacques Rivière. Seit 1924 schon schickte er Empfehlungen, deutsche Bücher zu besprechen, an die Redaktion.

Breitbach, der schon als Gymnasiast die Lyrik von Guillaume Apollinaire las, ging 1929 nach Frankreich, ließ sich dort 1931 nieder und lebte seither mit den beiden Sprachen, auch als Autor. Mit dem deutsch sprechenden Jean Schlumberger verband ihn eine Freundschaft, die wesentlich der Kritik ihrer jeweiligen Werke gewidmet war. In ihrer Korrespondenz nahm das Thema Sprache in Roman und Essays einen sehr breiten Raum ein.

Der Krieg und seine Folgen hielten Breitbach mehr als zwölf Jahre aus Deutschland fern. Er litt unter der Trennung von der gesprochenen Sprache und suchte nach dem Krieg um so mehr die Beziehung zu Deutschland, zu Germanisten und Sprachwissenschaftlern. Die Verbindung mit Käte Hamburger schätzte er sehr. Ihr gegenüber bekannte er, er wolle zum *›richtigen‹ Erzählen zurück*, bei dem man erst merke, wie weit der *grauenhafte Verschleiss der uns umgebenden Sprache* schon gediehen sei.[52]

Als Hermann Kesten, Lektor bei Kiepenheuer, wo 1932 *Die Wandlung der Susanne Dasseldorf* erschienen war, 1956 plante, Breitbachs *Clemens*-Kapitel, *Die Rückkehr*, als Romanfragment herauszugeben, meinte Breitbach, ihm erklären zu müssen, daß er sich in seiner Einstellung als Schriftsteller geändert habe: *Lieber Kesten,* [...] *Das Fragment, das Sie mir die Ehre machen zu veröffentlichen, entspricht nicht mehr meiner Art zu schreiben. Ich bin in den letzten Jahren immer stärker vom* Beschreiben *abgekommen und empfinde heute geradezu einen Widerwillen gegen das pur Descriptive (dies gilt selbstverständlich nur für mich, für meine Produktion). Ich strebe einen Stil an, in dem das was beschrieben, also vorgestellt sein muss: Landschaft, Bewegungen der Personen u.s.w. in der Optik der Personen erscheint, die jeweils die Abschnitte des Romans regieren. Das Hin- und Hergleiten von der Optik der einen zu der anderen Person innerhalb eines Kapitels hat (die Allwissenheit des Autors) einen Verlust an Intensität als Ergebnis. Ist auch zu leicht. Selbstverständlich zahlt man diese von mir angestrebte Art des Schreibens zuweilen teuer, auf witzige Autorenkommentare muss man verzichten. Zu schweigen von der Schwierigkeit, die man sich macht, wenn in jedem Kapitel nur e i n e Person ihre Empfindungen unmittelbar zum Ausdruck bringen kann, die anderen aber nur en fonction dieser einen regierenden Person zu ihrem Recht kommen.*

Böll hat diese Erzähltechnik in seinem letzten Roman ja verhältnismässig leicht anwenden können, weil er nur zwei Personen hatte. Dennoch sehe ich ein grosses künstlerisches Verdienst in der strengen Einhaltung des Dialogs par chapitre.

52 Breitbach an Käte Hamburger, Paris, 14. Januar 1958

Ein Stümper hätte sich die Sache bequemer gemacht.[53] Obwohl Breitbach sich schon in *Bericht über Bruno* an die perspektivische Strenge hielt, wendet er sie in seinem letzten Roman, dem *Blauen Bidet*, geradezu spielerisch an und plaudert noch mit dem Leser darüber.

Ein Meisterstück seines eigenen Anspruchs an die Harmonie zwischen Form und Inhalt wurde sein politischer Roman *Bericht über Bruno*: [...] *erzählende Kunst ist, wo Inhalt und Form, jeder Analyse spottend, völlig ineinander aufgehen* [...].[54] Er schreibt an Hans Dieter Zimmermann: *Die Form muss den Inhalt so viel mitbestimmen wie der Inhalt die Form, sofern man die Begriffstrennungen* Form *und* Inhalt *überhaupt zulässt und zulassen muss man sie ja wohl und sei es nur als Krücke zur Verständigung im Gespräch und in der Analyse von Werken.*[55]

Breitbach schuf die Figur des Industriellen, Innenministers und Großvaters, ein Mann auf der Höhe der Macht, um die Geschichte von dessen Enkel Bruno Collignon streng aus Dokumenten seines Ministeriums, aus Polizei- und Geheimdienstakten erzählen zu können. Er entschloß sich, die indirekte Rede zu verwenden, um den Ich-Erzähler gleichsam als ausgeschaltet erscheinen zu lassen und auf diese Weise das Erzählte dem objektiven Bericht näher zu rücken, als entstamme es tatsächlich den Berichten. *Bericht über Bruno* wurde ein Welterfolg, und die Kritik lobte den Autor als meisterlichen Stilisten – eine der wenigen Ausnahmen war Blöcker.

Dennoch stellte jede neue Erzählung ihre eigenen Herausforderungen. Breitbachs Bedenken hinsichtlich des Wie des Erzählens, gerade bei einer humorvollen Geschichte, blieben erhalten. Die erzähltechnischen Probleme, die er Heinrich Böll gegenüber schon 1954 angedeutet hatte, diskutiert er mit dem Germanisten Hans Dieter Zimmermann: *Beim Schreiben des* Blauen Bidets *überkam mich nun plötzlich ein Zorn auf die ganze Philologie, d.h. auf die Germanisten und die Roma-*

53 Breitbach an Hermann Kesten, Braffy, September 1954
54 Breitbach über Louis Guilloux' *Gefährten*, Oprecht Verlag 1950
55 Breitbach an Hans Dieter Zimmermann, München, 1. Juli 1966

nisten, die da in den letzten Jahren allerlei Beckmessereien den Schaffenden hatten auferlegen wollen und ich habe mich über sie lustig gemacht, indem ich einige Kapitel im traditionel[l]*-sten Erzählstil des allwissenden Erzählers, andere im falschen monologue intérieur, andere im echten monologue intérieur schrieb und mittendrin dem Erzähler* ›die Feder aus der Hand nehme‹, *Ketzereien gegen die Philologen sage und die Erzählung einem selbstironischen Ich-Erzähler anvertraue, der aber immer wieder von sich selbst als von dem Geschöpf des Autors spricht und auch von der Hauptfigur als von seinem Mitgeschöpf des Autoren spricht.*[56]

1965 entwirft er zum ersten Mal das spätere Kapitel 19 des *Blauen Bidet* als eigenes Kapitel, in dem er seine Bedenken und Ketzereien über die Erzähltechnik vorträgt. Die Ablösung des Erzählers Barbe durch Ferdinand bot dazu die ideale Gelegenheit. In dieser Zeit finden sich in den Notizheften Breitbachs Aufzeichnungen zur Erzählhaltung, die *Allwissenden* nennt er die lieben altmodischen Erzähler, wo, wie der liebe Gott, die Autoren alles über ihre Figuren wissen.

Hans Dieter Zimmermann schildert er seine Gedanken zu diesem Thema: *Plötzlich empfand ich diese Quälerei um das WIE des Erzählens als etwas vollkommen Überflüssiges. Denn jedes Erzählen hat zur Basis doch die eine immer gleiche* Convention, *d.h. dass der Erzähler alles weiss und dass es sich um Erfundenes handelt. Das Problem des Erzählten und der Erzählerzeit u.s.w. ist ja nur ein Unterproblem.* Rückblickend auf sein Engagement für eine Neue Literatur Ende der 1920er Jahre, fragte er sich: *Was war nun mit jenem Unbehagen damals 1933? Lag so etwas allgemein in der Luft? Ich glaube es fast, sicher bin ich aber gar nicht. Jedenfalls bin ich auf all das ohne jede Einwirkung von aussen gekommen, denn zu jener Zeit las ich niemals Bücher von Philologen oder überhaupt Literatur, die sich mit Stilproblemen befasste.* Und er fährt fort: *Heute bin ich nun wieder so weit, dass es Stil*-Probleme *in einem allgemeinen Sinn für mich nicht gibt, nicht geben kann (deshalb auch keine Rezepte für Formen). Ich glaube das Pro-*

56 Ebd.

Wegen seines schlechten Herzzustands mußte Joseph Breitbach regelmäßig spaziergehen. In München tat er dies im Englischen Garten, am liebsten in Gesellschaft. Hier mit seinem Freund Toni Meissner, dem er die *Feuilletons* gewidmet hat, ...

blem der Form erledigt sich von selbst, wenn der Autor einmal drin *ist im Werk. So ist die asketische Erzählweise, die strenge Perspektive in meinem* Bruno *keiner Formüberlegung entsprungen, sondern nur der* Vision *der Erzählerfigur, die denn auch eigentlich nur die indirekte Rede benutzen durfte (aus ihrer sozialen und politischen Position heraus, als vielbeschäftigtem Mann, der keine Zeit hat direkte Reden zu führen wie seine Putzfrau es täte).*

Allerdings finde ich es immer gut, wenn ein Künstler sich selbst Grenzen setzt, Beschränkungen auferlegt, d.h. wenn er es sich schwer macht. Aber man darf dem Werk dann nicht gleich den Atem ausblasen, eine Gefahr, die wohl immer besteht, wenn das Problem der Form zu wichtig wird.[57]

Wie anders könnte er die Thematik in den Roman einbringen als in selbstverordneter Höflichkeit, die er dem Leser gegen-

57 Ebd.

… oder in Begleitung der Herausgeber, im September 1979.

über immer einhalten wollte. Ob Philologe oder nicht, er klärt den Leser auf über seine Pläne und Gedanken als Autor. Der neue Erzähler, der junge kommunistische Student, stellt sich gleich selbst vor, erinnernd an die Abschweifungen in Jean Pauls Erzählungen oder Balzacs Plaudereien mit seinem Leser. Selbstbewußt läßt er Ferdinand ausführlich erläutern, wie er Barbe kennenlernte:

Dank dem Umstand, daß er einen Anwalt suchte, lernte ich Barbe kennen. Aber bevor der Leser erfahre, wo und wie dies geschah, nehme ich dem verspielten Autor die Feder aus der Hand und versuche, in Barbes Geschichte ein durchgeführtes Prinzip der Erzählweise zu bringen. Da hapert es auffallend. Offensichtlich hat der Autor sich einen Jux daraus gemacht, das, was sein Barbe denkt, empfindet, tut und erleidet, manchmal in der Ich-Form zu schildern, so, als sei er selber Barbe, also auch so dumm und klug wie dieser, manchmal aber so, als sei ihm wie dem Allwissenden der Christen jedes Gefühl, jeder Vorsatz Barbes besser bekannt als diesem selber […] (S. 47).

Die Korrespondenz mit Käte Hamburger seit Mitte der fünfziger Jahre bedeutete für Breitbach, den gelehrten Autodidakten, eine Bereicherung seiner literaturtheoretischen Interessen. Hamburger kommentiert den Wechsel der Erzählperspektive mit Hochachtung und sagt, daß sie die Gestalt des Herrn Barbe mehr oder weniger als eine großartige Schöpfung erkannt habe. *Sehr besonders auch der Wechsel der Erzählperspektive, der letztlich den Wechsel vom Komischen ins Tragische erzähltechnisch möglich macht und konstituiert.*[58]

Ein anderer Germanist, Gerhard Schmidt-Henkel, bewundert den *hohen stilistischen Anspruch*, den die perspektivische Travestie erzeugt, die den Betrug am kleinen Mann spielerisch diskret geißelt.

Auch mit dem Literaturwissenschaftler Harald Weinrich, der im Jahr 2003 mit dem Joseph-Breitbach-Preis für deutschsprachige Literatur geehrt wurde, führte Breitbach einen Dialog über Literatur, die Probleme des Schreibens und der Erzähloptik: *Den Aufsatz über das Jonasmotiv kannte ich; ich bin auf die* Jahrbücher *abonniert. Ich hatte mir seinerzeit einen Satz in Ihrem Beitrag unterstrichen*: *Die Literatur scheint sich also von der Zone der Unwahrheit noch weiter fortbewegen zu wollen.*

Der Satz hatte mich damals getroffen. Deshalb, weil ich seit Jahren nur noch in der ersten Person zu erzählen vermag, obwohl ich mir dessen bewusst bin, dass jede Form des Erzählens die Konvention Autor-Leser voraussetzt und dass es ganz gleichgültig ist, wie *erzählt wird, weil der Erzähler in jedem Fall der Allwissende Schöpfer und Gottkonkurrent ist, der sich höchstens dumm stellt, wenn er sich die Erzähloptik, in die er seine eigenen Figuren plaziert, einengt. Ich bin übrigens ganz allein, durch ein immer stärker werdendes Malaise, in den Jahren 33 bis 38, auf die Beengung und Kompartimentierung der Optik gekommen und habe dann zum ersten Mal überhaupt ein theoretisches Buch über Erzähltechnik gelesen, also eigentlich erst nach dem Verlust meiner Erzählernaivität. Von da zur dramatischen Form war es nur noch ein logischer Schritt. In meinen Schubläden liegen zwei schon ziemlich fortgeschrittene Romanmanuskripte, beide in der ersten Person erzählte Texte, die ich mich scheue wiederaufzunehmen,*

58 Käte Hamburger an Breitbach, München, 8. Januar 1979

nachdem ich zwischen diesen beiden Bericht über Bruno *geschrieben habe, der ja durch eine im Termin beschränkte Bestellung für die Inselbücherei angeregt wurde. Ich versuche mich derzeit an einem neuen Stück. Im Juni erscheint meine Komödie* Die Jubilarin *im Insel Verlag, mit der ich 1960 hier, im Théâtre Hébertot meine erste Bühnenerfahrung gemacht habe.*[59]

Nach der Lektüre des erzählerischen Gesamtwerks von Joseph Breitbach ist klar, daß er seinen Büchern Aufklärung zutraute. Ohne seine immer wieder betonte Unabhängigkeit des Geistes und der politischen Meinung hätte er korrupten Kräften in Politik und Gesellschaft nicht den Spiegel vorhalten können. Er riskierte auch, sich den Zorn der Literaturkritiker zuzuziehen, indem er es sich leistete, ihre Meinungen in Frage zu stellen und ihnen Ehrlosigkeit und Inkompetenz vorzuwerfen, wenn er es für angebracht hielt. In Frankreich griff er als Gast einer Fernsehsendung den Moderator einer der bekanntesten Literatursendungen, Pierre Dumayet, an. Er wurde danach nie wieder eingeladen. Das lebenslange Engagement Breitbachs gegen leichtfertige und unsachliche Behandlung von Literatur und Schriftstellern ist ein so umfangreiches und vielschichtiges Thema, daß es der geplanten Biographie vorbehalten bleiben muß.

Breitbach sah das Nicht-Hinnehmen von unprofessionellen Rezensionen geradezu als Kreuzzug, den er als unabhängiger Schriftsteller auch im Namen seiner Kollegen führen müsse. Diese stimmten ihm im privaten Gespräch oft zu, baten aber um Verständnis dafür, daß sie es sich nicht leisten könnten, Kritiker öffentlich anzugreifen. Breitbach teilte seine Empörung über arrogante Rezensenten sicher mit vielen Autoren, besonders aber mit einem, der seinem Zorn eine ganze Erzählung widmete: Jean Paul erzählt in *Katzenbergers Badereise*, daß der Maulbronner Brunnenarzt Strykius Katzenbergers drei Hauptwerke mit giftigen Formulierungen niedergemacht hatte. Für diese Schmähungen an seiner Ehre will der Autor den Rezensenten *beträchtlich ausprügeln*. Bei Jean Paul heißt

59 Breitbach an Harald Weinrich, Paris, 15. April 1968

es: *Und nun plant er eine Reise nach Bad Maulbronn. Weniger um dort die Wasser zu benutzen, mehr, um seiner Tochter doch eine Belustigung zu bieten, am meisten aber, weil er im dortigen Badearzt den Rezensenten erkannt hat, der seine* [Katzenbergers] *letzten paar Werke schlecht gemacht hat, ohne sie jedoch jemals gelesen zu haben.* Ausführlich geht er gemeinsam mit Dr. Strykius die Körperteile durch, welche sich am besten eigneten, gefoltert oder abgeschnitten zu werden: [...] *wir könnten auch zum Kopfe greifen, womit oder worin du besonders gesündigt und rezensiert* [...].[60]

Rezeption des Romans

Gerade war Joseph Breitbach fünfundsiebzig Jahre alt geworden und der S. Fischer Verlag veröffentlichte, um den Autor zu ehren, die *Wechselrede*[61] – eine Hommage seiner deutschen und französischen Freunde an Joseph Breitbach. Davon unabhängig brachte der Neske Verlag die *Feuilletons. Zu Literatur und Politik.*[62] Das Erscheinen des Romans *Das blaue Bidet oder Das eigentliche Leben* wurde mit Spannung erwartet.

Unter den Besprechungen aus den Jahren 1978/79 und dann 1981 nach dem Erscheinen der französischen Übersetzung findet man fast ausschließlich Echos der Anerkennung. Wenigen entgeht der *unerschrockene Mut*, daß der Autor streitbar bleibt, noch mit fünfundsiebzig attackiert und sich keineswegs *in progressiven Gemeinplätzen* zur Ruhe setzt.[63] Krättli will vor allem den Mann hochleben lassen, der einen Kapita-

60 Jean Paul Werke, Bd. VI. Hrsg. von Norbert Miller, Walter Höllerer, Carl Hanser 1963, S. 301

61 *Wechselrede. Joseph Breitbach zum 75. Geburtstag.* Hrsg. von J. Hellmut Freund und W. Mettmann, S. Fischer Verlag, Frankfurt 1978

62 Joseph Breitbach, *Feuilletons. Zu Literatur und Politik.* Hrsg. von W. Mettmann, Verlag Günther Neske, Pfullingen 1978 (Artikel und Essays aus den Jahren 1925–1978)

63 Anton Krättli, *Schweizer Monatshefte*, Juni 1979

listen, den Knopffabrikanten Barbe, und einen marxistischen Studenten Gespräche führen läßt, wo der eine den aus dem anderen Lager auch noch als Menschen sehen kann.

Es sei keine tragische Geschichte, obwohl sie tödlich ende, meinte Günther Schloz, vielmehr ein *Erziehungsroman aus den Wanderjahren eines Überreifen, eine Elegie auf den Mut, im doppelten Verständnis des Wortes eigensinnig zu leben, eine Elegie ohne Trauerrand, voll ideologiekritischer Frechheit und Weisheit, voll Ironie über die unergiebigen Systemkontroversen, voll Zorn auf die menschenvernichtende Technokratie, voll Humor in der diskreten Enthüllung menschlicher Schwäche, der Entblätterung eines Charakters, der Urlaub vom alten Ich nehmen will,* schreibt er mit der gleichen Bewunderung wie Krättli für den kämpferischen Geist der Erzählung.[64]

Hochachtung erfährt Breitbach auch bei Wolfgang Paul, der schreibt, ein *literarischer Kämpfer* wie Breitbach sei eine *Seltenheit im Land.*[65] Joseph Breitbach zeige in seinem Werk, daß er die Welt als *chaotisch, anarchisch, merkantil beherrscht, käuflich und korrumpierbar* kennengelernt habe, wie Rudolf U. Klaus von der Wiener *Presse* es ausdrückte; er findet das bestätigt in dem Roman *Bericht über Bruno*, dem Band mit Erzählungen *Die Rabenschlacht*, dem Roman *Die Wandlung der Susanne Dasseldorf* und nun auch im *Blauen Bidet*. Klaus sieht in dem Roman Breitbachs *zweifellos amüsantestes, lockerstes, unverblümtestes Werk.* [...] *und doch ist auch all das grundiert durch das Breitbachsche Spezifikum, nämlich das Transparentmachen des Politischen auf seine elementaren Motive hin, ohne Denunziation, aber mit trotz aller Ironie bestechender, ja unwiderlegbarer Überzeugungskraft.*[66]

Gerhard Schmidt-Henkel findet im *Blauen Bidet* alles andere als ein *Alterswerk* vor. Nicht *die episch organisierte Summe seiner Erfahrungen in abgeklärter Weisheit liegt hier vor, sondern ein kunstvoll komponiertes Erzählwerk, geistsprühend, ironiefunkelnd, humoristisch – und, gemäß der Maxime*

64 Günther Schloz in: *Deutsche Zeitung*, Düsseldorf, 20. Oktober 1978
65 Wolfgang Paul in: *Oberbergische Volks-Zeitung*, 7. April 1979
66 Rudolf U. Klaus in: *Die Presse*, Wien, 24. Februar 1979

Joseph Breitbach an seinem Schreibtisch in München,
Königinstraße 27, März 1979.

des Autors, höflich gegenüber jedem Leser, ob dieser nun vornehmlich unterhalten werden will [...] *oder nicht.*[67]

Richard Alewyn bestätigte Breitbach seine Autorität auf dem Gebiet der Erzählkunst schon vor Erscheinen des *Blauen Bidet*: *Ich habe alles – den* Bruno, *den ich natürlich kannte*, Rot gegen Rot, Genosse Veygond *und jetzt* Lärm *aufmerksam, wo nicht fasziniert gelesen. Was mir an Ihren Arbeiten für Deutschland einzigartig erscheint sind verlorene und darum verachtete Tugenden, so, dass Sie das auch kennen, wovon Sie reden, dass Sie sich gar nicht genieren zu erzählen – das eine nicht brauchen, weil Sie das andere können, und dass Sie* – allwissender Erzähler *hin, her – über eine hintergründige Vordergründigkeit verfügen, die irgendwo zwischen Kleist und Kafka gelagert ist, deren Formen und Gründe mich persönlich – im Zusammenhang der abendländischen mystery story – seit geraumer Zeit beschäftigen.*[68]

67 Gerhard Schmidt-Henkel in: *Kölner Stadt-Anzeiger*, Ostern, 1979
68 Richard Alewyn an Breitbach, Perchting, 28. Juni 1974

Der Kritiker Karl Schumann, schon ein Bewunderer des *Bericht über Bruno*, lobt am *Blauen Bidet* die noch gesteigerte Ausdruckskraft des Autors: *Ich genoß Ihre herrlich klare, gallische Prosa in einem Zug; diesen negativen Schelmenroman muß man ohne Unterbrechung lesen, um sich an den vielen Querverbindungen, erneut aufgenommenen Handlungsfäden und weiteren Vortrefflichkeiten gebührend zu freuen. Aus dem Tonfall des Helden meine ich zuweilen, Ihren liebvertrauten Tonfall herauszuhören, allerdings in cholerischer Verschärfung. Der Roman ist für mich ein Gewinn. Wie im* Bruno *bewundere ich Ihre Diktion.*[69]

Marthe Robert, die von Breitbach hoch geschätzte französische Übersetzerin der Werke Kafkas und Robert Walsers, zeigte sich ebenso angetan von der Leichtigkeit des Stils: *Mit welcher Geschwindigkeit und wunderbarer Leichtigkeit Ihre Sprache die Geschichte fortbewegt* [...], schrieb sie an Breitbach.[70]

Der französische Germanist Robert Minder fand, Breitbach sei ein *doppelter Streich* gelungen mit einer Gabe hoher Erzählkunst, die selten sei in der deutschen Romankunst: *Indem Sie einen jungen Marxisten neben dem Dienstherren einführen, ist Ihnen ein doppelter Streich gelungen genauso wie mit dem Wechsel des* ich *zum* er. *Man wird Zeuge der wachsenden Enttäuschung eines jungen Mannes, der an sein Evangelium voller Illusionen glaubt, und das erlaubt Ihnen gleichzeitig, die wunderbar geschilderten Skurilitäten Ihres Helden explodieren zu lassen (und mit welcher Gabe der Erzählkraft, die so selten ist in der deutschen Literatur)* [...] *Heitere Romane sind so rar – und ein Roman von so hoher künstlerischer Qualität wie Ihrer ist ein besonderer Glücksfall.*[71]

Auch Karl Heinz Kramberg preist die Erzählkunst des Autors ebenso wie dessen *Moralität.* Die Geschichte komme *wahrhaftig nicht mit der Gravität eines hehren Alterswerkes daher, sondern launig, luftig, irrlichternd und koboldhaft scherzend. Auch das glatte Eis, auf das der als Narrator und*

69 Karl Schumann an Breitbach, München, 10. November 1978
70 Marthe Robert an Breitbach, Paris, 3. Januar 1979
71 Robert Minder an Breitbach, Paris, 23. Oktober 1978

Stilist gleichermaßen wohlsortierte Verfasser uns lockt, darf den Leser nicht enttäuschen: die blanke Oberfläche der pikaresken Erfindung ist nicht so einbruchssicher wie ein Tennisplatz, den man im Winter glaciert. Wer nicht aufpasst, kommt plötzlich an eine Stelle, die sonderbar nachgibt, da saugt uns etwas hinein, und man findet sich wieder in einem Milieu, das bei den Alten als Hades und bei den Jüngeren als Inferno apostrophiert worden ist. Hier geht es unheimlich zu. Breitbach, sagt Kramberg, sei ein Autor von strenger *Moralität* [...] *er will überzeugen, nicht betäuben.*[72]

Als Moralist hätte sich Breitbach wohl auch selbst bezeichnet, er benutzte den Begriff aber ungern im Deutschen, weil er an ein Verständnis von falschem oder richtigem Handeln im christlichen Sinn gebunden sei. Die Tradition der *Moralisten* in Frankreich hat einen ethisch-philosophischen Ursprung. Joachim Kaiser, einer der Kritiker, zu denen Breitbach ein angespanntes Verhältnis hatte, gesteht Breitbach zu dessen Fünfundsiebzigstem zu, er sei ein Moralist, ein Eiferer gewesen. Schließlich seien seine unbestechlichen Warnungen gegenüber Staatsdiktaturen und Verwaltung *Teil des öffentlichen Bewußtseins geworden.*[73] Breitbach spielte zeitweise mit dem Gedanken, den Roman *Abenteuer eines Moralisten* zu nennen. So steht es auf einem der kleinen rosa Zettel, die den Notizen zum Manuskript von Mai 1966 beilagen.

Peter Laemmle meint, *Das blaue Bidet* sei ein französischer Roman in deutscher Sprache; der Held des Buches trage einen französischen Namen, *Barbe*. Er schreibt, daß Breitbach sich für *das Spiel der Lügen und Intrigen, die ganze Palette der menschlichen Bosheiten und Deformationen* [...] *Neid, Mißgunst, Denunziation, Kleinlichkeit und Berechnung, die Unfähigkeit einen anderen in seinem Anderssein gelten zu lassen, die erotischen Abhängigkeiten* [...] deswegen interessiert, weil sie für ihn *Ausdrucksformen einer in alle Bereiche unserer Gesellschaft hineinwirkenden und zerstörenden Machtausübung*

72 Karl Heinz Kramberg in: *Süddeutsche Zeitung*, 28. November 1978
73 Joachim Kaiser in: *Süddeutsche Zeitung*, 20. September 1978

sind. Müssen wir erst die Machtwünsche verlernen, um frei leben zu können?

Laemmle stellt die wohl wichtigste Frage an das Buch: *Geht Barbe zugrunde, weil er seine Ordnung verlassen hat; hat er schon zuviel oder immer noch zu wenig Freiheit?* Denn auch Barbe sei nicht frei von einer Eigenschaft, ja fast Urgewalt, die auch Breitbachs Bruno in *Bericht über Bruno* habe, die irrationale Leidenschaft. *Sein gewaltsames Ende hat er provoziert durch den Verlust der Selbstkontrolle: Freiheit bedeutet nicht, seinen Instinkten freien Lauf zu lassen. Die Annahme eines zwangsläufigen Dualismus von Vernunft und Leidenschaft hat einen spekulativen Ursprung, läßt sich aber auch als konkrete Lebenserfahrung verstehen.*[74] Dieses Dilemma ist die Fragestellung des Moralisten Breitbach selbst, und weil er sie an sich und an uns, die Leser stellt, sollte der Autor uns gefallen, meint Laemmle.

Mit diesem Band schließen die Herausgeber die Veröffentlichung des erzählerischen Werks von Joseph Breitbach im Rahmen dieser Werkausgabe in Einzelbänden ab. In den fünf Bänden sind alle Erzählungen und Romane Breitbachs enthalten, die zu seinen Lebzeiten erschienen sind.

Im Nachlaß von Joseph Breitbach befinden sich die nicht fertiggestellten und unveröffentlichten bzw. nur in Teilen veröffentlichten Romane *Clemens* und *Frau Berta,* Erzählungen sowie Artikel und Essays aus Zeitungen und Zeitschriften. Es ist geplant, die umfangreichen Korrespondenzen und Tagebücher in thematischen Zusammenhängen zu veröffentlichen, wobei die bedeutende Freundschaft Breitbachs mit dem französischen Schriftsteller Jean Schlumberger besondere Aufmerksamkeit erhalten wird.

Die Herausgeber werden ihre Arbeit fortsetzen, den Nachlaß Stück für Stück veröffentlichen und mit einer Biographie Breitbachs abschließen.

74 Peter Laemmle in: *Die Zeit*, Nr. 15, 6. April 1979

Dank

Wie bei den bereits vorliegenden Bänden der Joseph-Breitbach-Werkausgabe ist es uns eine besondere Freude, auch für diesen Band Herrn Prof. Dr. Norbert Miller, der als erster diese Ausgabe angeregt hat und seither den Herausgebern unermüdlich und ständig präsent bis zu diesem letzten Band zur Seite stand, unseren Dank auszusprechen.

Der Akademie für Wissenschaft und Literatur Mainz danken wir für die Unterstützung, die wir seit Jahren dort erfahren. Frau Petra Plättner, der Referentin der Klasse der Literatur, die die Werkausgabe für die Akademie betreut und in vielen Detailfragen Rat weiß, und im Wallstein Verlag unserem Lektor und Hersteller Herrn Andreas Haller möchten wir an dieser Stelle unseren Dank aussprechen für die ständige Bereitschaft, mit den Herausgebern zusammen die besten Lösungen zu finden.

In Koblenz danken wir Herrn Dr. Eberhard Schulte-Wissermann und seinem Nachfolger als Oberbürgermeister, Prof. Dr. Joachim Hofmann-Göttig, dem Beigeordneten Herrn Detlef Knopp und Herrn Thomas Preußer vom Kulturamt sowie Herrn Manfred Graulich und seinem Nachfolger als Vorsitzendem des Vorstands der Sparkasse, Herrn Matthias Nester, die seit 2003 nicht nur die Verleihung des Joseph-Breitbach-Preises gemeinsam ausrichten und unterstützen, sondern auch die Breitbach-Werkausgabe finanziell gefördert haben.

Frau Ursula Mähler, die Nichte von Joseph Breitbach, stand über Jahre hinweg für Auskünfte zur Verfügung und hat einen besonders wertvollen Beitrag geleistet, den sie aber nicht näher bezeichnet sehen will. M. Dominique Hoffet, der Enkel von Jean Schlumberger und Verwalter von dessen literarischem Nachlaß, hat uns Zugang zu Schlumbergers Tagebüchern und Briefen gestattet und die Veröffentlichung erlaubt.

Im Koblenzer Stadtarchiv hat Amtsleiter Herr Josef Schmidt den Herausgebern von Anfang an geholfen, Quellen zu erschließen, das Landeshauptarchiv Koblenz hat es uns erleichtert, eine Vielzahl an Dokumenten einzusehen. Frau Karin Ostermann, Koblenz, hat als aufmerksame Leserin den Herausgebern geholfen, Details genauer darzustellen.

Unser besonderer Dank gilt auch Ruth und Eberhard Duchstein von der Buchhandlung Reuffel, Koblenz, die durch ihr ganz persönliches Engagement und ihre immer wieder neuen Einfälle dem Koblenzer Autor Joseph Breitbach Leser zuführen.

Das Deutsche Literaturarchiv in Marbach hat über all die Jahre unsere Recherche-Wünsche zuverlässig und prompt bearbeitet, die Sammlung Monacensia in München, die Zürcher Zentralbibliothek und die Bibliothèque Doucet in Paris sowie das Archiv der Editions Gallimard in Paris haben bei Besuchen kompetent weitergeholfen und auf Nachfragen rasch geantwortet.

Pascal Mercier, Experte für alle Fragen zu André Gide, Jean Schlumberger und die *Nouvelle Revue Française*, verstarb 2012. Über Jahre hinweg hat er sein Wissen und sein Archiv auf vorbildliche Weise mit allen geteilt, die sich mit Fragen an ihn wandten.

Klaus Täubert, einer der besten Kenner der Exilliteratur und von Klaus Mann, hat bei seinen Recherchen viele verloren geglaubte Artikel Joseph Breitbachs und Rezensionen seiner Bücher wiederbeschafft und den Herausgebern mit vielfältigen Hinweisen und Informationen geholfen. Wir danken ihm für seine großzügige Unterstützung über viele Jahre hinweg.

Die Stiftung Joseph Breitbach hat, wie schon für die ersten vier Titel, auch für diesen Band die Sach- und Reisekosten der Herausgeber übernommen. Wir danken dem ersten Präsidenten der Stiftung, Herrn Dr. Nicolas J. Bär, der die Idee einer Werkausgabe als einer der ersten unterstützte, und seinem Nachfolger, Herrn Dr. Peter Ritter, auf dessen Hilfe und Verständnis die Herausgeber jederzeit zählen konnten. Unser besonderer Dank gilt Herrn Egon Ammann, seit 2011 Mitglied des Stiftungsrats, und seiner Frau Marie-Luise Flammersfeld, die immer im richtigen Augenblick mit Rat und Tat zur Stelle waren.

Darüber hinaus danken wir den Inhabern der Rechte der Briefzitate, die sich freundlicherweise mit deren Veröffentlichung einverstanden erklärt haben. Rechteinhaber der beiden Zitate aus dem Brief von Theodor W. Adorno ist der

Suhrkamp Verlag. Leider ist es uns nicht in jedem Fall gelungen, die Rechtsnachfolger aller Briefeschreiber ausfindig zu machen.

Die Herausgeber

Bibliographie

Das blaue Bidet oder Das eigentliche Leben, S. Fischer Verlag, Frankfurt/Main 1978, 447 Seiten; zweite Auflage, 7. bis 9. Tausend 1978

Das blaue Bidet oder Das eigentliche Leben, Fischer Taschenbuchverlag, Frankfurt/Main August 1980, Taschenbuch Nr. 2104, 269 Seiten

Le Bidet Bleu, übersetzt von Marianne Rose, Editions Pierre Belfond, Littératures Etrangères, Collection dirigée par Eric Nerciat. Paris 1981, 318 Seiten

Abbildungsnachweis

Diese Abbildungen sind Teil des im Deutschen Literaturarchiv Marbach liegenden literarischen Nachlasses von Joseph Breitbach.

Inhalt

Bibliografische Information der Deutschen Nationalbibliothek

Die Deutsche Nationalbibliothek verzeichnet
diese Publikation in der Deutschen Nationalbibliografie;
detaillierte bibliografische Daten sind im Internet
über http://dnb.d-nb.de abrufbar.

Wallstein Verlag, Göttingen 2013
www.wallstein-verlag.de
Vom Verlag gesetzt aus der Stempel Garamond
Umschlaggestaltung: Susanne Gerhards, Düsseldorf
unter Verwendung eines Fotos von Flavio Ventura, 1965
Druck und Verarbeitung: Hubert & Co, Göttingen
ISBN 978-3-8353-1218-0